四月三日事件

中篇小说集

余华 著

人民文学出版社

图书在版编目（CIP）数据

四月三日事件：余华中篇小说集 / 余华著. —— 北京：人民文学出版社，2021（2025.1重印）
ISBN 978-7-02-013837-1

Ⅰ.①四… Ⅱ.①余… Ⅲ.①中篇小说 – 小说集 – 中国 – 当代 Ⅳ.①I247.5

中国版本图书馆CIP数据核字(2021)第183849号

出 品 人	黄育海
责任编辑	卜艳冰　李　殷
装帧设计	汪佳诗

出版发行	人民文学出版社
社　　址	北京市朝内大街166号
邮政编码	100705

印　制	凸版艺彩（东莞）印刷有限公司
经　销	全国新华书店等

字　数	310千字
开　本	890毫米×1240毫米　1/32
印　张	21.5
版　次	2018年4月北京第1版
印　次	2025年1月第4次印刷

书　号	978-7-02-013837-1
定　价	118.00元

如有印装质量问题，请与本社图书销售中心调换。电话：010-65233595

目录

我胆小如鼠	1
夏季台风	37
四月三日事件	107
现实一种	163
河边的错误	217
一九八六年	277
难逃劫数	327
世事如烟	379
古典爱情	435
此文献给少女杨柳	479
偶然事件	523
一个地主的死	579
战栗	633

我胆小如鼠

一

　　有一句成语叫胆小如鼠,说的就是我的故事。这是我的老师告诉我的,当时我还在读小学,我记得是在秋天的一节语文课上,我们的老师站在讲台上,他穿着藏青的卡其布中山服,里面还有一件干净的白衬衣。那时候我坐在第一排座位的中间,我仰脸看着他,他手里拿着一册课本,手指上布满了红的、白的和黄颜色的粉笔灰,他正在朗读着课文,他的脸和他的手还有他手上的课本都对我居高临下,于是他的唾沫就不停地喷到了我的脸上,我只好不停地抬起自己的手,不停地去擦掉他的唾沫。他注意到自己的唾沫正在喷到我的脸上,而且当他的唾沫飞过来的那一刻,我就会害怕地眨一下眼睛。他停止了朗读,放下了课本,他的身体绕过了讲台,来到我的面前,他伸过来那只布满粉笔灰的右手,像是给我洗脸似的在我脸上摸了一把,然后他转身拿起放在讲台上的课本,在教室里走动着朗读起来。他擦干净了我脸上的唾沫,却让我的脸沾满了红的、白的和黄颜色的粉笔灰,我听到了教室里响起嘿嘿、嗤嗤、咯咯、哈哈的笑声,因为我的脸像一只蝴蝶那样花哨了。

这时候我们的老师朗读到了"胆小如鼠",他将举着的课本放下去,放到了自己的大腿旁,他说:

"什么叫胆小如鼠?就是说一个人胆子小得像老鼠一样……这是一句成语……"

我们的老师说完以后嘴巴仍然张着,他还想继续说。他说:

"比如……"

他的眼睛在教室里扫来扫去,他是在寻找一个比喻,我们的老师最喜爱的就是比喻,他说到"生动活泼"的时候,就会让吕前进站起来,"比如吕前进,他就是生动活泼,他屁眼里像是插了根稻草棍,怎么都坐不住。"他说到"唇亡齿寒"的时候,就会让赵青站起来,"比如赵青,他为什么这么苦?就是因为他父亲死了,父亲就是嘴唇,没有了嘴唇,牙齿就会冷得发抖。"

我们的老师经常这样比喻:

"比如宋海……比如方大伟……比如林丽丽……比如胡强……比如刘继生……比如徐浩……比如孙红梅……"

这一次他看到了我,他说:

"杨高。"

我听到了自己的名字,我就站了起来,我们的老师看了我一会后,又摆摆手说:

"坐下吧。"

我坐了下去。我们的老师手指敲着讲台对我们说：

"怕老虎的同学举起手来。"

班上所有的同学都举起了手，我们的老师看了一遍后说：

"放下吧。"

我们都放下了手，我们的老师又说：

"怕狗的同学举起手来。"

我举起了手，我听到了嘿嘿的笑声，我看到班上的女同学都举起了手，可是没有一个男同学举手。老师说：

"放下吧。"

我和女同学们放下了手，老师继续说：

"怕鹅的同学举起手来。"

我还是举起了手，我听到了哄堂大笑，我才知道这一次只有我一个人举起了手，这一次连女同学都不举手了。我所有的同学都张大了嘴巴笑，只有我们的老师没有笑，他使劲地敲了一会讲台，笑声才被他敲了下去。他的眼睛看着前面，他没有看着我，他说：

"放下吧。"

我放下了手。然后他的眼睛看着我了，他说：

"杨高。"

我站了起来，我看到他伸出了手，他的手指向了我，他说：

"比如杨高，他连鹅都害怕……"

说到这里，他停顿了一下，接着响亮地说：

"胆小如鼠说的就是杨高……"

二

我确实胆小如鼠，我不敢走到河边去，也不敢爬到树上去，就是因为我父亲在世的时候，常常这样对我说：

"杨高，你去学校的操场上玩，去大街上玩，去同学家玩，去什么地方玩都可以，就是不能到河边去玩，不能爬到树上去玩。你要是掉进了河里，你就会淹死；你要是从树上掉下来，你就会摔死。"

于是我只好站在夏天的阳光里，我远远地看着他们，看着吕前进，看着赵青，看着宋海，看着方大伟，看着胡强，看着刘继生，看着徐浩。我看着他们在河水里，看着河水在远处蹦蹦跳跳，我看着他们黑黝黝的头和白生生的屁股，他们一个一个扎进了水里，又一个一个在水里亮出了屁股，他们把这样的游戏叫作"卖南瓜"。他们在河水里向我喊叫：

"杨高！你快下来！杨高！你快来卖南瓜！"

我摇摇头，我说："我会淹死的！"

他们说："杨高，你看到林丽丽和孙红梅了吗？你看她们都下来了，她们是女的都下来了，你是男的还不下来？"

我果然看到了林丽丽和孙红梅，我看到她们穿着花短裤，穿着花背心，她们走进了河水里，可我还是摇摇头，我继续说：

"我会淹死的！"

他们知道我不会下到河水里了，就要我爬到树上去，他们说：

"杨高，你不下来，那你就爬到树上去。"

我说："我不会爬树。"

他们说："我们都会爬树，为什么只有你不会爬树？"

我说："从树上掉下来会摔死的。"

他们就在河水里站成了一排，吕前进说：

"一、二、三，喊……"

他们齐声喊了起来："有一句成语叫胆小如鼠，说的是谁？"

我轻声说："我。"

吕前进向我喊叫："我们没有听到。"

我就再说了一遍："说的就是我。"

他们听到了我的声音，他们就不再站成一排了，他们回到了河水里，河水又开始蹦蹦跳跳了。我在树前坐了下来，继续看着他们在河水里嘻嘻哈哈，看着他们继续卖着白生生的屁股南瓜。

我是一个老实巴交的人，这话不是我自己说出来的，这话是我母亲说的，我的母亲经常向别人夸奖她的儿子：

"我们家的杨高是最老实巴交的，他听话、勤快，让他干什么，他就干什么，他从来不到外面去闯祸，从来不和别人打架，就是骂人的话，我也从来没有听到过……"

我母亲说得对，我从来不骂别人，也从来不和别人打架，可是别人总是要走过来骂我，走过来要和我打架。他们将袖管卷到胳膊肘的上面，将裤管卷到膝盖的上面，拦住了我，然后将手指戳在我的鼻子上，将唾沫喷在我的脸上，他们说：

"杨高，你敢不敢和我们打架？"

这时候我就会说："我不敢和你们打架。"

"那么，"他们说，"你敢不敢骂我们？"

我会说："我不敢骂你们。"

"那么，"他们说，"我们要骂你啦！你听着！你这个混蛋！混蛋！混蛋！混蛋！混蛋！混蛋！混蛋还要加上王八蛋！"

就是林丽丽和孙红梅，她们是女的，就是女的也不放过我。有一次，我听到其他女的对这两个女的说：

"你们两个人就会欺负我们女的，你们要是真有本事，敢不敢去和一个男的打架？"

林丽丽和孙红梅说："谁说我们不敢？"

然后她们就向我走了过来，一前一后夹住了我，她们说：

"杨高，我们要找个男的打架，我们就和你打架吧。我们不想两个打一个，我们一对一地打架。我们两个人，林丽丽和孙红梅，让你挑选一个。"

我摇摇头，我说："我不挑选，我不和你们打架。"

我想走开去，林丽丽伸手拉住我，问我：

"你告诉我们，你是不和我们打架，还是不敢和我们打架？"

我说："我是不敢和你们打架。"

林丽丽放开了我，可是孙红梅抓住了我，她对林丽丽说：

"不能就这样把他放了，还要让他说胆小如鼠……"

于是林丽丽就问我："有一句成语叫胆小如鼠，说的是谁？"

我说："说的就是我。"

三

我父亲在世的时候，经常对我母亲说：

"杨高这孩子胆子太小了，他六岁的时候还不敢和别人说话，到了八岁还不敢一个人睡觉，十岁了还不敢把身体靠在桥栏上，现在他都十二岁了，可他连鹅都害怕……"

我父亲没有说错，我遇上一群鹅的时候，两条腿就会忍不住发抖。我最怕的就是它们扑上来，它们伸直了脖子，张开着翅膀向我扑过来，这时候我只好使劲地往前走。我从吕前进的家门口走了过去，又从宋海的家门口走过去，还走过了方大伟的家，走过了林丽丽的家，可是那群叫破了嗓子的鹅仍然追赶着我，它们嘎嘎嘎嘎地叫唤着，有一次跟着我走出了杨家弄，走完了解放路，一直跟到了学校，它们嘎嘎叫着穿过了操场，我看到很多人围了上来，我听到吕前进他们向我喊叫：

"杨高，你用脚踢它们！"

于是我回过身去，对准了中间的那一只鹅，软绵绵地踢了一脚，随即我看到它们更加凶狠地叫着，更加凶狠地扑了上来，我赶紧转过身来，赶紧往前走去。

吕前进他们喊着："踢它们！杨高，你踢它们！"

我急促地走着，急促地摇着头，急促地说："它们不怕我踢。"

吕前进他们又喊道："你拿石头砸它们！"

我说："我手里没有石头。"

他们哈哈笑着,他们说:"那你赶快逃跑吧!"

我还是急促地摇着头,我说:"我不能跑,我一跑,你们就会笑我。"

他们说:"我们已经在笑你啦!"

我仔细地去看他们,我看到他们嘴巴都张圆了,眼睛都闭起来了,他们哈哈哈哈地笑,身体都笑歪了。我心想他们说得对,他们已经在笑我了,于是我甩开了两条腿,我跑了起来。

"事情坏就坏在鹅的眼睛里,"我的母亲后来说,"鹅的眼睛看什么都要比原来的小,所以鹅的胆子是最大的。"

我的母亲还说:"鹅眼睛看出来,我们家的门就像是一条缝,我们家的窗户就像是裤裆的开口,我们家的房子就像鸡窝一样小……"

那么我呢?到了晚上,我一个人躺在床上的时候,常常想着自己在鹅的眼睛里有多大。我心想自己最大也就是另一只鹅。

四

我小时候,常常听到她们说我胆小的事,我所说的她们是吕前进的母亲和宋海的母亲,还有林丽丽的母亲和方大伟的母亲。她们在夏天的时候,经常坐在树荫里,说些别人家的事。

她们叽叽喳喳，她们的声音比树上的知了叫得还要响亮。她们说着说着就会说到我头上，她们说了我很多怎么胆小的事，有一次她们还说到了我的父亲，她们说我父亲也和我一样胆小怕事。

我听到这样的话以后，心里很难受，一个人坐到了门槛上。我听到了以前不知道的事，她们说我父亲是世上将汽车开得最慢的司机，她们说谁也不愿意搭乘我父亲的卡车，因为别的司机三小时就会到的路程，我父亲五个小时也到不了。为什么？她们说我父亲胆小，说我父亲将车开快了会害怕。害怕什么？害怕自己会被撞死。

吕前进他们看到我一个人坐在门槛上，就走过来，站在我的面前，他们笑着说：

"你父亲就是胆小，和你一样胆小，你的胆小是遗传的，是从你父亲那里继承的，你父亲是从你爷爷那里继承的，你爷爷是从爷爷的爷爷那里继承的……"

他们一直说出了我祖先的十多个爷爷，然后问我：

"你父亲敢不敢闭上眼睛开车？"

我摇摇头，我说："我不知道，我没有问过。"

吕前进就说他的父亲能够一口吞下一头约克猪，吕前进的父亲是杀猪的，他对我说：

"你自己长着眼睛，你也看到我父亲长得比约克猪还要壮。"

宋海的父亲是一个外科医生，宋海说他父亲经常自己给自己动手术，宋海说：

"我经常在半夜醒来，看到我父亲坐在饭桌旁，低着头，嘴里咬着手电,手电光照着肚子,他自己给自己缝肚子。"

还有方大伟的父亲,方大伟说他父亲能够一拳把墙打穿。就是刘继生的父亲,瘦得身上都看不到肉,一年里面有半年时间是躺在医院里,刘继生说他也能将铁钉咬断。

"那么你的父亲呢?"他们问我,"你的父亲又有什么本领?你的父亲敢不敢闭上眼睛开车?"

我还是摇摇头:"我不知道。"

他们就说:"你快去问问你的父亲。"

他们走开后,我一直坐在门槛上,我在等着我父亲回来。到了傍晚,我母亲先回来了,她看到我坐在门槛上发呆,她问:

"杨高,你在干什么?"

我说:"我坐在门槛上。"

"我知道你坐在门槛上,"我母亲说,"我是问你坐在门槛上干什么?"

我说:"我在等父亲回来。"

我母亲开始做晚饭了,她从水缸里舀出水来淘米,她说:

"你快进来,你帮我把菜洗了。"

我没有进去,我仍然坐在门槛上,我的母亲叫了我很多次,我还是坐在门槛上,一直坐到天黑,我的父亲回来了,他的脚步慢吞吞的,在黑暗的路上响了过来,然后在拐角的地方出现,他手里提着那个破旧的皮包,他把自己的黑影子向我移过来,我看到家里的灯光照到了他的脚,灯光从他的脚上很快升起,升到胸口后,他站住了,他低下头来,他的头仍然在暗中,他问我:

"杨高，你在这里干什么？"

我说："我在等你回来。"

我站了起来，和我父亲一起走进了屋子。我父亲在椅子里坐了下来，他将右胳膊放在桌子上，他的眼睛看着我，这时候我问他了，我说：

"你敢不敢闭上眼睛开车？"

我父亲看着我笑了，他摇摇头，他说：

"不能闭上眼睛开车。"

"为什么？"我说，"你为什么不闭上眼睛开车？"

"如果我闭上眼睛开车，"我父亲说，"我会被撞死的。"

五

我母亲说得对，我是一个老实巴交的人，我现在有了一份很好的工作，我在一家机械厂当清洁工，我和吕前进在同一家工厂的同一个车间，他是钳工，他的手上全是油腻，衣服上也是，可是他很高兴，他说他干的是技术活，他看不上我的工作，他说我的工作没有技术。我的工作确实没有技术，我的工作就是拿着一把扫帚将车间里的水泥地扫干净，我没有技术，可是我的手上和衣服上也没有油腻，而吕前进的指甲黑乎乎的，从进入工厂以来，吕前进的指甲一直就是这么黑乎乎的。

其实刚进工厂的时候，吕前进是清洁工，我才是钳工。吕前进不愿意当清洁工，就拿着一把锉刀去找厂长，他把锉刀插在厂长的桌子缝里，说他不愿意干清洁工，他要换一份工作。于是我和吕前进换了一下，他成了钳工，我成了清洁工。吕前进成了钳工以后，就将那把锉刀给了我，他让我把锉刀也插到厂长的桌子缝里。我问他：

"为什么？"

他说："你把锉刀一插，你就能不当清洁工了。"

我又问他："你为什么不让我当清洁工？"

"你他妈的真是一个笨蛋。"他说，"清洁工是最低贱的活，难道你还不知道？"

我说："我知道，我知道你们都不愿意干清洁工。"

他伸手推我，他说："你知道了就行，你快去吧。"

他把我推出了车间，我向前走了几步，又转身回到了车间，吕前进挡住了我，他说：

"你怎么又回来了？"

我说："我要是把锉刀插在厂长的桌缝里，厂长还是要我干清洁工，我怎么办？"

"不会！"吕前进说，"你把锉刀这么一插，厂长心里就害怕，厂长一害怕，就会让你重新干钳工。"

我摇摇头，我说："厂长不会这么快就害怕的。"

"怎么不会？"吕前进双手推着我说，"我不是让他害怕了吗？"

"他是怕你，"我说，"可是他不会怕我。"

吕前进仔细地看了我一会，然后他缩回了双手，他说：

"你说得对，厂长不会怕你的，谁他妈的都不会怕你，你他妈的生来就是扫地的命。"

吕前进也说得对，我生来就是扫地的命，我喜欢扫地，我喜欢将我们的车间打扫得干干净净，我喜欢拿着一把扫帚在车间里走来走去，就是坐下来休息的时候，我也喜欢抱着那把扫帚。车间里的人经常对我说：

"杨高，你抱着扫帚的时候，像是抱着个女人。"

我知道他们是在笑话我，我不在乎，因为他们经常笑话我。我都不知道他们为什么这样喜欢笑我。我扫地的时候，他们会看着我哈哈地笑；我走路的时候，他们会指着我哈哈地笑；我上班来早了，他们要笑我；我下班走晚了，他们也会笑我。其实我每次上班和下班都是看准了时间，都是工厂规定的时间，可是他们还是要笑我，他们笑我是因为他们总是上班迟到，下班早退。有一次，吕前进对我说：

"杨高，别人都迟到早退，你为什么要准时上班，准时下班？"

我说："因为我是一个老实巴交的人。"

吕前进看着我摇起了头，他说："你太胆小了。"

我觉得自己不是胆小，我觉得自己是喜欢这份工作。吕前进不喜欢他的工作，不喜欢他用锉刀换来的有技术的钳工，所以他每天上班来得很晚，不仅来得很晚，还经常抱着破席子到车间的角落里去睡觉，有时候宋海和方大伟他们来玩，他们也

是在上班的时候溜出来的,他们看到吕前进睡在破席子上鼾声阵阵,就把他叫醒了,对他说:

"你他妈的真是舒服,上班的时候还能睡觉,你干脆把家里的床搬来吧。"

这时吕前进就会揉着眼睛嘿嘿地笑,就会问他们:

"你们今天不上班?"

方大伟他们说:"我们上班,我们是溜出来的。"

吕前进就说:"这不一样吗?你们他妈的也很舒服。"

然后,方大伟他们把我叫了过去,他们对我说:

"杨高,我们每次来都看到你在扫地,你什么时候也像吕前进那样躺在破席子上睡觉?"

我摇摇头,我说:"我不会睡觉的。"

"为什么?"他们问。

我抱着扫帚说:"我喜欢自己的工作。"

他们听了这话以后哈哈哈哈地笑了起来,他们觉得很奇怪,他们说:

"这世上竟然还有人喜欢扫地!"

我自己不觉得奇怪,因为我确实喜欢将车间打扫得干干净净,我还将车间里所有的机器都擦得干干净净的。我们的车间因为有了我,就成了厂里最干净的车间。其他车间的人都想把我要过去,可是我们车间的人不答应。全厂的人都知道这些事,就是外面的人也知道,连我过去的同学林丽丽和孙红梅也知道,她们有一次对我说:

"杨高,你是你们厂里工作干得最好的人,可是每次涨工资，每次分房子，都轮不到你……你看看那个吕前进，上班就是去睡觉，可是涨工资有他，分房子也有他，他什么活都不干，却什么好处都有他的份……"

我对她们说："我不能和吕前进比，吕前进是个有办法的人，我不行，我什么办法都没有。"

她们说："吕前进会有什么办法？还不是拿着把刀子去吓唬你们的厂长。"

她们没有说对，吕前进从来没有用刀子去吓唬我们的厂长，除了刚进工厂的时候拿过锉刀，后来他就什么都不拿了。他听说厂里要给少数工人涨工资了，就空着两只手去了，他到厂长的办公室去上班，他不再到我们的车间里来上班了。他每天进了厂长的办公室，就在厂长的椅子里坐下来，喝着厂长的茶，抽着厂长的香烟，没完没了地和厂长说话。等到有一天，厂长对他说：

"吕前进，这一次涨工资的名单批下来了，上面有你的名字。"

吕前进就回到我们车间来上班了。吕前进一回来，车间角落里的那张破席子上就不会空着了，就会整天有一个人躺着睡觉了。

吕前进的工资涨了一次又一次，我的工资还是一点都没有动，吕前进就教育我，他说：

"杨高，你想想，刚进工厂的时候，我们两个人的工资一样多，这么多年下来，我天天睡觉，你天天干活，到头来我的工资还比你多，你知道这是为什么？"

我问他："为什么？"

他说："这就叫饿死胆小的，撑死胆大的。"

我不同意他的话，我摇着头对他说：

"我不去找厂长,不是因为我胆小,我是觉得自己挣的工资够用了,所以我不怕自己的工资比你少。"

吕前进听我这么说,嘿嘿地笑了很久,他说:

"世上还有你这样的人。"

吕前进是我的好朋友,他经常在心里想着我。厂里盖成了一幢新楼后,吕前进又来对我说:

"杨高,你看到了吗,厂里那幢新楼总算盖成了,他妈的盖了都有三年了。我们要去找厂长,要让他给我们分配新房子。你要知道,这一次的房子分配后,厂里十年内不会再盖新楼了,所以拼了命也要去争一套房子过来。"

我问他:"怎么个拼命?"

他说:"从今天起,我要到厂长家去睡觉了。"

吕前进说到做到,这一天到了天黑,他就抱着一床被子,嘻嘻笑着去了厂长的家。吕前进在厂长家里只睡了三个晚上,就把新房子的钥匙拿到了手里,他将钥匙在我眼前晃来晃去,他说:

"你看到了吗,这叫钥匙!这是新房子的钥匙!"

我把吕前进的钥匙拿过来,仔细看了看,真是一把新钥匙,我问他:

"你抱着被子去厂长家睡觉,厂长怎么说?"

"厂长怎么说?"吕前进想了想后摇摇头,他说,"我忘了他怎么说了,我只记得自己对他说,我们家的房子太小了,我在家里没地方睡觉了,所以就搬到你这里来睡……"

我打断他的话,我说:"你家里的房子比谁家的都要大,你怎么会没有地方睡觉?"

"这就叫策略,"吕前进说,"我这么说,就是要告诉厂长,如果他不给我新房子,我就要在他的家里住下去了。其实他也知道我家的房子大,可他还是给了我这把钥匙。"

接着,吕前进又对我说:"杨高,我教你一个办法,从今天起,你就把车间里每天扫出来的垃圾倒在厂长家门口,不出三天,厂长就会将一把新钥匙送到你的手里。"

说着,他把自己的钥匙送到我的眼前:"和我这把钥匙一模一样地新。"

我摇摇头,我说:"我家的房子虽然不大,我和我母亲住着还是很宽敞,我不需要新房子。"

吕前进听到我这样说,就拍拍我的肩膀嘿嘿地笑,他说:"你还是胆小,你和你父亲一样。"

六

他们都说我的父亲胆小,说我父亲从来不敢对别人发脾气,就是高声说话的时候都没有,而别人可以把手指伸到我父亲的鼻尖上,可以一把抓住我父亲胸口的衣服,可以对我父亲破口大骂,而我的父亲总是一句话都不说。他们还说我父亲看到谁都要点头哈腰,就是遇上一个要饭的乞丐,我父亲也会对他满脸笑容。如果换成别人,他们说早把那个乞丐从门口一脚踢出去了,可是我父亲却又是给他吃,又是给他喝,还要在脸上挂满了笑容。他们说了很多我父亲胆小的事,说到最后,他们连我父亲不抽烟不喝酒的事都说了。

可是他们不知道我父亲坐在卡车里时的神气,当我的父亲向那辆解放车走去的时候,我父亲的脚步要比往常响亮,我父亲的胳膊也甩得比往常远。他打开车门,坐到了车里,他慢吞吞地戴上了一副白纱手套,他将戴上手套的手放在了方向盘上,他的脚踩住了油门,然后我父亲将那辆解放牌卡车开走了。

他们说我父亲从来不敢骂别人,连自己的女人和孩子都不敢骂。他们没有说错,我的父亲从来没有骂过我的母亲,也没有骂过我,可是当我父亲坐在卡车里的时候,当他开着卡车在道路上奔跑的时候,他常常会将头伸出窗外,对着外面行走的人吼叫一声:

"你找死!"

那时候我就坐在父亲的身边,我看着树叶和树枝在车窗外闪闪而过,看着前面的道路在阳光里耀眼地亮过去,道路两旁出现的行人全在我的下面,当他们中间有一个试探着想横穿道路时,我的父亲就会向他吼叫:

"你找死!"

我父亲吼完以后,就会扭过头来看我一眼,我看到父亲的眼睛闪闪发亮,这时候我父亲神气十足,他对我说:

"杨高,你注意看着,下一次让你来喊。"

于是我睁圆了眼睛,看着前面道路上的行人,当看到前面有一个人想横穿过去,又退回到路边时,我就双手抓住卡车的窗框,我的嘴巴张了张,可是我没有声音,我害怕了。

我父亲说:"不用怕,他追不上我们的汽车。"

我看着我们的卡车呼呼地驶了过去,那个人在后面很快就变小了。我知道父亲说得很对,在路上的人追不上我们,我可以大着胆子向他们吼叫。我就再次抓住窗框,仔细地看着道路上行走的人,当又有一个人想横穿道路时,我突然浑身发抖了,我对着他软绵绵地喊出了一声:

"你找死!"

我父亲说:"太小了,你的声音太小了。"

从反光镜里,我看到卡车很快地将那个人甩远了,我就使足了劲喊道:

"你找死!"

然后我靠在了车椅上,我累得一点力气都没有了,我看到父亲握着方向盘哈哈地笑着,过了一会我也笑了。

七

我喜欢和吕前进在一起,因为吕前进胆大,他比赵青、宋海、方大伟、胡强、刘继生和徐浩他们都要胆大,虽然他长得最瘦小，可是他最胆大。我经常在心里想，吕前进的眼睛是不是也和鹅的眼睛一样，谁在他的眼里都比他更瘦小，所以他谁都不怕。他的脸上有三道刀痕，都是他自己用菜刀划出来的。他打架打输了就跑回家，拿起家里的菜刀再追出去，追上那人后，他先在自己脸上划一刀，然后挥起菜刀就去劈那人，那人就怕他了。

后来，宋海他们说："谁都不愿意拿刀割自己的脸，只有吕前进愿意，所以谁都怕他。"

我问过吕前进，我说："你为什么要先在自己脸上划一刀？"

吕前进说："我这是告诉对方，我不要命了。这叫胆小的怕胆大的，胆大的怕不要命的。"

于是我知道吕前进比胆大还要胆大，他是不要命，我问他："不要命的人又怕什么？"

他说："不要命的人就什么都不怕了。"

这一次他没有说对，其实不要命的人也会有害怕的时候，吕前进就是这样。这一天晚上，已经很晚了，那天晚上我和吕前进都上夜班，我先从厂里出来，我走到了一条没有路灯的街上，天上下雨了，我就站到屋檐下躲雨，我在黑暗里站了十多分钟，听到有人走过来的脚步声，因为太黑，我看不清是谁，只是模模糊糊地看到一个很矮的身影，走近了我才看到那人披着一件衣服，弯着身体走过来，那人从我身边走过去的时候，咳嗽了起来，我就立刻知道他是谁了，他是吕前进。吕前进因为感冒，已经咳嗽了一天，他咳嗽的时候比呕吐还要难听，嗓子眼里像是被沙子堵住似的,他"哦啊哈哦哦啊啊"地从我身边走了过去。

这时候我已经在黑乎乎的屋檐下站了十多分钟了,雨虽然没有淋着我的脸,可是把我的鞋完全淋湿了,这时候吕前进从我身边走了过去,我立刻高兴地跑了上去,从后面一把抱住了他,我感到吕前进的身体一下子缩紧了,然后我听到了他的失声惊叫:

"我是男人!我是男人!我是男人!"

我从来没有听到过这样的叫声,像是公鸡的啼鸣。这声音一点都不像是吕前进的,吕前进从来没有用这样的声音说过喊过。吕前进挣脱了我的手,拼命地跑了起来,没一会他就跑到了另一条街上。他这么快就跑掉了,我都来不及告诉他我是杨高。我的手刚抱住他,他就惊叫起来,都把我吓一跳,等到我回过魂来时,他已经跑得没有踪影了。

这天晚上,我一直不明白他为什么要喊"我是男人",我知道吕前进是一个男人,就是不知道他为什么要这样喊叫。其实他不叫,我也知道他是男人。到了第二天,在宋海的家里,我和吕前进、赵青、宋海、方大伟、胡强、刘继生、徐浩他们坐在一起的时候,我才知道吕前进为什么要这样喊叫。

那时候,吕前进坐在我的对面,抽着香烟喝着茶,他对我们大家说:

"我昨天晚上遇上了一个强奸犯,想强奸我……"

宋海问他:"一个女的想强奸你?"

"男的。"吕前进说,"他把我当成女的了……"

"他怎么会把你当成女的？"他们问他。

"我披了一件花衣服，"吕前进说，"我下班的时候下雨了，我就拿了我们车间一个女工的外衣，披在头上，刚走出工厂，走到学军路上，他妈的那路上一盏灯都没有，我刚走到学军路上，那个强奸犯就从后面扑了上来，抱住了我……"

这时我高兴地叫了起来："所以你就喊：我是男人！原来你披了一件女人的衣服……"

他们打断我的话，问吕前进："他抱住了你，你怎么办？"

吕前进看看我，对他们说："我抓住他的两只手，一弯腰，一个大背包把他摔在了地上……"

"然后呢？"

"然后……"吕前进又看看我，他继续说，"我用脚踩住他的嘴巴，我告诉他：我是男人……"

听到吕前进这样说，宋海他们都转过头来看看我，他们似乎想起了我刚才的话，宋海指着我说：

"他刚才好像说过什么？"

我就又笑了，他们又去问吕前进："然后呢？"

"然后……"吕前进眼睛看着我，继续说，"我给了他三脚，又把他拉起来，给了他三个耳光，然后……然后……"

吕前进看到我笑得越来越高兴，就向我瞪圆了眼睛，他说：

"杨高，你笑什么？"

我说："其实我不知道你披了一件女人的衣服，天那么黑，根本看不清你披什么衣服。"

我看到吕前进的脸变青了，这时候宋海他们全看着我了，他们问我：

"你刚才说什么？"

我指着自己的鼻子，对他们说："昨天晚上抱住他的就是我。"

他们听了我的话以后都怔住了，我看着吕前进，继续说：

"你昨天晚上跑得真快，我还来不及告诉你我是杨高，你就跑得没有踪影了。"

我看到吕前进铁青着脸站了起来，他走到我面前，挥起手"啪啪"给了我两个耳光，打得我头晕眼花，紧接着他抓住了我胸口的衣服，把我从椅子里拉了起来，先是用膝盖撞我的肚子，把我肚子里撞得翻江倒海似的难受，然后他对准我的胸口狠狠地打了一拳，那一刻我的呼吸都被打断了。

八

后来，我从地上爬了起来，走出了宋海的家，沿着解放路慢慢地往前走，走到向阳桥上，我站住了脚，靠在了桥栏上。中午的阳光照得我睁不开眼睛，我身上的疼痛还在隐隐约约地继续着，我听到轮船在桥下过去了，将河水划破后发出"哗哗"的响声。我想起了我的父亲，我十二岁那年死去的父亲，我父亲死去的那年夏天和那年夏天的那辆解放牌卡车，还有那辆破旧的拖拉机。

我的父亲让我坐到了他的卡车里,他要带我去上海,去那个很大的城市。我父亲的卡车在夏天的道路上奔跑,被阳光照热了的风让我的头发在车厢里飘扬着,让我的汗衫"哗啦哗啦"地响着,我对我的父亲说:

"你闭上眼睛吧。"

我的父亲说:"不能闭上眼睛开车。"

我说:"为什么?你为什么不闭上眼睛开车?"

我的父亲说:"你看到前面的拖拉机了吗?"

我看到前面有一辆拖拉机,正慢吞吞地向前开着,拖拉机后面的车斗里坐着十来个农民,他们都赤裸着上身,他们的身体像泥鳅一样的黝黑,也像泥鳅一样闪闪发亮。我说:

"我看到了。"

我父亲说:"如果我闭上眼睛开车,我们就会撞在前面的拖拉机上,我们就会被撞死。"

"我只要你闭上一小会,"我说,"你只要闭上一小会,我就可以去和吕前进他们说了,说你敢闭着眼睛开车。"

"那我就闭上一小会吧,"我的父亲说,"你看着我的眼睛,我数到三就闭上,一、二、三……"

我父亲的眼睛终于闭上了,我亲眼看到他闭上的,他闭上了一小会,当他睁开眼睛的时候,我们的卡车快要撞上前面的拖拉机了。拖拉机正惊慌地向左逃去,我父亲使劲将方向盘向下转去,我们的卡车从拖拉机的右边擦了过去。

我看到拖拉机车斗里像泥鳅一样黝黑的人,都向我们伸出

了手,我知道他们是在骂我们,于是我父亲伸出头去,对着他们喊叫:

"你们找死!"

然后我父亲转过头来,对我得意地笑了起来,我也跟着父亲一起笑了。我们的卡车继续在夏天的道路上奔跑,树叶和树枝在我的眼前一闪一闪地过去了,我看到田野里的庄稼一层一层地铺展开去,我还看到了河流弯弯曲曲,看到了房屋,看到了田埂上走动的人。

可是我父亲的卡车抛锚了,我父亲下了车,将前面的车盖打开,他开始修理起他的解放牌卡车。我仍然坐在车厢里,我想看着父亲,前面支起的车盖挡住了我的眼睛,我没有看到父亲,我只听到他修车时的声响,他在车盖下面不停地敲打着什么。

过了很久,我父亲从车头跳到了地上,他盖上车盖,走到我旁边,从我的座位下面拿出了一块布,他擦着手上的油污,走到了卡车的另一边。当他拉开车门,准备上来时,刚才那辆拖拉机驶过来了,拖拉机驶到我们前面停了下来,车上像泥鳅一样黝黑的人全跳下了拖拉机,他们向我们走过来。

我父亲的手拉着车门,看着他们走到我们面前,他们的手抓住了我父亲胸前的衣服,起码有三只手同时抓住了我父亲,我听到他们问我父亲:

"是谁想找死?是你,还是我们?"

我父亲什么话都没说,他被他们拉到了道路的中间,我看到他们的手伸进了我父亲的口袋,他们把我父亲的钱摸出来后,放进了自己的口袋,然后他们的拳头打在了我父亲的脸上,他们十多个人一起打我的父亲,他们把我的父亲打在了地上。

我在车上哇哇地哭,我看不到自己的父亲,他们围住了我的父亲。我在车上响亮地哭,他们在下面用脚踢我的父亲,他们踢了一阵,开始散开来,我才看到自己的父亲,他蜷缩着躺在地上,像是抱住了自己。我拼命地哭着,我看到他们中间有四个人拉开了裤裆,他们对着躺在地上的我父亲撒尿了,他们把尿撒在我父亲的脸上,和我父亲的腿上,和我父亲的胸口。我号啕大哭,在迷糊的泪水里,我看到他们走向了拖拉机,他们走上了拖拉机,拖拉机"突突突突"地响了起来,他们的拖拉机向前驶去了。

我还是号啕大哭,我看到自己的父亲从地上慢慢地爬了起来,我父亲爬起来以后稍稍站了一会,我看到父亲歪着身体在那里站着。我哭得死去活来,我父亲转过身来了,他走到了车旁,拉开了车门,我看到父亲脸上的血和尘土粘在了一起,他的头发和衣服都湿了,他喘着气爬进了车里。我哭得身体一抖一抖的,我父亲伸过来他的手,他用他油腻的手擦我的脸,他的手一直轻轻地擦着我的脸,一直把我脸上的泪水擦干净。然后他的手放在了方向盘上,他看着前面驶去的拖拉机,他看了一会,从脚旁拿出了他的茶缸,他把茶缸递给我,他对我说:

"杨高,我口渴,你到河边去舀一杯水来。"

我呜咽着接过了父亲手里的茶缸,我打开车门,从车上爬了下去,我向河边走去,我回头看了一眼我的父亲,我看到他正看着我，我看到他眼睛里流出了眼泪，我走到了河边。

当我舀满了一杯水站起来的时候，我父亲的卡车开动了，我拼命地向岸上跑去，我把茶缸里的水都泼在了地上，可是我父亲的卡车开走了。我站在道路上哇哇地哭，我对着驶去的卡车哇哇地叫，我向我父亲喊叫：

"你不要丢下我！你不要丢下我！"

我哭喊着向前跑去，我以为父亲不要我了，我以为父亲要把我扔掉了。我父亲将卡车开得飞快，我看到父亲的卡车追上了那辆拖拉机，然后我听到了一声巨响，我看到父亲的卡车撞到了拖拉机上，我看到前面扬起了一团巨大的尘土，一股黑烟从扬起的尘土里升了起来。

我站住了脚，我在那里站了很久，然后我才向前走去，我看到很多汽车驶到那里后都停了下来，车上的人都跳下了车，都围在了那里。我一直向那里走着，那里离我很远，等我走到那里时，天都快黑了，我走到父亲的卡车旁，我看到父亲的车头被撞进去了，父亲的车门也被撞歪了，我的父亲扑在方向盘上，他的头上全是破碎了的玻璃，方向盘刺破了我父亲的衣服，刺进了我父亲的胸膛。我父亲死了，他自己的血把他全身涂红了。我看到拖拉机上的那些人全被抛到了地上，有几个一动不动，有几个躺在那里"哼哼"地叫着。我还看到了满地的麻雀，像庄稼一样密密麻麻，我知道它们是被那一声巨响给震死的，它们本来是在树上，它们本来高高兴兴的，可是我父亲的卡车突然撞到了拖拉机上，它们就这样突然地死去了。

九

我离开了向阳桥，回到家中，我的母亲没有在家里，她早晨洗了的衣服晾在窗前的竹竿上，我看到衣服已经干了，就把衣服收下来，叠好后放进了衣柜。接着我将母亲早晨扫过的地重新扫了一遍，将母亲早晨擦过的桌子重新擦了一遍，将母亲已经摆好的鞋子重新摆了一遍，又将母亲杯子里的水加满了。然后我拿起了厨房里的菜刀，我走出了家门。

我提着菜刀向吕前进的家走去，走过宋海的家门口时，宋海叫住了我，他说：

"杨高，你要去哪里？你手里拿着菜刀干什么？"

我说："我要去吕前进的家，我手里的菜刀是要去劈吕前进的。"

我听到宋海哈哈哈哈地笑了起来，我听到他在后面说：

"方大伟，你看到了吗，你看到杨高手里的菜刀了吗？他说他要去劈吕前进。"

我看到方大伟正向我走过来，他听到了宋海的话，他站住了脚，问我：

"你真要去劈吕前进？"

我点点头，我说："我真的要去劈吕前进。"

我听到方大伟也哈哈地笑了起来，他的笑声和宋海一模一样，他对宋海说：

"他说真的要去劈吕前进。"

宋海说:"是啊,他是这么说的。"

我听到他们两个人一起哈哈地笑了,他们跟在了我的后面,他们说要亲眼看着我把吕前进劈了。于是我在前面走,他们在后面走,我们走过刘继生的家门口时,宋海和方大伟喊了起来:

"刘继生!刘继生!"

刘继生出现在门口,看着我们说:"叫我干什么?"

宋海和方大伟对他说:"杨高要去把吕前进劈了,你不想去看看热闹?"

刘继生奇怪地看着我,他问我:"你要去把吕前进劈了?"

我点点头,我说:"是的,我是要去把吕前进劈了。"

刘继生也和宋海他们一样地笑了起来,他又问我:"你是想把吕前进劈死呢,还是劈伤?"

我说:"就是不劈死,也要把他劈成个重伤。"

他们三个人听到我这样说,立刻捧着肚子大笑起来。我不知道他们为什么要笑成这样,我对他们说:

"怎么说吕前进也是你们的朋友,我要去劈他了,你们还这么高兴。"

我说完后,他们笑得蹲到了地上,我听到他们的笑声变成了"吱吱吱吱",像是蟋蟀的叫声。我不再理睬他们,我一个人往前走去,走过胡强的家门口时,我听到宋海他们又在后面喊叫了:

"胡强!胡强!胡强!"

我才知道他们又跟在我的身后了,于是当我来到吕前进家门口时,我的身后就有五个人了,他们是宋海、方大伟、刘继生、胡强和徐浩,他们哈哈笑着把我推进了吕前进的家。

那时候吕前进正坐在桌子旁吃着西瓜,他手里捧着一牙西瓜,脸颊上沾着西瓜子,他抬起头来看着我们,他看到了我手里的菜刀,他嘴里咀嚼着西瓜嘟哝道:

"拿着菜刀干什么?"

宋海他们笑着对他说:"杨高要用菜刀来劈你啦!"

吕前进睁大了眼睛,他看看我,又看看宋海他们,他说:

"你们说什么?"

宋海他们哈哈地笑,哈哈地说:"吕前进,你死到临头了还在吃西瓜,你再吃也没有什么用了,你吃下去的西瓜都来不及变成大便了,你就要死啦,你没有看到杨高手里拿着菜刀吗?"

吕前进放下了手里的西瓜,伸手指指我,又指指他自己的鼻子,然后他说:

"你们说他要来劈我?"

宋海他们一起点起了头,他们说:"对!"

吕前进用手抹了一下自己的嘴,他再次指着我对他们说:

"你们说杨高要用菜刀来劈我?"

宋海他们又一起点起了头,他们说:"对啊!"

吕前进看看我,接着和宋海他们一起哈哈哈哈笑了起来。这时候我说话了,我说:

"吕前进,刚才你打了我,你打了我的脸,打了我的胸膛,还用脚踢我的肚子,踢我的膝盖,让我的脸我的胸膛我的肚子我的膝盖一直疼到现在。刚才你打我的时候,我一直没有还手,我没有还手不是因为我怕你,是因为我不知道该怎么办,现在我知道该怎么办了，我要以牙还牙！我要用这把菜刀把你劈了！"

我将手里的菜刀举起来，我让吕前进看清楚了，也让宋海他们看清楚了。

吕前进和宋海他们看着我手里的菜刀，张大了嘴巴，发出了哈哈的笑声。我心想这是怎么回事？他们为什么要哈哈大笑？我就问他们，我说：

"你们笑什么？你们为什么这样高兴？吕前进你为什么也在笑？宋海他们笑我还弄得明白，你也笑我就不懂了。"

我看到他们笑得更加响亮了，吕前进笑得扑在了桌子上，宋海和方大伟站在他的身旁，他们两个人都是一只手捧着自己的肚子，另一只手使劲地拍着吕前进的肩膀。他们的笑声把我的耳朵震得"嗡嗡"直响，我举着菜刀站在那里，我不知道该怎么办。我一直看着他们笑，看着他们渐渐地止住了笑声，看着他们抬起手擦起了眼泪。然后我看到宋海把吕前进的头又按在了桌子上，宋海对吕前进说：

"你把脖子给杨高。"

吕前进的头直了起来，他推开了宋海，他说：

"不行，我怎么能把脖子给他。"

宋海说："你把脖子给他吧，你不给他，他都不知道该怎么办。"

方大伟他们也在一旁说："吕前进，你要是不把脖子给他，那就不好玩了。"

吕前进骂了一声："他妈的。"

然后他笑着把头搁在了桌子上，刘继生他们把我推到吕前进面前,宋海把我手里的刀举起来,连同我拿刀的手一起放到了吕前进的脖子上。我的菜刀架到吕前进的脖子上后,吕前进的脖子就缩紧了,他的脸贴着桌子咯咯地笑,他说:

"这菜刀弄得我脖子痒痒的。"

我看到吕前进被阳光晒黑的脖子上有几颗红痘,我对吕前进说:

"你脖子上有好几颗红痘,你上火了,你最近蔬菜吃少了。"

吕前进说:"我最近根本就没吃蔬菜。"

我说:"不吃蔬菜吃西瓜也行。"

宋海他们对我说:"杨高,你别说废话了,你不是要把吕前进劈了?现在吕前进的脖子就在你的菜刀下面,我们看你怎么劈?"

是的,现在吕前进的脖子就在我的菜刀下面,我的手只要举起来,再劈下去,就能把吕前进的脖子剁断了。可是我看到宋海他们又一次哈哈地笑起来,我心想他们这么高兴,他们高兴就是因为我要把吕前进劈了,于是我就替吕前进难受起来,我对吕前进说:

"他们还是你的朋友呢,他们要真是你的朋友,他们不会这么高兴的,他们应该来劝阻我,他们应该把我拉开,可是你看看他们,他们都盼着我把你劈了。"

他们听了我的话以后,笑声更响了,我对吕前进说:

"你看,他们又笑了。"

吕前进也在笑,他的嘴巴贴着桌子说:

"你说得对,他们不是我真正的朋友,你也不是,你要是我的朋友，你就不会拿着菜刀来劈我了。"

听到吕前进这样说，我心里有些不安了，我对他说：

"我要来劈你是因为你打了我，你要是不打我，我是不会来劈你的。"

吕前进说："我就打了你两下，你就拿刀来劈我了，你就忘了我以前是怎么照顾你的了。"

我想起来了，我想起来很多以前的事，想起来吕前进曾经为我做的事，他为我和别人打过架，为我和别人吵过嘴，为我做过很多的事，可是我现在却要把他劈了，我觉得自己不应该把他劈了，他虽然打了我，可他还是我的朋友。我把菜刀从他的脖子上拿走了，我对他说：

"吕前进，我不劈你啦……"

吕前进的头就从桌子上抬了起来，他伸手去揉自己的脖子，他对着宋海他们哈哈地笑，宋海他们也对着他哈哈地笑。

我继续说："虽然我不劈你了，可是也不能就这样算了，你刚才打了我很多耳光，踢了我很多脚，现在我只打你一个耳光，我们就算是扯平了。"

说着我伸手给了吕前进一个耳光，屋子里的人都听到了我的巴掌拍在吕前进的脸上，他们的笑声一下子就没有了。接着我看到吕前进的眼睛瞪圆了，他指着我骂道：

"你他妈的！"

他推倒了椅子，一个跨步走到了我的面前，对准我的脸"啪啪啪啪"打了四个耳光，打得我晕头转向，两眼发黑，然后他对准我的胸口狠狠一拳，打得我肺里都发出了"嗡嗡"声。

在我倒下去的时候，他又在我的肚子上蹬了一脚，我的肚子里立刻就乱成一团。我倒到地上时，我感到他的脚还踢了我几下，全踢在我的腿上，使我的腿像是断了一样。我躺在了地上，我听到他们"嗡嗡"的说话声，我听不清他们在说些什么，我只是感到自己的疼痛从头到脚，一阵阵，像是拧毛巾似的拧着我的身体。

一九九六年六月二十六日

夏季台风

第一章

一

　　白树走出了最北端的小屋,置身于一九七六年初夏阴沉的天空下。在他出门的那一刻,阴沉的天空突然向他呈现,使他措手不及地面临一片嘹亮的灰白。于是记忆的山谷里开始回荡起昔日的阳光,山崖上生长的青苔显露了阳光迅速往返的情景。

　　仿佛是生命闪耀的目光在眼睛里猝然死去,天空随即灰暗了下去。少年开始往前走去。刚才的情景模糊地复制了多年前一张油漆剥落的木床,父亲消失了目光的眼睛依然睁着,如那张木床一样陈旧不堪。在那个月光挥舞的夜晚,他的脚步声在一条名叫河水的街道上回荡了很久,那时候有一支夜晚的长箫正在吹奏,伤心之声四处流浪。

现在,操场中央的草地上正飞舞着无数纸片,草地四周的灰尘奔腾而起,扑向纸片,纸片如惊弓之鸟。他依稀听到呼唤他的声音。那是唐山地震的消息最初传来的时刻,他们就坐在此刻纸片飞舞的地方,是顾林或者就是陈刚在呼唤他,而别的他们则在阳光灿烂的草地上或卧或躺。呼唤声涉及他和物理老师的地震监测站。那座最北端的小屋。他就站在那棵瘦弱的杉树旁,他听到树叶在上面轻轻摇晃,然后听到自己的声音也在上面摇晃。

"三天前,我们就监测到唐山地震了。"

顾林他们在草地上哗哗大笑,于是他也笑了一下,他心想:事实上是我监测到的。

物理老师当初没在场。监测仪一直安安静静,自从监测仪来到这最北端的小屋以后,它一直是安安静静的。可那一刻突然出现了异常。那时候物理老师没在场,事实上物理老师已经很久没去监测站了。

他没有告诉顾林他们:"是我监测到的。"他觉得不该排斥物理老师,因此他们的哗哗大笑并不只针对他一个人,但是物理老师听不到他们的笑声。

他们的笑声像是无数纸片在风中抖动。他们的笑声消失以后,纸片依然在草地上飞舞。没有阳光的草地显得格外青翠,于是纸片在上面飞舞时才如此美丽。白树在草地附近的小径走去时,心里依然想着物理老师。他注意到小径两旁的树叶因为布满灰尘显得十分沉重。

是我一个人监测到唐山地震的。他心里始终坚持这个想法。

监测仪出现异常的那一刻,他突然害怕不已。他在离开小屋以后,他知道自己正在奔跑。他越过了很多树木和楼梯的很多台阶以后,他看到在教研室里,化学老师和语文老师眉来眼去,物理老师的办公桌上展示着一个地球仪。他在门口站着,后来他听到语文老师威严的声音:

"你来干什么?"

他离开时一定是惊慌失措。后来他敲响了物理老师的家门。敲门声和他的呼吸一样轻微。他担心物理老师打开屋门时会不耐烦,所以他敲门时胆战心惊。物理老师始终没有打开屋门。

那时候物理老师正站在不远处的水架旁,正专心致志地洗一条色彩鲜艳的三角裤衩和一只白颜色的乳罩。他看到白树羞羞答答地站到了他的对面,于是他"嗯"了一声继续他专心致志的洗刷。他就是这样听完了白树的讲述,然后点点头:

"知道了。"

白树在应该离去的时候没有离去,他在期待着物理老师进一步的反应。但是物理老师再也没有抬起头来看他一眼。他在那里站了很久,最后才鼓起勇气问:

"是不是向北京报告?"

物理老师这时才抬起头来,他奇怪地问:

"你怎么还不走?"

白树手足无措地望着他。他没再说什么,而是将那条裤衩举到眼前，似乎是在检查还有什么地方没有洗干净。阳光照耀着色彩鲜艳的裤衩，白树看到阳光可以肆无忌惮地深入进去，这情形使他激动不已。

这时他又问：

"你刚才说什么？"

白树用舌头舔了舔嘴唇，再次说：

"是不是向北京报告？"

"报告？"物理老师皱皱眉，接着又说，"怎么报告？向谁报告？"

白树感到羞愧不已。物理老师的不耐烦使他不知所措。他听到物理老师继续说：

"万一弄错了，谁来负责？"

他不敢再说什么，却又不敢立刻离去。直到物理老师说："你走吧。"他才离开。

但是后来，顾林他们在草地里呼唤他时，他还是告诉他们：

"三天前我们就监测到唐山地震了。"他没说是他一个人监测到的。

"那你怎么不向北京报告？"

他们哗哗大笑。

物理老师的话并没有错，怎么报告？向谁报告？

草地上的纸片依然在飞舞。也不知道为什么，监测仪突然停顿了。起初他还以为是停电的缘故，然而那盏二十五瓦电灯的昏黄之光依然闪烁不止。应该是仪器出现故障。他犹豫不决，是否应该动手检查？后来，他就离开那间最北端的小屋。

现在，草地上的纸片在他身后很远的地方飞舞了。他走出了校门，他沿着围墙走去。物理老师的家就在那堵围墙下的路上。

物理老师的屋门涂上了一层乳黄的油漆，这是妻子的礼物。她所居住的另一个地方的另一扇屋门，也是这样的颜色。白树敲门的时候听到里面有细微的歌声，于是他眼前模糊出现了城西那口池塘在黎明时分的波动，有几株青草漂浮其上。

物理老师的妻子站在门口，屋内没有亮灯，她站在门口的模样很明亮，外面的光线从她躯体四周照射进去，她便像一盏灯一样闪闪烁烁了。他看到明亮的眼睛望着他，接着她明亮的嘴唇动了起来：

"你是白树？"

白树点点头。他看到她的左手扶着门框，她的四个手指歪着像是贴在那里，另一个手指看不到。

"他不在家，上街了。"她说。

白树的手在自己腿上摸索着。

"你进来吧。"她说。

白树摇摇头。

物理老师妻子的笑声从一本打开的书中洋溢出来，他听到了风琴声在楼下教室里缓缓升起，作为音乐老师的她的歌声里有着现在的笑声。那时候恰好有几张绿叶从窗外伸进来，可他被迫离开它们走向黑板，从物理老师手中接过一截白色的粉笔，楼下的风琴声在黑板面前显得凄凉无比。

她笑着说："你总不能老站着。"

总是在那个时候，在楼下的风琴声飘上来时，在窗外树叶

伸进来时,他就要被迫离开它们。他现在开始转身离去,离去时他说:

"我去街上找老师。"

他重新沿着围墙走,他感到她依然站在门口,她的目光似乎正望着他的背影。这个想法使他走去时摇摇晃晃。

他离开黑板走向座位时,听到顾林他们哗哗笑了起来。

监测仪在今天上午出现故障,顾林他们不会知道这个消息,否则他们又会哗哗大笑了。

他走完了围墙,重又来到校门口,这时候物理老师从街上回来了,他听完白树的话后只是点点头。

"知道了。"

白树跟在他身后,说:"你是不是去看看?"

物理老师回答:"好的。"可他依然往家中走去。

白树继续说:"你现在就去吧。"

"好的,我现在就去。"

物理老师走了很久,发现白树依然跟随着他。他便站住脚,说:"你快回家吧。"

白树不再行走,他看着物理老师走向他自己的家中。物理老师不需要像他那样敲门,他只要从裤袋里摸出钥匙,就能走进去。他从那扇刚才被她的手抚弄过的门走进去。因为屋内没有亮着灯,物理老师的妻子站在门口十分明亮。她的裙子是黑色的,裙子来自一座繁华的城市。

物理老师将粉笔递给他时,他看到老师神思恍惚。楼下的风琴声在他和物理老师之间飘浮。他的眼前再度出现城西那口美丽的池塘，和池塘四周的草丛，还有附近的树木。他听到风声在那里已经飘扬很久了。但是他不知道自己走向黑板该干些什么。他在黑板前与老师一起神思恍惚，风琴声在窗口摇曳着，像那些树叶。然后他才回过头来望着物理老师，物理老师也忘了该让他做些什么。他们便站在那里互相望着，那时候顾林他们窃窃私笑了。后来物理老师说：

"回去吧。"

他听到顾林他们哗哗大笑。

二

物理老师坐在椅子里，他的脚不安分地在地上划动。他说："街上已经乱成一团了。"

她将手伸出窗外，风将窗帘吹向她的脸。有一头黄牛从窗下经过，发出"哞哞"的叫声。很久以前，一大片菜花在阳光里鲜艳无比，一只白色的羊羔从远处的草坡上走下来。她关上了窗户。后来，她就再没去看望住在乡下的外婆。现在，屋内的灯亮了。

他转过头去看看她，看到了窗外灰暗的天色。

"那个卖酱油的老头，就是住在城西码头对面的老头，他今天凌晨看到一群老鼠,整整齐齐一排,相互咬着尾巴从马路上穿过。他说起码有五十只老鼠,整整齐齐地从马路上穿过,一点也不惊慌。机械厂的一个司机也看到了。他的卡车没有轧着它们,它们从他的车轮下浩浩荡荡地经过。"

她已经在厨房里了,他听到米倒入锅内的声响,然后听到她问:

"是卖酱油的老头这样告诉你?"

"不是他,是别人。"他说。

水冲进锅内,那种破破烂烂的声响。

"我总觉得传闻不一定准确。"她说。

她的手指在锅内搅和了,然后水被倒出来。

"现在街上所有的人都这么说。"

水又冲入锅内。

"只要有一个人这么说,别的人都会这么说的。"

她在厨房里走动,她的腿碰倒了一把扫帚,然后他听到她点燃了煤油炉。

"城南有一口井昨天深夜沸腾了两个小时。"他继续说。

她从厨房里出来:

"又是传闻。"

"可是很多人都去看了,回来以后他们都证实了这个消息。"

"这仍然是传闻。"

他不再说话,把右手按在额上。她走向窗口,在这傍晚还未来临的时刻,天空已经沉沉一色,她看到窗外有一只鸡正张着翅膀在追逐什么。她拉上了窗帘。

他问:"你昨晚睡着时听到鸡狗的吼叫了吗?"

"没有。"她摇摇头。

"我也没有听到。"他说,"但是街上所有的人都听到了,昨晚上鸡狗叫成一片。就是我们没有听到,所以我们应该相信他们。"

"也可能他们应该相信我们。"

他从椅子里站了起来:

"你为什么总是不相信别人呢?"

——是英雄创造历史?还是群众创造历史?政治老师问。

——群众创造历史。

——群众是什么?蔡天仪。

——群众就是全体劳动人民。

——坐下。英雄呢?王钟。

——英雄是指奴隶主、资本家、剥削阶级。

那个时候,有关她住在乡下的外婆的死讯正在路上行走,还未来到她的身边。

三

有关地震即将发生的消息传来已经很久了。钟其民坐在他的窗口。此刻他的右手正放在窗台上,一把长箫搁在胳膊上,由左手掌握着。他视野的近处有一块不大的空地,他的目光在空地上经过,来到了远处几棵榆树的树叶上。他试图躲过阻挡他目光的树叶,从而望到远处正在浮动的天空。他依稀看到远处的天空正在呈现一条惨白的光亮,光亮以蚯蚓的姿态弯曲着。然后中间被突然切断,而两端的光亮也就迅速缩短,最终熄灭。他看到远处的天空正十分平静地浮动着。

吴全从街上回来,他带来的消息有些惊人。

"地震马上就要发生了,街上的广播在说。"

吴全的妻子站在屋门前,她带着身孕的脸色异常苍白。她惊慌地看着丈夫向她走来。他走到她跟前,说了几句话。她便急促地转过迟疑的身体走入屋内。吴全转回身,向几个朝他走来的人说:"地震马上就要发生了,邻县在昨天晚上就广播了,我们到今天才广播。"

他的妻子这时走了出来,将一沓钱悄悄塞入他手里,他轻声嘱咐一句:

"你快将值钱的东西收拾一下。"

然后他将钱塞入口袋,快步朝街上走去,走去时扯着嗓子:

"地震马上就要发生了。"

吴全的喊声在远处消失。钟其民松了一口气,心想他总算走了。现在,空地上仍有几个人在说话,他们的声音不大。

"一般地震都是在夜晚发生。"王洪生这样说。

"一般是在人们睡得最舒服的时候。"林刚补充了一句。

"地震似乎喜欢在人多的地方发生。"

"要是没人的话,地震就没什么意思了。"

"王洪生。"有一个尖细的声音在不远处怒气冲冲地叫着。

林刚用胳膊推了推王洪生:"叫你呢。"

王洪生转过身去。

"还不快回来,你也该想想办法。"

王洪生十分无聊地走了过去。其他几个人稍稍站了一会,也四散而去。这时候李英出现在门口,她哭丧着脸说:

"我丈夫怎么还不回来?"

钟其民拿起长箫,放到唇边。他看着站在门口手足无措的李英,开始吹奏。似乎有一条宽阔的,但是薄薄的水在天空里飞翔。在田野里行走的是树木,它们的身体发出的哗哗的响声……江轮离开万县的时候黑夜沉沉,两岸的群山在月光里如波浪状起伏,山峰闪闪烁烁。江水在黑夜的宁静里流淌,从江面上飘来的风无家可归,萧萧而来,萧萧而去。

有关地震即将发生的消息传来已经很久了,他的窗口失去昔日的宁静也已经很久了。他们似乎都将床搬到了门口,他一直听到那些家具在屋内移动时的响声,它们像牲口一样被人到处驱赶。夜晚来临以后,他们的屋门依然开启,直到翌日清晨的光芒照亮它们,他们部分的睡姿可以隐约瞥见,清晨的宁静就这样被无声地瓦解。

在日出的海面上,一片宽阔的光芒在透明的海水里自由成长。能够听到碧蓝如晴空的海水在船舷旁流去时有一种歌唱般的声音。心情愉快的清晨发生在日出的海面。然而后来,一些帆船开始在远处的水域航行,船帆如一些破旧的羽毛插在海面上,它们摇摇晃晃显得寂寞难忍。那是流浪旅途上的凄苦和心酸。

李英的丈夫从街上回来了，他带来的消息比吴全刚才所说的更惊人。

"街上都在抢购毛竹和塑料雨布。"

钟其民将箫搁在右手胳膊上，望着李英的丈夫走向自己的家门，心想他倒是没有张牙舞爪。

他说："县委大院里已经搭起了很多简易棚，学校的操场也都搭起了简易棚，他们都不敢在房屋里住了，说是晚上就要发生地震。"

李英从屋内出来，冲着他说："你上哪儿去啦？"

街上都在抢购毛竹和塑料雨布。宁静了片刻的窗口再度骚动起来。

他住过的旅店几乎都是靠近街道的，陷入嘈杂之声总是无法突围。嘈杂之声缺乏他所希望的和谐与优美，它们都为了各自的目的胡乱响着。如果它们有一个共同的目标，钟其民想，那么音乐就会在各个角落诞生。

吴全再次从街上回来时满载而归。他从一辆板车上卸下毛竹和塑料雨布，然后扯着嗓子叫：

"快去吧，街上都在抢购毛竹和塑料雨布。"

眼下那块空地缺乏男人，男人在刚才的时候已经上街。吴全的呼吁没有得到应该出现的效果。但是有个女人的声音突然响起，像是王洪生妻子的声音：

"你刚才为什么不说？"

吴全装着没有听到。他的妻子已经出现在门口，她似乎不敢往声音传来的方向看。她走过去打算帮助丈夫。但他说："你别动。"于是她就站住了，低着头看丈夫用脚在地上测量。

"就在这里吧。"他说，"这样房屋塌下来时不会压着我们。"

她朝四周看了看，小声问："是不是太中间了。"

他说："只能这样。"

又是刚才那个女人的声音：

"你不能在中央搭棚。"

吴全仍然装着没有听到。他站到了一把椅子上，将一根毛竹往泥土里打进去。

"喂，你听到没有？"

吴全从椅子上下来，从地上捡起另一根毛竹。

"这人真不要脸。"是另一个女人的声音，"你也该为别人留点地方。"

"吴全。"仍然是女人的声音，"你也该为别人留点地方。"

全是一些女人的声音。钟其民心想，他眼前出现一些碎玻璃。全是女人的声音。他将箫放到唇边。音乐有时候可以征服一切。他曾经置身于一条不断弯曲的小巷里，在某个深夜的时刻。那宁静不同于空旷的草原和奇丽的群山之峰。那里的宁静处于珍藏之中，他必须小心翼翼地享受。他在往前走去时，小巷不断弯曲，仿佛行走在不断出现的重复里，和永无止境的简单之中。

已经不再是一些女人的声音了。王洪生和林刚他们的嗓音在空气里飞舞。他们那么快就回来了。

"你讲理，我们也讲；你不讲理，我们也不会和你讲理。"王洪生嗓音洪亮。

林刚准备去拆吴全已经搭成一半的简易棚。王洪生拉住他：

"现在别拆，待他搭完后再拆。"

李英在那里呼唤她的儿子："星星。"

"这孩子怎么一转眼就不见了。"

她再次呼唤："星星。"

音乐可以征服一切。他曾经看到过有关月球的摄影描述。在那一片茫茫的、粗糙的土地上，没有树木和河流，没有动物在上面行走。那里被一片寒冷的光普照，那种光芒虽然灰暗却十分犀利，在外表粗糙的乱石里宁静地游动，那是一个没有任何噪音的世界，音乐应该去那里居住。

他看到一个异常清秀的孩子正坐在他脚旁，孩子不知是什么时候进来的，此刻正靠在墙上望着他。这个孩子和此刻仍在窗外继续的呼唤声"星星"有关。孩子十分安静地坐在地上，他右手的食指含在嘴里。他时常偷偷来到钟其民的脚旁。他用十分简单的目光望着钟其民。他的眼睛异常宁静。

他觉得现在应该吹一支孩子们喜欢的乐曲。

四

监测仪在昨天下午重新转动起来。故障的原因十分简单，一根插入泥土的线路断了。白树是在操场西边的一棵树下发现这一点的。

现在，那个昨天还是纸片飞舞的操场出现了另外一种景色。学校的老师几乎都在操场上，一些简易棚已经隐约出现。

在一本已经泛黄并且失去封面的书中，可以寻找到有关营地的描写。在阿尔卑斯山下的草坡上，盟军的营地以雪山作为背景，一些美丽的女护士正在帐篷之间走来走去。

物理老师已经完成了简易棚的支架，现在他正将塑料雨布盖上去。语文老师在一旁说：

"低了一些。"

物理老师回答："这样更安全。"

物理老师的简易棚接近道路，与一棵粗壮的树木倚靠在一起。树枝在简易棚上面扩张开去。物理老师说：

"它们可以抵挡一下飞来的砖瓦。"

白树就站在近旁。他十分迷茫地望着眼前这突然出现的景象——阿尔卑斯山峰上的积雪在蓝天下十分耀眼——书上好像就是这样写的。他无法弄明白这突如其来的事实。他一直这么站着，语文老师走开后他依然站着。物理老师正忙着盖塑料雨布，所以他没有走过去。他一直等到物理老师盖完塑料雨布，在简易棚四周走动着察看时，他才走过去。

他告诉物理老师监测仪没有坏，故障的原因是：

"线路断了。"

他用手指着操场西边：

"就在那棵树下面断的。"

物理老师对他的出现有些吃惊，他说：

"你怎么还不回家？"

他站着没有动，然后说：

"监测仪没有出现异常情况。"

"你快回家吧。"物理老师说。他继续察看简易棚，接着又说：

"你以后不要再来了。"

他将右手伸入裤子口袋，那里有一把钥匙，可以打开最北端那座小屋的门。物理老师让他以后不要再来了。他想，他要把钥匙收回去。

可是物理老师并没有提钥匙的事，他只是说：

"你怎么还没走？"

白树离开阿尔卑斯山下的营地，向校门走去。后来，他看到了物理老师的妻子走来时的身影。那时候她正沿着围墙走来。她两手提满了东西，她的身体斜向右侧，风则将她的黑裙子吹向了左侧。

那时候他听到了街上的广播正在播送地震即将发生的消息。但是监测仪并没有出现任何地震的迹象。他看到物理老师的妻子正艰难地向他走来。他感到广播肯定是弄错了。物理老师的妻子已经越来越近。广播里播送的是县革委会主任的紧急讲话。可是监测仪始终很正常。物理老师的妻子已经走到了他的身旁，她看了他一眼，然后走入了学校。

在街上，他遇到了顾林、陈刚他们。他们眉飞色舞地告诉他：地震将在晚上十二点发生。

"我们不准备睡觉了。"

他摇摇头，说："不会发生。"

他告诉他们监测仪没有出现异常情况。

顾林他们哗哗大笑了。

"你向北京报告了吗？"

然后他们抛下他往前走去，走去时高声大叫：

"今晚十二点地震。"

他再次摇摇头，再次对他们说：

"不会发生的。"

但他们谁也没有听到他的话。

回到家中时，天色已黑。屋内空无一人，他知道母亲也已经搬入了屋外某个简易棚。他在黑暗中独自站了一会。物理老师的妻子艰难地向他走来，她的身体斜向右侧，风则将她的黑裙子吹向了左侧。然后他走下楼去。

他在屋后那块空地上找到了母亲。那里只有三个简易棚，母亲的在最右侧。那时候母亲正在铺床，而王立强则在收拾餐具。里面只有一张床。他知道自己将和母亲同睡这张床。他想起了学校最北端那座小屋，那里也有一张床。物理老师在安放床的时候对他说：

"情况紧急的时候还需要有人值班。"

母亲看到他进来时有些尴尬，王立强也停止了对餐具的收拾。母亲说："你回来了。"

他点点头。

王立强说："我走了。"

他走到门口时又说了一句："需要什么时叫我一声就行了。"

母亲答应了一声,还说了句:"麻烦你了。"

他心想,事实上,你们之间的事我早就知道了。

父亲的葬礼十分凄凉。火化场的常德拉着一辆板车走在前面。父亲躺在板车之中,他的身体被一块白布覆盖。他和母亲跟在后面。母亲没有哭,她异常苍白的脸向那个阴沉的清晨仰起。他走在母亲身边,上学的同学站在路旁看着他们,所去的地方十分漫长。

第二章

一

趋向虚无的深蓝色应该是青藏高原的天空,它笼罩着没有植物生长的山丘。近处的山丘展示了褐色的条纹,如巨蛇爬满一般。汽车已经驰过了昆仑山口,开始进入唐古拉山地。那时候一片云彩飘向高原的烈日,云彩正将阳光一片片削去,最后来到烈日下,开始抵挡烈日。高原蓦然暗淡了下来,仿佛黄昏来临的景色迅速出现。他看到遥远处有野牛宁静地走动,它们行走在高原宁静的颜色之中。

箫声在梅雨的空中结束了最后的旋律。钟其民坐在窗口，他似乎看到刚才吹奏的曲子正在雨的间隙里穿梭远去，已经进入他视野之外的天空，只有清晨才具有的鲜红的阳光，正在那个天空里飘扬。田野在晴朗地铺展开来，树木首先接受了阳光的照耀。那里清晨所拥有的各种声响开始升起，与阳光汇成一片。声响在纯净的空中四处散发，没有丝毫噪声。

屋外的雨声已经持续很久了，有关地震即将发生的消息传来已经很久了。钟其民望着空地上的简易棚，风中急泻而去的雨水在那些塑料雨布上飞飞扬扬。他们就躲藏在这飞扬之下。此刻空地的水泥地上雨水横流。

出现的那个人是林刚，他来到空地还未被简易棚占据的一隅，他呼喊了一声：

"这里真舒服。"

然后林刚的身体转了过去。

"王洪生。喂，我们到这里来。"

"你在哪儿？"

是王洪生的声音，从雨里飘过来时仿佛被一层布包裹着。他可能正将头探出简易棚，雨水将在他脑袋上四溅飞舞。

有关地震即将发生的消息传来已经很久了，可是那天晚上来到的不是地震，而是梅雨。

王洪生他们此刻已和林刚站在了一起，他们的雨伞连成一片。他看到他们的脑袋往一处凑过去。他们点燃了香烟。

"这里确实舒服。"

"简易棚里太难受了。"

"那地方要把人憋死。"

王洪生说:"最难受的是那股塑料气味。"

"这是什么烟,抽起来那么费劲。"

"你不问问这是什么天气。"

现在是梅雨飞扬的天气。钟其民望到远处的树木在雨中烟雾弥漫。现在望不到天空,天空被雨遮盖了。雨遮盖了那种应有的蓝色,遮盖了阳光四射的景色。雨就是这样,遮盖了天空。

"地震还会不会发生?"

有关地震即将发生的消息传来已经很久了。谁也没有见到过地震,所以谁也不知道什么是废墟。他曾经去过新疆吐鲁番附近的高昌故城。一座曾经繁华一时的城镇,经千年的烈日照射,风沙席卷,如今已是废墟一座。他知道什么是废墟。昔日的城墙、房屋依稀可见,但已被黄沙覆盖,闪烁着阳光那种黄色。落日西沉以后,故城在月光里凄凉耸立,回想着昔日的荣耀和灾难。然后音乐诞生了。因此他知道什么是废墟。

"钟其民。"是林刚或者就是王洪生在叫他。

"你真是宁死不屈。"是王洪生在说。

他听到他们的笑声,他们的笑声飘到窗口时被雨击得七零八落。

"砍头不过风吹帽。"是林刚。

他注意起他们的屋门,他们的屋门都敞开着。他们为何不走入屋内?

李英又在叫唤了:

"星星。"

她撑着一把雨伞出现在林刚他们近旁。

他不知道孩子是什么时候来到脚旁的。

"这孩子到处乱走。"

孩子听到了母亲的呼喊,他将食指放在嘴唇上示意钟其民别出声。

"星星。"

星星的头发全湿了。他俯下身去,抹去孩子脸上的雨水。他的手接触到了他的衣服,衣服也湿了,孩子的皮肤因为潮湿,已经开始泛白。

"大伟。"李英开始呼喊丈夫了。

大伟的答应声从简易棚里传出来。

"你出来。"李英哭丧着喊叫,随即又叫:

"星星。"

一片雨水飞扬的声音。

孩子的眼睛非常明亮,他知道他在期待着什么。

二

雨水在地上急流不止,塑料雨布在风中不停摇晃,雨打在上面，发出一片沉闷的声响。王洪生他们的说话声阵阵传来。

"你也出去站一会吧。"她说。

吴全坐在床上，他弯曲着身体，汗水在他脸上胡乱流淌。他摇摇头。

她伸过手去摸了一下他的衣服。

"你的衣服都湿了。"

他看到自己的手如同在水中浸泡多时后出现无数苍白的皱纹。

"你把衬衣脱下来。"她说。

他看着地上哗哗直流的雨水。她伸过手去替他解衬衣纽扣。他疲惫不堪地说：

"别脱了，我现在动一下都累。"

潮湿披散的头发遮住了她的半张脸。她的双手撑住床沿，事实上撑住的是她的身体。隆起的腹部使她微微后仰。脚挂在床下，脚上苍白的皮肤看上去似乎与里面的脂肪脱离。如同一张胡乱贴在墙上的纸，即将被风吹落。

王洪生他们在外面的声音和雨声一起来到。钟其民的箫声已经持续很久了。风在外面的声音很清晰。风偶尔能够试探着吹进来一些，使简易棚内闷热难忍的塑料气味开始活动起来，出现几丝舒畅的间隙。

"你出去站一会吧。"她又说。

他看了她一眼，她的疲惫模样使他不忍心抛下她。他摇摇头。

"我不想和他们站在一起。"

王洪生他们在外面声音明亮。钟其民的箫声已经离去。现在是自由自在的风声。

"我也想去站一会。"她说。

他们一起从简易棚里钻出来,撑开雨伞以后站在了雨中,棚外的清新气息扑鼻而来。

"像是清晨起床打开窗户一样。"她说。

"星星。"

李英的叫声此刻听起来也格外清新。

星星出现在不远的雨中,孩子缩着脖子走来。他在经过钟其民窗口时向那里看了几眼,钟其民朝他挥了挥长箫。

"星星,你去哪儿了?"

李英的声音怒气冲冲。

他发现她的两条腿开始打颤了。他问:

"是不是太累了?"

她摇摇头。

"我们回去吧。"

她说:"我不累。"

"走吧。"他说。

她转过身去,朝简易棚走了两步,然后发现他没有动。他愁眉不展地说:

"我实在不想回到简易棚里去。"

她笑了笑:"那就再站一会吧。"

"我的意思是……"他说,"我们回屋去吧。"

"我想,"他继续说,"我们回屋去坐一会,就坐在门口,然后再去那里。"他朝简易棚疲倦地看了一眼。

第三章

一

监测仪一直没有出现异常情况。这天上午，雨开始趋向稀疏，天空不再是沉沉一色，虽然乌云依然翻滚，可那种令人欣慰的苍白颜色开始隐隐显露，梅雨已经持续了三天。他望着此刻稀疏飘扬的雨点，心里坚持着过去的想法：地震不会发生。

街道上的雨水在哗哗流动，他曾经这样告诉过顾林他们。工宣队长的简易棚在操场的中央。阿尔卑斯山峰的积雪在蓝天下闪闪烁烁。但他不能告诉工宣队长地震不会发生，他只能说："监测仪一直很正常。"

"监测仪？"

工宣队长坐在简易棚内痛苦不堪，他的手抹去光着的膀子上的虚汗。

"他娘的，我怎么没听说过监测仪。"

他一直站在棚外的雨中。

工宣队长望着白树，满腹狐疑地问：

"那玩意儿灵吗？"

白树告诉他唐山地震前三天他就监测到了。

工宣队长看了白树一阵，然后摇摇头：

"那么大的地震能提前知道吗？什么监测仪，那是闹着玩。"

物理老师的简易棚接近那条小道。他妻子的目光从雨水中飘来，使他走过时犹如越过一片阳光灿烂照射的树林。监测仪一直没有出现异常情况，他很想让物理老师知道这一点。但是插在裤袋里的手制止了他，那是一把钥匙制止了他。

现在飘扬在空气中的雨点越来越稀疏了，有几只麻雀在街道上空飞过，那喳喳的叫声暗示出某种灿烂的景象，阳光照射在湿漉漉的泥土上将会令人感动。街上有行人说话的声音。

"听说地震不会发生了。"

白树在他们的声音里走过去。

"邻县已经解除了地震警报。"

监测仪始终没有出现异常情况。白树知道自己此刻要去的地方，他感到一切都严重起来了。

那个身材矮小的中年人走在街上时，会使众人仰慕。他的眼睛里没有白树，但是他看到了陈刚：

"你爸爸好吗？"

后来陈刚告诉白树：那人就是县革委会主任。

县委大院空地里的情景，仿佛是学校操场的重复。很多大小不一的简易棚在那里呈现。依然是阿尔卑斯山下的营地。白树在大门口站了很久,他看到他们在雨停之后都站在了棚外,他们掀开了雨布。

"那气味太难受了。"

白树听到他们的声音里有一种晴天时才有的欢欣鼓舞。

"这日子总算到头了。"

"虚惊一场。"

有几个年轻人正费劲地将最大的简易棚的雨布掀翻在地。那个身材矮小的中年人站在一旁与几个人说话,和他说完话的人都迅速离去。后来他身旁只站着一个三十来岁的男子。那雨布被掀翻的一刻,有一片雨水明亮地倾泻下去。他们走入没有了屋顶的简易棚。

现在白树走过去了,走到他们近旁。县革委会主任此刻坐在一把椅子里,他的手抚摸着膝盖。那个三十来岁的男人和一张办公桌站在一起,桌上有一部黑色的电话。他问:

"是不是通知广播站?"

革委会主任摆摆手:"再和……联系一下。"

白树依稀听到某个邻近的县名。

那人摇起电话:

嘎嘎嘎嘎。

"是长途台吗?接一下……"

"你是谁?"革委会主任发现了白树。

"监测仪一直很正常。"白树听到自己的声音哆嗦着飘向革委会主任。

"你说什么?"

"监测仪……地震监测仪很正常。"

"地震监测仪?哪来的地震监测仪?"

电话铃响了。那人拿起电话。

"喂,是……"

白树说:"我们学校的地震监测仪。"

"你们学校?"

"县中学。"

那人说话声:"你们解除警报了?"然后他搁下电话,对革委会主任说,"他们也解除警报了。"

革委会主任点点头:"都解除警报了。"随后又问白树,"你说什么?"

"监测仪一直很正常。"

"你们学校?有地震监测仪?"

"是的。"白树点点头,"唐山地震我们就监测到了。"

"还有这样的事。"革委会主任脸上出现了笑容。

"监测仪一直很正常。地震不会发生。"白树终于说出了曾经向顾林他们说过的话。

"噢——"革委会主任点点头,"我明白你的意思了。地震不会发生?"

"不会。"白树说。

革委会主任站起来走向白树。他向他伸出右手,但是白树并不明白他的意思,所以他又抽回了手。他说:

"你做了一件了不起的事,我代表全县的人民感谢你。"然后他转身对那人说,"把他的名字记下来。"

后来，白树又走在了那条雨水哗哗流动的街道上。那时候有关地震不会发生的消息已在镇上弥漫开去了。街上开始出现一些提着灶具和铺盖的人，他们是最先离开简易棚往家中走去的人。

"白树。"

他看到王岭坐在影剧院的台阶上，王岭全身已经湿透，他满面笑容地看着白树。

"你知道吗，"王岭说，"地震不会发生了。"

他点点头。然后他听到广播里在说："有消息报道，邻县已经解除了地震警报。根据我县地震监测站监测员白树报告，近期不会发生地震……"

王岭叫了起来："白树，在说你呢。"

白树呆呆地站立着，女播音员的声音在空气里慢慢飘散，然后他沿着台阶走到王岭身旁坐下。他感到眼前的景色里有几颗很大的水珠，他伸手擦去眼泪。

王岭摇动着他的手臂："白树，你的名字上广播了。"

王岭的激动使他感动不已，他说："王岭，你也到监测站来吧。"

"真的吗？"

物理老师的形象此刻突然来到，于是他为刚才脱口而出的话感到不安，不知道物理老师会不会同意王岭到监测站来。

物理老师的简易棚就在路旁，他经过时便要经过他妻子的目光。

他曾经看到她站在一棵树下的形象，阳光并未被树叶全部抵挡，但是来到她身上时斑斑驳驳。他看到树叶的阴影如何在她身上安详地移动。那些幸福的阴影。那时候她正笑着对体育老师说：

"我不行。"

体育老师站在沙坑旁，和沙坑一起邀请她。

现在，她也应该听到广播了。

二

弥漫已久的梅雨在这一日中午的时刻由稀疏转入终止。当钟其民坐在窗口眺望远处的天空时，天空向他呈现了乱云飞渡的情景。他曾经伸手接触过那些飞渡的乱云，在接近山峰时，如黑烟一般的乌云从山腰里席卷而上。那些飘浮在空中的庞然大物，其实如烟一样脆弱和不团结，它们的消散是命中注定的。

在空地上，李英又在呼喊着星星。星星逃离父母总是那么轻而易举。林刚在那里掀开了盖住简易棚的塑料雨布，他说：

"也该晒晒太阳了。"

"哪儿有太阳？"王洪生在简易棚里出来时信以为真。

"被云挡住了。"林刚说。

他说得没错。

"翻开雨布吧。"林刚向王洪生喊道,"把里面的气味赶出去。"

几乎所有简易棚的雨布被掀翻在地了,于是空地向钟其民展示了一堆破烂。吴全的妻子站在没有雨布遮盖的简易棚内,她隆起的腹部进入了钟其民的视野。李英在喊叫:

"星星。"

"别叫了。"王洪生说,"该让孩子玩一会。"

"可他还是个孩子。"李英总是哭丧着脸。

音乐已经逃之夭夭。他们的嘈杂之声是当年越过卢沟桥的日本鬼子。音乐迅速逃亡。钟其民从椅子里站起来,此刻户外的风正清新地吹着,他希望自己能够置身风中,四周是漫漫田野。

钟其民来到户外时,大伟从街上回来:

"地震不会发生了。"他带来的消息振奋人心,"他们都搬到屋里去了。"

"星星呢?"李英喊道。

"我怎么知道。"

"你就知道自己转悠。"

"你只会喊叫。"

接下去将是漫长的争吵。钟其民向街上走去。女人和男人的争吵,是这个世界里最愚蠢的声音。街道上的雨水依然在哗哗流动,他向前走去时,感受着水花在脚上纷纷开放与纷纷凋谢。

然后他看到了一些肩背铺盖手提灶具的行人,他们行走在乌云翻滚的天空下,他们的孩子跟在身后,他们似乎兴高采烈,可是兴高采烈只能略略掩盖一下他们的狼狈。他们正走向自己家中。王洪生他们此刻正将铺盖和灶具撤离简易棚，撤入他们的屋中。

地震不会发生了。

他感到有人扯住了他的衣角。星星站在他的身旁，孩子的裤管和袖管都高高卷起，这是孩子对自己最骄傲的打扮。

星星告诉钟其民：

"那里没有人。"

孩子手指过去的地方有几棵梧桐树，待那位老人走过之后，那里就确实没有人了。

孩子走过去，他的手依旧扯着钟其民的衣服。钟其民必须走过去。来到梧桐树下后，星星放开钟其民，向前几步推开了一幢房屋的门。

"里面没有人。"

屋内一片灰暗。钟其民知道了孩子要把他带向何处。他说：

"我刚从房屋里出来。"

孩子没有理睬他，径自走了进去，孩子都是暴君。钟其民也走了进去。那时孩子正沿着楼梯走上去，那是如胡同一样曲折漫长的楼梯。后来有一些光亮降落下来，接着楼梯结束了它的伸延。上楼以后向右转弯，孩子始终在前，他始终在后。一只很小的手推开了一扇很大的门，仍然是这只很小的手将门关闭。他看到家具和床。窗帘垂挂在两端。现在孩子的头发在窗台处摇动，窗帘被拉动的声音——嘎——嘎嘎——孩子的身体被拉长了，他的脚因为踮起而颤抖不已。嘎嘎嘎——嘎——窗帘拉动时十分艰难。

嘎——两端的窗帘已经接近。孩子转过身来看着他,窗帘缝隙里流出的光亮在孩子的头发上飘浮。孩子顺墙滑下,坐在了地上。仔细听着什么,然后说:

"外面的声音很轻。"

孩子双手抱住膝盖,安静地注视着他。孩子的眼睛闪闪发亮,孩子期待着什么他已经知道。他将门旁的椅子搬过来,面对孩子而坐,先应该整理一下衣服,然后举起手来,完成几个吹奏的动作,最后是深深的歉意:

"箫没带来。"

孩子扶着墙爬了起来,他的身体沮丧不已,他的头发又在窗台前摇动了。他的脸转了过去,他的目光大概刚好贴着窗台望出去。他转回脸来,脸的四周很明亮:

"我以为你带来了呢。"

钟其民说:"我们来猜个谜语吧。"

"猜什么?"孩子的沮丧开始远去。

"这房屋是谁的?"

这个谜语糟透了。

孩子的脸又转了过去,他此刻的目光和户外的天空、树叶、电线有关。随后他迅速转回,眼睛闪闪发亮。

孩子说:"是陈伟的。"

"陈伟是谁?"

孩子的眼睛十分迷茫,他摇摇头。

"我也不知道。"

"很好。"钟其民说,"现在换一种玩法。你走过来,走到这柜子前……让我想想……拉开第三个抽屉吧。"

孩子的手拉开了抽屉。

"里面有什么?"

孩子几乎将整个上身投入抽屉里,然后拿出了几张纸和一把剪刀。

"好极了,拿过来。"

孩子拿了过去。

"我给你做轮船或者飞机。"

"我不要轮船和飞机。"

"那你要什么?"

"我要眼镜。"

"眼镜?"钟其民抬头看了孩子一眼,接着动手制作纸眼镜,"为什么要眼镜?"

"戴在这儿。"孩子指着自己的眼睛。

"戴在嘴上?"

"不,戴在这儿。"

"脖子上?"

"不是,戴在这儿。"

"明白了。"钟其民的制作已经完成,他给孩子戴上,"是戴在眼睛上。"

纸遮住了孩子的眼睛。

"我什么也看不见。"

"怎么会呢?"钟其民说,"把眼镜摘下来,小心一点……你向右看,看到什么了?"

"柜子。"

"还有呢?"

"桌子。"

"再向左看,有什么?"

"床。"

"向前看呢?"

"是你。"

"如果我走开,有什么?"

"椅子。"

"好极了,现在重新戴上眼镜。"

孩子戴上了纸眼镜。

"向右看,有什么?"

"柜子和桌子。"

"向左呢?"

"一张床。"

"前面有什么?"

"你和椅子。"

钟其民问:"现在能够看见了吗?"

孩子回答:"看见了。"

孩子开始在屋内小心翼翼地走动。这里确实安静。光亮长长一条挂在窗户上。他曾经在森林里独自行走,头顶的树枝交叉在一起,树叶相互覆盖,天空显得支离破碎。孩子好像打开了屋门,他连门也看到了。阳光在上面跳跃,从一张树叶跳到另一张树叶上。孩子正在下楼,从这一台阶跳到另一台阶上。

脚下有树叶轻微的断裂声，松软如新翻耕的泥土。

钟其民感到有人在身后摇晃他的椅子。星星原来没有下楼。他转过身去时，却没有看到星星。椅子依然在摇晃。他站起来走到窗口，窗帘抖个不停。他拉开了窗帘，于是看到外面街道上的行人呆若木鸡，他们可能是最后撤离简易棚的人，铺盖和灶具还在手上。他打开了窗户，户外一切都静止，那是来自高昌故城的宁静。

这时有人呼叫：

"地震了。"

有关地震的消息像雪花一样纷纷扬扬了多日，最终到的却是吐鲁番附近的宁静。

街上有人开始奔跑起来，那种惊慌失措的奔跑。刚才的宁静被瓦解，他听到了纷纷扬扬的声音，哭声在里面显得很锐利。钟其民离开窗口，向门走去。走过椅子时，他伸手摸了一会，椅子不再摇晃。窗外的声响喧腾起来了。地震就是这样，给予你昙花一现的宁静，然后一切重新嘈杂起来。地震不会把废墟随便送给你，它不愿意把长时间的宁静送给你。

钟其民来到街上时，街上行走着长长的人流，他们背着铺盖和灶具。刚才的撤离尚未结束，新的撤离已经开始。他们将撤回简易棚。街上人声拥挤，他们依然惊慌失措。

傍晚的时候，钟其民坐在自己的窗口。有人从街上回来，告诉大家：

"广播里说，刚才是小地震，随后将会发生大地震。大家要提高警惕。"

第四章

一

铺在床上的草席已经湿透了。草席刚开始潮湿的时候，尚有一股稻草的气息暖烘烘地蒸发出来，现在草席四周的边缘上布满了白色的霉点，她用手慢慢擦去它们，她感受到手擦去霉点时接触到的似乎是腐烂食物的黏稠。

雨水的不断流动，制止了棚内气温的上升。脚下的雨水分成两片流去，在两片雨水接触的边缘有一些不甚明显的水花，欢乐地向四处跳跃。雨水流去时呈现了无数晶莹的条纹，如丝丝亮光照射过去。雨水的流动里隐蔽着清新和凉爽，那种来自初秋某个黎明时刻，覆盖着土地的清新和凉爽。

她一直忍受着随时都将爆发的呕吐，她双手放入衣内，用手将腹部的皮肤和已经渗满水分的衣服隔离。吴全已经呕吐了好几次，他的身体俯下去时越过了所能承受的低度，他的双手紧按着腰的两侧，手抖动时惨不忍睹。张开的嘴显得很空洞，呕吐出来的只是声响和口水，没有食物。恍若一把锉刀在锉着他的嗓子，声响吐出来时使人毛骨悚然。呕吐在她体内翻滚不已，但她必须忍受。她一旦呕吐，那么吴全的呕吐必将更为凶猛。

她看到对面的塑料雨布上爬动着三只蚰蜒，三只蚰蜒正朝着不同的方向爬去。她似乎看到蚰蜒头上的丝丝绒毛，蚰蜒在爬动时一伸一缩，在雨布上布下三条晶亮的痕迹，那痕迹弯曲时形成了很多弧度。

"还不如去死。"

那是林刚在外面喊叫的声音，他走出了简易棚，脚踩进雨水里的声响稀里哗啦。接下去是关门声。他走入了屋内。

"林刚。"是王洪生从简易棚里出来。

"我想死。"林刚在屋内喊道。

她转过脸去看着丈夫，吴全此刻已经仰起了脸，他似乎在期待着以后的声响，然而他听到的是一片风雨之声和塑料雨布已经持续很久了的滴滴答答。于是吴全重又垂下了头。

"王洪生。"那个女人尖细的嗓音。

她看到丈夫赤裸的上身布满斑斑红点。红点一直往上，经过了脖子爬上了他的脸。夜晚的时刻重现以后，她听到了蚊虫成群飞来的嗡嗡声。蚊虫从倾泻的雨中飞来，飞入简易棚，她从来没有想到蚊虫飞舞时会有如此巨大的响声。

"你别出来。"是王洪生的声音。

"凭什么不让我出来。"那是他的妻子。

"我是为你好。"

"我再也受不了。"她开始哭泣，"你凭什么甩下我，一个人回屋去？"

"我是为你好。"他开始吼叫。

"你走开。"同样的吼叫。他可能拉住了她。

她听到了一种十分清脆的声响,她想是他打了她一记耳光。

"好啊,你——"哭喊声和厮打声同时呈现。

她转过脸去,看到丈夫又仰起了脸。

一声关门的巨响,随后那门发出了被踢打的碎响。

"我不想活了——"

很长的哭声,哭声在雨中呼啸而过。她好像跌坐在地了。门被猛击。

她仔细分辨那扇门的响声,她猜想她是用脑袋击门。

"我不——想——活——了。"

哭声突然短促起来:"你——流——氓——"

妻子骂自己丈夫是流氓。

"王洪生,你快开门。"是别人的叫声。

哭声开始断断续续,雨声在中间飞扬。她听到一扇门被打开了,应该是王洪生出现在门口。

箫声在钟其民的窗口出现。箫声很长,如同晨风沿着河流吹过去。那傻子总是不停地吹箫。傻子的名称是王洪生他们给的。那一天林刚就站在他的窗下,王洪生在一旁窃笑。林刚朝楼上叫道:

"傻子。"

他居然探出头来。

"大伟。"李英的喊叫,"星星呢?"

大伟似乎出去很久了。他的回答疲惫不堪:

"没找到。"

李英伤心欲绝的哭声:"这可怎么办呢?"

"有人在前天下午看见他。"大伟的声音低沉无力,"说星星眼睛上戴着纸片。"

箫声中断了。

箫声怎么会中断呢?三年来,箫声总是不断出现。就像这雨一样,总是缠绕着他们。在那些晴和的夜晚,吴全的呼噜声从敞开的窗户飘出去,钟其民的箫声却从那里飘进来。她躺在这两种声音之间,她能够很好地睡去。

"他戴着纸片在街上走。"大伟说。

"这可怎么办呢?"李英的哭声虚弱不堪。

她转过脸去,丈夫已经垂下了头。他此刻正在剥去手上因为潮湿皱起的皮肤。颜色泛白的皮肤一小片一小片被剥下来。已经剥去好几层了,一旦这么干起来他就没完没了。他的双手已经破烂不堪。她看着自己仿佛浸泡过久般浮肿的手,她没有剥去那层事实上已经死去的皮肤。如果这么干,那么她的手也将和丈夫一样。

一条蚰蜒在床架上爬动,丈夫的左腿就架在那里。蚰蜒开始弯曲起来,它中间最肥胖的部位居然弯曲自如。它的头已经靠在了丈夫腿上,丈夫的腿上有着斑斑红点。蚰蜒爬了上去,在丈夫腿上一伸一缩地爬动了。一条晶亮的痕迹从床架上伸展过去,来到了他的腿上,他的腿便和床连接起来了。

"蚰蜒。"她轻声叫道。

吴全木然地抬起头,看着她。

她又说:"蚰蜒。"同时用手指向他的左腿。

他看到了蚰蜒,伸过去左手,企图捏住蚰蜒,然而没有成功，蚰蜒太滑。他改变了主意，手指贴着腿使劲一拨，蚰蜒卷成一团掉落下去，然后被雨水冲走。

他不再剥手上的皮肤，他对她说：

"我想回屋去。"

她看着他："我也想回去。"

"你不能。"他摇摇头。

"不。"她坚持自己的想法，"我要和你在一起。"

"不行。"他再次拒绝，"那里太危险。"

"所以我才要在你身边。"

"不行。"

"我要去。"她的语气很温和。

"你该为他想想。"他指了指她隆起的腹部。

她不再作声，看着他离开床，十分艰难地站起来，他的腿踩入雨水，然后弯着腰走了出去。他在棚外站了一会，雨水打在他仰起的脸上，他的眼睛眯了起来。接着她听到了一片哗哗的水声，他走去了。

钟其民的箫声此刻又在雨中飘来。他喜欢坐在他的窗口，他的箫声像风那么长，从那窗口吹来。吴全已经走入屋内，他千万别在床上躺下，他实在是太累了，他现在连说话都累。

"大伟，你再出去找找吧。"李英哭泣着哀求。

他最好是搬一把椅子坐在门口。他会这样的。

大伟踩着雨水走去了。

一扇门打开的声音，接着是林刚的说话声。

"屋里也受不了。"他的声音沮丧不已。

林刚踩着雨水走向简易棚。

吴全已经坐在了屋内，屋内也受不了，他在屋内坐着神经太紧张。他会感到屋角突然摇晃起来。

吴全出现在简易棚门口，他脸色苍白地看着她。

"又摇晃了。"

二

深夜的时候，钟其民的箫声在雨中漂泊。箫声像是航行在海中的一张帆，在黑暗的远处漂浮。雨一如既往地敲打着雨布，哗哗流水声从地上升起，风呼啸而过。蚊虫在棚内成群飞舞，在他赤裸的胸前起飞和降落。它们缺乏应有的秩序，降落和起飞时杂乱无章，不时撞在一起。于是他从一片嗡嗡巨响里听到了一种惊慌失措的声音。妻子已经睡去，她的呼吸如同湖面的微浪，摇摇晃晃着远去——这应该是过去时刻的情景，那些没有雨的夜晚，月光从窗口照射进来。现在巨大的蚊声已将妻子的呼吸声淹没。身下的草席蒸腾着丝丝湿气，湿气飘向他的脸，使他嗅到了温暖的腐烂气息。是米饭馊后长出丝丝绒毛的气息。不是水果的糜烂或者肉类的腐败。米饭馊后将出现蓝和黄相交的颜色。

他从床上坐起来，妻子没有任何动静。他感受到无数蚊虫急速脱离身体时的慌乱飞舞。一片乱七八糟的嗡嗡声。他将脚踩入流水，一股凉意油然而生，迅速抵达胸口。他哆嗦了一下。

何勇明的尸首被人从河水里捞上来时，已经泛白和浮肿。那是夏日炎热的中午。他们把他放在树荫下，蚊虫从草丛里结队飞来，顷刻占据了他的全身，他浮肿的躯体上出现无数斑点。有人走近尸首。无数蚊虫急速脱离尸首的慌乱飞舞。这也是刚才的情景。

我要回屋去。

他那么坐了一会，他想回屋去。他感到有一只蚊虫在他吸气时飞入嘴中。他想把蚊虫吐出去，可很艰难。他站了起来，身体碰上了雨布，雨布很凉。外面的雨水打在他赤裸的上身，很舒服，有些寒冷。他看到有一个人站在雨中抽烟，那人似乎撑着一把伞，烟火时亮时暗。钟其民的窗口没有灯光，有箫声鬼魂般飘出。雨水很猛烈。

我要回屋去。

他朝自己的房屋走去。房屋的门敞开着，那地方看上去比别处更黑。那地方可以走进去。地上的水发出哗哗的响声，水阻挡着他的脚，走出时很沉重。

我已经回家了。

他在门口站了一会，东南的屋角一片黑暗，他的眼睛感到一无所有。那里曾经扭动，曾经裂开过。现在一无所有。

我为什么站在门口？

他摸索着朝前走去，一把椅子挡住了他，他将椅子搬开，继续往前走。他摸到了楼梯的扶手，床安放在楼上的北端。他沿着楼梯往上走。好像有一桩什么事就要发生，外面纷纷扬扬已经很久了。那桩事似乎很重要，但是究竟是什么？怎么想不起来了？不久前还知道，还在嘴上说过。现在却怎么也想不起来。楼梯没有了，脚不用再抬得那么高，那样实在太费劲。床是在房屋的北端，这么走过去没有错。这就是床，摸上去很硬。现在坐上去吧，坐上去倒是有些松软，把鞋脱了，上床躺下。鞋怎么脱不下？原来鞋已经脱下了。现在好了，可以躺下了。地下怎么没有流水声？是不是没有听到？现在听到了，雨水在地上哗哗哗哗。风很猛烈，吹着雨布胡乱摇晃。雨水打在雨布上，滴滴答答，这声音已经持续很久了。蚊虫成群结队飞来，响声嗡嗡，在他的胸口降落和起飞。身下的草席正蒸发出丝丝湿气，湿气飘向他的脸，腐烂的气息很温暖。是米饭馊后长出丝丝绒毛的气息。不是水果的糜烂或者肉类的腐败。米饭馊后将出现蓝与黄相交的颜色。我要回屋去。四肢已经没法动，眼睛也睁不开。我要回屋去。

三

　　清晨的时候，雨点稀疏了。钟其民在窗口坐下，倾听着来自自然的声响。风在空气里随意飘扬，它来自远处的田野，经过三个池塘弄皱了那里的水，又将沿途的树叶吹得摇曳不止。

他曾在某个清晨听到过一群孩子在远处的争执，树叶在清晨的风中摇曳时具有那种孩子的清新音色。孩子们的声音可以和清晨联系在一起。风吹入了窗口。风是自然里最持久的声音。

这样的清晨并非常有。有关地震即将发生的消息很早就已来到，随后来到的是梅雨，再后来便是像此刻一样宁静的清晨。这样的清晨排斥了咳嗽和脚步，以及扫帚在水泥地上的划动。

王洪生说："他太紧张了。"他咳嗽了两声，"否则从二层楼上跳下来不会出事。"

"他是头朝下跳的，又撞在石板上。"

他们总是站在一起，在窗下喋喋不休，他们永远也无法明白声音不能随便挥霍，所以音乐不会在他们的喋喋不休里诞生，音乐一遇上他们便要落荒而走。然而他们的喋喋不休要比那几个女人的叽叽喳喳来得温和。她们一旦来到窗下，那么便有一群麻雀和一群鸭子同时经过，而这经过总是持续不断。

大伟穿着那件深色的雨衣，向街上走去。星星在三天前那个下午，戴上纸眼镜出门以后再也没有回来，大伟驼着背走去，他经常这样回来。李英站在雨中望着丈夫走去，她没有撑伞，雨打在她的脸上。这个清晨她突然停止了哭泣。

他看到吴全的妻子从敞开的屋门走出来，她没有从简易棚里走出来。隆起的腹部使她两条腿摆动时十分粗俗。她从他窗下走了过去。

"她要干什么？"林刚问。

"可能去找人。"是王洪生回答。

他们还在下面站着。清晨的宁静总是不顺利。他曾在某个清晨躺在大宁河畔，四周的寂静使他清晰地听到了河水的流动，那来自自然的声音。

她回来时推着一辆板车，她一直将板车推到自己屋门口停下，然后走入屋内。隆起的腹部使她的举止显得十分艰难。她从屋内出来时更为艰难，她抱着一个人。她居然还能抱着一个人走路。有人上去帮助她。他们将那个人放在了板车上。她重新走入屋内，他们则站在板车旁。他看到躺在板车里那人的脸刚好对着他，透过清晨的细雨他看到了吴全的脸。那是一张丧失了表情的脸，脸上的五官像是孩子们玩积木时搭上去的。她重又从屋里出来，先将一块白布盖住吴全，然后再将一块雨布盖上去，有人打算去推车，她摇了摇手，自己推起了板车。板车经过窗下时，王洪生和林刚走上去，似乎是要帮助他。她仍然是摇摇手。雨点打在她微微仰起的脸上，使她的头发有些纷乱。他看清了她的脸，她的脸使他想起了一支《什么是伤心》的曲子。她推着车，往街的方向走去。她走去时的背影摇摇晃晃，两条腿摆动时很艰难，那是因为腹中的孩子，尚未出世的孩子和她一起在雨中。

不久之后那块空地上将出现一个新的孩子，那孩子摸着墙壁摇摇晃晃地走路，就像他母亲的现在。孩子很快就会长大，长到和现在的星星一样大。这个孩子也会喜欢箫声，也会经常偷偷坐到他的脚旁。

她走去时踩得雨水四溅，她身上的雨衣有着清晨的亮色，他看清了她走去时是艰难而不是粗俗。一个女人和一辆板车走在无边的雨中。

在富春江畔的某个小镇里，他看到了一支最隆重的送葬队伍。花圈和街道一样长，三十支唢呐仰天长啸，哭声如旗帜一样飘满了天空。

第五章

一

一片红色的果子在雨中闪闪发亮，参差其间的青草摇晃不止。这情景来自最北端小屋的窗上。

街道两端的雨水流动时，发出河水一样的声响。雨遮住了前面的景色，那片红果子就是这样脱离了操场北端的草地，在白树行走的路上闪闪发亮。在这阴雨弥漫的空中，红色的果子耀眼无比。

四天前的这条街道曾经像河水一样波动起来，那时候他和王岭坐在影剧院的台阶上。那个下午突然来到的地震，使这条街道上充满了惊慌失措的情景。当他迅速跑回最北端的小屋时，监测仪没有出现异常情况。后来，梅雨重又猛烈起来以后，顾林他们来到了他的面前。

就在这里,那棵梧桐树快要死去了。他的脑袋就是撞在这棵树上的。

顾林他们挡住了他。

"你说。"顾林怒气冲冲,"你是在造谣。"

"我没有造谣。"

"你再说一遍地震不会发生。"

他没有说话。

"你说不说?"

他看到顾林的手掌重重地打在自己脸上,然后胸膛挨了一拳,是陈刚干的。

陈刚说:"你只要说你是在造谣,我们就饶了你。"

"监测仪一直很正常,我没有造谣。"

他的脸上又挨了一记耳光。

顾林说:"那么你说地震不会发生。"

"我不说。"

顾林用腿猛地扫了一下他的脚,他摇晃了一下,没有倒下。陈刚推开了顾林,说:"我来教训他。"

陈刚用脚猛踢他的腿。他倒下去时雨水四溅,然后是脑袋撞在梧桐树上。

就在这个地方,四天前他从雨水里爬起来,顾林他们哗哗笑着走了。他很想告诉他们,监测仪肯定监测到那次地震,只是当初他没在那座最北端的小屋,所以事先无法知道地震。但是他没有说,顾林他们走远以后还转过身来朝他挥了挥拳头。

当初他没在小屋里，所以他不能说。

一片树叶在街道的雨水里移动。最北端小屋的桌面布满水珠，很像是一张雨中的树叶。四天来他首次离开那间小屋。监测仪持续四天没有出现异常情况。现在他走向县委大院。

那个身材矮小的中年人和蔼可亲。他和顾林他们不一样，他会相信他所说的话。

他已经走入县委大院，在很多简易棚中央，是他的那个最大的简易棚。他走在街上时会使众人仰慕，但他对待他亲切和蔼。

他已经看到他了，他坐在床上疲惫不堪。四天前在他身边的人现在依然在他身边。那人正在挂电话。他在他们棚口站着。他看到了他，但是他没有注意，他的目光随即移到了电话上。

他犹豫了很久，然后说："监测仪一直很正常。"

电话挂通了。那人对着话筒说话。

他似乎认出他来了，他向他点点头。那人说完了话，把话筒搁下。他急切地问："怎么样？"

那人摇摇头："也没有解除警报。"

他低声骂了一句："他娘的，这日子怎么过。"随后他才问他，"你说什么？"

他说："四天来监测仪一直很正常。"

"监测仪？"他看了他很久，接着才说，"很好，很好。你一定要坚持监测下去，这个工作很重要。"

他感到眼前出现了几颗水珠。他说："顾林他们骂我是造谣。"

"怎么可以骂人呢。"他说，"你回去吧。我会告诉你们老师去批评骂你的同学。"

物理老师说过："监测仪可以预报地震。"

他重新走在了街上。他知道他会相信他的。然后他才发现自己没有告诉他一个重要情况，那就是监测仪肯定监测到了四天前的小地震，可是当初他没在场。

以后告诉他吧。他对自己说。

物理老师的妻子此刻正坐在简易棚内，透过急泻的雨水能够望到她的眼睛。她曾经在某个晴朗的下午和他说过话。那时候操场上已经空空荡荡，他独自一人往校门走去。

"这是你的书包吗？"她的声音如在草地上突然盛开的遍地鲜花。对书包的遗忘，来自她从远处走来时的身影。

"白树。"

雨水在空中飞舞。呼喊声来自雨水滴答不止的屋檐下，在陈旧的黑色大门前坐着陈刚。

"你看到顾林他们吗？"

陈刚坐在门槛上，蜷缩着身体。

白树摇摇头。飘扬的雨水阻隔着他和陈刚。

"地震还会不会发生？"

白树举起手抹去脸上的雨水。他说：

"监测仪一直很正常。"他没有说地震不会发生。

陈刚也抹了一下脸，他告诉白树：

"我生病了。"

一阵风吹来，陈刚在风中哆嗦不止。

"是发烧。"

"你快点回去吧。"白树说。

陈刚摇摇头："我死也不回简易棚。"

白树继续往前走去。陈刚已经病了，可老师很快就要去批评他。四天前的事情不能怪他们。他不该将过去的事去告诉县革委会主任。

吴全的妻子推着一辆板车从雨中走来。车轮在街道滚来时水珠四溅，风将她的雨衣胡乱掀动。板车过来时风让他看到了吴全宁静无比的脸。生命闪耀的目光在父亲的眼睛里猝然死去，父亲脸上出现了安详的神色。吴全的妻子推着板车艰难前行。

多年前的那个傍晚霞光四射，吴全的妻子年轻漂亮。那时候没有人知道她会嫁给谁。在那座大桥上，她和吴全站在一起。有一艘木船正从水面上摇曳而来，两端的房屋都敞开着窗户，水面上漂浮着树叶和菜叶。那时候他从桥上走过，提着油瓶望着他们。还有很多人也像他这样望着他们。

那座木桥已经拆除，后来出现的是一座水泥桥。他现在望到那座桥了。

二

物理老师的妻子一直望着对面那堵旧墙，雨水在墙上飞舞倾泻，如光芒般四射。很久以前就已经开始的情景，此刻依然生机勃勃。旧墙正在接近青草的颜色,雨水在墙上唰唰奔流,丝丝亮光使她重温了多年前的某个清晨,她坐在餐桌旁望着窗外一片风中青草,青草倒向她目光所去的方向。

——太阳出来了。老师念起了课文。

——太阳出来了。同学跟着念。

——光芒万丈。

——光芒万丈。

日出的光芒生长在草尖上,丝丝亮光倒向她目光所去的方向。旧墙此刻雨中的情景,是在重复多年前那个清晨。

四天前鼓舞人心的撤离只是昙花一现。地震不会发生的消息从校外传来,体育老师最先离去,然后是她和丈夫。他们的撤离结束在那堵围墙下。那时候她已经望到那扇乳黄色家门了,然而她却开始往回走了。

住在另一扇乳黄色屋门里的母亲喜欢和猫说话:

——你要是再调皮,我就剪你的毛。

身边有一种哼哼声,丈夫的哼哼声由来已久,犹如雨布上的滴滴答答一样由来已久。

棚外的风雨之声什么时候才能终止,太阳什么时候才能从课本里出来。

——光芒万丈。

——照耀着大地。

撕裂声来自何处?

丈夫坐在厨房门口,正将一些旧布撕成一条一条。

——扎一个拖把。他说。

她转过脸去，看到丈夫正在撕着衬衣。长久潮湿之后衬衣正走向糜烂。他将撕下的衣片十分整齐地放在腿上。

她伸过手去，抓住他的手。

"别这样。"她说。

他转过脸来，露出幸灾乐祸的微笑。

他继续撕着衬衣。她感到自己的手掉落下去，她继续举起来，又掉落下去。

"别这样。"她又说。

他的笑容在脸上迅速扩张，他的眼睛望着她，他撕给她看。她看到他的身体颤抖不已。他已经虚弱不堪，不久之后他便停止了手上的工作，脸上的微笑也随即消失，然后双手撑住床沿，气喘吁吁。

她将目光移开，于是雨水飞舞的旧墙重又出现。

——北京在什么地方？她问。

只有一个学生举手。

——康伟。

康伟站起来，用手指着自己的心脏。

——北京在这里。

——还有谁来回答？

没有学生举手。

——现在来念一遍歌词：我爱北京天安门……

床摇晃了一下，她看到丈夫站了起来，头将塑料雨布顶了上去。然后他走出了简易棚，走入飞扬的雨中。他的身体挡住了那堵旧墙。他在那里站着。破烂的衬衣在风雨里摇摆，雨水飞舞的情景此刻在他背上呈现。他走开以后那堵旧墙复又出现。

那个清晨,丝丝亮光倒向她目光所去的方向。

父亲说:

——刘景的鸽子。

一只白色的鸽子飞向日出的地方,它的羽毛呈现了丝丝朝霞的光彩。

旧墙再度被挡住。一个孩子的身体出现在那里。孩子犹犹豫豫地望着她。

孩子说:"我是来告诉物理老师,监测仪一直很正常。"

她说:"进来吧。"

孩子走了进来,他的头碰上了雨布,但是没有顶起来。他的雨衣在流水。

"脱下雨衣。"她说。

孩子脱下了雨衣。他依然站着。

"坐下吧。"

他在离她最远的床沿上坐下,床又摇晃了一下。现在身边又有人坐着了。傍晚时刻的阳光从窗户里进来异常温暖。

她是否已经告诉他物理老师马上就会回来?

旧墙上的雨水飞飞扬扬。

曾经有过一种名叫丁香的小花,在她家的门槛下悄悄开放过。它的色泽并不明艳。

——这就是丁香。姐姐说。

于是她知道丁香并不美丽动人。

——没有它的名字美丽。

91

第六章

一

傍晚的时候,大伟从街上回来时依然独自一人。李英的声音在雨中凄凉地洋溢开去:

"没有找到?"

"我走遍全镇了。"大伟踩着雨水走向妻子。

然后什么声音也没有了。

钟其民说:"我知道星星在什么地方。"

吴全的妻子躺在床上。钟其民坐在窗旁的椅子里,他一直看着她隆起的腹部,在灰暗的光线里,腹部的影子在墙上微微起伏,不久之后,就会有一个孩子出现在空地上,他扶着墙壁摇摇晃晃地走路,孩子很快就会长大,长到和星星一样大。

星星不会回来了。

钟其民又说:"我知道他在什么地方。"

吴全的妻子从火化场回来以后,没再去简易棚,而是走入家中,然后钟其民也走入吴全家中。

箫声飞向屋外的雨中。箫声和某种情景有关,是这样的情景:阳光贴着水面飞翔,附近的草地上有彩色的蝴蝶。但是草地上没有行走的孩子，孩子还没有出生。

钟其民并不是跟着吴全的妻子来到这里，他是跟随她隆起的腹部走入她家中。

现在吴全的妻子已经坐起来了。她的眼睛在灰暗的屋中有着水一般的明亮。

运河即将进入杭州的时候，田野向四周伸延，手握镰刀、肩背草篮的男孩，可能有四个，向他走来。那时候箫声在河面上波动。

吴全的妻子依然坐在床上，窗外的雨声在风里十分整齐。似乎已经很久了，人为的嘈杂之声渐渐消去。寂静来到雨中，像那些水泥电线杆一样安详伫立。雨声以不变的节奏整日响着，简单也是一种宁静。

吴全的妻子站了起来，她的身体转过去时有些迟缓。她是否准备上楼？楼上肯定也有一张床。她没有上楼，而是走入一间小屋，那可能是厨房。

"啊——"

一个女人的惊叫。犹如一只鸟突然在悬崖上俯冲下去。

"蛇——"

女人有关蛇的叫声拖得很长，追随着风远去。

"蛇，有蛇。"

叫声短促起来了。

似乎是逃出简易棚时的惊慌声响，脚踩得雨水胡乱四溅。

"简易棚里有蛇。"

没有人理睬她。

"有蛇。"

她的声音轻微下去,她现在是告诉自己。然后她记忆起哭声来了。

为什么没有人理睬她?

她的哭声盘旋在他们的头顶,哭声显得很单薄,瓦解不了雨中的寂静。

钟其民听到厨房里发出锅和什么东西碰撞的声音。她大概开始做饭了。她现在应该做两个人的饭,但吃的时候是她一个人。她腹中的孩子很快就会出世,然后迅速长大,不久后便会悄悄来到他脚旁,来到他的箫声里。

箫声一旦出现,立刻覆盖了那女人的哭泣。雨中的箫声总是和阳光有关。天空应该是蓝色的,北方的土地和阳光有着一样的颜色。他曾经在那里行走了一天,他的箫声在阳光的土地上飘扬了一日。有一个男孩是在几棵光秃秃的树木之间出现的,他皮肤的颜色摇晃在土地和阳光之间,或者两者都是。男孩跟在他身后行走,他的眼睛漆黑如海洋的心脏。

吴全的妻子此刻重新坐在了床上,她正望着他。她的目光闪闪发亮,似乎是星星的目光。那不是她的目光,那应该是她腹中孩子的目光。尚未出世的孩子已经听到了他的箫声,并且借他母亲的眼睛望着他。

有一样什么东西轰然倒塌。似乎有人挣扎的声音。喊声被包裹着。

终于挣扎出来的喊声是林刚的:

"王洪生,我的简易棚倒了。"

他的声音如惊弓之鸟。

"我还以为地震了。"

他继续喊：

"王洪生，你来帮我一把。"

王洪生没有回答。

"王洪生。"

王洪生疲惫不堪的声音从简易棚里出来：

"你到这里来吧。"

林刚站在雨中：

"那怎么行，那么小的地方，三个人怎么行。"

王洪生没再说话。

"我自己来吧。"林刚将雨布拖起来时，有一片雨水倾泻而下。没有人去帮助他。

吴全的妻子此刻站起来，重新走入厨房。他听到锅被端起来的声响。他对自己说：

该回去了。

二

她感受着汗珠在皮肤上到处爬动，那些色泽晶莹的汗珠。

有着宽阔的叶子的树木叫什么名字？在所有晴朗的清晨，所有的树叶都将布满晶莹的露珠。日出的光芒射入露珠，呈出一道道裂缝。此刻身上的汗珠有着同样的晶莹，却没有裂缝。

滴答之声永无休止地重复着，身边的哼哼已经消失很久了，丈夫是否一去不返？后来来到的是那个名叫白树的少年，床上又坐着两个人了。少年马上又会来到，只要是在想起他的时候，他就会来到。那孩子总是那样安安静静地坐在那里，没有哼哼声，也不扯衬衣，但是床上又坐着两个人了。

旧墙上的雨水以过去的姿态四溅着。此刻有一阵风吹来，使简易棚上的树叶发出摇晃的响声，开始瓦解那些令人窒息的滴答声。风吹入简易棚，让她体会到某种属于清晨户外的凉爽气息。

——现在开始念课文。

语文老师说：

——陈玲，你来念这一页的第四节。

她站了起来：

——风停了，雨住了……

雨水四溅的旧墙被一具身体挡住，身体移了进来，那是丈夫的身体。丈夫的身体压在了床上。白树马上就会来到，可是床上已经有两个人了。她感到丈夫的目光闪闪发亮。他的手伸入了她的衣内，迅速抵达胸前，另一只手也伸了进来，仿佛是在脊背上。

有一个很像白树的男孩与她坐在同一张课桌旁。

——风停了，雨住了……

丈夫的手指上安装着熟悉的言语,几年来不断重复的言语,此刻反复呼唤着她的皮肤。

可能有过这样一个下午,少年从阳光里走来,他的黑发在风中微微飞扬。他肯定是从阳光里走来,所以她才觉得如此温暖。

身旁的身体直立起来,她的躯体控制在一双手中,手使她站立,然后是移动,向那雨水飞舞的旧墙。是雨水打在脸上,还有风那么凉爽。清晨打开窗户,看到青草如何迎风起舞。

那双手始终控制着她,是一种熟悉的声音在控制着她,她的身体和另一个身体在雨中移动。

雨突然从脸上消失,风似乎更猛烈了。仿佛是来到走廊上,左边是教室,右边也是教室。现在开始上楼,那具身体在前面引导着她。

手中的讲义夹掉落在楼梯上,一沓歌谱如同雪花纷纷扬扬。

——是好学生的帮我捡起来。

学生在不远的地方也像雪花一样纷纷扬扬。

现在楼梯走完了。她的身体和另一具身体来到一间屋子里。黑板前应该有一架风琴,阳光从窗外的树叶间隙里进来,在琴键上流淌。没有她的手指风琴不会歌唱。

好像是课桌移动的声响,像是孩子们在操场上的喊声一样,嘈嘈杂杂。值日的学生开始扫地了,他们的扫帚喜欢碰撞在一起,灰尘飞飞扬扬,像那些雪花和那些歌谱。

还是那双熟悉的手,使她的身体移过去。然后是脚脱离了地板。她的身体躺了下来,那双手开始对她的衣服说话了。那具身体上来了,躺在她的身体上。一具身体正用套话呼唤着另一具身体。

曾经有一只麻雀从窗外飞进来,飞入风琴的歌唱里。孩子们的目光追随着麻雀飞翔。

——把它赶出去。

学生们蜂拥而上,他们不像是要赶走它。

有一样什么东西进入了她的体内。应该能够记忆起来。是一句熟悉的言语,一句不厌其烦反复使用的言语进入了体内。上面的身体为何动荡不安?

她开始明白了,学生们是想抓住麻雀。

——别赶它了。

麻雀后来是自己飞出教室的。

三

这天下午,大伟从街上回来时,李英的哭声沉默已久后再度升起。

大伟回来时带来了一个孩子,他的喊声还在胡同里时就飞翔了过来。

"李英,李英——星星来了!"

在一片哭声里,脚踩入雨水中的声响从两端接近。

"星星!"

是李英抱住孩子时的嗷叫。

孩子被抱住时有一种惊慌失措的挣扎声:

"嗯——啊——哇——"什么的。

"我是在垃圾堆旁找到他的。"

大伟的声音十分嘹亮。

"台风就要来了。"

依然是嘹亮的嗓音。

在风雨里扬起的只有他们的声响。没有人从简易棚里出来,去入侵他们的喜悦。

"台风就要来了。"

大伟为何如此兴高采烈,是星星回来了,还是台风就要来了?

星星回来了。

吴全的妻子坐在床上看着钟其民,那时候钟其民举起了箫。

戴着纸眼镜的星星能够看到一切,他走了很多路回到了家中。箫声飞翔而起。

暮色临近,田野总是无边无际,落日的光芒温暖无比。路在田野里的延伸,犹如鱼在水里游动时一样曲折。路会自己回到它出发的地方,只要一直往前走,也就是往回走。

李英的哭声开始轻微下去,她模糊不清地向孩子叙说着什么。大伟又喊叫了一声:

"台风就要来了。"

他们依然站在雨中。

"台风就要来了。"

没有人因为台风而走出简易棚,和他们一样站到雨中。他们开始往简易棚走去。

钟其民一直等到脚在雨水里的声响消失以后,才重又举起箫。

应该是一片刚刚脱离树木的树叶,有着没有尘土的绿色,它在接近泥土的时候风改变了它的命运。于是它在一片水上漂浮了,闪耀着斑斑阳光的水爬上了它的身体。它沉没到了水底,可是依然躺在泥土之上。

大伟他们的声音此刻被风雨替代了。星星应该听到了他的箫声,星星应该偷偷来到他的脚旁。可是星星一直没有来到。

他开始想起来了,想起来自己置身何处。星星不会来到这里,这里的窗口不是他的窗口。于是他站起来,走到屋外,透过一片雨点,他望到了自己的窗口。星星此刻或许已经坐在那里了。他朝那里走去。

四

很久以后,她开始感觉到身体在苏醒过程里的沉重,雨水飞扬的声音从敞开的窗户流传进来。她转过脸去,看着窗外的风雨在树上抖动。然后她才发现自己赤裸着下身躺在教室里。这情景使她吃了一惊。她迅速坐起来，穿上衣服，接着在椅子里坐下。

她开始努力回想在此之前的情景，似乎是很久以前了，她依稀听到某种扯衬衣的声音，丈夫的形象摇摇晃晃地出现，然后又摇摇晃晃地离去。此后来到的是白树，他坐在她身旁十分安静。

她坐在简易棚中，独自一人。那具挡住旧墙的身体是谁的？那具身体向她伸出了手，于是她躺到了这里。

她站起来，向门口走去。走到楼梯口时，那具引导她上楼的身体再度摇摇晃晃地出现。但是她无法想起来那是谁。

她走下楼梯，看到了自己的简易棚在走廊之外的雨中，然后是看到丈夫坐在棚内。她走了过去。

当在丈夫身旁坐下时，她立刻重又看到自己在教室里赤裸着下身。她感到惊恐不已。她伸过手去抓住丈夫的手。

丈夫垂着头没有丝毫反应。

"我刚才……"

她听到自己的声音异常陌生。

"请原谅我。"她低声说。

丈夫依然垂着头。

她继续说："我刚才……"她想了好一阵，接着摇摇头，"我不知道。"

丈夫将被她抓着的手抽了出来，他说：

"太沉了。"

他的声音疲惫不堪。

她的手滑到了床沿上,她不再说话,开始望着那堵雨水飞舞的旧墙。

仿佛过去了很久,她微微听到校门口的喇叭里传来台风即将到来的消息。

台风要来了。她告诉自己。

屋顶上的瓦片掉落在地后破碎不堪,树木躺在了地上,根须夹着泥土全部显露出来。

丈夫这时候站了起来。他拖着腿走出了简易棚,消失在雨中。台风过去之后阳光明媚。可是屋前的榆树已被吹倒在地,她问父亲:

——是台风吹的吗?

父亲正准备出门。

她发现树旁的青草安然无恙,在阳光里迎风摇动。

——青草为什么没有被吹倒?

五

赛里木湖在春天时依然积雪环绕,有一种白颜色的鸟在湖面上飞动,它的翅膀像雪一样耀眼。

钟其民坐在自己的窗口，星星一直没有来到。他吹完了星星曾经听过的最后一支曲子。

他告诉自己：那孩子不是星星。

然后他站起来，走下楼梯后来到了雨中。此刻雨点稀疏下来了。他向吴全家走去。

吴全的妻子没有坐在床上，他站在她家的门口，接着他看到她已经搬入简易棚了。她坐在简易棚内望着他的目光，使他也走了进去。他在她身旁坐下。

那时候大伟简易棚内传出了孩子的哭闹声。孩子的叫声断断续续：

"我要回家。"

"不是星星。"

他对她说。

六

现在床上又坐着两个人了。

白树从口袋里摸出红色的果子，递向物理老师的妻子。

"这是什么？"

她的声音从来没有这么近地来到他耳中，她的声音还带来了她的气息,那是一种潮湿已久有些发酸的气息。但这是她的气息,这气息来自她衣服内的身体。

她的手碰了一下他的手,一个野果被她放入嘴中。她的嘴唇十分细微地蠕动起来。一种紫红色的果汁从她嘴角悄悄溢出。然后她看了看他手掌里的果子,他的手掌依然为她摊开。于是她的两只手都伸了过去,抱住了他的手,他的手被掀翻,果子纷纷落入她的手掌。

他侧脸看着她,她长长的颈部洁白如玉,微微有些倾斜,有汗珠在上面爬动。脖颈处有一颗黑痣,黑痣生长在那里十分安静,它没有理由不安静。有几缕黑发飘洒下来,垂挂在洁白的皮肤上。她的脖子突然奇妙地扭动了一下,那是她的脸转过来了。

现在床上又坐着两个人了。这样的情景似乎已经持续很久了。丈夫在很久以前就已经离开她了。后来有一具身体挡住了那堵旧墙,白树来到了她身旁。她开始想起来,想起那具引导她进入教室的身体。

是否就是白树的身体?

此刻眼前的旧墙再度被挡住,似乎有两具身体叠在那里。她听到了询问的声音:

"要馒头吗?"

她看清了是一个男人,他身后是一个提着篮子的女人。

"刚出笼的馒头。"

说话的男人是王立强,白树认出来了。母亲跟在王立强的身后。母亲已经看到自己了,她拉了拉王立强,他们离去时很迅速。

那堵雨水飞舞的旧墙重又出现。多年前那座城市里也这样雨水飞舞。她撑着伞在那里等候公共电车。有两个少年站在她近旁的雨水中,他们的头发如同滴水的屋檐。后来有一个少年钻到了她的伞下。

——行吗?

——当然可以。

另一个少年异常清秀,可他依然站在雨中。他不时偷偷回头朝她张望。

——是你的同学吗?

——是的。

——你也过来吧。

她向他喊道。他转过身来摇摇头,他的脸出现害羞的红色。

——他不好意思。

那个清秀的少年一直站在雨中。

也是这样一个初夏的时刻,那个初夏有着明媚的阳光,那个初夏没有乌云胡乱翻滚。那时候他正坐在校门附近的水泥架上,他的两条腿在水泥板下随意摇晃。学校的年轻老师几乎都站在了校门口。他知道这情景意味着什么。物理老师的城市妻子在这个下午将要来到。有关她的美丽在顾林、陈刚他们那里已经流传很久。他的腿在装模作样地摇晃,他看到那些年轻老师在烈日下擦汗,他的腿一直在摇晃。身旁有一棵梧桐树,梧桐树宽大的树叶在他上面摇晃。

那些年轻的老师后来在校门口列成两排,他看到他们嘻嘻笑着都开始鼓掌。物理老师带着他的妻子走来。物理老师走来时满脸通红,但他骄傲无比。他的妻子低着头咪咪笑着。她穿着黑裙向他走来,黑色的裙子在阳光下艳丽无比。

一九九二年一月

四月三日事件

一

　　早晨八点钟的时候,他正站在窗口。他好像看到很多东西,但都没有看进心里去。他只是感到户外有一片黄色很热烈,"那是阳光。"他心想。然后他将手伸进了口袋,手上竟产生了冷漠的金属感觉。他心里微微一怔,手指开始有些颤抖。他很惊讶自己的激动。然而当手指沿着那金属慢慢挺进时,那种奇特的感觉却没有发展,它被固定下来了。于是他的手也立刻凝住不动。渐渐地它开始温暖起来,温暖如嘴唇。可是不久后这温暖突然消失。他想此刻它已与手指融为一体了,因此也便如同无有。它那动人的炫耀,已经成为过去的形式。
　　那是一把钥匙,它的颜色与此刻窗外的阳光近似。它那不规则起伏的齿条,让他无端地想象出某一条凹凸艰难的路,或许他会走到这条路上去。

现在他应该想一想，它和谁有着密切的联系。是那门锁。钥匙插进门锁并且转动后，将会发生什么。可以设想一把折叠纸扇像拉手风琴一样拉开了半扇，这就是房门打开时的弧度。无疑这弧度是优雅而且从容的。同时还会出现某种声音，像手风琴拉起来后翩翩出现的第一声，如果继续往下想，那一定是他此刻从户外走进户内。而且他还嗅到一股汗味，这汗味是他的。他希望是他的，而不是他父母的。

可以让他知道，当他想象着自己推门而入时，他的躯体却开始了与之对立的行为。很简单，他开门而出了。并且他现在已经站到了门外。他伸手将门拉过来。在最后的时刻里他猛地用力，房门撞在门框上。那声音是粗暴并且威严的，它让他——出去。

不用怀疑，他现在已经走在街上了。然而他并没有走动的感觉，仿佛依旧置身于屋内窗前。也就是说他只是知道，却并没有感到自己正走在街上。他心里暗暗吃惊。

此刻，他的视线里出现了飘扬的黑发，黑发飘飘而至。那是白雪走到他近旁。白雪在没有前提的情况下突然出现，让他颇觉惊慌。

她曾经身穿一件淡黄的衬衣坐在他斜对面的课桌前。她是在那一刻里深深感动了他，尽管他不知道是她还是那衬衣让他感动。但他饱尝了那一次感动所招引来的后果，那后果便是让他每次见到她时都心惊肉跳。

可是此刻她像一片树叶似的突然掉在他面前时，他竟只是有点惊慌罢了。

他们过去是同学,现在他们之间什么也没有了。她也没再穿那件令人不安的黄衬衣。然而她却站在了他面前。

显然她没有侧身让开的意思,因此应该由他走到一旁。当他走下人行道时,他突然发现自己踩在她躺倒在地的影子上,那影子漆黑无比。那影子一动不动。这使他惊讶起来。他便抬起眼睛朝她看去。

她刚好也将目光瞟来。她的目光非常奇特。仿佛她此刻内心十分紧张。而且她似乎在向他暗示,似乎在暗示附近有陷阱。随即她就匆匆离去。

他迷惑不解,待她走远后他才朝四周打量起来。不远处有一个中年男子正靠在梧桐树上看着他,当他看到他时,他迅速将目光移开,同时他将右手伸进胸口。他敢断定他的胸口有一个大口袋。然后他的手又伸了出来,手指间夹了一根香烟。他若无其事地点燃香烟抽了起来。但他感到他的若无其事是装出来的。

二

他躲在床上几乎一夜没合眼。户外寂静无比,惨白的月光使窗帘幽幽动人。窗外树木的影子贴在窗帘上,隐约可见。

他在追忆着以往的岁月。他居然如此多愁善感起来，连他自己都有些吃惊。

他看到一个男孩正离他远去，背景是池塘和柳树。男孩每走几步总要回头朝他张望，男孩走在一条像绳子一样的小路上。男孩绝非恋恋不舍，他也并不留恋。男孩让他觉得陌生，但那张清秀的脸，那蓬乱的黑发却让他亲切。因为男孩就是他，就是他以往的岁月。

以往的岁月已经出门远行，而今后的日子却尚未行动。他躺在床上似乎有些不知所措。但他已经目送那清秀的男孩远去，而不久他就将与他背道而去。

他就是这样躺着，他在庆祝着自己的生日。他如此郑重其事地对待这个刚刚来到又将立即离去的生日。那是因为他走进了十八岁的车站，这个车站洋溢着口琴声。

傍晚的时候，他没有看到啤酒，也没有看到蛋糕。他与平常一样吃了晚饭，然后他走到厨房里去洗碗。那个时候父母正站在阳台上聊天。洗碗以后，他就走到他们的卧室，偷了一根父亲的香烟。如今烟蒂就放在他枕边，他不想立即把它扔掉。而他床前地板上则有一堆小小的烟灰。他是在抽烟时看到那个男孩离他远去的。

今天是他的生日，谁也不知道。他的父母早已将此忘掉。他不责怪他们，因为那是他的生日，而不是他们的。

此刻当那个男孩渐渐远去时，他仿佛听到自己的陌生的脚步走来。只是还没有敲门。

他设想着明日早晨醒来时的情景，当他睁开眼睛时将看到透过窗帘的阳光,如果没有阳光他将看到一片阴沉。或许还要听到屋檐滴水的声音。但愿不是这样,但愿那个时候阳光灿烂,于是他就将听到户外各种各样的声音,那声音如阳光一样灿烂。邻居的四只鸽子那时正在楼顶优美地盘旋。然后他起床了,起床以后他站在了窗口。这时他突然感到明天站在窗口时会不安起来,那不安是因为他蓦然产生了无依无靠的感觉。

无依无靠。他找到了这个十八岁生日之夜的主题。

现在他明显地感到自己的眼睛在发生变化,那眼睛突然变得寒冷起来,并且闪闪烁烁。因此他开始思考,思考他明天会看到些什么。尽管明天看到的也许仍是以往所见,但他预感将会不一样了。

三

现在他要去的是张亮家。

刚才白雪的暗示和那中年男子的模样使他费解,同时又让他觉得滑稽。他后来想,也许这只是错觉。可随后又觉得那样真实。他感到不应该让自己的思维深陷进去,却又无力自拔。那是因为白雪的缘故。仿佛有一件黄衬衣始终在这思维的阴影里飘动。

他已经走进了一条狭窄的胡同,两旁是高高的院墙,墙上布置着些许青苔,那青苔像是贴标语一样贴上去的。脚下是一条石块铺成的路，因为天长日久，已经很不踏实，踩上去时石块摇晃起来。他走在一条摇摇晃晃的胡同里。他的头顶上有一条和胡同一样的天空，但这一条天空被几根电线切得更细了。

他想他应该走到张亮家门口了。那扇漆黑的大门上有两个亮闪闪的铜环。他觉得自己已经抓住了铜环，已经推门而入了。而且他应该听到一声老态龙钟的响声，那是门被推开时所发出来的。展现在眼前的是一个潮湿的天井。右侧便是张亮家。

也许是在此刻，那件黄衬衣才从他脑中消去，像是一片被阳光染黄的浮云一样飘去了。张亮的形象因为走近了他家才明朗起来。

"他妈的是你。"张亮打开房门时这样说。

他笑着走了进去，像是走进自己的家。

他们已经不再是同学，他们已经是朋友了。在他们彻底离开学校的那一刻，他感到自己拥有了朋友，而以前只是同学。

门窗紧闭，白色的窗帘此刻是闭合的状态。窗帘上画着气枪和弹弓，一颗气枪子弹和一颗弹弓的泥丸快要射撞在一起。这是张亮自己画上去的。

他想他不在家，但当他走到门旁时，却听到里面在窃窃私语。他便将耳朵贴在门上，可听不清楚。于是他就敲门，里面的声音戛然而止。

过了好一会，门才打开，张亮看到他时竟然一怔。随后他嘴里不知嘟哝了一句什么，便自己转过身去了。他不禁迟疑了一下，然后才走进去。于是他又看到了朱樵和汉生。他俩看到他时也是一怔。

他们的神态叫他暗暗吃惊。仿佛他们不认识他,仿佛他不该这时来到。总之他的出现使他们吃了一惊。

他在靠近窗口的一把椅子上坐下来,那时张亮已经躺在床上了。张亮似乎想说句什么,可只是朝他笑笑。这种莫名其妙的笑容出现在张亮脸上,他不由吓了一跳。

这时朱樵开口了,他问:"你怎么知道我们在这里?"

朱樵的询问比张亮的笑容更使他不安。他不知该如何回答。他是来找张亮的。可朱樵却这样问他。

汉生躺在长沙发里,他闭上眼睛了。那样子仿佛他已经睡了两个小时了。

当他再去看朱樵时,朱樵正认真地翻看着一本杂志。

只有张亮仍如刚才一样看着他。但张亮的目光使他坐立不安。他觉得自己在张亮的目光中似乎是一块无聊的天花板。

他告诉他们:"昨天是我的生日。"

他们听后全跳起来,怒气冲冲地责骂他,为什么不让他们知道。然后他们便掏口袋了,掏出来的钱只够买一瓶啤酒。

"我去买吧。"张亮说着走了出去。

张亮还在看着他,他不知所措。显而易见,他的突然出现使他们感到不快,他们似乎正在谈论着一桩不该让他知道的事。在这么一个阳光灿烂的上午,他悲哀地发现了这一点。

他蓦然想起了白雪。原来她并没有远去,她只是暂时躲藏在某一根电线杆后面。她随时都会突然出现拦住他的去路。她那瞟来的目光是那么的让人捉摸不透。

"你怎么了?"

他似乎听到张亮这样问，或许是朱樵或者汉生这样问。他想离开这里了。

四

他在一幢涂满灰尘的楼房前站住，然后仰头寻找他要寻找的那个窗口。那个窗口凌驾于所有窗口之上，窗户敞开着，像是死人张开的嘴。窗台上放着一只煤球炉子，一股浓烟滚滚而出，在天空里弥漫开来。这窗口像烟囱。

他像走入一个幽暗的山洞似的走进了这楼房。他的脚摸到了楼梯，然后小心翼翼地拾级而上。他听到自己的脚步声，竟是那样的空洞，令人不可思议。接着他又听到了另一个同样空洞的脚步，起先他以为是自己脚步的回声。然而那声音正在慢慢降落下来，降落到他脚前时蓦然消失。他才感到有一个人已经站在他面前，这人挡住了他。他听到他微微的喘息声，他想他也听到了。随后那人的手伸进口袋摸索起来，这细碎的声响突然使他惶恐不安，他猛然感到应该在这人的手伸出来之前就把他踢倒在地，让他沿着楼梯滚下去。可是这人的手已经伸出来了，接着他听到了咔嚓一声，同时看到一颗燃烧的火。火照亮了那人半张脸，另半张阴森森地仍在黑暗中。那一只微闭的眼睛使他不寒而栗。然后这人从他左侧绕了过去，他像是弹风琴一样地走下楼去。他是在这时似乎想起这人是谁，他让他想起那个靠在梧桐树上抽烟的中年男子。

不久后，他站在了五楼的某一扇门前。他用脚轻轻踢门。里面没有任何反应。于是他就将耳朵贴上去，一颗铁钉这时伸进了他的耳朵，他大吃一惊，随后才发现铁钉就钉在门上。通过手的摸索，他发现四周还钉了四颗。所钉的高度刚好是他耳朵凑上去时的高度。

门是在这个时候突然打开的，一片明亮像浪涛一样涌了上来，让他头晕眼花。随即一个愉快的声音紧接而来：

"是你呀。"

他定睛一看，站在面前的竟是张亮。想到不久前刚刚离开他家，此刻又在此相遇，他惊愕不已。而且张亮此刻脸上愉快的表情与刚才相比简直判若两人。

"怎么不进来？"

他走了进去，又看到了朱樵与汉生。他俩一个坐在椅子里，一个坐在桌子上，都笑嘻嘻地望着他。

他心里突然涌起了莫名的不安。他尴尬地笑了笑，问道："他呢？"

"谁？"他们三人几乎同时问。

"亚洲。"他回答。回答之后他觉得惊奇，难道这还用问？亚洲是这里的主人。

"你没碰上他？"张亮显得很奇怪，"你们没有在楼梯里碰上？"

张亮怎么知道他在楼梯里碰上一个人？那人会是亚洲吗？

这时他看到他们三人互相笑了笑。于是他便断定那人刚刚离开这里，而且那人不是亚洲。

他在靠近窗口的一把椅子上坐下，这窗口正是刚才放着煤球炉的窗口，可是已经没有那炉子了。倒是有阳光，阳光照在他的头发上。于是他便想象自己此刻头发的颜色。他想那颜色一定是不可思议的。

张亮他们还在笑着，仿佛他们已经笑了很久，在他进来之前就在笑。所以现在他们脸上的笑容正在死去。

他突然感到忧心忡忡起来。他刚进屋时因为惊讶而勉强挤出一点笑意，此刻居然被胶水粘在脸上了。他无法摆脱这笑意，这让他苦恼。

"你怎么了？"

他听到朱樵或者汉生这样问，然后他看到张亮正询问地看着他。

"你有点变了。"

仍然是朱樵或者汉生在说。那声音让他感到陌生。

"你们是在说我？"他望着张亮问。他感到自己的声音也陌生起来。

张亮似乎点了点头。这时他感到他们像是用手在脸上抹了一下，于是那已经僵死的笑容被抹掉了。他们开始严肃地望着他，就像那位戴眼镜的数学老师曾望着他一样。但他却感到他们望着他时不太真实。

他有点痛苦，因为他不知道在他进来之前他们正说些什么，可是他很想知道。

"你什么时候来的？"

他好像听到了亚洲的声音,那声音是飘过来的。好像亚洲是站在窗外说的。然后他却实实在在地看到亚洲就站在眼前,他不由吃了一惊。亚洲是什么时候进来的他竟一点没察觉,仿佛根本没出去过。亚洲现在正笑嘻嘻地看着他。这笑和刚才张亮他们的笑一模一样。

"你怎么了?"

是亚洲在问他。他们都是这样问他。亚洲问后就转过身去。于是他看到张亮他们令人疑惑的笑又重现了,他想亚洲此刻也一定这样笑着。

他不愿再看他们,便将头转向窗外。这时他看到对面窗口上放着一只煤球炉,但没有滚滚浓烟。然后那炉子在窗台上突然消失,他看到一个姑娘的背影,那背影一闪也消失了。于是他感到没什么可看了,但他不想马上将头转回去。

他听到他们中间有人站起来走动了,不一会一阵窃窃私语声和偷笑声从阳台那个方向传来。他这才扭过头去,张亮他们已经不在这里,亚洲仍然坐在原处,他正漫不经心地玩着一只打火机。

五

他从张亮家中出来时,一位白发苍苍的老太太正在那阴沉的胡同里吆喝着某个人名。他不知道那名字是否是她的外孙,但他听上去竟像是在呼唤着"亚洲"。

于是他决定去亚洲家了。亚洲尽管是他的朋友,但他和张亮他们几乎没有来往。他和张亮他们的敌对情绪时时让他夹在中间左右为难。

他没有直奔亚洲家,而是沿着某一条街慢慢地走。街两旁每隔不远就有一堆砖瓦或者沙子,一辆压路机车像是闲逛似的开来开去。他走在街上,就像走在工地里。

有那么一会,他斜靠在一堆砖瓦上,看着那辆和他一样无聊的压路机车。它前面那个巨大的滚轮从地面上轧过去时响声隆隆。

然而他又感到烦躁,这响声使他不堪忍受。于是他就让自己的脚走动起来。那脚走动时他觉得很滑稽,而且手也像走时一样摆动了。

后来,他不知道确切的时间,但知道是后来。他好像站在一家烟糖商店的门口,或者是一家绸布店的门口。具体在什么地方无关紧要,反正他看到了很多颜色。很可能他站在两家商店的中间,而事实上这两家商店没有挨在一起,要不他分别在那里站过。反正他看到了很多颜色,那颜色又是五彩缤纷。

就是在这个时候,他心里竟涌上了一股舒畅,这舒畅来得如此突然,让他惊讶。然后他看到了白雪。

他看着她拖着那黑黑的影子走了过来。他想她走到那棵梧桐树旁时也许会站住,也许会朝他瞟一下。她那暗示什么的目光会使他迷惑不解。这些都是刚才见到她时的情景,他不知为何竟这样替她重复了。

然而她确实走到那棵梧桐树旁时站住了,她确实朝他瞟了一眼过来,并且她的目光确实暗示了刚才所暗示的。而且随后如同刚才一样匆匆离去。

看到自己的假设居然如此真实,他惊愕不已。然后他心里紧张起来,他似乎感到有一个中年男子靠在梧桐树上。他猛地朝四周望去,但没有看到,然而却看到一个可疑的背影在一条胡同口一闪进去了。那胡同口的颜色让他感到像井口,让他毛骨悚然。但他还是跑了过去。他似乎希望那背影就是那中年男子,同时又害怕是他。

他在胡同口时差点撞上一个人,是一个中年男子,这人嘴里嘟哝了一句什么以后就走开了。走去的方向正是他要去亚洲家的去向。这个人为何不去另一个方向?他怀疑这人正是刚才那个背影,躲进胡同后又若无其事地走了出来。好像知道他要去亚洲家,所以这人也朝那方向走去。

他看到他走出二十来米后就站住了,站在那里东张西望,望到他时迅速又移开目光。他感到他在注意自己。为了不让他发现,他才装着东张西望。

这人一直站在那里,但已经不朝他张望了,可头却稍稍偏了过来。他觉得自己仍在这人的视线中。他也一直站在原处,而且一直盯着他看。

另一个中年男子走了上去,与这人说了几句话,而后两人一起走了。走了几步这人还回头朝他望了一下。他的同伴立刻拍拍他的肩,这人便不再回头了。

六

　　现在是黄昏了。他站在阳台上望着对面那幢楼房。楼里的窗口有些明亮，有些黑暗。那明亮的窗口让他感到是一盏盏长方形的灯，并且组成了一幅奇妙的图案。这图案不对称，但却十分合理。他思索着这图案像什么，然而没法得出结论。因为每当他略有所获时，便有一两个窗口突然明亮，他的构思就被彻底破坏，于是一切又得重新开始。

　　刚才他在厨房里洗碗时，突然感到父母也许正在谈论他。他立刻凝神细听，父母在阳台那边飘来的声音隐隐约约，然而确实是在谈论他。他犹豫了一下后就走了过去，可是他们却在说另一个话题。而且他们所说的让他似懂非懂。他似乎感到他们的交谈很艰难，显然他们是为寻找那些让他莫名其妙，而他们却心领神会的语句在伤透脑筋。

　　他蓦然感到自己是作为一个障碍横在他们中间。

　　这时父亲问他："洗完了？"

　　"没有。"他摇摇头。

　　父亲不满地看着他。母亲这时与隔壁阳台上的人聊天了。他听到她问："准备得差不多了吗？"

　　那边反问："你们呢？"

　　母亲没有回答，而是说起了别的话题。

　　然后他回到了厨房，他在洗碗时尽量轻一些。不一会他似乎又听到他们在谈论他了。他们说话的声音开始响起来,声音里几次出现他的名字。随即他们像是意识到了自己的疏忽,声音突然变小了。

他将碗放进柜子,然后走到阳台上,在阳台另一角侧身靠上去。尽管这样,可他觉得自己似乎仍然横在他们中间。

显然他的重新出现使他们感到不满。因为父亲又在找碴了,父亲说:"你不要总是这样无所事事,你也该去读读书。"

于是他只得离开。回到房间坐下后,便拿起一本书来看。是什么书他不知道,他只知道上面有字。

父母在阳台上继续谈论什么,同时还轻轻笑了起来。他们笑得毫无顾忌。

他感到坐立不安,迟疑了片刻后便拿着书走到阳台上。

这一次父亲没再说什么,但他和母亲都默不作声地看了看他。尽管他不去看他们,但他也知道他们是怎样的目光。

他们这样默默无语地站了一会后,就离开阳台回到卧室。于是他再也听不到他们的说话声了。但他知道他们此刻仍在说些什么。

然后黄昏来了,他就这样无精打采地望着那幢大楼。他心里渴望能听到他们究竟在说什么。可他只能看到一幅不可思议的图案。

后来他吃了一惊,因为他发现自己竟站在他们卧室的门口了。门紧闭着。他们已经不像刚才那样不停地说话,他们每隔很久才说一句,而且很模糊。他只听到"四月三日"这么一句是清晰的。然而他很难发现这话里面的意义。

门突然打开,父亲出现在面前,严肃又很不高兴地问:"你站在这里干什么?"他看到母亲此刻正装着惊讶的样子看着自己。没错，母亲的惊讶是装出来的。

他不知该如何回答父亲的话，只是呆呆地望着他，然后才走开。走开时听到卧室的门重又关上，父亲不满地嘟哝了一句什么。

他回到自己房间，在床上躺了下来。此刻四周一片昏黑，但他感到自己的眼睛闪闪发亮。户外的声音有远有近十分嘈杂，可来到他屋内时单调成嗡嗡声。

七

按照他昨晚想象的布置，今天他醒来的时候应该是八点半，然后再看到阳光穿越窗帘以后逗留在他挂在床栏的袜子上，他起床以后还将会听到敲门声。

在那台老式台钟敲响了十分孤单一声之前，他深陷于昏睡的旋涡里。尽管他昏昏长睡，可却清晰地听到那时屋外的各种响声，这些响声让他精疲力竭。这时那古旧的钟声敲响了。钟声就像黑暗里突然闪亮的灯光。于是他醒了过来。他发现自己大汗淋漓。

然后他疲倦地支起身体，坐在床上，他感到轻松了不少。与此同时他朝那台钟看了一眼——八点半。随后他将身体往床栏上一靠，开始想些什么。他猛然一惊，再往那台钟望去，于是他确信自己是八点半醒来的。再看那阳光,果然正逗留在袜子上,袜子有股臭味。所有这些都与他昨晚想象中布置的一样。

接下去是敲门声了。而敲门声应该是在他起床以后才响起来。尽管上述两点得到证实,但他对是否真会响起敲门声却将信将疑。他赖在床上迟迟不愿起来。事实上他是想破坏起床以后听到敲门声的可能。如果真会发生敲门的话,他宁愿躺在床上听到。

于是他在床上躺到九点半。父母在七点半的时候就离家上班去了,他就可以十分单纯地听着时钟走动的声音,而不必担心屋内有其他声响的干扰。

到了九点半的时候,他觉得不会听到什么敲门声了,毕竟那是昨晚的想象。他决定起床。

他起床之后先将窗户打开,阳光便肆无忌惮地闯了进来,同时还有风和嘈杂声。声音使他烦躁不安,因为这些声音在他此刻听来犹如隔世。

他朝厨房走去时听到了敲门声,发生在他起床以后。事情果然这样,他不由大惊失色。

在他昨晚想象中听到敲门时,他没有大惊失色,只是略略有些疑惑,于是他走去开门。他吃惊的事应该是发生在开门以后,因为他看到一个中年人(就是那个靠在梧桐树上抽烟的中年人)什么话也没说就走了进来。

他显然问了一句:"你找谁?"

但那人没有搭理,而是一步一步朝他逼近,他便一步一步倒退。后来他贴在墙上,没法后退了,于是那人也就站住。接下去他预感到要发生一些什么。但具体发生了什么,他在昨晚已经无法设想。

现在他听到这声音时不由紧张起来,他站着不动,似乎不愿去开门。敲门声越来越响,让他觉得敲门的人确信他在屋内,既然那人如此坚定,他感到已经没有办法回避即将发生的一切。同时从另一方面说,他又很想知道究竟会发生些什么。

他将门打开,他吃了一惊(和昨晚想象中布置的一样),因为那人是在敲对面的门(和想象不一样)。他看到一个粗壮的背影,从背影判断那是一个中年人(作为中年这一点与想象一致)。然而是否就是那个与梧桐树紧密相关的人呢?他感到很难判断。仿佛是,又仿佛不是。

八

商店的橱窗有点镜子的作用。他在那里走来走去,侧脸看着自己的形象,这移动的形象很模糊,而且各式展品正在抹杀他的形象。

他在一家药店的橱窗前站住时,发现三盒竖起的双宝素巧妙地组成了他的腹部,而肩膀则被排成三角形的瓶装钙片所取代,三角的尖端刚好顶着他的鼻子,眼睛没有被破坏。他看着自己的眼睛,恍若另一双别人的眼睛在看着自己。

然后他来到百货商店的橱窗前，那时他的腹部复原了，可胸部却被一件儿童衬衣挡住。脑袋失踪了，脑袋的地方被一条游泳裤占据。但他的手是自由的，他的右手往右伸过去时刚好按着一辆自行车的车铃，左手往左边伸过去时差一点够着一副羽毛球拍，但是差一点。

这时橱窗里反映出了几个模糊的人影，而且又被一些展品割断，他看到半个脑袋正和大半张脸在说些什么，旁边有几条腿在动，还有几个肩膀也在动。接着他看到一张完整的脸露了出来，可却没有脖子，脖子的地方是一只红色的胸罩。这几个断裂的影子让他觉得鬼鬼祟祟，他便转回身去，于是看到街对面人行道上站着几个人，正对他指指点点说些什么。

由于他的转身太突然，他们显得有些慌乱。"你在干什么？"他们中有一人这样问。

他一怔，他看到他们都笑嘻嘻地望着自己，他不知道刚才是谁在问。他觉得自己不认识他们，尽管面熟。

"你在等人吧？"

他仍然没有发现是谁在说。但他确实是在等人，可他们怎么会知道？他不由一惊。

看到他没有反应，他们显然有些尴尬。接着他们互相低声说了些什么后便一起走了。他们居然没有回头朝他张望。

然后他在那里走起来，刚才的事使他莫名其妙。他感到橱窗里的一切都变得索然无味。于是他就将目光投向街上，街上行人不多，阳光照在他们身上，半明半暗。

"你怎么不理他们？"

朱樵的声音突然在他耳边响起,他吓了一跳。朱樵已经站到他面前了。朱樵像是潜伏已久似的突然出现,使他目瞪口呆。

"你怎么不理他们?"朱樵又问。

他疑惑地望着朱樵,问:"他们是谁?"

朱樵夸张地大吃一惊,"他们是你的同学。"

他仿佛想起来了,他们确实是他过去的同学。这时他看到朱樵滑稽地笑了,他不禁又怀疑起来。

朱樵亲热地拍拍他的肩膀,说:"你在这里干什么?"

他觉得这种亲热有点过分。但这是次要的,重要的是他为什么这样问。刚才他已经经历过这样的询问。

"你在等人吧?"

显而易见,朱樵和刚才那几个人有着某种难言的关系。看来他们现在都关心他在等谁。

"没有。"他回答。

"那你站这么久干什么?"

他吓了一跳,很明显朱樵已在暗处看到他很久了。因此此刻申辩不等什么人是无济于事的。

"你怎么了?"朱樵问。

他看到朱樵的神态很不自在,他想朱樵已经知道他的警惕。他不安地转过脸去,漫不经心地朝四周看起来。

于是他吃惊地发现居然有那么多人在注意着他们。几乎所有在街上行走的人都让他感到不同寻常。尽管那种注意的方式各不相同,可他还是一眼看出他们内心的秘密。

在他对面有三个人站在一起边说话边朝这里观察,而他的左右也有类似的情况。那些在街上行走的人都迅速地朝这里瞟一眼,又害怕被他发现似的迅速将目光收回。这时朱樵又说了一句什么,但他没去听。他怀疑朱樵此刻和他说话是为了分散他的注意力。他发现那些看上去似乎互不相识的人,居然在行走时慢慢地靠在一起,虽然他们迅速地分开,但他知道他们已经交换了一句简短而有关他的话。

后来当他转回脸去时,朱樵已经消失了。他是什么时候离开的,他一点也没有察觉。

九

眼前这个粗壮的背影让他想起某一块石碑,具体是什么时候看到的什么样的石碑他已经无心细想。眼下十分现实的是这个背影正在敲着门。而且他敲门的动作很小心,他用两个手指在敲,然而那声音却非常响,仿佛他是用两个拳头在敲。他的脚还没有采取行动,如果他的脚采取行动的话——他这样假设——那后果不堪设想。

他站在门口似乎在等着这背影的反面转过来。他揣想着那另一面的形状。他可以肯定的是另一面要比这背影的一面来得复杂。而且是否就是那个靠在梧桐树上的中年人?

但是那人继续敲门，此刻他的敲门声像是机床一样机械了。

出于想看到这背影的反面——这个愿望此刻对他来说异常强烈——他决定对这人说些什么。除此以外别无他法。

"屋里没人。"他说。

于是这背影转了过来，那正面呈现在他眼前。这人的正面没有他的反面粗壮，但他的眉毛粗得吓人，而且很短，仿佛长着四只眼睛。他很难断定此人是否曾经靠在梧桐树上，但他又不愿轻率地排除那种可能。

"屋里没人。"他又说。

那人像看一扇门一样地看着他，然后说："你怎么知道没人？"

"如果有人，这门已经开了。"他说。

"不敲门会开吗？"那人嘲弄似的说。

"可是没人再敲也不会开。"

"但有人敲下去就会开的。"

他朝后退了两步，随后将门关上。他觉得刚才的对话莫名其妙。敲门声还在继续。但他不想去理会，便走进厨房。有两根油条在那里等着他。油条是清晨母亲去买的，和往常一样。两根油条搁在碗上已经耷拉了下来。他拿起来吃了，同时想象着它们刚买来时那挺拔的姿态。

当他吃完后突然被一个奇怪的念头震住了。他想油条里可能有毒。而且他很快发现自己确信其事。因为他感到胃里出现了细微骚动，但他还没感到剧痛的来临。他站住不动，等待着那骚动的发展。然而过了一会那骚动居然消失，胃里复又变得风平浪静。他又站了一会，随后才如释重负地舒了一口气。

那人还在敲门,并且越敲越像是在敲他家的门。他开始怀疑那人真是在敲他家门。于是他就走到门旁仔细听起来。确实是在敲他的门,而且他似乎感到门在抖动。他深深吸了一口气,然后猛地将门拉开。

他看到的是对面那扇门迅速关上的情景,显然那门刚才打开过了,因为那个粗壮的背影已经不在那里。

十

如果昨晚的想象得到实现的话,现在在这里他会再次看到白雪。这次白雪没有明显的暗示。白雪将旁若无人地从他眼前走过,而且看也没有看他。但这也是暗示。于是他就装着闲走跟上了她。接下去要发生一些什么,他还没法设想。

站在文具柜台里的姑娘秀发披肩,此刻她正出神地看着他。

那时候朱樵像电影镜头转换一样突然消失,而他蓦然感到自己置身于一个极为可疑的环境中。他是转过身后才发现那姑娘的目光的。

因为他的转身太突然,姑娘显得措手不及,随即她紧张地移开目光,然后转身像是清点什么地数起了墨水瓶和颜料盒。

他没想到竟然在背后也有人监视他,心里暗暗吃惊。但她毕竟和他们不一样，她在被发现的时候显得很惊慌，而他们却能够装得若无其事。

他慢慢地走过去。她仍然在清点着，但已经感觉到他站在背后了，她可以听到他的呼吸声。因此她显得越发紧张，她的肩膀开始微微抖动起来。然后她想避开他，便背对着他朝旁边走去。

这个时候他开口了，他的声音坚定而且沉着，他问："你为什么监视我？"

她站住，双肩抖得更剧烈了。

"回答我。"他说。但他此刻的声音很亲切。

她迟疑了片刻，随后猛地转过身来，悲哀地说："是他们要我这么干的。"

"我知道。"他点点头，"可他们为什么要监视我？"

她嘴巴张了张，但没有声音。她非常害怕地朝四周张望起来。

他不用看，也知道商店里所有的人此刻都威胁地看着她。

"别怕。"他轻声安慰。

她犹豫了一会，然后才鼓起勇气对他说："我告诉你。"

他站在商店门口，一直盯着她看。她清点了好一会才转过身来，可发现他仍看着自己，立刻又慌乱了。这次她不再背过身去，而是走到柜台的另一端。于是他的视线中没有了她，只有墨水瓶和颜料盒整齐的排列。

他在思考着该不该走进去，走到她跟前，与她进行一场如刚才假设一样的对话。但他实在没有像假设中的他那样坚定而且沉着，而她显然也不是假设中那么善良和温柔。因此他对这场绝对现实的、没有任何想象色彩的对话结果缺乏信心。

他很犹豫地站在商店门口，他的背后是纷乱的脚步声。他在栩栩如生地揣想着他们的目光。此刻他背对着他们，他们可以毫无顾虑地监视他了，甚至指手画脚。但是（他想）若他猛地转回身去，他们（他觉得）将会防不胜防。他为自己这个诡计而得意了一会，然后他立刻付诸行动。

可是当他转回身去时却没有得到预想的效果。当他迅速地将四周扫看一遍后，居然没发现有人在监视他。显然他们已经摸透了他的心理，这使他十分懊恼。他们比刚才狡猾了。他想。

然而白雪出现了。

按照想象中的布置，白雪应该是沿着街旁（不管哪一端都可以）慢慢走来的。可现在白雪却是从那座桥上走下来，尽管这一点上有出入，但他的假设还是又一次得到证实。

白雪从那座桥上走下来，白雪没有朝这里看。但他知道白雪已经看到他了，而且也知道他看到她（是白雪知道）。白雪没朝这里看是为了不让他们发现。她非常从容地从桥上走下来，然后朝着与他相反的方向走去。白雪的从容让他赞叹不已，他也朝那里走去。

白雪穿着一件鲜红的衣服，在行人中走着，醒目无比。他知道白雪穿这样的衣服是有意义的，他赞叹白雪的仔细。然而他随即发现自己这么盯着红衣服看实在愚蠢，因为这样太容易被人发现。

十一

他需要努力回想，才能想起昨日傍晚母亲在阳台上与邻居的对话。

"准备得差不多了吗？"母亲是这样问的。

"你们呢？"对方这样反问。

刚才他往家走时，很远就看到邻居那孩子趴在阳台上东张西望。同时他看到自己家中阳台的门打开着，他想父母已经回来。那孩子一看到他立刻反身奔进屋内。起初他没注意，可当他绕到楼梯口准备往上走时又看到了那个孩子，孩子正拿着一支电动手枪对准他。随即孩子一闪就又躲进屋内。那门关得十分响亮。

当他走进屋内后才发现父母没在。他将几个房间仔细观察一下，在父母卧室的沙发上，他看到一只尼龙手提袋。毫无疑问，父母确已回来过了。因为在中午的时候他看到母亲拿着那尼龙袋子出去，记得当时父亲还说："拿它干吗？"母亲是如何回答的，他已记不起来。但这已经不重要，重要的是他证实父母在他之前回来过。

现在他要认真思考的是父母去了何处。他不由想到上午那个中年人十分可疑的敲门。因此对门邻居也让他觉得十分可疑。而且连他们的孩子都让他警惕。尽管那男孩才只有六岁，可他像大人一样贼头贼脑。

显而易见，父母就在隔壁。他此刻只要闭上眼睛马上就可以看到父母与邻居坐在一起商议的情景。

"准备得差不多了吗？"

"你们呢？"

（值得注意的是他们在准备着什么。他只能预感，却没法想象。）

那孩子被唆使到阳台上，在那里可以观察到他是否回来了。随后又出现在屋门口，当他上楼时那孩子十分响亮地关上房门。这一声绝对不会没有意义。这一声将告诉他们现在他上楼了。

接下去要干些什么他心里很清楚。他需要证实刚才的假设。而证实的方法也十分简单，那就是将屋门打开，他站到门口去，眼睛盯着对面的门。

他的目光将不会是从前那种怯生生的目光，他的目光将会让人感到他已经看透一切。因此当父母从对门出来时将会不知所措。

他们原以为屋门是关着的，他正在屋内。所以他们可以装着从楼下上来一样若无其事。可是没想到他竟站在门口。

他们先是大吃一惊，接着尴尬起来，尴尬是因为这些来得太突然，他们没有足够的时间掩饰。然而他们马上又会神态自若，但是他们的尴尬已经无法挽回。

十二

那鲜红的衣服始终在他前面二十米远处，仿佛凝住不动。那是因为白雪始终以匀称的步子走路。

白雪一直沿着这条街道走，这很危险。因为他越来越感到旁人对他们的注意。他已经发现有好几个人与白雪擦肩而过时回头望了她一下，紧接着他们像是发现什么似的又看了他一下。他也与他们擦肩而过，他感到他们走了几步后似乎转回身来跟踪他了。他没有回头，此刻绝对不能回头。他只要听到身后有紧跟的脚步声就知道一切了。而且那种脚步声开始纷乱起来，他便知道监视他的人正在逐渐增多。

可是白雪还在这条街上走着。他深知这条街的漫长，它的尽头将会呈现出一条泥路。泥路的一端是一条河流，另一端却是广阔的田野。而泥路的尽头是火化场。火化场那高高的烟囱让人感到是那条长长的泥路突然矗起。

白雪现在还没有走到这条泥路的尽头，可也已经不远了。白雪曾在几个胡同口迟疑了一下，但她还是继续往前走。白雪的迟疑只有他能够意会。显然她已经发现被人监视了。

就在这个时候，白雪站住了。如果此刻再不站住的话，那将失去最后的机会，因为街道的尽头正在接近。白雪站住后走进了一家商店。那是一家卖日用品的小店，而这家商店所拥有的货物在前面经过的几家商店里都有。显然白雪进去不是为了购买什么。

他放慢脚步,他知道商店前面十来米处有一条胡同,是十分狭窄的胡同。他慢慢走过去,此刻街上行人似乎没有刚才那么多了。他观察到前面只有两个人在监视他,一个正迎面走来,另一个站在废品收购铺的门口。

他走过商店时没朝里面看,但他开始感到后面跟着他的脚步声正在减少,当他走到那胡同口时身后已经没有脚步声了。他想白雪的诡计已经得逞。但是那个站在废品收购铺门口的人仍然望着他。

他侧身走进了胡同。

因为阳光被两旁高高的墙壁终日挡住,所以他一步入胡同便与扑面而来的潮气相撞。胡同笔直而幽深,恍若密林中的小径。他十分寂静地走着,一直往深处走去。胡同的两旁每隔不远又出现了支胡同,那胡同更狭窄,仅能容一人走路,而且也寂静无人。这胡同足有一百多米深。他一直走到死处才转回身来,此刻那胡同口看去像一条裂缝。裂缝处没有人,他不禁舒了口气,因为暂时没人监视他了。他在那里站住,等待着白雪出现在裂缝上。

不一会白雪完成了一个优美的转身后,便从裂缝处走了进来。他看着那件鲜红的衣服怎样变得暗红了。白雪非常从容地走来,那脚步声像是滴水声一样动人。她背后是一片光亮,因此她走来时身体闪闪发光。

所有的一切都与他假设的一致,而接下去他就将知道所有的一切了。

然而此刻有两个人从一条支胡同里突然走了出来，并排往胡同口走着。他俩的背影挡住了白雪。

令他大吃一惊的是其中一人是他的父亲，而另一人仿佛就是那个靠在梧桐树上抽烟的中年男子。他们背对着他朝胡同口走去，他们没有发现他。他们正在交谈些什么，尽管声音很轻，但他还是听到了一点。

"什么时候？"显然是那个中年人在问。

"四月三日。"父亲这样回答。

其他的话他没再听清。他看着他们往前走，两个背影正在慢慢收缩，于是裂缝便在慢慢扩大，但他们仍然挡住白雪。他们的脚步非常响，像是拍桌子似的。然后他们走到了裂缝处，他们分手了。父亲往右，那人往左。

然而他没有看到白雪。

十三

父母居然是从楼下走上来。他一听到脚步声就知道是谁了。

毫无疑问，是在他进屋时，父母就已经从对门出来然后轻轻地走下楼梯。否则那孩子的关门声就会失去其响亮的意义。因此当他站在门口时，父母已经在楼下了。

现在他们正在走上来（他们毕竟要比他老练多了）。然后他看到他们吃惊地望着自己，但这已不是他所期待的那种吃惊了。

"你站在门口干什么？"

他看到父亲的嘴巴动了一下，那声音就是从这里面飘出来的。紧接着两个人体在他面前站住。他看到父亲衣服上的纽扣和母亲的不一样。

"你怎么了？"

那是母亲的声音。与刚才的声音不一样，这声音像棉花。

他忽然感到自己挡住了父母进来的路，于是赶紧让开。这时他发现父母交换了一下眼色，那眼色显然是意味深长的。父母没再说什么，进屋后就兵分两路，母亲去厨房，父亲走进了卧室。

他却不知该怎么才好，他在原处站着显得束手无策。他慢慢从刚才的举止里发现出一点愚蠢来了，因为他首先发现父母已经看透了他的心事。

父亲从卧室里出来朝厨房走去，走到中间时站住了，他说："把门关上。"

他伸手将门关上，听着那单纯的声音怎样转瞬即逝。

父亲走到厨房里没一会又在说了："去把垃圾倒掉。"

他拿起簸箕时竟然长长地舒了口气，于是他不再束手无策。他打开屋门时看到了那个孩子。孩子如刚才一样站在门口，手里拿着电动手枪，正得意洋洋在向他瞄准。他知道他为何得意，尽管孩子才这么小。

他走上去抓住孩子的电动手枪，问："刚才我父母在你们家里吧？"

孩子一点也不害怕，他用劲抽回自己的手枪，同时响亮地喊道："没有。"

就是连孩子也训练有素了（他想）。

十四

他在那里站了很久，他一直望着那裂缝。仿佛置身于一口深井之底而望着井口。偶尔有人从胡同口一闪而过，像是一只大鸟张着翅膀从井口上方掠过。

然后他小心翼翼地往前走，他感到自己的脚步声在两壁间跳跃地弹来弹去，时时碰在他的脚尖上。他仔细察看经过的每一个支胡同，发现它们都是一模一样，而且都寂静无人。在他走到第四个支胡同口时看到一根电线杆挡在前面，于是他才发现自己居然走到汉生的家门口了。

只要侧身走进去，那路凌乱不堪而且微微上斜，在第四扇门前站住，不用敲门就可推门而入，呈现在眼前的是天井，天井的四角长满青苔。接着走入一条昏暗的通道，通道是泥路，并且会在某处潜伏着一小坑积水。在那里可以找到汉生的屋门。

汉生的住处与张亮的十分近似，因此他们躲在屋内窃窃私语的情景栩栩如生地重现了。

他现在需要认真设想一下的是，白雪究竟会在何处突然消失。然而这个设想的结果将使他深感不安。因为他感到白雪就是在这里消失的。而且（如果继续往下想）白雪是在第四扇门前站住，接着推门而入，然后走上了那条昏暗的通道。所以此刻白雪正坐在汉生家中。

他感到自己的假设与真实十分接近，因此他的不安也更为真实。同时也使他朝汉生家跨出了第一步。他需要的已不是设想，而是证实。他在第四扇门前站住。

没多久后，他已经绕过了那个阴险的水坑，朝那粗糙的房门敲了起来。在此之前他已经先用手侦察过了，汉生的房门上没有铁钉。所以他的手敲门时毫无顾忌。

门是迅速打开的，可只打开了那么一点。接着汉生的脑袋伸了出来。那脑袋伸出来后凝住不动，让他感到脑袋是挂在那里。

屋内的光亮流了出来，汉生的眼睛正古怪地望着自己。随即他听到汉生紧张地问："你是谁？"

他迟疑了一下，然后回答："是我。"

"噢，是你。"门才算真正打开。

汉生的声音让他吓了一跳，因为他没有准备迎接这么响亮的声音。

屋内没有白雪。但他进屋时仿佛嗅到了一丝芬芳。这种气息是从头发还是脸上散发出来的他很难断定，可他能够肯定是从一位女孩子那里飘来的。他想白雪也许离开了,随后他又否定。因为白雪要离开这里必须走原来的路。可他没遇上她。

汉生将他带入自己的房间,汉生的房间洁净无比。汉生没让他看另外两间房间。一间门开着,一间房门紧闭。

"你怎么想到来这里?"汉生装着很随便地问他。

他觉得"怎么想到"对他是不合适的,他曾经常来常往。但现在(他又想)对他也许合适了。

"我正在读一篇很有意思的文章。"汉生又说。

他没有搭理。他来这里不是来和汉生进行这种无话找话的交谈。他为何而来心里很清楚,所以他此刻凝神细听。

"这篇文章真有意思。"

他听到很轻微的一声,像是什么东西掉在地上。他努力辨别着声音传来的方向,结果是从那房门紧闭的房间里发出的。

汉生不再说什么,而是拿起一本杂志翻动起来。

他觉得这样很好,这样他可以集中精力。可是汉生翻动杂志的声音非常响。这使他很恼火。很明显汉生这举动是故意的。

尽管这样,他还是断断续续听到几声轻微的走动声。现在他可以肯定白雪就在那里。她是刚才在汉生响亮地叫了一声时躲藏起来的,汉生的叫声掩盖了她的关门声。

显然白雪刚才走进商店是为了躲开他。尽管发现白雪和他们是一伙这会让他绝望,可他不能这样断定。

他看到汉生这时像是想起什么似的将门关上。他心想,已经晚了。

十五

他从来也没有像现在这样仔细观察了天黑下来时的情景。

晚饭以后他没去洗碗,而是走到阳台上。令人奇怪的是父亲没有责备他。他听到母亲向厨房走去,然后碗碟碰撞起来。

那个时候晚霞如鲜血般四溅开来,太阳像气球一样慢慢降落下来,落到了对面那幢楼房的后面。这时他听到父亲向自己走来,接着感到父亲的手开始抚摸他的头发了。

"出去散散步吧。"父亲温和地说。

他心里冷冷一笑。父亲的温和很虚伪。他摇摇头。这时他感到母亲也走了过来。

他们三人默默地站了一会,然后父亲又问:"去走走吧?"他还是摇摇头。

接着父母交换了一下眼色,然后他俩离开了阳台。不一会他听到了关门声。他知道他们已经出去了。

于是他暂时将目光降落下来,不久就看到他们的背影,正慢慢地走着。

随即他看到对门邻居三口人也出现了,他们也走得很慢。几乎是在同一个时候里,他看到楼里很多人家出现了,他们朝同一个方向走去,都走得很慢,装着是散步。

他听到一个人用很响的声音说:"春天来了,应该散散步。"他想这人是说给他听的。这人的话与刚才父亲的邀请一样虚伪。

显而易见,他们都出发了,他们都装着散步,然后走到某一个地方,与很多另外的他们集会。他们聚集在一起将要讨论些什么,毫无疑问他们的讨论将与他有关。

楼里还有一些人没去,有几个站在阳台上。他想这是他们布置的,留下几个人监视他。

他抬起头继续望着天空,天空似乎苍白了起来。刚才通红的晚霞已经烟消云散,那深蓝也已远去。天空开始苍白了。他是此刻才第一次发现太阳落山后天空会变得苍白。可苍白是短暂的,而且苍白的背后依旧站着蓝色,隐约可见。然后那蓝色渐渐黑下去,同时从那一层苍白里慢慢渗出。天就是这样黑下来的。

天空全黑后他仍在阳台上站着,他看到对面那幢楼房只有四个窗口亮起了灯光。接着他又俯身去看自己这幢楼,亮了五个窗口。然后他才走进房间,拉亮电灯。

当他沿着楼梯慢慢走下去时,又突然想到也许那些黑暗的窗口也在监视他。因此当他走到楼下时便装着一瘸一瘸地走路了。这样他们就不会认出是他。因为他出来时没熄灭电灯,他们会以为他仍在家中。

走脱了那两幢楼房的视线后,他才恢复走姿。他弯进了一条胡同。在胡同底有一个自来水水塔。水塔已经矗起,只是还没安装设备。

胡同里没有路灯,但此刻月亮高悬在上,他在月光中走得很轻。月光照在地面上像水一样晶亮。后面没有脚步。

胡同不长,那水塔不一会就矗立在他眼前。他先是看到那尖尖的塔端，阴森森地在月光里静默。而走出胡同后所看到的全貌则使他不寒而栗。那水塔像是一个巨大的阴影，而且虚无缥缈。

四周空空荡荡，只是水塔下一幢简易房屋亮着灯。他悄悄绕了过去，然后走到水塔下，找到那狭窄的铁梯后他就拾级而上。于是他感到风越来越猛烈。当他来到水塔最高层时，衣服已经鼓满了风，发出撕裂什么似的响声。头发朝着一个方向拼命地飘。

现在他可以仔细观察这个小镇了。整个小镇在月光下显得阴郁可怖，如昏迷一般。

这是一个阴谋。他想。

十六

张亮他们像潮水一样拥进来，那时他还躲在床上。他看到了亚洲他们还有一个女的。这女子他不认识。他吃惊地望着他们。

"你们是怎么进来的？"他问。

他们像是听到了一个了不起的笑话似的哈哈大笑。他看到那女子笑得倒进了一把椅子，椅子嘎吱嘎吱的声音也像是在笑。

"她是谁？"他又问。

于是他们笑得越加厉害，张亮还用脚蹬起了地板。

"你不认识我？"那女子这时突然收住了笑，这么强烈的笑能突然收住他十分惊讶。

"我是白雪。"她说。

他大吃一惊，心想自己怎么连白雪也认不出来了？现在仔细一看觉得她是有点像白雪。而且她仍然穿着那件红衣服，只是颜色不再鲜红，而成了暗红。

"起床吧。"白雪说。

于是他的被子被张亮掀开，他们四个人抓住他的四肢，把他提出来扔向白雪。他失声叫了一下后，才发现自己居然在椅子里十分舒服地坐下，而白雪此刻却坐在了床沿上。

他不知道他们接下去要干些什么，所以他摆出一副等待的样子。

张亮把衣服扔进了他怀里，显然是让他穿上。于是他就将衣服穿上。穿上后他又在椅子里坐下，继续等待。

白雪这时说："走吧。"

"到什么地方去？"他问。

白雪没有回答，而是站起来往外走了。于是张亮他们走过去把他提起来，推着他也往外走。

"我还没有刷牙。"他说。

不知为何张亮他们又像刚才一样哈哈大笑起来。

他就这样被他们绑架到楼下，楼下有很多人站在那里，他们站在那里仿佛已经很久了。他们是为了看他才站了这么久。

他看到他们对着他指指点点在说些什么。他走过去以后感到他们全跟在身后。这时他想逃跑，但他的双臂被张亮他们紧紧攥住，他没法脱身。

然后他被带到大街上，他发现大街上竟是空荡荡的，什么都没有。他们把他带到街中央站住。这时白雪又出现了，刚才她消失了一阵子。白雪仿佛怜悯似的看了看他，随即默默无语地走开。

不知是张亮，还是朱樵与汉生，或者是亚洲，对他说："你看前面是谁？"

他定睛一看，前面不远处站着他父亲，父亲站在人行道上，正朝他微笑。这时他突然感到身后一辆卡车急速向他撞来。奇怪的是这时他竟听到了敲门声。

十七

后来他沿着那铁梯慢慢地走了下去，然后重又步入那没有路灯的胡同。但此刻胡同两旁的窗口都亮起了灯光。灯光铺在地上一段一段。许多窗口都开着，里面说话的声音在胡同里回响，很清晰，但他听不清在说些什么。

胡同两旁大都是平房，他犹豫地走着。每经过一个敞开的窗口他就会犹豫一下。

他很想知道他们在说些什么。那是因为他感到他们的话题就是他。他知道他们的集会已经散了,父母已经在家中了。所以他完全有必要贴到窗旁去。他的迟疑是因为经过的窗口都有人影,里面的人离窗口太近。

他终于走近了一个合适的窗口。这个窗口没有人影,但说话声却格外清楚。于是他就贴着墙走过去。那声音渐渐能够分辨出一些词句来了。

"准备得差不多了吗?"

"差不多了。"

"什么时候行动?"

可是这时他突然听到背后有个声音:"是谁!"那人像是贴着他的耳朵叫的。他立刻回身一拳将那人打倒在地。随后拼命地奔跑起来。于是那人大叫大喊了,他背后有很多追来的脚步声,同时很多人从窗口探出头来。

他这样假设着走出了胡同,他觉得自己的假设十分真实,如果他真的贴到某一个窗口去的话。

回到家中时,父母已经睡了,他拉亮电灯。他估计现在已经很晚了。往常父母是十点钟睡觉的。如果往常他这么晚回来,父亲总会睡意蒙眬并且怒气冲冲地训斥他几句。这次却没有,这次父亲只是很平静地说:"你回来了。"父亲没睡着。

他答应了一声,往自己卧室走去。这时他听到母亲说(她也没睡着):"用放在桌上的热水洗脚。"他又答应了一声。但走进卧室后,他就脱掉衣服在床上躺了下来。

四周一片漆黑,他在床上躺了一会,然后爬起来走到窗口。他看到对面那幢楼房很多窗户都已消失,有些正在消失。他想自己这幢楼也是这样。现在他们可以安心休息一下了，现在的任务落到了他父母的头上。

他重新回到床上躺下，他预感到马上就会发生什么了，显然他们已经酝酿已久。父亲突然改变了对他的态度，这预示着他们已经发现了他的警惕。这也许会使他们的行动提前。

因此他现在迫切需要想象一下，那就是他们明天会对他采取些什么行动。尽管接连两个夜晚都没睡好，此刻他难驱睡意，可他还是竭力提起精神。

明天张亮他们，可能还有白雪，他们会在他尚没起床时来到。他们将会装着兴高采烈，或者邀请他到什么地方去，或者寻找这种理由阻止他出门。而接下去……他听到自己的呼吸沉重起来。

十八

敲门声很复杂，也就是说有几个人同时在敲他的门。此刻他已经清醒了。刚才发生的一切历历在目，尽管他知道那一切都发生在睡梦里。可眼下的敲门声却让他感到真实的来临。

他立刻断定是张亮他们，而且还有白雪。与睡梦中不同的是：他们没有像潮水一样拥进来。门阻挡了他们。

他们几个人同时伸手敲门，证明他们此刻烦躁不安。

然而细听起来又不像是在敲他家的门，仿佛是在敲对门。他在床上坐了一会，听到那敲门声越来越响，而且越来越像是在敲着对门。于是他穿上衣服悄悄走到门旁，这时敲门声戛然而止。

他思忖了片刻，毅然将门打开。果然是张亮他们站在那里。他们一看到他时都哈哈大笑起来，然后一拥而进。

他不动声色，他觉得他们的哈哈大笑与一拥而进与昨晚睡梦相符。

然而白雪没有出现，只有他们四个人。但是他们一拥而进时没将门带上。他就装着关门探身向屋外看了一眼，没看到白雪。

"就你们四人？"他不禁问。

"难道还不够？"张亮反问。

他心想：足够了，你们四人对付我一人足够了。

张亮说："走吧。"

（如果有白雪，这话应该是她说的。）

"到什么地方去？"他问。

"到了那里你就会知道了。"

他说："我还没刷牙。"说完他立刻惊愕不已。他情不自禁地重复了睡梦中那句话。

"走吧。"张亮说着打开了房门，而朱樵与汉生则在两旁架住了他的胳膊。（与睡梦中一模一样。）

"我们要带你去一个叫你大吃一惊的地方。"走到楼下时张亮这样说。

但是楼下没有很多人围观，只有三四个人在走动。

朱樵和汉生一直架着他走，张亮和亚洲走在前面。他感到朱樵和汉生已经不像刚才那样用劲了。

这时张亮突然叫了起来："从前有座山。"然后朱樵也叫道："山上有座庙。"接着是汉生："庙里有两个和尚。"亚洲是片刻后才接上的："一个老和尚一个小和尚。"

随后张亮对他说："轮到你了。"

他迷惑地望着张亮。

"你就说老和尚对小和尚说。"

他犹豫了一下，才说："老和尚对小和尚说。"于是他们发疯般地笑了起来。

张亮立刻又接上："从前有座山。"

（朱樵）"山上有座庙。"

（汉生）"庙里有两个和尚。"

（亚洲）"一个老和尚和一个小和尚。"

显然轮到他了，但他仍没接上。因为走到了大街。他们五个人此刻都站在人行道上。张亮不满地催他："快说。"他才有气无力地说："老和尚对小和尚说。"

张亮很不高兴，他说："你不能说得响一点？"随后他高声叫着"从前有座山"便横穿马路走了过去，朱樵和汉生此刻放开了他，也大叫着走了过去，接着是亚洲。

现在又轮到他了，他看到左边有一辆卡车正慢慢地驶过来。他知道等到他走到街中央时，卡车就会向他撞来。

151

十九

是什么声音紧追不舍？他已经跑得气喘吁吁了，可那声音还在追着他，怎么也摆脱不了。

后来他在一根电线杆上靠住，回头望去。他看着那声音正从远处朝他走来，是父亲朝他走来。

父亲走到他面前，吃惊地问："你怎么了？"

他望着父亲没有回答。心里想：没错，父亲是应该在这个时候出现的。只是比睡梦中出现得稍晚一些。

"你怎么了？"父亲又问。

他感到汗水正从所有的毛孔里涌出来，此刻他全身一片潮湿。

父亲没再说什么，而是盯着他看。那时他额上的汗珠正下雨般往下掉，遮挡了视线。所以他所看到的父亲像是站在雨中。

"回家去吧。"

他感到父亲的手十分有力，抓住他的肩膀后不得不随他走了。

"你已经长大了。"他听到父亲的声音在他周围绕来绕去，仿佛是父亲围着他绕来绕去。"你已经长大了。"父亲又说。父亲的声音在不绝地响着，但他听不出词句来。

他俩沿着街道往回走，他发现父亲的脚步和自己的很不协调。但他开始感到父亲的声音很亲切，然而这亲切很虚假。

后来，他没注意是走到什么地方了，父亲突然答应了一声什么便离开了他。

这时他才认真看起了四周。他看到父亲正朝街对面走去，那里站着一个人。他觉得这人有些面熟，但一时又想不起是谁。这人还朝他笑了笑。父亲走到这人面前站住，然后两人交谈起来。

他在原处站着，似乎在等着父亲走回来，又似乎在想着是不是自己先走。这时他听到有一样什么东西从半空中掉落下来，掉在附近。他扭头望去，看到是一块砖头。他猛然一惊，才发现自己正站在一幢建筑下。他抬起头来时看到上面脚手架上正站着一个人。那是一个中年人，而且似乎就是那个靠在梧桐树上抽烟的中年人。他感到马上就会有一块砖头奔他头顶而来了。

二十

那个人靠在梧桐树上，旁边是街道。虽然他没有抽烟，可一定是他。

他想起来了，就是在这里白雪第一次向他暗示什么。那时他还一无所知，那时他还兴高采烈。刚才他逃离了那幢阴险的建筑，不知为何竟来到了这里。

他在离那人十来米远的地方站住，于是那人注意他了。他心想：没错，绝对是这个人。

他慢慢朝这人走过去，他看到这人的目光越来越警惕了，那插在口袋里的手也在慢慢伸出来。而在街上行走的人都放慢脚步看着他，他知道他们随时都会一拥而上。

他走到了这人面前，此刻这人的双手已经放在胸前互相摩擦着，摆出一副随时出击的架势，那腿也已经绷紧。

他则把双手插进裤袋，十分平静地说："我想和你谈谈。"

这人立刻放松了，他似乎还笑了笑，然后问："找我？"

"是的。"他点点头。

这人朝街上看看，仿佛完成了暗示，随即对他说："说吧。"

"不是在这里。"他说，"我想和你单独谈谈。"

这人犹豫起来。他不愿离开这棵梧桐树，那是不愿离开正在街上装着行走的同伙。

他轻蔑地笑了笑，问："你不敢吗？"

这人听后哈哈大笑，笑毕说："走吧。"

于是他在前面慢慢地走了起来，这人紧随其后。他走得很慢是为了随时能够有效地还击他的偷袭。他这时听到身后的脚步声开始纷乱起来。这意味着有几个人紧随在他身后。他没有回头张望，便说："我只想和你一人谈谈。"

这人没有做声，身后的脚步声也就没有减少。他又说："如果你不敢就请回去。"他听到他又哈哈笑了起来。

他继续往前走，走到一条胡同口时他站了一会，看到胡同里寂然无人才走了进去。这时他身后的脚步声单纯了。

他不禁微微一笑,然后朝胡同深处走去。这人紧跟在后。他知道此刻不能回头,若一回头这人马上就会警惕地倒退。所以他若无其事往前走,心里却计算着他们之间的距离,似乎稍远了一点。于是他悄悄放慢步子,这人没有发现。

现在他觉得差不多了,便猛地往下一蹲,同时右腿往后用力一蹬。他听到一声惨叫,接着是趔趄倒退和摔倒在地的声音。他回头望去,这人此刻脸色苍白地坐在地上,双手捂住腹部痛苦不堪。他这一脚正蹬在他的腹部。

他走上几步,对准他的脸又是一脚,这人痛苦地呻吟一声,便倒在地上。

"告诉我,你们想干什么?"他问。

这人呻吟着回答:"让张亮他们把你带到马路中央,用卡车撞你。"

"这我已经知道。"他说。

"若不成功就由你父亲把你带到那幢建筑下,上面会有石头砸下来。"

"接下去呢?"他问。

这人仍然靠在梧桐树上,这时他的手伸进了胸口的口袋,随后拿出一支香烟点燃抽了起来。

肯定是他(他想)。但是他一直没有决心走上去。他觉得如果走上去的话,所得到的结果将与他刚才的假设相反。也就是说躺在地上呻吟的将会是他。那人如此粗壮,而他自己却是那样的瘦弱。

此刻这人的目光不再像刚才那样心不在焉,而是凶狠地望着他。于是他猛然发现自己在这里站得太久了。

二十一

"你知道吗?"白雪说。

他完全没有意识到自己竟然走到白雪家门口了。记得是两年前的某一天,他在这里看到白雪从这扇门里翩翩而出,正如现在她翩翩而出。

白雪看到他时显然吃了一惊。

他发现她有些不好意思,但却是伪装的。

白雪的卧室很精致,但没有汉生的卧室整洁。他在椅子上坐下来时,白雪有些脸红了,脸红是自然的。他想白雪毕竟与他们不一样。

这时白雪说:"你知道吗?"

白雪开门见山就要告诉他一切,反而使他大吃一惊。

"昨天我在街上碰到张亮……"

果然她要说了。

"他突然叫了我一声。"她刚刚恢复的脸色又红了起来,"我们在学校里是从来不说话的,所以我吓了一跳……"

他开始莫名其妙,他不知道白雪接下去要说些什么。

"张亮说你们今天到我家来玩,他说是你、朱樵、汉生和亚洲。还说是你想出来的。他们上午已经来过了。"

他明白了,白雪是在掩护张亮他们上午的行动。他才发现白雪比他想象的要复杂得多。

"你怎么没和他们一起来?"白雪问。

他此刻不知说什么好,只是十分悲哀地望着她。

于是他看到白雪的神态起了急剧的变化。白雪此刻显得惊愕不已。

他想,她已经学会表演了。

仿佛过去了很久,他看到白雪开始不知所措起来。她的双手让他感到她正不知该往何处放。

"你还记得吗?"这时他开口了,"几天前我走在街上时看到了你。你向我暗示了一下。"

白雪脸涨得通红。她喃喃地说:"那时我觉得你向我笑了一下,所以我也就……怎么是暗示呢?"

她还准备继续表演下去(他想),但他却坚定地往下说:"你还记得离我们不远有一个中年人吗?"

她摇摇头。

"是靠在一棵梧桐树上的。"他提醒道。

可她还是摇摇头。

"那你向我暗示什么呢?"他不禁有些恼火。

她吃惊地望着他,接着局促不安地说:"怎么是暗示呢?"

他没有搭理,继续往下说:"从那以后我就发现自己被监视了。"

她此刻摆出一副迷惑的神色,她问:"谁监视你了?"

"所有的人。"

她似乎想笑,可因为他非常严肃,所以她没笑。但她说:"你真会开玩笑。"

"别装腔作势了。"他终于恼火地叫了起来。

她吓了一跳,害怕地望着他。

"现在我要你告诉我,他们为什么监视我,他们接下去要干什么?"

她摇摇头,说:"我不明白你的意思。"

他不禁失望地叹息起来,他知道白雪什么也不会告诉他了。白雪已不是那个穿着黄衬衣的白雪了。白雪现在穿着一件暗红的衣服,他才发现那件暗红的衣服,他不由大吃一惊。

他站了起来,走出白雪的卧室,他发现厨房在右侧。他走进了厨房,看到一把锋利的菜刀正插在那里。他伸手取下来,用手指试试刀刃。他感到很满意。然后他就提着菜刀重新走进白雪的卧室。这时他看到白雪惊慌地站起来往角落里退去。他走上前去时听到白雪惊叫了一声。然后他已经将菜刀架在她脖子上了,白雪吓得瑟瑟发抖。

白雪这时站了起来。他也站了起来。但他犹豫着是不是到厨房去,是不是去拿那把菜刀。

他看到白雪走到日历旁,伸手撕下了一张,然后回头说:"明天是四月三日。"

他还在犹豫着是不是去厨房。

白雪说:"你猜一猜,明天会发生些什么。"

他蓦然一惊。四月三日会发生一些什么?四月三日?他想起来了,母亲说过,父亲也说过。

他明白白雪在向他暗示,白雪不能明说是因为有她的难处。他觉得现在应该走了。他觉得再耽搁下去也许会对白雪不利。

他走出白雪卧室时发现厨房不在右侧,而在左侧。

二十二

从来也没有像现在这样,当听到那一声汽笛长鸣时,他突然情绪激昂。

那个时候他正躲藏在一幢建筑的四楼,他端坐在窗口下。他是黄昏时候溜进来的,谁也没有看到他。这幢建筑的楼梯还没有,他是沿着脚手架爬上去的。他看着夜色越来越深,他听着街上人声越来越遥远。最后连下面卖馄饨那人也收摊了。就像是烟在半空中消散,人声已经消散。只有自己的呼吸喃喃低声,像是在与自己说话。

那时候他不知道接下去该怎么办,就如不知道已经是什么时候。而明天,四月三日将发生一桩事件。他心里却格外清楚。

然而他却不知道自己该怎么办。

这时候他听到了一声火车长鸣。他突然间得到了启示,于是他站了起来。他站起来时首先看到的是一座桥,桥像死去一样卧在那里,然后他注意到了那条阴险流动着的小河,河面波光粼粼,像是无数闪烁的目光在监视他。他冷冷一笑。

然后他从窗口爬出去,沿着脚手架往下滑。脚手架发出了关门似的声音。

他在黑影幢幢的街道上往铁路那个方向走去。那个时候他没听到自己的脚步声,脚步声仿佛被地面吸入进去了。他感到自己像一阵风一样飘在街道上。

不久以后,他已经站在铁轨上了。铁轨在月光下闪闪发亮。附近小站的站台上只亮着一盏昏黄的灯,没有人在上面走动。小站对面的小屋也亮着昏黄的灯光。那是扳道房。那里面有人,或许正在打瞌睡。他重新去看铁轨,铁轨依旧闪闪发亮。

这时他听到了一股如浪涛涌来般的声音,声音由远而近,正在慢慢扩大。他感到那声音将他头发吹动起来了。随即他看到一条锋利白亮的光芒朝他刺来,接着光芒又横扫过来,但被他的身体挡断了。

显然列车开始减速,他看到是一列货车。货车在他身旁停了下来。于是站台上出现人影了。他立刻奔上去抓住那贴着车厢的铁梯,这铁梯比那水塔的铁梯还要狭窄。他沿着铁梯爬进了车厢,他才发现这是一列煤车。于是他就在煤堆上躺了下来,同时他听到了几个人说话的声音。那声音像是被风吹断了,传到他耳中时已经断断续续。

他突然想起也许他们此刻已经倾巢出动在搜寻他了。他一直没有回家，父母肯定怀疑他要逃跑了，于是他们便立刻去告诉对面邻居。不一会那幢漆黑的楼房里所有的灯都亮了，然后整个小镇所有的灯都亮了。他不用闭上眼睛也可以想象出他们乱哄哄到处搜寻他的情景。

这时他听到有人走来的脚步声，他立刻翻身贴在煤堆上。然而他马上听到了铁轨敲打车轮的声音。那声音十分清脆，像灯光一样四射开来。脚步声远去了。

又过了一会，他突然听到列车发出了一声沉重的声响，同时身体被震动了一下。随即他看到小站在慢慢移过来，同时有一股风和小站一起慢慢移了过来。当风越来越猛烈时，车轮在铁轨上滚动的声音也越来越细腻。

于是他撑起身体坐在煤堆上，他看到小站被抛在远处了，整个小镇也被抛在远处了，并且被越抛越远。不一会便什么也看不到，在他前面只是一片惨白的黑暗。明天是四月三日，他想。他开始想象起明天他们垂头丧气、气急败坏的神情来了，无疑他的父母因为失职将会受到处罚。他将他们的阴谋彻底粉碎了，他不禁得意洋洋。

然后他转过脸去，让风往脸上吹。前面也是一片惨白的黑暗，同样也什么都看不到。但他知道此刻离那个阴谋越来越远了。他们从此以后再也找不到他了。明天并且永远，他们一提起他时只能面面相觑。

他想起了小时候他的一个邻居和那邻居的口琴。那时候他每天傍晚都走到他窗下去，那邻居每天都趴在窗口吹口琴。

后来邻居在十八岁时患黄疸肝炎死去了,于是那口琴声也死去了。

一九八七年五月二十日

现实一种

一

　　那天早晨和别的早晨没有两样，那天早晨正下着小雨。因为这雨断断续续下了一个多星期，所以在山岗和山峰兄弟俩的印象中，晴天十分遥远，仿佛远在他们的童年里。

　　天刚亮的时候，他们就听到母亲在抱怨什么骨头发霉了。母亲的抱怨声就像那雨一样滴滴答答。那时候他们还躺在床上，他们听着母亲向厨房走去的脚步声。

　　她折断了几根筷子，对两个儿媳妇说："我夜里常常听到身体里有这种筷子被折断的声音。"两个媳妇没有回答，她们正在做早饭。她继续说："我知道那是骨头正一根一根断了。"

　　兄弟俩是这时候起床的，他们从各自的卧室里走出来，都在嘴里嘟哝了一句："讨厌。"像是在讨厌不停的雨，同时又像是讨厌母亲雨一样的抱怨。

现在他们像往常一样围坐在一起吃早饭了,早饭由米粥和油条组成。

老太太长年吃素,所以在桌旁放着一小碟咸菜,咸菜是她自己腌制的。她现在不再抱怨骨头发霉,她开始说:"我胃里好像在长出青苔来。"

于是兄弟俩便想起蚯蚓爬过的那种青苔,生长在井沿和破旧的墙角,那种有些发光的绿色。他们的妻子似乎没有听到母亲的话,因为她们脸上的神色像泥土一样。

山岗四岁的儿子皮皮没和大人同桌,他坐在一只塑料小凳上,他在那里吃早饭,他没吃油条,母亲在他的米粥里放了白糖。

刚才他爬到祖母身旁,偷吃一点咸菜。因此祖母此刻还在眼泪汪汪,她喋喋不休地说着:"你今后吃的东西多着呢,我已经没有多少日子可以吃了。"因此他被父亲一把拖回到塑料小凳子上。所以他此刻心里十分不满,他用匙子敲打着碗边,嘴里叫着:"太少了,吃不够。"

他反复叫着,声音越来越响亮,可大人们没有理睬他,于是他就决定哭一下。而这时候他的堂弟嘹亮地哭起来,堂弟正被婶婶抱在怀中。他看到婶婶把堂弟抱到一边去换尿布了。于是他就走去站在旁边。堂弟哭得很激动,随着身体的扭动,那叫小便的玩意儿一颤一颤的。他很得意地对婶婶说:"他是男的。"但是婶婶没有理睬他,换毕尿布后她又坐到刚才的位子上去了。他站在原处没有动。这时候堂弟不再哭了,堂弟正用两个玻璃球一样的眼睛看着他。他有点沮丧地走开了。他没有回到塑料小凳上,而是走到窗前。他太矮,于是就仰起头来看着窗玻璃,屋外的雨水打在玻璃上,像蚯蚓一样扭动着滑了下来。

这时早饭已经结束。山岗看着妻子用抹布擦着桌子。山峰则看着妻子抱着孩子走进了卧室,门没有关上,不一会妻子又走了出来,妻子走出来以后走进了厨房。山峰便转回头来,看着嫂嫂擦着桌子的手,那手上有几条静脉时隐时现。山峰看了一会才抬起头来,他望着窗玻璃上纵横交叉的水珠对山岗说:"这雨好像下了一百年了。"

山岗说:"好像是有这么久了。"

他们的母亲又在喋喋不休了。她正坐在自己房中,所以她的声音很轻微。母亲开始咳嗽了,她咳嗽的声音很夸张。接着是吐痰的声音。那声音很有弹性。他们知道她是将痰吐在手心里,她现在开始观察痰里是否有血迹了。他们可以想象这时的情景。

不久以后他们的妻子从各自的卧室走了出来,手里都拿着两把雨伞,到了去上班的时候了。兄弟俩这时才站起来,接过雨伞后四个人一起走了出去,他们将一起走出那条胡同,然后兄弟俩往西走,他们的妻子则往东走去。兄弟两人走在一起,像是互不相识一样。他们默默无语一直走到那所中学的门口,然后山峰拐弯走上了桥,而山岗继续往前走。他们的妻子走在一起的时间十分短,她们总是一走出胡同就会碰到各自的同事,于是便各自迎上去说几句话后和同事一起走了。

他们走后不久，皮皮依然站在原处，他在听着雨声，现在他已经听出了四种雨滴声，雨滴在屋顶上的声音让他感到是父亲用食指在敲打他的脑袋，而滴在树叶上时仿佛跳跃了几下。另两种声音来自屋前水泥地和屋后的池塘，和滴进池塘时清脆的声响相比，来自水泥地的声音显然沉闷了。

于是孩子站了起来，他从桌子底下钻过去，然后一步一步走到祖母的卧室门口，门半掩着，祖母如死去一般坐在床沿上。孩子说："现在正下着四场雨。"祖母听后打了一个响亮的嗝。孩子便嗅到一股臭味，近来祖母打出来的嗝越来越臭了。所以他立刻离开，他开始走向堂弟。

堂弟躺在摇篮里，眼睛望着天花板，脸上笑眯眯的，孩子就对堂弟说："现在正下着四场雨。"

堂弟显然听到了声音，两条小腿便活跃起来，眼睛也开始东张西望。可是没有找到他。他就用手去摸摸堂弟的脸，那脸像棉花一样松软。他禁不住使劲拧了一下，于是堂弟"哇"的一声灿烂地哭了起来。

这哭声使他感到莫名的喜悦，他朝堂弟惊喜地看了一会，随后对准堂弟的脸打去一个耳光。他看到父亲经常这样揍母亲。挨了一记耳光后堂弟突然窒息了起来，嘴巴无声地张了好一会，接着一种像是暴风将玻璃窗打开似的声音冲击而出。这声音嘹亮悦耳，使孩子异常激动。然而不久之后这哭声便跌落下去，因此他又给了他一个耳光。堂弟为了自卫而乱抓的手在他手背上留下了两道血痕，他一点也没觉察。他只是感到这一次耳光下去那哭声并没有窒息，不过是响亮一点，远没有刚才那么动人。所以他使足劲又打去一个,可是情况依然如此,那哭声无非是拖得长一点而已。于是他就放弃了这种办法,他伸手去卡堂弟的喉管,堂弟的双手便在他手背上乱抓起来。当他松开时,那如愿以偿的哭声又响了起来。他就这样不断去卡堂弟的喉管又不断松开,他一次次地享受着那爆破似的哭声。后来当他再松开手时,堂弟已经没有那种充满激情的哭声了,只不过是张着嘴一颤一颤地吐气,于是他开始感到索然无味,便走开了。

他重新站在窗下,这时窗玻璃上已经没有水珠在流动,只有杂乱交错的水迹,像是一条条路。孩子开始想象汽车在上面奔驰和相撞的情景。随后他发现有几片树叶在玻璃上摇晃,接着又看到有无数金色的小光亮在玻璃上闪烁,这使他惊讶无比。于是他立刻推开窗户,他想让那几片树叶到里面来摇晃,让那些小光亮跳跃起来,围住他翩翩起舞。那光亮果然一涌而进,但不是雨点那样一滴一滴,而是一片,他发现天晴了,阳光此刻贴在他身上。刚才那几片树叶现在清晰可见,屋外的榆树正在伸过来,树叶绿得晶亮,正慢慢地往下滴着水珠,每滴一颗树叶都要轻微地颤抖一下,这优美的颤抖使孩子笑了起来。

然后孩子又出现在堂弟的摇篮旁,他告诉他:"太阳出来了。"堂弟此刻已经忘了刚才的一切,笑眯眯地看着他。他说:"你想去看太阳吗?"堂弟这时蹬起了两条腿,嘴里"哎哎"地叫了起来。他又说:"可是你会走路吗?"堂弟这时停止了喊叫,开始用两只玻璃球一样的眼睛看着他,同时两条胳膊伸出来像是要他抱。"我知道了,你是要我抱你。"他说着用力将他从摇篮里抱了出来,像抱那只塑料小凳一样抱着他。他感到自己是抱着一大块肉。堂弟这时又"哎哎"地叫起来。"你很高兴,对吗?"他说。他有点费力地走到屋外。

那时候远处一户人家正响着鞭炮声,而隔壁院子里正在生煤球炉子,一股浓烟越过围墙滚滚而来。堂弟一看到浓烟高兴得哇哇大叫,他对太阳不感兴趣。他也没空对太阳感兴趣,因为此刻有几只麻雀从屋顶上斜飞下来,逗留在树枝上,那几根树枝随着它们喳喳的叫声而上下起伏。

然而孩子感到越来越沉重了,他感到这沉重来自手中抱着的东西,所以他就松开了手,他听到那东西掉下去时同时发出两种声音,一种沉闷一种清脆,随后什么声音也没有了。现在他感到轻松自在,他看到几只麻雀在树枝间跳来跳去,因为树枝的抖动,那些树叶像扇子似的一扇一扇。他那么站了一会后感到口渴,所以他就转身往屋里走去。

他没有一下子就找到水,在卧室桌上有一只玻璃杯放着,可是里面没水。于是他又走进了厨房,厨房的桌上放着两只搪瓷杯子,盖着盖。他没法知道里面是否有水,因为他够不着,所以他重新走出去,将塑料小凳搬进来。在抱起塑料小凳时他蓦然想起他的堂弟,他记得自己刚才抱着他走到屋外,现在却只有他一人了。他觉得奇怪,但他没往下细想。他爬到小凳子上去,将两只杯子拖过来时感到它们都有些沉,两只杯子都有水,因此他都喝了几口。随后他又惦记起刚才那几只麻雀,便走了出去。而屋外榆树上已经没有鸟在跳跃,鸟已经飞走了。他看到水泥地开始泛出了白色,随即看到了堂弟,他的堂弟正舒展四肢仰躺在地上。他走到近旁蹲下去推推他,堂弟没有动,接着他看到堂弟头部的水泥地上有一小摊血。他俯下身去察看，发现血是从脑袋里流出来的，流在地上像一朵花似的在慢吞吞开放着。而后他看到有几只蚂蚁从四周快速爬了过来，爬到血上就不再动弹。只有一只蚂蚁绕过血而爬到了他的头发上。沿着几根被血凝固的头发一直爬进了堂弟的脑袋，从那往外流血的地方爬了进去。他这时才站起来，茫然地朝四周望望，然后走回屋中。

他看祖母的门依旧半掩着，就走过去，祖母还是坐在床上。他就告诉她："弟弟睡着了。"祖母转过头来看了看他，他发现她正眼泪汪汪。他感到没意思，就走到厨房里，在那只小凳子上坐了下来。他这时才感到右手有些疼痛，右手被抓破了。他想了很久才回忆起是在摇篮旁被堂弟抓破的，接着又回忆自己怎样抱着堂弟走到屋外，后来他怎样松手。因为回忆太累，所以他就不再往下想。他把头往墙上一靠，马上就睡着了。

很久以后，她才站起来，于是她又听到体内有筷子被折断一样的声音。声音从她松弛的皮肤里冲出来后变得异常轻微，尽管她有些耳聋，可还是清晰地听到了。因此这时她又眼泪汪汪起来，她觉得自己活不久了，因为每天都有骨头在折断。她觉得自己不久以后不仅没法站和没法坐，就是躺着也不行了。那时候她体内已经没有完整的骨骼，却是一堆长短形状粗细都不一样的碎骨头不负责任地挤在一起。那时候她脚上的骨头也许会从腹部顶出来，而手臂上的骨头可能会插进长满青苔的胃。

她走出了卧室，此后她没再听到那种响声，可她依旧忧心忡忡。此刻从那敞开的门窗涌进来的阳光使她两眼昏花，她看到的是一片闪烁的东西,她不知道那是什么,便走到了门口。阳光照在她身上,使她看到双手黄得可怕。接着她看到一团黄黄的东西躺在前面。她仍然不知道那是什么。于是她就跨出门,慢吞吞地走到近旁,她还没认出这一团东西就是她孙儿时,她已经看到了那一摊血,她吓了一跳,赶紧走回自己的卧室。

二

孩子的母亲是提前下班回家的。她在一家童车厂当会计。在快要下班的前一刻,她无端地担心起孩子会出事。因此她坐不住了,她向同事说一声要回去看儿子。这种担心在路上越发强烈。当她打开院子的门时,这种担心得到了证实。

她看到儿子躺在阳光下,和他的影子躺在一起。一旦担心成为现实,她便恍惚起来。她在门口站了一会,她似乎看到儿子头部的地上有一摊血迹。血迹在阳光下显得不太真实,于是那躺着的儿子也仿佛是假的。随后她才走了过去,走到近旁她试探性地叫了几声儿子的名字,儿子没有反应。这时她似乎略有些放心,仿佛躺着的并不是她的儿子。她挺起身子,抬头看了看天空,她感到天空太灿烂,使她头晕目眩。然后她很费力地朝屋中走去,走入屋中她觉得阴沉觉得有些冷。卧室的门敞开着,她走进去。她在柜前站住,拉开抽屉往里面寻找什么,抽屉里堆满羊毛衫。她在里面翻了一阵,没有她要找的东西,她又拉开柜门,里面挂着她和丈夫山峰的大衣,也没有她要找的东西。她又去拉开写字台的全部抽屉,但她只是看一眼就走开了。她在一把椅子上坐了下来,眼睛开始在屋内搜查起来。她的目光从刚才的柜子上晃过,又从圆桌的玻璃上滑下,斜到那只三人沙发里;接着目光又从沙发里跳出来到了房上。然后她才看到摇篮。这时她猛然一惊,立刻跳起来。摇篮里空空荡荡,没有她的儿子。于是她蓦然想起躺在屋外的孩子,她疯一般地冲到屋外,可是来到儿子身旁她又不知所措了。但是她想起了山峰,便转身走出去。

她在胡同里拼命地走着,她似乎感到有人从对面走来向她打招呼。但她没有搭理,她横冲直撞地往胡同口走去。可走到胡同口她又站住。一条大街横在眼前,她不知该朝哪个方向走,她急得直喘气。

山峰这时候出现了,山峰正和一个什么人说着话朝她走来。于是她才知道该往那个方向去。当她断定山峰已经看到她时,她终于响亮地哭了起来。不一会她感到山峰抓住了她的手臂,她听到丈夫问:"出了什么事?"她张了张嘴却没有声音。她听到丈夫又问:"到底出了什么事?"可她依旧张着嘴说不出话来。"是不是孩子出事了?"丈夫此刻开始咆哮了。这时她才费力地点了点头。山峰便扔开她往家里跑去。她也转身往回走,她感到四周有很多人,还有很多声音。她走得很慢,不一会她看到丈夫抱着儿子跑了过来,从她身边一擦而过。于是重新转回身去。她想走得快一点好赶上丈夫,她知道丈夫一定是去医院了。可她怎么也走不快。现在她不再哭了。她走到胡同口时又不知该往何处去,就问一个走来的人,那人用手向西一指,她才想起医院在什么地方。她在人行道上慢吞吞地往西走去,她感到自己的身体像一片树叶一样被风吹得摇摇晃晃。她一直走到那家百货商店时,才恢复了一些感觉。她知道医院已经不远了。而这时她却看到丈夫抱着儿子走来了。山峰脸上僵硬的神色使她明白了一切,所以她又号啕大哭。山峰走到她眼前,咬牙切齿地说:"回家去哭。"她不敢再哭,她抓住山峰的衣服,跟着他往回走去。

山岗回家的时候,他的妻子已在厨房里了。他走进自己的卧室,在沙发里坐了下来。他感到无所事事,他在等着吃午饭。皮皮是在这时出现在他眼前的。皮皮因为母亲走进厨房而醒了,醒来以后他感到全身发冷,他便对母亲说了。正在忙午饭的母亲就打发他去穿衣服。于是他就哆哆嗦嗦地出现在父亲的跟前。他的模样使山岗有些不耐烦。

山岗问:"你这是干什么?"

"我冷。"皮皮回答。

山岗不再搭理,他将目光从儿子身上移开,望着窗玻璃。他发现窗户没有打开,就走过去打开了窗户。

"我冷。"皮皮又说。

山岗没有去理睬儿子,他站在窗口,阳光晒在他身上使他感到很舒服。

这时山峰抱着孩子走了进来,他妻子跟在后面,他们的神色使山岗感到出了什么事。兄弟俩看了一眼,谁也没有说话。山岗听着他们迟缓的脚步跨入屋中,然后一声响亮的关门声。这一声使山岗坚定了刚才的想法。

皮皮此刻又说了:"我冷。"

山岗走出了卧室,他在餐桌旁坐了下来,这时妻子正从厨房里将饭菜端了出来,皮皮已经坐在了那只塑料小凳上。他听到山峰在自己房间里吼叫的声音。他和妻子互相望了一眼,妻子也坐了下来。她问山岗:"要不要去叫他们一声?"

山岗回答:"不用。"

老太太这时走了出来,手里拿着一碟咸菜。她从来不用他们叫,总会准时地出现在餐桌旁。

山峰屋中除了吼叫的声音外,增加了另外一种声音。山岗知道那是什么声音。他嘴里咀嚼着,眼睛却通过敞开的门窗看到外面去了。不一会他听到母亲在一旁抱怨,他便转过脸来,看到母亲正愁眉苦脸望着那一碗米饭,他听到她在说:"我看到血了。"他重新将头转过去,继续看着屋外的阳光。

山峰抱着孩子走入自己的房门,把孩子放入摇篮以后,用脚狠命一蹬关上了卧室的门。然后看着已经坐在床沿上的妻子说:"你现在可以哭了。"

他妻子却神情恍惚地望着他,仿佛没有听到他的话,那双睁着的眼睛似乎已经死去,但她的坐姿很挺拔。

山峰又说:"你可以哭了。"

可她只是将眼睛移动了一下。

山峰往前走了一步,问:"你为什么不哭?"

她这时才动弹了一下,抬起头疲倦地望着山峰的头发。

山峰继续说:"哭吧,我现在想听你哭。"

两颗眼泪于是从她那空洞的眼睛里滴了出来,迟缓而下。

"很好。"山峰说,"最好再来点声音。"

但她只是无声地流泪。

这时山峰终于爆发了,他一把揪住妻子的头发吼道:"为什么不哭得响亮一点。"

她的眼泪骤然而止,她害怕地望着丈夫。

"告诉我,是谁把他抱出去的?"山峰再一次吼叫起来。

她茫然地摇摇头。

"难道是孩子自己走出去的?"

她这次没有摇头,但也没有点头。

"你什么都不知道,是吗?"山峰不再吼叫,而是咬牙切齿地问。

她想了很久才点点头。

"这么说你回家时孩子已经躺在那里了?"

她又点点头。

"所以你就跑出来找我?"

她的眼泪这时又淌了下来。

山峰咆哮了:"你当时为什么不把他抱到医院去,你就成心让他死去。"

她慌乱地摇起了头,她看着丈夫的拳头挥了起来,瞬间之后脸上挨了重重的一拳。她倒在了床上。

山峰俯身抓住她的头发把她提起来,接着又往她脸上揍去一拳。这一拳将她打在地上,但她仍然无声无息。

山峰把她再拉起来,她被拉起来后双手护住了脸。可山峰却是对准她的乳房揍去,这一拳使她感到天昏地暗,她窒息般地呜咽了一声后倒了下去。

当山峰再去拉起她的时候感到特别沉重,她的身体就像掉入水中一样直往下沉。于是山峰就屈起膝盖顶住她的腹部,让她贴在墙上,然后抓住她的头发狠命地往墙上撞了三下。山峰吼道:"为什么死的不是你。"吼毕才松开手,她的身体便贴着墙壁滑了下去。

随后山峰打开房门走到了外间。那时候山岗已经吃完了午饭,但他仍坐在那里。他的妻子正将碗筷收去,留下的两双是给山峰他们的。山岗看到山峰杀气腾腾地走了出来,走到母亲身旁。

此刻母亲仍端坐在那里喋喋不休地抱怨着她看到血了。那一碗米饭纹丝未动。

山峰问母亲:"是谁把我儿子抱出去的?"

母亲抬起头来看看儿子,愁眉苦脸地说:"我看到血了。"

"我问你。"山峰叫道,"是谁把我儿子抱出去的?"

母亲仍然没对儿子的问话感兴趣,但她希望儿子对她看到血感兴趣,她希望儿子来关心一下她的胃口。所以她再次说:"我看到血了。"

然而山峰却抓住了母亲的肩膀摇了起来:"是谁?"

坐在一旁的山岗这时开口了,他平静地说:"别这样。"

山峰放开了母亲的肩膀,他转身朝山岗吼道:"我儿子死啦！"

山岗听后心里一怔，于是他就不再说什么。

山峰重新转回身去问母亲："是谁？"

这时母亲眼泪汪汪地嘟哝起来："你把我的骨头都摇断了。"她对山岗说："你来听听，我身体里全是骨头断的声音。"

山岗点点头，说："我听到了。"但他坐着没动。

山峰几乎是最后一次吼叫了："是谁把我儿子抱出去的？"

此时坐在塑料小凳上的皮皮用比山峰还要响亮的声音回答："我抱的。"当山峰第一次这样问母亲时，皮皮没去关心。后来山峰的神态吸引了他，他有些费力地听着山峰的吼叫，刚一听懂他就迫不及待地叫了起来，然后他非常得意地望望父亲。

于是山峰立刻放开母亲，他朝皮皮走去。他凶猛的模样使山岗站了起来。

皮皮依旧坐在小凳上，他感到山峰那双血红的眼睛很有趣。

山峰在山岗面前站住，他叫道："你让开。"

山岗十分平静地说："他还是孩子。"

"我不管。"

"但是我要管。"山岗回答，声音仍然很平静。

于是山峰对准山岗的脸狠击一拳，山岗只是歪了一下头却没有倒下。

"别这样。"山岗说。

"你让开。"山峰再次吼道。

"他还是孩子。"山岗又说。

"我不管，我要他偿命。"山峰说完又朝山岗打去一拳，山岗仍是歪一下头。

这情景使老太太惊愕不已，她连声叫着："吓死我了。"然而却坐着未动，因为山峰的拳头离她还有距离。此时山岗的妻子从厨房里跑了出来，她朝山岗叫道："这是怎么了？"

山岗对她说："把孩子带走。"

可是皮皮却不愿意离开，他正兴致勃勃地欣赏着山峰的拳头。父亲没有倒下使他兴高采烈。因此当母亲将他一把拖起来时，他不禁愤怒地大哭了。

这时山峰转身去打皮皮，山岗伸手挡住了他的拳头，随即又抓住山峰的胳膊，不让他挨近皮皮。

山峰就提起膝盖朝山岗腹部顶去，这一下使山岗疼弯了腰，他不由呻吟了几下。但他仍抓住山峰的胳膊，直到看着妻子把孩子带入卧室关上门后，才松开手，然后挪几步坐在了凳子上。

山峰朝那扇门狠命地踢了起来，同时吼着："把他交出来。"

山岗看着山峰疯狂地踢门，同时听着妻子在里面叫他的名字，还有孩子的哭声。他坐着没有动。他感到身旁的母亲正站起来离开，母亲嘟嘟哝哝像是嘴里塞着棉花。

山峰狠命地踢了一阵后才收住脚，接着他又朝门看了很久，然后才转过身来，他朝山岗看了一眼，走过去也在凳子上坐下，他的眼睛继续望着那扇门，目光像是钉在那上面，山岗坐在那里一直看着他。

后来，山岗感到山峰的呼吸声平静下来了，于是他站起身，朝卧室的门走去。他感到山峰的目光将自己的身体穿透了。他在门上敲了几下,说:"是我,开门吧。"同时听着山峰是否站了起来,山峰坐在那里没有声息。他放心了,继续敲门。

门战战兢兢地打开了,他看到妻子不安的脸。他对她轻轻说:"没事了。"但她还是迅速地将门关上。

她仰起头看着他,说:"他把你打成这样。"

山岗轻轻一笑,他说:"过几天就没事了。"

说着山岗走到泪汪汪的儿子身旁,用手摸他的脑袋,对他说:"别哭。"接着他走到衣柜的镜子旁,他看到一个脸部肿胀的陌生人。他回头问妻子:"这人是我吗?"

妻子没有回答,她正怔怔地望着他。

他对她说:"把所有的存折都拿出来。"

她迟疑了一下后就照他的话去办了。

他继续逗留在镜子旁。他发现额头完整无损,下巴也是原来的,而其余的都已经背叛他了。

这时妻子将存折递了过去,他接过来后问:"多少钱?"

"三千元。"她回答。

"就这么多?"他怀疑地问。

"可我们总该留一点。"她申辩道。

"全部拿出来。"他坚定地说。

她只得将另外两千元递过去,山岗拿着存折走到了外间。

此刻山峰仍然坐在原处,山岗打开门走出来时,山峰的目光便离开了门而钉在山岗的腹部,现在山岗向他走来,目光就开始缩短。山岗在他面前站住,目光就上升到了山岗的胸膛。他看到山岗的手正在伸过来,手中捏着十多张存折。

"这里是五千元。"山岗说,"这事就这样结束吧。"

"不行。"山峰斩钉截铁地回答,他的嗓音沙哑了。

"我所有的钱都在这里了。"山岗又说。

"你滚开。"山峰说。因为山岗的胸膛挡住了他的视线,他没法看到那扇门。

山岗在他身旁默默地站了很久,他一直看着山峰的脸,他看到那脸上有一种傻乎乎的神色。然后他才转过身,重新走回卧室。他把存折放在妻子手中。

"他不要?"她惊讶地问。

他没有回答,而是走到儿子身旁,用手拍拍他的脑袋说:"跟我来。"

孩子看了看母亲后就站了起来,他问父亲:"到哪里去?"

这时她明白了,她挡住山岗,她说:"不能这样,他会打死他的。"

山岗用手推开她,另一只手拉着儿子往外走去,他听到她在后面说:"我求你了。"

山岗走到了山峰面前,他把儿子推上去说:"把他交给你了。"

山峰抬起头来看了一下皮皮和山岗,他似乎想站起来,可身体只是动了一下。然后他的目光转了个弯,看到屋外院子里去了。于是他看到了那一摊血。血在阳光下显得有些耀眼。他发现那一摊血在发出光亮,像阳光一样的光亮。

皮皮站在那里显然是兴味索然,他仰起头来看看父亲,父亲脸上没有表情,和山峰一样。于是他就东张西望,他看到母亲不知什么时候起也站在他身后了。

山峰这时候站了起来,他对山岗说:"我要他把那摊血舔干净。"

"以后呢?"山岗问。

山峰犹豫了一下才说:"以后就算了。"

"好吧。"山岗点点头。

这时孩子的母亲对山峰说:"让我舔吧,他还不懂事。"

山峰没有搭理,他拉着孩子往外走。于是她也跟了出去。山岗迟疑了一下后走回了卧室,但他只走到卧室的窗前。

山岗看到妻子一走近那摊血迹就俯下身去舔了,妻子的模样十分贪婪。山岗看到山峰朝妻子的臀部蹬去一脚,妻子摔向一旁然后跪起来拼命地呕吐了,她喉咙里发出了那种令人毛骨悚然的声音。接着他看到山峰把皮皮的头按了下去,皮皮便趴在了地上。他听到山峰用一种近似妻子呕吐的声音说:"舔。"

皮皮趴在那里,望着这摊在阳光下亮晶晶的血,使他想起某一种鲜艳的果浆。他伸出舌头试探地舔了一下,于是一种崭新的滋味油然而生。接下去他就放心去舔了,他感到水泥上的血很粗糙,不一会舌头发麻了,随后舌尖上出现了几丝流动的血,这血使他觉得更可口,但他不知道那是自己的血。

山岗这时看到弟媳伤痕累累地出现了,她嘴里叫着"咬死你"扑向了皮皮。与此同时山峰飞起一脚踢进了皮皮的胯里。皮皮的身体腾空而起,随即脑袋朝下撞在了水泥地上,发出一声沉重的声音。他看到儿子挣扎了几下后就舒展四肢瘫痪似的不再动了。

三

那时候老太太听到"咕咚"一声,这声音使她大吃一惊。声音是从腹部钻出来的,仿佛已经憋了很久总算散发出来,声音里充满了怨气。她马上断定那是肠子在腐烂,而且这种腐烂似乎已经由来已久。紧接着她接连听到了两声"咕咚",这次她听得更为清楚,她觉得这是冒出气泡来的声音。由此看来,肠子已经彻底腐烂了。她想象不出腐烂以后的颜色,但她却能揣摩出它们的形态。是很稠的液体在里面蠕动时冒出的气泡。接下去她甚至嗅到了腐烂的那种气息,这种气息正是从她口中溢出的。不久之后她感到整个房间已经充满了这种腐烂气息,仿佛连房屋也在腐烂了。所以她才知道为什么不想吃东西。

她试着站起来,于是马上感到腹内的腐烂物往下沉去,她感到往大腿里沉了。她觉得吃东西实在是一桩危险的事情,因为她的腹腔不是一个无底洞。有朝一日将身体里全部的空隙填满了以后,那么她的身体就会胀破。那时候,她会像一颗炸弹似的爆炸了。她的皮肉被炸到墙壁上以后就像标语一样贴在上面,而她的已经断得差不多了的骨头则像一堆乱柴堆在地上。

她的脑袋可以想象如皮球一样在地上滚了起来,滚到墙角后就搁在那里不再动了。

所以她又眼泪汪汪了,她感到眼泪里也在散发着腐烂气息,而眼泪从脸颊上滚下去时,也比往常重得多。她朝门口走去时感到身体重得像沙袋。这时她看到山岗抱着皮皮走进来,山岗抱着皮皮就像抱着玩具,山岗没有走到她面前,他转弯进了自己的卧室。在山岗转弯的一瞬间,她看到了皮皮脑袋上的血迹,这是她这一天里第二次看到血迹,这次血迹没有上次那么明亮,这次血迹很阴沉。她现在感到自己要呕吐了。

山岗看着儿子像一块布一样飞起来,然后迅速地摔在了地上。接下去他什么也看不到了,他只觉得眼前杂草丛生,除此以外还有一口绿得发亮的井。

那时候山岗的妻子已经抬起头来了。她没看到儿子被山峰一脚踢起的情景,但是那一刻里她那痉挛的胃一下子舒展了。而她抬起头来所看到的,正是儿子挣扎后四肢舒展开来,像她的胃一样,这情景使她迷惑不解,她望着儿子发怔。儿子头部的血这时候慢慢流出来了,那血看去像红墨水。

然后她失声大叫一声:"山岗。"同时转回身去,对着站在窗前的丈夫又叫了一声。可山岗一动不动,他眯着眼睛仿佛已经睡去。于是她重新转回身,对站在那里也一动不动的山峰说:"我丈夫吓傻了。"然后她又对儿子说:"你父亲吓傻了。"接着她自言自语:"我该怎么办呢?"

杂草和井是在这时消失的,刚才的情景复又出现,山岗再一次看到儿子如一块布飘起来和掉下去。然后他看到妻子正站在那里望着自己,他心想:"干吗这样望着我。"他看到山峰在东张西望,看到他后就若无其事地走来了,他那伤痕累累的妻子跟在后面,儿子没有爬起来,还躺在地上。他觉得应该去看一下儿子,于是他就走了出去。

山峰往屋中走去时,感到妻子跟在后面的脚步声让他心烦意乱,所以他就回头对她说:"别跟着我。"然后他在门口和山岗相遇,他看到山岗向他微笑了一下,山岗的微笑捉摸不透。山岗从他身旁擦过,像是一股风闪过。他发现妻子还在身后,于是他就吼叫起来:"别跟着我。"

山岗一直走到妻子面前,妻子怔怔地对他说:"你吓傻了。"

他摇摇头说:"没有。"然后他走到儿子身旁,他俯下身去,发现儿子的头部正在流血,他就用手指按住伤口,可是血依旧在流,从他手指上淌过,他摇摇头,心想没办法了。接着他伸开手掌挨近儿子的嘴,感觉到一点微微的气息,但是这气息正在减弱下去,不久之后就没了。他就移开手去找儿子的脉搏,没有找到。这时他看到有几只蚂蚁正朝这里爬来,他对蚂蚁不感兴趣。所以他站起,对妻子说:"已经死了。"

妻子听后点点头,她说:"我知道了。"随后她问:"怎么办呢?"

"把他葬了吧。"山岗说。

妻子望望还站在屋门口的山峰,对山岗说:"就这样?"

"还有什么?"山岗问。他感到山峰正望着自己,便朝山峰望去,但这时山峰已经转身走进去了。于是山岗像是想起来什么似的返身走到儿子身旁,把儿子抱了起来,他感到儿子很沉。然后他朝屋内走去。

他走进门后看到母亲从卧室走出来,他听到母亲说了一句什么话,但这时他已走入自己的卧室。他把儿子放在床上,又拉过来一条毯子盖上去。然后他转身对走进来的妻子说:"你看，他睡着了。"

妻子这时又问："就这样算了？"

他莫名其妙地望着她，仿佛没明白妻子的话。

"你被吓傻了。"妻子说。

"没有。"他说。

"你是胆小鬼。"妻子又说。

"不是。"他继续争辩。

"那么你就出去。"

"上哪去？"

"去找山峰算账。"妻子咬牙切齿地说。他微微笑了起来，走到妻子身旁，拍拍她的肩膀说："你别生气。"

妻子则是冷冷一笑，她说："我没生气，我只是要你去找他。"

这时山峰出现在门口，山峰说："不用找了。"他手里拿着两把菜刀。他对山岗说："现在轮到我们了。"说着将一把菜刀递了过去。

山岗没去接，他只是望着山峰的脸，他感到山峰的脸色异常苍白。他就说："你的脸色太差了。"

"别说废话。"山峰说。

山岗看到妻子走上去接过了菜刀，然后又看到妻子把菜刀递过来。他就将双手插入裤袋，他说："我不需要。"

"你是胆小鬼。"妻子说。

"我不是。"

"那你就拿住菜刀。"

"我不需要。"

妻子朝他的脸看了很久,接着点点头表示知道了。她将菜刀送回山峰手中。"你听着。"她对他说,"我宁愿你死去,也不愿看你这样活着。"

他摇摇头,表示无可奈何。他又对山峰说:"你的脸色太差了。"

山峰不再站下去,而是转身走进了厨房。从厨房里出来时他手里已没有菜刀。他朝站在墙角惊恐万分的妻子说:"我们吃饭吧。"然后走到桌旁坐了下来。他妻子也走了过去。

山峰坐下来后没有立刻吃饭,他的眼睛仍然看着山岗。他看到山岗右手伸进口袋里摸着什么,那模样像是在找钥匙。然后山岗转身朝外面走去了。于是他开始吃饭。他将饭菜送入嘴中咀嚼时感到如同咀嚼泥土,而坐在身旁的妻子还在微微颤抖。所以他非常恼火,他说:"抖什么。"说毕将那口饭咽了下去。然后他扭头对纹丝不动的妻子说:"干吗不吃?"

"我不想吃。"妻子回答。

"不吃你就走开。"他越发恼火了。同时他又往嘴中送了一口饭。他听到妻子站起来走进了卧室,然后在一把椅子上坐了下来,是靠近墙角的一把椅子。于是他又咀嚼起来,这次使他感到恶心。但他还是将这口饭咽了下去。

他不再吃了,他已经吃得气喘吁吁了,额头的汗水也往下淌。他用手擦去汗珠,感到汗珠像冰粒。这时他看到山岗的妻子从卧室里走了出来。她在门口阴森森地站了一会后,朝他走来了。她走来时的模样使他感到像是飘出来的。她一直飘到他对面,然后又飘下去坐在了凳子上。接着用一种像身体一样飘动的目光看着他。这目光使他感到不堪忍受,于是他就对她说:

"你滚开。"

她将胳膊肘搁在桌上，双手托住下巴仔细地将他观瞧。

"你给我滚开！"他吼了起来。

可是她却像是凝固了一般没有动。

于是他便将桌上所有的碗都摔在了地上，然后又站起来抓住凳子往地上狠狠摔去。

待这一阵杂响过去后，她轻轻说："你为何不一脚踢死我？"

这使他暴跳如雷了。他走到她眼前，举起拳头对她叫道："你想找死！"

山岗这时候回来了。他带了一大包东西回来，后面还跟着一条黄色的小狗。

看到山岗走了进来，山峰便收回拳头，他对山岗说："你让她滚开。"

山岗将东西放在了桌上，然后走到妻子身旁对她说："你回卧室去吧。"

她抬起头来，很奇怪地问："你为什么不揍他一拳？"

山岗将她扶起来，说："你应该去休息了。"

她开始朝卧室走去，走到门口她又站住了脚，回头对山岗说："你起码也得揍他一拳。"

山岗没有说话，他将桌上的东西打了开来，是一包肉骨头。这时他又听到妻子在说："你应该揍他一拳。"随后，他感到妻子已经进屋去了。

此刻山峰在另一只凳子上坐了下来，他往地上指了指，对山岗说："你收拾一下。"

山岗点点头,说:"等一下吧。"

"我要你马上就收拾。"山峰怒气冲冲地说。

于是山岗就走进厨房,拿出簸箕和笤帚将地上的碎碗片收拾干净,又将散架了的凳子也从地上捡起,一起拿到院子里。当他走进来时,山峰指着那条此刻正在屋中转悠的狗问山岗:"哪来的?"

"在街上碰上的。它一直跟着我,就跟到这里来了。"山岗说。

"把它赶出去。"山峰说。

"好吧。"山岗说着走到那条小狗近旁,俯下身把小狗招呼过来,一把抱起它后山岗就走入了卧室。他出来时随手将门关紧。然后问山峰:"还有什么事吗?"

山峰没理睬他,也不再坐在那里,他站起来走入了自己的卧室。

那时妻子仍然坐在墙角,她的目光在摇篮里。她儿子仰躺在里面,无声无息像是睡去了一样。她的眼睛看着儿子的腹部,她感到儿子的腹部正在一起一伏,所以她觉得儿子正在呼吸。这时她听到了丈夫的脚步声。于是她就抬起了头。不知为何她的身体也站了起来。

"你站起来干什么?"山峰说着也往摇篮里看了一眼,儿子舒展四肢的形象让他感到有些张牙舞爪。因此他有些恶心,便往床上躺了下去。

这时他妻子又坐了下去。山峰感到很疲倦,他躺在床上将目光投到窗外。他觉得窗外的景色乱七八糟,同时又什么都没有。所以他就将目光收回,在屋内瞟来瞟去。于是他发现妻子还坐在墙角,仿佛已经坐了多年。这使他感到厌烦,他便坐起来说:"你干吗总坐在那里?"

她吃惊地望着他,似乎不知道他刚才在说些什么。

他又说:"你别坐在那里。"

她立刻站了起来,而站起来后该怎么办,她却没法知道。

于是他恼火了,他朝她吼道:"你他妈的别坐在那里。"

她马上离开墙角,走到另一端的衣架旁。那里也有一把椅子,但她不敢坐下去。她小心翼翼地看看丈夫,丈夫没朝她看。这时山峰已经躺下了,而且似乎还闭上了眼睛。她犹豫了一下,才十分谨慎地坐了下去。可这时山峰又开口了,山峰说:"你别看着我。"

她立刻将目光移开,她的目光在屋内颤抖不已,因为她担心稍不留心目光就会滑到床上去。后来她将目光固定在大衣柜的镜子上。因为角度关系,那镜子此刻看去像一条亮闪闪的光芒。她不敢去看摇篮,她怕目光会跳跃一下进入床里。可是随即她又听到了那个怒气冲冲的声音:"别看着我。"

她霍地站起,这次她不再迟疑或者犹豫。因为她看到了那扇门,于是她就从那里走了出去。她来到外间时,看到山岗走进他们卧室的背影。那背影很结实,可只在门口一闪就消失了。她四下望了望,然后朝院子里走去。院子里的阳光使她头晕目眩。她觉得自己快站不住了,便在门前的台阶上坐下去。然后看起了那两摊血迹。她发现血迹在阳光下显得特别鲜艳,而且仿佛还在流动。

山岗没有洗那些肉骨头,他将它们放入了锅子以后,也不放作料就拿进厨房,往里面加了一点水后便放在煤气灶上烧起来。随后他从厨房走出来,走进了自己的卧室。

妻子正坐在床沿,坐在他儿子身旁,但她没看着儿子。她的目光和山岗刚才一样也在窗外。窗外有树叶,她的目光在某一片树叶上。

他走到床前,儿子的头朝右侧去,创口隐约可见。儿子已经不流血了,枕巾上只有一小摊血迹,那血迹像是印在上面的某种图案。他那么看了一会后,走过去把儿子的头摇向左侧,这样创口便隐蔽起来,那图案也隐蔽了起来,图案使他感到有些可惜。

那条小狗从床底下钻出来,跑到他脚上,玩弄起了他的裤管。他这时眼睛也看到窗外去,看着一片树叶,但不是妻子望着的那片树叶。"你为什么不揍他一拳?"他听到妻子这样说。妻子的声音像树叶一样在他近旁摇晃。

"我只要你揍他一拳。"她又说。

四

老太太将门锁上以后,就小心翼翼地重新爬到床上去。她将棉被压在枕头下面,这样她躺下去时上身就抬了起来。她这样做是为了提防腹内腐烂的肠子侵犯到胸口。她决定不再吃东西了，因为这样做实在太危险。她很明白自己体内已经没有多少空隙了。为了不使那腐烂的肠子像水一样在她体内涌来涌去，她躺下以后就不再动弹。现在她感到一点声音都没有，她对此很满意。她不再忧心忡忡，相反她因为自己的高明而很得意。她一直看着屋顶上的光线，从上午到傍晚，她看着光线如何扩张和如何收缩。现在对她来说只有光线还活着，别的全都死了。

翌日清晨，山峰从睡梦中醒来时感到头疼难忍，这疼痛使他觉得脑袋都要裂开了。所以他就坐起来，坐起来后疼痛似乎减轻了一些，但脑袋仍处在胀裂的危险中，他没法大意。于是他就下了床，走到五斗柜旁，从最上面的抽屉里找出一根白色的布条，然后绑在了脑袋上，他觉得安全多了。因此他就开始穿衣服。

穿衣服的时候，他看到了袖管上的黑纱，他便想起昨天下午山岗拿着黑纱走进门来。那时他还躺在床上。尽管头疼难忍，但他还是记得山岗很亲切地替他戴上了黑纱。他还记得自己当时怒气冲冲地向山岗吼叫，至于吼叫的内容他此刻已经忘了。再后来，山岗出去借了一辆劳动车，劳动车就停在院门外面。山岗抱着皮皮走出去他没看到，他只看到山岗走进来将他儿子从摇篮里抱了出去。他是在那个时候跟着出去的。然后他就跟着劳动车走了，他记得嫂嫂和妻子也跟着劳动车走了。那时候他刚刚感到头疼。他记得自己一路骂骂咧咧，但骂的都是阳光，那阳光都快使他站不住了。他在那条路上走了过去，又走了回来。路上似乎碰到很多熟人，但他一个都没有认真认出来。他们奇怪地围了上来,他们的说话声让他感到是一群麻雀在喳喳叫唤。他看到山岗在回答他们的问话。山岗那时候好像若无其事,但山岗那时候又很严肃。他们回来时已是傍晚了。那时候那两个孩子已经放进两只骨灰盒里了。他记得他很远就看到那个高耸入云的烟囱。然后走了很久,走过了一座桥,又走入了一个很大的院子,院子里满是青松翠柏。那时候刚好有一大群人哭哭啼啼走出来,他们哭哭啼啼走出来使他感到恶心。然后他站在一个大厅里了,大厅里只有他们四个人。因为只有四个人,所以那厅特别大,大得有点像广场。他在那里站了很久后,才听到一种非常熟悉的音乐,这音乐使他非常想睡觉。音乐过去之后他又不想睡了,这时山岗转过身来脸对着他,山岗说了几句话,他听懂了山岗的话,山岗是在说那两个孩子的事,他听到山岗在说:"由于两桩不幸的事故。"他心里觉得很滑稽。很久以后,那时候天色已经黑下来了,他才回到现在的位置上。他在床上躺了下来,闭上眼睛以后觉得有很多蜜蜂飞到脑袋里来嗡嗡乱叫,而且整整叫了一个晚上。直到刚才醒来时才算消失,可他感到头痛难忍了。

现在他已经穿好了衣服,他正站到地上去时,看到山岗走了进来,于是他就重新坐在床上。他看到山岗亲切地朝自己微笑,山岗拖过来一把椅子也坐下,山岗和他挨得很近。

山岗起床以后先是走到厨房里。那时候两个女人已在里面忙早饭了。她们像往常一样默不作声,仿佛什么也没发生,或者说发生的一切已经十分遥远,远得已经走出了她们的记忆。山岗走进厨房是要揭开那锅盖,揭开以后他看到昨天的肉骨头已经烧煳了，一股香味洋溢而出。然后山岗满意地走出了厨房，那条小狗一直跟着他。昨天锅子里挣扎出来的香味使它叫个不停，它的叫声使山岗心里很踏实。现在它紧随在山岗后面，这又使山岗很放心。

山岗从厨房里出来以后就在餐桌旁坐了下来，他把狗放在膝盖上，对它说："待会儿就得请你帮忙了。"然后他眯起眼睛看着窗外，他在想是不是先让山峰吃了早饭。那条小狗在山岗腿上很安静。他那么想了一阵以后决定不让山峰吃早饭了。"早饭有什么意思。"他在心里对自己说。于是他就站起来，把狗放在地上，朝山峰的卧室走去，那条狗又跟在了后面。

山峰卧室的门虚掩着，山岗就推门而入，狗也跟了进去。他看到山峰神色疲倦地站在床前，头上绑着一根白布条。山峰看到他进来后就一屁股坐在了床上，那身体像是掉下去似的。山岗就拉过去一把椅子也坐下。在刚才推门而入的一瞬间，山岗就预感到接下去所有的一切都会非常顺利。那时他心里这样想："山峰完全垮了。"

他对山峰说："我把儿子交给你了，现在你拿谁来还？"

山峰怔怔地望了他很久，然后皱起眉头问："你的意思是？"

"很简单，"山岗说，"把你妻子交给我。"

山峰这时想到自己儿子已死了，又想到皮皮也死了。他感到这两次死中间有某种东西。这种东西是什么他实在难以弄清，他实在太疲倦了。但是他知道这种东西联系着两个孩子的死去。

所以山峰说："可是我的儿子也死了。"

"那是另一桩事。"山岗果断地说。

山峰糊涂了。他觉得儿子的死似乎是属于另一桩事，似乎是与皮皮的死无关。而皮皮，他想起来了，是他一脚踢死的。可他为何要这样做？这又使他一时无法弄清。他不愿再这样想下去，这样想下去只会使他更加头晕目眩。他觉得山岗刚才说过一句什么话，他便问："你刚才说什么？"

"把你妻子交给我。"山岗回答。

山峰疲倦地将头靠在床栏上，他问："你怎样处置她？"

"我想把她绑在那棵树下。"山岗用手指了指窗外那棵树，"就绑一小时。"

山峰扭回头去看了一下，他感到树叶在阳光里闪闪发亮，使他受不了。他立刻扭回头来，又问山岗："以后呢？"

"没有以后了。"山岗说。

山峰说："好吧。"他想点点头，可没力气。接着他又补充道："还是绑我吧。"

山岗轻轻一笑，他知道结果会是这样，他问山峰："是不是先吃了早饭？"

"不想吃。"山峰说。

"那么就抓紧时间。"山岗说着站了起来。山峰也跟着站起来，他站起来时感到身体沉重得像是里面灌满了泥沙。他对山岗说："我觉得自己快要死了。"山岗回过头来说："你说得很有道理。"

两人走出房间后，山岗就走进了自己的卧室，他出来时手里拿着两根麻绳，他递给山峰，同时问："你觉得合适吗？"

山峰接过来后觉得麻绳很重,他就说:"好像太重了。"

"绑在你身上就不会重了。"山岗说。

"也许是吧。"现在山峰能够点点头了。

然后两人走到了院子里,院子里的阳光太灿烂,山峰觉得天旋地转。他对山岗说:"我站不住了。"

山岗朝前面那棵树一指说:"你就坐到树荫下面去。"

"可是我觉得太远。"山峰说。

"很近。才两三米远。"山岗说着扶住山峰,将他扶到树荫下。然后将山峰的身体往下一压,山峰便倒了下去。山峰倒下去后身体刚好靠在树干上。

"现在舒服多了。"他说。

"等一下你会更舒服。"

"是吗?"山峰吃力地仰起脑袋看着山岗。

"等一下你会哈哈乱笑。"山岗说。

山峰疲倦地笑了笑,他说:"就让我坐着吧。"

"当然可以。"山岗回答。

接着山峰感到一根麻绳从他胸口绕了过去,然后是紧紧将他贴在树干上,他觉得呼吸都困难起来,他说:"太紧了。"

"你马上就会习惯的。"山岗说着将他上身捆绑完毕。

山峰觉得自己被什么包了起来。他对山岗说:"我好像穿了很多衣服。"

这时山岗已经进屋了。不一会他拿着一块木板和那只锅子出来,又来到了山峰身旁。那条小狗也跟了出来,在山峰身旁绕来绕去。

山峰对他说:"你摸摸我的额头。"

山岗便伸手摸了一下。

"很烫吧?"山峰问。

"是的。"山岗回答,"有四十度。"

"肯定有。"山峰吃力地表示同意。

这时山岗蹲下身去,将木板垫在山峰双腿下面,然后用另一根麻绳将木板和山峰的腿一起绑了起来。

"你在干什么?"山峰问。

"给你按摩。"山岗回答。

山峰就说:"你应该在太阳穴上按摩。"

"可以。"此刻山岗已将他的双腿捆结实了,便站起来用两个拇指在山峰太阳穴上按摩了几下,他问:"怎么样?"

"舒服多了,再来几下吧。"

山岗就往前站了站,接下去他开始认认真真替山峰按摩了。

山峰感到山岗的拇指在他太阳穴上有趣地扭动着,他觉得很愉快,这时他看到前面水泥地上有两摊红红的什么东西。他问山岗:"那是什么?"

山岗回答:"是皮皮的血迹。"

"那另一摊呢?"他似乎想起来其中一摊血迹不是皮皮的。

"也是皮皮的。"山岗说。

他觉得自己也许弄错了,所以他不再说话。过了一会他又说:"山岗,你知道吗?"

"知道什么?"

"其实昨天我很害怕,踢死皮皮以后我就很害怕了。"

"你不会害怕的。"山岗说。

"不。"山峰摇摇头,"我很害怕,最害怕的时候是递给你菜刀。"

山岗停止了按摩,用手亲切地拍拍他的脸说:"你不会害怕的。"

山峰听后微微笑了起来,他说:"你不肯相信我。"

这时山岗已经蹲下身去脱山峰的袜子。

"你在干什么?"山峰问他。

"替你脱袜子。"山岗回答。

"干吗要脱袜子?"

这次山岗没有回答。他将山峰的袜子脱掉后,就揭开锅盖,往山峰脚心上涂烧烂了的肉骨头。那条小狗此刻闻到香味马上跑了过来。

"你在涂些什么?"山峰又问。

"清凉油。"山岗说。

"又错了。"山峰笑笑说,"你应该涂在太阳穴上。"

"好吧。"山岗用手将小狗推开,然后伸进锅子里抓了两把像扔烂泥似的扔到山峰两侧的太阳穴上。接着又盖上了锅盖,山峰的脸便花里胡哨了。

"你现在像个花花公子。"山岗说。

山峰感到什么东西正缓慢地在脸上流淌。"好像不是清凉油。"他说。接着他伸伸腿,可是和木板绑在一起的腿没法弯曲。他就说:"我实在太累了。"

"你睡一下吧。"山岗说,"现在是七点半,到八点半我放开你。"

这时候那两个女人几乎同时出现在门口。山岗看到她们怔怔地站着。接着他听到一声令人毛骨悚然的嗷叫,他看到弟媳扑了上来,他的衣服被扯住了。他听到她在喊叫:"你要干什么?"于是他说:"与你无关。"

她愣了一下,接着又叫:"你放开他。"

山岗轻轻一笑,他说:"那你得先放开我。"当她松开手以后,他就用力一推,将她推到一旁摔倒在地了。然后山岗朝妻子看去,妻子仍然站在那里,他就朝她笑了笑,于是他看到妻子也朝自己笑了笑。当他扭回头来时,那条小狗已向山峰的脚走去了。

山峰看到妻子从屋内扑了出来,他看到她身上像是装满电灯似的闪闪发亮,同时又像一条船似的摇摇晃晃。他似乎听到她在喊叫些什么,然后又看到山岗用手将她推倒在地。妻子摔倒时的模样很滑稽。接着他觉得脖子有些酸就微微扭回头来,于是他又看到刚才见过的那两摊血了。他看到两摊血相隔不远,都在阳光下闪闪烁烁,它们中间几滴血从各自的地方跑了出来,跑到一起了。这时候想起来了,他想起来另一摊血不是皮皮的,是他儿子的。他还想起来是皮皮将他儿子摔死的。于是他为何踢死皮皮的答案也找到了。他发现山岗是在欺骗他,所以他就对山岗叫了起来:"你放开我!"可是山岗没有声音,他就再叫:"你放开我。"

然而这时一股奇异的感觉从脚底慢慢升起,又往上面爬了过来,越爬越快,不一会就爬到胸口。他第三次喊叫还没出来,他就由不得自己将脑袋一缩,然后拼命地笑了起来。他要缩回腿,可腿没法弯曲,于是他只得将双腿上下摆动。身体尽管乱扭起来可一点也没有动。他的脑袋此刻摇得令人眼花缭乱。山峰的笑声像是两张铝片刮出来一样。

山岗这时的神色令人愉快,他对山峰说:"你可真高兴啊。"随后他回头对妻子说:"高兴得都有点让我妒忌了。"妻子没有望着他,她的眼睛正望着那条狗,小狗贪婪地用舌头舔着山峰赤裸的脚底。他发现妻子的神色和狗一样贪婪。接着他又去看弟媳,弟媳还坐在地上,她已经被山峰古怪的笑声弄糊涂了。她呆呆地望着狂笑的山峰,她因为莫名其妙都有点神志不清了。

现在山峰已经没有力气摆动双腿和摇晃脑袋了,他所有的力气都用在了脖子上,他脖子拉直了哈哈乱笑。狗舔脚底的奇痒使他笑得连呼吸的空隙都快没有了。

山岗一直亲切地看着他,现在山岗这样问他:"什么事这么高兴?"

山峰回答他的是笑声,现在山峰的笑声里出现了打嗝。所以那笑声像一口一口从嘴中抖出来似的,每抖一口他都微微吸进一点氧气。那打嗝的声音有点像在操场里发出的哨子声,节奏鲜明嘹亮。

山岗于是又对站在门口的妻子说:"这么高兴的人我从来没有见过。"而他妻子依然贪婪地看着小狗。他继续说:"你高兴得连呼吸都不需要了。"然后他俯下身去问山峰:"什么事这么高兴?"此刻的笑声不再节奏鲜明,开始杂乱无章了。他就挺起身对弟媳说:"他不肯告诉我。"山峰的妻子仍坐在地上,她脸上的神色让人感到她在远处。

这时候那条小狗缩回了舌头，它弓起身体抖了几下，然后似乎是心安理得地坐了下来。它的眼睛一会望望那双脚，一会望望山岗。

山岗看到山峰的脑袋耷拉了下去，但山峰仍在呼吸。山岗便说："现在可以告诉我了，什么事这么高兴。"可是山峰没有反应，他在挣扎着呼吸，他似乎奄奄一息了。于是山岗又走到那只锅子旁，揭开盖子往里抓了一把，又涂在山峰的脚底。那条狗立刻扑了上去继续舔了。

山峰这次不再哈哈大笑，他耷拉着脑袋"呜呜"地笑着，那声音像是深更半夜刮进胡同里来的风声。声音越拉越长，都快没有间隙了。然而不久之后山峰的脑袋突然昂起，那笑声像是爆炸似的疯狂地响了起来。这笑声持续了近一分钟，随后戛然而止。山峰的脑袋猛然摔了下去，摔在胸前像是挂在了那里。而那条狗则依然满足地舔着他的脚底。

山岗走上前，伸手托住山峰的下巴，他感到山峰的脑袋特别沉重。他将那脑袋托起来，看到了一张扭曲的脸。他那么看了一会才松开手，于是山峰的脑袋跌落下去，又挂在了胸前。山岗看了看表，才过去四十分钟。于是他转过身，朝屋内走去。他在屋门口站住了脚，他听到妻子这样问他："死了吗？"

"死了。"他答。

进屋后他在餐桌旁坐了下来，早餐像仪仗队似的在桌上迎候他，依旧由米粥油条组成。这时妻子也走了进来。妻子一直看着他，但妻子没在他旁边坐下，也没说什么。她脸上的神色让人觉得什么都没有发生。她走进了卧室。

山岗通过敞开的门,望着坐在地上死去的山峰。山峰的模样像是在打瞌睡。此刻有一条黑黑的影子向山峰爬去,不一会弟媳出现在了他的视线中。他看到她在山峰旁边站了很久,然后才俯下身去。他想她是在和山峰说话。过了一会他看到她直起身体,随后像不知所措似的东张西望。后来她的目光从门口进来了,一直来到他脸上。她那么看了一会后朝他走来。她一直走到他身旁,她皱着眉头看着他,似乎是在看着一件叫她烦恼的事。而后她才说:"你把我丈夫杀了。"

山岗感到她的声音和山峰的笑声一样刺耳,他没有回答。

"你把我丈夫杀害了。"她又说。

"没有。"山岗这次回答了。

"你杀害了我的丈夫。"她咬牙切齿地说道。

"没有,"山岗说,"我只是把他绑上,并没有杀他。"

"是你!"她突然神经质地大叫一声。

山岗继续说:"不是我,是那条狗。"

"我要去告你。"她开始流泪了。

"你那是诬告。"山岗说,"而且诬告有罪。"说完他轻轻一笑。

她似乎有些不知所措,她迷惑地望着山岗,很久后她才轻轻说:"我要去告你。"然后她转身朝门外走去。

山岗看着她一步一步出去。她在山峰旁边站了一会,然后她抬起手去擦眼睛。山岗心想:她现在哭得像样一点了。接着她就走出了院门。

山岗的妻子这时从卧室走了出来。她手里提着一个塞得鼓鼓的黑包。她将黑包放在桌上,对山岗说:"你的换洗衣服和所有的现钱都放在里面了。"

山岗似乎不明白她的意思,他望着她有些发怔。

因此她又说:"你该逃走了。"

山岗这才点点头。接着他又看了看手表,八点半还差一分钟。于是他就说:"再坐一分钟吧。"说完他继续望着坐在树下的山峰,山峰的模样仍然像是在打瞌睡。同时他感到妻子在他对面坐了下来。

他站起来时没有看表,他只是觉得差不多过去了一分钟。他走到了院子里。那时候那条小狗已将山峰的脚底舔干净了,它正在舔着山峰的太阳穴。山岗走到近旁用脚轻轻踢开小狗,随后蹲下去解开绑在山峰腿上的绳子,接着又解开了绑在他身上的绳子。此后他站起来往外走去。没走几步他听到身后有一声沉重的声响,他回头看到山峰的身体已经倒在了地上。于是他就走回去将山峰扶起来,仍然把他靠在树上。然后他才走出院门。

他走在那条胡同里。胡同里十分阴沉,像是要下雨了。可他抬起头来看到了灿烂的阳光。他觉得很奇怪。他一直往前走,他感到身旁有人在走来走去,那些人像是转得很慢的电扇叶子一样,在他身旁一闪一闪。

在走到那家渔行时,他站住了脚。里面有几个人在抽烟聊天。他对他们说:"这腥味受不了。"可是他们谁也没有理睬他,所以他又说了一遍。这次里面有人开口了,那人说:"那你还站着干什么？"他听后依旧站着不走开。于是他们都笑了起来。他皱皱眉，又说："这腥味受不了。"说完还是站了一会。然后他感到有些无聊，便继续往前走了。

来到胡同口他开始犹豫不决，他没法决定往哪个方向走。那条大街就躺在眼前，街上乱七八糟。他看到人和自行车以及汽车手扶拖拉机还有手推车挤在一起像是买电影票一样乱哄哄。后来他看到一个鞋匠坐在一根电线杆下面在修鞋，于是他就走了过去。他默默地看了一阵后，就抬起自己脚上的皮鞋问鞋匠那皮质如何。鞋匠只是瞟了一眼就回答："一般。"这个回答显然没使他满意，所以他就告诉鞋匠那可是牛皮，可是鞋匠却告诉他那不是牛皮，不过是打光了的猪皮。这话使他大失所望，因此他便走开了。

他现在正往西走去。他走在人行道上，他对街上的自行车汽车什么的感到害怕。就是走在人行道上他也是小心翼翼，免得被人撞倒在地，像山峰一样再也爬不起来。走了没多久，他走到了一厕所旁，这时候他想小便了，便走了过去。里面有几个人站在小便池旁正痛痛快快地撒尿，他也挤了过去，将那玩意儿揪出来对准小便池。他那么站了很久，可他听到的都是别人小便的声音，他不知为何居然尿不出来。他两旁的人在不停地更换着，可他还那么站着。随后他才发现了什么，他对自己说："原来我不是来撒尿的。"然后他就走了出去，依然走在人行道上。但他忘了将那玩意儿放进去，所以那玩意儿露在外面，随着他走路的节奏正一颤一颤，十分得意。他一直那么走着。起先居然没人发现。后来走到影剧院旁时，才被几个迎面走来的年轻人看到了。他看到前面走来的几个年轻人突然像虾一样弯下了腰,接着又像山峰一样哈哈乱笑起来。他从他们中间走过去后,听到他们用一种断断续续又十分滑稽的声音在喊:"快来看。"但他没在意,他继续往前走。然而他随即发现所有的人都在顷刻之间变了模样,都前仰后合或者东倒西歪了。一些女人像是遇上强盗一样避得远远的。他心里觉得很滑稽,于是就笑了起来。

他一直那么走着,后来他在一幢尚未竣工的建筑物前站住了脚,他朝这幢建筑物打量了好一阵,接着就走了进去。他感到里面很潮湿,但他很满意这个地方。里面有很多房间,都还没有装门。他挨个将这些房间审视一遍,随后决定走入其中一间。那是比较阴暗的一间。他走进去后就找了个角落坐了下来。他将身体靠在墙上,此刻他觉得可以心安理得地休息一下,因为他实在太疲倦。所以他闭上眼睛后马上就睡着了。

三小时以后他被人推醒,他看到几个武警站在他面前,其中一个人对他说:"请你把那东西放进去。"

五

一个月以后,山岗被押上了一辆卡车,一伙荷枪的武警像是保护似的站在他周围。他看到四周的人像麻雀一样汇集过来，他们仰起脑袋看着他。而他则低下头去看他们，他感到他们的脸是画出来似的。这时前面那辆警车发出了西北风一样的呼叫后往前开了，可卡车只是放屁似的响了几声竟然不动了。那时候山岗心里已经明白。自从他在那幢建筑里被人叫醒后，他就在等着这一刻来到。现在终于来了。于是他就转过脸去对一个武警说："班长，请手脚干净点。"

那武警的眼睛看着前方，没去搭理山岗。因此山岗将脸转向另一边，对另一个武警说："班长，求你一枪结束我吧。"这个武警也一样无动于衷。

山岗看到很多自行车像水一样往前面流去了。这时候卡车抖动了几下，然后他感到风呼呼地刮在他的两只耳朵上，而前面密集的自行车井然有序地闪向两旁。路旁伸出来的树叶有几次像巴掌一样打在他脸上。不久之后那一块杂草丛生的绿地出现在了他的视线中，他知道自己马上就要站在这块绿地的中央。和绿地同时出现的是那杂草丛生一般的人群。他还看到一辆救护车，救护车停在绿地附近。公路两旁已经挤满自行车了，自行车在那里东倒西歪。他感到救护车为他而来。他觉得他们也许要一枪把他打个半死之后，再用救护车送他去医院救活他。这样想着的时候，卡车又抖动了一下，他的胸肋狠狠地撞在车栏上，但他居然不疼。随后他感到有人把他拉了过去，于是他就转过身来。他看到几个武警跳下了卡车，他也被推着跳了下去。他跳下去跪在了地上，随后又被拖起。他感到自己被簇拥着朝前走去，他觉得自己被五花大绑的上身正在失去知觉。而他的双腿却莫名其妙地在摆动。他似乎看到很多东西，又似乎眼前什么也没有。在他朝前走去时，他开始神情恍惚起来。不一会他被几只手抓住，他没法往前再走，于是他就站在那里。

他站在那里似乎有些莫名其妙。脚下长长的杂草伸进了他的裤管，于是他有了痒的感觉。他便低下头去看了看，可是他什么都没有看到。他只得把头重新抬起来，脸上出现了滑稽的笑容。慢慢地他开始听到嘈杂的人声，这声音使他发现四周像茅草一样遍地的人群。于是他如梦初醒般重又知道了自己的处境。他知道不一会就要脑袋开花了。

现在他想起来了，想起先前他常来这里。几乎每一次枪毙犯人他都挤在前排观瞧。可是站在这个位置上倒是第一次，所以现在的处境使他感到十分新奇。他用眼睛寻找他以前常站的位置，但是他竟然找不到了。而这时候他又突然想小便，他就对身旁的武警说："班长，我要尿尿了。"

"可以。"武警回答。

"请你替我把那东西拿出来。"他又说。

"就尿在裤子里吧。"武警说。

他感到四周的人在嬉皮笑脸，他不知道他们为何高兴成这样。他微微叉开双腿，开始愁眉苦脸起来。

过了一会武警问："好了没有？"

"尿不出来。"他痛苦地说。

"那就算了。"武警说。

他点点头表示同意。接着他开始朝远处眺望。他的目光从矮个的头上飘了过去,又从高个的耳沿上滑过,然后他看到了那条像静脉一样的柏油公路。这时他感到腿弯里被人蹬了一脚,他双腿一软跪在了地上。他没法看到那条静脉颜色的公路了。

一个武警在他身后举起了自动步枪,举起以后开始瞄准。接着"砰"地响了一声。

山岗的身体随着这一枪竟然翻了个筋斗,然后他惊恐万分地站起来,他朝四周的人问:"我死了没有?"

没有人回答他,所有的人都在哈哈大笑,那笑声像雷阵雨一样向他倾泻而来。于是他就惊慌失措哇哇大哭起来,因为他不知道自己是死是活。他的耳朵被打掉了,血正畅流而出。他又问:"我死了没有?"

这次有人回答他了,说:"你还没死。"

山岗又惊又喜,他拼命地叫道:"快送我去医院。"随后他感到腿弯里又挨了一脚,他又跪在了地上。他还没明白过来,第二枪又出现了。

第二枪打进了山岗的后脑勺,这次山岗没翻筋斗,而是脑袋沉重地撞在了地上,脑袋将他的屁股高高支起。他仍然没有死,他的屁股像是受寒似的抖个不停。

那武警上前走了一步,将枪口贴在山岗的脑袋上,打出了第三枪,像是有人往山岗腹部踢了一脚,山岗一翻身仰躺在地了。他被绑着的双手压在下面,他的双腿则弯曲了起来,随后一松也躺在了地上。

六

这天早晨山岗的妻子看到一个人走了进来,这人只有半个脑袋。那时刚刚进入黎明。她记得自己将门锁得很好,可他进来时却让她感到门是敞开的。尽管他只有半个脑袋,但她还是一眼认出他就是山岗。

"我被释放了。"山岗说。

他的声音嗡嗡的,于是她就问:"你感冒了?"

"也许是吧。"他回答。

她想起抽屉里有速效感冒胶囊,她就问他是否需要。

他摇摇头,说他没有感冒,他身体很好,只是半个脑袋没有了。

她问他那半个脑袋是不是让一颗子弹打掉的。他回答说记不起来了。然后他就在一把椅子里坐了下来。坐下后他说饿了,要她给一点零钱买早点吃。她就拿了半斤粮票和一元钱给他。他接过钱以后便站起来走了。他走出去时没有随手关门,于是她就去关门,可发现门关得很严实。她并没有感到惊奇,她脱掉衣服上床去睡觉了。

那个时候胡同里响起了单纯的脚步声,是一个人在往胡同口走去。她是在这个时候醒过来的,这时候黎明刚刚来临,她看到房间里正在明亮起来。四周很静,因此她清楚地听着那声音似乎是从她梦里走出去的脚步声。她觉得这脚步声似乎是从她梦里走出去的，然后又走出了这所房子，现在快要走出胡同了。

她开始穿衣服，脚步声是她穿好衣服时消失的。于是她走到窗前，拉开窗帘后阳光便涌进来，阳光这时候还是鲜红的。不久以后就会变成肝炎那种黄色。她叠好被子后就坐在梳妆台前，她看看镜中自己的脸，她感到索然无味。因此她站起身走出了卧室。在外间她看到山峰的妻子已在那里吃早饭了。于是她就走进厨房准备自己的早饭。她点燃煤气灶后，就站在一旁刷牙洗脸。

五分钟以后，她端着自己的早饭走了出来，在弟媳对面坐下，然后默不作声地吃了起来。那时候弟媳却站起身走入厨房，她吃完了。她听到弟媳在厨房里洗碗时发出很响的声音。不一会弟媳就走出来了，走进了卧室。然后又从卧室里走出，锁上门以后她就往外走了。

她继续吃着早饭，吃得很艰难，她一点胃口也没有。她眼睛便望着窗外那棵树上，那棵树此刻看去像是塑料制成的。她一直看着。后来她想起了什么，她将目光收回来在屋内打量起来。她想起已有很多日子没有见到婆婆了。她的目光停留在婆婆卧室的门上。但是不久之后她就将目光移开，继续又看门外那棵树。

在山峰死去的第六天早晨，老太太也溘然长逝。那天早晨她醒来时感到一阵异样的兴奋。她甚至能够感到那种兴奋如何在她体内流动。而同时她又感到自己的身体正在局部地死去。她明显地觉得脚指头是最先死去的，然后是整双脚，接着又伸延到腿上。她感到脚的死去像冰雪一样无声无息。死亡在她腹部逗留了片刻，以后就像潮水一样涌过了腰际，涌过腰际后死亡就肆无忌惮地蔓延开来。这时她感到双手离她远去了，脑袋仿佛正被一条小狗一口一口咬去。最后只剩下心脏了，可死亡已经包围了心脏，像是无数蚂蚁似的从四周爬向心脏。她觉得心脏有些痒滋滋的。这时她睁开的眼睛看到有无数光芒透过窗帘向她奔涌过来，她不禁微微一笑，于是这笑容像是相片一样固定了下来。

山峰的妻子显然知道这天早晨发生了一些什么，所以她很早就起床了。现在她已经走出了胡同，她走在大街上。这时候阳光开始黄起来了。她很明白自己该去什么地方。她朝天宁寺走去，因为在天宁寺的旁边就是拘留所。这天早晨山岗被人从里面押出来。

她在街上走着的时候，就听到有人在议论山岗。而且很多人显然和她一样往那里走去。这镇上已有一年多时间没枪毙人了，今天这日子便显得与众不同。

一个月以来，她常去法院询问山岗的案子，她自称是山岗的妻子（尽管一个月前她作为原告的身份是山峰的妻子，但是谁也没有注意到这一点）。直到前天他们才告诉她今天这种结果。她很满意，她告诉他们，她愿将山岗的尸体献给国家。法院的人听了这话并不兴高采烈，但他们表示接受。她知道医生们会兴高采烈的。她在街上走着的时候，脑子里已经开始想象着医生们如何瓜分山岗，因此她的嘴角始终挂着微笑。

七

在这间即将拆除的房屋中央,一只一千瓦的电灯悬挂着。此刻灯亮着,光芒辉煌四射。电灯下面是两张乒乓桌,已经破旧。乒乓桌下面是泥地。几个来自上海和杭州的医生此时站在门口聊天,他们在等着那辆救护车来到。那时候他们就有事可干了。

现在他们显得悠闲自在。在不远处有一口池塘,池塘水面上漂着水草,而池塘四周则杨柳环绕。池塘旁边是一片金黄灿烂的菜花地。在这种地方聊天自然悠闲自在。

救护车此刻在那条泥路上驶来了,车子后面扬起了如帐篷一般的灰尘。救护车一直驰到医生们身旁才停车。于是医生们就转过脸去看了看。车后门打开后,一个人跳了下来,那人跳下来后立刻转身从车内拖出了两条腿,接着身体也出现了。另一个人抓住山岗的两条胳膊也跳下了车。这两人像是提着麻袋一样提着山岗进屋了。

医生们则继续站在门口聊天,他们仿佛对山岗不感兴趣,他们感兴趣的是刚才的话题,刚才的话题是有关物价。进去的两个人这时走了出来。这两人常去镇上医院卖血。现在他们还不能走,他们还有事要干,待会儿他们还要挖个坑把山岗扔进去埋掉。那时的山岗由一些脂肪和肌肉以及头发牙齿这一类医生不要的东西组成。所以他们走到池塘旁坐了下来。他们对今天的差使很满意，因为不久之后他们就会从某一个人手中接过钱来，然后放入自己的口袋。

医生们又在门口站了一会，然后才一个一个走了进去，走到各自带来的大包旁。他们开始换衣服了，换上手术服，戴上手术帽和口罩，最后戴上了手术手套。接着开始整理各自的手术器械。

山岗此刻仰躺在乒乓桌上，他的衣服已被刚才那两个人剥去。他赤裸裸的身体在一千瓦的灯光下像是涂上了油彩，闪闪烁烁。

首先准备完毕的一个男医生走了过去，他没带手术器械，他是来取山岗的骨骼的，他要等别人将山岗的皮剥去，将山岗的身体掏空后，才上去取骨骼。所以他走过去时显得漫不经心。他打量了一下山岗，然后伸手去捏捏山岗的胳膊和小腿，接着转回身对同行们说："他很结实。"

来自上海的那个三十来岁的女医生穿着高跟鞋第二个朝山岗走去。因为下面的泥地凹凸不平，她走过去时臀部扭得有些夸张。她走到山岗的右侧。她没有捏他的胳膊，而是用手摸了摸山岗的皮肤，她转过头对那男医生说："不错。"

然后她拿起解剖刀，从山岗颈下的胸骨上凹一刀切进去，然后往下切一直切到腹下。这一刀切得笔直，使得站在一旁的男医生赞叹不已。于是她就说："我在中学学几何时从不用尺画线。"那长长的切口像是瓜一样裂了开来，里面的脂肪便炫耀出了金黄的色彩，脂肪里均匀地分布着小红点。接着她拿起像宝剑一样的尸体解剖刀从切口插入皮下，用力地上下游离起来。

不一会山岗胸腹的皮肤已经脱离了身体像是一块布一样盖在上面。她又拿起解剖刀去取山岗两条胳膊的皮了。她从肩峰下刀一直切到手背。随后去切腿，从腹下髂前上棘向下切到脚背。切完后再用尸体解剖刀插入切口上下游离。游离完毕她休息了片刻。然后对身旁的男医生说："请把他翻过来。"那男医生便将山岗翻了个身。于是她又在山岗的背上划了一条直线，再用尸体解剖刀游离。此刻山岗的形象好似从头到脚披着几块布条一样。她放下尸体解剖刀，拿起解剖刀切断皮肤的联结，于是山岗的皮肤被她像捡破烂似的一块一块捡了起来。背面的皮肤取下后，又将山岗重新翻过来，不一会山岗正面的皮肤也荡然无存。

失去了皮肤的包围，那些金黄的脂肪便松散开来。首先是像棉花一样微微鼓起，接着开始流动了，像是泥浆一样四散开去。于是医生们仿佛看到了刚才在门口所见的阳光下的菜花地。

女医生抱着山岗的皮肤走到乒乓桌的一角，将皮一张一张摊开刮了起来，她用尸体解剖刀像是刷衣服似的刮着皮肤上的脂肪组织，发出的声音如同车轮陷在沙子里无可奈何地叫唤。

几天以后山岗的皮肤便覆盖在一个大面积烧伤了的患者身上，可是才过三天就液化坏死，于是山岗的皮肤就被扔进了污物桶，后又被倒入那家医院的厕所。

这时站在一旁的几个医生全上去了。没在右边挤上位置的两个人走到了左侧，可在左侧够不到，于是这两人就爬到乒乓桌上去，蹲在桌上瓜分山岗，那个胸外科医生在山岗胸肋交间处两边切断软骨，将左右胸膛打开，于是肺便暴露出来，而在腹部的医生只是刮除了脂肪组织和切除肌肉后，他们需要的胃、肝、肾脏便历历在目了。眼科医生此刻已经取出了山岗一只眼球。口腔科医生用手术剪刀将山岗的脸和嘴剪得稀烂后,上颌骨和下颌骨全部出现。但是他发现上颌骨被一颗子弹打坏了。这使他沮丧不已,他便嘟哝了一句:"为什么不把眼睛打坏。"子弹只要稍稍偏上,上颌骨就会安然无恙,但是眼睛要倒霉了。正在取山岗第二只眼球的医生听了这话不禁微微一笑,他告诉口腔科医生那执刑的武警也许是某一个眼科医生的儿子。他此刻显得非常得意。当他取出第二只眼球离开时,看到口腔科医生正用手术锯子卖力地锯着下颌骨,于是他就对他说:"木匠,再见了。"眼科医生第一个离开,他要在当天下午赶回杭州,并在当天晚上给一个患者进行角膜移植。这时那女医生也将皮肤刮净了。她把皮肤像衣服一样叠起来后,也离开了。

　　胸外科医生已将肺取出来了,接下去他非常舒畅地切断了山岗的肺动脉和肺静脉,又切断了心脏主动脉,以及所有从心脏里出来的血管和神经。他切着的时候感到十分痛快。因为给活人动手术时他得小心翼翼地避开它们,给活人动手术他感到压抑。现在他大手大脚地干,干得兴高采烈。他对身旁的医生说:"我觉得自己是在挥霍。"这话使旁边的医生感到妙不可言。

　　那个泌尿科医生因为没挤上位置所以在旁边转悠,他的口罩有个"尿"字。尿医生看着他们在乒乓桌上穷折腾,不禁忧心忡忡起来,他一遍一遍地告诫在山岗腹部折腾的医生,他说:"你们可别把我的睾丸搞坏了。"

　　山岗的胸腔首先被掏空了,接着腹腔也掏空了。一年之后在某地某一个人体知识展览上,山岗的胃和肝以及肺分别浸在福尔马林中供人观赏。他的心脏和肾脏都被作了移植。心脏移植没有成功，那患者死在手术台上。肾脏移植却极为成功，患者已经活了一年多了，看样子还能再凑合着活下去。但是患者却牢骚满腹，他抱怨移植肾脏太贵，因为他已经花了三万块钱了。

现在屋子里只剩下三个医生了。尿医生发现他的睾丸完好无损后，就心安理得地将睾丸切除下来。口腔科医生还在锯下颌骨，但他也已经胜利在望。那个取骨骼的医生则仍在一旁转悠，于是尿医生就提醒他："你可以开始了。"但他却说："不急。"

口腔科医生和泌尿科医生是同时出去的，他们手里各自拿着下颌骨和睾丸。他们接下去要干的也一样都是移植。口腔科医生将一个活人的下颌骨锯下来，再把山岗的下颌骨装进去。对这种移植他具有绝对的信心。山岗身上最得意的应该是睾丸了。尿医生将他的睾丸移植在一个因车祸而睾丸被碾碎的年轻人身上。不久之后年轻人居然结婚了，而且他妻子立刻就怀孕，十个月后生下一个十分壮实的儿子。这一点山峰的妻子万万没有想到，因为是她成全了山岗，山岗后继有人了。

他等到他们拿着下颌骨和睾丸出去后，他才开始动手。他先从山岗的脚下手，从那里开始一点一点切除骨骼上的肌肉与筋膜组织。他将切除物整齐地堆在一旁。他的工作是缓慢的，但他有足够的耐心去对付。当他的工作发展到大腿时，他捏捏山岗腿上粗鲁的肌肉对山岗说："尽管你很结实，但我把你的骨骼放在我们教研室时，你就会显得弱不禁风。"

一九八七年九月二十九日

河边的错误

第一章

一

住在老邮政弄的幺四婆婆,在这一天下午将要过去、傍晚就要来临的时候发现自己养的一群鹅不知去向。她是准备去给鹅喂食时发现的。那关得很严实的篱笆门,此刻像是夏天的窗户一样敞开了。她心想它们准是到河边去了。于是她就锁上房门,向河边走去,走时顺手从门后拿了一根竹竿。

那是初秋时节,户外的空气流动时很欢畅,秋风吹动着街道两旁的树叶,发出"沙沙"那种下雨似的声音。落日尚未西沉，天空像火烧般通红。

幺四婆婆远远就看到了那一群鹅，鹅在清静的河面上像船一样浮来浮去，另一些鹅在河岸草丛里或卧或缓缓走动。幺四婆婆走到它们近旁时，它们毫无反应，一如刚才。本来她是准备将它们赶回去的，可这时又改变了主意。她便在它们中间站住，双手支撑着那根竹竿，像支撑着一根拐杖，她眯起眼睛如看孩子似的看起了这些白色的鹅。

看了一会，幺四婆婆觉得时候不早了，该将它们赶到篱笆里去。于是她上前了几步，站在河边，嘴里"哦哦"地呼唤起来。在她的呼唤下，草丛中的鹅都纷纷一挪一挪地朝她跑来，而河里的鹅则开始慢慢地游向岸边，然后一只一只地爬到岸上，纷纷张开翅膀抖了起来。接着有一只鹅向幺四婆婆跑了过去，于是所有的鹅都张开翅膀跑了起来。

幺四婆婆嘴里仍然"哦哦"地叫着，因为有一只鹅仍在河里。那是一只小鹅，它仿佛没有听到她的呼唤，依旧在水面上静悄悄地移动着，而且时时突然一个猛扎，扎后又没事一般继续游着，远远望去，优美无比，似乎那不是鹅，而是天空里一只飘动的风筝在河里的倒影。

幺四婆婆的呼唤尽管十分亲切，可显然已经徒劳了，于是她开始"嘘嘘"地叫了起来，同时手里的竹竿也挥动了，聚集在她身旁的那些鹅立刻散了开去。她慢慢移动脚步，将鹅群重又赶入河中。

当看到那群被赶下去的鹅已将那只调皮的小鹅围在中间后，她重又"哦哦"地呼唤起来。听到了幺四婆婆的呼唤，河里所有的鹅立刻都朝岸边游来。那情景真像是雪花纷纷朝窗口飘来似的。

这时幺四婆婆感到身后有脚步走来的声音。当她感觉到声音时，那人其实已经站在她身后了，于是她回过头来张望……

他觉得前面那个人的背影有些熟悉，但一时又想不起究竟是谁。于是他就心里猜想着那人是谁而慢慢地沿着小河走。他知道这人肯定不是他最熟悉的人，但这人他似乎又常常见到。因为在这个只有几千人的小镇里，没有不似曾相识的脸。这时他看到前面那人回头望了他一下，随即又快速地扭了回去。接着他感到那人越走越快，并且似乎跑了起来。然后他看不到那人了。

他是在这个时候看到那一群鹅的，于是他就兴致勃勃地走了过去。但是当他走到鹅中间时，不由大惊失色……

初秋时节依然是日长夜短。此刻落日已经西沉，但天色尚未灰暗。她在河边走着。

她很远就看到了那一群卧在草丛里的鹅，但她没看到往常常见到的幺四婆婆。她漫不经心地走了过去。走到近旁时那群鹅纷纷朝她奔来，有几只鹅伸着长长的脖颈，围上去像是要啄她似的，她慌忙转过身准备跑。

当她转过身去时不由发出了一声惊叫，同时呆呆地站了好一会，然后她没命地奔跑了起来。没跑出多远她就摔在地上，于是她惊慌地哭了起来。哭了一阵后，她才朝四周望去，四周空无一人，她就爬起来继续跑。她感到两腿发软，怎么跑也跑不快，当跑到街上时，她又摔倒了。

这时一个刚与她擦身而过的年轻人停下脚步,惊诧地望着她,她坐在地上爬不起来,只能惊恐地望着他。他犹豫了一下,然后才走上去将她扶起来,同时问:"你怎么啦?"

她站起来后用手推开了他,嘴巴张了张,没有声音,便用手指了指小河那个方向。

年轻人惊讶地朝她指的那个方向看去,什么也没有看到。而当他重新回过头来时,她已经慢慢地走了。他朝她的背影看了一下,才莫名其妙地笑笑,继续走自己的路。

那孩子窝囊地在街上走来走去,刚才他也到河边去了。当他一路不停地跑到家中将看到的那些告诉父亲时,父亲却挥手给了他一个耳光,怒喝道:"不许胡说。"那时父亲正在打麻将,他看到父亲的朋友都朝着他嘻嘻地笑。于是他就走到角落里,搬了一把椅子在暗处坐了下来。这时母亲提着水壶走来,他忙伸出手去拉住她的衣角,母亲回头望了他一下,他就告诉她了。不料她脸色一沉,说道:"别乱说。"孩子不由悲伤起来。他独自一人坐了好一会后,便来到了外面。

这时天已经黑了,弄里的路灯闪闪烁烁,静无一人。只有孩子在走来走去,因为心里有事,可又没人来听他叙述,他急躁万分,似乎快要流下眼泪了。

就在这个时候,他看到有几个年轻人走了过来。他立刻跑上去,大声告诉了他们。他看到他们先是一怔,随即都哈哈大笑起来。有一个人还拍拍他的脑袋说:"你真会开玩笑。"然后他们就头也不回地走了。

孩子望着他们的背影,心想,他们谁也不相信我。

孩子慢慢地走到了大街上，大街上有很多人在来来往往。商店里的灯光从门窗涌出，铺在街上十分明亮。孩子在人行道上的一棵梧桐树旁站了下来。他看到很多人从他面前走过，他很想告诉他们，但他很犹豫。他觉得他们不会相信他的。因为他是个孩子。他为自己是个孩子而忧伤了起来。

后来他看到有几个比他稍大一点的孩子正站在街对面时，他才兴奋起来，立刻走了过去。他对他们说："河边有颗人头。"

他看到他们都呆住了，便又补充了一句："真的，河边有颗人头。"

他们互相望着，然后才有人问："在什么地方？"

"在河边。"他说。

随即他们中间就有人说："你领我们去看看。"

他认真地点点头，因为他的话被别人相信了，所以他显得很激动。

二

刑警队长马哲是在凌晨两点零六分的时候，被在刑警队值班的小李叫醒的。他的妻子也惊醒过来，睁着眼睛看丈夫穿好衣服，然后又听到丈夫出去时关门的声音。她那么呆呆地躺了一会后，才熄了电灯。

马哲来到局里时，局长刚到。然后他们一行六人坐着局里的小汽艇往案发地点驶去。从县城到那个小镇还没有公路，只有一条河流将它们贯穿起来。

他们来到作案现场时，东方开始微微有些发白，河面闪烁出了点点弱光，两旁的树木隐隐约约。

有几个人拿着手电在那里走来走去，手电的光芒在河面上一道一道地挥舞着。看到有人走来，他们几个人全迎了上去。

马哲他们走到近旁，看到不远处有一个刚刚用土堆成的坟堆。坟堆上有一颗人头。因为天未亮，那人头看上去十分模糊，像是一块毛糙的石头。

马哲伸手拿过身旁那人手中的手电，向那颗人头照去。那是一颗女人的人头，头发披落下来几乎遮住了整个脸部，只有眼睛和嘴若隐若现。

现场保护得很好。马哲拿着手电在附近仔细照了起来。他发现附近的青草被很多双脚踩倒了，于是他马上想象出曾有一大群人来此围观时的情景，各种姿态和各种声音。

这当儿小李拿着照相机从几个不同的角度拍下了现场，然后法医和另两个人走了上去，他们将人头取下，接着去挖坟堆，没一会一具无头女尸便显露了出来。

马哲依旧地在近旁转悠。他的脚突然踩住了一种软绵绵的东西。他还没定睛观瞧，就听到脚下响起了几声鹅的叫声，紧接着一大群鹅纷纷叫唤了起来，然后乱哄哄地挤成一团，又四散开去。这时天色开始明亮起来了。

局长走来，于是两人便朝河边慢慢地走过去。

"罪犯作案后竟会如此布置现场！"马哲感到不可思议。

局长望着潺潺流动的河水，说："你们就留下来吧。"

马哲扭过头去看那群鹅，此刻它们安静下来了，在草丛里走来走去。

"有什么要求吗？"局长问。

马哲皱一下眉，然后说："暂时没有。"

"那就这样，我们每天联系一次。"

法医的验尸报告是在这天下午出来的。罪犯是用柴刀突然劈向受害者颈后部。从创口看，罪犯将受害者劈倒在地后，又用柴刀劈了三十来下，才将死者的头劈下来。死者是住在老邮政弄的幺四婆婆。

小李在一旁插嘴："这镇上几乎每户人家都有那种柴刀。"

现场没有留下罪犯任何作案时的痕迹。在某种意义上，现场已被那众多的脚印所破坏。

马哲是在这天上午见到那个孩子的。

"所有的人都不相信我。"那孩子得意洋洋地对马哲说，"父亲还打了我一个耳光，说'不许胡说'。"

"你是什么时候发现的？"马哲问。

"所有的大人都不相信我。"孩子继续在说，"因此我只能告诉和我差不多大的孩子了，他们相信我。"孩子说到这里还装模作样地叹了口气，"本来我是想先告诉大人的。"

"你是在什么时候发现的？"马哲问。

这时孩子才认真对待马哲的问话了。他装出一副回忆的样子,装了很久才说:"我没有手表。"

马哲不禁微笑了。"大致上是什么时候?比如说天是不是黑了,或者天还亮着?"

"天没有黑。"孩子立刻喊了起来。

"那么天还亮着?"

"不,天也不是亮着。"孩子摇了摇头。

马哲又笑了,他问:"是不是天快黑的时候?"

孩子想了想后,才慎重地点点头。

于是马哲便站了起来,可孩子依旧坐着。他似乎非常高兴能和大人交谈。

马哲问他:"你到河边去干什么呢?"

"玩呀。"孩子响亮地回答。

"你常去河边?"

"也不是,我想去哪儿就去哪儿。"

孩子临走时十分认真地对马哲说:"你抓住那个家伙后,让我来看看。"

幺四婆婆离家去河边的时候,老邮政弄有四个人看到她。

从他们回忆的时间来看,幺四婆婆是下午四点到四点半的时候去河边的。而孩子发现那颗人头的时候是七点左右。因此罪犯作案是在这三个小时左右的时间里。据查,埋掉幺四婆婆死尸的地方有一个坑,而现在这个坑没有了,因此那坑是现成的。所以估计罪犯作案时间很可能是在一个小时以内完成的。

下午局长打电话来询问时,马哲将上述情况做了汇报。

幺四婆婆的家是在老邮政弄的弄底。那是一间不大的平房。

屋内十分整洁，尽管没有什么摆设，可让人心情舒畅。屋内一些家具是很平常的。引起马哲注意的是放在房梁上的一堆麻绳，麻绳很粗，并且编得很结实。但马哲只是看了一会，也没更多地去关注。

吃过晚饭后，马哲独自一人来到了河边。河两旁悄无声息，只有那一群鹅在河里游来游去。

昨天这时，罪犯也许就在这里，他心里这样想着而慢慢走过去。而现在竟然如此静，竟然没人来此。他知道此案已经传遍小镇，他也知道他们是很想来看看的，现在他们没有人敢来，那是他们怕被当成嫌疑犯。

他听到了河水的声音。那声音不像是鹅游动时的声音，倒像是洗衣服的声音，小河在这里转了个弯，他走上前去时，果然看到有人背对着他蹲在河边洗衣服。

他惊讶不已，便故意踏着很响的步子走到这人背后，这人没回过头来，依然洗衣服。他好像不会洗衣服似的，他更像是在河水里玩衣服。

他在这人身后站了一会，然后说话了："你常到这儿来洗衣服？"他知道镇里几年前就装上自来水了，可竟然还会有人到河边来洗衣服。

这时那人扭回头来朝他一笑，这一笑使他大吃一惊。那人又将头转了回去，把被许多小石头压在河里的衣服提出来，在水面上摊平，然后又将小石头一块一块压上去，衣服慢慢沉到了水底。

他仔细回味刚才那一笑，心里觉得古怪。此刻那人开始讲话了，自言自语说得很快，一会轻声细语，一会又大叫大喊。

马哲一句也没听懂，但他已经明白了，这人是个疯子。难怪他怎么会在这种时候到这里来。

于是马哲继续往前走。河边柳树的枝长长地倒挂下来，几乎着地。他每走几步都要用手拨开前面的柳枝。当他走出一百来米的时候，他看到草丛里有一样红色的东西。那是一枚蝴蝶形状的发卡。他弯腰捡了起来用手帕包好放进了口袋，接着仔细察看发卡的四周。在靠近河边处青草全都倒地，看来那地方人是经常走的。但发卡刚才搁着的地方却不然，青草没有倒下。可是中间有一块地方青草却明显地斜了下去。大概有人在这里摔倒过，而这发卡大概也是这个人的。"是个女的？"他心想。

"死者叫幺四婆婆。老邮政弄所有的人都这样叫她，不管是老人还是孩子。谁都不知道她的真实姓名，知道的那个人已经死了，那人是她的丈夫，她是十六岁嫁到老邮政弄来的，十八岁时她丈夫死了，现在她六十五岁。这四十八年来她都是独自一人生活过来的。她每月从镇政府领取生活费同时自己养了二十多年鹅了。每年都养一大群，因此她积下了一大笔钱。据说她把钱藏在胸口，从不离身。这是去年她去镇政府要求不要再给她生活费时才让人知道的。为了让他们相信她，她从胸口掏出了一沓钱来，她的钱从来不存银行，因为她不相信别人。但是我们没有发现她的尸体上有一分钱，在她家中也仔细搜寻过，只在褥子下找到了一些零钱，加起来还不到十元。所以我想很可能是一桩抢劫杀人案……"小李说到这里朝马哲看看，但马哲没有反应，于是他继续说，"镇里和居委会几次劝她去敬老院，但她好像很害怕那个地方，每次有人对她这么一提起，她就会眼泪汪汪。她独自一人，没有孩子，也从不和街坊邻居往来，她的闲暇时间是消磨在编麻绳上，就是她屋内梁上的那一堆麻绳。但是从前年开始，她突然照顾起了一个三十五岁的疯子，疯子也住在老邮政弄。她像对待自己儿子似的对待那个疯子……"这时小李突然停止说话，眼睛惊奇地望着放在马哲身旁桌子上的红色发卡。"这是什么？"他问。

"在离出事地点一百米处捡的，那地方还有人摔倒的痕迹。"马哲说。

"是个女的！"小李惊愕不已。

马哲没有回答，而是说："继续说下去。"

三

幺四婆婆牵着疯子的手去买菜的情节，尽管已经时隔两年，可镇上的人都记忆犹新。就是当初人们一拥而上围观的情景，也是历历在目。他们仿佛碰上了百年不遇的高兴事，他们的脸都笑烂了，然而幺四婆婆居然若无其事，只是脸色微微有些泛红，那是她无法压制不断洋溢出来的幸福神色。而疯子则始终是嘻嘻傻笑着。篮子挎在疯子手中，疯子不知是出于愤怒还是出于与他们同样的兴奋，他总把篮子往人群里扔去。幺四婆婆便一次一次地去将篮子捡回来。疯子一次比一次扔得远。起先幺四婆婆还装着若无其事，然而不久她也像他们一样嘻嘻乱笑了。

当初幺四婆婆这一举止，让老邮政弄的人吃了一惊。因为在此之前他们一点没有看出她照顾过疯子的种种迹象。所以当她在这一天突然牵着疯子的手出现时他们自然惊愕不已。况且多年来幺四婆婆给他们的印象是讨厌和别人来往，甚至连说句话都很不愿意。

尽管如此，他们还是觉得她这不过是一时的异常举动。这种心血来潮的事在别人身上恐怕也会发生。可是后来的事实却让他们百思不解。有那么一段时间里，他们甚至怀疑幺四婆婆是不是也疯了，直到一年之后，他们才渐渐习以为常。

此后，他们眼中的疯子已不再如从前一样邋遢，他像一个孩子一样干净了，而且他的脖子上居然出现了红领巾。但是他早晨穿了干净的衣服而到了傍晚已经脏得不能不换。于是幺四婆婆屋前的晾衣竿上每天都挂满了疯子的衣服，像是一排尿布似的迎风飘扬。

当吃饭的时候来到时，老邮政弄的人便能常常听到她呼唤疯子的声音。那声音像是一个生气的母亲在呼喊着贪玩不归的孩子。

而且在每一个夏天的傍晚，疯子总像死人似的躺在竹榻里，幺四婆婆坐在一旁用扇子为他拍打蚊虫。

从那时起，幺四婆婆不再那么讨厌和别人说话。尽管她很少说话，可她也开始和街坊邻居一些老太太说些什么了。

她自然是说疯子。她说疯子的口气就像是在说自己的儿子。她常常抱怨疯子不体谅她，早晨换了衣服傍晚又得换。

"他总有一天要把我累死的。"她总是愁眉苦脸地这么说，"他现在还不懂事，还不知道我死后他就要苦了，所以他一点也不体谅我。"

这话让那些老太太十分高兴，于是她继续数落："我对他说吃饭时不要乱走，可我一转身他人就没影了。害得我到处去找他。早晚他要把我累死。"说到这里，幺四婆婆便叹息起来。

"你们不知道，他吃饭时多么难侍候。怎么教他也不用筷子，总是用手抓，我多说他几句，他就把碗往我身上砸。他太淘气了，他还不懂事。"

她还说："他这么大了，还要吃奶。我不愿意他就打我，后来没办法就让他吸几下，可他把我的奶头咬了下来。"说起这些，她脸上居然没有痛苦之色。

在那些日子里，他们总是看到幺四婆婆把疯子领到屋内，然后关严屋门，半天不出来。他们非常好奇，便悄悄走到窗前。玻璃窗上糊着报纸，没法看进去。他们便蹲在窗下听里面的声音。有声音，但很轻微。只能分辨出幺四婆婆的低声唠叨和疯子的自言自语。有时也寂然无声。当屋内疯子突然大喊大叫时，总要吓他们一跳。

慢慢地他们听到了一种奇特的声音。而且每当这种声音响起来时，又总能同时听到疯子的喊叫声。而且还夹杂着人在屋内跑动的声音，还有人摔倒在地，绊倒椅子的声响。起先他们还以为幺四婆婆是在屋内与疯子玩捉迷藏，心里觉得十分滑稽。

可是后来他们却听到了幺四婆婆呻吟的声音。尽管很轻，可却很清晰。于是他们才有些明白，疯子是在揍幺四婆婆。

幺四婆婆的呻吟声与日俱增，越来越响亮，甚至她哭泣求饶的声音也传了出来，而疯子打她的声音也越来越剧烈。然而当他们实在忍不住，去敲她屋门时，却因为她紧闭房门不开而无可奈何。

后来幺四婆婆告诉他们："他打我时，与我那死去的丈夫一模一样，真狠毒啊。"那时她脸上竟洋溢着幸福的神色。

小李用手一指，告诉马哲："就是这个疯子。"
此刻那疯子正站在马路中间来回走着正步，脸上得意洋洋。
马哲看到的正是昨天傍晚在河边的那个疯子。

四

那女孩子坐在马哲的对面，脸色因为紧张而变得通红。
"……后来我就拼命地跑了起来。"她说。
马哲点点头。"而且你还摔了一跤。"
她蓦然怔住了，然后眼泪簌簌而下。"我知道你们会怀疑我的。"

马哲没有搭理，而是问："你为什么要去河边？"

她立刻止住眼泪，疑惑地望着马哲，想了很久才喃喃地说："你刚才好像问过了。"

马哲不动声色地看着她。

"难道没有问过？"她既像是问马哲，又像是问自己，随后又自言自语起来，"好像是没有问过。"

"你为什么去河边？"马哲这时又问。

"为什么？"她开始回想起来，很久后才答，"去找一只发卡。"

"是吗？"

马哲的口气使她一呆，她怀疑地望着马哲，嘴里轻声说："难道不是？"

"你是什么时候丢失的？"马哲随便地问了一句。

"昨天。"她说。

"昨天什么时候？"

"六点半。"

"那你是什么时候去找的？"

"六点半。"她脱口而出，随即她被自己的回答吓呆了。

"你是在同一个时间里既丢了发卡又在找。"马哲嘲笑地说，接着又补充道，"这可能吗？"

她怔怔地望着马哲，然后眼泪又流了下来。"我知道你们会怀疑我的。"

"你看到过别的什么人吗？"

"看到过。"她似乎有些振奋。

"什么样子？"

"是个男的。"

"个子高吗?"

"不高。"

马哲轻轻笑了起来,说:"可你刚才说是一个高个子。"

她刚刚变得振奋起来的脸立刻又痴呆了。"我刚才真是这样说吗?"她可怜巴巴地问马哲。

"是的。"马哲坚定地说。

"我怎么会这么说呢?"她悲哀地望着马哲。

"你为什么到今天才来?"马哲又问。

"我害怕。"她颤抖着说。

"今天就不害怕了?"

"今天?"她不知该如何回答。她低下了头,然后抽泣起来。"我知道你们会怀疑我的。因为我的发卡丢在那里了,你们肯定要怀疑我了。"

马哲心想,她不知道,使用这种发卡的女孩子非常多,根本无法查出是谁的。"所以你今天来说了?"他说。

她边哭边点着头。

"如果发卡不丢,你就不会来说这些了?"马哲说。

"是这样。"

"你真的看到过别的人吗?"马哲突然严肃地问。

"没有。"她哭得更伤心了。

马哲将目光投向窗外,他觉得有点累了,他看到窗外有棵榆树,榆树上有灿烂的阳光在跳跃。那女孩子还在伤心地哭着。马哲对她说:"你回去吧,把你的发卡也拿走。"

五

一个星期下来,案件的侦破毫无进展。作为凶器的柴刀,也没有下落。幺四婆婆家中的一把柴刀没有了,显而易见凶手很可能就是用这把柴刀的。据老邮政弄的人回忆,说是幺四婆婆遇害前一个月的时候曾找过柴刀,也就是说那柴刀在一个月前就遗失了,作为一桩抢劫杀人案,看来凶手是早有准备的。马哲曾让人在河里寻找过柴刀,但是没有找到。

这天傍晚,马哲又独自来到河边。河边与他上次来时一样悄无声息。马哲心想:这地方真不错。

然后他看到了在晚霞映照的河面上嬉闹的鹅群。幺四婆婆遇害后,它们就再没回去过。它们日日在此,它们一如从前那么无忧无虑。马哲走过去时,几只在岸上的鹅便迎着他奔来,伸出长长的脖子包围了他。

这个时候,马哲又听到了那曾听到过的水声。于是他提起右脚轻轻踢开了鹅,往前走过去。

他又看到了那个疯子蹲着的背影。疯子依旧在水中玩衣服。疯子背后十米远的地方就是曾搁过幺四婆婆头颅的地方。

在所有的人都不敢到这里来的时候,却有一个疯子经常来,马哲不禁哑然失笑。他觉得疯子也许不知道幺四婆婆已经死了,但他可能会发现已有几天没见到幺四婆婆,幺四婆婆生前常赶着鹅群来河边,现在疯子也常到河边,莫不是疯子在寻找幺四婆婆?

马哲继续往前走。此刻天色在渐渐地灰下来，刚才通红的晚霞现在似乎燃尽般暗下去。马哲听着自己脚步的声音走到一座木桥上。他将身体靠在了栏杆上，栏杆摇晃起来发出"吱吱"的声响。栏杆的声音消失后，河水潺潺流动的声音飘了上来。他看到那疯子这时已经站了起来，提着水淋淋的衣服往回走了。疯子走路姿态像是正在操练的士兵。不一会疯子消失了，那一群鹅没有消失，但大多爬到了岸上，在柳树间走来走去。在马哲的视线里时隐时现。他感到鹅的颜色不再像刚才那么白得明亮，开始模糊了。

在他不远处有一幢五层的大楼，他转过身去时看到一些窗户里的灯光正接踵着闪亮了。同时他听到从那些窗户里散出来的声音。声音传到他耳中时已经十分轻微，而且杂乱。但马哲还是分辨出了笑声和歌声。

那是一家工厂的集体宿舍楼。马哲朝它看了很久，然后他像是想起了什么，便离开木桥朝那里走去。

走到马路上，他看到不远处有个孩子正将耳朵贴在一根电线杆上。他从孩子身旁走过去。

"喂！"那孩子叫了一声。

马哲回头望去，此刻孩子已经离开电线杆朝他跑来。马哲马上认出了他，便向他招了招手。

"抓到了吗？"孩子跑到他跟前时这样问。

马哲摇摇头。

孩子不禁失望地埋怨道："你们真笨。"

马哲问他："你怎么在这儿？"

"听声音呀,那电线杆里有一种'嗡嗡'的声音,听起来真不错。"

"你不去河边玩了?"

于是孩子变得垂头丧气,他说:"是爸爸不让我去的。"

马哲像是明白似的点点头。然后拍拍孩子的脑袋,说:"你再去听吧。"

孩子仰起头问:"你不想听吗?"

"不听。"

孩子万分惋惜地走开了,走了几步他突然转过身来说:"你要我帮你抓那家伙吗?"

已经走起来的马哲,听了这话后便停下脚步,他问孩子:"你以前常去河边吗?"

"常去。"孩子点着头,很兴奋地朝他走了过去。

"你看到过什么人吗?"马哲又问。

"看到过。"孩子立刻回答。

"是谁?"

"是一个大人。"

"是男的吗?"

"是的,是一个很好的大人。"孩子此刻开始得意起来。

"是吗?"马哲说。

"有一次他朝我笑了一下。"孩子非常感动地告诉马哲。

马哲继续问:"你知道他住在什么地方吗?"

"当然知道。"孩子用手一指,"就在这幢楼里。"

这幢耸立在不远处的楼房,正是刚才引起马哲注意的楼房。

"我们去找他吧。"马哲说。

两人朝那幢大楼走去,那时天完全黑了,传达室的灯光十分昏暗,一个戴老花眼镜的老头坐在那里。

"你们这幢楼里住了多少人?"马哲上前搭话。

那老头抬起头来看了一会马哲,然后问:"你找谁?"

"找那个常去河边的人。"孩子抢先回答。

"去河边?"老头一愣。他问马哲:"你是哪儿的?"

"他是公安局的。"孩子十分神气地告诉老头。

老头听明白了,他想了想后说:"我不知道谁经常去河边。你们自己去找吧。"

马哲正要转身走的时候,那孩子突然叫了起来:"公安局找你。"马哲看到一个刚从身旁擦身而过的人猛地扭回头来,这人非常年轻,最多二十三岁。

"就是他。"孩子说。

那人朝他俩看了一会,然后走了上去,走到马哲面前时,他几乎是怒气冲冲地问:"你找我?"

马哲感到这声音里有些颤抖,马哲没有回答,只是看着他。

孩子在一旁说:"他要问你为什么常去河边。"孩子说完还问马哲:"是吗?"

马哲依旧没有说话,那人却朝孩子逼近一步,吼道:"我什么时候去河边了?"

吓得孩子赶紧躲到马哲身后。孩子说:"你是去过的。"

"胡说。"那人又吼一声。

"我没有胡说。"孩子可怜地申辩道。

"放你的屁。"那人此刻已经怒不可遏了。

这时马哲开口了,他十分平静地说:"你走吧。"

那人一愣,随后转身就走。马哲觉得他走路时的脚步有点乱。

马哲回过头来问老头:"他叫什么名字?"

老头犹豫了一下,说:"我不知道。"

"真的不知道?"马哲走上一步。

老头又犹豫了起来,结果还是说:"我真不知道。"

马哲看了他一会,然后点点头就走了。孩子追上去,说:"我没有说谎。"

"我知道。"马哲亲切地拍拍他的脑袋。

回到住所,马哲对小李说:"你明天上午去农机厂调查一个年轻人,你就去找他们集体宿舍楼的门卫,那是一个戴眼镜的老头,他会告诉你一切的。"

六

"那是一个很不错的老头。"小李说,"我刚介绍了自己,他马上把所有的情况都告诉了我,仿佛他事先准备过似的。不过他好像很害怕,只要一有人进来他马上就不说了,而且还介绍说我住在不远,是来找他聊天的。但是这老头真不错。"

马哲听到这里不禁微微一笑。

小李继续说:"那人名叫王宏,今年二十二岁,是两年前进厂的。他这人有些孤僻,不太与人交往。他喜欢晚饭后去那河边散步。除了下雨和下雪外,他几乎天天去河边。出事的那天晚上,他是五点半多一点的时候出去,六点钟回来的,他一定去河边了。当八点多时,宿舍里的人听说河边有颗人头都跑去看了,但他没去。门房那老头看到他站在二楼窗口,那时老头还很奇怪他怎么没去。"

王宏在这天下午找上门来了。他一看到马哲就气势汹汹地责问:"你凭什么理由调查我?"

"谁告诉你的?"马哲问。

他听后一愣,然后嘟哝着:"反正你们调查我了。"

马哲说:"你来就是为了说这些?"

他又是一愣,看着马哲有点不知所措。

"那天傍晚你去河边了?"

"是的。"他说,"我不怕你们怀疑我。"

马哲继续说:"你是五点半多一点出去六点钟才回来的,这时间里你在河边?"

"我不怕你们怀疑我。我告诉你,我是天不怕地不怕的。你可以到厂里去打听打听。"

"现在要你回答我。"

他迟疑了一下,然后说:"我先到街上去买了盒香烟,然后去了河边。"

"在河边看到了什么?"

他又迟疑了一下，说道："看到那颗人头。"

"你昨天为何说没去过河边？"

"我讨厌你们。"他叫了起来，"我讨厌你们，你们谁都怀疑，我不想和你们打交道。"

马哲又问："你看到过什么人？"

"看到的。"他说着在椅子上坐下来，"我今天就是来告诉你们的，我看到的只是背影，所以说不准。"他飞快地说出一个姓名和单位，"本来我不想告诉你们，要不说你们就要怀疑我了。尽管我不怕，但我不想和你们打交道。"

马哲点点头，表示知道了他的意思，然后说："你先回去吧，什么时候叫你，你再来。"

七

据了解，王宏所说的那个人在案发的第二天就请了病假，已经近半个月了，仍没上班。从那人病假开始的第一天，他们单位的人就再也没有见到他。

"难道他溜走了？"小李说。

那人住在离老邮政弄有四百米远的杨家弄。他住在一幢旧式楼房的二楼，楼梯里没有电灯，在白天依旧漆黑一团。过道两旁堆满了煤球炉子和木柴。马哲他们很困难地走到了一扇灰色的门前。

开门的是一个三十来岁的男子，他的脸色很苍白，马哲他们要找的正是这人。

他一看到进来的两个人都穿着没有领章的警服，便知道发生了什么。他像是对熟人说话似的说："你们来了？"然后把他们让进屋内，自己在一把椅子上坐了下来。

马哲和小李在他对面坐下。他们觉得他非常虚弱，似乎连呼吸也很费力。

"我等了你们半个月。"他笑笑说，笑得很忧郁。

马哲说："你谈谈那天傍晚的情况。"

他点点头，说："我等了你们半个月。从那天傍晚离开河边后，我就等了。我知道你们这群人都是很精明的，你们一定会来找我的。可你们让我等了半个月，这半个月太漫长了。"说到这里，他又如刚才似的笑了笑。接着又说，"我每时每刻都坐在这里想象着你们进来时的情景，这两天就是做梦也梦见你们来找我了。可你们却让我等了半个月。"他停止说话，埋怨地望着马哲。

马哲他们没有做声，等待着他说下去。

"我天天都在盼着你们来，我真有点受不了。"

"那你为何不来投案？"小李这时插了一句。马哲不由朝小李不满地看了一眼。

"投案？"他想了想，然后又笑了起来。接着摇头说，"有这个必要吗？"

"当然。"小李说。

他垂下头,看起了自己的手,随后抬起头来充满忧伤地说:"我知道你们会这样想的。"

马哲这时说:"你把那天傍晚的情况谈一谈吧。"

于是他摆出一副回忆的样子。他说道:"那天傍晚的河边很宁静,我就去河边走着。我是五点半到河边的。我就沿着河边走,后来就看到了那颗人头。就这些。"

小李莫名其妙地看看马哲,马哲没有一点反应。

"你们不相信我,这我早知道了。"他又忧郁地微笑起来,"谁让我那天去河边了。我是从来不去那个地方的。可那天偏偏去了,又偏偏出了事。这就是天意。"

"既然如此,你就不想解释一下吗?"马哲这时说。

"解释?"他惊讶地看着马哲,然后说,"你们会相信我吗?"

马哲没有回答。

他又摇起了头,说道:"我从来不相信别人会相信我。"

"你当时看到过什么吗?"

"看到一个人,但在我后面,这个人你们已经知道了。就凭他的证词,你们就可以逮捕我。我当时真不应该跑,更不应该转回脸去。但这一切都是天意。"说到这里,他又笑了起来。

"还看到了什么?"马哲继续问。

"没有了,否则就不会是天意了。"

"再想一想。"马哲固执地说。

"想一想。"他开始努力回想起来,很久后他才说,"还看到过另外一个人,当时他正蹲在河边洗衣服。但那是一个疯子。"

他无可奈何地看着马哲。

马哲听后微微一怔,沉默了很久,他才站起来对小李说:"走吧。"

那人惊愕地望着他俩,问:"你们不把我带走了?"

八

那人名叫许亮,今年三十五岁。没有结过婚。似乎也没和任何女孩子有过往来。他唯一的嗜好是钓鱼。邻居说他很孤僻,单位的同事却说他很开朗。有关他的介绍,让马哲觉得是在说两个毫不相关的人。马哲对此并无多大兴趣。他所关心的是根据邻居的回忆,许亮那天是下午四点左右出去的,而许亮自己说是五点半到河边。

"在那一个多小时里,你去了什么地方?"在翌日的下午,马哲传讯了许亮。

"什么地方也没去。"他说。

"那么你是四点左右就去了河边?"马哲问。

"没有。"许亮懒洋洋地说,"我在街上转了好一会。"

"碰到熟人了吗?"

"碰到了一个,然后我和他在街旁人行道上聊天了。"

"那人是谁？"

许亮想了一下，然后说："记不起来了。"

"你刚才说是熟人，可又记不起是谁了。"马哲微微一笑。

"这是很正常的。"他说，"比如你写字时往往会写不出一个你最熟悉的字。"说完他颇有些得意地望着马哲。

"总不会永远记不起吧？"马哲说。

"也很难说。也许我明天就会想起来，也许我永远也想不起来了。"他用一种无所谓的态度说，仿佛这些与他无关似的。

这天马哲让许亮回去了。可是第二天许亮仍说记不起是谁，以后几天他一直这么说。显而易见，在这个细节上他是在撒谎。许亮已经成了这桩案件的重要嫌疑犯。小李觉得可以对他采取行动了。马哲没有同意，因为仅仅只是他在案发的时间里在现场是不够的，还缺少其他的证据。当马哲传讯许亮时，小李他们仔细搜查了他的屋子，没发现任何足以说明问题的证据。而其他的调查也无多大收获。

与此同时，马哲调查了另一名嫌疑犯，那人就是疯子。在疯子这里，他们却得到了意想不到的进展。

当马哲一听说那天傍晚疯子在河边洗衣服时，蓦然怔住了，于是很快联想起了罪犯作案后的奇特现场。当初他似乎有过一个念头，觉得作案的人有些不正常。但他没有深入下去。而后来疯子在河边洗衣服的情节也曾使他惊奇，但他又忽视了。

老邮政弄有两个人曾在案发的那天傍晚五点半到六点之间，看到疯子提着一件水淋淋的衣服走了回来。他们回忆说当初他们以为疯子掉到河里去了，可发现他外裤和衬衣是干的，又惊奇了起来。但他们没在意,因为对疯子的任何古怪举动都不必在意。

"还看到了什么?"马哲问他们。

他们先是说没再看到什么,可后来有一人说他觉得疯子当初另一只手中似乎也提着什么。具体什么他记不起来了,因为当时的注意力被那件水淋淋的衣服吸引了过去。

"你能谈谈印象吗?"马哲说。

可那人怎么说也说不清楚,只能说出大概的形状和大小。

马哲蓦然想起什么,他问:"是不是像一把柴刀?"

那人听后眼睛一亮:"像。"

关于疯子提着水淋淋的衣服,老邮政弄的人此后几乎天天傍晚都看到。据他们说,在案发以前,疯子是从未有过这种举动的。而且在案发的那天下午,别人还看到疯子在幺四婆婆走后不久,也往河边的方向走去。身上穿的衣服正是这些日子天天提在他手中的水淋淋的衣服。

于是马哲决定搜查疯子的房间。在他那凌乱不堪的屋内,他们找到了幺四婆婆那把遗失的柴刀。上面沾满血迹。经过化验,柴刀上血迹的血型与幺四婆婆的血型一致。

接下去要做的事是尽快找到幺四婆婆生前积下的那笔钱。"我要排除抢劫杀人的可能性。"马哲说,看来马哲在心里已经认定罪犯是疯子了。

然而一个星期下来,尽管所有该考虑的地方都寻找过了,可还是没有找到那笔钱。马哲不禁有些急躁,同时他觉得难以找到了。尽管案件尚留下一个疑点,但马哲为了不让此案拖得过久,便断然认为幺四婆婆将钱藏在一个不为人知的地方,而决定逮捕疯子了。

当马哲决心已下后,小李却显得犹豫不决,他问马哲:"逮捕谁?"

马哲仿佛一下子没有明白这话是什么意思。

"可是,"小李说,"那是个疯子。"

马哲没有说话,慢慢走到窗口。这二楼的窗口正好对着大街。他看到不远处围着一群人,周围停满了自行车,两边的人都无法走过去了。中间那疯子正舒舒服服躺在马路上。因为交通被阻塞,两边的行人都怒气冲冲,可他们无可奈何。

第二章

一

河水一直在流着,秋天已经走进了最后的日子。两岸的柳树开始苍老,天空仍如从前一样明净,可天空下的田野却显得有些凄凉。几只麻雀在草丛里踱来踱去,青草茁壮成长,在河两旁迎风起舞。

有一行人来到了河边。

"后来才知道是一个疯子干的。"有人这么说。显然他是在说那桩凶杀案,而他的听众大概是异乡来的吧。

"就是我们刚才看到的那个疯子。"那人继续说。

"就是一看到你就吓得乱叫乱跑的那个疯子?"他们中间一人问。

"是的,因为他是个疯子,公安局的人对他也就没有办法,所以把他交给我们了。我用绳子捆了他一个星期,从此他一看到我就十分害怕。"

此刻他们已经走到了小河转弯处,那人说:"到了,就在那个地方,放着一颗人头。"

他们沿着转弯的小河也转了过去。"这地方真不错。"有一人这么说。

那人回过头去笑笑,然后用手一指说:"就在这里,有颗人头。"他刚一说完马上就愣住了。随即有一个女子的声音哨子般惊叫起来,而其他的人都吓得目瞪口呆。

二

马哲站在那小小的坟堆旁,那颗人头已经被取走,尸体也让人抬走了。暴露在马哲眼前的是一个浅浅的坑,他看到那翻出来的泥土是灰红色的,上面有几块不规则的血块,一只死者的黑色皮鞋被扔在坑边,皮鞋上也有血迹,皮鞋倒躺在那里,皮鞋与马哲脚上穿的皮鞋一模一样。

马哲看了一会后,朝河边走去了,此刻中午的阳光投射在河面上,河面像一块绸布般熠熠生辉。他想起了那一群鹅,若此刻鹅群正在水面上移动,那将是怎样一幅景象?他朝四周望去,感到眼睛里一片空白,因为鹅群没有出现在他的视线中。

"那疯子已经关起来了。"马哲身旁一个人说,"我们一得到报告,马上就去把疯子关起来,并且搜了他的房间,搜到了一把柴刀,上面沾满血迹。"

在案发的当天中午,曾有两人看到疯子提着一件水淋淋的衣服走回来,但他们事后都说没在意。

"为什么没送他去精神病医院?"马哲这时转过身去问。

"本来是准备送他去的,可后来……"那人犹豫了一下,又说,"后来就再没人提起了。"

马哲点点头,离开了河边。那人跟在后面,继续说:"谁会料到他还会杀人。大家都觉得他不太会……"他发现马哲已经不在听了,便停止不说。

在一间屋子的窗口,马哲又看到了那个疯子。疯子那时正自言自语地坐在地上,裤子解开着,手伸进去像是捉跳蚤似的十分专心。捉了一阵,像是捉到了一只,于是他放进嘴里津津有味地咀嚼起来。这时他看到了窗外的马哲,就乐呵呵地傻笑起来。

马哲看了一会,然后转过脸去。他突然吼道:"为什么不把他捆起来?"

三

死者今年三十五岁，职业是工人。据法医验定，凶手是从颈后用柴刀砍下去的，与幺四婆婆的死状完全一致，而疯子屋里找到的那把柴刀上的血迹，经过化验也与死者的血型一致。那疯子被绳子捆了两天后，便让人送到离此不远的一家精神病医院去了。

"死者是今年才结婚的，他妻子比他小三岁。"小李说，"而且已经怀孕了。"

死者的妻子坐在马哲对面，她脸色苍白，双手轻轻搁在微微隆起的腹部。她的目光在屋内游来游去。

此刻是在死者家中，而在离此二里路的火化场里，正进行着死者的葬礼。家中的一切摆设都让人觉得像阳光一样新鲜。

"我们都三十多岁了，我觉得没必要把房间布置成这样。可他一定要这样布置。"她对马哲说，那声音让人觉得她似乎有些不好意思。

也不知是什么原因，在下午就要离开这里的时候，马哲突然想去看望一下死者的妻子。于是他就坐到这里来了。

"结果结婚那天，他们一进屋就都惊叫了起来，他们都笑我们俩，那天你没有来吧？"

马哲微微一怔。她此刻正询问似的看着他，他一时间不知该如何回答。

她仔细看了一会马哲,然后说:"你是没有来。那天来的人很多,但我都记得。我没有看到你。"

"我是没有来。"马哲说。

"你为什么不来呢?"她惊讶地问。

这话让马哲也惊讶起来。他有点不知所措地看着她。

"你应该来。"她将目光移开,轻轻地埋怨道。

"可是……"马哲想说他不知道他们的婚事,但一开口又犹豫起来。他想了想后才说:"我那天出差了。"他心想,我与你们可是素不相识。

她听后十分遗憾地说:"真可惜,你不来真可惜。"

"我很后悔。"马哲说,"要是当初不去出差,我就能参加你们的婚礼了。"

她同情地望着马哲,看了很久才认真地点点头。

"那天他喝了很多酒,一到家就吐了。"她说着扭过头去在屋内寻找着什么,找了一会才用手朝放着彩电的地方一指,"就吐在那里,吐了一大摊。"她用手比划着。

马哲点了点头。

"你也听说了?"她略略有些兴奋地问。

"是的。"马哲回答,"我也听说了。"

她不禁微微一笑,接着继续问:"你是听谁说的?"

"很多人都这么说。"马哲低声说道。

"是吗?"她有些惊讶,"他们还说了些什么?"

"没有了。"马哲摇摇头。

"真的没有说什么？"她仍然充满希望地问道。

"没有。"

她不再说话，扭过头去看着她丈夫曾经呕吐的地方，她脸上出现了羞涩的笑意。接着她回过头来问马哲："他们没有告诉你我们咬苹果的事？"

"没有。"

于是她的目光又在屋内搜寻起来，随后她指着那吊灯说："就在那里。"

马哲仰起头，看到了那如莲花盛开般的茶色吊灯。吊灯上还荡着短短的一截白线。

"线还在那里呢。"她说，"不过当时要长多了，是后来被我扯断的。他们就在那里挂了一只苹果，让我们同时咬。"说到这里，她朝马哲微微一笑，"我丈夫刚刚呕吐完，可他们还是不肯放过他，一定要让他咬。"接着她陷入了沉思之中，那苍白的脸色开始微微有些泛红。

这时马哲听到楼下杂乱的脚步声。那声音开始沿着楼梯爬上来，他知道死者的葬礼已经结束，送葬的人回来了。

她也听到了那声音。起先没注意，随后她皱起眉头仔细听了起来。接着她脸上的神色起了急剧的变化，她仿佛正在慢慢记起一桩被遗忘多年的什么事。

马哲这时悄悄站了起来，当他走到门口时，迎面看到了一只被捧在手中的骨灰盒。他便侧身让他们一个一个走了进去。然后他才慢慢地走下楼，直到来到大街上时，他仍然没有听到他以为要听到的那撕心裂肺的哭喊声。

当走到码头时,他看到小李从汽艇里跳上岸,朝他走来。

"你还记得那个叫许亮的人吗?"小李这样问。

"怎么了?"马哲立刻警觉起来。

"他自杀了。"

"什么时候?"马哲一惊。

"就在昨天。"

四

发现许亮自杀的,是一个二十五六岁的年轻人。

"我是许亮的朋友。"他说。他似乎很不愿意到这里来。

"我是昨天上午去他家的,因为前一天我们约好了一起去钓鱼,所以我就去了。我一脚踢开了他的房门。我每次去从不敲门,因为他告诉我他的门锁坏了,只要踢一脚就行了。他自己也已有两年不用钥匙了。他这办法不错。现在我也不用钥匙,这样很方便。而且也很简单,只要经常踢,门锁就坏了。"说到这里,他问马哲:"我说到什么地方了?"

"你踢开了门。"马哲说。

"然后我就走了进去,他还躺在床上睡觉。睡得像死人一样。我就去拍拍他的屁股,可他没理我。然后我去拉他的耳朵,大声叫着他的名字，可他像死人一样。我从来没有见过睡得这么死的人。"他说到这里仿佛很累似的休息了一会，接着又说，"然后我看到床头柜上有两瓶安眠酮，一瓶还没有开封，一瓶只剩下不多了。于是我就怀疑他是不是自杀。但我拿不准，便去把他的邻居叫进来，让他们看看，结果他们全惊慌失措地大叫起来。完了。"他如释重负般地舒了口气，随后又低声嘟哝道，"自杀有什么好大惊小怪的。"

然后他站起来准备走了，但他看到马哲依旧坐着，不禁心烦地问："你还要知道点什么？"

马哲用手一指，请他重新在椅子上坐下，随后问："你认识许亮多久了？"

"不知道。"他恼火地说。

"这可能吗？"

"这不可能。"他说，"但问题是这很麻烦，因为要回忆，而回忆实在太麻烦。"

"你是怎样和他成为朋友的？"马哲问。

"我们常在一起钓鱼。"说到钓鱼他开始有些高兴了。

"他给你什么印象？"马哲继续问。

"没印象，"他说，"他又不是什么英雄人物。"

"你谈谈吧。"

"我说过了没印象。"他很不高兴地说。

"随便谈谈。"

"是不是现在自杀也归公安局管了？"他恼火地问。

马哲没有回答，而是摆出一副认真听讲的样子。

"好吧。"他无可奈何地说,"他这个人……"他皱起眉头开始想了,"他总把别人的事想成自己的事。常常是我钓上来的鱼,可他却总说是他钓上来的。反正我也无所谓是谁钓上的。他和你说过他曾经怎样钓上来一条三十多斤的草鱼吗?"

"没有。"

"可他常这么对我说,而且还绘声绘色。其实那鱼是我钓上的,他所说的是我的事。可是这和他的自杀有什么关系呢?他的自杀和你们又有什么关系?"他终于发火了。

"他为什么要自杀?"马哲突然这样问。

他一愣,然后说:"我怎么知道。"

"你的看法呢?"马哲进一步问。

"我没有看法。"他说着站起来就准备走了。

"别走。"马哲说,"他自杀与疯子杀人有关吗?"

"你别老纠缠我。"他对马哲说,"我对这种事讨厌,你知道吗?"

"你回答了再走。"

"有关又怎样?"他非常恼火地重新在椅子上坐下,"你们既然已经知道了,为什么还要问我?"

"你说吧。"马哲说。

"好吧。"他怨气冲冲地说,"那个么四婆婆死时,他找过我,要我出来证明一下,那天傍晚曾在什么地方和他聊天聊了一小时,但我不愿意。那天我没有见过他,根本不会和他聊天。我不愿意是这种事情太麻烦。"他朝马哲看看,又说,"我当时就怀疑么四婆婆是他杀的,要不他怎么会那样。"他又朝马哲看看看,"现在说出来也无所谓了,反正他不想活了。他想自杀,尽管没有成功,可他已经不想活了。你们可以把他抓起来,在这个地方。"他用手指着太阳穴,"给他一枪,一枪就成全他了。"

五

当马哲和小李走进病房时,许亮正半躺在床上,他说:"我知道你们会来找我的。"仍然是这句话。

"我们是来探望你的。"马哲说着在病床旁一把椅子上坐下,小李便坐在了床沿上。

许亮已经骨瘦如柴,而且眼窝深陷。他躺在病床上,像是一副骨骼躺在那里。尽管他说话的语气仍如从前,可那神态与昔日相比简直判若两人。

"怎么办呢?"他自言自语地说着,两眼茫然地望着马哲。

"你有什么话就说吧。"马哲说。

许亮点点头,他说:"我知道你们要来找我的,我知道自己随便怎样也逃脱不掉了。上次你们放过我,这次你们一定不会放过我的。所以我就准备……"他暂停说话,吃力地喘了几口气,"这一天迟早都要到来的,我想了很久,想到与其让一颗子弹打掉半个脑壳,还不如吃安眠酮睡过去永远不醒。"说到这里他竟得意地笑了笑，随后又垂头丧气起来，"可是没想到我又醒了过来，这些该死的医生，把我折腾得好苦。"他恶狠狠低声骂了一句。"但是也怪自己，"他立刻又责备自己了，"我不想死得太痛苦。所以我就先吃了四片，等到药性上来后，再赶紧去吃，可是已经来不及了。我吞下了大半瓶后就不知道自己了，我就睡死过去了。"他说到这里竟滑稽地朝马哲做了个鬼脸，接着他又哭丧着脸说，"可是谁想到还是让你们找到了。"

"那么说，你前天中午也在河边？"小李突然问。

"是的。"他无力地点点头。

小李用眼睛向马哲暗示了一下，但马哲没有理会。

"自从那次去河边过后，我就再也没有去过，但后来越想越觉得不对劲。我怕自己要是不再去河边，你们会怀疑我的。"他朝马哲狡猾地笑笑，"我知道你们始终没有放弃对我的怀疑，我觉得你们真正怀疑的不是疯子，而是我。你们那么做无非是想让我放松警惕。"他脸上又出现了得意的神色，仿佛看破了马哲的心事。"因此我就必须去河边走走，于是我又看到了一颗人头。"他悲哀地望着马哲。

"然后你又看到了那个疯子在河边洗衣服？"小李问。

"是的。"他说，然后苦笑了。

"你就两次去过河边？"

他木然地点点头。

"而且两次都看到了人头？"小李继续问。

这次他没有什么表示，只是迷惑地看着小李。

"这种可能存在吗？会有人相信吗？"小李问道。

他朝小李亲切地一笑，说："就连我自己都不会相信。"

"我认为……"小李在屋内站着说话，马哲坐在椅子里。局里的汽艇还得过一小时才到，他们得在一小时以后才能离开这里。"我认为我们不能马上就走。许亮的问题还没调查清楚。幺四婆婆案件里还有一个疑点没有澄清。而且在两次案发的时间里，许亮都在现场。用偶然性来解释这些显然是不能使人信服的，我觉得许亮非常可疑。"

马哲没有去看小李，而是将目光投到窗外，窗外有几片树叶在摇曳，马哲便判断着风是从哪个方向吹来的。

"我怀疑许亮参与了凶杀。我认为这是一桩非常奇特的案件。一个正常人和一个疯子共同制造了这桩凶杀案。这里有两种可能性：一是整个凶杀过程以疯子为主，许亮在一旁望风和帮助。二是许亮没有动手，而是教唆疯子，他离得较远，一旦被人发现他就可以装出大叫大喊的样子。但这两种可能都是次要的，作为许亮，他作案的目的是抢走幺四婆婆身上的钱。"

马哲这时转过头来了，仿佛他开始听讲。

"而作案后他很可能参与了现场布置，他以为这奇特的现场会转移我们的注意。因为正常人显然是不会这样布置现场的。案发后他又寻求别人作伪证。"

马哲此刻脸上的神色认真起来了。

"第二起案发时这两人又在一起。显然许亮不能用第一次方法来蒙骗我们了，于是他假装自杀，自杀前特意约人第二天一早叫他,说是去钓鱼。而自杀的时间是在后半夜,这是他告诉医生的,并且只吃了大半瓶安眠酮,一般决心自杀的人是不会这样的。他最狡猾的是主动说出第二次案发时他也在河边,这是他比别的罪犯高明之处,然后他装着害怕的样子而去自杀。"

这时马哲开口了,他说:"但是许亮在第二起案发时不在河边,而在自己家中,他的邻居看到他在家中。"

小李惊愕地看着马哲,许久他才喃喃地问:"你去调查过了?"

马哲点点头。

"可是他为什么说去过河边?"小李感到迷惑。

马哲没有回答,他非常疲倦地站了起来,对小李说:"该去码头了。"

六

两年以后,幺四婆婆那间屋子才住了人。当那人走进房屋时,发现墙角有一堆被老鼠咬碎的麻绳,而房梁上还挂着一截麻绳,接着他又在那碎麻绳里发现了同样被咬碎的钞票。于是幺四婆婆一案中最后遗留的疑点才算澄清。幺四婆婆把钱折成细细一条编入麻绳,这是别人根本无法想到的。

也是在这个时候，疯子回来了。疯子在精神病医院待了两年。他尝尽了电疗的痛苦，出院时已经憔悴不堪。因为疯子一进院就殴打医生，所以他在这两年里接受电疗的次数已经超出了他的生理负担。在最后的半年里，他已经卧床不起。于是院方便通知镇里，让他们把疯子领回去。他们觉得疯子已经不会活得太久了，他们不愿让疯子死在医院里。而此刻镇里正在为疯子住院的费用发愁，本来镇上的民政资金就不多，疯子一住院就是两年，实在使他们发愁，因此在此时接到这个通知，不由让他们松了一口气。

疯子是躺在担架上被人抬进老邮政弄的，此前，镇里已经派人将他的住所打扫干净。

疯子被抬进老邮政弄时，很多人围上去看。看到这么多的人围上来，躺在担架里的疯子便缩成了一团，惊恐地低叫起来。那声音像鸭子似的。

此后疯子一直躺在屋内，由居委会的人每日给他送吃的去。那些日子里，弄里的孩子常常扒在窗口看疯子。于是老邮政弄的人便知道什么时候疯子开始坐起来，什么时候又能站起来走路。一个多月后，疯子竟然来到了屋外，坐在门口地上晒太阳，尽管是初秋季节，可疯子坐在门口总是瑟瑟打抖。

当疯子被抬进老邮政弄时，似乎奄奄一息，没想到这么快他又恢复了起来。而且不久后他不再怕冷，开始走来走去，有时竟又走到街上去站着了。

后来有人又在弄口看到疯子提着一件水淋淋的衣服走了过来。起先他没在意，可随即心里一怔，然后他看到疯子另一只手里正拿着一把沾满血迹的柴刀,不禁毛骨悚然。

许亮敲开了邻居的房门,让他的邻居一怔。这个从来不和他们说话的人居然站到他们门口来了。

许亮站在门口,随便他们怎么邀请也不愿进去。他似笑似哭地对他们说:"我下午去河边了,本来我发誓再也不去河边,可我今天下午又去了。"

疯子又行凶杀人的消息是在傍晚的时候传遍全镇的。此刻他们正在谈论这桩事,疯子三次行凶已经使镇上所有的人震惊不已。许亮就是在这个时候出现在他们面前的。听了许亮的话,他们莫名其妙。因为他们看到许亮整个下午都在家。

"我也不知道自己怎么又到河边去了。"许亮呆呆地说。既是对他们说,又像是自言自语。

"可是你下午不是在家吗?"

"我下午在家?"许亮惊讶地问,"你们看到我在家?"

他们互相看看,不知该如何回答。

于是许亮脸上的神情立刻黯了下去。他摇着头说:"不,我下午去河边了。我已经发誓不去那里,可我下午又去了。"他痛苦地望着他们。

他们面面相觑。

"我又看到了一颗人头。"说到这里,许亮突然笑了起来,"我又看到了一颗人头。"

"可是你下午不是在家吗?"他们越发觉得莫名其妙。

"而且我又看到,"他神秘地说,"我又看到那个疯子在洗衣服了。"

他们此刻目瞪口呆了。

许亮这时十分愉快地嬉笑起来,然而随即他又立刻收起笑容像是想起了什么,茫然地望着他们,接着转身走开了。不一会他们听到许亮敲另一扇门的声音。

马哲又来到了河边,不知为何他竟然又想起了那群鹅。他想象着它们在河面上游动时那像船一样庄重的姿态。他现在什么都不愿去想,就想那一群鹅,他正努力回想着当初凌晨一脚踩进鹅群时的情景,于是他仿佛又听到了鹅群因为惊慌发出的叫声。

此刻现场已经被整理过了,但马哲仍不愿朝那里望。那地方叫他心里恶心。

这次被害的是个孩子。马哲只是朝那颗小小的头颅望了一眼就走开了。小李他们走了上去。不知为何马哲突然发火了,他对镇上派出所的民警吼道:"为什么要把现场保护起来?"

"这……"民警不知所措地看着马哲。

马哲的吼声使小李有些不解,他转过脸去迷惑地望着马哲。这时马哲已经沿着河边走了过去。那民警跟在后面。

走了一会,马哲才平静地问民警:"那群鹅呢?"

"什么?"民警一时没有反应过来。

"幺四婆婆养的那些鹅。"

"不知道。"民警回答。

马哲听后若有所思地点了点头。

这天晚上,小李告诉马哲,被害者就是发现幺四婆婆人头的那个孩子。

马哲听后呆了半天,然后才说:"他父亲不是不准他去河边了吗?"

小李又说:"许亮死了,是自杀的。"

"可是那孩子为什么要去河边呢?"马哲自言自语,随即他惊愕地问小李,"许亮死了?"

第三章

一

那是一个夏日之夜,月光如细雨般掉落下来。街道在梧桐树的阴影里躺着,很多人在上面走着,发出的声音很零乱,夏夜的凉风正在吹来又吹去。

那个时候他正从一条弄堂里走了出来,他正站在弄堂口犹豫着。他在想着应该往左边走呢还是往右边走。因为往左边或者右边走对他来说都是一样,所以他犹豫着但他犹豫的时候心里没感到烦躁,因为他的眼睛没在犹豫,他的眼睛在街道上飘来飘去。因此渐渐地他也就不去考虑该往何处走了，他只是为了出来才走到弄口的，现在他已经出来了也就没必要烦躁不安。他本来就没打算去谁的家，也就是说他本来就没有什么固定的目标。他只是因为夏夜的诱惑才出来的，他知道现在去朋友的家也是白去，那些朋友一定都在外面走着。

所以他在弄口站着时，就感到自己与走时一样。这种感觉是旁人的走动带给他的。他此刻正心情舒畅如欣赏电影广告似的，欣赏着女孩子身上裙子的飘动，她们身上各种香味就像她们长长的头发一样在他面前飘过。而她们的声音则在他的耳朵里优美地旋转，旋得他如醉如痴。

从他面前走过的人中间，也有他认识的，但不是他的朋友。他们有的就那么走了过去，有的却与他点头打个招呼，但他们没邀请他，所以他也不想加入进去。他正想他的朋友们也会从他面前经过，于是一方面盼着他们，一方面又并不那么希望他们出现。因为他此刻越站越自在了。

这个时候他看到有一个人有气无力地走了过来，那人不是在街道中间走，而是贴着人行道旁的围墙走了过来。大概是为了换换口味，他就对那人感兴趣了，他感到那人有些古怪，尤其是那人身上穿的衣服让他觉得从未见过。

那人已经走到了他跟前，看到他正仔细打量着自己，那人脸上露出了奇特的笑容，然后笑声也响了起来，那笑声断断续续、时高时低，十分刺耳。

他起先一愣，觉得这人似乎有些不正常，所以也就转回过脸去继续往街道上看。可是随即他又想起了什么，便立刻扭回头去，那人已经走了几步远了。

他似乎开始想起了什么，紧接着他猛地蹿到了街道中间，随即朝着和那人相反的方向跑了起来，边跑边声嘶力竭地喊："那疯子又回来了。"

正在街上走着的那些人都被他的叫声搞得莫名其妙，便停下脚步看着他。然而当听清了他的叫声后，他们不禁毛骨悚然，互相询问着同时四处打量，担心那疯子就在身后什么地方站着。

他跑出了二十多米远，才慢慢停下来，然后气喘吁吁又惊恐不已地对周围的人说："那杀人的疯子又回来了。"

这时他听到远处有一个声音飘过来，那声音也在喊着疯子回来了。起先他还以为是自己刚才那叫声的回音，但随即他听出了是另一个人在喊叫。

二

马哲是在第二天知道这个消息的，当时他呆呆地坐了半天，随后走到隔壁房间去给妻子挂了个电话，告诉她今晚可能不回家了。妻子在电话里迟疑了片刻，才说声知道。

那时小李正坐在他对面，不禁抬起头来问："又有什么情况？"

"没有。"马哲说着把电话搁下。

两小时后，马哲已经走在那小镇的街上了，他没有坐局里的汽艇，而是坐小客轮去的。当他走上码头时，马上就有人认出了他。有几个人迎上去告诉他："那疯子又回来了。"他点点头表示已经知道。

"但是谁都没有看到他。"

听了这话，马哲不禁站住了。

"昨晚上大家叫了一夜，谁都没睡好。可是今天早晨互相一问，大家都说没见到。"那人有些疲倦地说。

马哲不由皱了一下眉，然后他继续往前走。

街上十分拥挤，马哲走去时又有几个人围上去告诉他昨晚的情景，大家都没见到疯子，难道是一场虚惊？

当他坐在小客轮里时，曾想象在老邮政弄疯子住所前围满着人的情景。可当他走进老邮政弄时，看到的却是与往常一样的情景。弄里十分安静，只有几位老太太在生煤球炉，煤烟在弄堂里弥漫着。此刻是下午两点半的时候。

一个老太太走上去对他说："昨晚上不知是哪个该死的在乱叫疯子回来了。"

马哲一直走到疯子的住所前，那窗上没有玻璃，糊着一层塑料纸，塑料纸上已经积了厚厚一层灰尘。马哲在那里转悠了一会，然后朝弄口走去。

来到街上他看到派出所的一个民警正走过来，他想逃避已经来不及了，因为民警叫着他的名字走了上来。

"你来了？"民警笑着说。

马哲点了点头。

"你知道吗？昨晚上大家虚惊一场。说是疯子又回来了，结果到今天才知道是一场恶作剧。我们找到了那个昨晚在街上乱叫的人，可他也说是听别人说的。"

"我听说了。"马哲说。

然后那民警问："你来有事吗？"

马哲迟疑了一下，说："有一点私事。"

"要我帮忙吗？"民警热情地说。

"已经办好了，我这就回去。"马哲说。

"可是下一班船要三点半才开，还是到所里去坐坐吧。"

"不，"马哲急忙摇了摇手，说，"我还有别的事。"然后就走开了。

几分钟以后，马哲已经来到了河边。河边一如过去那么安静，马哲也如过去一样沿着河边慢慢走去。

此刻阳光正在河面上无声地闪耀，没有风，于是那长长倒垂的柳树像是布景一样。河水因为流动发出了掀动的声音。马哲看到远处那座木桥像是一座破旧的城门。有两个孩子坐在桥上，脚在桥下晃荡着，他们手中各拿着一根钓鱼竿。

没多久，马哲就来到了小河转弯处，这是一条死河，它是那条繁忙的河流的支流。这里幽静无比。走到这里时，马哲站住脚仔细听起来。他听到了轻微却快速的说话声。于是他走了过去。

疯子正坐在那里，身上穿着精神病医院的病号服。他此刻正十分舒畅地靠在一棵树上,嘴里自言自语。他坐的那地方正是他三次作案的现场。

马哲看到疯子,不禁微微一笑,他说:"我知道你在这里。"

疯子没有搭理,继续自言自语,随即他像是愤怒似的大叫大嚷起来。

马哲在离他五米远的地方站住。然后扭过头去看看那条河和河那边的田野接着又朝那座木桥望了一会,那两个孩子仍然坐在桥上。当他回过头来时,那疯子已经停止说话,正朝马哲痴呆地笑着。马哲便报以亲切一笑,然后掏出手枪对准疯子的脑袋。他扣动了扳机。

三

"你疯啦?"局长听后失声惊叫起来。

"没有。"马哲平静地说。

马哲是在三点钟的时候离开河边的。他在疯子的尸体旁站了一会,犹豫着怎样处理他。然后他还是决定走开,走开时他看到远处木桥上的两个孩子依旧坐着,他们肯定听到了刚才那一声枪响,但他们没注意。马哲感到很满意。十分钟后,他已经走进了镇上的派出所。刚才那个民警正坐在门口。看着斜对面买香蕉的人而打发着时间。当他看到马哲时不禁兴奋地站了起来,问:"办完了?"

"办完了。"马哲说着在门口另一把椅子上坐了下来。这时他感到口干舌燥,便向民警要一杯凉水。

"泡一杯绿茶吧。"民警说。

马哲摇摇头,说:"就来杯凉水。"

于是民警进屋去拿了一杯凉水,马哲一口气喝了下去。

"还要吗?"民警问。

"不要了。"马哲说。然后他眯着眼睛看他们买香蕉。

"这些香蕉是从上海贩过来的。"民警向马哲介绍。

马哲朝那里看了一会,也走上去买了几斤。他走回来时,民警说:"在船里吃吧?"他点点头。

然后马哲看看表,觉得时间差不多了,便对民警说:"疯子在河边。"

那民警一惊。

"他已经死了。"

"死了?"

"是被我打死的。"马哲说。

民警目瞪口呆,然后才明白似的说:"你别开玩笑。"

但是马哲已经走了。

现在马哲就坐在局长对面,那支手枪放在桌子上。当马哲来到局里时,已经下班了,但局长还在。起先局长也以为他在开玩笑,然而当确信其事后局长勃然大怒了。

"你怎么干这种蠢事?"

"因为法律对他无可奈何。"马哲说。

"可是法律对你是有力的。"局长几乎喊了起来。

"我不考虑这些。"马哲依旧十分平静地说。

"但你总该为自己想一想。"局长此刻已经坐不住了,他烦躁地在屋内走来走去。

马哲像是看陌生人似的看着他,仿佛没有听懂他的话。

"可你为什么不这样想呢?"

"我也不知道。"马哲说。

局长不禁叹了口气,然后又在椅子上坐下来。他难过地问马哲:"现在怎么办呢?"

马哲说:"把我送到拘留所吧。"

局长想了一下,说:"你就在我办公室待着吧。"他用手指一指那折叠钢丝床,"就这样睡吧,我去把你妻子叫来。"

马哲摇摇头,说:"你这样太冒险了。"

"冒险的是你,而不是我。"局长吼道。

四

妻子进来的时候,刚好有一抹霞光从门外掉了进去。那时马哲正坐在钢丝床上,他没有去想已经发生的那些事,也没想眼下的事。他只是感到心里空荡荡的,所以他竟没听到妻子走进来的脚步声。

是那边街道上有几个孩子唱歌的声音使他猛然抬起头来,于是他看到妻子就站在身旁。他便站起来,他想对她表示一点什么,可他重又坐了下去。

她就将一把椅子拖过来,面对着他坐下。她双手放在腿上,这个坐姿是他很熟悉的,他不禁微微一笑。

"这一天终于来了。"她说。同时如释重负似的松了口气。

马哲将被子拉过来放在背后,他身体靠上去时感到很舒服。于是他就那么靠着,像欣赏一幅画一样看着她。

"从此以后,你就不再会半夜三更让人叫走,你也不会时常离家了。"她脸上露出了心满意足的神色。

她继续说:"尽管你那一枪打得真蠢,但我还是很高兴,我以后再也不必为你担忧了,因为你已经不可能再干这一行。"

马哲转过脸去望着门外,他似乎想思索一些什么,可脑子里依旧空荡荡的。

"就是你要负法律责任了。"她忧伤地说,但她很快又说,"可我想不会判得太重的,最多两年吧。"

他又将头转回来,继续望着他的妻子。

"可我要等你两年。"她忧郁地说,"两年时间说短也短,可说长也真够长的。"

他感到有些疲倦了,便微微闭上眼睛。妻子的声音仍在耳边响着,那声音让他觉得有点像河水流动时的声音。

五

医生是一个五十多岁的男子,他有着一双忧心忡忡的眼睛。他从门外走进来时仿佛让人觉得他心情沉重。马哲看着他,心想这就是精神病医院的医生。

昨天这时候,局长对马哲说:"我们为你找到了一条出路,明天精神病医生就要来为你诊断,你只要说些颠三倒四的话就行了。"

马哲似听非听地望着局长。

"还不明白?只要能证明你有点精神失常,你就没事了。"

现在医生来了,并在他对面坐了下来,局长和妻子坐在他身旁。他感到他俩正紧张地看着自己,心里觉得很滑稽。医生也在看着他,医生的目光很忧郁,仿佛他有什么不快要向马哲倾吐似的。

"你是哪一年出生的?"

他看到医生的嘴唇嚅动了一下,然后有一种声音飘了过来。

"你哪一年出生的?"医生重新问了一句。

他听清了,便回答:"五一年。"

"姓名?"

"马哲。"

"性别?"

"男。"

马哲觉得这种对话有点可笑。

"工作单位?"

"公安局。"

"职务?"

"刑警队长。"

尽管他没有朝局长和妻子看,但他也已经知道了他们此刻的神态。他们此刻准是惊讶地望着他。他不愿去看他们。

"你什么时候结婚的?"医生的声音越来越忧郁。

"八一年。"

"你妻子是谁?"

他说出了妻子的名字,这时他才朝她看了一眼,看到她正怔怔地望着自己。他不用去看局长,也知道他现在的表情了。

"你有孩子吗?"

"没有。"他回答,但他对这种对话已经感到厌烦了。

"你哪一年参加工作的?"

马哲这时说:"我告诉你,我很正常。"

医生没理睬,继续问:"你哪一年出生的?"

"你刚才已经问过了。"马哲不耐烦地回答。

于是医生便站了起来,当医生站起来时,马哲看到局长已经走到门口了,他扭过头去看妻子,她这时正凄凉地望着自己。

六

　　医生已经是第四次来了。医生每一次来时脸上的表情都像第一次,而且每一次都是问着同样的问题。第二次马哲忍着不向他发火,而第三次马哲对他的问话不予理睬。可他又来了。

　　妻子和局长所有的话,都使马哲无动于衷。只有这个医生使他心里很不自在。当医生迈着沉重的脚步,忧心忡忡地在他对面坐下来时,他立刻垂头丧气了。他试图从医生身上找出一些不同于前三次的东西。可医生居然与第一次来时一模一样的神态。这使马哲感到焦躁不安起来。

　　"你哪一年出生的?"

　　又是这样的声音,无论是节奏还是音调都与前三次无异。这声音让马哲觉得连呼吸都有些困难。

　　"你哪一年出生的?"医生又问。

　　这声音在折磨着他。他无力地望了望自己的妻子。她正鼓励地看着他。局长坐在妻子身旁,局长此刻正望着窗外。他感到再也无法忍受了,他觉得自己要吼叫了。

　　"八一年。"马哲回答。

　　随即马哲让自己的回答吃了一惊。但不知为何他竟感到如释重负一样轻松起来。于是他长长地舒了一口气。

　　医生继续问:"姓名?"

　　马哲立刻回答了妻子的姓名。随后向妻子望去。他看到她因高兴和激动眼中已经潮湿。而局长此刻正转回脸来，满意地注视着他。

"工作单位？"

马哲迟疑了一下，接着说："公安局。"随后立即朝局长和妻子望去，他发现他俩明显地紧张了起来，于是他对自己回答的效果感到很满意。

"职务？"

马哲回答之前又朝他们望了望，他们此刻越发紧张了。于是他说："局长。"说完他看到他俩全松了口气。

"你什么时候结婚的？"

马哲想了想，然后说："我还没有孩子。"

"你有孩子吗？"医生像是机器似的问。

"我还没结婚。"马哲回答，他感到这样回答非常有趣。

医生便站起来，表示已经完了。他说："让他住院吧。"

马哲看到妻子和局长都目瞪口呆了，他们是绝对没有料到这一步的。

"让我去精神病医院？"马哲心想，随后他不禁咻咻笑起来，笑声越来越响，不一会他哈哈大笑了。他边笑边断断续续地说："真有意思啊。"

一九八七年五月二十日

一九八六年

多年前，一个循规蹈矩的中学历史教师突然失踪，扔下了年轻的妻子和三岁的女儿。从此他销声匿迹了。经过了动荡不安的几年，他的妻子内心也就风平浪静。于是在一个枯燥的星期天里她改嫁他人，女儿也换了姓名。那是因为女儿原先的姓名与过去紧密相连。然后又过了十多年，如今她们离那段苦难越来越远了，她们平静地生活。那往事已经烟消云散无法唤回。

当时突然失踪的人不只是她丈夫一个。但是"文革"结束以后，一些失踪者的家属陆续得到了亲人的确切消息，尽管得到的都是死讯。唯有她一直没有得到。她只是听说丈夫在被抓去的那个夜晚突然失踪了，仅此而已，告诉她这些的是一个商店的售货员，这人是当初那一群闯进来的红卫兵中的一个。他说："我们没有打他，只是把他带到学校办公室，让他写交待材料，也没有派人看守他，可第二天发现他没了。"她记得丈夫被带走的翌日清晨，那一群红卫兵又闯了进来，是来搜查她的丈夫。那售货员还补充道："你丈夫平时对我们学生不错，所以我们没有折磨他。"

不久以前，当她和女儿一起将一些旧时的报刊送到废品收购站去，在收购站乱七八糟的废纸中，突然发现了一张已经发黄、上面布满斑斑霉点的纸，那纸上的字迹却清晰可见。纸上这样写着：

五刑：墨、劓、刖、宫、大辟。
先秦：炮烙、剖腹、斩、焚……
战国：抽肋、车裂、腰斩……
辽初：活埋、炮掷、悬崖……
金：击脑、棒杀、剥皮……
车裂：将人头和四肢分别拴在五辆车上，以五马驾车，同时分驰，撕裂躯体。
凌迟：执刑时零刀碎割。
剖腹：剖腹观心。
……

废品收购站里杂乱无章，一个戴老花眼镜的小老头站在磅秤旁。女儿已经长大，她不愿让母亲动手，自己将报刊放到秤座上去，然后掏出手帕擦起汗来，这时她感到母亲从身后慢慢走开，走向一堆废纸。而小老头的眼睛此刻几乎和秤杆凑在了一起。她觉得滑稽，便不觉微微一笑。随后她蓦然听到一声失声惊叫，当她转过身去时，母亲已经摔倒在地，而且已经人事不省了。

他们把他带到自己的办公室后，让他坐下，又勒令他老老实实写交代材料。然后都走了，没留下看管他的人。

办公室十分宽敞，两支日光灯此刻都亮着，明晃晃的格外刺眼。西北风在屋顶上呼啸着。他就那么坐了很久。就像这幢房屋在惨白的月光下、在西北风的呼啸里默默而坐一样。

他看到自己正在洗脚，妻子正坐在床沿上看着他们的女儿。他们的女儿已经睡去，一条胳膊伸到被窝外面。妻子没有发现，妻子正在发呆。她还是梳着两根辫子，而且辫梢处还是用红绸结了两个蝴蝶结。一如第一次见到她走来一样，那一次他俩擦肩而过。

现在他仿佛看到两只漂亮的红蝴蝶驮着两根乌黑发亮的辫子在眼前飞来飞去。

三个多月前，他就不让妻子外出了。妻子听了他的话，便没再出去过。他也很少外出。他外出时总在街上看到几个胸前挂着扫帚、马桶盖，剃着阴阳头的女人。他总害怕妻子美丽的辫子被毁掉，害怕那两只迷人的红蝴蝶被毁掉。所以他不让妻子外出。

他看到街上整天下起了大雪，那大雪只下在街上。他看到在街上走着的人都弯腰捡起了雪片，然后读了起来。他看到一个人躺在街旁邮筒前，已经死了。流出来的血是新鲜的，血还没有凝固。一张传单正从上面飘了下来，盖住了这人半张脸。那些戴着各种高帽子挂着各种牌牌游街的人，从这里走了过去。他们朝那死人看了一眼，他们没有惊讶之色，他们的目光平静如水。仿佛他们是在早晨起床后从镜子中看到自己一样无动于衷。在他们中间,他开始看到一些同事的脸了。他想也许就要轮到他了。

他看到自己正在洗脚。水在凉下去,但他一点也不觉察。他在想也许就要轮到他了。他发现自己好些日子以来都会无端地发出一声惊叫,那时他的妻子总是转过脸来麻木地看着他。

他看到他们进来了,他们进来以后屋内就响起了杂乱的声音。妻子依旧坐在床沿上,她正麻木地看着他。但女儿醒了,女儿的哭声让他觉得十分遥远,仿佛他正行走在街上,从一幢门窗紧闭的楼房里传出了女儿的哭声。这时他感到水已经完全凉了。然后那杂乱的声音走向单纯,一个人手里拿着一张纸走了过来。纸上写些什么他不知道。他们让他看,他看到了自己的笔迹,还看到了模糊的内容。随即他们把他提了起来,他就赤脚穿着拖鞋来到街上。街上的西北风贴着地面吹来,像是手巾擦脚一样擦干了他的脚。

他打了个寒战,看到桌上铺着一沓白纸。他朝白纸看了一会,然后去摸口袋里的钢笔,于是发现没带笔来。他就站起来到别的桌上去寻找,可所有的桌上都没有笔。他只得重新坐回去,坐回去时看到桌上有了两条手臂的印迹。他才知道自己已有三个多月没有来这里了。桌面上积了厚厚的一层灰尘。他想别的教师大概也有三个多月没来这里了。

他看到自己和很多人一起走进了师院的大门,同时有很多人从里面走出来。他看到自己手里正在翻着一本厚厚的书。那时他对刑罚特别热衷,那时他准备今后离开学校后专门去研究刑罚。他在师院图书馆里翻阅了很多资料，还做了笔记。但那时他恋爱了。那次恋爱没有成功。他的刑罚研究也因此有始无终。后来毕业了，他在整理东西时看到了那张纸。当时他是打算扔掉的，而后来怎样也就从此忘了。现在才知道当初没扔掉。

他看到自己正在洗脚，又看到自己正在师院内走着。同时看到自己正坐在这里。他看到对面墙上有一个很大的身影，那颗头颅看上去像篮球一样大。他就这样看着他自己。看久了，觉得那身影像是一个黑黑的洞口。

他感到响亮的西北风跑进屋里来叫唤了，并且贴在他衣角上叫唤，钻进头发里叫唤。叫唤声还拼命地擦起了他的脸颊。他开始哆嗦，开始冷了。他觉得那风越来越嘹亮。于是他转过脸去看门，门关得很严实。他再去看窗户，窗也关得很严实。

他发现所有的玻璃都像刚刚擦过一样洁净无比，那些玻璃看上去像是没有一样。他觉得费解，桌上蒙了那么厚的灰尘，窗玻璃居然如此洁净。这时他看到了一块破了的玻璃，那破碎的模样十分凄惨。他不由站起来朝那块玻璃走去，那是一种凄惨向另一种凄惨走去。

走到窗前他大吃一惊，他才发现这破碎的竟是唯一幸存的玻璃。其他的窗格里都空空皆无。他不禁伸出手去抚摸，他感到那上面非常粗糙和锐利。摸了一会他觉得有一股热乎乎的东西正在手指尖上微微溢出来。摸着的时候，他看到玻璃正一小块一小块地掉落下去，一声一声清脆的破裂声在他听来如同心碎。不一会，玻璃只剩下一个小小的三角了。

他蓦然看到一双皮鞋对着他微微荡来又微微荡去。他伸出

283

的手立刻缩回,他听到自己的心脏正在咚咚跳得十分激烈。他站住一动不动,看着这双皮鞋幽幽地荡来荡去。接着他发现了两只裤管,裤管罩在皮鞋上面,正在微微地左右飘动着。他猛地推开窗户,于是看到了一具吊着的僵尸。与此同时他听到了一声惊叫,声音来自左前方。他看到黑暗中一棵模糊的树和树底下一个模糊的人影。人影脱离地面,紧张的喘息声从那里飘来,传到他耳中时已经奄奄一息。过了好久他仿佛听到那人影低声嘟哝了一句——"是你",然后看到那两条胳膊举起来抓住了一个圆圈,接着似乎是脑袋钻了进去。片刻后他听到了一声轻微的凳子被踢倒在地的声音,而一声窒息般的低语马上接踵而至。他扶着窗沿慢慢地倒了下去。

很久以后,他渐渐听到了一种野兽般的吼声。那声音逐步接近,同时又在慢慢扩散,不一会声音如巨浪般涌来了。

他猛地从地上跳起来,凝神细听。他听到屋外一片鬼哭狼嚎,仿佛有一群野兽正在将他包围。这声音使他异常兴奋。于是他在屋内手舞足蹈地跳来跳去,嘴里发出的吼声使他欣喜若狂。他想冲出去与那吼声汇合,却又不知从何处冲出去。而此刻屋外吼声正在越来越响亮,这使他心急火燎却又不知所措。他只能在屋内跳着吼着。后来累了,便一屁股坐在了刚才那个座位上,呼哧呼哧地喘气了。

这时他看到了墙上的身影,于是他看到了一个使他得以冲出去的黑洞。他立刻站了起来,朝那黑洞冲出,可冲到跟前他猛然收住了脚。他发现那黑洞一下子变小了。他满腹狐疑地重又退到原处,犹豫了片刻他才慢慢地重新走过去。他看到黑洞也在慢慢小起来。走到跟前时他发现黑洞和他人一样大小了。他疑惑地看了很久,肯定了黑洞没再变小,黑洞仍容得下他的身体后,便一头撞了过去。他又摔倒在地。

一阵狂风此刻将门打开,门重重地打在墙上,发出吱吱的骨折般的声音。风从门口蜂拥而进,又立刻在屋内快速旋转了起来。

他从地上昏昏沉沉爬起来,对着门口昏昏沉沉地站了一会。然后他看到了一个长方形的黑洞。他小心翼翼地朝黑洞走去,走到跟前时他又满腹狐疑了。因为这次黑洞没有变小。这次他没再一头撞去,而是十分小心地伸过去一个手指。他感到手指已经进入黑洞了,然后手臂也进去了。于是他侧着身体更加小心地往黑洞里挤了进去。随即他感到自己已经逃脱了,因为他感到自己进入了漆黑而且广阔无比的空间。

那吼声此刻更为热烈更为响亮,于是他也就更为热烈更为响亮地吼了起来,跳了起来,同时他朝声音跑去。尽管有各种各样大小不一的黑影阻挡了他的去路,但他都巧妙地绕过了它们。片刻后他就跑到了大街上。他收住脚步,辨别起声音传来的方向。他感到那声音似乎是从四面八方奔腾而来的。一时间他不知所措,他不知该往何处去。随后他看到东南方火光冲天,那火光看上去像是一堆晚霞。他就朝着火光跑了过去。越跑声音越响,然后他来到了那吼声四起的地方。

一座巨大的楼房正在熊熊燃烧。他看到燃烧的火中有无数的人扭在一起,同时无数人正在以各种姿态掉落下来。他在桥上吼着跳着,同时还哈哈狂笑。在一阵像下雨般掉下了一批批人后,他看到楼房没有了,只有一堆巨大的熊熊燃烧的火。这情景叫他异常激动。他在桥上拼命地吼,拼命地跳。随即他听到了轰隆一声巨响。他看到这堆火突然变矮了,也变得宽阔了。他发现火离自己越来越近了,火像水一样漫涌过来。这时他感到累了,他便在桥栏上坐了下来,不再喊叫,不再跳跃。但他依然兴致勃勃地看着这堆火。慢慢地这堆火开始分裂,分裂成一小堆一小堆了。他一直看着火势渐渐熄灭。

火势熄灭后,他才从栏杆上跳下来,开始往回走,走了几步重新走回来,站了一会他又往回走。他在桥上走来走去。

后来黎明来临了,早霞开始从漆黑的东方流出来,太阳还没有升起,但是一片红光已经燃烧着升腾而起了。于是他看到了一堆火在遥远的地方燃烧起来,于是他又吼叫了,并且吼叫着朝那里跑去。

从废品收购站回来后,她就变得恍恍惚惚起来。这天夜晚,她听到了一个奇妙的脚步声。那时没有月光,屋外一片漆黑而且寂静无声。就在这个时候,她听到一个脚步声从远处嚓嚓走来,那声音既像是擦地而来,又让人感到是腾空走来。而且那声音始终没有来到近旁,始终停留在远处。但她已经听出来了,是谁的脚步声。

此后的几个夜晚,她都听到了那种脚步声。那声音让她心惊肉跳,让她撕心裂肺地喊叫起来。

当初丈夫就是在这样一个漆黑的晚上被带走的。那一群红卫兵突然闯进门来的情景和丈夫穿着拖鞋嚓嚓离去时的声音,已经和那个黑夜永存了。十多年了，十多年来每个夜晚都是一样的漆黑，黑夜让她不胜恐惧。就这样，十多年来她精心埋葬掉的那个黑夜又重现了。

这一天，当她和女儿一起走在街上时，她突然看到了自己躺在阳光下漆黑的影子。那影子使她失声惊叫。那个黑夜居然以这样的形式出现了。

一

那人一瘸一拐地走进了这座小镇。那是初春时节。一星期前一场春雪浩荡而来，顷刻之间将整座小镇埋葬。然而接下去阳光灿烂了一个星期，于是春雪又在几日之内全面崩溃。如今除了一些阴暗处尚残留一些白色外，其他各处都开始生机勃勃了。几日来，整个小镇被一片滴答滴答的声音所充塞，那声音像是弹在温暖的阳光上一样美妙无比。这春雪融化的声音让人们心里轻松又愉快，而每一个接踵而至的夜晚又总是群星璀璨，让人在入睡前对翌日的灿烂景象深信不疑。

于是关闭了一个冬天的窗户都纷纷打开来了，那些窗口开始出现了少女的嘴唇，出现了一盆盆已在抽芽的花。风也不再从西北方吹来，不再那么寒冷刺骨。风开始从东南方吹来了，温暖又潮湿。吹在他们脸上滋润着他们的脸。他们从房屋里走了出来，又从臃肿的大衣里走了出来。他们来到了街上，来到了春天里，他们尽管还披着围巾，可此刻围巾不再为了御寒，开始成了装饰。他们感到衣内紧缩的皮肤正在慢慢松懈，而插在口袋里的双手也在微微渗汗了。于是就有人将双手伸出来，于是他们就感到阳光正在手上移动，感到春风正从手指间有趣地滑过，也是在这个时候，他们看到了河两岸那些暗淡的柳树突然变得嫩绿无比，而这些变化仅仅只是在一个星期里完成的。此刻街上自行车的铃声像阳光一样灿烂，而那一阵阵脚步声和说话声则如潮水一样生动。

那人就是在这个时候走进小镇的。他的头发像瀑布一样披落下来，发梢在腰际飘荡。他的胡须则披落在胸前，胡须遮去了他三分之二的脸。他的眼睛浮肿又混浊。他就这样一瘸一拐走进了小镇，那条裤子破旧不堪，膝盖以下只是飘荡着几根布条而已。上身赤裸，披着一块麻袋。那双赤裸的脚看上去如一张苍老的脸，那一道道长长的裂痕像是一条条深深的皱纹，裂痕里又嵌满了黑黑的污垢。脚很大，每一脚踩在地上的声音，都像是一巴掌拍在脸上。他也走进了春天，和他们走在一起。他们都看到了他，但他们谁也没有注意他，他们在看到他的同时也在把他忘掉。他们尽情地在春天里走着，在欢乐里走着。

女孩子往漂亮的提包里放进了化妆品，还放进了琼瑶小说。在宁静的夜晚来临后，她们坐到镜前打扮自己，打扮得漂漂亮亮后就捧起了琼瑶的小说。她们嗅着自己身上的芬芳去和书中的主人公相爱。

男孩子口袋里装着万宝路，装着良友，天还没黑便已来到了街上，深更半夜时他们还在街上。他们也喜欢琼瑶，他们在街上寻找琼瑶书中的女主人公。

没待在家中的女孩子，没在街上闲逛的男孩子，他们则拥入影剧院，拥入工会俱乐部，还拥入夜校。他们坐在夜校课桌边多半不是为了听课，是为了恋爱。因为他们的眼睛多半都没看着黑板，多半都在搜寻异性。

老头们那个时候还坐在茶馆里，他们坐了一天了，他们坐了十多年、几十年了。他们还要坐下去。他们早已过了走的年龄。他们如今坐着就跟当初走着一样地心满意足。

老太太们则坐在家中，坐在彩电旁。她们多半看不懂在演些什么，她们只是知道屏幕上的人在出来进去。就是看着人出来进去，她们也已经心满意足。

往那些敞着的窗口看看吧，沿着这条街走，可以走进两边的胡同。将会看到什么，将会听到什么，而心里又将会想起什么。

十多年前那场浩劫如今已成了过眼烟云，那些留在墙上的标语被一次次粉刷给彻底掩盖了。他们走在街上时再也看不到过去，他们只看到现在。现在有很多人都在兴致勃勃地走着，现在有很多自行车在响着铃声，现在有很多汽车在掀起着很多灰尘。现在有一辆装着大喇叭的面包车在慢慢地驰着，喇叭里在宣传着计划生育，宣传着如何避孕。现在还有另一辆类似的面包车在慢慢地驰着，在宣传着车祸给人们生活带来的不幸，街道两旁还挂着牌牌，牌牌上的图画和照片吸引了他们。他们现在知道已经人满为患了，他们中间很多人都掌握了好几套避孕方法。他们现在也懂得了车祸的危害。他们知道尽管人满为患，可活着的人还是应该活得高高兴兴，千万不能让车祸给葬送了。他们看到中学生都牺牲了自己的星期天，站到桥边，站到转弯处来维持交通秩序了。

那人就是在这个时候出现的，他一瘸一拐地走进了小镇。

他看到前面有一个人躺着，就躺在脚前，那人的脚就连着自己的脚。他提起自己的脚去踢躺着的脚。不料那脚猛地缩了回去。当他把脚放下时，那脚又伸了过来，又和他的脚连在了一起。他不禁兴奋起来，于是悄悄地将脚再次提起来，他发现地上的脚同时在慢慢退缩，他感到对方警觉了，便将脚提着不动，看到对方的脚也提着不动后，他猛地一脚朝对方的腰部踩去。他听到一声沉重的响声，定睛一瞧，那躺着的人依旧完好无损，躺着的脚也依旧连着他的脚。这使他怒气冲冲了，于是他眼睛一闭，拼命地朝前奔跑了起来，两脚拼命地往地上踩。跑了一阵再睁眼一看，那家伙还躺在他前面，还是刚才的模样。这让他沮丧万分，他无可奈何地朝四周张望。此刻阳光照在他的背脊上，那披着的麻袋反射出粗糙的光亮。他看到右前方有一汪深绿的颜色，于是他思索起来，思索的结果是脸上露出滞呆的笑意。他悄悄地往那一汪深绿走去。他发现那躺着的人斜过去了一点，他就走得更警觉了。那斜过去的人没有逃跑，而是擦着地面往池塘滑去，走近了，他看到那人的脑袋掉进了池塘，接着身体和四肢也掉了进去。他站在塘沿上，看到那家伙浮在水面上没往下沉，便弯腰捡起一块大石头打了下去。

他看到那人被打得粉身碎骨后，才心满意足地转过身去。一大片金色的阳光猛然刺来，让他头晕眼花。但他没闭上眼睛，相反却是抬起了头。于是他看到了一颗辉煌的头颅，正在喷射着鲜血。

他仰着头朝那颗高悬在云端的头颅走去，他看到头颅退缩着隐藏到了一块白云的背后，于是白云也闪闪发亮了。那是一块慢慢要燃烧起来的棉花。

他是在那个时候放下了头，于是他的视线中出现了一个巨大的障碍。他不能像刚才那样远眺一望无际的田野，因为他走近了一座小镇。

这巨大的障碍突然出现，让他感到是一座坟墓的突然出现。他依稀看到阳光洒在上面，又像水一样四溅开去。然而他定睛观瞧后，发现那是很多形状不一的小障碍聚集在一起。它们中间出现了无数有趣的裂隙，像是用锯子锯出来似的。阳光掉了进去，像是尘土撒了进去，无声无息。

此刻他放弃了对逃跑的太阳的追逐，而走上了一条苍白的路。因为两旁梧桐树枝紧密地交叉在一起，阳光被阻止在树叶上，所以水泥路显得苍白无力，像一根新鲜的白骨横躺在那里。猛然离开热烈的阳光而走在了这里，仿佛进入阴森的洞穴。他看到每隔不远就有两颗人头悬挂着，这些人头已经流尽了鲜血，也成了苍白。但他仔细瞧后，又觉得这些人头仿佛是路灯，他知道当四周黑暗起来后，它们会突然闪亮，那时候里面又充满流动的鲜血了。

有几个一样颜色的人在迎面走来，他们单调的姿态也完全一样。那时他听到了古怪的声音，然后看到有两个人走到了一起。他们就在他前面站住不动，于是他也站住不动。他听到刚才那种声音在四溅开来。随后他看到一个瘸子在前面走着，瘸子的走姿深深吸引了他。比起此刻所有走着的人来，瘸子走得十分生动。因此他扔开了前面这两个人，开始跟着瘸子走了。

不一会他感到四周一下子热烈起来，他看到四周一片金黄，刚才看到的那些灰暗的人体，此刻竟然闪闪发亮了。他不禁仰起头来，于是又看到了那辉煌的头颅。现在他认出刚才看到的障碍其实是楼房，因为他认出了那些敞着的窗和敞着的门。很多人在门口进进出出。出来的那些人有的走远了，有的经过他的身旁。他嗅到一股暖烘烘的气息，这气息仿佛是从屠宰场的窗口散发出来。他行走在这股气息中，呼吸很贪婪。

后来他走到了河边，因为阳光的照射，河水显得又青又黄。他看到的仿佛是一股脓液在流淌，有几条船在上面漂着，像尸体似的在上面漂着。同时他注意到了那些柳树，柳枝恍若垂下来的头发。这些头发几经发酵，才这么粗这么长。他走上前去抓一根柳枝与自己的头发比较起来。接着又扯下一根拉直了放在地上，再扯下一根自己的头发也拉直了放在地上。又十分认真地比较了一阵。结果使他沮丧不已。于是他就离开了它们，走到了大街上。

他看到有两根辫子正朝他飘来，他看到是两只红蝴蝶驮着辫子朝他飞来。他心里涌上了一股奇怪的东西，他不由朝辫子迎了上去。

那一家布店门庭若市，那是因为春天唤醒了人们对色彩的渴求。于是在散发着各种颜色的布店里，声音开始拥挤起来，那声音也五彩缤纷。她们多半是妙龄女子。她们渴望色彩就如渴望爱情。她们的母亲也置身于其中，母亲们看着这缤纷的色彩，就如看着自己的女儿，也如看着自己已经远去还在远去的青春。在这里，两代人能共享欢乐，无须平分。

她带着无比欢乐从里面走出来，左边是她的伙伴。她的两根辫子轻轻摆动。原先她不是梳着辫子，原先她的头发是披着的。她昨天才梳出了这两根辫子。那是她看到了一张母亲年轻时的照片，她发现梳着辫子的母亲格外漂亮。于是她也梳起了两根辫子，结果她大吃一惊。她又往辫子上结了两个红蝴蝶结，这更使她惊讶。现在她正喜悦无比地走了出来，她的喜悦一半来自布店，一半来自脑后微微晃动的辫子。她知道辫子晃动时，那两只红蝴蝶便会翩翩飞舞了。

可是迎面走来一个疯子，疯子的模样叫她吃惊，叫她害怕。她看到他正朝自己古怪地笑着，嘴角淌着口水。她不由惊叫一声拔腿就跑，她的伙伴也惊叫一声拔腿就逃。她们跑出了很远，跑到转了个弯才收住脚。然后两人面面相觑，接着咯咯大笑起来，笑得前仰后合。

她的伙伴说："春天来了，疯子也来了。"

她点点头。然后两人分手了，分手的时候十分亲密地拉了拉手，接着就各自回家。

她的家就在前面，只要在这条洒满阳光洒落各种声音的街上再走二十步。那里有一家钟表店，里面的钟表闪闪发亮，一个老头永远以一种坐姿坐了几十年。朝那戴着老花眼镜的老头望一眼,就可以转弯了,转进一条胡同。胡同里也洒满阳光,也走上二十步,她就可以看到那幢楼房了,她就可以看到自己家中那敞开的玻璃窗如何闪闪烁烁了。不知为何她开始心情沉重起来,越往家走越沉重。

母亲独自坐在家中,脸色苍白,她知道母亲又在疑神疑鬼了。母亲近来屡屡这样,母亲已有三天没去上班了。

她问母亲:"是不是昨天晚上又听到脚步声了?"

母亲无动于衷,很久后才抬起头来,那双眼睛十分惊恐。

"不,是现在。"母亲说。

她在母亲身后站了一会,她感到心烦意乱,于是她就走向窗口。在那里能望到大街,在大街上她能看到自己的欢乐。可是她却看到一个头发披在腰间、麻袋盖在背脊上、正一瘸一拐走着的背影。她不由哆嗦了一下,不由恶心起来。她立刻离开窗口。这时她听到楼梯在响了,那声音非常熟悉,十多年来纹丝未变。她知道是父亲回来了。她立刻变得兴奋起来,赶紧跑过去将门打开。那声音蓦然响了很多,那声音越来越近。她看到了父亲已经花白的头发,便欢快地叫了一声,然后迎了上去。父亲微笑着,用手轻轻在她头上拍了一下,和她一起走进家中。

她感到父亲的手很温暖,她心想自己只有这么一个父亲。她记得自己七岁那年,有一个大人朝她走来,送给了她一个皮球。母亲告诉她:"这是你的父亲。"从此他和她们生活在一起了。他每天都让她感到亲切,感到温暖。可是不久前,母亲突然脸色苍白地对她说:"我夜间常常听到你父亲走来的脚步声。"

她惊愕不已,当知道母亲指的是另一个父亲时,不禁惶恐起来。这另一个父亲让她觉得非常陌生,又非常讨厌。她心里拒绝他的来到,因为他会挤走现在的父亲。

她感到父亲轻快的脚步一迈入家中就立刻变得沉重起来,那时候母亲正抬起头来惊恐不安地望着他。她发现母亲的脸色越来越苍白了。

二

那时候黄昏已经来临,天色正在暗下来。一个戴着大口罩的清洁工人在扫拢着一堆垃圾。扫帚在水泥地上扫过去,发出了一种刷衣服似的声音,扬起的灰尘在昏暗中显得很沉重。此刻街上行人寥寥,而那些开始明亮起来的窗口则蒸腾出了热气,人声从那里缥缈而出。街旁商店里的灯光倾泻出来,像水一样流淌在街道上,站在柜台里暂且无所事事的售货员那懒洋洋的影子,被拉长了扔在道旁。那个清洁工人此刻从口袋里掏出了火柴,划亮了那堆垃圾。

他看到一堆鲜血在熊熊燃烧,于是阴暗的四周一片明亮了。他走到燃烧的鲜血旁,感到噼噼啪啪四溅的鲜血有几滴溅到了他的脸上,跟火星一样灼烫。这时他感到自己手中正紧握着一根铁棒，他将手中的铁棒伸了过去，但又立刻缩回。他感到只一瞬间工夫铁棒就烧红了，握在手中手也在发烫。此刻那几个人正战战兢兢地走过来，于是他将铁棒在半空中拼命地挥舞了起来，他仿佛看到一阵阵闪烁的红光。那几个人仍在战战兢兢地走过来，他们没有逃跑是因为不敢逃跑。于是他停止了挥舞，而将铁棒刺向走来的他们。他仿佛听到一声漫长几乎是永无止境的"嗤——"的声音，同时他仿佛看到几股白烟正升腾而起。然后他将铁棒浸入黑黑的墨汁中，提出来后去涂那些已被刺过的疮口，通红通红的疮口立刻都变得黝黑无比。他们就这样战战兢兢地走了过去。这时疯子心满意足地大喊一声："墨！"

那几个人走过去的时候，显然看到了这个疯子。看到疯子将手伸入火堆之中，又因为灼烫猛地缩回了手。然后又看到疯子的手臂如何在挥舞，挥舞之后又如何朝他们指指点点。他们还看到疯子弯下腰把手指浸入道旁一小摊积水中，伸出来后再次朝他们指指点点。最后他们听到了疯子那一声古怪的叫喊。

所有一切他们都看到都听到，但他们没有工夫没有闲心去注意疯子，他们就这样走了过去。

往往是这样，所有地方尚在寂静之中时，影剧院首先热烈起来了。它前面那块小小的空地已经被无数双脚分割，还有无数双脚正从远处走来，于是他们又去分割那条街道。那个时候电影还没有开映，口袋里装着电影票的人正抽着烟和没有电影票的人闲聊。而没有电影票的人都在手中举着一张钞票，朝那些新加入进来的人晃动。售票窗口已经挂出了"满"的招牌，可仍然有很多人挤在那里，他们假设那窗口会突然打开，几张残余的票会突然出现在里面。他们的脚下有一些纽扣散乱地躺着，纽扣反映出了刚才他们在这里拼抢的全部过程。这个时候一些人从口袋里拿出电影票进去了，他们进去时没有忘记向那些无票的打个招呼。于是那人堆开始出现空隙，而且越来越大。最后只剩下那些手里晃动着钞票的人，就是这时候他们仍然坚定地站在那里，尽管电影已经开演。

他感到自己手中挥舞着一把砍刀，砍刀正把他四周的空气削成碎块。他挥舞了一阵子后就向那些人的鼻子削去，于是他看到一个个鼻子从刀刃里飞了出来，飞向空中。而那些没有了鼻子的鼻孔仰起后喷射出一股股鲜血，在半空中飞舞的鼻子纷纷被击落下来。于是满街的鼻子乱哄哄地翻滚起来。"剐！"他有力地喊了一声，然后一瘸一拐走开了。

那时候，有一个人手里举着几张电影票出现了，于是所有的人都一拥而上。那人求饶似的拼命叫喊声离疯子越来越远。

咖啡厅里响着流行歌曲，歌曲从敞着的门口流到街上，随着歌曲从里面流出了几个年轻人。他们嘴里叼着万宝路，鼻子里哼着歌曲来到了街上。他们是天天要到这里来的，在这里喝一杯雀巢咖啡，然后再走到街上去。在街上他们一直要逛到深更半夜。他们在街上不是大声说话，就是大声唱歌。他们希望街上所有的人都注意他们。

他们走出咖啡厅时刚好看到了疯子，疯子正挥舞着手一声声喊叫着"剐"走来。这情景使他们哈哈大笑。于是他们便跟在了后面，也装着一瘸一拐，也挥舞着手，也乱喊乱叫了。街上行走的人有些站下来看着他们，他们的叫唤便更起劲了。然而不一会他们就已经精疲力竭，他们就不再喊叫，也不再跟着疯子。他们摸出香烟在路旁抽起来。

砍刀向那些走来的人的膝盖砍去了，砍刀就像是削黄瓜一样将他们的下肢砍去了一半。他看到街上所有人仿佛都矮了许多，都用两个膝盖在行走了。他感到膝盖行走时十分有力，敲得地面咚咚响。他看到满地被砍下的脚正在被那些膝盖踩烂，像是碾过一样。

街道是在此刻开始繁荣起来的。这时候月光灿烂地飘洒在街道上，路灯的光线和商店里倾泻而出的光线交织在一起，组成了像梧桐树荫影一般的光块。很多双脚在上面摆动，于是那组合起来的光亮时时被打碎，又时时重新组合。街道上面飘着春夜潮湿的风和杂乱的人之声。这个时候那些房屋的窗口尽管仍然亮着灯光，可那里面已经冷清了，那里面只有一两个人独自或者相对而坐。更多的他们此刻已在这里漫步。他们从商店的门口进进出出，在街道上来来往往。

他看到所有走来的人仿佛都赤身裸体。于是刀向那些走来的男子的下身削去。那些走来的男子在前面都长着一根尾巴，刀砍向那些尾巴。那些尾巴像沙袋似的一个一个重重地掉在地上，发出沉闷的响声。破裂后从里面滚出了奇妙的小球。不一会满街都是那些小球在滚来滚去，像是乒乓球一样。

她从商店里走出来时，看到街上的人像两股水一样在朝两个方向流去，那些脱离了人流而走进两旁商店的人，看去像是溅出来的水珠。这时候她看到了那个疯子，疯子正一瘸一拐地走在行人中间，双手挥舞着，嘴里沙哑地喊叫着"宫"。但是走在疯子身旁的人都仿佛没有看到他，他们都尽情地在街上走着。疯子沙哑的喊叫被他们杂乱的人声时而淹没。疯子从她身旁走了过去。

她开始慢慢往家走去，她故意走得很慢。这两天来她总是独自一人出来走走，家中的寂静使她难以忍受，即便是一根针掉在地上的声音，也会让她吓一跳。

尽管走得很慢，可她还是觉得很快来到了家门口。她在楼下站了一会，望了望天上的星光，那星光使此刻的天空璀璨无比。她又看起了别家明亮的窗户，轻微的说话声从那里隐约飘出。她在那里站了很久，然后才慢吞吞地沿着楼梯走了上去。

她刚推开家门时，就听到了母亲的一声惊叫："把门关上。"她吓了一跳，赶紧关上门。母亲正头发蓬乱地坐在门旁。

她在母亲身旁站着，母亲惊恐地对她说："我听到了他的叫声。"

她不知该对母亲说些什么，只是无声地站着。站了一会她才朝里屋走去。她看到父亲正坐在窗前发呆。她走上去轻轻叫了一声，父亲只是心不在焉地嗯了一声，继续发呆。而当她准备往自己屋里走去时，父亲却转过头来对她说："你以后没事就不要出去了。"说完，父亲转回头去又发呆了。

她轻轻答应一声后便走进了自己的房间，在床上坐了下来。

四周非常寂静,听不到一丝声响。她望着窗户,在明净的窗玻璃上有几丝光亮在闪烁,那光亮像是水珠一般。透过玻璃她又看到了遥远的月亮,此刻月亮是红色的。然后她听到了自己的眼泪掉在胸口上的声音。

三

铁匠铺里火星四溅,叮叮当当的声音也在四溅,那口炉子正在熊熊燃烧,两个赤膊的背脊上红光闪闪,汗水像蚯蚓似的爬动着,汗水也在闪闪发光。

疯子此时正站在门口,他的出现使他们吓了一跳,于是锤声戛然而止,夹着的铁块也失落在地。疯子抬腿走了进去,咧着嘴古怪地笑着,走到那块掉在地上的铁块旁蹲了下去。刚才还是通红的铁块已经迅速地黑了下来,几丝白烟在袅袅升起。疯子伸出手去抓铁块,一接触到铁块立刻响出一声嗤的声音,他猛地缩回了手,将手放进嘴里吮吸起来。然后再伸过去。这次他猛地抓起来往脸上贴去,于是一股白烟从脸上升腾出来,焦臭无比。

两个铁匠吓得大惊失色,疯子却是大喊一声:"墨!"接着站起来心满意足地走了出去。他一瘸一拐地走出了胡同,然后在街旁站了一会，接着往右走了。这时候一辆卡车从他身旁驶过，扬起的灰尘几乎将他覆盖。他走到了街道中央，继续往前走。走了一阵他收住腿，席地而坐了。那时有几个人走到他身旁也站住，奇怪地望着他。另外还有几个人正十分好奇地走来。

母亲已经有一个来月没去上班了。这些日子以来，母亲整天都是呆呆地坐在房间里，不言不语。因为她每次外出回来推开家门时，母亲都要惊恐地喊叫，父亲便要她没事别出去了。于是从那以后她就不再外出，就整日整日地呆在自己房间里。父亲是要去上班的，父亲是早晨出去到晚上才回来，父亲中午不回家了。她独自而坐时，心里十分盼望伙伴的来到。可伙伴来了，来敲门了，她又不敢去开门。因为母亲坐在那里吓得直哆嗦，她不愿让伙伴看到母亲的模样。可当她听到伙伴下楼去的脚步声时，却不由流下了眼泪。

近来母亲连亮光都害怕了，于是父亲便将家中所有的窗帘都拉上。窗帘被拉上，家中一片昏暗。她置身于其间，再也感受不到阳光，感受不到春天，就连自己的青春气息也感受不到了。

可是往年的现在她是在街上走着的，是和父母走在一起。她双手挽着他们在街上走着的时候，总会遇上一些父母的熟人走来。他们总是开玩笑地说："快把她嫁出去吧。"而父亲总是假装严肃地回答："我的女儿不嫁任何人。"母亲总是笑着补充一句："我们只有这么一个女儿。"

那年父亲拿着一个皮球朝她走来，从此欢乐便和她在一起了。多少年了，他们三人在一起时总是笑声不断。父亲总是那么会说笑话,母亲竟然也学会了,她则怎么也学不会。好几次三人一起出门时,邻居都用羡慕的口气说:"你们每天都有那么多高兴事。"那时父亲总是得意洋洋地回答:"那还用说。"而母亲则装出慷慨的样子说:"分一点给你们吧。"她也想紧跟着说句什么,可她要说的没有趣,因此她只得不说。

可是如今屋里一片昏暗,一片寂静。哪怕是三人在一起时,也仍是无声无息。好几次她太想去和父亲说几句话,但一看到父亲也和母亲一样在发呆,她便什么也不说了,她便走进自己的房间将门关上。然后走到窗前,掀开窗帘的一角偷偷看起了那条大街。看着街上来来往往的人,看着有几个人站在人行道上说话,他们说了很久,可仍没说完。当看到几个熟人的身影时,她偷偷流下了眼泪。

那么多天来,她就是这样在窗前度过的。当她掀开窗帘的一角时,她的心便在那春天的街道上行走了。

此刻她就站在窗前,通过那一角玻璃。她看到街上的行人像蚂蚁似的在走动,然后发现他们走到了一起,他们围了起来。她看到所有走到那里的人都在围上去,她发现那个圈子在厚起来了。

他在街道上盘腿而坐,头发披落在地,看去像一棵柳树。一个多月来,阳光一直普照,那街道像是涂了一层金黄的颜色,这颜色让人心中充满暖意。他伸出两条细长的手臂,好似黑漆漆过又已经陈旧退色了的两条桌腿。他双手举着一把只有三寸来长的锈迹斑斑的钢锯,在阳光里仔细瞅着。

她看到一些孩子在往树上爬,而另一些则站到自行车上去了。她想也许是一个人在打拳卖药吧,可竟会站到街道上去,为何不站到人行道上去。她看到圈子正在扩张,一会工夫大半条街道被阻塞了。然后有一个交通警走了过去,交通警开始驱赶人群了。在一处赶开了几个再去另一处时,被赶开的那些人又回到了原处。她看着交通警不断重复又徒然地驱赶着。后来那交通警就不再走动了,而是站在尚未被阻塞的小半条街上,于是新围上去的人都被他赶到两旁去了。她发现那黑黑的圈子已经成了椭圆。

他嘴里大喊一声:"劋!"然后将钢锯放在了鼻子下面,锯齿对准鼻子。那如手臂一样黑乎乎的嘴唇抖动了起来,像是在笑。接着两条手臂有力地摆动了,每摆动一下他都要拼命地喊上一声:"劋!"钢锯开始锯进去,鲜血开始渗出来。于是黑乎乎的嘴唇开始红润了,不一会钢锯锯在了鼻骨上,发出沙沙的轻微摩擦声。于是他不像刚才那样喊叫,而是微微地摇头晃脑,嘴里相应地发出沙沙的声音,那锯子锯着鼻骨时的样子,让人感到他此刻正怡然自乐地吹着口琴。然而不久后他又一声一声狂喊起来,刚才那短暂的麻木过去之后,更沉重的疼痛来到了。他的脸开始歪了过去。锯了一会,他实在疼痛难熬,便将锯子取下来搁在腿上。然后仰着头大口大口地喘气。鲜血此刻畅流而下了,不一会工夫整个嘴唇和下巴都染得通红,胸膛上出现了无数歪曲交叉的血流,有几道流到了头发上,顺着发丝爬行而下,然后滴在水泥地上,像溅开来的火星。他喘了一阵气,又将钢锯举了起来,举到眼前,对着阳光仔细打量起来。接着伸出长得出奇也已经染红的指甲,去抠嵌入在锯齿里的骨屑,那骨屑已被鲜血浸透，在阳光里闪烁着红光。他的动作非常仔细，又非常迟钝。抠了一阵后，他又认认真真检查了一阵。随后用手将鼻子往外拉，另一只手把钢锯放了进去。但这次他的双手没再摆动，只是虚张声势地狂喊了一阵。接着就将钢锯取了出来，再用手去摇摇鼻子，于是那鼻子秋千般地在脸上荡了起来。

她看到那个椭圆形状正一点一点地散失开去，那些走开的人影和没走开的人影使她想起了什么，她想到那很像是一小摊不慎失落的墨汁，中间黑黑一团，四周溅出去了点点滴滴的墨汁。那些在树上的孩子此刻像猫一样迅速地滑了下去，自行车正在减少。显然街道正在被腾出来，因为那交通警不像刚才那么紧张地站在那里，他开始走动起来。

他将钢锯在阳光里看了很久，才放下。他双手搁在膝盖上，休息似的坐了好一会。然后用钢锯在抠脚背裂痕里的污垢，污垢被抠出来后他又用手重新将它们嵌进去。这样重复了好几次，十分悠闲。最后他将钢锯搁在膝盖上，仰起脑袋朝四周看看，随即大喊一声："皮！"皮肤在狂叫声里被锯开，被锯开的皮肤先是苍白地翻了开来，然后慢慢红润起来，接着血往外渗了。锯开皮肤后锯齿又搁在骨头上了。他停住手，得意地笑了笑。然后双手优美地摆动起来了，沙沙声又响了起来。可是不久后他的脸又歪了过去，嘴里又狂喊了起来。汗水从额上滴滴答答往下掉，并且大口呼哧呼哧地喘气。他双手的摆动越来越缓慢，嘴里的喊叫已经转化成一种呜呜声，而且声音越来越轻。随后两手一松耷拉了下去，钢锯掉在地上发出清脆的声响。他的脑袋也耷拉了下来,嘴里仍在轻轻地呜呜响着。他这样坐了很久,才重新抬起头,将地上的钢锯捡起来,重新搁在膝盖上,然而却迟迟没有动手,接着他像是突然发现了什么,血红的嘴唇又抖动了,又像是在笑。他将钢锯搁到另一个膝盖上,然后又是大喊一声:"皮!"他开始锯左腿了。也是没多久,膝盖处的皮肤被锯开了,锯齿又挨在了骨头上。于是那狂喊戛然而止,他抬头得意地笑了起来,笑了好一阵才低下头去,随即嘴里沙沙地轻声叫唤,随着叫唤,他的双手摆动起来,同时脑袋也晃动,身体也晃动了。那两种沙沙声奇妙地合在一起,听去像是一双布鞋在草丛里走动。疯子此刻脸上的神色出现了一种古怪的亲切。从背影望去,仿佛他此刻正在擦着一双漂亮的皮鞋。这时钢锯清脆地响了一声,钢锯折断了。折断的钢锯掉在了地上,他的身体像是失去了平衡似的摇晃起来。剧痛这时来了,他浑身像筛谷似的抖动。很久后他才稳住身体,将折断的钢锯捡起来,举到眼前仔细观瞧。他不停地将两截钢锯比较着,像是要从里面找出稍长的一截来。比较了好一阵,他才扔掉一截,拿着另一截去锯右腿了。但他只是轻轻地锯了一下,嘴里却拼命地喊了一声。随后他又捡起地上那一截,又举到阳光里比较起来。比较了一会重新将那截扔掉,拿着刚才那截去锯左腿了。可也只是轻轻地锯了一下,然后再将地上那截捡起来比较。

她看到围着的人越来越少,像墨汁一样一滴一滴被弹走。现在只有那么一圈了,很薄的一圈。街道此刻不必再为阻塞去烦恼,那个交通警也走远了。

他将两段钢锯比较来比较去,最后同时扔掉。接着打量起两个膝盖来了，伸直的腿重又盘起。看了一会膝盖，他仰头眯着眼睛看起了太阳。于是那血红的嘴唇又抖动了起来。随即他将两腿伸直，两手在腰间摸索了一阵，然后慢吞吞地脱下裤子。裤子脱下后他看到了自己那根长在前面的尾巴，脸上露出了滞呆的笑。他像是看刚才那截钢锯似的看了很久，随后用手去拨弄，随着这根尾巴的晃动，他的脑袋也晃动起来。最后他才从屁股后面摸出一块大石头。他把双腿叉开，将石头高高举起。他在阳光里认真看了看石头，随后仿佛是很满意似的点了点头。接着他鼓足劲大喊一声："宫！"就猛烈地将石头向自己砸去，随即他疯狂地咆哮了一声。

这时候她看到那薄薄的一圈顷刻散失了，那些人四下走了开去，像是一群聚集的麻雀惊慌失措地飞散。然后她远远地看到了一团坐着的鲜血。

四

天快亮的时候，她被母亲一声毛骨悚然的叫声惊醒。然后她听到母亲在穿衣服了，还听到父亲在轻声说些什么。她知道父亲是在阻止母亲。不一会母亲打开房门走到了外间，那把椅子微微摇晃出几声"吱呀"。她想母亲又坐在那里了。父亲沉重的叹息在她房门上无力地敲打了几下。她没法再睡了,透过窗帘她看到了微弱的月光,漆黑的屋内呈现着一道惨白。她躺在被窝里,倾听着父亲起床的声音。当父亲的双脚踩在地板上时,她感到自己的床微微晃了起来。父亲没有走到外间,而是在床上坐了下来,床摇动时发出了婴儿哭声般的声响。然后什么声音也没有了,只有她自己的呼吸声。

后来她看到窗帘不再惨白,开始慢慢红了起来,她知道太阳在升起,于是她坐起来,开始穿衣服。她听到父亲从床上站起,走到厨房去,接着传来了一丝轻微的声音。父亲已经习惯这样轻手轻脚了,她也已经习惯。穿衣服时她眼睛始终看着窗帘,她看到窗帘的色彩正在渐渐明快起来,不一会无数道火一样的光线穿过窗帘照射到了她的床上。

她来到外间时,看到父亲从厨房里走了出来。父亲已将早饭准备好了。母亲仍然坐在那里一动不动。她看到母亲那张被蓬乱头发围着的脸时,不觉心里一酸。这些日子来她还没有这么认真看过母亲。现在她才发现母亲一下子苍老了许多,苍老到了让她难以相认。她不由走过去将手轻轻放在母亲肩上,她感到母亲的身体紧张地一颤。母亲抬起头来,惊恐万分地对她说:"我昨夜又看到他了,他鲜血淋漓地站在我床前。"听了这话,她心里不禁哆嗦了一下,她无端地联想起昨天看到的那一团坐着的鲜血。

此刻父亲走过来,双手轻轻地扶住母亲的肩膀,母亲便慢慢站起来走到桌旁坐下。三人便坐在一起默默地吃了一些早点,每人都只吃了几口。

父亲要去上班了,他向门口走去。她则回自己的房间。父亲走到门旁时犹豫了一下,然后转身走到她的房间。那时她正刚刚掀开窗帘在眺望街道。父亲走上去轻轻对她说:"你今天出去走走吧。"她转回身来看了父亲一眼,然后和他一起走了出去。

　　来到楼下时,父亲问她:"你上同学家吗?"她摇摇头。一旦走出了那昏暗的屋子,她却开始感到不知所措。她真想再回到那昏暗中去,她已经习惯那能望到大街的一角玻璃了。尽管这样想,但她还是陪着父亲一直走到胡同口。然后她站住,她想到了自己的伙伴,她担心伙伴万一来了,会上楼去敲门。那时母亲又会害怕得缩成一团。所以她就在这里站住。父亲往右走了,这时候是上班时间,街上自行车蜂拥而来又蜂拥而去,铃声像一阵阵浪潮似的涌来和涌去。她一直看着父亲的背影,她看到父亲不知为何走进了一家小店,而不一会出来后竟朝她走来了。父亲走到她跟前时,在她手里塞了一把糖,随后转身又走了。她看着父亲的背影是怎样消失在人堆里。然后她才低头看着手中的糖。她拿出一颗,其余的放进口袋。她将糖放进嘴里咀嚼起来。她只听到咀嚼的声音,没感觉出味道来。这时她看到有个年轻人正飞快地骑着自行车在车群里钻来钻去。她一直看着他。

　　她的伙伴此刻走来了,来到她跟前。伙伴说:"你们全家都到哪去了?"

　　她迷惑地望着她,然后摇摇头。

　　"那怎么敲了半天门没人应声,而且窗帘都拉上了。"

她不知所措地搓起了手。

"你怎么了?"

"没什么。"她说,然后转过头去看刚才那辆自行车,但已经看不到了。

"你脸色太差了。"

"是吗?"她回过头来。

"你病了吗?"

"没有。"

"你好像不高兴?"

"没有。"她努力笑了笑,然后振作精神问,"今天去哪?"

"展销会,今天是第一天。"伙伴说着挽起了她的胳膊,"走吧。"

伙伴兴奋的脚步在身旁响着,她在心里对自己说:"忘记那些吧。"

春季展销会在另一条街道上。展销会就是让人忘记别的,就是让人此刻兴奋。冬天已经过去。春天已经来了。他们需要更换一下生活方式了。于是他们的目光挤到一起,他们的脚踩到一起。在两旁搭起简易棚的街道里,他们挑选着服装,挑选着生活用品。他们是在挑选着接下去的生活。

每一个棚顶都挂着大喇叭,为了竞争每个喇叭都在声嘶力竭地叫唤着。跻身于其间的他们,正被巨大的又杂乱无章的音乐剧烈地敲打。尽管头晕眼花,尽管累得气喘吁吁,可他们仍兴致勃勃地互相挤压着,仍兴致勃勃地大喊大叫。他们的声音比那音乐更杂乱更声嘶力竭。而此刻一个喇叭突然响起了沉重的哀乐，于是它立刻战胜了同伴。因为几乎是所有的人都朝它挤去，挤过去的人都哈哈大笑。他们此刻听到这哀乐感到特别愉快，他们都不把它的出现理解成恶作剧，他们全把它当作一个幽默。他们在这个幽默里挤着行走。

她们已经身不由己了，后面那么多人推着她们，她们只能往前不能往后走了。她怀里抱着伙伴买下的东西，伙伴买下的东西两人都快抱不下了，可伙伴的眼睛还在贪婪地张望着。她什么也没买，她只是挤在人堆里张望，就是张望也使她心满意足。挤在拥挤的人堆里，挤在拥挤的声音里，她果然忘记了她决定忘记的那些。她此刻仿佛正在感受着家庭的气息，往日的家庭不正是这样的气息？

她们就这样被人推着走了出去，于是后面那股力量突然消失。她站在那里，恍若一条小船被潮水冲到沙滩上，潮水又迅速退去，她搁浅在那里。她回身朝那一片拥挤望去，内心一片空白。

她听到伙伴在说："那裙子真漂亮，可惜挤不过去。"

伙伴所说的裙子她也看到了，但她没感到它的迷人。是的，所有的服装都没有迷住她。迷住她的是那拥挤的人群。

"再挤进去吧。"她说，她很想再挤进去，但不是为了再去看那裙子一眼。

伙伴没有回答，而是用手推推她，随着伙伴的暗示，她又看到了那个疯子。

疯子此刻就站在不远的地方。他满身都是斑斑血迹，他此刻双手正在不停地挥舞,嘴里也在声嘶力竭地喊着什么。仿佛他与挤在一起的他们一样兴高采烈。

无边无际的人群正蜂拥而来,一把砍刀将他们的脑袋纷纷削上天去,那些头颅在半空中撞击起来,发出无比巨大的声响,仿佛是巨雷在轰鸣。声响又在破裂,破裂成一小块一小块的声音,而这一小块一小块的声音又重新组合起来,于是一股撕心裂胆的声音巨浪般涌来了。破碎的头颅在半空中如瓦片一样纷纷掉落下来,鲜血如阳光般四射。与此同时一把闪闪发亮的锯子出现了,飞快地锯进了他们的腰部。那些无头的上身便纷纷滚落在地,在地上沉重地翻动起来。溢出的鲜血如一把刷子似的,刷出了一道道鲜红的宽阔线条。这些线条弯弯曲曲,又交叉到了一起。那些没有了身体的双腿便在线条上盲目地行走,他们不时撞在一起,于是同时摔倒在地,倒在地上就再也爬不起来。一只巨大的油锅此刻油气蒸腾。那些尚是完整的人被下雨般地扔了进去,油锅里响起了巨大的爆裂声,一些人体像鱼跃出水面一样被炸了起来,又纷纷掉落下去。他看到半空中的头颅已经全部掉落在地了,在地上铺了厚厚的一层,将那些身体和下肢掩埋了起来。而油锅里那些人体还在被炸上来。他伸出手开始在剥那些还在走来的人的皮了。就像撕下一张张贴在墙上的纸一样,发出了一声声撕裂绸布般美妙无比的声音。被剥去皮后,他们身上的脂肪立刻鼓了出来,又耷拉了下去。他把手伸进肉中,将肋骨一根一根拔了出来,他们的身体立即朝前弯曲了下去。他再将他们胸前的肌肉一把一把抓出来,他便看到了那还在鼓动的肺。他专心地拨开左肺,挨个看起了还在一张一缩的心脏。两根辫子晃晃悠悠地独自飘了过来,两只美丽的红蝴蝶驮着两根辫子晃晃悠悠飞了过来。

她看到疯子又在盯着自己看了,口水从嘴角不停地滴答而下。她听到伙伴惊叫了一声,然后她感到自己的手被伙伴拉住了,于是她的脚也摆动了起来。她知道伙伴拉着她在跑动。

五

那场春雪如今已被彻底遗忘,如今桃花正在挑逗着开放了,河边的柳树和街旁的梧桐已经一片浓绿,阳光不用说更加灿烂。尽管春天只是走到中途,尽管走到目的地还需要时间,但他们开始摆出迎接夏天的姿态了。女孩子们从展销会上挂着的裙子里最早开始布置起她们的夏天,在她们心中的街道上,想象的裙子已在优美地飘动了。男孩子则从箱底翻出了游泳裤,看着它便能看到夏天里荡漾的水波。他们将游泳裤在枕边放了几天,重又塞回箱底去。毕竟夏天还在远处。

这时候在那街道的一隅,疯子盘腿而坐。街道洒满阳光,风在上面行走,一粒粒小小的灰尘冉冉升起,如烟般飘扬过去。因为阳光的注视,街道洋溢着温暖。很多人在这温暖上走着,他们拖着自己倾斜的影子,影子在地上滑去时显得很愉快。那影子是凉爽的。有几个影子从疯子屁股下钻了过去。那时他正专心致志地在打量着一把菜刀。这是一把从垃圾中捡来的菜刀,锈迹斑斑,刀刃上的缺口非常不规则地起伏着。

他将菜刀翻来覆去举起放下地看了好一阵,然后滞呆的脸上露出了满意的笑容,口水便从嘴角滴了下来。此刻他脸上烫出的伤口已在化脓了,那脸因为肿胀而圆了起来,鼻子更是粗大无比,脓水如口水般往下滴。他的身体正在散发着一股无比的奇臭,奇臭肆无忌惮地扩张开去,在他的四周徘徊起来。从他身旁走过去的人都嗅到了这股奇臭,他们仿佛走入一个昏暗的空间,走近了他的身旁,随后又像逃离一样走远了。

他将菜刀往地上一放,然后又仔细看了起来,看着看着他将菜刀调了个方向,认真端详了一番后,接着又将菜刀摆成原来的样子。最后他慢慢地伸直盘起的双腿,龇牙咧嘴了一番。他伸出长长的指甲在阳光里消毒似的照了一会后,就伸到腿上十分认真十分小心地剥那沾在上面的血迹。一个多星期下来,腿上的血迹已像玻璃纸那么薄薄地贴在上面了,他很耐心地一点一点将它们剥离下来,剥下一块便小心翼翼地放在一旁,再去剥另一块。全部剥完后,他又仔细地将两腿检查了一番,看看确实没有了,就将玻璃纸一样的血迹片拿到眼前,抬头看起了太阳。他看到了一团暗红的血块。看一会儿后他就将血迹片放在另一端。这里拿完他又从另一端一张张拿起来继续看。他就这么兴致勃勃地看了好一阵,然后才收起垫到屁股下面。

他将地上的菜刀拿起来,也放在眼前看,可刀背遮住了他的眼睛，他只看到一团漆黑，四周倒有一道道光亮。接下去他把菜刀放下，用手指在刀刃上试试。随后将菜刀高高举起，对准自己的大腿，嘴里大喊一声："凌迟！"菜刀便砍在了腿上。他疼得嗷嗷直叫。叫了一会低头看去，看到鲜血正在慢慢溢出来，他用指甲去拨弄伤口，发现伤口很浅。于是他很不满意地将菜刀举起来，在阳光里仔细打量了一阵，再用手去试试刀刃。然后将腿上的血沾到刀上去，在水泥地上狠狠地磨了起来，发出一种粗糙尖利的声响。他摇头晃脑地磨着，一直磨到火星四散，刀背烫得无法碰的时候，他才住手，又将菜刀拿起来看了，又用手指去试试刀刃。他仍不满意，于是再拼命地磨了一阵，直磨得他大汗淋漓精疲力竭为止。他松开手，歪着脑袋喘了一会儿气，接着又将菜刀举在眼前看了，又去试试刀刃，这次他很满意。

他重新将菜刀举过头顶，嘴里大喊一声后朝另一侧大腿砍去。这次他嘴里发出一声尖细又非常响亮的呻吟，然后呜呜地叫唤了起来，全身如筛谷般地抖动，耷拉着的双手也不由自主地摇摆了。那菜刀还竖在腿里，因为腿的抖动，菜刀此刻也在不停地摇摆。摇摆了好一阵菜刀才掉在地上，声响很迟钝。于是鲜血从伤口慢慢地涌出来，如屋檐滴水般滴在地上。过了很久，他才提起耷拉着的手，从地上捡起菜刀，菜刀便在他手里不停地抖动，他迟疑了片刻，双手将刀放进刚才砍出的伤口，然后嘴里又发出了那种毛骨悚然的呜呜声，慢慢地他从腿上割下了一块肉。此刻他全身剧烈地摇晃了起来，那呜呜声更为响亮。那已不是一声声短促的喊叫，而是漫长的几乎是无边无际的野兽般的呜咽声了。

这声音让所有在不远地方的人不胜恐惧。此刻这条街上已空无一人,而两端却站满了人。他们怀着惊恐的心情听这叫人胆战心惊的声音。有几个大胆一点的走过去看了一眼,可回来时个个脸色苍白。一些人开始纷纷退去,而新上来的人却再不敢上前去看了。

那声音开始慢慢轻下去,虽说轻下去可不知为何更为恐惧。那声音现在鬼哭狼嚎般了,仿佛从一个遥远的地方传来,阴沉又刺耳。尽管他们此刻挤在一起,却又各自恍若是在昏暗的夜间行走时听到的骇人的声音,而且声音就在背后,就在背后十分从容地响着,既不远去也不走近。他们感到一股力量正在挤压心脏,呼吸就是这样困难起来。

"去拿根绳子把他捆起来。"一个窒息的声音在他们中间亮了出来。于是他们开始说话,他们的声音仿佛被一根绳子牵住似的,响亮不起来。他们都表示赞同。有人走开了,不一会儿工夫就拿来了一根麻绳。但是没人愿意过去,刚才说话的那人已经消失了。此时那声音越来越低,像是擦着地面呼啸而来。他们已经无法忍受,却又没有离去。他们感到若不把疯子捆起来,这毛骨悚然的声音就不会离开耳边,哪怕他们走得再远,仍会不绝地回响着。于是大家都推荐那个交通警走过去,因为这是他的职责。但交通警不愿一人走过去,交涉了好久才有四个年轻人站出来愿意陪他去。他们每人手里都拿着一根棍子,以防疯子手中的刀向他们砍过来。

他已不再呜咽,已不再感到疼痛,只是感到身上像火烧一样燥热。他嘴里吐着白沫，神情僵死又动作迟缓地在腿上割着。尽管那样子看上去已经奄奄一息，可他依旧十分认真十分入迷。最后他终于双手无力地一松，菜刀掉在了地上。然后他如死去一般坐了很久，才长长地吐了口气，又吃力地从地上捡起了菜刀。

他们五个人拿着绳子走过去，有一个用木棍打掉他手中的菜刀，另四人便立刻用麻绳将他捆起来。他没有反抗，只是费劲地微微抬起头来望着他们。

他看到五个刽子手走了过来，他们的脚踩在满地的头颅和血肉模糊的躯体上，那些杂乱的肋骨微微翘起，他们的脚踩在上面居然如履平地。他看到他们身后跟着一大群人，那些人都鲜血淋漓，身上的皮肉都被割去了大半，而剩下的已经无法掩盖暴露的骨骼。他们跟在后面，无声地拥来。他看到五个刽子手手里牵着五辆马车走来，马蹄扬起却没有声音，车轮在满地的头颅和躯体上辗过，也没有声音。他们越来越近，他知道他们为何走来。他没有逃跑，只是默默地看着他们走来。他们已经走到了跟前，那后面一大群血淋淋的骨骼便分散开去，将他团团围住。五个刽子手走了上来，一人抓住他的脖子，另四人抓起他的四肢。他脱离了地面，身体被横了起来。他看到天空一片血色，一团团凝固了的暗红血块在空中飘来飘去。他感到自己的脖子里套上了一根很粗的绳子，随即四肢也被绑上了相同的绳子。五辆马车正朝五个方向站着。五个刽子手跳上了各自的马车。他的身体就这样荡了一会。然后他看到五个刽子手同时扬起了皮鞭，有五条黑蛇在半空中飞舞起来。皮鞭停留了片刻，然后打了下去。于是五辆马车朝五个方向奔跑了起来。他看到自己的四肢和头颅在顷刻之间离开了躯体。躯体则沉重地掉了下去，和许多别的躯体混在了一起。而头颅和四肢还在半空中飞翔。随即那五个刽子手勒住了马，他的头颅和四肢便也掉在了地上，也和别的头颅和四肢混在一起。然后五个刽子手牵着马朝远处走去，那一大群血淋淋的骨骼也跟着朝远处走去。不一会他们全都消失了。于是他开始去寻找自己的头颅、自己的四肢还有自己的躯体。可是找不到了，它们已经混在了满地的头颅、四肢和躯体之中了。

黄昏来临时，街上行人如同春天里掉落的树叶一样稀少。他们此刻大多围坐在餐桌旁，他们正在享受着热气腾腾的菜肴。那明亮的灯光从窗口流到户外，和户外的月光交织在一起，又和街上路灯的光线擦身而过。于是整个小镇沐浴在一片倾泻的光线里。

他们围坐在餐桌旁，围坐在这一天的尾声里。在此刻他们没有半点挽留之感，黄昏的来临让他们喜悦无比，尽管这一天已进入了尾声，可最美妙的时刻便是此刻，便是接下去自由自在的夜晚。

他们愉快地吃着，又愉快地交谈着。所有在餐桌旁说出的话都是那么引人发笑，那么叫人欢快。于是他们也说起了白天见到的奇观和白天听到的奇闻。这些奇观和奇闻就是关于那个疯子。

那个疯子用刀割自己的肉,让他们一次次重复着惊讶不已,然后是哈哈大笑。于是他们又说起了早些日子的疯子,疯子用钢锯锯自己的鼻子,锯自己的腿,他们又反复惊讶起来。还叹息起来。叹息里没有半点怜悯之意,叹息里包含着的还是惊讶。他们就这样谈着疯子,他们已经没有了当初的恐惧。他们觉得这种事是多么有趣,而有趣的事小镇里时常出现,他们便时常谈论。这一桩开始旧了,另一桩新的趣事就会接踵而至。他们就这样坐到餐桌旁,就这样离开了餐桌。

接着他们走到了窗前,走到了阳台上。看到月光这么明亮,感到空气这么温馨。于是他们互相说:"去走走吧。"他们便走了出去,他们知道饭后散步有益于健康。不想出去的则坐在彩电旁,看起了与他们无关、却与他们相似的生活来。而此刻年轻人已经在街上走来走去了。

孩子是什么时候出去的,父母根本没觉察,只记得吃饭时他们还坐在桌旁。

年轻人来到了街上,夜晚便热烈起来。灯光被他们搅乱了,于是刚才的宁静也被搅乱了。尽管他们分别走向影剧院,走向俱乐部,走向朋友,走向恋爱。可街道上依旧人来人往,人群依旧如浪潮般从商店的门口涌进去,又从另一个门口退出来。他们走在街上只是为了走,走进商店也是为了走。父母们稍微走走便回家了,他们还要走,因为他们需要走。他们只有在走着的时候才感到自己正年轻。

可是夜晚竟是那样的短暂,夜晚才刚刚来临,却已是深更半夜。尽管夜晚快要结束,尽管他们开始互道"明天见"了,开始独个回家了，可他们心中仍是充满喜悦。因为他们已经尽情享受了这个夜晚，而且他们明天还要继续享受。于是他们兴致勃勃地回家了，于是街道重又宁静了。

此刻商店的灯火已经熄灭，而那些家庭的灯火也已经或者正在熄灭。唯有路灯还亮着，唯有月光还在照耀着。他们开始沉沉睡去，小镇也开始沉沉睡去。但睡不了多久了，因为后半夜马上就会过去，那清晨的太阳也马上就会升起。

那疯子依旧坐着，身上绳子捆得十分结实，从那时到现在他一动不动。直到天快亮的时候，他才从深深的昏迷中醒过来。那时太阳快要升起了，一片灿烂的红光正从东方放射出来。他从昏迷中醒来时，第一眼就看到了那一片红光。于是这时候他仿佛听到了一种吼声，吼声由远至近，由轻到响，仿佛无数野兽正呜咽着跑来。这时候他精神振奋起来了，因为他还看到了一堆熊熊燃烧的大火。现在他可以断定吼声就是从那里飘来。他似乎看到了无数人体以各种姿态纷纷在掉落下来。于是他兴高采烈地跳跃着朝那里跑去。

恍若从沉沉昏睡中醒来，他的内心慢慢洋溢出一种全新的感觉。他的眼睛在无知无觉中费力地睁了开来。于是看到了一条街道躺在黎明里，对面的梧桐树如布景一样。

像是昏迷了很久，此刻他清醒过来了。在清醒过来的时候里，他脑中似乎一团烟雾在缭绕，然而现在开始慢慢散去。等到烟雾消散后，他脑中竟像一座空空的房屋一样，里面什么也没有。但透过那个小小的窗口，他开始看到了一些什么，而一些全新的情景也从那个窗口走了进来。

但是现在他感觉不到自己,他想活动一下四肢,可四肢没动静,于是他想晃动一下脑袋,脑袋没有反应。然而他内心却渐渐清晰起来。可是越是清晰便越麻木了,麻木是对身体而言。他明显地感到自己正在失去身体,或者说正在徒劳地寻找自己的身体。竟然会没有了身体,竟然会找不到身体。他于是惊讶起来。

那个时候他开始想起了一些什么,那些东西很多,挤在一起乱糟糟的。他很费力地把它们整理起来。不久后他终于想起自己是在学校的办公室里,两支日光灯明晃晃地闪着,西北风正在屋顶上呼啸。桌上的灰尘很厚,而窗玻璃却格外明净。他想起了自己是在街上走着,是穿着拖鞋在街上走着,有很多人拥着他也在走着。他想起了一群人闯进了他的家,那时他正在洗脚,妻子正坐在床沿上,他们的女儿已经睡了。

现在他完全清醒了,他发现刚才自己所想到的一切都发生在昨夜。现在朝霞已经升起来了,太阳尽管还没有升起,可也快了。他肯定那些是发生在昨天夜晚。他是昨天夜晚离开家的,是被人带走的,那时妻子仍然坐在床沿上,妻子麻木地看着他被人带走了。他的女儿哭了,女儿为什么要哭呢?

但是现在他感到自己不在学校办公室里,因为他看到的不是明净的窗玻璃和积满灰尘的办公桌,他看到的是街道和梧桐树。他不知道自己怎么会来到这里。他费劲将脑袋整理了一番,仍然不知道自己为何会在这里。于是他不再想下去。他感到自己应该回家了。妻子和女儿也许还在睡,女儿正枕在妻子的胳膊上睡着,而妻子应该将头枕在他的胳膊上,可他现在竟然在这里。他要回家了。他想站起来，可他的身体没有反应。他不知道自己的身体被丢到什么地方去了。没有身体他就不能回家，不能回家让他感到非常伤心。现在他似乎认出这条街道来了。他想只要沿着它往前走，走不远就可以拐弯，拐弯以后就可以看到自己家的窗户了。他发现自己此刻离家很近，可他没有了身体，他没法回家。

他仿佛看到自己正拿着厚厚的书在师院里走着。他看到妻子梳着两根辫子朝他走来，但那时他们不相识，他们擦身而过。擦身而过后他回头看到了两只漂亮的红蝴蝶。他仿佛看到街上下起了大雪，他看到在街上走着的人都弯腰捡起了雪片，然后读了起来。他看到一个人躺在街旁邮筒前死了。流出来的血是新鲜的，血还没有凝固，一张雪片飘了下来，盖住了这人半张脸。

太阳已经升起来了，光芒从远处的云端滑了过来，无声无息。他看到有人在那条街道上走动了。他看到他们时仿佛是坐在远处看着一个舞台，他们在舞台上出现，在舞台上说话并摆出了各种姿势。他不在他们中间，他和他们之间隔着什么。他们只是他们，而他只是他。然后他感到自己站起来走了，走向舞台的远处。然而他似乎仍在原处，是舞台在退去，退向远处。

天亮的时候，她醒了过来。她听到了厨房里碗碟碰撞的声音，她想父亲已经在准备早饭了。而母亲大概还是在原先的地方坐着，还是原先的神态。她不知道这样还要持续多久，不知道发展下去将会怎样。她实在不愿去想这些。她开始起床了，她看到窗帘又如往常一样在闪闪烁烁,她看到阳光在上面移动。她真想去扯开窗帘,让阳光透过明净的玻璃照到床上来,照到她身上来。她下了床,走到镜前慢慢地梳起了头发,她看到镜中自己的脸已经没有生气,已经在憔悴。她心想这一天又将如何度过,这样想着她来到了外间。她突然发现外间一片明亮,她大吃一惊。她看到是窗帘被扯开来,阳光从那里蜂拥而进。那把椅子空空地站在那里,阳光照亮它的一角。

母亲呢?她想。这么一想使她万分紧张。她赶紧往厨房走去。然而在厨房里她看到的不是父亲,而是母亲。那时母亲刚好转过身来,朝她亲切地一笑。她发现母亲的头发已经梳理整齐了,那从前的神色又回到了母亲脸上,尽管这张脸已经憔悴不堪。看着惊讶的她,母亲轻轻说:"天亮时我听到他的脚步声,他走远了。"母亲的声音很疲倦。她如释重负地微笑了。母亲已经转回身去继续忙起来,她朝母亲的背影看了很久。然后她突然想起了什么,赶紧转过身去。她发现父亲正站在背后,父亲的脸色此刻像阳光一样明亮。她想父亲已经知道了。父亲的手伸过来轻轻在她脑后拍打了几下。她看到父亲的头发全白了。她知道他的头发为何全白了。

吃过早饭,母亲拿起菜篮,问他们:"想吃点什么?"母亲的声音里充满内疚,"已经很久没让你们好好吃了。"

父亲看着她,她也看着父亲。父亲不知如何回答,她也不知说什么。母亲等了一会,然后微微一笑,又问:"想吃什么?"

她开始想了,可想了很久什么都没想起来。于是只得重新看起了父亲。这时父亲问她了:"你想吃什么?"

"你呢?"她反问。

"我什么都想吃。"

"我也什么都想吃。"她说。她感到这话说对了。

母亲说:"好吧,我什么都买。"

三人轻轻笑了起来。她说:"我和你一起去吧。"母亲点点头,于是他们三人一起走了出去。

她的双手重新挽住父母了,因此从前的生活也重又回来了。他们现在一起走着,一些熟人又和他们开玩笑了,开的玩笑也是从前的。她走在中间,心里充满喜悦。

来到胡同口,父亲往右走了,他要去上班。她和母亲就站在那里,看着父亲潇洒的背影和有力的双腿。父亲走了不远又回过头来看她们,发现她们正看着自己,他就走得越发潇洒了。她和母亲都禁不住笑了起来。

这时她突然想起了什么,急忙喊了起来。父亲站住脚回头望来。

她继续喊:"给我买一个皮球。"

父亲显然一怔,但他随即点点头转身走去了。她不禁潸然泪下。母亲转过脸去,装作没有看到,然后她们两人就这样默默无语地走了起来。

她们看到前面围着一群人,便走上去看。于是她们看到了那个疯子。疯子还被捆着,疯子已经死了,躺在一个邮筒旁,满身的血迹看去像是染过一样。有几个人正骂骂咧咧地把他抬起来,扔到一辆板车上。另一个骂骂咧咧地提着一桶水走来,往那一摊血迹上一冲,然后用扫帚胡乱地扫了几下便走了。板车被推走了，围着的人群也散了开去。于是她们继续走路。她在看到疯子被扔进板车时，蓦然在心里感到一阵轻松。走着的时候，她告诉母亲说这个疯子曾两次看到她如何如何，母亲听着听着不由笑了起来。此刻阳光正洒在街上，她们在街上走着，也在阳光里走着。

六

就这样春天走了，夏天来了。夏天来时人们一点也没有觉察，尽管还是阳春时他们已在准备迎接夏天了，可他们还是没有听到夏天走来的脚步声。他们只是感到身上的衣服正在轻起来。但他们谁也没有觉察到夏天来了，他们始终以为自己依旧生活在春天里，他们感到每一天都是一样的美好，所以他们以为春天还在继续着，他们以为春天将会无休止地继续下去。可当他们穿着西装短裤、穿着裙子来到街上时，他们才发现夏天早就来了。他们开始听到知了在叫唤，开始听到敲打冰棍箱的声音。他们开始感到阳光不再美好，而美好的应该是树荫。于是他们比春天里更喜爱现在的夜晚，那夜晚像井水一样清凉，那夜晚里有微风在吹来吹去。于是在夜晚里所有的人都跑出房屋来了，他们将椅子搬到阳台上搬到家门口，他们将竹床搬到胡同里，而更多的他们则走向田野。在无边无际的田野里，他们寻找到了一条条弯弯曲曲的田埂，他们便走上去，走在洒满月光的田埂上。青蛙在两旁稻田里声声叫唤，萤火虫在他们四周闪闪烁烁地飞舞。

总是太阳刚刚落山、晚霞刚刚升起的时候，她从家里走了出来，在胡同口和她的伙伴相遇。她看到伙伴穿着和她一样漂亮的裙子。于是她们并肩走上了大街，她感到伙伴的裙子正在拂打着自己的裙子，而自己的裙子也在拂打着伙伴的裙子。她看到街上飘满了裙子，还有不少裙子正从一个个敞着的门口，一个个敞着的胡同口飘出来。街上的裙子就这样汇聚起来，又那样分散开去。街上的裙子像是一个舞蹈。

这时她们看到一个疯子正一跃一跃地走来，像是跳蚤般地走来。那是个干净的疯子，他嘴里一声声叫唤着"妹妹"走来。

她们想起来了，这人是谁？她们知道他是在"文革"中变疯的，他的妻子已和他离婚，他的女儿是她们的同学。他嘴里叫着"妹妹"，那是在寻找他的妻子。

"好久没看到他了，我还以为他死了。"伙伴这么说，说毕伙伴轻轻拉了拉她的手，随即暗示她看前面走来的母女两人。"就是她们。"伙伴低声说，其实不说她也知道。

她看到这母女俩与疯子擦身而过，那神态仿佛他们之间从不相识。疯子依旧一跃一跃走着，依旧叫唤着"妹妹"。那母女俩也依旧走着，没有回过头。她俩走得很优雅。

一九八六年十二月三十一日

难逃劫数

一

　　东山在那个绵绵阴雨之晨走入这条小巷时，他不知道已经走入了那个老中医的视线。因此在此后的一段日子里，他也就无法看到命运所暗示的不幸。

　　那个时候，他的目光正漫不经心地在街两旁陈列的马桶上飘过去，两旁屋檐上的雨水滴下来，出现了无数微小的爆炸。尽管雨水已经穿越了衣服开始入侵他的皮肤，可四周滴滴答答的声音，始终使他恍若置身于一家钟表店的柜台前。他显然没有意识到自己正行走在一条小巷之中。由于对待自己偷工减料，东山在这天早晨出门的那一刻，他就不对自己负责了。

　　后来，就像是事先安排好似的，在一个像口腔一样敞开的窗口，东山看到了一条肥大的内裤。内裤由一根纤细的竹竿挑出,在风雨里飘扬着百年风骚。展现在东山视野中的这条内裤,有着龙飞凤舞的线条和深入浅出的红色。于是在那一刻里,东山横扫了以往依附在他身上的萎靡不振,他的脸上出现了从未有过的汹涌激情。就这样,东山走上了命运为他指定的灾难之路。

直到很久以后,沙子依然能够清晰地回忆起那天上午东山敲开他房门时的情景。东山当初的形象使躺在被窝里的沙子大吃一惊。那是因为沙子透过东山红彤彤的神采看到了一种灰暗的灾难。他隐约看到东山的形象被摧毁后的凄惨。但是沙子当初没有告诉他这些,沙子没有告诉东山可以用忘记来解释。

听完了东山的叙述,一个肥大的女人形象在沙子眼前摇晃了一下。沙子准确地说出了这个女人的名字:

"露珠。"

沙子又说:

"她的名字倒是小巧玲珑。"

然后沙子向东山献上了并不下流的微微一笑,但是东山不可能体会到这笑中所隐藏的嘲弄。

东山走后,沙子精确地想象出了东山在看到那条肥大内裤以后的情景——

东山热血沸腾地扑到了窗口上,一个丑陋无比并且异常肥大的女人进入了他的眼睛,经过一段热泪盈眶的窒息,东山用那种森林大火似的激情对她说:

"我爱你!"

沙子也想象出了露珠在那一刻里的神态。他知道这个肥大的女人一定是像一只跳蚤一样惊慌失措了。

二

呈现在老中医眼中的这条小巷永远是一条灰色的裤带形状，两旁的房屋如同衣裤的皱纹，死去一般固定在那里。东山就是在这上面出现的。那个时候，露珠以一只邮筒的姿态端坐在窗口，而她的父亲，这个脸上长满霉点的老中医却站在她的头顶。他们之间只有一板之隔。老中医此刻的动作是撩开拉拢的窗帘一角，窥视着这条小巷。这动作二十年前他就掌握了，二十年的操练已经具有了炉火纯青的结果，那就是这窗帘的一角已经微微翘起。二十年来，在他所能看到的对面的窗户和斜对面的窗户上，窗帘的图案和色彩经历了不停的更换。从那些窗口上时隐时现的脸色里，他看到了包罗万象的内容。在这条小巷里所出现的所有人的行为和声音，他都替他们保存起来了。那都是一些交头接耳、头破血流之类的东西。自然也有那种亲热的表达，然而这些亲热在他看来十分虚伪。二十年来他一直沉浸在别人暴露而自己隐蔽的无比喜悦里，这种喜悦把他送入了长长的失眠。

东山最初出现在老中医视线中时，不过是一个索然无味的长方形。他在雨的空荡里走来。然而当东山突然站住时，老中医才预感到将会发生些什么了。在此后一段日子，老中医因为未能更早地预感，他无情地谴责了自己的迟钝。那时候在东山微微仰起的脸上，他开始看到一股激情在汹涌奔泻，于是他感到自己的预感得到了证实。不久之后东山的身影一闪消失了，他知道东山已经扑到了露珠的窗口，接着他便听到一声如同早晨雄鸡啼叫一般的声音。

面对东山的出现，露珠以无可非议的惊慌开始了她的浑身颤抖。这种出现显然是她无时无刻不在期待之中的，然而使她措手不及的是东山的形象过于完美。她便由此而颤抖起来。因为身体的颤抖，她的目光就混乱不堪，所以东山的脸也就杂乱无章地扭动起来。露珠隐约看到了东山的嘴唇如同一只启动了的马达，扭曲畸形的声音就从那里发出。她知道这声音里所包含的全部意义，尽管她一点也无法听清。

这个时候，她听到了几只麻雀撞在窗玻璃上的声音，这种声音来到时将东山的滔滔不绝彻底粉碎。她知道那是父亲的声音，父亲正在窃窃而笑。他的笑声令她感到如同一个肺病患者的咳嗽。她知道他已经离开了窗口，确实如此，老中医此刻正趴在地板上，那里有一个小孔，他用一只眼睛窥视露珠已经很久了。

在此后的时间里，东山像一只麻雀一样不停地来到露珠的窗口，喳喳叫个不止。然而在这坚强的喳喳声里，露珠始终以忧心忡忡的眼色凄凉地望着东山。东山俊美的形象使她忧心忡忡。在东山最初出现的脸上，她以全部的智慧看到了朝三暮四。而在东山追求的间隙里，她的目光则透过窗外的绵绵阴雨，开始看到她与东山的婚礼。与此同时她也看到了自己被抛弃后的情景，她的目光长久地停留在这情景上面。

每逢这时，她都将听到父亲那种咳嗽般的笑声。父亲的笑声表明他已经看出了露珠心中的不安。于是在第二天的夜晚来到以后,他悄然地走到了露珠的身后,递过去一小瓶液体。

正在沉思默想的露珠在接过那个小瓶时,并没有忘记问一声:

"这是什么?"

"你的嫁妆。"

老中医回答,然后他又咳嗽般地咯咯笑了起来。在父亲尖利的笑声里,露珠显然得到了一点启示。但她此刻需要更为肯定的回答。于是她又问:

"这是什么?"

"硝酸。"

父亲这次回答使她领悟了这小瓶里所装的深刻含义,她将小瓶拿在手中看了很久,但她没看到那倾斜的液体是什么颜色。她所看到的是东山的形象支离破碎后,在液体里一块一块地浮出,那情形惨不忍睹,然而正是这情形,使盘旋在露珠头顶的不安开始烟消云散。露珠开始意识到手中的小瓶正是自己今后幸福的保障。可是她在瓶中只看到了东山的不幸,却无法看到自己的灾难。

于是露珠对东山爱情的抵制持续了两天以后,在这一刻里夭折了。事实上露珠在最初见到东山时,她在内心已经扮演了追求的角色,所谓抵制不过是一本书的封面。

当翌日清晨东山再次以不屈的形象出现在露珠窗口时,呈现在他眼前的露珠无疑使他大吃一惊。

正如后来他对沙子所说的:

"她简直像是要从窗里扑过来似的。"

在那十分迅速的惊愕过去以后，东山马上明白他们的位置已经做了调整。眼下是他被露珠狂热的追求压倒了。他立刻知道结婚已经是一件迫在眉睫的事情。那时候两天前开始的这场雨还在绵绵不绝地下着，因为是在雨中认识，在雨停之前相爱，所以东山感到他们的爱情有点潮湿。但是由于东山的眼睛被一层网状的雾障所挡住，他也就没法看到他们的爱情上已经爬满了蜒蚰。

三

　　所有的朋友都来了，他们像一堆垃圾一样聚集在东山的婚礼上。那时候森林以沉默的姿态坐在那里，不久以后他坐在拘留所冰凉的水泥地上时，也是这个姿态。他妻子就坐在他的对面，他身旁的一个男人正用目光剥去他妻子的上衣。他妻子的眼睛像是月光下的树影一样阴沉。很久以后，森林再度回想起这双眼睛时，他妻子在东山婚礼最后时刻的突然爆发也就在预料之中了。

　　森林的沉默使他得以用眼睛将东山婚礼的全部过程予以概括。在那个晚上没人能像森林一样看到所有的情景。森林以一个旁观者锐利的目光成功地做到了这一点。不仅如此，他还完成了几个准确的预料。所以当广佛一走进门来时，森林就知道他将和东山的表妹彩蝶合作干些什么了。那个时候他们为他提供的材料仅仅只是四目相视而已，但这已经足够了。因为森林在他们两人目光的交接处看到了危险的火花。后来的事实证明了森林是正确的。那时候东山的婚礼已经进入了高潮。森林的眼睛注视着一伙正在窃窃私语的人的影子，这些人的影子贴在斑驳的墙上。他们的嘴像是水中的鱼嘴一样吧嗒着。墙上的影子如同一片乌云，而那一片嗡嗡声则让他感到正被一群苍蝇围困。彩蝶的低声呻吟就是穿破这片嗡嗡声来到森林耳中的，她的呻吟如同猫叫。于是头靠在桌面上浑身颤抖不已的彩蝶进入了他的眼睛。而坐在她身旁的广佛却是大汗淋漓，他的双手入侵了彩蝶，仿佛像是揉制咸菜一样揉着彩蝶。一个男孩正在他们身后踮脚看着他们。森林在这个男孩脸上看到了死亡的美丽红晕。

尽管后来事过境迁，然而森林还是清晰地回想出露珠当初像涂满猪血一样红得发黑的脸色，和坐在她身旁东山躁动不安的神态。他甚至还记起曾有一串灰尘从屋顶掉落下来，灰尘掉入了东山的酒杯。

他始终听到东山像一个肺气肿患者那样结结巴巴的呼吸声，他觉得自己听到的是一种强烈的欲望在呼吸。因此当东山莫名其妙地猛地站起，又莫名其妙地猛地坐下时，他感到东山已经无法忍受欲望的煎熬了。他看到东山坐下以后用肩膀急躁地撞了撞他的新娘。当新娘转过头去看他时，他向她使出了诡计多端的眼色。而她显然无法领会，因为她的头又转了回去。可是她随即就大叫一声,这一声使那些窃窃私语者惊慌失措。显然东山在她身上最肥沃处拧了一把,她于是又将眼睛交给了东山,东山这一次使出来的眼色已经肆无忌惮了。森林感到东山的眼色与对面那扇门有关,那扇门半掩着,他看到一张床的一只角。

沙子是在这个时候进来的,他进来以后并没有利用一把空着的椅子,他背靠着门站在了那里。于是森林仿佛看到在一条空荡的街道拐弯处,在一只路灯空虚的光线里,站着一个瘦长的人影。他发现沙子的目光始终逗留在某一个梳着辫子的姑娘头上。那个时候他从沙子神秘的微笑上似乎领悟到了什么。他的这种先兆在不久之后得到了证实。因此在几天以后,森林带着广佛的骨灰敲开沙子的屋门后,他向沙子揭穿了这个阴谋。尽管沙子在那一刻里装着若无其事,但他还是一眼看出了沙子心中的不安。

在沙子进来之前,森林发现妻子的眼睛已经不仅仅是阴沉了,里面开始动荡起愤怒的痛苦。可是森林那能够看出沙子诡计的锐利目光一旦投射到妻子身上时,却变得格外迟钝。即便是在那个时候,他仍然没有准备到妻子的突然爆发。

那时候东山依然在使着眼色,可他的新娘因为无法理解而脸上布满了愚蠢。于是东山便凑过去咬牙切齿地说了一句什么,总算明白过来的新娘脸上出现了幽默的微笑。随即东山和他的新娘一起站了起来。东山站起来时十分粗鲁,他踢倒了椅子。正如森林事先预料的一样,他们走进了那个房间。但是他们没有将门关上,所以森林仍然看到那张床的一只角,不过没有看到他们两人,他们在床的另一端。然后那扇门关上了。

不久之后，那间屋子里升起了一种混合的声音，声音从门缝里挤出来时近似刷牙声。在这混合的声音里最嘹亮的是床在嘎吱嘎吱响着。森林微微一笑，他想：

"一张破床。"

这一时刻那一片嗡嗡声蓦然终止，那些窃窃私语者都抬起了梦游症患者一样的脸来。森林注意到广佛开始腾出手来擦汗了，于是彩蝶靠在桌面上的头也总算仰起，在她仰起的脸上，森林看到了一种疲倦的紫色。那个男孩也不再踮着脚，他开始朝那扇门奇怪地张望。

森林是在这时看到沙子实现了他的诡计。他看到沙子微笑地走到那个正在凝神细听的姑娘身后，沙子从口袋里拿出了一把剪刀，剪刀在灯光下一闪之后，那姑娘便失去了一根辫子。于是森林看到姑娘的头颅像是失去重心一样摇摆了过去。沙子往后退去时仍然在微笑，他一直退到门旁。可是不一会森林发现沙子已经坐在妻子的身旁，沙子从门旁到那里的过程，森林没有看到。

这时候那扇门似乎在微微抖动了，里面的声音像风一样打在门上。森林感到那声音像是从油锅里煎出来似的热气腾腾。随后森林听到这混合在一起的声音开始运动。那声音在屋内抱成一团，并且翻滚起来。仿佛从床上掉落在地，滚到了墙角，又从墙角滚到了床底下。于是森林清晰地分辨出了两种声音。他听到了柳枝抽打玻璃的尖利声和巨石从山坡上滚下时的沉重喘息。他体会到这两种声音所形成的对抗。然而对抗是暂时的，不久之后它们便趋向了和解。它们从狭路相逢进入剑拔弩张的高潮后，又立刻跌了下来，这两种声音开始同舟共济了，并且正在快速地远去。此后一片平静呈现了，如同呈现了一片没有波浪的湖面。

然后屋内响起了比口哨还要欢畅的脚步声，接着那扇门打开了。东山首先走出来，他脸上的笑容像是一只烂掉的苹果，但他总算像一个新郎了，他的新娘紧随其后，新娘的脸色像一只二十瓦的灯泡一样闪闪发光。他们从容不迫地在刚才的位置上坐了下来，他们的神态强词夺理地在说明他们没有离开过。

广佛和彩蝶开始面面相觑，透过面面相觑，森林得意地看到了他们心中正羞愧不已。但是森林没有料到的是他们两人突然果断地站了起来，接着以同样的果断朝门口走去。门被打开后又被关上。然后他们已经不再存在于屋内，他们已经属于守候在屋外的夜晚。接着那门又被打开又被关上，森林看到那个男孩也出去了。在男孩出门的一瞬间，森林看到男孩的后脑勺上出现了一点可怕的光亮。

然而这个时候，森林妻子将忍耐多时的悲哀像一桶冷水一样朝他倒来。他妻子在那一刻突然哇哇大哭起来，如一只汽车喇叭突然摁响一样。妻子的哭声像硝烟一样在屋内弥漫开来，她用食指凶狠地指着森林：

"你从来没为我买过一条漂亮裤子。"

那时候森林眼前出现了一片空荡，而一块绝望的黑纱在空荡里飘来了。正是在这一刻，森林心中燃起了仇恨之火，正如他后来对沙子所说的：

"我仇恨所有漂亮的裤子。"

四

广佛和彩蝶经过漫长的面面相觑以后,他们毅然地来到了屋外。他们十分干脆地体现了命运的意志。他们出门以后绕过了几棵从房屋的阴影里挺身而出的树木,但他们没有注意树梢在月光里显得冰冷而没有生气,显然这是不幸的预兆。那个时候广佛的智慧已被情欲湮没。直到多日以后,广佛的人生之旅行将终止时,他的智慧才恢复了洞察一切的能力。然而那时候他的智慧只能表现为一种徒有其表的夸夸其谈了。

广佛在临终的时刻回想起那一幕时,他才理解了当初他和彩蝶沙沙的脚步声里为何会有一种咝咝的噪音。这噪音就是那男孩的脚步。那时候男孩就在他们身后五米远的地方。但是当广佛发现他时已是几分钟以后的事了,那时候男孩的手电光线照在了他的眼睛上。男孩干涉了广佛的情欲,广佛的愤怒便油然而生,接着广佛的灾难也就翩翩来到了。

那天晚上他们并没有走远,他们出门以后只走了十多米,然后就在一片阴险闪烁的草地上如跌倒一样地滚了下去。于是情欲的洪水立刻把他们冲入了一条虚幻的河流,他们沉下去之后便陷进了一片污泥之中。以至那个男孩走到他们身旁时,他们谁也没有觉察。

首先映入男孩眼帘的是一团黑黑的东西,似乎是两头小猪被装进一只大麻袋时的情景。然而当男孩打亮手电照过去时,才知道情况并不是那样，眼前的情景显然更为生动。所以他就在他们四周走了一圈。他这样做似乎是在挑选最理想的视觉位置，可他随即便十分马虎地在他们右侧席地而坐。他手电的光线穿越了两米多的空间后，投射在他们脸上，于是孩子看到了两张畸形的脸。与此同时那四只眼珠里迎着光线射过来的目光使孩子不寒而栗。所以他立刻将光线移开，移到了一条高高跷起的腿上，这条腿像是一棵冬天里的树干，裤管微微有些耷拉下来，像是树皮一样剥落下来。最上面是一只漂亮的红皮鞋，那么看去仿佛是一抹朝霞。腿在那里瑟瑟摇晃。不久之后那条腿像是断了似的猝然弯曲下来，接着消失了。然而另一条腿却随即挺起，这另一条腿的尖端没有了那只朝霞一样的红皮鞋，也没有裤管在微微耷拉下来，什么都没有，有的只是一条腿，这条腿很纯粹。孩子的手电光照在那上面，如同照在一块大理石上，孩子看到自己的手电光在这条腿上嘹亮地奔泻。然后他将光线移到了另一端，因此孩子看到的是一只张开的手掌，手掌仿佛生长在一颗黑黑的头颅上。他将光线的焦点打在那只手掌上，四周的光线便从张开的指缝里流了过去。随后手掌突然插入了那黑黑的头颅，于是一撮一撮黑发直立了起来，如同一丛一丛的野草。接着黑发又垂落下去，黑发垂落时手掌消失了。孩子便重新将光线照到他们脸上，他看到那四只眼睛都闭上了，而他们的嘴则无力地张着，像是垂死的鱼的嘴。他又将光线移到刚才出现大腿的地方，光线穿过了那里以后照在一棵树上。刚才的情景已经一去不返了，如今呈现在手电光下的不过是一堆索然无味的身体。于是他熄灭了手电。

广佛从地上爬起来时，孩子还坐在那里。他回头看了看彩蝶，彩蝶正在爬起来。于是他就向孩子走去，孩子的眼睛一直在看着他，那双眼睛像是两只萤火虫。孩子坐在那里一动不动，月光照在他身上仿佛他身上披满水珠。广佛走到他跟前，站了片刻，他在思忖着从孩子身上哪个部位下手。最后他看中了孩子的下巴，孩子尖尖的下巴此刻显得白森森的。广佛朝后退了半步，然后提起右脚猛地踢向孩子的下巴，他看到孩子的身体轻盈地翻了过去，接着斜躺在地上了。广佛在旁边走了几步，这次他看中了孩子的腰。他看到月光从孩子的肩头顺流而下，到了腰部后又鱼跃而上来到了臀部。他看中了孩子的腰，他提起右脚朝那里狠狠踢去。孩子的身体沉重地翻了过去，趴在了地上。现在广佛觉得有必要让孩子翻过身来，因为广佛喜欢仰躺的姿态。于是他将脚从孩子的腹部伸进去轻轻一挑，孩子一翻身形成了仰躺。广佛看到孩子的眼睛睁得很大，但不再像萤火虫了。那双眼睛像是两颗大衣纽扣。血从孩子的嘴角欢畅流出，血在月光下的颜色如同泥浆。广佛朝孩子的胸部打量了片刻，他觉得能够听听肋骨断裂的声音倒也不错。这样想着的时候，他的脚踩向了孩子的胸肋。接下去他又朝孩子的腹部踩去一脚。然后他才转过头去看了看彩蝶，彩蝶一直站在旁边观瞧，他对彩蝶说：

"走吧。"

当广佛和彩蝶重新走入东山的婚礼时，森林的妻子还在号啕大哭。所以谁也没有注意到他们推门而入，因此他们若无其事的神态显得很真实。在所有人中间，只有森林意识到他们两人刚才开门而出，但是森林此刻正在被仇恨折磨，他无暇顾及他们的回来。于是彩蝶便逃离众目睽睽，她可以神态自若地坐回到自己的位置上。然后她又以同样的神态自若，看着广佛怎样走到那伙窃窃私语者身旁，她看到广佛朝喜气洋洋的东山微微一笑，随后俯下身对一个男人说了一句话，她知道广佛是在说：

"我把你儿子杀了。"

在那个男人仰起的脸上，彩蝶看到一种睡梦般的颜色。接着广佛离开了那伙人，当广佛重新在彩蝶身旁坐下时，彩蝶立刻嗅到了广佛身上开始散发出来的腐烂味，于是她就比广佛自己更早地预感到了他的死亡。与此同时，她的目光投射到了露珠的脸上，她从露珠脸上新奇地看到了广佛刚才朝那伙人走去时所拥有的神色。因此当翌日傍晚她听到有关东山的不幸时，她丝毫也惊讶不起来，对她来说这已是一个十分古老的不幸了。

五

聚集在东山婚礼上的那群人像是被狂风吹散似的走了。沙子是第一个出门的，他出去时晃晃悠悠像一片败叶，而紧随其后森林那僵硬的走姿无疑是一根枯枝的形象。他们就这样全都走了。东山感到婚礼已经结束，所以他也摇晃地站起来，朝那扇半掩的门走去。他走去时的模样很像一条挂在风中的裤子。

那个时候东山的内心已被无所事事所充塞，这种无所事事来自于刚才情欲的满足和几瓶没有商标的啤酒。因此当东山站起来朝里屋走去时，他似乎忘掉了露珠的存在，他只是依稀感到身旁有一块贴在墙上的黑影。于是他也就不可能知道此刻对露珠来说婚礼并没有结束。如果他发现这一点的话，并且在此后的每时每刻都警惕露珠的存在，那么他也就成功地躲避了强加在他头上的灾难。然而这一切在他作出选择之前就已经命中注定了。东山一躺到那张床上就立刻呼呼睡去，命运十分慷慨地为露珠腾出了机会。

在此之前，露珠清晰地听到那张床发出的嘎吱嘎吱的响声，如同一条船在河流里摇过去的橹声，而且声音似乎在渐渐地远去。这使露珠感到很宁静。随后东山的鼾声出现了，东山的鼾声让露珠觉得内心踏实了。所以她就站起来，她听到自己身体摆动时肥大的声响。那个时候屋外的月光使窗玻璃白森森地晃动起来，这景象显然正是她此刻的心情。她十分仔细地绕过聚集在她前面的椅子，她觉得自己正在绕过东山所有的朋友，他们一个一个都不再对她有威胁了。现在她已经站在了那间屋子的门口，她看到了东山侧身躺着的形象。她生平第一次站在旁边的角度看到一个男人的睡态，因而她内心响起了一种阴沟里的流水声。可是流水声转瞬即逝，因为她那时十分明白流水声继续响下去的危险，她已经意识到这声音其实是命运设置的障碍。像绕过刚才的椅子那样，这次她绕过了流水声。她已经站在了梳妆台前，她的目光停留在那个小瓶上，她发现从镜子里反映出来的小瓶要比实际大得多。那个时候她摇摇晃晃地听到了两种声音：

"这是什么?"

那是她问父亲的声音和东山问她的声音,两种声音像是两张纸一样叠在了一起。

她当初的回答是沿用了父亲的回答:

"我的嫁妆。"

于是她看到东山脸上洋溢出了天真无邪,从那时她就知道自己要干的这桩事远比想象的要简单。那时候她看到了东山其实是手无寸铁,东山的智慧出现了缺陷,东山的智慧正在被情欲用肥皂洗去。所以她拿起小瓶时丝毫没有慌乱,但是那一刻里她的左眼皮突然剧烈地跳动了几下。由于被行动的欲望所驱使,她没有对这个征兆给予足够的重视,她错误地把这种征兆理解为疲倦,所以日后的毁灭便不受任何阻挠地来到了。

她已经走到了床边,东山因为朝右侧身睡着,所以他左侧的脸在灯光下红光闪闪,那是啤酒在红光闪闪。她用手指在那上面触摸了一下,恍若触摸在削下的水果皮上。然后她拧开了瓶盖,将小瓶移到东山的脸上,她看着小瓶慢慢倾斜过去。一滴液体像屋檐水一样滴落下去,滴在东山脸上。她听到了嗤的一声,那是将一张白纸撕断时的美妙声音。那个时候东山猛地将右侧的脸转了出来,在他尚未睁开眼睛时,露珠将那一小瓶液体全部往东山脸上泼去。于是她听到了一盆水泼向一堆火苗时的那种一片嗤嗤声。东山的身体从床上猛烈地弹起,接着响起了一种极为恐怖的哇哇大叫,如同狂风将屋顶的瓦片纷纷刮落在地破碎后的声音。东山张大的嘴里显得空洞无物,他的眼睛却是凶狠无比。他的眼睛使露珠不寒而栗。那时候露珠才开始隐约意识到了一点什么，但她随即又忽视了。东山在床上手舞足蹈地乱跳，接着跌落在地翻滚起来，他的双手在脸上乱抓。露珠看到那些灼焦的皮肉像是泥土一样被东山从脸上搓去。与此同时，露珠似乎听到了父亲咳嗽般的笑声，笑声像是屋顶上掉下来的灰尘一样出现了。于是她迷迷糊糊地发现了自己的处境，她的思想摇曳地感到自己似乎是父亲手枪里的一颗子弹。

六

几天以后，广佛站在被告席上重温了他那一天里的全部经历。他的声音在大厅里空洞地响着，那声音正卖力地在揭示某一个真理。他在说到中午起床拉开窗帘后看到阳光如何灿烂时，他的神态说明他重又进入了那一天。然后有几只麻雀从半空里飞下来，一阵喳喳声也从半空里飞了下来。于是他发现再在屋内待下去是愚蠢的，因此他就来到了屋外。走到屋外时一个素不相识的陌生人朝他微微一笑，这个微笑使他走到大街上时仍然难以忘怀。这个时候他碰到了东山，东山充满激情地告诉他晚上的婚礼，那时候他表现出来的激情绝不逊色于东山。随后他们两人就各走东西。广佛朝东走去时蓦然感到东山刚才脸上的激情有些吓人。但他却没有因此想到自己刚才表现的激情是否也吓人。他就这样走进了一家点心店，一客小笼包子端上来时热气腾腾，他的早餐便开始了。尽管他在某一只包子里咬出了一颗小石子，可是并没有影响他的情绪。在他走出点心店时，他下午的经历开始了。他首先是走到邮局报栏前看了所有陈列出来的报纸的夹缝，他在夹缝里看到了三条杀人的新闻。那个时候命运第一次向他暗示了，可是得到的结果却与后来的暗示一样，命运在对牛弹琴。随后他离开报栏朝西走去，在走到那座桥上时，他得到了命运的第二次暗示，那时候他看到有一条披麻戴孝的小船哭哭啼啼地从桥下摇了过去，但他同样无动于衷。他在桥上站了一会，他这样做只是为了看着正在波动的水，水的颜色使他想起了一条柏油马路。这个联想出现后，他开始感到索然无味。于是他走下了桥，他望到了自己房间的窗口，那个窗口有点阴阳怪气。这时候他才发现自己走了一圈的结局是回家。于是他就从刚才走下来时的楼梯走了上去，那个下午以后的时间他消磨在房间里。他半躺在床上，用一只眼睛看着窗外的一片树叶，他记得那片树叶的颜色是黄的。他在望着树叶时不停地吹口哨，口哨表明他的心情一直很愉快。那片树叶在口哨声里摇摇晃晃，显得很危险。后来在他从床上跳起来准备去参加东山婚礼时，那片树叶终于掉落下来，那掉下来的姿态慢慢吞吞。显然这是命运的第三次暗示，他自然又忽视了。接下去他通过那个弥漫着灰尘的楼梯，又来到了屋外。那个时候太阳掉下去了，一片晚霞挂在马路上面，他十分愉快地走在晚霞和马路中间。他记得当时什么也没有发生，连一片树叶也没有掉下来。他就这样走到了东山家的小巷口，他的身体扭动一下后就走进了小巷。当时他朝那里的一家卫生院望了一下，透过卫生院的窗玻璃他看到了一只正在挨针扎的屁股，但尚未分辨一下这只屁股的性别，他就走过去了。然后他就出现在了东山的婚礼上，在东山婚礼上他首先看到的是那个男孩，那时男孩正用一双透明的黑眼睛望着他，男孩的眼睛使他心里涌上了一股奇怪的情绪，他想杀死他。那个时候命运的第四次暗示出现了。但他随即被娇媚的彩蝶招引了过去，他坐到了她的身旁，他用眼睛望着她的脖子，他的情欲之火就是这样点燃的。不久之后他的左腿上出现了爬动的感觉，彩蝶用脚趾开始了勾引。于是他的双手便开始传达他的情欲之火。尽管他竭尽全力，可他还是感到自己的情欲舒展不开。后来是东山的果断行为激励了他，他就和彩蝶双双走到了屋外，在一片布满水珠的草地上翻滚下去。那男孩的手电光也就接踵而至，手电光使他的情欲发泄时出现了愤怒的成分。愤怒的结果使他杀死了男孩。他就这样连续错过了命运的四次暗示，但是命运的暗示是虚假的，命运只有在断定他无法看到的前提下才会发出暗示。他现在透过审判大厅的窗玻璃，看到了命运挂在嘴角的虚伪微笑。他用右手向窗外的天空一指，窗外的天空蓝得虚无。他说这种虚伪微笑不是任何眼睛都能看到的，只有临终的眼睛才能看到。当他此刻重新回顾那一天的经历时，他才知道彩蝶和男孩其实是命运为他安排的两个阴谋，他还知道自己只要避开其中一个，那他也就避开了两个。可是由于他缺乏对以后的预见，所以他迟早也将在劫难逃，而他和彩蝶则是命运为男孩安排的两个阴谋，现在男孩已经死了，他也将殊途同归。唯有彩蝶幸存下来，命运在那一天为彩蝶安排的只是一个道具。现在他看到彩蝶的神色里有一种更为可怕的东西，因此他意识到命运对彩蝶的陷害将会更为残酷。他明确地告诉彩蝶，命运正在引诱她自杀。如果彩蝶重视他的临终忠告，那么她也许还能化险为夷。但是他十分遗憾地感到彩蝶对他的忠告显然漫不经心，所以他认为彩蝶也在劫难逃了。如今他行将就木，他并不感到委屈，他只是忏悔对那个男孩的残杀，他感到自己杀死的似乎不是那个男孩，而是自己的童年。所以当他扼杀了自己的童年以后，再在此刻回顾自己的人生之旅，他的眼睛凄凉地看到了一堆废墟。现在他已经别无所求，他只希望沙子能够将他的骨灰撒在一片蔚蓝色的海面上，他将在波浪里万念俱灭，日出会将他的人生抹掉，就像他现在抹掉嘴角的唾沫一样。

彩蝶十分无聊地听着广佛冗长的夸夸其谈，那时候她站在证人席上，她的眼睛远远地注视着沙子，沙子像一片树叶似的在那里悄无声息地飘来飘去。沙子从一个空座位不停地向另一个空座位转移，沙子每次坐下时，她都要通过某一位时髦女子的头发才能继续看到沙子，她看到的是沙子灰暗的前额，但是沙子的前额比广佛的声音要明亮多了。广佛的声音让她仿佛看到一个男人在黑暗里咬牙切齿。所以她警惕地感到那声音不怀好意。因此当广佛对她进行忠告时，她无可非议地将这种忠告理解为诅咒。广佛对她结局的预言在她听来如同麻雀的叫唤。那时她在心里想着自己的美容，她已经没有机会让广佛知道她已经和一位眼科医生取得了联系，这个联系在一个月以前就开始了。那位眼科医生会使她更为楚楚动人，医生只需在她的眼皮上轻轻划上两刀，她就会拥有生动的双眼皮，这个不久来到的事实会轻而易举地粉碎广佛的预言。尽管广佛就站在她近旁，但她没情绪去看他，看着鬼鬼祟祟的沙子使她觉得更为有趣。但是不久之后她就发现那人其实不是沙子，而是森林。森林与沙子的神态如此接近，她还是第一次发现。那个时候她已经走到大厅的门口了，她看到沙子就在前面走着，所以她就叫了一声，然后她才发现那人其实是森林。接着她从森林喜气洋洋的脸上感到，森林似乎十分乐意被错认成沙子。与此同时她看到前面有几个穿着紧身裤的时髦女子，彩蝶之所以注意她们是因为她们的臀部如同被刀割过一样裂开了，裂开的模样很挑逗，因为里面的内裤色彩斑斓。

七

这天晚上，森林用小拇指敲开了沙子的屋门，这个举动为他的这次拜访涂上了一层神秘的色彩。他进屋以后就在沙子的床上坐了下来，床摇摆了几下。然后他用一种诡秘的微笑注视着沙子。沙子显然已经意识到森林的这次拜访不同以往，所以他十分警惕地与他保持两米的距离。然而森林开口的第一句话却是告诉沙子有关广佛的消息。他告诉沙子只用一颗子弹就将广佛断送了。那颗子弹很小,因为弹壳被一个孩子捡去了,所以森林现在只能向沙子伸出小拇指。

"就这么小。"

接着森林传达了广佛的遗言。广佛临终时的重托显然使沙子感到有些棘手,但他还是十分认真地询问了广佛的骨灰现在何处。森林便拍了拍两只胀鼓鼓的上衣口袋。沙子才知道他把广佛带来了。于是沙子将一张十多年前的报纸在桌上铺开,森林就走过去把两只口袋翻出来将骨灰倒在报纸上,倒完以后森林用劲拍了拍口袋,剩余的骨灰弥漫开来,广佛的一部分就这样永久地占有了沙子的房屋。那个时候他们两人同时嗅到了广佛身上的汗酸味。

森林重新坐到沙子的床上,刚才那种诡秘的微笑又在他的嘴角出现。森林告诉沙子,彩蝶上午把他错认的经过。但是沙子却只是轻描淡写地微微一笑。因此森林便提醒他,彩蝶的错认有力地暗示了他们的接近。然而沙子立刻予以否定,因为他一点也没看出这种所谓的接近。森林便不得不揭穿了沙子在东山婚礼上的行为,随后他充满歉意地说:

"我不是有意的。"

这无疑使沙子大吃一惊,但他立刻用满不在乎的一笑掩盖了自己的吃惊。然而他并不准备去否认,他迟疑了片刻后对森林说:

"那不是我的代表作。"

"这我知道。"

森林挥了挥手,他告诉沙子他今夜来访的目的并不是要贬低沙子的天才,而是……他请沙子把剪刀拿出来。

但是沙子以沉默拒绝了,于是森林就从裤袋里拿出了一把小刀,他将锋利的刀口对准沙子,问:

"看到了吗?"

确定了沙子的点头以后,他便告诉沙子,这把小刀已经割破了二十个时髦女子的时髦裤子。他这样做是因为他仇恨所有漂亮的裤子。然后他坚信沙子也有同样的心理,并且认为当他割裤子听到咔嚓声时所得到的快感,与沙子听到剪刀咔嚓声时的快感毫无二致。他再次请求沙子把剪刀拿出来。

沙子现在完全理解了森林妻子在东山婚礼上的号啕大哭。他微微一笑后从口袋里拿出了剪刀,他也问:

"看到了吗?"

"看到了。"

森林回答。接着他说虽然小刀和剪刀的形状与大小都不一样,但是:

"它们一样有力。"

沙子听完以后并不立刻回答,他蹲下身从床底拖出了两只大木箱。他打开木箱以后让森林看到了两箱排列得十分整齐的辫子。他告诉森林它们中间每一根都代表着两根辫子,因为他从来都只是剪一根辫子的,而另一根:

"她们会替我剪去的。"

这个情景使森林感到羞愧,于是他十分坦率地承认自己远远落后了。

"问题并不在这里。"

沙子这样说。但是森林表示他一下子还不能正确地理解这句话，所以沙子就只好明确地指出：森林不过是一个复仇者，而他却是一个艺术家。

"我们的不同就在这里。"

沙子仔细分析了森林割裤子和自己剪辫子的原始动机。他告诉森林他并不像他仇恨漂亮裤子那样仇恨辫子，他是因为看到辫子时有一种本能冲动，这冲动要求他剪下辫子。所以他这样做是为了表现自我，因此：

"我是一个艺术家。"

接着他对自己的这种冲动作了一个比喻：

"近似东山看到露珠时的那种冲动，但又完全不一样。因为他是生理的，而我则是艺术的。"

提到东山的名字以后，两人都沉默了片刻，表示对东山被毁坏的面容的悼念。

现在森林感到无话可说了，他看到了自己的失败，他不得不承认沙子说得有理。

沙子看出了这种对自己有利的处境后，他就提议到外面去走一走，说话的时候他将广佛的骨灰包了起来。然后他们就来到了屋外，在走出那条小巷时，沙子告诉森林尽管他们本质不同，可表现形式还是有共同之处的，鉴于这一点，沙子感到他们的友谊朝前跨出了很大一大步。

沙子的话使森林深受感动，因为这正是他今晚的目的所在。他来向沙子指出他们的接近，无非是为了证明他们的友谊朝前跨出了一大步。现在他感到心满意足，他十分愉快地跟着沙子往前走。他们走去的方向有一条小河。那个时候他们谁也不知道命运已在河边为他们其中的一人设置了圈套。

来到河边以后,森林重提了彩蝶上午把他错认的经过,他这样做无非是证明他们的友谊朝前跨出一大步的另一种说法。森林说话的时候,沙子将报纸里的广佛扔进了那条正在闪烁流动的小河。广佛无声地掉落在水面上,由于报纸依旧包着,它漂浮了一小会,然后在桥的阴影里消失。这个举动使森林大吃一惊,但是沙子指着小河十分平静地告诉森林:

"它会流入大海的。"

于是森林就开始想象这条小河如何七转八弯流入了另一条河,这另一条河不久之后又归入别的河流,如此下去无数河流出现了。再穿过无数田野竹林和无数小小的城镇后被运河吞没,运河北上以后进入了长江,长江浩荡东去,流入了大海。在森林想象的最后时刻,那一片蔚蓝色的海面果然出现了。

这时有几个民警出现在他们面前,民警证实了谁是森林以后,就把森林带走了。这个过程十分利索,双方都心照不宣。森林在临走时委托沙子常去看望他的妻子。森林在嘱托的时候发现沙子脸上正流淌着得意的神采。于是他就对沙子说:

"我不会出卖你的。"

这其实是森林的一个阴谋,后来的事实证明森林的阴谋很成功。那几个民警显然重视了森林这句话,所以此后连续三次盘问森林,但森林每次都是坚定地回答:

"我不会出卖沙子的。"

尽管除此以外森林什么也没有说,但他却是十分出色地将沙子展览了出来。

八

沙子是在翌日傍晚去完成森林的委托的，他的这个行动说明他并没有意识到自己已被森林出卖了。那个时候展现在沙子眼中的是一个蓬头散发的女人，那女人半躺在床上，阴沉地告诉了沙子她刚才干了些什么。

她指着床头柜上的半碗水对沙子说：

"我吞下了一碗老鼠药。"

这话使沙子颇为惊讶，于是他就打听她平时的饭量。

"也就那么一碗。"

森林妻子的回答使沙子感到她必死无疑，因此他就立刻向她揭示了这个真理。她脸上出现了一只鸟飞过时闪一下的阴影。

接着沙子又告诉她森林不久之后就会回来的，这句话显然加深了她内心的痛苦。她说：

"我要惩罚他。"

"但那时你已经死了。"

沙子郑重其事地提醒她。

沙子的提醒使她有些不知所措，但她随即释然了，她颇为得意地说：

"我已经惩罚他了。"

沙子思考了一下以后，表示同意她这句话。这时候他已经看穿了她的心计，因此他便向她描述了森林回来后的详细情景。

他从森林出狱后的激动心情说起,那时候森林有一种想立刻拥抱妻子的强烈愿望,所以他就一路小跑地回家,可是他推门而入时却大吃一惊。因为那时她已经腐烂了,腐烂时臭气冲天。这种久别重逢的情景显然出乎森林的预料,因此他就号啕大哭起来。森林足足哭了一整天,他的哭声使邻居毛骨悚然,夜晚来临时他的哭声才算终止,于是他在床沿上悲痛欲绝地坐到深夜。森林是在这个时候毅然决定紧步妻子后尘的,他便站起来寻找老鼠药,可是老鼠药让他妻子一人独吞了。这个事实并没有打消森林心中的决定,森林坚定地走到阳台上。沙子说到这里停顿了一下,接着他十分详细地描述了森林跳楼自杀的每一个细节,就是最后鲜血怎样在马路上洋溢开来他都足足说了五分钟。

  沙子的描述使森林妻子十分满意,她告诉沙子:

  "你和我想的完全一样。"

  同时她又指出了沙子描述里的不真实处,那就是她并没有腐烂,即便腐烂也不会是臭气冲天。随即她轻轻叫了一声,这叫声使沙子感到是一只老鼠在叫唤。他看到她双手捂住了胃部,她的身体十分有趣地扭曲起来,有一丝鲜血从她嘴角慢慢溢出。森林妻子这时候开始哇哇乱叫了,沙子耳中响起了一家工厂的所有声音,这声音使他不堪忍受。于是他就对她说如果难受的话,就把胃里的老鼠药吐出来。她像是得到启示一样哇哇地呕吐了起来,吐得肆无忌惮。在她慢慢伸开的身体上,沙子看到呕吐出来的东西像一条毯子似的盖在她身上。在这色彩丰富的呕吐物上,沙子可以想象出她的最后一餐是如何丰盛。同时他惊讶她居然有这么大的一个胃。呕吐物散发出来的气味使沙子眼花缭乱，于是他就决定撤退了。

　　沙子逃离了森林妻子的呕吐后，落入了彩蝶的手中。那个时候他已经来到了街上，正走在梧桐树叶制造的阴影上，彩蝶像是等待已久似的站在他前面。那时候彩蝶使他感到长着四只眼睛，那是因为彩蝶的眼皮上出现了两块小小的纱布，被胶布固定在那里，彩蝶眉飞色舞地告诉了他美容手术的经过，沙子站得两腿发酸时她仍在喋喋不休。最后彩蝶邀请沙子在四天过去后的第五天傍晚来她家，参加她的揭纱布仪式。她得意洋洋地预言她的揭纱布仪式将会非常隆重，将会使东山的婚礼黯然失色。她指着纱布告诉沙子，那时候他就会发现：

　　"这里面隐藏着惊人的美丽。"

九

　　四天过去以后的第五天夜晚，销声匿迹了一段日子的东山，无声地推开了沙子的屋门。那个时候沙子刚刚从彩蝶的揭纱布仪式上出来，而他的心情还没有完全出来，所以他的脸上有一种正在听相声的神色。

　　直到很久以后，沙子依然能够清晰地回想起彩蝶当初坐在梳妆台前准备大吃一惊的神态，这个神态使沙子日后坐在拘留所灰暗的小屋内时，成功地排遣了一部分的寂寞。当他那时再度回想时，居然没有隔世之感，那情景栩栩如生如同就在眼前。

他那无聊的思绪一旦逗留在当初彩蝶纱布揭开的情景上时，仅仅用兴高采烈来表示显然是不够的。当纱布揭开时，也就是那个应该是激动人心的场面来到时，却是一片沉默出现了，如同出现了一片阴沉的天空。这个沉默所表达的含义，在场的每个人都能够心领神会。这个沉默持续了很久以后，才被一个声音打破，那个声音从沙子斜对面干燥地滑过来，那个声音显然是不由自主，声音说：

"两道刀疤。"

这话有力地概括了彩蝶美容手术的失败，所以沙子记住了这个声音拥有者的形象。当多日以后，沙子从拘留所出来时，也是这个声音向沙子描述了彩蝶最后几个情形中的一个。这个声音过去以后，很多人发出了赞同的喳喳声。在那一片喳喳声里，沙子满意地看到了自己开始欢畅起来的心情。

那个时候彩蝶确实是大吃一惊了，正如她所准备的那样，只是期待的结果恰恰相反。所以她的沉默所持续的时间长了一点。在彩蝶的沉默里，沙子幸灾乐祸地体会到了可怕的绝望。

后来彩蝶重新将纱布贴到了眼皮上，尽管她努力装着若无其事，但在场所有的人都发现了她的两条手臂像什么，像是狂风里瑟瑟摇晃的枯树枝。接着她站了起来，她站起来以后装腔作势地微微一笑。随后她以同样的装腔作势说：

"还算不错。"

但她的声音正在枯萎。

沙子在听到她的声音时,恍若看到一片秋天里的枯叶从半空里凄凉地飘落下来。因此在那一刻里,沙子隐约地看到了彩蝶迫在眉睫的毁灭。当彩蝶将身体转过来时,所有人都吃惊地看到那张像白纸一样没有生命的脸。沙子从这张脸上坚定了自己刚才的预感。那时候彩蝶又说:

"你们可以走了。"

于是他们一个一个十分坚定地朝门口走去,他们的脚步声让彩蝶感到他们不会再来,所以彩蝶的眼睛开始叙述起凄凉。沙子是最后一个出去的,他在出去前对彩蝶说了一句话,以此报答彩蝶对他的邀请,彩蝶听后苍白地一笑。沙子出门以后随手将门关上,他用这个举动说明他也不会再来了。然后他发现所有人都聚在走道上,他立刻理解了他们的举止,因此他就在门口站住了脚。不一会他们共同听到屋内响起了极为恐怖的一声,这一声让他们感到仿佛有一把匕首刺入了彩蝶的心脏。第二声接踵而至,第二声让他们觉得是匕首插入了她的肺中,因为这一声有些拖拉,在拖拉里他们听到了一阵短促的咳嗽。然后第三声来了,第三声使他们一下子尚不能分辨是刺入胃中还是刺入肾里,这一声有些含糊。第四声却是十分清晰,他们马上想象到匕首插进肝脏,他仿佛听到了肝脏破裂后鲜血哗哗流动的声音。紧接着第五声出现了,第五声让他们觉得是刺中了子宫,这一声很像正在分娩的孕妇在喊叫。接下去里面的声音铺天盖地而来了。他们感到匕首杂乱无章地在她身上乱扎了。

他们决定走了,他们觉得有价值的器官都被刺过了,剩下的不过是些皮肉和骨骼。

现在基于这个前提，沙子重新回顾那个色彩丰富的揭纱布仪式时，觉得那里面塞满了幽默。尽管后来沙子不承认那个仪式的隆重，但他却愿意认为这个仪式别开生面。当他跨入这个仪式时，展现在他眼中的是五十来个美男子的各种声音和姿态，这个仪式上作为女人的只有彩蝶。这个仪式因为没有辫子使沙子很久以后仍然有所失望。沙子难以忘怀的是彩蝶当初如何优美地迎了上来，又如何神采飞扬地告诉他，她把全城的美男子都请来了。随后彩蝶居高临下地让沙子明白，她之所以请他是看在往日的友谊上。沙子当然明白这是彩蝶的恩赐，他同时也理解彩蝶的恩赐其实是对他丑陋的嘲弄。因此当沙子离开那个房间时，他报复了彩蝶，他告诉她：

"这就是我来的目的。"

十

沙子回到家中不久，东山推开了他的屋门。因为沙子没有料到东山的来访，所以当东山出现时他不由失声惊叫。沙子的惊叫使东山再一次深刻地体会到了自己面容的破烂。

那时候呈现在沙子眼中的东山这张脸，如同一张被揉皱后又马虎拉开的纸,他看到昏暗的灯光在东山脸上起伏。虽然这张脸的深夜来访使沙子惊慌失措,但他随即就知道了是东山站在他的对面。当他平静下来以后,他开始感到这张脸似曾相识,于是东山在那个早晨敲开他房门时的情景便栩栩如生了。那个时候东山也像现在这样站在他对面,沙子在那时就透过东山红彤彤的神色看到了灰暗的灾难。现在这灾难不再抽象,而是十分具体地摆在沙子的视线中。然而沙子却无法透过这破碎的形象回归到昔日红彤彤的神采。他在这张脸上看到的依旧是灰暗的灾难,因此沙子隐约感到东山大难之后仍然劫数未尽。

东山并没有如沙子想象的那样在床上坐下来,他的神态说明他似乎要站到离开为止。尽管他的脸经历了毁灭,表情已经荡然无存,但是他的眼睛却强烈地表达了他此刻的心情。沙子似乎是通过两个小孔才看到他的眼睛,所以东山的眼睛并不让他感到近在咫尺,于是他也就无法体会到东山此刻心中的痛苦。这个痛苦现在由东山用嘴传达了。

他告诉沙子他已被露珠抛弃。

为了向沙子做出证明,东山从口袋里拿出了两张扑克牌。沙子接过来所看到的是红桃 Q 和黑桃 Q,他显然无法领会其中的含义。于是东山就要求他看一下反面。沙子翻过扑克牌以后,两个裸体美女的媚笑迎面而来。但是沙子没有兴趣,他脸上露出了遗憾的微笑,他对东山说:

"可惜她们没有辫子。"

"这并不重要。"

东山伸出一个手指说,东山自然无法像森林那样能够理解沙子对辫子的激情。他现在需要沙子证实一下她们是谁。

沙子仔细看了以后的回答使东山大失所望,沙子说:

"有点像彩蝶。"

于是东山告诉沙子,他之所以展示这两张扑克是因为它们与露珠有关。那个时候沙子看到东山毁坏的脸上出现了一把匕首的阴影,这个先兆使他不寒而栗。但是他随即便释然地发现这个阴影并没有针对他,因为东山已经直截了当地告诉他:

"她们就是露珠。"

东山明确地指出以后,沙子便不再吭声。虽然他把所有的想象力全都鼓动出来,但他还是无法找出露珠与这两个裸女有一丝形象上的近似。沙子没有把这种想法告诉东山,他这样做是因为他十分明白即便说了也是没有作用。沙子感到露珠不仅毁坏了东山的面容,而且还毁坏了东山的眼睛。他感到此刻悬挂在东山脸上的匕首般阴影,似乎在预告着露珠将自食其果,同时他又证实了刚才的预兆,那就是东山大难之后仍然劫数未尽。

十一

可以说当露珠把那一小瓶硝酸朝东山脸上泼去时,她没法料到自己的灾难也开始了。十天以后,东山从医院回到自己家中，他的脸仍被纱布围困着。露珠以当初东山扑到她窗口的激情迎了上去，她笨重的身体扑过去时竟然像一只麻雀一样灵巧。那个时候呈现在东山眼中的露珠光彩夺目，她扑过来的叫声使他感到热气腾腾。然而所有这一切都转瞬即逝，东山的热情还没有完全燃烧就已经熄灭。迎接露珠的是两道悲哀的目光。正是在这一刻，东山最初预感到了抛弃，就像当初露珠在他脸上所看到的朝三暮四，他现在在露珠脸上看到了。

在此后的日子里，东山的心里长出了一口阴暗的枯井，他感到自己像是逃避光亮一样坐入了井中。他在那里反复思考，这思考带来的全部后果便是露珠正在远去。那时候他的视野被一片荒漠所占有，他看着露珠在荒漠之中如何消失。那肥大的屁股像一辆马车一样摇摇晃晃，消失时东山仿佛看到他记忆里飘扬的鲜艳内裤猝然倒下。倒下后便什么也没有了，就是一丝灰尘也没有扬起。东山的思考来到这里之后并没有终止，而是继续前行。那时候他的目光则朝另一个方向飘去，他的目光穿越了所有过来的日子，停留在他们的婚礼上。然后又从婚礼上移开进入了那间屋子，是从那扇半掩的门上滑进去的。于是他看到露珠在床上翩翩起舞，露珠在那一刻挥舞出来的动作再一次重现了。东山在露珠的动作里看到了一种训练有素的姿态。这个发现使东山终于明白了他们婚姻的实质。东山感到露珠对他的抛弃已经由来已久，在尚未得到她时，他已经被她抛弃。因此东山领悟到了那些日子来晃动在他眼前的露珠其实只是一个躯壳，露珠的灵魂从来就没有进门过一次。那躯壳也不过是在他床上寄存一下，现在就是这躯壳也要被取回了。东山对这个即将来到的事实无力阻止，因为他明确地知道露珠已经付清了躯壳的寄存费，那就是他每一次在这躯壳上所得到的美妙乐趣。

命运在让东山的眼睛变形之后，并没有对露珠丢开不管，它使露珠的眼睛里始终出现了一层网状的雾障。这雾障曾经遮挡了东山的眼睛很久，因此露珠无法看到笼罩在东山头顶的灰暗。东山终日坐在墙角的孤独神态使她错误地理解为是对昔日面容的追怀。由于她歪曲了东山心中快速生长的嫉恨，所以她命中注定的灾难也就与日渐近。那个时候露珠显然心安理得，她已经毁灭了被东山抛弃的可能。她现在开始调动起全部的智慧，这些智慧的用处是今后生活的乐趣。今后的生活她将和东山共同承担，而换来的乐趣两人将平分秋色。露珠是在这种心情下解开了围困着东山面容的纱布，当东山支离破碎的面容解放出来时，露珠不由心满意足，因为东山此刻的面容正是她想象中的。然而东山从镜中看到自己的形象时，他立刻明白了露珠为何要取走她的躯壳，答案就在这张毁坏的脸上。如果这张脸如过去一样完好无损，东山感到露珠也许不会匆忙取走她的躯壳，也许会永久地寄存在他这里。现在该发生的已经无法避免。

东山在取下纱布的这天夜晚来到了屋外，他是在一种盲目的欲念驱使下走到屋外来的。他自然无法知道这盲目的欲念其实代表了命运的意志。命运在他做出选择之前就已经为他安排好了一切，他只能在命运指定的轨道里行走。不久之后他已经站在了广佛家的门前，虽然房屋里一片漆黑，他还是举起手来敲门。他并不感到自己敲门的动作强烈，但门框上的灰尘纷纷扬扬弥漫开来。那个时候旁边裂开了一条缝，一个孩子的脑袋探了出来，于是他和孩子之间就发生了一段简单的对话，对话的结果让他知道广佛已经死了。广佛已经死去的消息使他产生了隔世之感，当他转身走下楼去时，他听到自己的脚步声十分陌生。他就这样离开了广佛家。但是命运安排他出来并不只是让他得知这个消息，广佛不过是命运安排的一个转折，同时也是一个暗示。接下去出现的那个人才是命运的目的所在。东山现在已经走到了这里。那个时候一个陌生人拦住了东山的去路，那人从口袋里掏出了两张裸体扑克牌向东山展示。借着路灯的光线，东山看到了裸体的露珠。这两张扑克正是此后向沙子出示的那两张。

十二

　　森林从拘留所出来以后，发现沙子仍然逍遥法外，他不禁有些失望。这个失望使他明显地看到他们之间的距离依然存在。他在这天早晨再次用小拇指敲开了沙子的屋门。尽管他敲门时很执著，但他更希望沙子不在里面，而在拘留所的某一间小屋内。同样，森林的出来也使沙子感到不那么愉快，他以为森林在里面应该待得更久一些。然而森林仿佛看穿了沙子的心思，他颇为得意地说：

"我前天就出来了。"

森林在沙子床上坐下以后，他用手颇为神秘地指着放在他脚旁的黑色旅行包。他预言沙子无法猜出其中的含义，他说：

"虽然你很聪明。"

但是沙子提醒他：

"我从来不把自己的智慧消耗在一些无聊的小事上。"

"这我知道。"

森林挥了挥手。他告诉沙子在这点上他们有着共同之处，可是沙子却说：

"我看不出来。"

于是森林拉开了那个黑色旅行包，他从里面取出了一个很大的镜框。一段充满感激的文字歪歪斜斜地呈现在沙子眼中，仿佛每个字都喝醉了。当证实沙子已经看清后，森林才将镜框重新放回旅行包中。沙子这时说：

"这种镜框可以在好几家商店买到。"

"问题不在这里。"

森林又挥了挥手，他用那种沙子的腔调说。然后他十分严肃地告诉沙子他妻子服老鼠药自杀的过程。沙子听后马上让森林明白，那个过程他更清楚。森林却并不惊讶，他告诉沙子：

"但是她没死。"

这个消息显然是沙子没法料到的。森林一眼看出了沙子此刻的迷惑。他不禁微微一笑。随后他向沙子指明，这个镜框就

是送给生产那包老鼠药的厂家。他说:

"世界上难道还有更优秀的制药厂吗?"

以至他妻子吃下整整一碗后居然还活着,所以:

"仅仅写封感谢信是不够的。"

这就是他为何不远千里专程送镜框去的原因所在。

沙子听完之后同意这不是一桩无聊的小事,沙子的同意无疑使森林十分喜悦。但是沙子随后尖锐地指出他现在已经从复仇者堕落为感恩者了。

森林听后轻轻一笑,然后他从口袋里拿出了一把小刀。他告诉沙子尽管这已不是上次出示的那把小刀,但它们一样锋利。接着他得意地让沙子明白,这把小刀不再像他的剪刀一样留恋于城内,这把小刀将杀向城外一千里的地方,因此不久之后沙子就会羞愧地发现自己的剪刀已经黯然失色。那时候他会来告诉沙子,这把小刀已经比他的剪刀:

"更为有力了。"

沙子却是轻蔑一笑,他指出森林的夸夸其谈是多么苍白无力后,他告诉森林,他的剪刀在剪完城里所有的辫子后自然会走向城外。但在此之前,他的剪刀决不会像森林的小刀一样好大喜功。森林的小刀不过割破了二十条裤子,二十这个数字太简单了,他提醒森林:

"就是婴儿也能说出更复杂一点的数字。"

沙子的回答无疑给了森林以重重一击,使森林看到了自己的羞愧。森林悲伤地低下了头,悄悄地将那把小刀收起。沙子在看到自己的胜利之后,并不打算乘胜追击。相反他十分大度地肯定了森林准备杀向城外的想法是可取的。他认为森林的这个想法，又一次使他感到他们的友谊朝前跨出了一大步。说完他向森林伸出了友谊之手。

两个人长久而有力地握手之后，来到了屋外，如同上次一样来到了屋外。不同的是现在是早晨，而上次是夜晚，现在他们去的地方是火车站，上次则是那条小河。但是心情是一样的。同样，不幸也正在前面等待着他们其中的一人。

那个早晨他们没有遇到东山，在他们走入车站候车室时，东山刚刚通过检票的进口走向一列绿颜色的列车。如果他们早一分钟到，他们就会遇到东山。他们走入候车室后，在东山刚才坐过的地方坐了下来。但是他们遇到了彩蝶，他们是在那条大街的转弯处遇到彩蝶的。那个时候彩蝶的眼皮上仍然有着两块小小的纱布，她嘴角挂着迷人的微笑向他们走来，然后她却如同没有看到一样与他们擦身而过。在彩蝶异样的神色里，森林似乎看到了什么，可他一时又回想不起来。所以森林开始愁眉苦脸，森林的愁眉苦脸一直继续到车站的候车室。那时候他的脸才豁然开朗，他告诉沙子他刚才在彩蝶脸上看到了什么，他说：

"广佛临终时的神色。"

这时候有几个民警出现在他们面前，民警在证实了谁是沙子后，就把沙子带走了。时隔多日以后，沙子回想起在自己被带走的那一刻，森林脸上怎样流淌出得意的神采时，他才领悟到自己是在什么时候被森林出卖的。对于森林来说，沙子的倒霉使他远行的路途踏实了，他终于能够亲眼看到沙子也难逃劫数。

十三

那天晚上东山离开以后，沙子并没有立刻睡去。那时候有一条狗从他窗下经过，狗经过时汪汪叫了两声。狗叫声和月光一起穿过窗玻璃来到了他床上，那种叫声在沙子听来如同一个女人的惨叫。在此后的一片寂静里，沙子准确地预感到露珠大难临头了。

那时候东山来到街上时，街上已经寂静无人，几只路灯的灯光晃晃悠悠。这种景象显然很合东山当初的心情。他听着自己的脚步声沙沙地在街上响着，这声响使他的愤怒得到延伸。这延伸将他带到了自己家门口。

他将钥匙插入锁孔转动后出现了咔嚓一声，他进屋后猛地关上门，门发出了砰的一声巨响。这两种声音显然代表了他当初的心情。尽管他还没法知道自己接下去会干些什么，但在意识深处他仿佛觉得这两种声响来自于露珠的躯壳，于是他激动地战栗了一下。

那个时候他在漆黑中听到了露珠的鼾声，这充满情欲的声音此刻已经失去魅力。那鼾声就像一道光亮一样，指引着东山的嫉恨来到这间小屋。那时东山听到露珠翻身时床嘎吱嘎吱响了一阵。床的响声和刚才那两声一样硬朗，东山在听到这强硬的声响时，又激动地战栗了一下。

他在漆黑里站了片刻，然后他伸手拉开了装在门框上的电灯开关，随着"啪"的一声一片光亮突然展现。他看到露珠侧身睡在床上，露珠的模样像是一件巨大的瓷器。灯光呈现时，卷在露珠身上的被子发出闪闪绿光。东山走了过去。那个时候露珠睡眼蒙眬醒来了，她发现东山时显示了无比的喜悦，这种喜悦她用目光来传达。可是东山所看到的却是那种只有荡妇才具有的野兽般目光。正是这喜悦的目光把露珠送进了灾难的手中。在那一刻里，东山开始明确了自己该干些什么。他十分粗暴地掀开了盖在露珠身上的被子。这个动作无可非议地暗示了灾难即将来到，可是露珠的眼睛却没有看到，就像她一直没有看清东山近日来的内心一样。所以当东山掀开被子时，她把这种粗暴理解为激情正在洋溢，那种激情她曾在婚礼上尽情享受过。于是她不由重温了婚礼上的那个美妙插曲，她的脸上开始出现斑斑红点。

此刻那两张裸体扑克在东山脑中清晰地显示出来，它们就放在右侧的口袋里。但东山觉得没必要拿出来重复一下，因为更生动的形象就在床上。这个时候他听到一个声音从自己嘴里奔出，那是他进屋后听到的第四次强硬的声音，那是一种比匕首还要锋利的声音，他要露珠去掉此刻盘踞在她身上的胸罩和短裤。露珠又一次错误地理解了东山，她以现在的错误去证实刚才的错误，所以她确信无疑地认为，东山的激情已经到了无法压制即将奔泻的时候了。因此她十分麻利地脱下了胸罩和短裤，她感到自己赤裸的躯体魅力无穷，她以为东山就要肆无忌惮了。可是东山的目光一下子变得令她莫名其妙。刚才那种锋利的声音又响了起来。她按照声音指示来到了床下，她现在站在东山面前了。她感到胸部很沉重，这沉重使她得意洋洋，然而东山却往后退去，一直退到门旁，东山的神态又一次使她莫名其妙。但她随即便认为自己正在被一种情欲观赏，而那种情欲从观赏到进入将会瞬间来到。这时候她听到东山要求她把双手叉在腰间的声音，于是她就将双手叉了上去。但是她感到这样的姿态似乎呆板，所以就自作主张地微微曲起右腿。这无疑是她所犯的所有错误里最为严重的。右腿微微曲起后，刚好符合了东山口袋里黑桃Q反面所展示的姿态。不久之后她又听到东山要求她把双手放到脑后去的声音，她再次照办了。那个时候她的双腿不由自主地并拢到一起。这一次的姿态符合了红桃Q反面所展示的。到这时露珠显然已经看到东山眼中可怕的目光，可是她忽视了。她不仅忽视而且还卖弄风骚地扭动了一下。于是东山那张破烂的脸像是要燃烧似的扭曲了。这时露珠似乎听到了一种奇怪的声音，她看到东山朝自己走了过来，于是那声音也就越来越清晰。当她看到东山随手拿起一只烟缸时，她终于听清了那是父亲咳嗽般的笑声，这笑声的突然来到使她大吃一惊，这时那个烟缸已经奔她前额而来了，她看到烟缸如闪电一样划出了一道白光，她还没失声惊叫，前额就已经遭到了猛烈一击。她双腿一软倒了下去，脑袋后仰靠在了床沿上。

东山随手操起烟缸向露珠头顶砸去时，他没有听到烟缸打在她脑壳上的声音，那时露珠的失声惊叫掩盖了这种声音。露珠的惊叫让东山感到是一条经过附近的狗的随便叫声。随后露珠的身体像一条卷着的被子一样掉落在地。那个时候东山才发现烟缸已经破碎，碎片掉在地上时纷纷响起刚才关门时那种

"砰"的声响,但是东山对这种过于轻微的声音十分不满。他现在心中的嫉恨需要更为强烈的声响来平息。于是他操起近旁的一把凳子,猛地朝露珠头上砸去,凳子的两条腿断了,刚才床的"嘎吱"声短暂地重现。他听到露珠窒息般地呻吟了一下,同时他看到露珠脑袋歪过去时眼皮微微跳动了一下。这情形使东山对自己极为恼火。于是他又操起了另一把凳子,可是他马上觉得它太轻而扔在了一旁。接着他的眼睛在屋内寻找,不一会他看中了那个衣架,但是当他提起衣架时又觉得它太长而挥舞不开。然后他看到了放在墙角的台扇,台扇的风叶已经取掉。他走过去提起台扇时马上感到它正合适。他就用台扇的底座朝露珠的脑袋劈去,他听到了十分沉重的"咔嚓"一声,这正是他进屋时钥匙转动的声音,但现在的咔嚓声已经扩张了几十倍。这时露珠的脑袋像是一个被切开的西瓜一样裂开了。东山看着里面的脑浆和鲜血怎样从裂口溢出,它们混合在一起如同一股脓血。灯光从裂口照进去时,东山看到了一撮头发像是茅草一样生长在里面。

十四

东山拂晓时走入了这条小巷,东山的出现,完成了老中医多日前的预测。那时早晨已经挂在了巷口的天上，东山从那里走了进来，走入了老中医的视线。东山是这一天第一个走入他视线的人，在此之前有一只怀孕的猫在巷口蹒跚地踱过。尽管东山的面容已被硝酸全盘否定，但是老中医还是一眼认出了他，在那个绵绵阴雨之晨第一次走来的年轻人。因此此刻看着东山走来时，他的心脏和两个肺叶喜悦地碰撞了一下。东山摇摇晃晃地走到窗下时站住了脚，然后微微仰起了脸。老中医深刻领会了这个回首往事的姿态。接着东山的身影在下面一闪后便消失，老中医听到楼下那扇门"呀"地一声，随即是门框上的灰尘掉落下去掉落下去的声音，然后是几下轻重不一的脚步。从脚步的声响里，老中医精确地计算出东山进屋以后跨出了几步，和每一步的距离。当他离开窗口准备趴到地板上那个小孔去时，他感到东山就在下面。

　　东山是看着露珠体内的鲜血从头顶溢尽后才离开的，那时候他的嫉恨也流尽了。于是他感到内心空空荡荡。他在城里的街道上转悠了很久后，才决定来这里的。那时拂晓已经开始，他显然看到了那一片最初出现的朝霞，朝霞使他重温了露珠的鲜血在地板上流淌的情形。现在他已经站在了老中医的左眼珠下面，昏暗的四壁使他感到口干舌燥。这时他听到了从上面像灰尘一样掉落下来的声音：

　　"你来了。"

　　这声音使东山感到老中医已经等待很久了。

　　东山告诉他：

　　"我把露珠杀了，她抛弃了我……"

他听到自己的声音有气无力地在屋内嗡嗡地响着。随后他听到头顶上有一张旧报纸在掉下来,他听到老中医说:

"你把头仰起来。"

东山把头仰了起来,他看到楼板上布满了蜘蛛网,但他没看到那个小孔。

"我看不清你的脸。"

老中医说。他的声音因为隔着一层楼板而显得遥远和缥缈。随后他指示东山:

"你向右走两步……伸出右手……摸到电灯开关上……打亮电灯吧。"

东山打亮电灯以后,老中医又指示他:

"你可以回到刚才的地方了。"

东山便回到刚才的地方。

"把头仰起来。"

东山仰起头以后,电灯的光线直奔他的眼睛而来,同时一种咳嗽般的笑声也直奔他的眼睛而来。

"露珠干得不错。"

老中医在看清了东山破烂的脸以后,显然感到心满意足,他告诉东山:

"你的脸像一条布满补丁的灰短裤。"

然后东山听到老中医像是移动椅子似的脚步声,接着楼上响起了一丝金属碰撞玻璃的声音,那声音里还包含着滴水声。不久之后他听到楼梯上那扇门伤心地"呀"了一声,门开了。然后好像是一只玻璃瓶搁在楼梯上的迟钝响声,接着门又"呀"

的一声关上了。他听到老中医在说：

"你用舌头舔嘴唇，说明你需要水。去拿吧，就在楼梯上。"

于是东山就沿着灰暗的楼梯走上去，那楼梯像是要塌了似的摇晃起来。在楼梯的最后一阶上，东山看到了一只形状古怪的玻璃杯。他走上去拿起了这只玻璃杯，里面水的晃动声使东山十分感动。他没有观察一下里面水的颜色，就一口喝干了，喝干以后他觉得那水的味道和玻璃杯的形状一样，十分古怪。然后他一步一步地走下了楼梯。在他走下楼梯的时候，他听到了老中医不容争辩的声音，开始习惯了刚才那种缥缈的声音的东山，对这坚定的声音有些不知所措。老中医说：

"你可以离开了。你走到巷口以后往右拐弯，走二十分钟后你就走到了那个十字路口，这一次你应该向左走。然后你一直往前，在路上不要和任何人说话，这样也就无人能够认出你。你会顺利地走进火车站，然后会同样顺利地买到一张车票。向南也好，向北也好，只要你能逃离这里一千里，你就可以重新生活了。年轻人，现在你可以走了。"

十五

那天晚上，彩蝶在经历了漫长的绝望之后，终于对自己的翌日做出了选择。那时候她听到对面人家的一台老式挂钟敲了三下。钟声悠扬地平息了她心中的痛苦。在钟声里，一座已经拆除脚手架但尚未交付使用的建筑栩栩如生地出现了。她在这座虚幻的建筑里平静地睡去了。

当她早晨起床后，她奇怪地发现自己竟然心情很好。那时候她已经坐在梳妆台前，屋外的阳光透过窗玻璃照到了镜子上。所以她在镜中凝视着自己的脸时，感到这张脸闪闪发亮。但她同时又似乎感到自己正被一双陌生的眼睛凝视。然后她离开了梳妆台，走到窗前打开窗户，屋外潮湿的空气进来时，使窗帘轻轻地摇晃了一下。然而这个索然无味的情形却使她不禁微微一笑。于是她又一次对自己的心情感到奇怪。但是她的奇怪并没有得到发展，当她关上门走到屋外时，那种奇怪便被她锁在了屋内。因此广佛在临终时的预告将不受阻挠地成为现实了。

彩蝶走在那条小巷之中时，她不可能知道这种心情其实是命运的阴险安排。所以当她明知自己在走向毁灭时，却丝毫没有胆怯之感。相反她感到心满意足。她觉得一切忧伤都在远去，她在走向永久的宁静。命运在这天早晨为她制造了这样的心情，于是也就清扫了彩蝶走向毁灭路中的所有障碍。

彩蝶在走出小巷时，她看到了生命的最后印象。她那时看到一辆破自行车斜靠在一根水泥电线杆上，阳光照在车轮上。她看到两个车轮锈迹斑斑，于是在那一刻里她感到阳光也锈迹斑斑。这个生命的最后印象，在此后的一个小时里始终伴随着彩蝶。

彩蝶嘴角挂着迷人的微笑走出了小巷，然后她向右拐弯了，拐弯以后她行走在人行道上。阳光为梧桐树叶在道上制造了很多阴影,那些阴影无疑再次使彩蝶感到锈迹斑斑。那个时候她感到身旁的马路像是一条河流,她行走在河边。她恍若感到有几个人的目光在自己身上闪闪烁烁,她感到他们的目光也是锈迹斑斑。她就这样走过了银行、杂货商店、影剧院、牙防所、美发店……如同看一下饭店里的菜单一样,她走了过去。然后她来到了昨晚随着钟声出现的那座建筑前。她一转身就进去了,那时候挂在她嘴角的微笑仍然很迷人。她的脚开始沿着楼梯上升,她一直走到楼梯的消失。一座大厅空空荡荡地出现在眼前。她在大厅的窗玻璃上看到了斑斑油漆,因此她在那条巷口得到的锈迹斑斑的印象,此刻被这些窗玻璃生动地发展了。她用笔直的角度走到了一扇敞开的窗前。她站在窗口居高临下地看了几眼这座小城。展现在她视野中的是高低起伏的房屋,像蚯蚓一样的街道,以及寄生在里面的树木。所有这一切最后一次让她感到了锈迹斑斑,于是她感到整个世界都是锈迹斑斑。后来她就爬到了窗沿上,那个时候广佛在审判庭里夸夸其谈的声音也锈迹斑斑地出现了。

  时隔几日以后,沙子坐在拘留所冰凉的水泥地上,以无法排遣的寂寞开始回想起他那天在路上遇到彩蝶的情景。那时候他的眼睛注视着那个名叫窗口的小洞,彩蝶迷人的微笑便在那里出现了。尽管那时还没有人告诉他彩蝶的死讯,但他已经预感到了,所以他脸上出现了心满意足的微笑。

  直到很久以后,那一天里看到过彩蝶的人在此后回想起当初的情景时,都激动不已。那时候沙子已经从拘留所里出来了。一个十六岁的少年眼泪汪汪地告诉沙子:

"她漂亮极了。"

曾经在彩蝶揭纱布仪式上指出"两条刀疤"的那个男人，是在那家杂货商店门口看到彩蝶走来的。他后来是这样对沙子说的：

"她简直灿烂无比。"

但是沙子的祖母，一个八十岁的老人却并不那样看。她说是在米行那个地方看到彩蝶的。事实上她是在影剧院前看到彩蝶，那个地方作为米行是四十多年前的事。自然她没有说看到彩蝶，她说是看到了一个妖精，并且非常坚决地断定那是一个跳楼自杀的女人。直到后来她重温那一幕时仍然战战兢兢，她告诉沙子：

"她眼睛里放射着绿光。"

沙子肯定他祖母在影剧院前看到的那个年轻女子就是彩蝶，并不是武断的猜想。因为与此同时他的一个远房表妹也在那地方看到过彩蝶。他表妹在回忆那天的情景时没有别人那么激动，她显得十分冷漠，她对沙子说：

"他们是在虚张声势。"

沙子的表妹在那天里同样走了彩蝶走的那条路，因为其间她在美发店前看了一会广告，所以当她走到那座建筑前时，刚好目睹了彩蝶跳楼时的情景。

她告诉沙子彩蝶是头朝下跳下来的，像是一只破麻袋一样掉了下来。彩蝶的头部首先是撞在一根水泥电线杆的顶端，那时候她听到了一种鸡蛋敲破般的声音。然后彩蝶的身体掉在了五根电线上，那身体便左右摇晃起来，一直摇晃了很久。所以彩蝶头上的鲜血一滴一滴掉下来时也是摇摇晃晃的。

十六

在很多日子过去以后，一个偶然的机会使东山看到了森林。东山在那个早晨按照老中医的指示走进了一列北上的列车，他在列车上昏睡了两天一夜，当他走下列车时感到自己被虚汗浸透了。然后又经历了欲生不能的三天，此后他的体质才慢慢恢复过来。当他大病初愈般地重新回想起那个早晨的情景时，他才深刻地领悟到那个老中医让他喝下的是什么，因为从此以后他永久地阳痿了。即便他尚能苟且活下去，他也不能以一个男人自居了。

森林出现的时候，东山正坐在一千里以外的某座小城的某一条街道旁，他重新的生活是从饥寒交迫开始的。森林从他面前走过去，森林没有看到他。他看着森林背着一只黑色旅行包走入了车站。他并不知道森林出来的事，但现在他知道森林是要回去了。

一九八八年一月十八日

世事如烟

第一节

一

窗外滴着春天最初的眼泪,7卧床不起已经几日了。他是在儿子五岁生日时病倒的,起先还能走着去看中医,此后就只能由妻子搀扶,再此后便终日卧床。眼看着7一天比一天憔悴下去,作为妻子的心中出现了一张像白纸一样的脸,和五根像白色粉笔一样的手指。算命先生的形象坐落在几条贯穿起来后出现的街道的一隅,在那充满阴影的屋子里,算命先生的头发散发着绿色的荧荧之光。在这一刻里,她第一次感到应该将丈夫从那几个精神饱满的中医手中取回，然后去交给苍白的算命先生。她望着窗玻璃上呈爆炸状流动的水珠，水珠的形态令她感到窗玻璃正在四分五裂。这不吉的景物似乎是在暗示着7的命运结局。所以儿子站在窗下的头颅在她眼中恍若一片乌云。

在病倒的那天晚上，7清晰地听到了隔壁4的梦语。4是一个十六岁的女孩，她的梦语如一阵阵从江面上吹过的风。随着7病情的日趋严重，4的梦语也日趋强烈起来。因此黑夜降临后4的梦语，使7的内心感到十分温暖。然而六十多岁的3却使7躁动不安。7一病不起以后，无眠之夜来临了。他在聆听4如风吹皱水面般的梦语的同时，他无法拒绝3与她孙儿同床共卧的古怪之声。3的孙儿已是一个十九岁的粗壮男子了，可依旧与他祖母同床。他可以想象出祖孙二人在床上的睡态，那便是他和妻子的睡态。这个想象来源于那一系列的古怪之声。

有一只鸟在雨的远处飞来，7听到了鸟的鸣叫。鸟鸣使7感到十分空洞。然后鸟又飞走了。一条湿漉漉的街道出现在7虚幻的目光里，恍若五岁的儿子留在袖管上一道亮晶晶的鼻涕痕迹。一个瞎子坐在一块大石头上，他清秀的脸上有着点点雀斑。他知道很多已经发生和正在发生的事，所以他的沉默是异常丰富的。算命先生的儿子在这条街上走过，他像一根竹竿一样走过了瞎子的身旁。一个灰衣女人的身影局部地出现在某一扇玻璃窗上，司机驾驶着一辆蓝颜色的卡车从那里疾驰而过，溅起的泥浆扑向那扇玻璃窗和里面的灰衣女人。6迈着跳蚤似的脚步出现在一个胡同口，他赶着一群少女就像赶着一群鸭子。2嘴里叼着烟走来，他不小心滑了一下，但是没有摔倒。一个少女死了,她的尸体躺在泥土之上。一个少女疯了,她的身体变得飘忽了。算命先生始终坐在那间昏暗的屋子里,好像所有一切都在他意料之中。一条狭窄的江在烟雾里流淌着刷刷的声音,岸边的一株桃树正在盛开着鲜艳的粉红色。7坐在一条小舟之中,在江面上像一片枯叶似的漂浮,他听到江水里有弦乐之声。

这时候7的妻子听到接生婆和4的父亲的对话,对话中间有着滴滴答答的水声。她转过身来注视着7,发现他的两只眼睛如同灌满泥浆,没有一丝光泽。然而他的两只耳朵却精神抖擞地耸在那里,她看到7的耳朵十分隐蔽地跳动着。

怕是鬼魂附身了。接生婆说。

我也这么担心。4的父亲对女儿的梦语表现得忧心忡忡。

去找找算命先生吧。接生婆建议。

二

司机在这天早晨醒来时十分疲倦,这种疲倦使他感到浑身潮湿。深夜在他枕边产生的那个梦,现在笼罩着他的情绪。他躺在床上听着母亲和4的父亲的对话,他们的声音往来于雨中,所以司机听来那声音拖着一串串滴滴答答的响声。他们是在谈论着算命先生,已年近九十的算命先生为何长寿。算命先生的五个子女已经死去四个，子女的早殁，做父亲的必会长寿。他们的对话使司机觉得心里有一块泥土。司机眼前仿佛出现了算命先生第五个儿子的形象，那个五十多岁仍然独身的瘦长男子，心事重重地走在街道上，他拖着一条像竹竿一样的影子。母亲走进屋来了，她走到儿子卧室的门口，朝他看了一下。作为接生婆的母亲有时也能释梦。但司机并没有立即将这个梦告诉她。他是在起床以后，而且又吃了早餐，然后才郑重其事地将梦向母亲叙述。

那时候母亲十分安详地坐在远离窗户的一把椅子里，因此她的身上没有那类夸张的光亮。儿子向她走来时，她脸上出现了会意的微笑。

你有什么事要告诉我？她这样说。

我梦见了一个灰衣女人。他开始了他的叙述。我那时正将卡车驰到一条盘山公路上，我看到了那个灰衣女人，她没有躲让，我也没有刹车，然后卡车就从她身上过去了。

接生婆感到这个梦过于复杂，她告诉儿子：

如果你梦见了狗，我会告诉你要失财了；如果你梦见了火，我会告诉你要进财了；如果你梦见了棺材，我会告诉你要升官了。

但是这个梦使接生婆感到为难，因为在这个梦里缺乏她所需要的那种有明确暗示的景与物。尽管她再三希望儿子能够提供这些东西。可是司机告诉她除了他已经说过的，别的什么也没有。所以接生婆只好坦率地承认自己无力破译此梦。但她还是明显地感到了这个梦里有一种先兆。她对儿子说：

去问问算命先生吧。

三

　　司机随母亲走出了家门，两把黑伞在雨中舒展开来。瘦小的母亲走在前面，使儿子心里涌上一股怜悯之意。这时候4出现在门口，她似乎已经知道自己每晚梦语不止，而且还知道这梦语给院中所有人家都笼罩上了什么，所以她脸上的神色与她那黑色长裤一样阴沉，然而她却背着一只鲜艳的红色书包。司机觉得她异常美丽。但是3的孙儿的目光破坏了司机对她的注视，尽管司机知道他的目光并不意味着什么，可是司机无法忍受他的目光对自己的搜查。司机想起了他与他祖母那一层神秘的关系。司机的目光从4脸上匆忙移开以后，又从7的窗户上飘过，他隐约看到7的妻子坐在床沿上的一团黑影。然后司机走到了院外。他听到4在身后的脚步声，在那清脆的声音里，司机感到走在前面的母亲的脚步就显得迟钝了。
　　瞎子坐在那条湿漉漉的街道上，绵绵阴雨使他和那条街道一样湿漉漉。二十多年前，他被遗弃在一个名叫半路的地方，二十多年后，他坐在了这里。就在近旁有一所中学，瞎子坐到这里来是因为能够听到那些女中学生动人的声音，她们的声音使他感到心中有一股泉水在流淌。瞎子住在城南的一所养老院里，他和一个傻子一个酒鬼住在一起，酒鬼将年轻时的放荡经历全部告诉了瞎子，他告诉他手触摸女人肌肤上的感觉，就像手放在面粉上的感觉一样。后来，瞎子就坐到这里来了。但起先瞎子并不是每日都来这里，只是有一日他听了4的声音以后，他才日日坐到这里。那似乎已是很久以前的事了，那时候有好几个女学生的声音从他身旁经过，他在那里面第一次听到4的声音。4只是十分平常地说了一句很短的话，但是她的声音却像一股风一样吹入了瞎子的内心，那声音像水果一样甘美，向瞎子飘来时仿佛滴下了几颗水珠。4的突出的声音在瞎子的心上留下了一道很难消失的瘢痕。瞎子便日日坐到这里来了，瞎子每次听到4的声音时都将颤抖不已。可是最近一些日子瞎子不再听到4的声音了。司机和接生婆从他身旁经过时，他听到了雨鞋踩进水中水珠四溅的声音，根据雨鞋的声响，他准确地判断出他们走去的方向。可是4紧接着从他身旁走过时，他却并不知道在这个人的嗓子里有着他日夜期待的声音。

司机是第一次来到算命先生的住所，他收起雨伞，像母亲那样搁在地上。然后他们通过长长的走道，走入了算命先生的小屋。首先进入司机视线的是五只凶狠的公鸡，然后司机看到了一个灰衣女人的背影。那女人现在站起来并且转身朝他走来，这使司机不由一怔。灰衣女人迅速从他身旁经过，深夜的那个梦此刻清晰地再现了。他奇怪母亲竟然对刚才这一幕毫不在意。他听到母亲将那个梦告诉了算命先生。算命先生并不立即作出回答，他向接生婆要了司机的生辰八字，经过一番喃喃低语后，算命先生告诉接生婆：

你儿子现在一只脚还在生处，另一只脚踩进死里了。

司机听到母亲问：

怎样才能抽出那只脚?

无法抽回了。算命先生回答。但是可以防止另一只脚也踩进死里。

算命先生说：在路上凡遇上穿灰衣的女人，都要立刻将卡车停下来。

司机看到母亲的右手插入了口袋，然后取出一元钱递了过去，放在算命先生的手里。他看到算命先生的手像肌肉皮肤消失以后剩下的白骨。

四

司机梦境中的灰衣女人，在算命先生住所出现的两日后再次出现。

那时候司机驾驶着蓝颜色的卡车在盘山公路上，是临近黄昏的时候。他通过敞开的车窗玻璃，居高临下地看着这座小城。小城如同一堆破碎的砖瓦堆在那里。

灰衣女人是在这个时候出现的，她沿着公路往下走去，山上的风使她的衣服改变了原有的形状。

因为阴天的缘故，司机没有一下子辨认出她身上衣服的颜色。虽然很远他就发现了她，但是那件衣服仿佛是藏青色的，所以他没有引起警惕。直到卡车接近灰衣女人时，司机才蓦然醒悟，当他踩住刹车时，卡车已经超过了灰衣女人。

然而当司机跳下卡车时，灰衣女人从卡车的右侧飘然出现，司机感到一切都没有发生。同时他一眼认出眼前这个灰衣女人，正是两日前在算命先生处所遇到的。尽管风将她的头发吹得很乱，但却没有吹散她脸上阴沉的神色，她朝司机迎面走来，使司机感到自己似乎正置身于算命先生的小屋之中。

司机伸出双手拦住她，他告诉她，他愿意出二十元钱买下她身上的灰色上衣。

司机的举动使她感到奇怪，所以她怔怔地看了他很久。然而当司机递过二十元钱时，她还是脱下了最多只值五元的灰色上衣。灰衣女人脱下上衣以后，里面一件黑色的毛衣就暴露无遗了。

司机接过衣服时感到衣服十分冰冷，恍若是从死人身上刚刚剥下的。这个感觉使他的某种预兆得以证实。他将衣服铺在卡车右侧的前轮下面，然后上车发动了汽车，他看了一眼此刻站在路旁的女人，她正疑惑地望着他。卡车车轮就从衣服上面碾了过去。女人一闪消失了。但司机又立刻在反光镜中找到了她，她在反光镜中的形象显得很肥胖，她的形象越来越小，最后没有了。然而直到卡车驰入小城时，司机仍然没能在脑中摆脱她——她穿着那件灰色上衣在公路上有点飘动似的走着。但是司机已经心安理得，那件灰色上衣已经替他承受了灾难。

第二节

一

6在那个阴雨之晨,依然像往常那样起床很早,他要去江边钓鱼。还在他第一个女儿出生时,他就有了这个习惯。他妻子为他生下第七个女儿后便魂归西天。他很难忘记妻子在临死前脸上的神色,那神色里有着明显的嫉妒。多年之后,他的七个女儿已经不再成为累赘,已经变为财富。这时候他再回想妻子临死时的神态时,似乎有所领悟了。他以每个三千元的代价将前面六个女儿卖到了天南海北。卖出去的女儿中只有三女儿曾来过一封信,那是一封诉说苦难和怀念以往的信,信的末尾她这样写道:

看来我不会活得太久了。

6十分吃力地读完这封信,然后就十分随便地将信往桌子上一扔。后来这封信就消失了。6也没有去寻找,他在读完信的同时,就将此信彻底遗忘。事实上那封信一直被6的第七个女儿收藏着。

在6起床的时候,他女儿也醒了。这个才十六岁的少女近来噩梦缠身,一个身穿羊皮夹克的男子屡屡在她梦中出现。那个男子总是张牙舞爪地向她走来,当他抓住她的手时,她感到无力反抗。这个身穿羊皮夹克的男子,她在现实里见到过六次,每次他离开时,她便有一个姐姐从此消失。如今他屡屡出现在她的梦中,一种不祥的预兆便笼罩了她。显然她从三姐的信中看到了自己的以后,而且这个以后正一日近似一日地来到她身旁。在那以后的岁月里,她看到自己被那个羊皮夹克拖着行走在一片茫茫之中。

她听到父亲起床时踢倒了一只凳子,然后父亲拖着拖鞋吧嗒吧嗒地走出了卧室,她知道他正走向那扇门,门角落里放着他的鱼竿。他咳嗽着走出了家门,那声音像是一场阵雨。咳嗽声在渐渐远去,然而咳嗽声远去以后并没有在她耳边消失。

6来到户外时,天色依旧漆黑一片,街上只有几只昏暗的路灯,蒙蒙细雨从浅青色的灯光里潇潇飘落,仿佛是很多萤火虫在倾泻下来。他来到江边时,江水在黑色里流动,泛出了点点光亮,蒙蒙细雨使他感到四周都在一片烟雾笼罩下。借着街道那边隐约飘来的亮光,他发现江岸上已经坐着两个垂钓的人。那两人紧挨在一起,看去如同是连接在一起。他心里感到很奇怪,竟然还有人比他更早来这里。然后他就在往常坐的那块石头上坐了下来,这时候他感到身上正在一阵阵发冷,仿佛从那两个人身上正升起一股冰冷的风向他吹来。他将鱼钩甩入江中以后,就侧过脸去打量那两个人。他发现他们总是不一会工夫就同时从江水里钓上来两条鱼,而且竟然是无声无息,没有鱼的挣扎声也没有江水的破裂声。接下去他发现他们又总是同时将钓上来的鱼吃下去。他看到他们的手伸出去抓住了鱼,然后放到了嘴边。鱼的鳞片在黑暗里闪烁着微弱的亮光,他看着他们怎样迅速地把那些亮光吃下去。同样也是无声无息。这情形一直持续了很久。后来天色微微亮起来,于是他看清了那两人手中的鱼竿没有鱼钩和鱼浮,也没有线,不过是两根长长的类似竹竿的东西。接着他又看清了那两个人没有腿,所以他们并不是坐在江岸上,而是站在那里。他们的脸上无法看清,他似乎感到他们的脸的正面与反面并无多大区别。这个时候他听到了远处有一只公鸡啼叫的声音,声音来到时,6看到那两人一齐跳入了江中,江水四溅开来,却没有多大声响。此后一切如同以往。

二

灰衣女人这天一早去见算命先生,是因为她女儿婚后五年仍不怀孕。于是她怀疑女儿的生辰八字是否与女婿的有所冲突。这种想法在她心里已经埋藏很久了,直到这一日她才决定去请教算命先生。所以天一亮她就出门了。她在胡同口遇到6,

那时6从江边回来。她从6的眼睛里恍恍惚惚地看到了一种粉红色。6从她的身边走过时,她感到自己的衣服微微掀动了一下。她不由回头看了他一眼,6的背影使她心里产生了沉重之感。这种感觉在她行走时似乎加重了。阴沉的雨天使她的呼吸像是屋檐的滴水一样缓慢。不久之后,瞎子出现在她面前,瞎子是坐在算命先生居住处的街口。那时候有一群上学的女孩子从这里经过,她们像一群麻雀一样喳喳叫着,她们的声音在这雨天里显得鲜艳无比。灰衣女人看到瞎子此刻的脸上有一种不可思议的紧张。在她的记忆深处,瞎子已经坐在了这里,但她无法判断瞎子端坐在此已有多少时日,只是依稀感到已经很久远。

在走入算命先生住所时,一个瘦长的男子迎面而来,她不用侧身,此人便顺利地通过了狭窄的门。她一眼认出这个五十来岁的男子正是算命先生最小的儿子。她又回头望去,那男子瘦长的身体在街上行走时似乎更像是一个影子。

然后她才来到了算命先生的小屋,年近九十的算命先生似乎已经知道了她的来意,他那张惨白的脸上露出的笑意使她感到了这一点。这时那五只公鸡突然凶狠地啼叫了起来,公鸡的啼叫声十分尖利。公鸡和刚才门口所遇的瘦子联系起来以后,使灰衣女人想起了很多有关算命先生的传说。

灰衣女人将自己的来意如实告诉了算命先生,她听到自己的声音在小屋里回响时十分沉闷。

算命先生在掌握灰衣女人的女儿与女婿的生辰八字以后,明确告诉她,他们是天生的一对,在命上不存在任何冲突。

可是已经五年了。灰衣女人提醒他。

算命先生对此表示爱莫能助，但他还是指点了灰衣女人，让她将此事去拜托城外那座寺庙里的送子观音，他说也许观音会托梦给她的，让她得知其中因由。

灰衣女人是在这时起身的，那时司机和他的母亲刚刚来到，她没有注意他们，所以也就无法知道自己已被司机深深地注意上了。

按照算命先生的指点，灰衣女人在离开以后没有回家，直接去了城外那座在山腰上的寺庙。她在那里磕拜了庞大的金光闪闪的送子观音，又烧了几炷香，然后才回到家中。整个一天她都心神不定，总算等到了天黑，于是她上床睡去。翌日凌晨醒来时，果然记忆起一梦，那梦很模糊，仿佛发生在那座寺庙里。送子观音在梦中的模样不是金光闪闪，似乎很灰暗，那座寺庙让她感到很空洞，送子观音那悬挂笑容的嘴没有动，但她听到一个宽阔的声音在飘落下来：能否生育要问街上人。灰衣女人是在这个时候醒来的，她完整地回想出了这个梦，所以她立刻起床，没有梳妆就来到了胡同外的街上。

那时候天还没有明亮，只是东方有一片红色正逗留在某一个山顶上，很像是嘴唇，街上已经有隐隐约约的脚步声了，但她没有看到人。很久以后，三个挑担的男子在模糊中朝她走来，她便迎了上去。因为担子的沉重，还在远处她就听到了扁担嘎吱嘎吱的声响。她走到近前，看到第一个担子是苹果，第二个担子是香蕉，第三个担子却是橘子。她觉得只有橘子才会有籽，因此就走到了第三个男子面前，那是一个三十来岁的壮实汉子，在他宽阔的脸上有汗珠在滚动。然后他们之间发生了一次对话。

灰衣女人问：卖不卖？

男子回答：卖。

是有籽的吧？她问。

无籽。男子说。

这个回答使灰衣女人蓦然一怔，良久之后，她才在心中对自己说，看来是天绝女儿了。于是灰衣女人算是明白了女儿婚后五年不孕的因由所在。

三

灰衣女人在得到无籽蜜橘的暗示以后，经历了两个白天一个夜晚的深深失望。然而当第二个夜晚来临前，她心里又死灰复燃。因此她再次去了城外的那座寺庙，她在离开寺庙走在下山的公路上时，她遇到了司机。司机的古怪行为使她疑惑不解。尽管如此，她还是脱下外衣给了他。然而在接过那二十元钱时，她手上产生了虚假的感觉。但是通过眼睛的判断，她就对这二十元钱确信无疑了。然后她看着司机弯下腰将她的衣服垫在车轮下，又看着他上车开动汽车。那时司机望了她一眼，司机的目光很刺人。汽车发出一阵沉闷的声响以后就驰走了。卡车没有扬起什么灰尘，卡车驰走时显得很干净。然后她才低下头去看自己的外衣，外衣趴在地上，上面有车轮碾过的痕迹。外衣的模样很可怜，仿佛已经死去。她走上几步捡起了它，仍然是先前的那件外衣。似乎刚才的一切都没有发生，似乎是她刚从床上坐起来，从旁边的凳子上拿过外衣。她就这样又重新穿在了身上，接着往前走。那时卡车已经驰下盘山公路了，就要进入小城。她在山上看着卡车，觉得它很像一只昨天爬在她腿上的褐色小虫。

不久之后她也走入了小城，那时候街上行人寥寥，她的内心也冷冷清清。在走入第一条街道时，她看到那些低矮的房屋上的烟囱大多飘起了缕缕炊烟，她感到自己的身体有点像烟一样缥缈。虽然雨从昨天就停了，可阴沉的天色，让她觉得随时都会有一场雨再次到来。

她在回到家中之前，最后一次看到的人是6的女儿。那时候她已经走入了通往家中的胡同，她是在经过6的窗下时看到的。6的女儿就站在窗前，正望着窗外胡同的墙壁发怔，在墙壁上有几株从砖缝里生长出来的小草在摇晃。灰衣女人透过窗玻璃看到这位少女时，心里不由哆嗦了一下。她无端地感到这个少女的脸上有一种死亡般的气息在蔓延。这个感觉使灰衣女人蓦然惊愕，因为她马上发现这其实是诅咒。对于刚刚求过观音的人来说，诅咒显然很危险，诅咒将意味着她刚才的努力不过是空空一场。这时灰衣女人已经走到自己家门口了，她听到屋内女儿在咬甘蔗，声音很脆也很甜。

四

6那天凌晨的奇怪经历，在此后的两个凌晨里继续出现。但是他并没有当回事，他依旧坐在自己往常坐的地方，与那两个无脚的人只有一箭之隔，他好几次试图和他们说话，可是他们的沉默使他不知所措。他们的动作与他第一次见到时没有两样，而且从那天以后他再也没有能从江水里钓上来一条鱼。在这天凌晨，他试着走过去，可还没有挨近他们，他们便双双跃入江中。正当他十分奇怪地四下张望时，他发现他们坐在另一处了，与他仍然是一箭之隔。于是他就回到原处坐。不一会他开始感到十分困乏，慢慢地眼前一片全是江水流动时泛出的点点光亮，接着他就感到身体倾斜了，然后似乎倒了下去。接下去他就一无所知。

也是在这个早晨，天还没有亮的时候，6那躺在床上的女儿听到有人在叫她的名字。声音十分轻微，恍若是从门缝里钻进来的风声。她便从床上爬起来，穿上衣服走到门前，那时候声音没有了。她打开门以后，发现父亲正躺在门外，四周没有人影。从鼾声上，她知道父亲并没有死去，只是睡着了。于是她就把他拉进屋内，还没把他扶上床时，他就醒了。

6醒来时对自己的处境感到十分惊讶，因为他清晰地记起自己是到江边去了，可是居然会在家中。他询问女儿，女儿的回答证实他去了江边。而女儿对刚才所发生的一切的叙述，使他心里觉得蹊跷。所以在天完全明亮以后，他就来到了算命先生的住所。

算命先生还没有完全听完，他的脸色就发生了急剧的变化。这一点6也感觉到了。当6看到算命先生苍白的脸上出现蓝幽幽的颜色时，他开始预感到了什么。

算命先生再次要6证实那两个人没有腿以后，便用手在那张布满灰尘的桌子上涂出了一个字，随后立刻擦去。

虽然这只是一瞬间，但6清晰地认出了这个字。他不由大惊失色。

算命先生警告他，以后不要在天黑的时候去江边。

6胆战心惊地回到家中以后，发现女儿正站在窗前，他没法看到女儿脸上的神色，他只是看到一个柔弱的背影。但是这个背影没法让他感觉到刚才在这里发生了什么，所以他也就不会知道那个穿羊皮夹克的人来过了。身穿羊皮夹克的人敲门时显然用了好几个手指，敲门声传到6的女儿的耳中时显得很复杂。当6的女儿打开房门时，她看到了自己的灾难。羊皮夹克的目光注视着她时，她感到自己的眼睛就要被他的目光挖去。她告诉他6没在家后就将门向他摔去，门关上时发出一声巨响。但是巨响并没有掩盖掉她心里的恐惧，她知道他不一会又将出现。

很久以后，在那个身穿羊皮夹克的人与父亲在一间房内窃窃私语结束以后，她听到了灰衣女人的死讯。那时候羊皮夹克已经走了，父亲又回到了那房屋。

灰衣女人在死前没有一点迹象，只是昨天傍晚回到家中时，她似乎很疲倦，晚饭时只喝了一点鱼汤，别的什么也没吃，然后很早就上床睡了。整个夜晚，她的子女并没有听到异常的声响，只是感到她不停地翻身。往常灰衣女人起床很早，这天上午却迟迟不起，到八点钟时，她的女儿走到她床前，发现她嘴巴张着，里面显得很空洞。起先她女儿没在意，可半小时以后第二次去看她时，发现仍是刚才的模样，于是才注意到那张着的嘴里没有一丝气息。灰衣女人的死得到了证实。后来她的子女拿起那件搁在凳子上的灰色上衣时，发现上面有一道粗粗的车轮痕迹。他们便猜测母亲是否被某一辆汽车从身上轧过。如果真是这样，那么灰衣女人事后再安然无恙地回到家中的情形就显得不可思议了。

第三节

一

灰衣女人的突然死去，使她儿子的婚事提前了两个月举办。为了以喜冲丧，她儿子沿用了赶尸做亲的习俗。

灰衣女人的遗体放在她床上，只是房中原有的一些鲜艳的东西都已撤去。床单已经换成一块白布，灰衣女人身穿一套黑色的棉衣棉裤躺在那里，上面覆盖的也是一块白布。死者脚边放了一只没有图案花纹的碗，碗中的煤油通过一根灯芯在燃烧，这是长明灯。说是去阴间的路途黑暗又寒冷，所以死者才穿上棉衣棉裤，才有长明灯照耀。灵堂就设在这里，屋内灵幡飘飘。死者的遗像是用一寸的底片放大的，所以死者的脸如同一堵旧墙一样斑斑驳驳。

灰衣女人以同样的姿态躺了两天两夜以后，便在这一日清晨被她的儿子送去火化场。然后她为数不多的亲属也在这天清晨去了那里。3被请去做哭丧婆。因此在这日上午，3那尖厉的哭声像烟雾一样缭绕了这座小城。

灰衣女人在早晨八点钟的时候，被放进了骨灰盒。然后送葬开始了。送葬的行列在这个没有雨也没有太阳的上午，沿着几条狭窄的街道慢慢行走。

瞎子那个时候已经坐在街上了。4的声音消失了多日以后，这一日翩翩出现了。那时候那所中学发出了好几种整齐的声音，那几种声音此起彼伏，仿佛是排成几队朝瞎子走来。瞎子知道那里面有4的声音，但他却无法从中找到它。不久之后那几种整齐的声音接连垂落下去，响起了几个成年人穿插的说话声。然后瞎子听到了4的声音，4显然正站起来在念一段课文。4的声音像一股风一样吹在了他的脸上，他从那声音里闻到了一股芳草的清香。但是4的声音时隐时现，那几个成年人的说话声干扰了4的声音，使4的声音传到瞎子耳中时经过了一个曲折的历程。然而一个短暂的宁静出现了，在这个宁静里4的声音单独地来到了瞎子的耳中，那声音仿佛水珠一样滴入了他的听觉。4的声音一旦单独出现，使瞎子体会到了其间的忧伤，恍若在一片茫茫荒野之中，4的声音显得孤苦伶仃。此后又出现了几种整齐的声音，4的声音被淹没了，就像是一阵狂风淹没了一个少女坐在荒野孤坟旁的低语。随后3的哭声耀武扬威地来到了，那时他和送葬的行列还相隔着两条街道。3的哭声从无数房屋的间隙穿过，来到瞎子耳中时像是一头发情的猫在叫唤。这哭声越来越接近时，瞎子才从中体会到了无数杂乱的声响，3的哭声似乎包括了所有令人毛骨悚然的声响。那里面有一个孩子从楼上掉下来的惊恐叫声，有很多窗玻璃同时破裂的粉碎声，有深夜狂风突然吹开屋门的巨响，有人临终时喘息般的呻吟。

灰衣女人的骨灰在城内几条主要街道转了一周，使某几个熟悉她的人仿佛看到她最后一次在城内走过。然后送葬的行列回到了她的家门。一入家门，她的女儿与亲属立刻换去丧服，穿上了新衣。丧礼在上午结束，而婚礼要到傍晚才能开始。

二

司机也去参加了这个婚礼，他在走进这个家时没有嗅到上午遗留下来的丧事气息，新娘的红色长裙已经掩盖了上午的一切。

司机一直看着新娘，因为灯光的缘故，他发现坐在另一端的新娘，一半很鲜艳，一半却很阴沉。因此像是胭脂一样涂在新娘脸上的笑容，一半使他心醉心迷，另一半却使他不寒而栗。因为始终注视着新娘，所以他毫不察觉四周正在发生些什么。四周的声响只是让他偶尔感到自己正置身于拥挤的街道上，他感到自己独自一人，谁也不曾相识。有时他将目光从新娘脸上移开，环顾四周时，各种人的各种表情瞬息万变，但那汇聚起来的声音就让他觉得是来自别处。然而他却真实地发现整个婚礼都掺和着鲜艳和阴沉。而这鲜艳和阴沉正在这屋子里运动。那时候他发现一只酒瓶倒在了桌上，里面流出的紫红色液体在灯光下也是半明半暗。坐在司机身旁的2站了起来，2站起来时一大块阴沉从那液体上消失了，鲜艳瞬间扩张开来，但是靠近司机胸前的那块阴沉依然存在，暗暗地闪烁着。2站起来是去寻找抹布，他找到了一件旧衣服。于是司机看到一件旧衣服盖住了紫红色液体，衣服开始移动，衣服上有2的一只手，2的手也是半明半暗。然后司机看出了那是一件灰色上衣，而且还隐约看到了车轮的痕迹。

　　司机这天没有出车，但他还是在往常起床的时候醒了。那时他母亲正在洗脸。他觉得水就像是一张没有丝毫皱纹的白纸，母亲正将这张白纸揉成一团。然后他听到了母亲的脚步声在走出去，接着一盆水倒在了院子里。水与泥土碰撞后散成一片，它们向四周流去，使司机想起了公路延伸时的情景。隔壁的3这时也在院中出现，她将一口清水含在嘴里咕噜了很久，随后才刷地一声喷了出去。司机听到母亲在说话了，她的声音在询问3的举动。

洗洗喉咙。3回答。

谁家在服丧了？母亲问。

那时3嘴里又灌满了水，所以她的回答在司机听来像是一阵车轮的转动声。司机没法听清，但他知道是某一个人死了，3将被请去哭丧。3被水洗过的喉咙似乎比刚才通畅多了，于是司机听到母亲对3嗓子的赞叹，3回答说体力不如从前了。

司机在床上躺了很久以后才起床，他走到院里时，看到7正坐在门前一把竹椅里，7用灰暗的目光望着他，7的呼吸让司机感到仿佛空气已经不多了。7五岁的儿子正蹲在地上玩泥土，他大脑袋上黄黄的头发显得很稀少。这时有人送来了一份请柬，他打开请柬一看，是很多年前相识的某一位姑娘的结婚请柬。这份请柬的出现很突然，使司机勾起了许多混乱的回忆。

三

婚礼的高潮在司机和2之间开始。那时候厨师已经离开厨房很久了，厨师也已经吃饱喝足。几个醉汉摇摇晃晃地走到了楼梯口，还没下楼就趴在楼梯上睡着了。2高声叫着要新娘给他们洗脸，于是所有的人都围了上去。司机并没有意识到什么将会发生,他此刻的眼睛里有一件灰色上衣时隐时现。然而新娘端着一盆水走来时,那件灰色上衣便蓦然消失。这时候他才感到将会发生什么了,而且显然与自己有关,因为此刻坐着的只有他和2。新娘将洗脸盆端到桌子上时,两只红色的袖管美妙地撤退了,他看到两条纤细的手臂,手臂的肤色在灯光下闪烁着细腻滑润的色泽。然后十个细长的手指绞起了毛巾。司机的眼睛里没有毛巾,他只看到十个手指正在完成一系列迷人的舞蹈,水在漂亮地往下滴,水是这个舞蹈的一部分。

先给他擦。司机听到2这样说。他抬起眼睛,看到2正用食指指着他,2的手指在灯光下显得很锐利。

新娘的毛巾迎面而来,抹去了2的手指。在毛巾尚未贴到脸上时,司机先感觉到新娘的一只手轻轻按住了他的后脑,他体会到了五个手指的迷人入侵。接着他整个脸被毛巾遮住,毛巾在他的脸上揉动起来。但是司机并没有感觉到毛巾的揉动,他感到的是很多手指在他脸上进行着温柔的抚摸,这抚摸使他觉得自己正在昏迷过去。可是这一切转瞬即逝,2的形象又出现在他眼中,他看到2正微笑地注视着自己。于是司机从口袋里摸出二十元钱给新娘,新娘接过去放入了口袋。司机没有触到新娘的手指。

然后司机看着新娘给2擦脸,他感到不可思议的是新娘给2擦脸的动作为何也如此温柔。擦完之后,他看到2拿出四十元钱放入新娘手中。接着2说:给他擦。

这句话开始让司机感到面临的现实,因此当他再次看着新娘绞毛巾的手指时,刚才的美景没有重现。新娘的毛巾在他脸上移动时，也没有刚才令他激动的感受。擦完以后，他拿出了四十元。那时候他知道自己口袋里已经一片空空。他想也许2不会再逼他了，但他实在没有什么把握。

2这次给了八十元。2没有就此完结。他要新娘再为司机擦脸。司机这时才注意到四周聚满了人，这些人此刻都在为2欢呼。新娘的毛巾又在他脸上移动了，这时他悄悄从手腕上取下了手表。擦完以后，他将手表递给了新娘。他听到一片哄笑声，但是2没有笑，2对他说：算你的表值一百元吧。2说完拿出二百元放在桌上。新娘为他擦完之后，他就拿起二百元放入新娘长裙的口袋里，同时还在新娘屁股上拍了一下。接着2指着司机对新娘说：再擦一次。

新娘这次的毛巾贴在司机脸上时，使他感到疼痛难忍，仿佛是用很硬的刷子在刷他的脸。而按住他的脑后的五个手指像是生锈的铁钉。但是毛巾和手指消失之后，司机开始痛苦不堪。他清晰地感到了自己狼狈的处境，他听到四周响起一片乱糟糟的声音，那声音真像是一场战争的出现。他看到坐在对面的2脸上倾泻着得意的神采，2的脸一半鲜艳，一半阴沉。2拿出了一叠钱，对司机说：这四百元买你此刻身上的短裤。

司机听到了一阵狂风在呼啸，他在呼啸声中坐了很久，然后才站起来离开座位朝厨房走去。走入厨房后他十分认真地将门关上，他感到那狂风的声音减轻了很多，因此他十分满意这间厨房。厨房里的炉子还没有完全熄灭，在惨白的煤球丛里还有几丝红色的火光。几只锅子堆在一起显得很疲倦，而一叠碗在水槽里高高隆起。接着他看到一把菜刀，他将菜刀拿在手中，试试刀锋，似乎很锋利。然后他走到窗前，他看到窗外的灯光斑斑驳驳，又看到了一条阴沟一样的街道，街上一个人在走去。随后他往对面一座平房望去，透过一扇窗户他看到了一个少女的形象。少女似乎穿着一件黑色上衣，少女正在洗碗，少女在洗碗时微微扭动身体，她的嘴似乎也在扭动。他于是明白了她正在唱歌，虽然他听不到她的歌声，但他觉得她的歌声一定很优美。

四

　　2在司机走入厨房以后也投入了那一片狂风般的笑声中，笑声持续了很久，然后才像一场雨一样小了下去。2感到应该去厨房看看司机正在干些什么，于是他站起来朝厨房走去。他走去时感到所有人的目光在与他一同前往，他知道他们都想看看此刻司机的模样。他走到门前时，发现从门缝里正在流出来几条暗色的水流，他对这个发现产生了兴趣，所以他蹲下身去，那水流开始泛出一些红色来，他觉得还是没有看清，于是就伸出手指在水流里蘸了一下，再将手指伸回到眼前，这次他确信自己看到了什么。他站起来后感到自己不知所措，然后他转回身准备离开这里，可他发现他们正奇怪地望着他，他犹豫了。此后只好又转回身去，他有点紧张地去推厨房的门，他看到自己的手伸过去时像是风中的一根树枝。他只将门打开一条缝,根本没有看到司机就立刻将门关上。他再次转身去,他想朝他们笑一下,可他的脸仿佛已经僵死过去没法动。他听到有人在问他:在干什么?他不知道自己该如何回答,他感到自己正在走过去。他又听到有人在问:是不是在脱短裤?他不由点点头,于是他听到了一片像是飞机俯冲过来的笑声。他走到自己的椅子旁稍微站了一会,随后就朝楼梯走去。他听到有人在问他什么,但他没有听清。他已经走到楼梯口了,几个醉汉此刻横躺在楼梯上打呼噜。他小心翼翼地绕过他们,一步一步走下了楼梯,然后来到了街上。

那时候街寂静无人,只有路灯灰色的光线在地上漂浮,一股冷风吹来仿佛穿过了他的身体。这时他听到身后有轻微的脚步声,那声音像一颗颗小石子节奏分明地掉入某一口深井,显得阴森空洞,同时中间还有一段"嗞"的声响。他知道是司机在追出来了。他不敢回头,只是尽量往亮处走。他感到自己每当走到路灯下时,身后的脚步声便会立刻消失,而一来到阴暗处时,那声音又在身后出现了,所以他一来到路灯下时便稍微站了一会,那时候他觉得身上的灯光很温暖。随即他又拼命地跑过一段阴暗,到另一盏路灯下。他在跑动时明显地感到身后的声音也加快了。他觉得他们之间始终保持着一段距离,没有拉长也没有缩短。

后来他看到自己的家了,那幢房屋看去如同一个很大的阴影,屋顶在目光里流淌着阴森可怖的光线。他走到近前,一扇门和几扇窗户清晰地出现在眼前,这时身后的声音蓦然消失。他不由微微舒了口气,可这时他眼前出现了一片闪闪烁烁的水,那条通往屋门的路消失了,被一片水代替。他知道司机就在这一片闪烁的水里。他双腿一软,跪在了地上。他听到自己的声音在说:饶了我吧。那声音在空气里颤抖不已。他那么跪了很久,可眼前的一片闪烁并没有消失。于是他再次说:饶了我吧。随即便呜呜地哭了起来。他说:我不是有意要害你。但是那一片闪烁仍然存在。他便向这一片闪烁拼命地磕头,他对司机说:你在阴间有什么事,尽管托梦给我,我会尽力的。他磕了一阵头再抬起眼睛时,看到了那条通往屋门的小路。

第四节

一

在司机死后一个星期,接生婆在一个没有风但是月光灿烂的夜晚,睡在自己那张宽大的红木床上时,见到了自己的儿子。仿佛是天还没有亮的时候,儿子心事重重地站在她的床前,她看到儿子右侧颈部有一道长长的创口,血在创口里流动却并不溢出。儿子告诉她他想娶媳妇了。她问他看准了没有。他摇摇头说没有。她说是不是要我替你看一个。他点点头说正是这样。

接生婆是在这个时候听到外面叫门的声音的,她醒了过来。她听到门外有人在叫着她的名字,屋外的月光通过窗玻璃倾泻进来,她看到窗户上的月光里有一个人的影子在晃动。她觉得那叫门的声音有些古怪,那声音似乎十分遥远,可那个人却分明站在窗前。她从床上爬起来,穿上衣服后走过去打开房门,一个她从未见过的人站在她面前,她感到这个人的脸很模糊,似乎有点看不清眼睛、鼻子和嘴巴。她问他:你是谁?

那人回答:我住在城西,我的邻居要生了,你快去吧。

她家的男人呢?接生婆问。一个女人要生孩子了,却是一个邻居来报信,她感到有些奇怪。

她家没有男人。那人说。

接生婆再次感到眼前这个人的说话声很遥远。但她没怎么在意,她答应一声后回到房内拿了一把剪刀,然后就跟着他走了。

在路上时接生婆又一次感到很奇怪,她感到走在身旁这人的脚步声与众不同,那声音很飘忽。她不由朝他的脚看了一眼,可她没有看到。他好像没有腿,他的身体仿佛是凌空在走着。但是她觉得自己也许是眼花了。

不久之后,很多幢低矮的房屋在眼前出现了,房屋中间种满了松柏。接生婆走到近前时不知为何跌了一跤,但是她没感到自己爬起来,跌下去时仿佛又在走了。她跟着这人在房屋与松柏之间绕来绕去地走了一阵后,来到一幢房门敞开的屋子前,她看到一个女人躺在一张没有颜色的床上。她走进去后发现这个女人全身赤裸,女人的皮肤像是刮去鳞片后的鱼的皮。她感到这个女人与站在旁边的男人有惊人的相似之处。她的脸也很模糊，而且同样也很难看到她的双腿。但是接生婆的手伸过去时仿佛摸到了她的腿。接生婆开始工作了，这是她有生以来最困难的一次接生。但是那个女人竟然一声不吭，她十分平静地躺在那里。接生婆的手在触摸到女人的皮肤时，没有通常那种感觉，而似乎是触摸到了水。那女人在接生婆手上的感觉恍若是一团水。接生婆感到自己的汗水从全身各处溢出时冰冷无比。很久之后，婴儿才被接生出来。奇怪的是整个过程竟然没让接生婆看到一滴血的出现。刚刚出生的婴儿没有啼哭，它像母亲一样平静。婴儿的皮肤也与它母亲一样，像是被刮去鳞片后的鱼的皮。而且接生婆捧在手里时，也仿佛是捧着一团水。她拿着剪刀去剪脐带，似乎什么也没剪到，但她看到脐带被剪断了。这时那个男人端上来一碗面条，上面浮着两个鸡蛋。接生婆确实饿了，她就将面条吃了下去，她感到面条鲜美无比。然后那个男人将她送出屋门，说声要回去照顾就转身进屋了。于是接生婆按照刚才走过的路，又绕来绕去地走了出去。她觉得出去的路比进来时长了很多。在这条路上，她遇到了算命先生的儿子。她看到他那细长的身体像一株树一样站在两幢房屋中间，他好像是在东张西望，接生婆走上去问他这么晚了怎么还在这里，他回答说他是才来这里的。她感到他的声音也有些遥远。她问他在找什么，他说在找他住的那间屋子。然后他像是找到了似的往右边走去了。接生婆也就继续往前走，走到刚才跌跤的地方时，她又跌了一跤，但她同样没感到自己爬起来，她只感到自己在往前走。

二

接生婆回到家中后感到了从未有过的疲倦，所以一躺在床上，她就觉得自己像是死去一般昏睡了过去。待她醒来时已是接近中午的时候了。她听到院里传来说话的声音，她就从床上爬起来，当她向门口走去时，感到自己的两条腿像棉花一样软绵绵。

7那时候坐在自己家门口的一把竹椅里，他的妻子站在一旁。7的妻子正和4的父亲在说着关于4夜晚梦呓的事。7似乎是在听着他们说话，他那张灰暗的脸毫无表情，他的眼睛一直看着他的儿子，他儿子正兴冲冲地在院内走来走去，那大脑袋摇摇晃晃显得有些沉重。接生婆站在了门口。此刻4推开院门进来了，4的出现，使她父亲和7的妻子的对话戛然而止。4走进来时脸色十分阴沉，但她身上的红色书包却格外鲜艳。4低着头从父亲身旁走过，走入了敞开的屋门。3的孙儿这时也从屋内出来了，他似乎是听到了4进来时的声响，他站在院子里小心翼翼地望着4走入的屋门。接生婆问7是不是感到好一点了。她听到自己的声音在空中显得很迟钝。7听到了她的问话，就抬起混浊的眼睛看了她一眼，随即又低下头去。他没有回答她，但他的妻子回答了。他妻子说还是老样子。接生婆便建议7去看看算命先生。她说没准在命上遇到了什么麻烦事。7的妻子早就有此打算，听了接生婆的话后，她不由朝丈夫看了看。7

仿佛没有听到她们的话，他的脑袋耷拉着像是快要断了。倒是4的父亲点了点头，他说是应该去看看算命先生。他想起了自己每夜梦语不止的女儿。接生婆点了点头。她听到有人在问她昨夜谁在叫唤，她才发现3也站在院子里来了。3的脸上近来出现了像蜡一样的黄色。她在询问接生婆之后，立刻从嘴里发出了一阵令人恶心的空呕声，随后她眼泪汪汪地直起腰杆来。

接生婆告诉3：是城西一户人家的女人生孩子。

哪户人家？3问。

接生婆微微一怔。她没法做出准确的回答，她只能将昨夜所遇的一男一女，以及那幢房屋告诉3。

3听后半晌没有说话，她想了好一阵才说城西好像没有那么一户人家。她问接生婆：在城西什么地方？

接生婆努力回想起来，依稀记得是走过那破旧的城墙门洞以后，才看到那无数低矮的房屋。

3十分惊愕，她告诉接生婆那里根本没有什么房屋，而是一片空地。

3的话使接生婆猛然惊醒过来，她才意识到自己昨夜去过的是什么地方。她发现7的妻子正吃惊地望着她。7却依旧垂着脑袋，4的父亲刚才进去了。7的妻子的目光使她很不自在。接生婆觉得自己站在这里已经不合适，她想走回屋内，可是昨夜所遇使她无法能在屋中安静下来。因此她站了一会以后就朝院门外走去了。

接生婆走在街上时，昨夜那个男人与她一起行走的情景复又出现。那模糊的脸和没有双腿的脚步声。于是接生婆已经预料到她一旦走过那破旧的城墙门洞以后,她将会看到什么。

　　此后的事实果然证实了接生婆的预料。当她走到昨夜看到的无数房屋的地方时,她看到了一片坟墓,坟墓中间种满了松柏。接生婆听到自己心里发出了几声像是青蛙叫唤的声响。她呆呆地站了一会,然后就像夜里绕来绕去一样,走入坟墓之中。有些坟墓已经杂草丛生,而另一些却十分整齐。后来她在一座新坟前站住了脚,她觉得昨夜就是在这里走入那座房屋的。呈现在她眼前的这座坟墓上没有一棵杂草,土是新加的。坟墓旁有一堆乱麻和几个麻团。坟顶上插着一块木牌,她俯下身去看到了一个她听说过的名字,这是一个女人的名字,接生婆想起了在一个月以前,这个带着身孕的女人死了。

　　接生婆在走出坟场时,回想出了昨夜与算命先生儿子相遇的情景,她感到心里有一种想见到他的迫切愿望,所以她就向算命先生的家走去。在离算命先生的家越来越近时,昨夜的情景也就越来越生动了。她看到了瞎子。那时候近旁中学的操场上传来一片嘈杂响亮的声音,瞎子正十分仔细地将这一片声音分成几百块,试图从中找出属于4的那一块声音。瞎子脸上的神色让接生婆体会到了某种不安,这不安在她站到算命先生家门口时变成了现实。

　　算命先生的屋门敞开着,她看到里面蔓延着丧事气息。屋门的门框上垂下来两条白布,正随风微微掀动。她知道是算命先生的儿子死了,而不会是算命先生。

　　听到门口有响声,算命先生拄着一根拐杖出现了。他告诉接生婆这段日子他不接待来客。望着算命先生转身进屋的背影,接生婆发现他苍老到离死不远了。同时她想起了多种有关他的传闻,她想他的五个子女都替他死光了,眼下再没人替他而死,所以要轮到他自己了。算命先生刚才说话时的声音,回想起来也让接生婆感到有些遥远,那沙哑的声音仿佛被撕断似的一截一截掉落下来。

接生婆回到家中以后,再次回想起自己昨夜的经历时,那一碗面条和面条上的两个鸡蛋出现了。这使她感到恶心难忍,接着就没命地呕吐起来,两侧腰部像是被人用手爪一把把挖去一般的疼痛。吐完以后,她眼泪汪汪地看到地上有一堆乱麻和两个麻团。

三

已年近九十的算命先生,一共曾有五个子女,前四个在前二十年里相继而死,只留下第五个儿子。前四个子女的相继死去,算命先生从中发现了生存的奥秘,他也找到了自己将会长生下去的因由。那四个子女与算命先生的生辰八字都有相克之处,但最终还是做父亲的命强些,他已将四个子女克去了阴间。因此那四个子女没有福分享受的年岁,都将增到算命先生的寿上。因此尽管年近九十,可算命先生这二十年来从未体察到身体里有苍老的迹象。这一点在算命先生采阴补阳时得到了充分的证实。采阴补阳是他的养生之道，那就是年老的男人能在年幼的女孩的体内吮吸生命之泉。而他屋中的那五只公鸡，则是他防死之法。倘若阴间的小鬼前来索命，五只公鸡凶狠的啼叫会使它们惊慌失措。

每月十五是算命先生的养生之日，这一日他便会走出家门，在某一条胡同里他会看到一个十一二岁的女孩正无所事事地站在那里，他就将她带回家中。对付那些小女孩十分方便，只要给一些好吃的和好玩的。他找的都是一些很瘦的女孩，他不喜欢女孩赤裸以后躺在床上的形象是一堆肥肉。

算命先生的儿子是在这月十五的深夜，这一日即将过去时猝然死去的。但还是傍晚儿子回到家中，算命先生就从他脸上看到了奇怪的眼神。在此前一小时，一个十一岁的女孩刚刚离去。

那是一个奇瘦无比的女孩，女孩赤裸以后躺在床上时还往嘴里送着奶糖。那两条瘦腿弯曲着，弯曲的形态十分迷人。女孩用眼睛看了看他，因为身体的瘦小，那双眼睛便显得很大。他的手触到她的皮肤时有一种隔世之感。每月十五的这个时候，坐在离此不远的街口的瞎子，便要听到从这里发出的一阵撕裂般的哭叫声，现在这种叫声再次出现了。那声音传到瞎子耳中时，已经变得断断续续十分轻微，尽管这样，瞎子还是分辨出了这不是自己正在寻找的那个声音。

女孩子离去以后，算命先生便坐入一把竹椅之中。他为自己煮了一碗黄酒糖鸡蛋，坐在椅中喝得很慢。他感到自己仿佛是刚从澡堂出来，有些疲倦，但全身此刻都放松了，所以他十分舒畅。他喝着的时候，觉得有一股热流在体内回旋，然后又慢慢溢出体外。

儿子回到家中时，算命先生正闭目养神，他是睁开眼睛后才发现儿子奇怪的眼神的，在前四个子女临终前，他也曾看到过类似的眼神。

儿子吃过晚饭后又出去了，回来时已是深夜。那时算命先生已经躺在床上了。他听着儿子从楼梯走上来的脚步声，脚步很沉重。然后借着月光他看到儿子瘦长的影子在脱衣服，接着那影子孤零零地躺了下去。

第五个儿子的死，使算命先生往日的修养开始面临着崩溃。他感到前四个子女增在他寿上的年岁已经用完，现在他是在用第五个儿子的年岁了，而此后便是寿终的时刻。他觉得第五个儿子只能让他活几年，因为这个儿子也活得够长久了，竟然活到了五十六岁。算命先生明显地感到自己的身体正在枯萎下去。这一日他发现那五只公鸡的啼叫，也不似从前那么凶狠。这个发现使他意识到公鸡也衰老了。

四

半个月以后的一个夜晚，开始有些恢复过来的算命先生，听到了敲门的声音。这声音使算命先生一时惊慌失措。随后他听到了有人在叫他的名字，听声音像是一个女人。能从声音里分辨出敲门者的性别，使算命先生略略有些心定。于是他小心翼翼地走到门旁，然后无声地蹲了下去，将右眼睛贴到一条门缝上，通过外面路灯的帮助，使他看到了两条粗腿。腿的出现使他确定敲门者是人，而不是他所担心的无腿之鬼。因此他打开了屋门。

3出现在他眼前，他认识3。3的深夜来访，使算命先生感到不同寻常。

3在一把椅子里坐下以后，朝算命先生颇为羞涩地一笑，然后告诉他她怀孕了。

面对这个六十多岁的女人怀孕的事实，算命先生并不表现出吃惊，他只是带着明显的好奇询问播种者是谁。

于是3脸上出现了尴尬的红色，3尽管犹豫，可还是如实告诉算命先生，是她孙儿播下的种。

算命先生仍然没有吃惊，3却急切地向他表白她实在不愿意干那种事，她说她是没有办法，因为她不忍心看着孙儿失望的模样。

3的夜晚来访，是要算命先生算算腹中婴儿是否该生下来。

算命先生告诉她：要生下来。

但是3为婴儿生下以后，是她的儿女还是她的重孙而苦恼。

算命先生说这无关紧要，因为他愿意抚养这个孩子，所以她的担忧也就不存在了。

第五节

一

算命先生儿子的死去,尽管瞎子没法知道,但是连续一月瞎子不再感到这个瘦长的人从他身旁走过了。这个人走过时,他会感到一股仿佛是门缝里吹来的风。这人与别的人明显不同,所以瞎子记住了他。这人的消失使瞎子的内心更加感到孤单。

4的声音也已经很久没有出现,尽管附近那所中学依旧时刻发出先前那种声音,那种无数少男少女汇集起来的声音,那种有时十分整齐有时又混乱不堪的声音。但是他始终无法从中找出4的声音。在上学和放学的时候,瞎子听着那些声音三三两两从他身旁经过,他曾在那时候听到过4的笑声,可已是很久以前的事了。4的笑声使瞎子黑暗的视野亮起了一串微微闪烁的光环,他看着那串光环的出现与消失,这些都发生在瞬间。4的声音最初出现时仿佛滴着水珠,而最后出现时却孤苦伶仃,这中间似乎有一段漫长的历程,然而瞎子却感到这些都发生在瞬间。

这时候4正朝瞎子走来,她的父亲走在旁边。瞎子听到了有两个人走来的脚步声,一个粗鲁,一个却十分细腻,但是瞎子并不知道是4在走来。4走到瞎子近旁时,发现瞎子枯萎的眼眶里有潮湿的亮光,这情景使她对即将走到的地方产生了迷惑之感,她与父亲从瞎子身旁走过,不久就走入了算命先生总是敞开的屋门。

然后几辆板车从瞎子面前滚动了过去,一辆汽车驰过时瞎子耳边出现一阵混浊的响声。他听到街上有走动的声音和说话的声音,刚才汽车驰过时扬起的一片灰尘此刻纷纷扬扬地罩住了他。街上说话的是几个男子的声音,那声音使瞎子感到如同手中捏着一块坚硬粗糙的石头。有一个女人正在叫着另一个女人的名字,另一个女人说话时带着笑声,她们的声音都很光滑,让瞎子想到自己捧碗时的感觉。4的声音是在此后再度出现的。

二

4出现在算命先生的眼前时,刚好站在一扇天窗下面,从天窗玻璃上倾泻下来的光线沐浴了她的全身,她用一双很深的眼睛木然地看着算命先生。

听完4的父亲的叙述,算命先生闭上眼睛喃喃低语起来,他的声音在小屋内回旋,犹如风吹在一张挂在墙上的旧纸沙沙作响。4的父亲感到他脸上的神色出现了某种运动。然后算命先生睁开了眼睛,他的眼睛令人感到没有目光。他告诉4的父亲:每夜梦语不止,是因为鬼已入了她的阴穴。

算命先生的话使4的父亲吃了一惊,他望着算命先生莫测深浅的眼睛,问他有何救女儿的法术。

算命先生微微一笑,他的笑容使4的父亲感到是一把刀子割出来似的。他说有是有,但不知是否同意。

4听着他们的对话,4所听到的只是声音,而没有语言,算命先生的形象恍若是一具穿着衣服的白骨,而这间小屋则使她感到潮湿难忍。她看到有五只很大的公鸡在小屋之中显得耀武扬威。

在确认4的父亲没有什么不答应的事以后,算命先生告诉他:从阴穴里把鬼挖出来。

4的父亲惊骇无比,但不久后他就默许了。

4在这突如其来的现实面前感到不知所措。她只能用惊恐的眼睛求助于她的父亲。但是父亲没有看她,父亲的身体移到了她的身后,她听到父亲说了一句什么话,她还未听清那句话,她的身体便被父亲的双手有力地掌握了,这使她感到一切都无力逃脱。

算命先生俯下身撩开了4的衣角,他看到了一根天蓝色的皮带,皮带很窄,皮带使算命先生体内有一股热流在疲倦地涌起来。皮带下面是平坦的腹部。算命先生用手解了4的皮带,他感到自己的手指有些麻木。他的手指然后感受到了4的体温,4的体温像雾一样洋溢开来,使算命先生麻木的手指上出现了

419

潮湿的感觉。算命先生的手剥开几层障碍后，便接触到了4的皮肤，皮肤很烫，但算命先生并没有立刻感觉到。然后他的手往下一扯，4的身体便暴露无遗了。可是展现在算命先生眼中时，是一团抖动不已的棉花。

4的挣扎开始了，但是她的挣扎徒劳无益。她感到了自己身体暴露在两个男人目光中的无比羞耻。

三

那个时候瞎子听到了4的第一次叫声，那叫声似乎是冲破4的胸膛发出来的，里面似乎夹杂着裂开似的声响。叫声尖利无比，可一来到屋外空气里后就四分五裂。声音四分五裂以后才来到瞎子耳边。因此瞎子听到的不是声音的全部，只是某一碎片。4的声音的突然出现，使瞎子因为过久的期待而开始平静的内心顷刻一片混乱。与此同时，4的叫声再度传来。此时4的叫声已不能分辨出其中的间隔了，已经连成一片。传到瞎子耳中时，仿佛是无数灰尘纷纷扬扬掉入在瞎子的耳中。声音持续地出现，并不消去。这使瞎子感到自己走入了4的声音，就像走入自己那间小屋。但是瞎子开始听出这声音的异常之处，这声音不知为何让瞎子感到恐惧。在他黑暗的视野里，仿佛出现了这声音过来时的情景，声音并不是平静而来，也不是兴高采烈而来，声音过来时似乎正在忍受着被抽打的折磨。

瞎子站了起来，他迎着这使他害怕的声音，摸索着走了过去。他似乎感到了这迎面而来的声音如一场阵雨的雨点，扑打在他的脸上，使他的脸隐隐作痛。声音在他走去的时候越来越响亮，于是他慢慢感到这声音不仅仅只是阵雨的雨点。他感到它似乎十分尖利，正刺入他的身体。随后他又感到一幢房屋开始倒塌了，无数砖瓦朝他砸来。他听出了中间短促的喘息声，这喘息声夹在其中显得温柔无比，仿佛在抚摸瞎子的耳朵，瞎子不由潸然泪下。

瞎子走到算命先生家门口时，那声音骤然降落下去。不再像刚才那样激烈，降落为一片轻微的呜呜声，这声音持续了很久，仿佛是一阵风在慢慢远去的声音。然后4的声音消失了。瞎子在那里站了很久，接着才听到从前面那扇门里响出来两个人的脚步，一个粗鲁，一个却显得十分沉重。

四

在4回到家中的第二天，7由他妻子搀扶着去了算命先生的家，他们是第一次来到算命先生的小屋，但是他们并不感到陌生。在此之前，一间类似的小屋已经在他们脑中出现过几次了。

7在算命先生对面的椅子坐下后，算命先生那令人感到不安的形象却使7觉得内心十分踏实。灰白的7在苍白的算命先生面前，得到了某种安慰——

7的妻子站在他们之间，她明显地感受到了自己的健康。但是这种感受让她产生了分离之感。

算命先生在得知他们来意以后，立刻找到了7的病因。他告诉7的妻子：7与他儿子命里相克。

算命先生是在他们的生肖里找到7的病因的，他向她解释：因为7是属羊的，而他儿子属虎。眼下的情景是羊入虎口。

7已经在劫难逃，他的灵魂正走在西去的路途上。

算命先生的话使7和他妻子一时语塞。7不再望着算命先生，他低下了头，他的眼中出现了一块潮湿的泥地，他感到自己的虚弱就在这块泥地的上面。7的妻子这时问算命先生：有何解救的办法？

算命先生告诉她，唯一的解救办法就是除掉她的儿子。

她听后没有说话，算命先生的模样在她的视线里开始模糊起来，最后在她对面的似乎不再是一个人，而是一块石头。她听到丈夫在身旁呼吸的声音，7的呼吸声让她觉得自己的呼吸也曲折起来。

算命先生说所谓除掉并非除命，只要她将五岁的儿子送给他人，从此断了亲属血缘，7的病情就会不治自好。

算命先生的模样此刻开始清晰起来，但她将目光从他身上移开,看着低垂着头的7,然后又抬头看看从天窗上泄漏下来的光线,她的眼睛微微眯了起来。

算命先生表示如果她将儿子交给别人不放心,可交他抚养。

算命先生收养7的儿子,他觉得是一桩两全其美的好事。7可以康复,而他膝下有子便可延年益寿。虽然不是他亲生,但总比膝下无子强些。尽管7的儿子在命里与他也是相克,但算命先生感到自己阳火正旺,不会走上此刻7正走着的那条西去的路。

他指着那五只正在走来走去的公鸡,对7的妻子说:如果不反对,你可从中挑选一只抱回家去,只要公鸡日日啼叫,7的病情就会好转。

五

4在那天回到家中以后,从此闭门不出。多日之后,4的父亲在一个傍晚站在院中时,蓦然感到难言的冷清。司机死后不久,接生婆也在某一日销声匿迹,没再出现。她家屋檐上的灰尘已在长长地挂落下来,望着垂落灰尘的梁条,他内心慢慢滋生了倒塌之感。3的离去也有多日,她临走时只是说一声去外地亲戚家,没有说归期。她的孙儿时时无精打采地坐在自己家门槛上，丧魂落魄地看着4的屋门。7由他妻子搀扶着去过了算命先生的家。他没有向他们打听去算命先生那里的经过，就像他们也不打听4一样。他只是发现在那一日以后，再也不见那脑袋很大的孩子在院里走来走去，取而代之的是一只公鸡，一只老态龙钟在院中走来走去的公鸡。

7的病情似乎有些好转了，7有时会倚在门框上站一会，7看着公鸡的眼神有时让4的父亲感到吃惊，7的目光似乎混乱不堪。尽管7原先的病有些好转，可他感到有一种新的病正爬上7的身体，而且这种病他在7妻子身上同样也隐约看到。后来他在自己女儿身上也有类似的发现。女儿此后虽然夜晚不再梦语，但她白天的神态却是恍恍惚惚。她屡屡自言自语，脸上时时出现若即若离的笑容，这种笑不是鲜花盛开般的笑，而是鲜花凋谢似的笑。

院中以往的景象已经一去不返，死一般的寂静在这里偷偷生长。从接生婆屋檐上垂落下来的灰尘，他似乎看到了这院子日后的状况。不知从哪一日开始，他感到这院里隐藏着一股腐烂的气息。几日以后，气息趋向明显。又过几日，他才能确定这气息飘来的方向，接生婆那门窗紧闭的屋子在这个方向正中。

也是这几天里，他听到了一个少女死去的消息。他是在街上听到的，那少女死在江边一株桃树下面。她身上没有伤痕，衣服也是干的。对于她的死，街上议论纷纷。那少女是他女儿的同学，他认识少女的父亲6，6常去江边钓鱼。他记得她曾到他家来过，有一次她进来时显得羞羞答答，她在院子里站了一会，就在他现在站着的这个地方。

第六节

一

接生婆在那天呕吐出了一堆乱麻和两个麻团以后，感到自己的身体开始变得飘忽了。她向那张床走去时，竟然感受不到自己的身体，她的身体很像是一件大衣。而且当她在床上躺下来时，觉得自己的身体像件扔到床上的衣服似的瘪了下去。然后她看到了一条江，江水凝固似的没有翻滚，江面上漂浮着一些人和一些车辆。她还看到了一条街，街道在流动，几条船在街道上行驶，船上扬起的风帆像是破烂的羽毛插在那里。

司机经常在接生婆的梦中出现，但是那天晚上没有来到她的梦里。在夕阳西下炊烟四起时，接生婆的视野里出现了一片永久的黑暗。接生婆的死去，堵塞了司机回家的路。

但是那天晚上，2的梦里走来了司机。那时候2正站在那条小路上，就是曾经被一片闪烁掩盖过的小路。2看到司机心事重重地朝他走来。司机的手正插在口袋里，似乎在寻找什么，或者只是插插而已。

司机走到他面前，愁眉苦脸地告诉他：我想娶个媳妇。

2发现司机右边的脖子上有一道长长的创口，血在里面流动却并不溢出。

2问他，是不是缺钱没法娶？

司机摇摇头，司机的头摇动时，2看到那创口里的血在荡来荡去。

司机告诉他：还没找到合适的人。

2问司机：是不是需要帮助？

司机点点头说：正是这样。

此后每日深夜来临，2便要和司机在这条小路上发生一次类似的对话。司机的屡屡出现，破坏了2原来的生活，使2在白天的时候眼前总有一只虚幻的蜘蛛在爬动。这种情形持续了多日，直到这一日2听说6的女儿死在江边的消息时，他才找到一条逃出司机围困的路。

二

回想起来，6的女儿的死似乎在事前有过一些先兆。那个身穿羊皮夹克的人再次路过这里以后，6开始发现女儿终日坐在墙角了，女儿坐在那里恍若是一团暗影。但是6却没有把这些放进心里，因为6一直没看出她身上正在暗暗滋长的那些东西，这些东西在她前面六个姐姐身上显然没有。事到如今，6

才感到他和那个身穿羊皮夹克的谈话，女儿可能偷听了。他想起那天送羊皮夹克出门时，他看到女儿怔怔地站在房门外。

本来当初羊皮夹克就要带走他女儿，只是因为他节外生枝才没有。他告诉羊皮夹克他的这个女儿远远胜过前面六个，所以他对按照惯例支付的三千元钱很难接受，他提出增加一千。羊皮夹克的坚持没有进行很久，在短暂的讨价还价之后，他便作出了让步。但他提出先把女孩带走，先付上三千，另一千随后通过邮局寄来。6当然拒绝了，除非现交四千元，他才答应将他的女儿带走。羊皮夹克说身上的钱不够了，虽然四千还是可以拿出来，但在路途上还要花一笔钱，所以只好一个月以后再来。

在约定的日子临近时，6的女儿躺到了江边的一株桃树下面。那时候6正坐在城南的一座茶馆里，自从那次在江边的奇异经历以后，6不去江边钓鱼，而是每日坐到茶馆里来了。有关他女儿的消息，是他的一个邻居告诉他的。那个邻居去江边看死人后，在回家的路上从茶馆敞开的门里看到了6，他告诉6他正到处找他。这个消息使6顿时眼前一片昏暗，然后羊皮夹克的形象在他脑中支离破碎地出现了。邻座的茶客对6听到如此重大的消息以后仍然坐着不动感到惊讶，他们催促他赶快去江边。但是6没有听到他们在说话，他的眼睛望着门外的一根水泥电线杆，他看到那电线杆上贴着一张纸条，那是一张关于治疗阳痿的广告。6没法看清上面的字，但是羊皮夹克的形象此刻总算拼凑完整了，尽管那形象有无数杂乱的裂缝。可6明确地想起了这人再过两天就要来到，6仿佛看到他右面的衣服口袋显得肿胀的情景。这时他才深深意识到当初不让羊皮夹克带走女儿是一个很大的错误。他对自己说：这是报应。

尽管那条江已使6感到毛骨悚然，但既然女儿躺在那里，他也只得去了。他在走去的时候，仿佛感到女儿死在江边是有所目的的。这个想法在他接近江边时变得真切起来。当他在远处看到一堆人围在一株桃树四周的时候，他已经猜测到了女儿躺在那里的模样。

不久之后他已经挤入了人堆，那时候一个法医正在验尸。他看到女儿仰躺在地上，她的脸一半被头发遮住了。她的外衣纽扣已经被解开，里面鲜红的毛衣显得很挑逗。他才发现女儿的腰竟然那么纤细，如果用双手卡住她的腰，就如同卡住一个人的脖子。然后他注意到了女儿的脚，那是一双孩子的脚，赤裸的脚趾微微向上跷着。

这时候一个警察拍了拍他的肩，他转过头去看到了一张满是胡子的脸。

警察问他：她是不是你的女儿？

他疲倦地点点头。

警察告诉他：你女儿死因要过些日子才能明确答复你。

他对这句话不感兴趣，他觉得他不需要他们的答复，他觉得自己应该离开一会，这地方使他站着有点不知所措。于是他转身往外挤。那时候警察又拍了他一下，这次警察对他说：待会儿有几个问题要问你。

6挤出去以后，立刻感到身后有几个人的脚步声音。但他没在意，他走到堆满木材的地方时，身后有一个人来到了他的面前，那人用眼睛暗示了一下他女儿躺着的地方，然后低声说：

我买了。

6微微一怔，但他随后就明白了那意思。他以同样低的声音问：出多少？

那人将右手的五个手指全部伸开。

五千？6问。

但是6明白这人只是出五百，他摇摇头，表示不卖。那人还想讨价还价，可第二人已经赶上来了。第二个人伸出一个手指偷偷放入6的右手手掌。6知道这个愿意出一千，但他还是摇摇头。

第三个人走到他面前时，他将两个手指主动插入那人的手掌，告诉他要出两千才卖。那人迟疑了一会，伸出手指暗示愿出一千五百，可6立刻就摆摆手，转过身去了。

2是在这个时候赶来的，当6伸出两个手指时，他丝毫没有犹豫，他一把捏住6的两个手指，然后抖动了几下。

于是6心安理得地在那堆木材上坐了下来，2朝着那一堆围着的人看了看，也在木材上坐下。他们现在都在等着这一堆人散去。

三

接生婆的死被发现，还是在2为6的女儿送葬以后。6的女儿死去的消息在城内纷纷扬扬，对她死因的猜测一日生出一种。但是为她送葬的事却几乎无人知道。为他送葬的只有2一个人。当2将她的骨灰盒捧到家中以后，他接下去要做的便是去司机的家，他需要得到司机的骨灰。然后2发现司机的母亲已经死去了。

其实那院子里的其他几个人早就有此疑心，因为那股腐烂气息越来越浓烈，那气息由风伴随着在他们房中进进出出，而且从多日前看着接生婆走入家中以后，他们再没见到她出来，但是他们中间谁也没把这话说出口。虽然他们在腐烂的气息里生活得十分恶心。

2在走入这个院子时，这股气息使他惊诧不已。当他走到司机家门前时，他感到另外三个门口都站了人，他们都看着他。2那时候已经发现这股令人痛苦的气息就来自眼前这个房间。他敲了敲门，里面也响起了敲门的声音，但是除此之外什么动静也没有。于是他就推了一下，门发出了一声使他战栗的吱呀声，门没有上锁。从那裂开的一条门缝里，一股凶狠的腐烂气息朝他扑打过来，使他一阵头晕。但他还是继续将门推开，并且走了进去。里面一片昏暗，满屋子翻滚的腐烂味使他眼泪直流。他走进去以后看到了躺在床上的接生婆。接生婆脸上的五官已经模糊不清。那脸上有水样的东西在流淌，所以她的脸显得亮晶晶的。2看了一眼后立刻将目光移开。接着他走入了另一间屋子，他在这间屋子里找到了司机的骨灰盒。骨灰盒放在一张桌子上，那是一张用来打牌打麻将的桌子。2捧着司机的骨灰盒出来以后，通过泪汪汪的眼睛，他看到那几个站在自己房门口的人都是水淋淋的，他告诉他们：已经烂掉了。

2回到家中以后，将司机的骨灰盒和6的女儿的骨灰盒并排放在一起。然后请来四位纸匠，用白纸做了一套组合式家具，以及冰箱彩电之类的家用电器。四位纸匠昼夜而作，三日后便全部完成。接着2请了一位唢呐吹手和几个拉板车的，把纸匠们的作品放在板车上，第一辆板车上还放着司机与6的女儿的骨灰盒。唢呐吹手和2走在最前列，在尖利的喜调声里，司机和6的女儿的婚礼在街上开始了。

他们走在城内几条主要街道上，街上的风将那套组合家具吹得歪歪斜斜，如同一个孩子手下的画。这情景吸引了街上所有的人，他们像几片水一样围了上去。2心想总算对得起司机了。他回答了他们的询问，高声告诉他们是谁与谁的喜事。他看到街两旁几乎所有的窗口都有脑袋挂在那里，有一家窗口挂着好几个脑袋。他们也经过了瞎子端坐的那条街。从尖利的唢呐声里，瞎子知道正在走来一个婚礼。

婚礼的行走经过了那破旧的城墙门洞以后，来到了城西坟场上。一个新坟已经掘好。2将司机和6的女儿的骨灰盒放入坟中。然后盖土，土盖下去时有几块石子击在骨灰盒上，发出几声清脆的响声，那响声透出了隐藏的喜悦。接着纸匠们的作品被堆在坟墓四周，2点燃了火。一群火像是一群马一样奔腾而起，一片黑烟在红色的火中缭绕不绝。顷刻之后，火势便跌落下来，于是失去了保护的黑烟也立刻四散而去。那烧透以后变得漆黑的纸灰将坟墓完整地盖住。可是一阵风将纸吹得七零八落，冉冉飘起以后便晃晃悠悠如烟般消散了。

此后，司机不再来到2的梦里。

四

在司机与6的女儿的婚礼行走过去以后，4出现在大街上。她的嘴里哼着一支缓慢的曲子，在街道的右侧迟缓走来。在这个没有雨也没有阳光的上午，4的形象显得很灰暗。她那张若有所思的脸，仿佛在暗示对往事的回首。4走在灰白的水泥路上，很像是一种过去在走来。

4在走来的时候，她的右手正在解开上衣的纽扣，她的动作小心翼翼显得十分优美。纽扣解开以后，她的身体出现了一根树枝似的倾斜，她开始从身上一点一点推开了那件上衣，然后右手抓住衣角，衣服便垂落在地了。她那么走了一会才松开右手，衣服就在街道上迅速地躺了下去，无声无息。接着她剥开藏青的毛衣，她依旧显得很美。藏青的毛衣掉落在地以后的模样，很像是一个人正在平静地死去。随后她开始解白色衬衣的纽扣，纽扣解开以后恰好一股微风吹来，使她的衬衣出现了调皮的飘动。衬衣掉下去时显得缓慢多了，似乎是一张白纸在掉落了下去。

4走到一棵梧桐树旁，她伸出手抚摸了梧桐树野蛮的树干。然后她将身体靠了上去，她继续哼着那支曲子。她似乎看到前面有很多人都站着没有动，于是她模糊地记忆起很久以前甩了甩钢笔，墨水留在地上的斑点。

4在那个时候解开了皮带，那条黑色长裤便沿着她白晃晃的大腿滑落下去，滑下去时似乎产生了一丝痒的感觉，她不禁微微一笑。她那条粉红色的短裤也随即滑落下去。然后她小心翼翼地从裤子包围中伸出了右脚，脚上没有袜子，接着她同样小心地伸出了左脚，左脚也没穿袜子。她赤裸的脚踩在了粗糙的水泥地上，她继续往前走去。

4赤裸的身体在这个阴沉的上午白得好像在生病。一股微风吹到她稚嫩的皮肤上，仿佛要吹皱她的皮肤了。她一直哼着那支曲子，她的声音很微小，她的声音很像她瘦弱的裸体。她走到了瞎子的身旁，她略略站了一会，然后朝瞎子微微一笑后就走开了。

瞎子在此之前就已经听到4的歌声了，只是那时候瞎子还不敢确定，那时候4的歌声让他感到是虚幻中的声音，他怀疑这声音是否已经真实地出现了。但是不久之后，4的声音像是一股清澈的水一样流来了。这水流到他身旁以后并没有立刻远去，似乎绕着他的身体流了一周，然后才流向别处。于是瞎子站了起来，他跟在4的声音后面走向一个他从未去过的地方。

4一直走到江边，此后她才站住脚，望着眼前这条迷茫流动的江，她听到从江水里正飘上来一种悠扬的弦乐之声。于是她就朝江里走去。冰冷的江水从她脚踝慢慢升起，一直掩盖到她的脖子，使她感到正在穿上一件新衣服。随后江水将她的头颅也掩盖了。

瞎子听到几颗水珠跳动的声音以后，他不再听到4的歌声了。于是他蹲了下去，手摸到了温暖潮湿的泥土，他在江边坐了下来。瞎子在江边坐了三日。这三日里他时时听到从江水里传来4流动般的歌声，在第四日上午，瞎子站了起来，朝4的声音走去。他的脚最初伸入江水时，一股冰冷立刻袭上心头。他感到那是4的歌声，4的歌声在江水慢慢淹没瞎子的时候显得越来越真切。当瞎子被彻底淹没时，他再次听到了几颗水珠的跳动，那似乎是4微笑时发出的声音。

瞎子消失在江水之中，江水依旧在迷茫地流动，有几片树叶从瞎子淹没的地方漂了过去，此后江面上出现了几条船。

三日以后，在一个没有雨没有阳光的上午，4与瞎子的尸首双双浮出了江面。那时候岸边的一株桃树正在盛开着鲜艳的粉红色。

一九八八年五月五日

古典爱情

一

　　柳生赴京赶考，行走在一条黄色大道上。他身穿一件青色布衣，下截打着密褶，头戴一顶褪色小帽，腰束一条青丝织带，恍若一棵暗翠的树行走在黄色大道上。此刻正是阳春时节，极目望去，一处是桃柳争妍，一处是桑麻遍野。竹篱茅舍四散开去，错落有致遥遥相望。丽日悬高空，万道金光如丝在织机上，齐刷刷奔下来。

　　柳生在道上行走了半日，其间只遇上两个衙门当差气昂昂擦肩而过，几个武生模样的人扬鞭催马疾驰而去，马蹄扬起的尘土遮住了前面的景致，柳生眼前一片纷纷扬扬的混乱。此后再不曾在道上遇上往来之人。

　　数日前，柳生背井离乡初次踏上这条黄色大道时，内心便涌起无数凄凉。他在走出茅舍之后，母亲布机上的沉重声响一直追赶着他，他脊背上一阵阵如灼伤般疼痛，于是父亲临终的眼神便栩栩如生地看着自己了。为了光耀祖宗，他踏上了黄色大道。姹紫嫣红的春天景色如一卷画一般铺展开来，柳生却视而不见。展现在他眼前的仿佛是一派暮秋落叶纷扬，足下的黄色大道也显得虚无缥缈。

　　柳生并非富家公子，父亲生前只是一个落榜的穷儒。他虽能写一手好字，画几枝风流花卉，可肩不能挑手不能提，如何能养家糊口？一家三口全仗母亲织布机前日夜操劳，柳生才算勉强活到今日。然而母亲的腰弯下去后再也无法直起。柳生自小饱读诗文，由父亲一手指点。天长日久便继承了父亲的禀性，爱读邪书，也能写一手好字，画几枝风流花卉，可偏偏生疏了八股。因此当柳生踏上赴京赶考之路时，父亲生前屡次落榜的窘境便笼罩了他往前走去的身影。

　　柳生在走出茅舍之时，只在肩上背了一个灰色的包袱，里面一文钱也没有，只有一身换洗的衣衫和纸墨砚笔。他一路风餐露宿，靠卖些字画换得些许钱，来填腹中饥饿。他曾遇上两位同样赴京赶考的少年，都是身着锦衣绣缎的富家公子，都有一匹精神气爽的高头大马，还有伶俐聪明的书童。即便那书童的衣着，也使他相形之下惭愧不已。他没有书童，只有投在黄色大道上的身影紧紧伴随。肩上的包袱在行走时微微晃动，他听到了笔杆敲打砚台的孤单声响。

　　柳生行走了半日，不觉来到了岔路口。此刻他又饥又渴，好在近旁有一河流。河流两岸芳草青青，长柳低垂。柳生行至河旁，见河水为日光所照，也是黄黄一片，只是垂柳覆盖处，才有一条条碧绿的颜色。他蹲下身去，两手插入水中，顿觉无比畅快。于是捧起点滴之水，细心洗去脸上的尘埃。此后才痛饮几口河水，饮毕席地而坐。芳草摇摇曳曳插入他的裤管，痒滋滋的有许多亲切。一条白色的鱼儿在水中独自游来游去，那躯体扭动得十分妩媚。看着鱼儿扭动，不知是因为鱼儿孤单，还是因为鱼儿妩媚，柳生有些凄然。

半晌，柳生才站立起来，返上黄色大道，从柳荫里出来的柳生只觉头晕目眩，他是在这一刻望到远处有一堆房屋树木影影绰绰，还有依稀的城墙。柳生疾步走去。

走到近处，听得人声沸腾，城门处有无数挑担提篮的人。进得城去，见五步一楼，十步一阁。房屋稠密，人物富庶。柳生行走在街市上，仕女游人络绎不断，两旁酒店茶亭无数。几个酒店挂着肥肥的羊肉，柜台上一排盘子十分整齐，盘子里盛着蹄子、糟鸭、鲜鱼。茶亭的柜子上则摆着许多碟子，尽是些橘饼、薯片、粽子、烧饼。

柳生一一走将过去，不一会便来到一座庙宇前。这庙宇像是新近修缮过的，金碧辉煌。站在门下的石阶上，柳生往里张望。一棵百年翠柏气宇轩昂，砖铺的地面一尘不染，柱子房梁油滑光亮，只是不见和尚，好大一幢庙宇显得空空荡荡。柳生心想夜晚就夜宿在此。想着，他取下肩上的包袱，解开，从里面取出纸墨砚笔，就着石阶，写了几张"杨柳岸晓风残月"之类的宋词绝句，又画了几张没骨的花卉，摆在那里，卖与过往的人。一时间庙宇前居然挤个水泄不通。似乎人人有钱，人人爱风雅。才半晌工夫,柳生便赚了几吊钱,看着人渐散去,就收起了钱小心藏好,又收起包袱缓步往回走去。

两旁酒店的酒保和茶亭的伙计笑容满面,也不嫌柳生布衣寒衫,招徕声十分热情。柳生便在近旁的一家茶亭落座,要了一碗茶,喝毕,觉得腹中饥饿难忍,正思量着,恰好一个乡里人捧着许多薄饼来卖。柳生买了几张薄饼,又要了一碗茶水,慢慢吃了起来。

有两个骑马的人从茶亭旁过去,一个穿宝蓝缎的袍子,上绣百蝠百蝶;一个身着双叶宝蓝缎的袍子,上绣无数飞鸟。两位过去后,又有三位妇人走来。一位水田披风,一位玉色绣的八团衣服,一位天青缎二色金的绣衫。头上的珍珠白光四射,裙上的环佩叮当作响。每位跟前都有一个丫鬟,手持黑纱香扇替她们遮挡日光。

柳生吃罢薄饼,起身步出茶亭,在街市里信步闲走。离家数日,他不曾与人认真说过话。此刻腹中饥饿消散,寂寞也就重新涌上心头。看看街市里虽是人流熙攘,却皆是陌生的神色。母亲布机的声响便又追赶了上来。

行走间不觉来到一宽敞处,定睛观瞧,才知来到一大户人家的正门前。眼前的深宅大院很是气派,门前两座石狮张牙舞爪。朱红大门紧闭,甚是威严。再看里面树木参天,飞檐重叠,鸟来鸟往。柳生呆呆看了半晌,方才离去。他沿着粉墙旁的一条长道缓步走去。这长道也是上好的青砖铺成,一尘不染,墙内的树枝伸到墙外摇曳。行不多远,望到了偏门。偏门虽逊色于刚才的正门,可也透着威严,也是朱门紧闭。柳生听得墙内有隐约的嬉闹之声,他停立片刻,此后又行走起来。走到粉墙消失处,见到墙角有一小门。小门敞着,一个家人模样的人匆匆走出。他来到门前朝里张望,一座花园玲珑精致,心说这就是往日听闻却不曾眼见的后花园吧。柳生迟疑片刻,就走将进去。里面山水树花,应有尽有。那石山石屏虽是人工堆就,却也极为逼真。中间的池塘不见水,被荷叶满满遮盖,一座九曲石桥就贴在荷叶之上。一小亭立于池塘旁,两侧有两棵极大的枫树,枫叶在亭上执手相望。亭内可容三四人,屏前置瓷墩两个,屏后有翠竹百十竿,竹子后面的朱红栏杆断断续续,栏杆后面花卉无数。有盛开的桃花、杏花、梨花,有未曾盛开的海棠、菊花、兰花。桃杏犹繁,争执不下,其间的梨花倒是安然观望,一声不吭。

不知不觉间,柳生来到绣楼前。足下的路蓦然断去,柳生抬头仰视。绣楼窗棂四开,风从那边吹来,穿楼而过。柳生嗅得阵阵袭人的香气。此刻暮色徐徐而来,一阵吟哦之声从绣楼的窗口缓缓飘落。那声音犹如瑶琴之音,点点滴滴如珠落盘,细细长长如水流潺潺。随风拂拂而下,随暮色徐徐散开。柳生也不去分辨吟哦之词,只是一味在声音里如醉一般,飘飘欲仙。

暮色沉重起来,一片灰色在空中挥舞不止,然而柳生仰视绣楼窗口的双眼纹丝未动,四周的一切全然不顾。漫长的视野里仿佛出现了一条如玉带一般的河流,两种景致出现在双眼两侧,一是袅娜的女子行走在河流边,一是悠扬的垂柳飘拂在晚风里。两种情景时分时合,柳生眼花缭乱。

这销魂的吟哦之声开始接近柳生,少顷,一位如花似玉的女子在窗框中显露出来。女子怡然自得，樱桃小口笑意盈盈，吟哦之声就是在此处飘扬而出。一双秋水微漾的眼睛飘忽游荡，往花园里倾吐绵绵之意，然后，看到了柳生，不觉"呀"的一声惊叫，顿时满面羞红，急忙转身离去。这一眼恰好与柳生相遇。这女子深藏绣楼，三春好处无人知晓，今日让柳生撞见，柳生岂不昏昏沉沉如同坠入梦中。刚才那一声惊叫，就如弦断一般，吟哦之声戛然而止。

接下去万籁无声，似乎四周的一切都在烟消云散。半响，柳生才算回过神来。回味刚才的情形，真有点虚无缥缈，然而又十分真切。再看那窗口，一片空空。但是风依旧拂拂而下，依旧香气袭人，柳生觉到了一丝温暖，这温暖恍若来自刚才那女子的躯体，使柳生觉得女子仍在绣楼之中。于是仿佛亲眼见到风吹在女子身上，吹散了她身上的袭人香气和体温，又吹到了楼下。柳生伸出右手，轻轻抚摸风中的温暖。

此时一个丫鬟模样的女子出现在窗口，她对柳生说：

"快些离去。"

她虽是怒目圆睁，神色却并不凶狠，柳生觉得这怒是佯装而成。柳生自然不会离去，仍然看着窗户目不斜视。倒是丫鬟有些难堪，一个男子如此的目光委实难以承受。丫鬟离开了窗户。

窗户复又空洞起来，此刻暮色越发沉重了，绣楼开始显得模模糊糊。柳生隐约听得楼上有说话之声，像是进去了一个婆子，婆子的声音十分洪亮。下面是丫鬟尖厉的叫嚷，最后才是小姐。小姐的声音虽如滴水一般轻盈，柳生还是沐浴到了。他不由微微一笑，笑容如同水波一般波动了一下，柳生自己丝毫不觉。

丫鬟再次来到窗口，嚷道：

"还不离去！"

丫鬟此次的面容已被暮色篡改，模糊不清，只是两颗黑眼珠子亮晶晶，透出许多怒气。柳生仿佛不曾听闻，如树木种下一般站立着。又怎能离去呢？

渐渐地，绣楼变得黑沉沉，此刻那敞着的窗户透出了丝丝烛光，烛光虽然来到窗外，却不曾掉落在地，只在柳生头顶一尺处来去。然而烛光却是映出了楼内小姐的身影，投射在梁柱上，刚好为柳生目光所及。小姐低头沉吟的模样虽然残缺不全，可却生动无比。

有几滴雨水落在柳生仰视的脸上，雨水来得突然，柳生全然不觉。片刻后雨水放肆起来，劈头盖脸朝柳生打来。他始才察觉，可仍不离去。

丫鬟又在窗口出现，丫鬟朝柳生张望了一下，并不说话，只是将窗户关闭。小姐的身影便被毁灭。烛光也被收了进去，为窗纸所阻，无法复出。

雨水斜斜地打将下来，并未打歪柳生的身体，只是打落了他头戴的小帽，又将他的头发朝一边打去。雨水来到柳生身上，曲折而下。半响，柳生在风雨声里，渐渐听出了自己身体的滴答之声。然而他无暇顾及这些，依然仰视楼内的烛光，烛光在窗纸上跳跃抖动。虽不见小姐的身影，可小姐似乎更为栩栩如生。

窗户不知何故复又打开，此刻窗外风雨正猛。丫鬟先是在窗口露了一下，片刻后小姐与丫鬟双双来到窗口，朝柳生张望。柳生尚在惊喜之中，楼上两人便又离去，只是窗户不再关闭。柳生望到楼内梁柱上身影重叠，又瞬时分离。不一刻，楼上两人又行至窗前，随即一根绳子缓缓而下，在风雨里荡个不停。柳生并未注意这些，只是痴痴望着小姐。于是丫鬟有些不耐烦，说道：

"还不上来。"

柳生还是未能明白，见此状小姐也开了玉口：

"请公子上来避避风雨。"

这声音虽然细致，却使勇猛的风雨之声顷刻消去。柳生始才恍然大悟，举足朝绳子迈去，不料四肢异常僵硬。他在此站立多时不曾动弹，手脚自然难以使唤。好在不多时便已复原，他攀住绳子缓缓而上，来到窗口，见小姐已经退去，靠丫鬟相助他翻身跃入楼内。

趁丫鬟收拾绳子关闭窗户，柳生细细打量小姐。小姐正在离他五尺之远处亭亭玉立，只见她霞裙月帔，金衣玉身。朱唇未动，柳生已闻得口脂的艳香。小姐羞答答侧身向他。这时丫鬟走到小姐近旁站立。柳生慌忙向小姐施礼：

"小生姓柳名生。"

小姐还礼道：

"小女名惠。"

柳生又向丫鬟施礼，丫鬟也还礼。

施罢礼，柳生见小姐丫鬟双双掩口而笑。他不知是自己模样狼狈,也赔上几声笑。

丫鬟道:

"你就在此少歇,待雨过后,速速离去。"

柳生并不作答,两眼望小姐。小姐也说:

"公子请速更衣就寝,免得着凉。"

说毕,小姐和丫鬟双双向外屋走去。小姐细袖摇曳,玉腕低垂离去。那离去的身姿,使柳生蓦然想起白日里所见鱼儿扭动的妩媚。丫鬟先挑起门帘出去,小姐行至门前略为迟疑,挑帘而出时不禁回眸一顾。小姐这回眸一顾,可谓情意深长,使柳生不觉神魂颠倒。

良久,柳生才知小姐已经离去,不由得心中一片空落落不知如何才是。环顾四周,见这绣楼委实像是书房,一摞摞书籍整齐地堆在梁子上,一张瑶琴卧案而躺。然后柳生看到那张红木雕成的绣床,绣床被梅花帐遮去了大半。一时间柳生觉得心旌摇晃,浑身上下有一股清泉在流淌。柳生走到梅花帐前,嗅到了一股柏子香味,那翡翠绿色的被子似乎如人一般仰卧,花纹在烛光里躲躲闪闪。小姐虽去,可气息犹存。在柏子的香味中,柳生嗅出了另一种淡雅的气息,那气息时隐时现,似真似假。

柳生在床前站立片刻,便放下了梅花帐,帐在手里恍若是小姐的肌肤一般滑润。梅花帐轻盈而下,一直垂至地下弯曲起来。柳生退至案前烛光下,又在瓷凳上坐下,再望那床,已被梅花帐遮掩,里面翡翠绿色的被子隐隐可见,状若小姐安睡。此刻柳生俨然已成小姐的郎君。小姐已经安睡,他则挑灯夜读。

柳生见案上翻着一本词集，便从小姐方才读过处往下读去。字字都在跳跃，就像窗外的雨水一般。柳生沉浸在假想的虚景之中，听着窗外的点滴雨声，在这良辰美景里缓缓睡去。

蒙蒙眬眬里，柳生听得有人呼唤，那声音由远而近，飘飘而来。柳生蓦然睁开眼来，见是小姐伫立身旁。小姐此刻云鬓有些凌乱，脸上残妆犹见。虽是这副模样，却比刚才更为生动撩人。一时间柳生还以为是梦中的情景，当听得小姐说话，才知情景的真切。

小姐说：

"雨已过去，公子可以上路了。"

果然窗外已无雨水之声，只是风吹树叶沙沙响着。

见柳生一副神情恍惚的模样，小姐又说：

"那是树叶之声。"

小姐站在阴暗处，烛光被柳生所挡。小姐显得幽幽动人。柳生凝视片刻，不由长叹一声，站立起来道：

"今日一别，难再相逢。"

说罢往窗口走去。

可是小姐纹丝未动，柳生转回身来，才见小姐眼中已是泪光闪闪，那模样十分凄楚。柳生不由走上前去，捏住小姐低垂的玉腕，举到胸襟。小姐低头不语，任柳生万般抚摸。半响，小姐才问：

"公子从何而来？将去何处？"

柳生如实相告，又去捏住小姐另一只手。此刻小姐才仰起脸来细细打量柳生。两人执手相看，叙述一片深情。

此刻烛光突然熄灭，柳生顺势将玉软香温的小姐抱入怀中。小姐轻轻"呀"了一声，便不再做声，却在柳生怀里颤抖不已。此时柳生也已神魂颠倒。仿佛万物俱灭，唯两人交融在一起。柳生抚摸不尽，听得呼吸声长短不一，也不知哪声是自己，哪声是小姐。一个是寡阴的男子，一个是少阳的女子，此刻相抱成团，如何能分得出你我。

窗外传来更夫打更的声响，才使小姐蓦然惊醒过来。她挣脱柳生的搂抱，沉吟片刻，说道：

"已是四更天，公子请速速离去。"

柳生在一片黑色中未动，半晌才答应一声，然后手摸索到了包袱，接着又是久久站立。

小姐又说：

"公子离去吧。"

那声音凄凉无比，柳生听了小姐的微微抽泣声，不觉自己也泪流而下。他朝小姐摸索过去，两人又是一阵难分你我的搂抱。然后柳生朝窗口走去。行至窗前，听得小姐说：

"公子留步。"

柳生转回身去，看着小姐模糊的黑影在房里移动，接着又听到剪刀咔嚓一声。片刻后，小姐向他走来，将一包东西放入他手中。柳生觉得手中之物沉甸甸，也不去分辨是何物，只是将其放入包袱。然后柳生爬出窗外，顺绳而下。

着地后柳生抬头仰视，见小姐站立窗前，只能看到一个身影。小姐说：

"公子切记，不管榜上有无功名，都请早去早回。"

说罢，小姐关闭了窗户。柳生仰视片刻便转身离去。后门依旧敞着，柳生来到了院外。有几滴残雨打在他脸上，十分阴冷，然后听到了马嘶声，马嘶声在寂静的夜色里嘹亮无比。柳生走过了空空荡荡的街市，并未遇上行人，只是远远看到一个更夫提着灯笼在行走。不久之后，柳生已经踏上了黄色大道。良久，晨光才依稀显露出来。柳生并不止步，看看远近的茅舍树木开始恢复原貌，柳生感到足下的大道踏实起来。待红日升起时，他已经远离了小姐的绣楼。他这才打开包袱，取出小姐给他的那一包东西。打开后，他看到了一缕乌黑的发丝和两封雪白的细丝锭子，它们由一块绣着一对鸳鸯的手帕包起。柳生心中不由流淌出一股清泉，于是收起，重新放入包袱，耳边不觉响起小姐临别之言：

"早去早回。"

柳生疾步朝前走去。

二

数月后，柳生落榜归来。他在黄色大道上犹豫不决地行走。虽一心向往与小姐重逢，可落榜之耻无法回避。他走走停停，时快时慢。赴京之时尚是春意喧闹，如今归来却已是萧萧秋色。

极目远眺，天淡云闲，一时茫茫。眼看着那城渐近，柳生越发百感交集。近旁有一条河流，柳生便走到水旁，见水中映出的人并非锦衣绣缎，只是布衣褴褛。心想赴京之时是这般模样，归来仍旧是这般模样。季节尚能更换，他却无力锦衣荣归，又如何有脸与小姐相会。

柳生心里思量着重新上路，不觉来到了城门口。一片喧哗声从城门蜂拥而出，城中繁荣的景象立刻清晰在目。

柳生行至喧闹的街市，不由止步不前，虽然离去数月，可街市的面貌依然如故，全不受季节更换影响。柳生置身其间，再度回想数月前与小姐绣楼相逢之事，似乎是虚幻中的一桩风流逸事。然而小姐临别之言却千真万确，小姐的声音点滴响起：

"不管榜上有无功名，都请早去早回。"

柳生此刻心里波浪迭起，不能继续犹豫，便疾步朝前走去。小姐伫立窗口远眺的情景，在柳生疾步走去时栩栩如生。因为过久的期待而变得幽怨的目光，在柳生的想象里含满泪水。重逢的情形是黯然无语，也可能是鲜艳的。他将再次攀绳而上则必定无疑。

然而柳生行至那富贵的深宅大院前，展示给他的却是断井颓垣，一片废墟。小姐的绣楼已不复存在，小姐又如何能够伫立窗前？面对一片荒凉，柳生一阵头晕目眩。眼前的一切始料不及，似乎是瞬间来到。回想数月前首次在这里所见的荣华富贵，历历在目似乎就在刚才。再看废墟之上却是朽木烂石，杂草丛生，一片凄凉景象，往日威武的石狮也不知去向。

柳生在往日的正门处呆立半晌，才沿着那一片废墟走去。

行不多远他止住脚步，心说此处便是偏门。偏门处自然也是荒凉一片。柳生继续行走，来到了往日的后花园处，一截颓垣孤苦伶仃站立着，有半扇门斜靠在那里。这后门倒还依稀可见。柳生踏上废墟，深浅不一地行走过去，细细分辨何处是九曲石桥，何处是荷花满盖的池塘，何处是凉亭和朱栏，何处是翠竹百十竿，何处是桃杏争妍。往日的一切皆烟消云散，倒是两棵大枫树犹存，可树干也已是伤痕累累。那当初尚是枯黄的枫叶，入了秋季，又几经霜打，如今红红一片，如同涂满血一般，十分耀眼。几片落叶纷纷扬扬掉落下来，这枫树虽在盛时，可也已经显露出落魄的光景来了。

最后，柳生才来到往日的绣楼前。见几堆残瓦，几根朽木，中间一些杂草和野花。往昔繁荣的桃杏现在何方？唯有几朵白色的野花在残瓦间隙里苟且生长。柳生抬头仰视，一片空旷。可是昔日攀绳而上进入绣楼的情景，在这一片空旷里隐约显露出来。显然是重温，可也十分真切，仿佛身临其境。然而柳生的重温并未持续到最后，而在道出那句"今日一别，难再相逢"处蓦然终止。绣楼转瞬消去，那一片空旷依旧出现。柳生醒悟过来，仔细回味这话，没料到居然说中了。

此刻暮色开始降临，柳生依旧站立片刻，然后才转身离去。他离去时仍然走来时的路，如数月前一般走出后门。此后在废墟一旁行走，最后一次回顾昔日的繁荣。

待柳生来到街市上，已是掌灯时候。两旁酒楼茶亭悬满灯笼，耀如白日。街上依旧人流不息，走路人并不带灯笼。柳生向两旁卖酒的，卖茶的，卖面的，卖馄饨的——打听小姐的去向，然而无人知晓。正在惆怅时，一小厮指点着告知柳生：

"这人一定知晓。"

柳生随即望去，见酒店柜台外一人席地而坐，蓬头垢面衣衫褴褛。小厮告知柳生，此人即是那深宅大院的管家。柳生赶紧过去，那管家两眼睁着，却是无精打采，见柳生过去，便伸出一只满是污垢的手，向柳生乞讨。柳生从包袱里摸出几文放入他的手掌。管家接住立即精神起来，站起把钱拍在柜台上，要了一碗水酒，一饮而尽，随即又软绵绵坐下去斜靠在柜台上。柳生向他打听小姐的去处，他听后双眼一闭，喃喃说道：

"昔日的荣华富贵啊。"

翻来覆去只此一句。柳生再问过一次，管家睁开眼来，一双污手又伸将过来。柳生又给了几文，他照旧换了水酒喝下，而回答柳生的仍然是：

"昔日的荣华富贵啊。"

柳生叹息一声，知道也问不出什么，便转身离去，他在街市里行走了数十步，然后不知不觉地拐入一条僻巷。巷中一处悬着灯笼，灯笼下正卖着茶水。柳生见了，才发觉自己又饥又渴，就走将过去，在一条长凳上落座，要了一碗茶水，慢慢饮起来。身旁的锅里正煮着水，茶桌上插着几株时鲜的花朵。柳生辨认出是菊花、海棠、兰花三种。柳生不由想起数月前步入那后花园的情形，那时桃、杏、梨三花怒放，而菊、兰和海棠尚未盛开。谁想到如今却在这里开放了。

三

　　三年后，柳生再度赴京赶考，依旧行走在黄色大道上。虽然仍是阳春时节，然而四周的景致与前次所见南辕北辙，既不见桃李争妍，也不见桑麻遍野。极目望去，树木枯萎，遍野黄土；竹篱歪斜，茅舍在风中摇摇欲坠。倒是一幅寒冬腊月的荒凉景致。一路走来，柳生遇到的尽是些衣衫褴褛的行乞之人。

　　柳生在这荒年里，依然赴京赶考。他在走出茅舍之时，母亲布机上的沉重声响并未追赶而出，母亲已安眠九泉之下。母亲死后的一些日子，他靠的是三年前小姐所赠的两封纹银度日，才算活下来。若此去再榜上无名，柳生将永无光耀祖宗的时机。他在踏上黄色大道时蓦然回首，茅屋上的茅草在风中纷纷扬扬。于是他赶考归来时茅屋的情形，在此刻已经预先可见。茅屋也将像母亲布机上的沉重声响一般，消失得无影无踪。

　　柳生行走了数日，一路之上居然未见骑马的达官贵人，也不曾遇上赴京赶考的富家公子。脚下的黄色大道坎坷不平，在荒年里疲惫延伸。他曾见一人坐在地上，啃吃翻出泥土的树根，吃得满嘴是泥。从这人已不能遮体的衣衫上，柳生依稀分辨出是上好料子的绣缎。富贵人家都如此沦落，穷苦人家也就不堪设想。柳生感慨万分。

　　一路之上的树木皆伤痕累累，均为人牙所啃。有些树木还嵌着几颗牙齿，想必是用力过猛，牙齿便留在了树上。而路旁的尸骨，横七竖八，每走一里就能见到三两具残缺不全的人尸。那些人尸都是赤条条的，男女老幼皆有，身上的褴褛衣衫都被剥去。

柳生一路走来，四野里均是黄黄一片，只一次见到一小块绿色青草。却有十数人趴在草上，臀部高高翘起，急急地啃吃青草，远远望去真像是一群牛羊。他们啃吃青草的声响沙沙而来，犹如风吹树叶一般。柳生不敢目睹下去，急忙扭头走开。然而扭头以后见到的另一幕，却是一个垂死之人在咽一撮泥土，泥土尚未咽下，人就猝然倒地死去。柳生从死者身旁走过，觉得自己两腿轻飘，真不知自己是行走在阳间的大道，还是阴间的小路。

这一日，柳生来到了岔路口，驻足打量，渐渐认出这个地方。再一看，此处早已面目全非。三年前的青青芳草，低垂长柳而今毫无踪迹。草已被连根拔去，昨日所见十数人啃吃青草的情景在这里也曾有过。而柳树光秃秃的虽生犹死。河流仍在。柳生行至河旁，见河流也逐渐枯干，残留之水混浊不清。柳生伫立河旁，三年前在此所见的一切慢慢浮现。曾有一条白色的鱼儿在水中游来游去，那躯体扭动得十分妩媚。于是在绣楼里看小姐朝外屋走去的情景，也一样清晰在目。虽然时隔三年，可往日的情景仿佛就在眼前。可是又转瞬消逝，眼前只是一条行将枯干的河流。在混浊的残水里，如何能见白色鱼儿的扭动？而小姐此刻又在何方？是生是死？柳生抬头仰视，一片茫然。

柳生重新踏上黄色大道时，已能望到那城，一旦越走越近，往事重又涌上心头。小姐的影子飘飘忽忽，似近似远，仿佛伴随他行走。而那富贵的深宅大院和荒凉的断井残垣则交替出现，有时竟然重叠在一起。

仅到城边，柳生就已嗅到了城中破落的气息。城门处冷冷清清，全不见乡里人挑着担子、提着篮子进出的情景，也不见富家公子游手好闲的模样。城内更无沸腾的人声，只是一些面黄肌瘦的人四分五裂地独自行走。即便听得一些说话声，也是有气无力。虽然仍是五步一楼，十步一阁，可楼阁之上的金粉早已剥落，露出了里面的丧气。柳生走在街市上，已经没有仕女游人，而一些布衣寒士满脸的丧魂落魄。昔日铺满街道的茶亭酒店如今寥寥无几，大多已经关门闭店，人去屋空。灰尘布满了门框和窗棂。幸存的几家也挂不出肥肥的羊肉，卖不出橘饼和粽子了。酒保小厮都是一脸的呆相，活泼不起来。酒店的柜子上依旧放着些盘子，可不是一排铺开，而是摞在一起。盘中空空无物，更不见乡里人捧着汤面薄饼来卖。

柳生一边行走，一边回想昔日的繁荣，似乎在梦境之中。世事如烟，转瞬即逝。不觉来到了那座庙宇前。再看这昔日金碧辉煌的庙宇，如今一副落魄的模样。门前的石阶断断续续，犹如山道一般杂乱。庙内那棵百年柏树已是断肢残体。柱子房梁斑斑驳驳，透出许多腐朽来。铺砖的地上是杂草丛生。柳生站立片刻，拿下包袱，从里取出几张事先完成的字画，贴在庙墙之上。虽有一些过往的人，却都是愁眉苦脸，谁还有闲情逸致来附庸风雅？柳生期待良久，看这寂寞的光景，想是不会有人来买他的字画了，只得收起放入包袱。柳生这一路过来，居然未卖出一张字画，常常忍饥挨饿。小姐昔日所赠的纹银已经剩余不多，柳生岂敢随便花用。

柳生离了庙宇，又行至街市上，再度回想昔日的繁华，又是一番感慨。这感慨其实源于小姐的绣楼和那气派的深宅大院。看到这城也如此落难，再想那绣楼的败落，柳生心里不再一味感伤小姐，开始感叹世事的瞬息万变。

这么想着，柳生来到了那一片断井颓垣的废墟前。三年下来，此处今日连断井颓垣也无影无踪，眼前出现的只是一片荒地。小姐的绣楼已无法确认，整个荒地里只是依稀有些杂草，一片残瓦、一根朽木都难以找到。若不是那两棵状若尸骨的枫树，柳生怕是难以确认此处。仿佛此处已经荒凉了百年，不曾有过富贵的深宅大院，不曾有过翠树和鲜花，不曾有过后花园和绣楼，也不曾有过名惠的小姐。而柳生似也不曾来过这里，即便三年前来过，那三年前这里也是一片荒地。

柳生站立良久，始才转身离去。离去时觉得身子有些轻飘。对小姐的沉重思念，不知不觉中淡去了许多。待他离去甚远，那思念也瓦解得很干净了。似乎他从未有过那一段销魂的时光。

柳生并未返回街市，而是步入了一条僻巷。柳生行走其间，只是两旁房屋蛛网悬挂，不曾听得有人语之声，倒也冷清。柳生此刻不愿步入街市与人为伍，只图独个儿走走，故而此僻巷甚合他意。

柳生步穿了僻巷，来到一片空地上，只有数十荒冢，均快与地面一般平了，想是年久无人理睬。再看不远处有一茅棚，棚内二人都屠夫模样，棚外有数人。柳生尚不知此处是菜人市场,便走将过去。因为荒年粮无颗粒,树皮草根渐尽,便以人为粮,一些菜人市场也就应运而生。

棚内二人在磨刀石上磨着利斧,棚外数人提篮挑担仿佛守候已久,篮与担内空空无物。柳生走到近旁,见不远处来了三人,一个衣不蔽体的男子走在头里,后面跟着一妇一幼,这一妇一幼也衣不蔽体。那男子走入棚内,棚内二人中一店主模样的就站立起来。男子也不言语,只是用手指点指点棚外的一妇一幼。店主瞧了一眼,向那男子伸出三根手指,男子也不还价,取了三吊钱走出棚外径自去了。柳生听得那幼女唤了一声"爹",可那男子并不回首,疾走而去,转眼消失了。

再看店主,与伙计一起步出棚外,将那妇人的褴褛衣衫撕了下来,妇人便赤条条一丝不挂了。妇人的腹部有些肿胀,而别处却奇瘦无比。妇人被撕去衣衫时,也不做挣扎,只是身子晃动了一下,而后扭过头去看身旁的幼女。那两人在撕幼女的衣衫,幼女挣扎了一下,但仰脸看了看妇人后便不再动了。幼女看上去才十来岁光景,虽然瘦骨伶仃,可比那妇人肥胖些。

棚外数人此刻都围上前去,与店主交涉起来。听他们的话语,似乎都看中了那个幼女,他们嫌妇人的肉老了一些。店主有些不耐烦,问道:

"是自家吃,还是卖与他人?"

有二人道是自家吃,其余都说卖与他人。

店主又说:

"若卖与他人,还是肉块大一些好。"

店主说着指点一下妇人。

又交涉一番，才算定卜来。

这时妇人开口说道：

"她先来。"

妇人的声音模糊不清。

店主答应一声，便抓起幼女的手臂，拖入棚内。

妇人又说：

"行行好，先一刀刺死她吧。"

店主说：

"不成，这样肉不鲜。"

幼女被拖入棚内后，伙计捉住她的身子，将其手臂放在树桩上。幼女两眼瞟出棚外，看那妇人，所以没见店主已举起利斧。妇人并不看幼女。

柳生看着店主的利斧猛劈下去，听得"咔嚓"一声，骨头被砍断了，一股血四溅开来，溅得店主一脸都是。

幼女在"咔嚓"声里身子晃动了一下，然后她才扭回头来看个究竟，看到自己的手臂躺在树桩上，一时间目瞪口呆。半晌，才长号几声，身子便倒在了地上。倒在地上后哭喊不止，声音十分刺耳。

店主此刻拿住一块破布擦脸，伙计将手臂递与棚外一提篮的人。那人将手臂放入篮内，给了钱就离去。

这当儿妇人奔入棚内，拿起一把放在地上的利刃，朝幼女胸口猛刺。幼女窒息了一声，哭喊便戛然终止。待店主发现为时已晚。店主一拳将妇人打到棚角，又将幼女从地上拾起，与伙计二人令人眼花缭乱地肢解了幼女，一件一件递与棚外的人。

457

柳生看得魂不附体，半晌才醒悟过来。此刻幼女已被肢解完毕，店主从棚角拖出妇人。柳生不敢继续目睹，赶紧转身离去，躲入僻巷。然而店主斧子砍下的沉重声响与妇人撕裂般的长号却追赶而来，使柳生一阵颤抖，直到他疾步走出僻巷，那些声音才算消失。可是刚才的情景却难以摆脱，凄惨惨地总在柳生眼前晃动。无论柳生走到何处，这惨景就是不肯消去。柳生看着暮色将临，他不敢在城里露宿，便急急走到城外。踏上黄色大道时，才算稍稍平静一些。不久一轮寒月悬空而起，柳生走在月光之下，感到一丝丝的凉意。

四

次日午后，柳生来到一村子。这村子不过十数人家，均是贫寒的茅舍。茅舍上虽有烟囱挺立，却丝毫不见炊烟升空四散开去的情景。因为日光所照，道上盖着一层尘灰，柳生走在上面，尘土如烟般腾起。道上依稀留有几双人过后的足印，却没有马蹄的痕迹，也没有狗和猪羊家禽的印迹。有一条短路从道旁岔开去，岔处下是一条涧沟。涧沟里无水，稀稀长着几根黄草。涧沟上有一小小板桥。柳生没有跨上板桥，所以也就不踏上那条小路。他走入了道旁的茅屋。

这茅屋是个酒店。柜上摆着几个盘子，盘中均是大块的肉，煮得很白。店内三人，一个店主身材瘦小，两个伙计却是五大三粗。虽然都穿着布衫，倒也整洁，看不到上面有补丁。在这大荒之年，这酒店居然如石缝中草一般活下来，算是一桩奇事了。再看店内三人，虽说不上是红光满面，可也不至于面黄肌瘦。柳生一路过来，很少看到还有点人样的人。

柳生昨日黄昏离开那城，借着月光一直走到三更时候，才在一破亭里歇脚，将身子像包袱般蜷成一团，倒在亭角睡去。次日熹微又起身赶路，如今站在这酒店门外，只觉得自己身子摇晃双眼发飘。一日多来饭没进一口，水没喝一滴，又不停赶路，自然难以支持下去，那店主此刻满脸笑容迎上去，问：

"客官要些什么？"

柳生步入酒店，在桌前坐定，只要了一碗茶水和几张薄饼。店主答应一声，转眼送了上来。柳生将茶水一口饮尽，而后才慢慢吃起了薄饼。

这时节，一个商人模样的人走将进来，这人身着锦衣绣缎，气宇不凡，身后跟着两个家人，都挑着担。商人才在桌前坐定，店主就将上好的水酒奉上，并且斟满一盏推到他面前。商人将水酒一饮而尽，随后从袖内掏出一把碎银拍在桌上，说：

"要荤的。"

那两个伙计赶紧端来两盘白白的肉，商人只是看了一眼，就推给了家人，又道：

"要新鲜的。"

店主忙说：

"就去。"

说罢和两个伙计走入了另一间茅屋。

柳生吃罢薄饼,并不起身,他依旧坐着,此刻精神了许多,便打量起近旁这三人来。两个家人虽也坐下,但主人要的菜未上,也就不敢动眼皮底下的肉。那商人一盅一盅地喝着酒,才片刻工夫就不耐烦,叫道:

"还不上菜?!"

店主在旁屋听见了,忙答应:

"就来,就来。"

柳生才站立起来,背起包袱正待往外走去,忽然从隔壁屋内传出一声撕心裂肺般的喊叫,声音疼痛不已,如利剑一般直刺柳生胸膛。声音来得如此突然,使柳生好不惊吓。这一声喊叫拖得很长,似乎集一人毕生的声音一口吐出,在茅屋之中呼啸而过。柳生仿佛看到声音刺透墙壁时的迅猛情形。

然后声音戛然而止,在这短促的间隙里,柳生听得斧子从骨头中发出的吱吱声响。因此昨日在城中菜人市场所见的一切,此刻清晰重现了。

叫喊声复又响起,这时的喊叫似乎被剁断一般,一截一截而来。柳生觉得这声音如手指一般短,一截一截十分整齐地从他身旁迅速飞过。在这被剁断的喊叫里,柳生清晰地听到了斧子砍下去的一声声。斧子声与喊叫声此起彼伏,相互填补了各自声音的间隙。

柳生不觉毛骨悚然。然而看那坐在近旁的三人,全然不曾听闻一般,若无其事地饮着酒。商人不时朝那扇门看上一眼,仍是一副十分不耐烦的模样。

隔壁的声音开始细小下去，柳生分辨出是一女子在呻吟。呻吟声已没有刚才的凶猛，听来似乎十分平静，平静得不像是呻吟，倒像是瑶琴声声传来，又似吟哦之声飘飘而来。那声音如滴水一般。三年前柳生伫立绣楼窗下，聆听小姐吟哦诗词的情形，在此刻模模糊糊地再度显示出来。柳生沉浸在一片无声无息之中。然而转瞬即逝，隔壁的声音确实是在呻吟。柳生不知为何蓦然感到是小姐的声音，这使他微微颤抖起来。

柳生并未知道自己正朝那扇门走去。来到门口，恰逢店主与两个伙计迎面而出。一个伙计提着一把溅满血的斧子，另一个伙计倒提着一条人腿，人腿还在滴血。柳生清晰地听到了血滴在泥地上的呆滞声响。他往地上望去，都是斑斑血迹，一股腥味扑鼻而来。可见在此遭宰的菜人已经无数了。

柳生行至屋内，见一女子仰躺在地，头发散乱，一条腿劫后余生，微微弯曲，另一条腿已消失，断处血肉模糊。柳生来到女子身旁，蹲下身去，细心拂去遮盖在女子脸上的头发。女子杏眼圆睁，却毫无光彩。柳生仔细辨认，认出来正是小姐惠，不觉一阵天旋地转。没想到一别三年居然在此相会，而小姐竟已沦落为菜人。柳生泪如泉涌。

小姐尚没咽气，依旧呻吟不止。难忍的疼痛从她扭曲的脸上清晰可见。只因声音即将消耗完毕，小姐最后的声音化为呻吟时，细细长长如水流潺潺。虽然小姐杏眼圆睁，可她并未认出柳生。显示在她眼中的只是一个陌生的男子，她用残留的声音求他一刀把她了结。

任凭柳生百般呼唤，小姐总是无法相认。在一片无可奈何与心如刀割里，柳生蓦然想起当初小姐临别所赠的一缕头发，便从包袱中取出，捧到小姐眼前。半晌，小姐圆睁的杏眼眨了一下，呻吟声戛然终止。柳生看到小姐眼中出现了闪闪泪光，却没看到小姐的手正朝他摸索过来。

小姐用最后的声音求柳生将她那条腿赎回，她才可完整死去。又求他一刀了结自己。小姐说毕，十分安然地望着柳生，仿佛她已心满意足。在这临终之时，居然能与柳生重逢，她也就别无他求。

柳生站立起来，走出屋门，走入酒店的厨房。此刻一个家人正在割小姐断腿上的肉。那条腿已被割得支离破碎。柳生一把推开家人，从包袱里掏出所有银子扔在灶台上。这些银子便是三年前小姐绣楼所赠银子的剩余。柳生捧起断腿时，同时看到案上摆着一把利刀。昨日在城中菜人市场，所见妇人一刀刺死其幼女的情景复又出现。柳生迟疑片刻，便毅然拿起了利刀。

柳生重新来到小姐身旁，小姐不再呻吟，她幽幽地望着柳生，这正是柳生想象中小姐伫立窗前的目光。见柳生捧着腿进来，小姐的嘴张了张，却没有声音。小姐的声音已先自死去了。

柳生将腿放在小姐断腿处，见小姐微微一笑。小姐看了看他手中的利刀，又看了看柳生。小姐所期待的，柳生自然明白。

小姐虽不再呻吟，却因为难忍的疼痛，她的脸越发扭曲。柳生无力继续目睹这脸上的凄惨，他不由闭上双眼。半晌，他才向小姐胸口摸索过去，触摸到了微弱的心跳，他似乎觉得是手指在微微跳动。片刻后他的手移开去，另一只手举起利刀猛刺下去。下面的躯体猛地收起，柳生凝住不动，感觉着躯体慢慢松懈开来。待下面的躯体不再动弹，柳生开始颤抖不已。

良久，柳生才睁开双眼，小姐的眼睛已经闭上，脸也不再扭曲，其神色十分安详。

柳生蹲在小姐身旁，神色恍惚。无数往事如烟般弥漫而来，又随即四散开去。一会是眼花缭乱的后花园景致，一会是云霞翠柱的绣楼，到头来却是一片空空，一派茫茫。

然后柳生抱起小姐，断腿在手臂上弯曲晃荡，他全然不觉。走出屠屋，行至店堂，也不见那商人正如何兴致勃勃啃吃小姐腿肉。他步出酒店踏上黄色大道。极目远望，四野里均为黄色所盖。在这阳春时节竟望不到一点绿色，又如何能见姹紫嫣红的鲜艳景致呢？

柳生朝前缓步行走，不时低头俯看小姐，小姐倒是一副了却了心愿的平和模样。而柳生却是魂已断去，空有梦相伴随。

走不多远，柳生来到一河流旁。河两岸是一片荒凉，几棵枯萎的柳树状若尸骨。河床里尚遗留一些水，水虽然混浊，却还在流动，竟也有些潺潺之声。柳生将小姐放在水旁，自己也坐下去。

再端详起小姐来。身子上有许多血迹，还有许多污泥。柳生便解开小姐身子上的褴褛衣衫，听得一声声衣衫撕裂的声响。少顷，小姐身子清清白白地显露出来。柳生用河中之水细心洗去小姐身上的血迹和污泥。洗至断腿，断腿千疮百孔，惨不忍睹。柳生不由闭上双眼，在昨日城中菜人市场所见的情景复现里，他将断腿移开。

重新睁开眼来，腿断处跃入眼帘。斧子乱剁一阵的痕迹留在这里，如同乱砍之后的树桩。腿断处的皮肉七零八落地互相牵挂在一起，一片稀烂。手指触摸其间，零乱的皮肉柔软无比，而断骨的锋利则使手指一阵惊慌失措。柳生凝视很久，那一片断井颓垣仿佛依稀出现了。

不久胸口的一摊血迹来到。柳生仔细洗去血迹，被利刀捅过的创口皮肉四翻，里面依然通红，恰似一朵盛开的桃花。想到创口是自己所刺，柳生不觉一阵颤抖。三年积累的思念，到头来化为一刀刺下。柳生真不敢相信如此的事实。

将小姐擦净之后，柳生再次细细端详，小姐仰躺在地，肌肤如冰之清，如玉之润。小姐是虽死犹生。而柳生坐在一旁，却是茫茫无知无觉，虽生犹死。

然后柳生从包袱里取出自己换洗的衣衫，给小姐套上。小姐身着宽大的衣衫，看上去十分娇小。这情形使柳生泪如雨下。

柳生在近旁用手指挖出一个坑，又折了许多枯树枝填在坑底和两侧，再将小姐放入，然后在小姐身上盖满树枝。小姐便躲藏起来，可又隐约能见。柳生将土盖上去，筑起一座坟冢，又在坟上洒了些许河中之水。

而后便是在坟前端坐，脑中却是空空无物。直到一轮寒月升空，柳生才醒悟过来。见月光照在坟上反射出许多荧荧之光。柳生听得河水潺潺流动，心想小姐或许也能听到，若小姐也能听到便不会寂寞难忍。

这么想着，柳生站立起来，踏上了月色融融的大道，在万籁俱灭的夜色里往前行走。在离小姐逐渐远去的时刻里，柳生心中空空荡荡，他只听到包袱里笔杆敲打砚台的孤单声响。

五

数年后，柳生第三次踏上黄色大道。

虽然他依旧背着包袱，却已不是赴京赶考。自从数年前葬了小姐，柳生尽管依然赴京，可心中的功名渐渐四分五裂，消散而去。故而当又是榜上无名，柳生也全无愧色，十分平静地踏上了归途。

数年前，柳生落榜而归，再至安葬小姐的河边时，已经无法确认小姐的坟冢，河边蓦然多出了十数座坟冢，都是同样的荒凉。柳生站立河边良久，始才觉得世上断肠人并非只他一人。如此一想倒也去掉了许多感伤。柳生将那些荒冢，一一除了草，又一一盖了新土。又凝视良久，仍无法确认小姐安睡之处，便叹息一声离去了。

柳生一路行乞回到家中时，那茅屋早无踪影。展现在眼前的只是一块空地，母亲的织布机也不知去向。这情景尚在柳生离开时便已预料到了，所以他丝毫没有惊慌。他思忖的是如何活下去。在此后的许多时日里，柳生行乞度日。待世上的光景有所转机，他才投奔到一大户人家，为其看守坟场。柳生住在茅屋之中，只干些为坟冢除草添土的轻松活儿，余下的时间便是吟诗作画。虽然穷困，倒也过得风流。偶尔也会惦记起一些往事，小姐的音容笑貌便会栩栩如生一阵子。每临此刻，柳生总是神思恍惚起来，最终以一声叹息了却。如此度日，一晃数年过去了。

这一年清明来到，主人家中大班人马前来祭扫祖坟。丫鬟婆子家人簇拥着数十个红男绿女，声势浩荡而来。满目琳琅的供品铺展开来，一时间坟前香烟缭绕，哭声四起。柳生置身其间，不觉泪流而下。柳生流泪倒不是为坟内之人，实在是触景生情。想到虽是清明时节，却不能去父母坟前祭扫一番，以尽孝意。随即又想起小姐的孤坟，更是一番感慨。心说父母尚能相伴安眠九泉，小姐独自一人岂不更为凄惨。

次日清晨，柳生不辞而别。他先去祭扫了父母的坟墓，而后踏上黄色大道，奔小姐安眠的河边而去。

柳生在道上行走了数日，一路上尽是明媚春光，姹紫嫣红的欢畅景致接连不断。放眼望去，一处是桃柳争妍，一处是桑麻遍野。竹篱茅舍在绿树翠竹之间，还有涧沟里细水长流。昔日的荒凉景象已经销声匿迹，柳生行走其间，恍若重度首次踏上黄色大道的美好时光。昔日的荒凉远去，昔日的繁荣却卷土重来，覆盖了柳生的视野。然而荒凉和繁荣却在柳生心中交替出现，使柳生觉得脚下的黄色大道一会虚幻，一会不实。极目远眺，虽然鲜艳的景致欢畅跳跃，可昔日的荒凉并未真正销声匿迹，如日光下的阴影一般游荡在道旁和田野之中。柳生思忖着这一番繁荣又能维持几时呢？

柳生一路走来，遇上几个赴京赶考的富家公子，才蓦然想起又逢会试之年。算算自己首次赴京赶考，已是十多年前的依稀往事，再思量这些年来的无数曲折，不觉感叹世事突变实在无情无义。那几个富家公子都是一样的踌躇满志。柳生不由为之叹息，想世事如此变化无穷，功名又算什么。

道两旁曾经是伤痕累累的枯树，如今枝盛叶茂。几个乡里人躺在树荫下伴睡，这一番悠闲道出了世道昌盛。迎风起舞的青青芳草上，有些许牛羊懒洋洋或卧或走动。柳生如此走去，不觉又来到了岔路口，近旁的河流再度出现在他眼前。

那正是他首次赴京时留迹过的河流。河旁的青草经历了灭绝之灾，如今又茁壮成长。而长枝低垂的柳树曾状若尸骨，现在却在风中愉快摇曳。柳生走将过去，长长的青草插入裤管，引出许多亲切。来到河旁，见河水清澈见底，水面上有几片绿叶漂浮。一条白色的鱼儿在柳生近旁游来游去，那扭动的姿态十分妩媚。这里的情形居然与十多年前所见的毫无二致，使柳生一阵感慨。看鱼儿扭动的妩媚，怎能不想起小姐在绣楼里的妩媚走动？想到数年前这里的荒凉，柳生更是感慨万分。树木青草，河流鱼儿均有劫后的兴旺，可小姐却只能躺在孤坟之中，再不能复生，再不能重享昔日的荣华富贵。

柳生在河旁站立良久，始才凄然离去。来到道上，那城已依稀可见，便加快一些步子走将过去。

柳生来到城门前，听得城中喧哗的人声，又窥得马来人往的热烈情形。看来这城也复原了繁华的光景。柳生步入城内，行走在街市上，依然是五步一楼，十步一阁。金粉楼台均已修饰一新，很是气派。全不见金粉剥落、楼台蛛网遍布的潦倒模样。街市两旁酒店茶亭涌出无数来，卖酒的青帘高挑，卖茶的炭火满炉。还有卖面的，卖水饺的，测字算命的。肥肥的羊肉重新挂在酒店的柜台上，茶亭的柜子上也放着糕点好几种。再看街市里行走之人，大多红光满面，神清气爽。几个珠光宝气的仕女都有相貌甚好的丫鬟跟随，游走在街市里。一些富家公子骑着高头大马也挤在人堆之中。柳生一路走去，两旁酒保小厮招徕声热气腾腾。如此情景，全是十多年前的布置。柳生恍恍惚惚，仿佛回入了昔日的情景，不曾有过这十多年来的曲折。

片刻，柳生来到那座庙宇前。再看那庙宇，金碧辉煌。庙门敞开，柳生望见里面的百年翠柏亭亭如盖，砖铺的地上一尘不染，柱子房梁油滑光亮，也与十多年前一模一样。荒年席卷过的破落已无从辨认，那杂草丛生、蛛网悬挂的光景，只在柳生记忆中依稀显示了一下。柳生解开包袱，故技重演，取出纸墨砚笔，写几张字，画几幅花卉，然后贴在墙上，卖与过往路人。一时间竟围上来不少人。虽说瞧的多，买的少，可也不过片刻工夫，那些字画也就全被买去。柳生得了几吊钱后心满意足，放入包袱，缓步离去。

不知不觉，柳生来到那曾是深宅大院，后又是断井颓垣处。走到近旁，柳生不觉大吃一惊。断井颓垣已无处可寻，一片空地也无踪迹。展现在眼前的是一座气派异常的深宅大院。柳生看得目瞪口呆，疑心此景不过是虚幻的展示。然而凝视良久，眼前的深宅大院并未消去，倒是越发实在起来。只见朱红大门紧闭，里面飞檐重叠，鸟来鸟往，树木虽不是参天，可也有些粗壮。再看门前两座石狮，均是凶狠的模样。柳生走将过去，伸手触摸了一下石狮，觉得冰凉而且坚硬，柳生才敢确定眼前的景物并不虚幻。

他沿着院墙之外的长道慢慢行走过去。行不多远，便见到偏门。偏门也是紧闭，却听得一些院内的嬉闹之声。柳生站立一会，又走动起来。

不久来到后门外，后门敞着，与十多年前一般敞着，只是不见家人走出。柳生从后门进得后花园，只见水阁凉亭，楼台小榭，假山石屏，甚是精致。中间两口池塘，均一半被荷叶所遮，两池相连处有一拱小桥。桥上是一凉亭，池旁也有一凉亭，两侧是两棵极大的枫树。后花园的布置与十多年前稍有不同，然而枫树却正是十多年前所见的枫树。枫树几经灾难，却是容貌如故。再看凉亭，亭内置瓷墩四个，有石屏立于后。屏后是翠竹数百竿，翠竹后面是朱红的栏杆，栏杆后面花卉无数。有盛开的桃花、杏花、梨花，有不曾盛开的海棠、兰花、菊花。

柳生止住脚步，抬头仰视，居然又见绣楼，再环顾左右，居然与他首次赴京一模一样。绣楼窗户四敞，风从那边吹来，穿楼而过，来到柳生跟前。柳生嗅得一阵阵袭人的香气，不由飘飘然起来，沉浸到与小姐绣楼相会的美景中去，全然不觉这是往事，仿佛正在进行之中。

柳生觉得小姐的吟哦之声就将飘拂而来。这么想着，果然听得那奇妙的声音从窗口飘飘而出，又四散开去，然后如细雨一般纷纷扬扬降落下来。那声音点点滴滴如珠玑落盘，细细长长如水流潺潺。仔细分辨，才听出并非吟哦之声，而是瑶琴之音。然而这瑶琴之音竟与小姐的吟哦之声毫无二致。柳生凝神细听，不知不觉汇入进去。十多年间的曲折已经化为烟尘消去，柳生再度伫立绣楼之下，似乎是首次经历这良辰美景。虽然他依稀推断出接下去所要出现的情形，可这并未将他唤醒，他已将昔日与今的经历合二为一。

柳生思量着丫鬟该在窗口出现时，一个丫鬟模样的女子果然出现在窗口，她怒目圆睁，说道：

"快些离去。"

柳生不由微微一笑，眼前的情景正是意料之中。丫鬟嚷了一声后，也就离开了窗口。柳生知道片刻后，她将再次怒目圆睁地出现在窗口。

瑶琴之音并未断去，故而小姐的吟哦之声仍在继续，那声音时而悠扬，时而迟缓。小姐莫非正被相思所累？

丫鬟又来到窗口。

"还不离去？"

柳生仍是微微一笑，柳生的笑容使丫鬟不敢在窗前久立。丫鬟离去后，瑶琴之音戛然而止。然后柳生听得绣楼里走动的声响，重一点的声响该是丫鬟的，而轻一点的必是小姐在走动。

柳生觉得暮色开始沉重起来，也许片刻工夫黑夜就将覆盖下来，雨也将来到。雨一旦沙沙来到，楼上的窗户就会关闭，烛光将透过窗纸漏出几丝来，在一片风雨之中，那窗户会重新开启，小姐将和丫鬟双双出现在窗口。然后有一根绳子扭动而下，于是柳生攀绳而上，在绣楼里与小姐相会。小姐朝外屋走去时像一条白色的鱼儿一般妩媚。不久之后，小姐又来到柳生身旁，两人执手相看，千言万语却化为一片无声无息。后来柳生又攀绳而下，离去绣楼，踏上大道。数月后柳生落榜归来，再来此处，却又是一片断井颓垣。

断井颓垣的突然出现，使柳生一阵惊慌。正是此刻，绣楼上一盆凉水朝柳生劈头盖脸而来，柳生才蓦然惊醒。环顾四周，阳光明媚，方知刚才的情景只是白日一梦。而那一盆凉水十分真实，柳生浑身滴水，再看绣楼窗口，并无人影，却听得里面窃窃私笑声。少顷，那丫鬟来到窗口，怒喝：

"再不离去，可要去唤人来了。"

刚才的美景化成一股白烟消去，柳生不禁惆怅起来。绣楼依旧，可小姐易人，他叹息一声转身离去。走到院外，再度环顾这深宅大院，才知此非昔日的深宅大院。行走间，柳生从包袱里取出当初小姐临别所赠的一缕黑发，仔细端详，小姐生前的许多好处便历历在目，柳生不觉泪流而下。

六

柳生出城以后，又行走了数日。这一日来到了安葬小姐的河边。

且看河边的景致，郁郁葱葱，中间有五彩的小花摇曳。河面上有无数柳丝碧绿的影子在波动。数年时光一晃就过，昔日的荒凉也转瞬即逝。

柳生伫立河边。水中映出一张苍老的脸来，白发也已清晰可见。繁荣的景象一旦败落，尚能复原，而少年青春已经一去不返。往昔曾闪烁过的良辰美景也将一去不返。如今再度回想，只是昙花一现。

柳生环顾四周，见有十数座坟冢，均在不久前盖过新土，坟前纸灰尚在，留下清明祭扫的痕迹。然而哪座才是小姐的坟冢？柳生缓步走去，细心察看，却是无法辨认。可是走不多远，一座荒坟出现。那荒坟即将平去，只是微微有些隆起，才算没被杂草野花湮没。坟前没有纸灰。柳生一见此坟，胸中蓦然升起一股难言之情，这无人祭扫的荒坟，必是小姐安身之处。

一旦认出小姐的坟冢，小姐的音容笑貌也就逃脱遥远的记忆，来到柳生近旁，在河水里慢慢升起，十分逼真。待柳生再定睛观看，却看到一条白色的鱼儿，鱼儿向深处游去，随即消失。

柳生蹲下身去，一根一根拔去覆盖小姐坟冢的杂草和野花。此后又用手将道旁的一些新土撒在坟上。柳生一直干到暮色来临，始才住手。再看这坟，已经高高隆起。柳生又将河水点点滴滴地洒在坟上，每一滴水下去，坟上便会扬起轻轻的尘土。

看看天色已黑，柳生迟疑起来，是在此露宿，还是启程赶路。思忖良久，才打定主意在此宿下一宵，待明日天亮再走，想到此生只与小姐匆匆见了两面，如今再匆匆离去，柳生有些不忍。故而留下陪小姐一宵，也算尽了相爱的情分。

夜晚十分宁静，只听到风吹树叶的微微声响，那声响犹如雨沙沙而来。又听到河水潺潺流动，似瑶琴之音，又似吟哦之声。如此两种声音相交而来，使柳生重度昔日小姐绣楼下的美妙光阴。柳生坐在小姐坟旁，恍惚听得坟内有轻微的动静，那声响似乎是小姐在绣楼里走动一般。

柳生一夜未合眼，迷迷糊糊坠入与小姐重逢的种种虚设之中。直到东方欲晓，柳生始才回过魂来。虽是一夜的虚幻，可柳生十分留恋。这虚幻若能伴其一生，倒也是一桩十分美满的好事。

片刻，天已大亮。柳生觉得该上路了。他环顾四周，芳草青青，绿柳长垂。又看了看小姐的坟冢，旭日的光芒使其闪闪发亮。小姐安身在此，倒也过得去，只是有些孤寂。想罢，柳生踏上了黄色大道。

柳生行走在黄色大道上，全然不见四野里姹紫嫣红莺歌燕舞的欢畅景致，只见大道在远处消失得很迷茫。柳生走不多远，不禁自问：此去将是何处？

若重操看守坟场的旧业，柳生实在不愿。守候的尽是些他人的坟冢，却冷落了父母和小姐。而另寻差使，也无意义。这么想着，柳生不觉止步不前。思量了良久，终于决定返回小姐身旁。想父母能相伴安眠，唯小姐孤苦伶仃，不如守候着小姐了却残生，总比为他人守坟强了许多。

柳生重新回到小姐坟旁。主意一定，柳生心中觉得十分踏实。于是他折了树枝，在道旁盖了一间小屋。见不远处有些人家，柳生又过去买了一口锅来，打算煮些茶水卖与过往路人，也好维持生计。

待一切均已安排停当,这一日的暮色开始降临。柳生也已十分疲乏,便喝了几口河水,又吃了一张薄饼,然后在水旁草丛里坐落,看着河水如何流动。

渐渐地,一轮寒月悬空而起。月光洒在河里,河水闪闪烁烁。就是河旁柳树和青草也出现一片闪烁。这情形使柳生不胜惊讶。月光之下竟然会有如此的奇景。

这时柳生突然闻得阵阵异香,异香似乎为风所带来,而且从柳生身后而来。柳生回首望去,惊愕不已。那道旁的小屋里竟有烛光在闪烁。柳生不由站立起来,朝小屋走去。行至门前,见里面有一女子,正席地而坐,在灯下读书。女子身旁是柳生的包袱,已被解开。书大概就是从里面取出的。

女子抬起头来,见柳生伫立门前,慌忙站起道:

"公子回来了?"

柳生定睛观瞧,不由目瞪口呆。屋中女子并非旁人,正是小姐惠。小姐亭亭玉立,一身白色的罗裙拖地。那罗裙的白色又非一般的白色,好似月光一般。小姐身着罗裙,倒不如说身穿月光。

见柳生目瞪口呆,小姐微微一笑,那笑如微波荡漾一般。小姐说:

"公子还不进来?"

柳生这才进得门去,可依然目瞪口呆。

小姐便说:

"小女来得突然,公子不要见怪。"

柳生再看小姐，见小姐云鬓高耸，面若桃花，眼含秋水，樱桃小口微微开启，柳生不觉心驰神往。可他仍满腹狐疑，不由问：

"你是人？是鬼？"

一听此话，小姐双眼泪光闪烁，她说：

"公子此言差矣。"

柳生细细端详小姐，确是实实在在伫立在眼前，丝毫不差。小姐左手还拿着一缕发丝，正是十多年前小姐临别所赠的信物，想必是刚才从包袱之中找出的。

见柳生凝视手中的发丝，小姐说：

"还以为你早把它丢弃，不料你一直珍藏。"

说罢，小姐泪如雨下。

这情形使柳生胸中波浪翻滚，不由走上前去，捏住小姐握着发丝的手。那手十分冰凉。两人执手相看，泪眼蒙眬。

小姐长袖一挥，烛光立刻熄灭。小姐顺势倒入柳生怀中。柳生觉得她的躯体十分阴冷，那躯体颤抖不已。柳生听到小姐的抽泣声。声音断断续续，诉说柳生离去后终日伫立窗前眺望的往事。

柳生此刻如醉如痴，回到了十多年前的美好时光。接着两人跌倒在地。

后来柳生沉沉睡去。待他醒来，天已大亮。再看身旁，已无小姐踪影。然而干草铺成的地铺上，却留下小姐睡过凹下去的痕迹，那痕迹还在散发着阵阵异香。柳生拾起几根发丝，发丝轻柔地弯曲着。接着又拾起小姐昔日所赠的那一缕头发，将它们放在一起。几乎一样，只是小姐昨夜留下的那几根发丝隐约有些荧荧绿光。

柳生来到屋外，见河流在晨光里显得通红一条，两旁的树木青草也有着斑斑红点。柳生来到小姐坟冢旁，坟上的新土有些潮湿，夜露尚未完全散去。细细端详坟冢，全无一点破绽。柳生心里甚奇，回想昨夜情形，一丝一毫均十分真实，无半点虚幻。况且刚才初醒之时，也见小姐昨夜遗留的痕迹。柳生在坟旁坐下，伸手抓一把坟土，觉得十分暖和。小姐就安睡在此？柳生有些疑惑。莫非小姐早已弃坟而去，生还到世上来了？这么思量着，柳生疑心眼下只是一座空坟。

柳生在坟旁端坐良久，越想昨夜情形越发觉得眼前是空坟一座，终于忍耐不住，欲打开坟冢看个究竟，于是便用双手刨开泥土。泥土被层层刨去，接近了小姐。柳生见往昔遮盖小姐的树枝早已腐烂，在手中如烂泥一般。而为小姐遮挡赤裸之躯的布衫也化为泥土。柳生轻轻扒开它们，小姐赤裸地显露出来。小姐双目紧闭，容颜楚楚动人。小姐已长出新肉，故通身是淡淡的粉红。即便那条支离破碎的腿，也已完整无缺，而胸口的刀伤已无处可寻。小姐虽躺在坟冢之中，可头发十分整齐，恍若刚刚梳理过一般。那头发隐约有丝绿光。柳生嗅得阵阵异香。

眼前的情景使柳生心中响起清泉流淌的声响，他知道小姐不久将生还人世，因此当他再端详小姐时，仿佛她正安睡，仿佛不曾有过数年前沦落为菜人的往事。小姐不过是在安睡，不久就将醒来。柳生端详很久，才将土轻轻盖上。而后依然坐在坟旁，仿佛生怕小姐离坟远去，柳生一步也不敢离开。他在坟前回顾了与小姐首次绣楼相见的美妙情形，又虚设了与小姐重逢后的种种美景。柳生沉浸在一片虚无缥缈之中，不闻身旁有潺潺水声，不见道上有行走路人。世上一切都在烟消云散，唯小姐飘飘而来。

柳生那么坐着，全然不觉时光流逝。就是暮色重重盖将下来，他也一无所知。寒月升空，幽幽月光无声无息洒下来。四周出现一片悄然闪烁。夜风拂拂而来，又潮又凉。柳生还是未能察觉天黑情景，只是一味在虚设之中与小姐执手相看。

恍惚间，柳生嗅得阵阵异香，异香使柳生蓦然惊醒。环顾四周，才知天已大黑。再看道旁的小屋，屋内有烛光闪烁，烛光在月夜里飘忽不定。柳生惊喜交加，赶紧站起往小屋奔去。然而进了小屋却并不见小姐挑灯夜读。正在疑惑，柳生闻得身后有声响，转回身来，见小姐伫立在门前。小姐依然是昨夜的模样，身穿月光，浑身闪烁不止。只是小姐的神色不同昨夜，那神色十分悲戚。

小姐见柳生转过身来，便道：

"小女本来生还，只因被公子发现，此事不成了。"

说罢，小姐垂泪而别。

一九八八年八月二十七日

此文献给少女杨柳

一

　　很久以来，我一直过着资产阶级的生活。我居住的地方名叫烟，我的寓所是一间临河的平房，平房的结构是缺乏想象力的长方形，长方形暗示了我的生活是如何简洁与明确。

　　我非常欣赏自己在小城里到处游荡时的脚步声，这些声音只有在陌生人的鞋后跟才会产生。虽然我居住在此已经很久，可我成功地捍卫了自己脚步声的纯洁。在街上世俗的声响里，我的脚步声不会变质。

　　我拒绝一切危险的往来。我曾经遇到过多次令我害怕的微笑，微笑无疑是在传达交往的欲望。我置之不理，因为我一眼看出微笑背后的险恶用心。微笑者是想走入我的生活，并且占有我的生活。他会用他粗俗的手来拍我的肩膀，然后逼我打开临河平房的门。他会躺到我的床上去,像是躺在他的床上,而且随意改变椅子的位置。离开的时候,他会接连打上三个喷嚏,喷嚏便永久占据了我的寓所,即便燃满蚊香,也无法熏走它们。不久之后,他会带来几个身上散发着厨房里那种庸俗气息的人。这些人也许不会打喷嚏,但他们满嘴都是细菌。他们大声说话大声嬉笑时,便在用细菌粉刷我的寓所了。那时候我不仅感到被占有,而且还被出卖了。

因此我现在更喜欢在夜间出去游荡,这倒不是我怀疑自己拒绝一切的意志,而是模糊的夜色能让我安全地感到自己游离于众人之外。我已经研究了住宅区所有的窗帘,我发现任何一个窗口都有窗帘。正是这个发现才使我对住宅区充满好感,窗帘将我与他人隔离。但是危险依然存在,隔离并不是强有力的。我在走入住宅区窄小的街道时,常常会感到如同走在肝炎病区的走廊上,我不能不小心翼翼。

我是在夜里观察那些窗帘的。那时候背后的灯光将窗帘照耀得神秘莫测,当微风掀动某一窗帘时,上面的图案花纹便会出现妖气十足的流动。这让我想起寓所下那条波光粼粼的河流,它流动时的曲折和不可知,曾使我的睡眠里出现无数次雪花飘扬的情景。窗帘更多的时候是静止地出现在我视野中,因此我才有足够的时间来考察它们的光芒。尽管灯光的变化与窗帘无比丰富的色彩图案干扰了我的考察。但当我最后简化掉灯光和色彩图案后,我便发现这种光芒与一条盘踞在深夜之路中央的蛇的目光毫无二致。自从这个发现后,在每次走入住宅区时,我便感到自己走入了千百条蛇的目光之中。

在这个发现之后很久，也就是一九八八年五月八日那一天，一个年轻的女子向我走了过来。她走来是为了使我的生活出现缺陷，或者更为完美。总而言之，她的到来会制造出这样一种效果，比如说我在某天早晨醒来时，突然发现卧室里增加了一张床，或者我睡的那张床不翼而飞了。

二

事实上，我与外乡人相识已经很久了。外乡人来自一个长满青草的地方，这是我从他身上静脉的形状来判断的。我与他第一次见面是在一个夏日的中午，由于炎热他赤裸着上身，他的皮肤使人想起刚刚剥去树皮的树干。于是我看到他皮肤下的静脉像青草一样长得十分茂盛。

我已经很难记起究竟是在什么时候认识外乡人的，只是觉得已经很久了。但我知道只要细细回想一下，我是能够记起那一日天空的颜色和树木上知了的叫声。外乡人端坐在一座水泥桥的桥洞里。他选择的这个地方，在夏天的时候让我赞叹不已。

外乡人是属于让我看一眼就放心的人，他端坐在桥洞里那副安详无比的模样，使我向他走去。在我还离他十米远的时候，我就知道他不会去敲我长方形的门，他不会发现我的床可以睡觉可以做梦，我的椅子他也同样不会有兴趣。我向他走去时知道将会出现交谈的结局，但我明白这种交谈的性质，它与一个正在洗菜的女人和一个正在生煤球炉男人的交谈截然不同。因此当他向我微笑的时候，我的微笑也迅速地出现。然后我们就开始了交谈。

出于谨慎，我一直站立在桥洞外。后来我发现他说话时不断做出各种手势。手势表明他是一个欢迎别人走入桥洞的人。我便走了进去，他立刻拿开几张放在地上的白纸，白纸上用铅笔画满了线条，线条很像他刚才的手势。我就在刚才放白纸的地方坐了下去，我知道这样做符合他的意愿。然后我看到他的脸就在前面一尺处微笑，那种微笑是我在小城烟里遇到的所有微笑里，唯一安全的微笑。

他与我交谈时的声音很平稳，使我想起桥下缓缓流动的河水。我从一开始就习惯了这种声音。鉴于我们相识的过程并不惊险离奇，他那种平稳的声音便显得很合适。他已经简化了很多手势，他这样做是为了让我去关注他的声音。他告诉我的是有关定时炸弹的事，定时炸弹涉及几十年前的一场战争。

一九四九年初，国民党京沪杭警备总司令汤恩伯决定放弃苏州、杭州等地，集中兵力固守上海。镇守小城烟的一个营的国民党部队连夜撤离。撤离前一个名叫谭良的人，指挥工兵排埋下了十颗定时炸弹。谭良是同济大学数学专业的毕业生。在那个星光飘洒的夜晚，他用一种变化多端的几何图形埋下了这十颗炸弹。

谭良是最后一个撤离小城烟的国民党军官,当他走出小城,回首完成最后一瞥时,小城在星光里像一片竹林一样安静。那时候他可能已经预感到,几十年以后他会重新站到这个位置上。这个不幸的预感在一九八八年九月三日成为现实。

尽管谭良随同他的部队进驻了上海,可上海解放时,在长长走过的俘虏行列里,并没谭良。显然在此之前他已经离开了上海,他率领的工兵排那时候已在舟山了。舟山失守后,谭良也随之失踪。在朝台湾溃退的大批国民党官兵里,有三个人是谭良工兵排的士兵。他们三人几乎共同认为谭良已经葬身大海,因为他们亲眼看到谭良乘坐的那艘帆船如何被海浪击碎。

一九八八年九月二日傍晚五点整,一个名叫沈良的老渔民,在舟山定海港踏上了一艘驶往上海的班轮。他躺在班轮某个船舱的上铺。经过了似乎有几十年漫长的一夜摇晃,翌日清晨班轮靠上了上海十六铺码头。沈良挤在旅客之中上了岸,然后换乘电车到了徐家汇西区长途汽车站。在那天早晨七点整时,他买到了一张七点半去小城烟的汽车票。

一九八八年九月三日上午,他坐在驶往小城烟的长途汽车里,他的邻座是一位来自远方的年轻人。年轻人因患眼疾在上海某医院住了一个月,病愈后由于某种原因他没有直接回家,而是去了小城烟。在汽车里,沈良向这位年轻人讲述了几十年前,一个名叫谭良的国民党军官,指挥工兵排在小城烟埋下了十颗定时炸弹。

三

外乡人说:"十年前。"

外乡人这时的声音虽然依旧十分平稳,可我还是感觉到里面出现了某些变化。我感到桥下的水似乎换了一个方向流去了。外乡人的神态已经明确告诉我,他开始叙述另一桩事。

他继续说:"十年前,也就是一九八八年五月八日。"

我感到他犯了一个小小的错误,因为一九八八年五月八日还没有来到。于是我善意地纠正道:

"是一九七八年。"

"不。"外乡人摆了摆手,说,"是一九八八年。"他向我指明,"如果是一九七八年的话,那是二十年前了。"

四

十年前,也就是一九八八年五月八日,外乡人的个人生活出现了意外。这个意外导致了外乡人在多月之后来到了小城烟。

五月八日之后并不太久,他的眼睛开始不停地掉眼泪,与此同时他的视力也逐渐衰退起来。这些只有他一个人知道,他没有告诉任何人,包括家人。他隐约感到视力的衰退与五月八日发生的那件事有关。那件事十分隐秘,他无法让别人知道。因此他束手无策地感觉着身外的景物越来越模糊与混浊。

直到有一天,他父亲坐在阳台的椅子里看报时,他把父亲当成了一条扔在椅子里的鸭绒被,走过去抓住父亲的衣领。两日之后,几乎所有熟悉他的人,都知道他的眼睛正走在通往黑暗的途中。于是他被送入了当地的医院。

从那一日起,他不再对自己的躯体负责。他听任别人对他躯体发出的指挥。而他的内心则始终盘旋着那件十分隐秘的事。只有他知道自己的眼睛为何会走向模糊。他依稀感到自己的躯体坐上了汽车,然后又坐上了火车。火车驶入上海站后,他被送入了上海的一家医院。

在他住院后不到半个月,也就是一九八八年八月十四日,一个来自外地的年轻女子,在虹口区一条大街上,与一辆疾驶过来的解放牌卡车共同制造了一起车祸。少女当即被送入外乡人接受治疗的医院。四小时后少女死在手术台上。在她临终前一小时,主刀医生已经知道一切都无法挽回,因此与少女的父亲,一个坐在手术室外长凳上不知所措的男人,讨论了有关出卖少女身上器官的事宜。那个男人显然被这突如其来的惨祸弄得六神无主,他虽然什么都答应了,可他什么都没有明白过来。

年轻女子的眼球被取出来以后,由三名眼科医生给外乡人做了角膜移植手术。在一九八八年九月一日上午,外乡人眼睛上的纱布被永久地取走了。他仿佛感到有一把折叠纸扇在眼前扇了一下,于是黑暗消失了。外乡人看到父亲站在床前像一个人,确切地说是像他的父亲。

外乡人在那张病床上睡了两个夜晚,在九月三日这一天他才正式出院。他在这天上午来到徐家汇西区长途汽车站,坐上了驶向小城烟的长途汽车。他的父亲没有与他同行,父亲在送他上车以后便去了火车站,他将坐火车回家。

外乡人没有和父亲一起回家,而去了他以前从未听闻过的小城烟。他要去找一个男人。那个男人曾经有过一个名叫杨柳的女儿。杨柳十七岁时在上海因车祸而死。她的角膜献给了外乡人。这些情况是他病愈时一位护士告诉他的。他在那家医院的收费处打听到了杨柳的住址。杨柳住在小城烟曲尺胡同26号。

上海通往烟是一条柏油马路,在那个初秋阴沉的上午,重见光明后第三天的外乡人,用他的眼睛注视着车窗外有些灰暗的景色。他的邻座是一位老人,老人尽管穿戴十分整齐,可他身上总是散发着些许鱼腥味。老人一直闭着眼睛,直到汽车驶过了金山,老人的眼睛始才睁开,那时候外乡人依然望着窗外。在汽车最后四分之一的行程里,老人开始说话。他告诉外乡人他叫沈良,是从舟山出来的。老人还特别强调:

"我从出生起,一直没有离开过舟山。"

他们的谈话并没有就此终止,而是进入了几十年前的那场战争。事实上整个谈话过程都是老人一个人在说,外乡人始终以刚才望着窗外的神色听着。

老人如同坐在家中叙述往事一样，告诉外乡人那个名叫谭良的国民党军官与十颗定时炸弹的事。在汽车接近小城烟时，老人刚好说到一九四九年初的夜晚，谭良走出小城烟，回首完成最后一瞥时，看到小城像一片竹林一样安静。

在汽车里接近的小城，由于阴沉的天色显得灰暗与杂乱。老人的话蓦然终止，他看着迅速接近的小城，他的眼睛像是一双死鱼的眼睛。他没再和外乡人说话。有关谭良后来乘坐的帆船被海浪击碎一事，是过去了几天以后，在那座水泥桥上，老人与外乡人再次相遇，他们说了很多话，外乡人是在那次谈话里得知谭良葬身大海的。

汽车驶进了小城烟的车站。外乡人和沈良是最后走出车站的两位旅客。那时候车站外站着几个接站的人。有两个男人在抽烟，一个女人正和一个骑车过去的男人打招呼。外乡人和沈良一起走出车站，他们共同走了二十来米远，然后沈良站住了脚，他在中午的阳光里看起了眼前这座小城。外乡人继续往前走，不知为何外乡人走去时，脑中出现沈良刚才在车上叙述的最后一个情景——谭良在一九四九年初离开时，回首望着在月光里像竹林一样安静的小城。

外乡人一直往前走。他向一个站在路边像是等人的年轻女子打听了旅店，那女子伸手往前一指。所以外乡人必须一直往前走。

他走在一条水泥路上，两旁的树木在阴沉的天空下仿佛布满灰尘似的毫无生气。然而那些房屋的墙壁却显得十分明亮，即便是石灰已经脱落的旧墙，也洋溢着白日之光。

后来他走到了那座水泥桥旁,他站住了脚。那时候有几千民工在掘河。他走上了水泥桥,站在桥上看着他们。于是他看到几个民工挖出了一颗定时炸弹。正是那一刻里,炸弹之事永久占据了他的内心。而曲尺胡同26号与名叫杨柳的少女,在他的记忆里如一片枯萎的树叶一样飘扬了出去。

一

一九八八年五月八日夜晚,我与往常一样,离开了临河的寓所。

我小心翼翼地将门关上,尽量不让它发出声响。我这样做是证明自己区别于那些粗俗的邻居,他们关门时总要发出一种劈柴似的声音。然后我走上了那条散发着世俗气息的窄小的街道。

那是一个月色异常宁静的夜晚,但是街上没有月光,月光挂在两旁屋檐上,有点近似清晨的雨水。我走在此刻像是用黑色油漆涂抹过的街道上,这条街道与城内所有的街道一样,总是让我感到不安。黑暗并不能让我绝对安心。街道在白天里响彻过的世俗声响,在此刻的宁静里开始若隐若现。它们像一些浅薄的野花一样恶毒地向我开放起来。

我在走过街道时，没有遇上一个人。这是我至今为止最愉快的一次行走。所以我没有立刻走上横在前面这条城内最宽阔的大街，而是回首注视那条在月光下依旧十分黑暗的街道。刚才行走在上面的不安已经荡然无存。我迟迟没有继续往前行走，是因为我无法否定自己再次走上那条街道的可能。

我在路口显示出来的犹豫并没有持续多久。一个人，确切说是一个人模糊的影子在那条街道上展览出来，他的脚步声异常清晰。他脚上的皮鞋在任何商店都可以买到，而且他还在某个角落的鞋匠那里钉上了鞋钉。他走来的声音使我无法忍受，仿佛有人用一块烂铁在敲我寓所的窗玻璃。

我在路口的犹豫就这样被粉碎了。我转身离开路口，往右走上了宽阔的大街。我尽量使自己走得快一些，我希望那要命的鞋声会突然暴死街头。然而我前面同样存在着不少危险，我在努力摆脱后面鞋声的同时，还得及时避开前面的行人。在避开时必须注意绕过路旁的梧桐树和垃圾桶，以及突然出现的自行车。这种艰难的行走对我来说几乎夜夜如此。夜色虽然能够掩护我，可是月光和街道两旁的灯光将这种掩护瓦解得十分可怜。当我身上某个部位出现在灯光里时，我会突然地惊慌失措。尽管白天我有时也会走上这条大街，然而由于光线对街道的匀称分布，使我不会感到自己很突出。我觉得自己隐蔽在暴露之中。而夜晚显然是另一种情况，就是现在这种情况。现在我已经走过那家装修过十五次的饭店，这时后面的鞋声已经消失，事实上这时我处于各种杂乱声响的围困之中。根据以往的经验，我知道自己马上就要走入安静了。

不久之后我来到通往安静的街口，现在面临的问题是如何穿越脚下的大街，从而进入对面的小街。这样的穿越有时候轻而易举，有时候却会被意外阻挡。现在出现了这样的事实，两辆自行车在我要进去的街口相撞。两个人显示了两种迥然不同脱离自行车的姿态，结果却以同样的方式摔倒在地。两个人从地上爬起来以后，都发出了汽车发动似的喊叫。他们的喊叫声使四周所有的人都奔跑过去。于是街口像塌方一样被挡住了。他们挤在一起真让我恶心。他们发出的声音如同一颗手榴弹在爆炸。这时候他们开始往左侧移动过去，他们移过去时很像一只大蛤蟆在爬动。我的街口总算显露出来。我是这时候穿越过去的。

现在我已经走上了通往住宅区的街道，这是一条倾斜下去的水泥路，前面有一个十字路口在路灯下一副无所事事的模样，那是两条同样狭窄的街道交错而成的。它向我展示了住宅区的安静。我在走过十字路口以后，便正式走入了住宅区。

在月光里显得十分愚蠢的楼房，用它们窗口的灯光向我暗示了无数人的存在。楼房使我充满好感。楼房似乎囚禁了所有我不喜欢的人。但是这种囚禁并不是牢不可破。我在贴近楼房行走时，有时会依稀听到里面楼梯的响声。他们的自由自在常使我心怀不满。在我走入住宅区时，无法不遇到也在行走的人，甚至还有自行车和汽车。但我最担心的是行走的人，一想到他们的鞋有可能踏在我踩过的地方，我就无法阻挡内心涌上来的痛苦。

我像往常一样在夜晚游荡于住宅区窗帘的光芒之中。我的想入非非在此刻像一只蝙蝠一样迅速飞翔。我的想象正把自己带向一个不可知的地方。我感到自己正在远离住宅区，正在进入的地方由千百万种光怪陆离的光芒组成。

然而这种情况在一九八八年五月八日的此刻却并没有如愿以偿。我的目光停留在一个布满许多弧线和圆圈的窗帘上。我并不知道停留的时间多了一些，只是开始感到自己的思绪脱离了以往的轨道，向着另一个方面如一条小路似的延伸了过去。然后我才感到一个可怕的想法已经来到近前。我发现自己绕开了目光中的窗帘，我预感到自己是在背叛窗帘。我在想这个窗帘显然代表了一个房间，而房间里应该有一个或者两个以上的人，那么人此刻在干什么？这个世俗的想法使我吓了一跳。我立刻转身离去是一种补救的方法。我走得很快，我希望自己能够迅速地离开住宅区。我不敢再抬头仰视窗帘，我担心刚才的错误会泛滥成灾。我在走过十字路口时，自己并没有发觉，那时候我只是感到内心平静了一些。我沿着有些倾斜的水泥路走上去，不久之后我已经走上宽阔的大街了。

街道在此刻显得清静多了，两旁的商店都关上了门，只有寥寥不多的几个人行走在街上。于是我才感到自己已经脱离了危险。此刻的街上铺满月光，我走在上面仿佛走在平静的河面上。

我就这样走到了那家饭店旁，这时候我听到一种声音在内心响起。声音由远而近，刚开始时很像是风中树叶的响声，后来我渐渐感到它有点像脚步声，似乎有一个人在我内心向我走来。这使我惊愕不已。在我走过饭店十来米以后，我已经分辨出那是一个少女的脚步声。她好像是赤脚走在我的内心里，因此脚步声显得像棉花一样柔和。我似乎隐隐约约地看到了一双粉红色的小脚丫，于是我内心像是铺满阳光一样无比温暖。我在朝前走去时，她似乎也走向与我同样的地方。当我走完这条大街，进入那条狭窄的小街时，我有了一种似乎与她并肩行走的感觉。

我是在一片恍惚里走到自己的寓所前。我拿出钥匙时，也听到她拿出钥匙的声响。然后我们同时将钥匙插入门锁，同时转动打开了门。我走入寓所，她也走入。不同的是她的一切都发生在我的内心。我将门关上时听到她的关门声，她关门的声响恍若她脱下一件衣服那么柔和。我在屋内站了一会，我觉得她也站在那里。她的呼吸声十分细微，使我想到自己脸上皱纹的纹路。然后我走到窗前，打开了窗户，一股微风从河面上吹进了我的寓所。我看着在月光里闪烁流去的河流。我感到她也站在窗前，我们无声地看了一会河流。此后我重新关上了窗户，向自己的床走去。我在床上坐了五分钟，接着脱下了外衣，先熄了灯，随后才躺到床上。我看着户外的月光穿越窗玻璃照耀进来，使我的房间布满荧荧之光。她这个时候也躺在床上，她像我一样安静。我无法准确地判断她究竟是躺在我的床上，还是躺在另一张床上。我感到自己像月光一样沉浸在夜色无边的宁静之中。我从来没有像现在这样觉得一切都充满了飘忽不定的美妙气息。

二

　　五月八日夜晚奇妙的内心经历，并没有随着那个夜晚一起过去。在我翌日醒来时，立刻获得一种陌生的印象。我的寓所让我感到有些不同以往，似乎增加了点什么，或者减少了一些什么。这个印象让我明白自己不再是独自一人，另一个人带着她的部分生活加入了我的生活。我并不因此表现出惊慌失措，也没有欣喜若狂。我如同接受屋外河水在流动的事实，接受她的到来。

　　我躺在床上的时候，觉得她已经走出了我的内心。她在我还睡着时就已经起床，她正在厨房里为我准备早饭。我全然不顾没有厨房这个事实，尽管我也明白这一点，可我无法说服自己没有厨房，因为她在厨房里。她的到来使我的寓所都改变了模样。

　　我觉得自己该起床了，总不能出现在她将早饭准备完毕后我还在睡的局面。我起床以后先去拉开窗帘。因为我还在睡，她起床时没有拉开窗帘。这一点对一个妻子来说是最起码的。我拉窗帘时发现没窗帘，我才发现阳光早已蜂拥进来了。我看到窗下流动的河此刻明亮无比。一些驳船在河面上行驶时也在闪闪发亮。几片青菜叶子从我窗下漂过。

　　我离开窗口朝厨房走去。虽然我知道没有厨房，可我还是走了过去，并且走入了厨房。由于厨房太狭窄，我擦着她的身体走到水槽旁。我似乎听到她的衣服发出窸窸窣窣的响声。然后我开始刷牙时她好像说了一句话，但我没听清。我的刷牙声很不礼貌地遮盖了她的说话声，因此我马上终止了刷牙。我朝她看了一眼，她也正看着我。于是我看到了她的目光，她的目光使我蓦然一惊。在此之前，她一直存在于我的恍惚里，可是现在我却非常实在地看到了她的目光。尽管我还无法准确地看到她的眼睛，但她的目光已经清晰无比地进入了我的眼睛。她的目光十分平静，并没有因为我刚才没听清她的话而恼怒。她的目光看着我，表明她在等待着我的回答或者询问。然后我转过脸去后由于惊愕，一时不知如何是好。所以她的目光随即就移开了。显然刚才那句话是无足轻重的。她的目光移开时，我似乎感觉到她脸部的转动。接着她离开了厨房。

过一会后我也离开厨房，我来到卧室时，感觉她站在窗前。我走了过去，站在她身旁。我从旁边去看她的目光，但是没法看清。她在注视着窗下的河流。

三

多日之后的下午，我离开了自己的寓所。我决定到外面去走走，因为我的寓所开始让我感到坐立不安。

多日前那个夜晚向我走来的少女，次日向我展示的目光，使我一直完美的生活明显地出现了缺陷。她的目光整日在我房间里游荡，可我却很少能够看到这目光。这个才来不久的少女，显然好像与我一起生活了二十年似的，她很少注视我。她似乎更喜欢去注视窗下流动的河。她的目光总是飘在我的视线之外，使我很难捕捉。因此我无法阻止自己内心与日俱增的烦躁。

在多日之后这个下午来到时，我决定对她实行一种短暂的抛弃。那时候她正站在窗前，注视着那条使我仇恨满腔的河流，我朝门口走去了。我走时整个房间都回荡着我的脚步声。我从来没有使用过如此响亮的脚步，我这样做是向她表明——我走了。我希望她会用目光来关注。可我走到门旁回首时，她仍在看着那条河流。这无疑坚定了我抛弃她一下的想法。我打开房门走了出去，随后用比世俗的邻居还要响的声音关上了门。我并没有立刻离去，而是立刻打开了门。我觉得她依旧站在窗前没有反应。这一次的关门声与我的心情一样沮丧。我在朝前走去时听到自己的脚步声如掉在地上的枯树枝。

我走上白昼的街道时，丧失了以往的警惕。很久以来我第一次离开寓所时不再那么谨慎，我不再感到街上的行人会对我构成威胁。这时候我才真正明确，她的到来已将我原有的生活破坏到何种程度。因此我现在行走在街上时，感到自己的脚步声已经支离破碎。我的目光不再像以往那样总是试试探探，而像疯子一样肆无忌惮起来。在行人如蜘蛛网组成的目光中横冲直撞。我希望能够阻止这种目光，可我无法克服自己目光的欲望。我在朝前走去时，不放过所有迎面而来的目光。我如此充满渴望地去迎接那些目光,使我自己都惊愕不已。很多目光在我的目光中畏畏缩缩,也有一些充满敌意的目光,但我并不对此表现出一丝的犹豫。我的目光在这些挑战的目光中穿过时显得十分自如。

我感到自己扬眉吐气地走在大街上,这种行走使我充满快感。我在转弯或者穿越马路时不再表现出迟迟疑疑,而像把一颗石子扔进河水一样干脆。我不知道自己在走向何处,只是感到街上的目光稀少了。直到不再看到目光时,我才站住脚。这时候我发现自己已经来到了住宅区。

那时候我正站在一扇敞开的门近旁,我看到一个穿着黑色夹克的年轻人正与一个年老的女人交谈。女人坐在门口剥着豆子。女人说话的声音让我想起风中的一张旧报纸。我看着她,她的目光飘在我的视线之外,她也没有看那个年轻人。她的目光在手上的豆子和前面一根电线杆之间荡来荡去,她似乎在向年轻人讲述一桩已经模糊了的往事。

在我准备离去时,出现了这样一个情况。有人在我后面发出了由三个音节组成的声音。这声音显然代表了某一个姓名。我转回脸去时,看到了一个同样年老的女人。然后两个女人用一种像是腌制过的声音交谈起来,其间的笑声如两块鱼干拍打在一起。

年轻人此刻站了起来,也许刚才女人的讲述已经结束,他的身材与我近似。他站起来后向我走来,并且看了我一眼。他的目光使我大吃一惊。他的目光正是我在厨房里刷牙时看到的目光。他从我身边走了过去。

我的惊讶并没有长久地持续下去,他在向前走去时,我明白了自己接下去该干些什么。我也开始向前走去。刚才的发现使我此刻对他的跟踪不由自主。

他走过十字路口时的安静,让我亲切与熟悉。然后他沿着倾斜的水泥路走去,我看到他的双腿抬起来时,与我的腿一模一样。不一会他走到了街口,他站在街口迟疑了很久。我知道他是准备穿越大街,准备踏到对面的人行道上,或者向左,或者向右。他在等待机会,等待一条横过来的空隙出现。接着他突然奔跑了过去,那个时候我也奔跑了过去。我与他几乎是同时奔跑过去,因为那一条空隙是同时向我们呈现的。他奔过去时表现出来的惊慌失措,使我羞愧不已。我第一次看到自己以往无数次穿越大街时的狼狈姿态,我是从他身上看到的。

此后他表现得镇定自若了。这种镇定是我们应有的,这时候我们都踏上了人行道。他开始平静地往前走去,他的平静使我对此刻自己的走姿十分满意。他用最平凡的姿态向前走去,那正是我以往每次上街的态度。他这样走去是为了让自己消失在行人之中,他隐蔽自己的手段与我一模一样。现在没人会注意他,只我。我看着他就如同看着自己在行走。

他的行走在一间临河的平房前终止。他从右边口袋里拿出一把金黄色的钥匙,我右边的口袋也有一把金黄色的钥匙。他打开门走了进去。他关门时显得小心翼翼,发出的声响是我以往离开寓所时的关门声。但是我并没有走入这间临河的平房,我站在平房之外一根水泥电线杆旁。我的不知所措是从这时开始的。我现在不知道该如何安排自己。由于刚才的跟踪是不由自主，现在跟踪一旦结束，我便如一片飘离树枝的叶，着地后不知道该干什么了。我觉得自己一直这么站着太引人注目，所以我就在附近走动起来，同时思考我该干些什么。

他这时候走出来，手里拿了一沓白纸和一支铅笔。他关门以后向左走去，但没走几步又转弯了。他绕过一个垃圾桶，沿着河边的石阶走了下去。然后爬进了水泥桥的桥洞。他在桥洞里坐下来时显得心安理得。

我没有沿着石阶走下去，因为我的不知所措还没有结束。我在想为什么要跟踪他，这个想法持续了很久才出现答案，我是因为他的目光来到了这里。现在跟踪已经完成，他就端坐在桥洞里。接下去我该干什么？这个想法使我烦躁不安。我在水泥桥上来回走动，而我多日前在厨房里见到的目光就在下面桥洞里。我开始想象那目光在桥洞里的情景。那种让我坐立不安的目光此刻也许正凝视着一片肮脏的碎瓦，或者逗留在一根发霉的稻草上。几艘发出柴油机傻乎乎声响的驳船在河面上驶来时，那目光很可能正关注着那些滚滚黑烟。

我决定到桥洞里去。我想桥洞里坐两个人不会显得狭窄。因此我走下桥坡，又沿着石阶走下去。我在河沿上站了一会，他在十来米远处端坐着，他的目光正注视着手上的白纸。这情景比我刚才的想象显然好多了，然后我向他走去。

他抬起头望着我，他的目光使我有些紧张。事实上他丝毫没有一丝惊讶，他十分平静地望着我，让我感到自己不是冒昧走去，而是出于他的邀请。我爬入了桥洞，在他对面坐下。我在两三尺距离内注视着他的目光，我再次证实了与我在厨房所见的目光毫无二致。但是他的眼睛却与我感觉中少女的眼睛很不一样。他的眼睛有些狭长，而我感觉中少女的眼睛则要宽敞得多。

我告诉他：

"好几天以前的一个夜晚，一个少女来到了我的内心。她十分模糊地与我共同度过了一个晚上。次日我醒来时她并没有离去，而是让我看到了她的目光。她的目光就是你此刻望着我的目光。"

四

他听后没有表现出使我担心的那种怀疑，而让我感到他对我的话坚信不疑，他说：

"你刚才所说的，很像我十年前一桩往事的开头。"

"十年前，"他告诉我，"也就是一九八八年五月八日。"那是一个月光明媚的夜晚，他像往常一样走在家乡的街道上。他家乡的路灯是橘黄色的，因此那个晚上月光在路灯的光线里像纷纷扬扬的小雨。他走在和他心情一样淡泊的街道上，很久以来他一直喜欢深夜的时刻独自一人出去行走。他喜欢户外那种广阔的宁静。然而这种习以为常的行走在那个夜晚出现了意外。他无端地想起了某一个少女。那时候他正走在一座桥上，他在桥上宁静地站了一会，看着河水无声无息地流动。少女在脑中出现时，他正往上走去，因此他在走下桥坡时内心充满惊愕。他仔细观察了自己的想象，于是发现那个少女十分陌生。与他印象里寥寥不多的几个女子相比，她显然与她们迥然不同。他觉得自己无端地想起一个完全陌生的少女有些不可思议。所以他将她的出现理解成自己一时的奇想，他觉得不久之后就会将她遗忘，如同遗忘一张曾写过字的白纸一样。他开始往家中走去，少女在他的想象里与他一起行走。他没有再次惊愕，他以为不久之后她就会自动脱离他的想象。因此他打开家门后与她一起走进去时觉得很自然。他来到了自己的卧室，脱下外衣后躺到了床上。他感到她也躺在床上，所以他的嘴角显露出了一丝微笑。他对自己刚才在桥上生长出来的奇想持续到现在觉得有趣。但他知道翌日醒来时，她必然已经消失。他十分平静地睡去了。

翌日清晨他醒来时，立刻感觉到了她。而且比昨夜更为清晰。他感觉她已经起床了，似乎正在厨房里。他躺在床上再度回想昨夜的经历，于是惊奇地发现：昨夜他还能够确认她是存在于想象之中，而在此刻的回想里，昨夜的经历却十分真实，仿佛确有其事。

他告诉我：

"那一日清晨我走入厨房刷牙时，看到了她的目光。"

目光的出现只是开始。在此后很长一段日子里，他不仅没能将她遗忘，相反她在他的想象里越来越清晰完整。她的眼睛、鼻子、眉毛、嘴唇、耳朵、头发渐渐地和她的目光一样出现了，而且清晰无比，让他时时觉得她十分实在地站立在他面前，然而当他伸手去触摸时，却又一无所有。他用一支铅笔在白纸上试图画下她的形象。虽然他从未学过绘画，可一个月以后他准确无误地画下了她的脸。

他说：

"那是一个漂亮的少女。"

他将铅笔画贴在床前的墙上，在后来几乎所有的时间里，他都是在对画像的凝视中度过的。直到有一天父亲发现他得了眼疾，他才被迫离开那张铅笔画。

他患病期间，先后在三家医院住过。最后一家医院在上海。他们一直没有对他施行手术。直到八月十四日下午，他才被推进了手术室。九月一日他眼睛上的纱布被取了下来。于是他知道了八月十四日上午，一个十七岁的少女因车祸被送入了这家医院，她在下午三时十六分时死于手术台上。她的眼球被取出来以后，医生给他施行了角膜移植手术。他九月三日出院以后并没有回家，他打听到死去的少女的地址，来到了小城烟。

他的目光注视着河岸上的一棵柳树，他在长久的沉思之后才露出释然一笑，他说：

"我记起来了，那少女名叫杨柳。"

然而后来他并没有按照打听到的地址，去敲曲尺胡同26号的黑漆大门。计划的改变是因为他在长途汽车上遇到了一个名叫沈良的人。沈良告诉他一九四九年初国民党部队撤离小城烟时，埋下了十颗定时炸弹，以及一个名叫谭良的国民党军官的简单身世。

一九四九年四月一日，也就是小城烟解放的第二天，有五颗定时炸弹在这一天先后爆炸。解放军某连五排长与一名姓崔的炊事员死于爆炸，十三名解放军战士与二十一名小城居民（其中五名妇女、三名儿童）受重伤和轻伤。

第六颗炸弹是在一九五〇年春天爆炸的。那时候城内唯一一所学校的操场上正在开公判大会。三名恶霸死期临近。炸弹就在操场临时搭起的台下爆炸。三名恶霸与一名镇长、五名民兵一起支离破碎地飞上了天。一位名叫李金的老人至今仍能回忆起当时在一声巨响里，许多脑袋和手臂以及腿在烟雾里胡乱飞舞的情景。

第七颗炸弹是在一九六〇年爆炸的。爆炸发生在人民公园里，爆炸的时间是深夜十点多，所以没有造成人员伤亡。但是公园却从此破烂了十八年。作为控诉蒋介石国民党的罪证，爆炸后公园凄惨的模样一直保持到一九七八年才修复。

第八颗炸弹没有爆炸。那一天刚好他和沈良坐车来到小城烟。他后来站在了那座水泥桥上。那些掘河的民工在阴沉的天空下如蚁般布满了河道，恍若一条重新组成的河流，然而他们的流动却显得乱七八糟。他听着从河道里散发上来的杂乱声响，他感到一种热气腾腾在四周洋溢出来。在那里面他隐约听到一种金属碰撞的声响，不久之后一个民工发出了惊慌失措的喊叫，他在向岸上奔去时由于泥泞而显得艰难无比。接下去的情形是附近的所有民工四处逃窜。他就是这样看到第八颗炸弹的。

几天以后，他在这座桥上与沈良再次相遇。沈良在非常明亮的阳光里向他走来，但他脸上的神色却让人想起一堵布满灰尘的旧墙。沈良走到他近旁，告诉他：

"我要走了。"

他无声地看着沈良。事实上在沈良向他走来时,他已经预感到他要离去了。

然后他们两个人靠着水泥栏杆站了很久。这期间沈良告诉了他上述八颗炸弹的情况。

"还有两颗没有爆炸。"沈良说。

谭良在一九四九年初,用一种变化多端的几何图形埋下了这十颗定时炸弹。沈良再次向他说明了这一点,然后补充道:

"只要再有一颗炸弹爆炸,那么第十颗炸弹的位置,就可以通过前九颗爆炸的位置判断出来。"

可是事实却是还有两颗没有爆炸,因此沈良说:"即便是谭良自己,也无法判断它们此刻所在的位置了。"

沈良最后说:"毕竟三十九年过去了。"

此后沈良不再说话,他站在桥上凝视着小城烟,他在离开时说他看到了像水一样飘洒下来的月光。

一九七一年九月十五日傍晚,化肥厂的锅炉突然爆炸,其响声震耳欲聋。有五位目击者说当时从远处看到锅炉飞上天后,像一只玻璃瓶一样四分五裂了。

那天晚上值班的锅炉工吴大海侥幸没被炸死。爆炸时他正蹲在不远处的厕所里,巨大的声响把他震得昏迷了过去。吴大海在一九八〇年患心脏病死去。临终的前一夜,在他的眼前重现了一九七一年锅炉爆炸的情景。因此他告诉妻子,他说先听到地下发出了爆炸声,然后锅炉飞起来爆炸了。

他告诉我:

"事实上那是一颗炸弹的爆炸,锅炉掩盖了这一真相。因此现在只剩下最后一颗炸弹没有爆炸。"

然后他又说:

"刚才我还在住宅区和一个女人谈起这件事。她就是吴大海的妻子。"

一

五月八日夜晚来到的女子,在次日上午向我显示了她的目光以后,便长久地占据了我的生活。我那并不宽敞的生活从此有两个人置身其中。

在后来的日子里,我几乎整日坐在椅子上,感觉着她在屋内来回走动。她在心情舒畅的好日子里会坐在我对面的床上,用她使我心醉神迷的目光注视我。然而更多的时候她显得很不安分。她总是喜欢在屋内来回走动,让我感到有一股深夜的风在屋内吹来吹去。我一直忍受着这种无视我存在的举动,我尽量寻找借口为她开脱。我觉得自己的房间确实狭窄了一点,我把她的不停走动理解成房间也许会变得大一些。然而我的忍气吞声并未将她感动,她似乎毫不在意我在克服内心怒火时使用了多大的力量。她的无动于衷终于激怒了我,在一个傍晚来临

的时刻,我向她吼了起来:

"够了,你要走动就到街上去。"

这话无疑伤害了她,她走到窗前。她在凝视窗下河流时,表示了她的伤心和失望。然而我同样也在失望的围困中。那时候她如果夺门而走,我想我是不会去阻拦的。那个晚上我很早就睡了,但我很晚才睡着。我想了很多,想起了以往的美妙生活,她的到来瓦解了我原有的生活。因此我对她的怒火燃烧了好几个小时。我在入睡时,她还站在窗前。我觉得翌日醒来时她也许已经离去,她最后能够制造一次永久的离去。我不会留恋或者思念。我仿佛看着一片青绿的叶子从树上掉落下来,在泥土上逐渐枯黄,最后烂掉化为尘土。她的来到和离去对我来说,就如那么一片树叶。

然而早晨我醒来时,感觉到她并未离去。她坐在床前用偶尔显露的目光注视着我,我觉得她已经那么坐了一个夜晚。她的目光秀丽无比,注视着我,使我觉得一切都没有发生。昨夜的怒火在此刻回想起来显得十分虚假。她从来没有那么长久地注视过我,因此我看着她的目光时不由提心吊胆,提心吊胆是害怕她会将目光移开。我躺在床上不敢动弹,我怕自己一动她会觉得屋内发生了什么,就会将目光移开。现在我需要维护这种绝对的安宁,只有这样她才不会将目光移开,这样也许会使她忘记正在注视着我。

长久的注视使我感到渐渐地看到她的眼睛了。我似乎看到她的目光就在近旁生长出来,然后她的眼睛慢慢呈现了。那时候我眼前出现一层黑色的薄雾,但我还清晰地看到了她的眼睛,她的眼睛呈现时眉毛也渐渐显露。现在我才明白她的目光为何如此妩媚，因为她生长目光的眼睛楚楚动人。接着她的鼻子出现了，我仿佛看到一滴水珠从她鼻尖上掉落下去，于是我看到了使我激动不已的嘴唇，她的嘴唇看上去有些潮湿。有几根黑发如岸边的柳枝一样挂在她的唇角，随后她全部的黑发向我展示了。此刻她的脸已经清晰完整。我只是没有看到她的耳朵，耳朵被黑发遮住。黑发在她脸的四周十分安详，我很想伸手去触摸她的黑发，但是我不敢，我怕眼前这一切会突然消失。这时候我发现自己已流眼泪了。

从那天以后，我就不停地流眼泪。我的眼睛整日酸疼，那个时候我似乎总是觉得屋内某个角落有串青葡萄。我开始感到寓所内发生了一些变化。我的床和椅子渐渐丧失了过去坚硬的模样，它们似乎像面包一样膨胀起来。我已经有半个月没有看到夜晚月光穿越窗玻璃的美妙情景。在白天的时候，我觉得阳光显得很灰暗，有时候我会伫立到窗前去，我能听到窗下河水流动的响声，可无法看到河岸，我觉得窗下的河流已经变得宽阔。在我整日流泪的时候，她不再像过去那样总在屋内走来走去。她开始非常安静地待在我身边，她好像知道我的痛苦，所以整日显得忧心忡忡。

四周的景物变得逐渐模糊的时候，她却是越来越清晰。她坐在椅子上时，我似乎看到了她微微跷起的左脚，以及脚上的皮鞋。皮鞋是黑色的，里面的袜子透露出不多的白色。她穿着很长的裙子，裙子的颜色使我有些眼花缭乱，我无法仔细分辨它。但它使我想起已经十分遥远了的住宅区，很多灯光里的窗帘让我的联想回到她的裙子上。后来，我都能够看出她的身高了，她应该有一米六五。我不知道自己怎么会得出这个结论，但我对这个结论确信无疑。

半个月以后，我的眼睛不再流泪。那天早晨醒来时，我觉得酸疼已经消失，于是一切都变得十分安详了。我感觉她在厨房里。我躺在床上看着屋外进来的阳光，阳光依然很灰暗。窗下河面上传来了单纯的橹声，使我此刻的安详出现了一些悠扬。橹声使我感到一种大病初愈后的舒畅。我感到一切波折都已经远远流去，接下去将是一片永久的安定。我知道自己过去的生活确实进行得太久了，现在已到了重新开始的时刻，于是我觉得一股新鲜的血液流入了我的血管。她就是新鲜的血液，她的到来使我看到一丛青草里开放出了一朵艳丽的花。从此以后，我的寓所将散发着两个人的气息。我知道我们的气息将是和谐完美的。

我感到她从厨房里出来了，她朝我的床走来，走来时洋溢着很多喜悦，仿佛她已经知道我眼睛的酸疼消失，而且我刚才的自言自语她也完全听到。她走来并在我的床上坐下，似乎表示她完全同意我刚才的想法。她看着我是要和我共同设计一下今后的生活，她这种愿望完全正确，她这种主人翁的态度正是我所希望的。于是我就和她讨论起来。

我反复问她有什么想法。她一直没有回答，只是无声地望着我。后来我明白了她的想法也就是我的想法。我便在房间里东张西望起来。我首先注意到了自己的窗户，窗户上没有窗帘。于是我感到自己的寓所应该有窗帘了。现在的生活已经不同以往，以往我个人的生活赤裸裸。现在我与她之间应该出现一些秘密的事情，这些事应该隐蔽在窗帘后面。

我对她说："我们应该有窗帘了。"

我感到她点了点头。

然后我又问："你是喜欢青草的颜色，还是鲜花的颜色？"

我感觉她喜欢青草的颜色。她的回答使我十分满意，我也喜欢那种青草的颜色。因此我立刻坐起来，告诉她我马上去买青草颜色的窗帘。她站了起来，她似乎很欣赏我这种果断的行为，我感到她满意地走向了厨房。这时我跳下了床，我穿上衣服走出寓所时，似乎经过了厨房，看到了她的背影。她的背影好像是灯光投在墙上，显得模糊不清。我悄悄地出了门，我希望能够尽快将窗帘买回来。最好在她发现我出去之前，我已经回到了寓所。

因此当我走上寓所外的小街时，我没有理由重复以往那种试试探探的行走。我想起了自行车疾驶而去的情景，我觉得自己也应该那么迅速。我在眼前这条模糊不堪的街上疾步如飞，我觉得自己不时与人相撞，但这并不使我放弃已有的速度。在我走到街口时，感到一直笼罩着我的模糊突然明亮了起来。我想到寓所的窗帘挂起来后，每日清晨拉开窗帘时也许就是此刻的情形。虽然眼前呈现了一片明亮，然而依旧模糊不清，我知道自己已经走在大街上了。我听到四周嘈杂的声响像潮水一样朝我漫涌过来。尽管眼前的一切都显得隐隐约约，可我还是依稀分辨出了街道、房屋、树木、行人和车辆。此刻这一切都改变了以往的模样，它们都变得肥胖起来，而且还微微闪烁着些许含糊的亮光。我看到行人的体形都变得稀奇古怪，他们虽然分开着行走，可含糊的亮光却将他们牵涉在一起。我在他们中间穿过时，不能不小心翼翼。我无法搞清含糊的亮光究竟是什么，我怕自己会走入巨大的蜘蛛网而无力挣脱。然而我在他们中间穿过时却十分顺利，除了几次不可避免的冲撞外，我的行走始终没有中断。

不久之后，我来到了以往总让我犹豫不决的地方。我需要穿越大街了，我要走到对面去，走上一条狭窄的小街，然后穿过一个总是安安静静的十字路口。

事实上这次穿越毫不拖泥带水，我一走到那地方就转弯了。然而在我走到大街中央时，突然发现此刻的穿越毫无意义。我明白自己又要走到住宅区去了，我告诉自己这次出来是买窗帘。我没有批评自己，而是立刻转身往回走。走到第二步时，我感到身体被一辆坚硬的汽车撞得飞了起来，接着摔在了地上。我听到体内的骨头折断的清脆声响，随后感到血管里流得十分安详的鲜血一片混乱了，仿佛那里面出现了一场暴动。

二

一九八八年九月二日下午，我坐在上海一家医院病区的花坛旁，手里捏着一株青草，在阳光里看着一个脸上没有皱纹的护士向我慢慢走来。

在此之前，我正重新回想着自己那天上街买窗帘的情景。那天上午最后发生的是一起车祸，我被一辆解放牌卡车撞得人事不省，当即被送入小城烟的医院。在我身体逐渐康复时，一位来找外科医生的眼科医生发现了我的眼睛正走向危险的黑暗。她就在我的病床前向我指明了这一点。在我能够走动以后，他们把我塞进了一辆白色的救护车。我被送入了上海这家医院。八月十四日，三位眼科医生给我做了角膜移植手术。九月一日，我眼睛上的纱布被取下来，我感到四周的一切恢复了以往的清晰。

现在那个护士已经走到了我的身旁，她用青春飘荡的眼睛看着我，阳光在她的白大褂上跳跃不止。我从她身上嗅到了纱布和酒精的气味。

她说："你为什么拿了一株青草？"

我没有回答，因为我无法理解她此话的含意。

她又说："在你近旁有那么鲜艳的花，可你为什么喜欢一株青草？"

我告诉她："我也不知道。"

她笑了起来，她的笑让我想起在小城烟里曾经走过的一家幼儿园。

她说："有个叫杨柳的姑娘，她已经死了。我最后一次看到她时，她就坐在你现在的位置上，手里也拿了一株青草。我这样问她，她的回答与你相同。"

由于我没有对她的话表现出足够的兴趣，所以她继续说："她的目光也和你一样。"

我与护士的交谈持续了很久。因为护士告诉了我那个名叫杨柳的十七岁的少女的事。杨柳是患白血病住到这家医院的，在她即将离世而去时，我被送入了这家医院。她为我献出了自己的眼球。她是八月十四日三时多死去的，那时候我正躺在手术台上，接受角膜移植手术。

护士指着前面一幢五层大楼，告诉我："杨柳死前就住在四层靠窗口的病床上。"

她所指的窗口往下二层窗口旁的病床，就是我此刻的病床。我发现自己和杨柳躺在同样的位置里，只是中间隔了一层。

我问护士："三层靠窗的病床是谁？"

她说："不太清楚。"

护士离去以后，我继续坐在花坛旁，手里继续捏着那株青草。我心里开始想着那个名叫杨柳的姑娘，我反复想着她临死前可能出现的神态。这种想法一直左右着我，从而使我在医院收费处结账时，顺便打听了杨柳的住址。杨柳也住在小城烟，她住在曲尺胡同 26 号。我把杨柳的地址写在一张白纸上，放入了上衣左边的口袋。

三

九月三日出院以后，我坐上了驶往小城烟的长途汽车。

那是一个阴沉的上午，汽车驶在上海灰暗的街道上，黑色的云层覆盖着不多的几幢高楼。车窗外的景象使我内心出现一片无聊的灰瓦屋顶。我尽量让自己明白前去的地方就是小城烟，在中午时刻我已经摸出钥匙插入寓所的门锁了。因此我此刻坐在汽车里时，无法回避她坐在房间里椅子上的情景。我的心如干涸的河流一样平静，我的激情已经流失了。我知道自己走入寓所时，她会从椅子上站立起来，但她表达自己情感的方式我没有想象。我会朝她点一点头，别的什么都不会发生。仿佛我并不是离去很久，只是上了一次街。而她也不是才来不久，她似乎已与我相伴了二十年。由于坐车的疲倦，我可能一进屋就躺到床上睡去了。她可能在我睡着时伫立在窗前。一切都将无声无息，我希望这种无声无息能够长久地持续下去。

汽车驶出上海以后，我看到宽广的田野，而黑色的云层在此刻显示了它的无边无际，它们在田野上随意游荡。车窗外阴沉的颜色，使我内心很难明亮起来。

车内始终摇晃着废品碰撞般的人声。我坐在27号座位上，那是三人的车座。靠窗25号坐着一位穿着藏青色服装的老人，从他那里总飘来些许鱼腥味。中间26号坐着一个来自远方的年轻人，他身上散发出来的气息，使我眼前出现一片迎风起舞的青草。我们处于嘈杂之声的围困中。外乡人始终望着车窗外，老人则闭眼沉思。

汽车在阴沉的上午疾驶而去。不久之后进入了金山，然后又驶出了金山。窗边的老人此刻睁开了眼睛，转过脸去看着26号的外乡人，外乡人的脸依旧面对车窗，我不知道他是在看外面的景色,还是看身旁的老人。

那个时候我听老人对外乡人说:

"我叫沈良。"

老人的声音在继续下去:"我是从舟山来的。"

随后他特别强调了一句:"我从出生起,一直没有离开过舟山。"

此后老人不再说话。尽管不再说话,可老人始终没有放弃刚才交谈的姿态。过了约莫四十分钟,那时候汽车已经接近小城烟了,老人才又说起来。老人此刻的声音与刚才的声音似乎很不相同。

他此刻告诉外乡人的,是一桩几十年前的旧事——一九四九年初,一个名叫谭良的国民党军官,指挥工兵排在小城烟埋下了十颗定时炸弹。

老人的叙述如一条自由延伸的公路那么漫长,他的声音在那桩漫长的往事里慢慢走去。直到小城烟在车窗里隐约可见时,他才蓦然终止无尽的叙述。他的目光转向了窗外。

汽车驶进了小城烟的车站。我们三个人是最后走出车站的旅客。那时候车站外站着几个接站的人。有两个男人在抽烟,一个女人正与一个骑车过去的男人打招呼。我们一起走出了车站,我们共同走了二十来米远,这时老人站住了脚。他站在那里十分古怪地看起了小城。我和外乡人继续往前走,后来外乡人向一个站在路旁像是等人的年轻女子打听什么,于是我就一个人往前走去。

一

很久以后，当我重新回想一九八八年五月八日夜晚开始的往事时，那少女的形象便会栩栩如生地来到眼前。当初所有的情景，在后来的回想里显得十分真实，以致使我越来越相信自己生活里确曾出现过一位少女，而不是在想象中出现。同时我也清晰地意识到这些都发生在过去，现在仍然一无所有。我又恢复了更早些时候的生活。我几乎天天夜晚到住宅区去沐浴窗帘之光。略有不同的是，我在白昼也会大胆地游荡在众人所有的街道上。那时候我已不感到别人向我微笑时的危险，况且也没人向我微笑。

在我微薄的记忆里，有关少女的片段，只是从五月八日开始到那次不幸的车祸。车祸以后的情节，在我后来的回忆里化成了几个没有月光的黑夜。我现在走在街道上的心情，很像一个亡妻的男人的心情。随着时间的流逝，我开始相信曾经有过的那位妻子，在很久以前死去了。

后来有一天，我十分偶然地看到了一张泛黄的纸。纸上写着：杨柳，曲尺胡同26号。

那天我坐在写字台旁的椅子上，完全是由于无法解释的理由，我打开了多年来不曾翻弄过的抽屉，我在里面看到了这张纸。

纸上写着的字向我暗示一桩模糊了的往事，我陷入了一片空洞的沉思。我的眼睛注视着窗外的阳光。我把此刻的阳光和残留在记忆里的所有阳光都联结起来。其结果使我注意到了一个鲜艳的花坛旁的阳光。一个护士在那次阳光里向我走来，她的嘴唇在阳光里活动时很美妙。她告诉了我一个名叫杨柳的少女的某些事情。这张纸所暗示的含意，在此刻已经完全清晰了。

这张泛黄的纸在此刻出现，显然是为了提示我。多年前我在上海那家医院收费处写下这些字时，并不知道自己内心的想法，完全是机械的行为。直到现在，它的出现使我明白了自己当初的举动。因此在我离开此刻寓所窗前的阳光，进入街道上的阳光时，我十分清楚自己走向何处。

曲尺胡同26号的黑漆大门已经斑斑驳驳。我敲响大门时，听到了油漆震落下去的简单声响。这种声响断断续续持续了好一会，才从里面传来犹豫的脚步声。大门发出了一声衰老的长音后，一个五十多岁的男人站在了我的面前。他看到我时脸上流露了吃惊的神色。

我为自己的冒昧羞愧不已。

然而他却说："进来吧。"

他好像早就认识我了，只是没有料到此刻我会如此出现。

我问他："你是杨柳的父亲？"

他没有直接回答，而是说："进来吧。"

我随他进了门，我们走过一个长满青苔的天井后，进入了朝南的厢房。厢房里摆着几把老式的椅子，我选择了靠窗的椅子坐下，坐下时感到很潮湿。他现在以相识很久的目光看着我。那是一个十分平静的男人，刚才开门时他已经显示了这一点。

他的平静有助于我准确地表达自己的来意。

我说："你女儿……"我努力回想起当初在花坛旁护士活动的嘴唇，然后我继续说，"你女儿在一九八八年八月十四日死去的？"

他说："是的。"

"那时候我正躺在上海那家医院的手术台上，和你女儿死去的同一家医院。"

我这样告诉他。我希望他的平静能够再保持五分钟，那么我就可以从车祸说起，说到他女儿临终前献出眼球，以及我那次成功的角膜移植手术。

然而他却没有让我说下去，他说："我女儿没有去过上海，她一生十七年里，一次都没有去过上海。"

我无法掩盖此刻的迷惑，我知道自己望着他的目光里充满了怀疑。

他仍然平静地看着我，接着说："但她确实是一九八八年八月十四日死去的。"

那个炎热的中午使他难以忘记，他和杨柳坐在天井里吃完了午饭。杨柳告诉他：

"我很疲倦。"

他看到女儿的脸色有些苍白，便让她去睡一会。

女儿神思恍惚地站了起来，摇摇晃晃地走向卧室。事实上她神思恍惚已经由来已久，所以当初女儿摇晃走去时他并没有特别在意，只是内心有些疼爱。

杨柳走入卧室以后，隔着窗户对他说：

"三点半叫醒我。"

他答应了一声,接着似乎听到女儿自言自语道:"我怕睡下去以后会醒不过来。"

他没有重视这句话。直到后来,他重新想起女儿一生里与他说的最后这句话时,才开始感到此话暗示了什么。女儿的声音在当初就已经显得虚无缥缈。

那个中午他没有午睡,他一直坐在天井里看报纸。在三点半来到的时候,他进入了她的卧室,那时她刚刚死去不久。

他用手指着我对面的一个房间,说:"杨柳就死在这间卧室里。"

我无法不相信这一点。一个丧失女儿的父亲不会在这一点上随便与人开玩笑。我这样认为。

他沉默了良久后问我:"你想去看看杨柳的卧室吗?"

他这话使我吃了一惊,但我还是表示自己有这样的愿望。

然后我们一起走入了杨柳的卧室。她的卧室很灰暗,我看到那种青草颜色的窗帘紧闭着。他拉亮了电灯。

我看到床前有两个镜框。一个里面是一张彩色相片,一个少女的头像。另一个里是一个年轻男子的铅笔画。我走到彩色相片旁,我蓦然发现这个少女就是多年前五月八日来到我内心的少女。我长久地注视着这位彩色的少女。多年前在我寓所里她显露自己形象的情景,和此刻的情景重叠在一起。于是我再次感到自己的往事十分真实。

这时候他问:"你看到我女儿的目光吗?"

我点了点头。我看到了自己死去妻子的眼睛。

他又问："你不感到她的目光和你的很像？"

我没有听清这句话。

于是他似乎有些歉意地说："相片上的目光可能是模糊了一些。"

然后他似乎是为了弥补一下，便指着那张铅笔画像告诉我："很久以前了，那时候杨柳还活着。有一天她突然想到一个完全陌生的男子，这个男子她以前从未见过。可是在后来，他却越来越清晰地出现在她的想象里，她就用铅笔画下了他的像。"

他有关铅笔画的讲述，使我感到与自己的往事十分接近。因此我的目光立刻离开彩色的少女，停留在铅笔画上。可我看到的并不是自己，而是一个完全陌生的男人。

他在送我出门时，告诉我："事实上，我早就注意你了，你住在一间临河的平房里。你的目光和我女儿的目光完全一样。"

二

离开曲尺胡同 26 号以后，我突然感到自己刚才的经历似乎是一桩遥远的往事。那个五十多岁男人的声音在此刻回想起来也恍若隔世。因此在离开彩色少女时，我并没有表现出激动不已。刚才的一切好像是一桩往事的重复,如同我坐在寓所的窗前,回忆五月八日夜晚的情景一样。不同的是增加了一扇黑漆斑驳的大门,一个五十多岁的男人和两个镜框。我的妻子在一九八八年八月十四日死去了,我心里重复着这句陈旧的话语往前走去。

我走上河边的街道时,注意到一个迎面走来的年轻男子。他穿着的黑色夹克,在阳光里有一种古怪的鲜艳。我不知道自己为何如此关注他。我看着他走入了一间临河的平房,不久之后又走了出来。他手里拿着一支铅笔和一沓白纸,沿着河岸的石阶走下去,走入了桥洞。

由于某种我自己都无法解释的理由,我也走下了河岸。那时候他已经坐在桥洞里了。他看着我走去,他没有表示丝毫的反对,因此我就走入了桥洞。他拿开几张放在地上的白纸。我就在那地方坐下。我看到那几张白纸上都画满了错综复杂的线条。

我们的交谈是一分钟以后开始的。那时他也许知道我能够安静地听完他冗长的讲述,所以他就说了。

"一九四九年初,一个名叫谭良的国民党军官,用一种变化多端的几何图形,在小城烟埋下了十颗定时炸弹。"

他的讲述从一九四九年起一直延伸到现在。其间有九颗炸弹先后爆炸。他告诉我:

"还有最后一颗炸弹没有爆炸。"

他拿起那几张白纸,继续说:"这颗炸弹此刻埋在十个地方。"

"第一个地方是现在影剧院九排三座下面。"他说,"那个座位有些破了,里面的弹簧已经显露出来。"下面九个地方分别是:银行大门的中央、通往住宅区的十字路口、货运码头的吊车旁、医院太平间(他认为这颗炸弹最没有意思)、百货商店门口第二棵梧桐树、机械厂宿舍楼102室的厨房里、汽车站外十六米处的公路下、曲尺胡同57号门前、工会俱乐部舞厅右侧第五扇窗下。

在他冗长的讲述完成以后,我问他:

"这么说在小城里有十颗炸弹?"

"是的。"他点点头,"而且它们随时都会爆炸。"

现在我终于明白自己刚才为何会如此关注他,由于那种关注才使我此刻坐在了这里。因他使我想起杨柳卧室里的铅笔画,画像上的人现在就坐在我对面。

一九八九年二月十四日

作者注:这篇小说有四大段十三小节,我故意采用一二三四一二三四一二三一二的顺序排列,以显示这四段的同步关系。

偶然事件

1987年9月5日

老板坐在柜台内侧，年轻女侍的腰在他头的附近活动。峡谷咖啡馆的颜色如同悬崖的阴影，拒绝户外的阳光进入。《海边遐想》从女侍的腰际飘拂而去，在瘦小的"峡谷"里沉浸和升起。

老板和香烟、咖啡、酒坐在一起，毫无表情地望着自己的"峡谷"。万宝路的烟雾弥漫在他脸的四周。一位女侍从身旁走过去，臀部被黑色的布料紧紧围困。走去时像是一只挂在树枝上的苹果，晃晃悠悠。女侍拥有两条有力摆动的长腿。上面的皮肤像一张纸一样整齐，手指可以感觉到肌肉的弹跳（如果手指伸过去）。

一只高脚杯由一只指甲血红的手安排到玻璃柜上，一只圆形的酒瓶开始倾斜,于是暗红色的液体浸入酒杯。是朗姆酒?然后酒杯放入方形的托盘,女侍美妙的身影从柜台里闪出,两条腿有力地摆动过来。香水的气息从身旁飘了过去。她走过去了。

酒杯放在桌面上的声响。

"你不来一杯吗?"他问。

咳嗽的声音。那个神色疲倦的男人总在那里咳嗽。

"不,"他说,"我不喝酒。"

女侍又从身旁走过,两条腿。托盘已经竖起来,挂在右侧腿旁,和腿一起摆动。那边两个男人已经坐了很久,一小时以前他们进来时似乎神色紧张。那个神色疲倦的只要了一杯咖啡;另一个,显然精心修理过自己的头发。这另一个已经要了三杯酒。

现在是《雨不停心不定》的时刻,女人的声音妖气十足。

被遗弃的青菜叶子漂浮在河面上。女人的声音庸俗不堪。老板站起来,给自己倒了一杯酒,他朝身边的女侍望了一眼,目光毫无激情。女侍的目光正往这里飘扬,她的目光过来是为了挑逗什么。

一个身穿真丝白衬衫的男子推门而入。他带入些许户外的喧闹。他的裤料看上去像是上等好货,脚蹬一双黑色羊皮鞋。他进入"峡谷"时的姿态随意而且熟练。和老板说了一句话以后,和女侍说了两句以后,女侍的媚笑由此而生。然后他在斜对面的座位上落座。

一直将秋波送往这里的女侍,此刻去斜对面荡漾了。另一女侍将一杯咖啡、一杯酒送到他近旁。

他说:"我希望你也能喝一杯。"

女侍并不逗留,而是扭身走向柜台,她的背影招展着某种欲念。她似乎和柜台内侧的女侍相视而笑。不久之后她转过身来,手举一杯酒,向那男人款款而去。那男人将身体挪向里侧,女侍紧挨着坐下。

柜台内的女侍此刻再度将目光瞟向这里。那目光赤裸裸,掩盖是多余的东西。老板打了个呵欠,然后转回身去按了一下录音机的按钮,女人喊声戛然而止。他换了一盒磁带。《吉米,来吧》。依然是女人在喊叫。

那个神色疲倦的男人此刻声音响亮地说:

"你最好别再这样。"

头发漂亮的男人微微一笑,语气平静地说:

"你这话应该对他(她)说。"

女侍已经将酒饮毕,她问身穿衬衫的人:

"希望我再喝一杯吗?"

真丝衬衫摇摇头:"不麻烦你了。"

女侍微微媚笑,走向了柜台。

身穿衬衫者笑着说:"你喝得太快了。"

女侍回首赠送一个媚眼,算是报酬。

柜台里的女侍没人请她喝酒,所以她瞟向这里的目光肆无忌惮。

又一位顾客走入"峡谷"。他没有在柜台旁停留,而是走向真丝衬衫者对面的空座。那是一个精神不振的男人,他向轻盈走来的女侍要了一杯饮料。

柜台里的女侍开始向这里打媚眼了。她期待的东西一目了然。置身男人之中，女人依然会有寂寞难忍的时刻。《大约在冬季》。男人感伤时也会让人手足无措。女侍的目光开始撤离这里，她也许明白热情投向这里将会一无所获。她的目光开始去别处呼唤男人。她的脸色若无其事。现在她脸上的神色突然紧张起来。她的眼睛惊恐万分，眼球似乎要突围而出。

她的手捂住了嘴。

"峡谷"里出现了一声惨叫。那是男人生命将撕断时的叫声。柜台内的女侍发出了一声长啸，她的身体抖动不已。另一女侍手中的酒杯猝然掉地，她同样的长啸掩盖了玻璃杯破碎的响声。老板呆若木鸡。

头发漂亮的男人此刻倒在地上。他的一条腿还挂在椅子上。胸口插着一把尖刀，他的嘴空洞地张着，呼吸仍在继续。

那个神色疲倦的男人从椅子上站起来，他走向老板："你这儿有电话吗？"

老板惊慌失措地摇摇头。

男人走出"峡谷"，他站在门外喊叫：

"喂，警察，过来。"

后来的那两个男人面面相觑。两位女侍不再喊叫，躲在一旁浑身颤抖。倒在地上的男人依然在呼吸，他胸口的鲜血正使衣服改变颜色。他正低声呻吟。

警察进来了，出去的男人紧随而入。警察也大吃一惊。那个男人说：

"我把他杀了。"

警察手足无措地望望他，又看了看老板。那个男人重又回到刚才的座位上坐下。他显得疲惫不堪，抬起右手擦着脸上的汗珠。警察还是不知所措，站在那里东张西望。后来的那两个男人此刻站起来，准备离开。警察看着他们走到门口。

然后喊住他们：

"你们别走。"

那两个人站住了脚，迟疑不决地望着警察。警察说：

"你们别走。"

那两个互相看看，随后走到刚才的座位上坐下。

这时警察才对老板说：

"你快去报案。"

老板动作出奇敏捷地出了"峡谷"。

录音机发出一声"咔嚓"，磁带停止了转动。现在"峡谷"里所有的人都默不作声地看着那个垂死之人。那人的呻吟已经终止，呼吸趋向停止。

似乎过去了很久，老板领来了警察。此刻那人已经死去。

那个神色疲倦的人被叫到一个中年警察跟前，中年警察简单讯问了几句，便把他带走。他走出"峡谷"时垂头丧气。

有一个警察用相机拍下了现场。另一个警察向那两个男人要去了证件，将他们的姓名、住址记在一张纸上，然后将证件还给他们。警察说：

"需要时会通知你们。"

现在，这个警察朝这里走来了。

1987年9月10日

砚池公寓顶楼西端的房屋被下午的阳光照射着，屋内窗帘紧闭，黑绿的窗帘闪闪烁烁。她坐在沙发里，手提包搁在腹部，她的右腿架在左腿上，身子微微后仰。

他俯下身去，将手提包放到了茶几上，然后将她的右腿从左腿上取下来。他说：

"有些事只能干一次，有些则可以不断重复去干。"

她将双手在沙发扶手上摊开，眼睛望着他的额头。有成熟的皱纹在那里游动。纽扣已经全部解开，他的手伸入毛衣，正将里面的衬衣从裤子里拉出来。手像一张纸一样贴在了皮肤上。如同是一阵风吹来，纸微微掀动，贴着街道开始了慢慢的移动。然后他的手伸了出来。一条手臂伸到她的腿弯里，另一条从脖颈后绕了过去，插入她右侧的胳肢窝，手出现在胸前。她的身体脱离了沙发，往床的方向移过去。

他把她放到了床上，却并不让她躺下，一只手掌在背后制止了她身体的迅速后仰，外衣与身体脱离，飞向床架后就挂在了那里。接着是毛衣被剥离，也飞向床架。衬衣的纽扣正在发生变化，从上到下。他的双手将衬衣摊向两侧。乳罩是最后的障碍。

手先是十分平稳地在背后摸弄，接着发展到了两侧，手开始越来越急躁，对乳罩搭扣的寻找困难重重。

"在什么地方？"

女子笑而不答。

他的双手拉住了乳罩。

"别撕。"她说,"在前面。"

搭扣在乳罩的前面。只有找到才能解开。

后来,女子从床上坐起来,十分急切地穿起了衣服。他躺在一旁看着,并不伸手给予帮助。她想"男人只负责脱下衣服,并不负责穿上"。她提着裤子下了床,走向窗户。穿完衣服以后开始整理头发。同时用手掀开窗帘的一角,往楼下看去。随后放下了窗帘,继续梳理头发。动作明显缓慢下来。

然后她转过身来,看着他,将茶几上的手提包背在肩上。她站了一会,重又在沙发上坐下,把手提包搁在腹部。她看着他。

他问:"怎么,不走了?"

"我丈夫在楼下。"她说。

他从床上下来,走到窗旁,掀开一角窗帘往下望去。一辆电车在街道上驶过,一些行人稀散地布置在街道上。他看到一个男人站在人行道上,正往街对面张望。

陈河站在砚池公寓下的街道上,他和一棵树站在一起。此刻他正眯缝着眼睛望着街对面的音像商店。《雨不停心不定》从那里面喊叫出来。曾经在什么地方听到过,《雨不停心不定》。这曲子似乎和一把刀有关,这曲子确实能使刀闪闪发亮。峡谷咖啡馆。在街上走啊走啊,口渴得厉害,进入峡谷咖啡馆,要一杯饮料。然后一个人惨叫一声。只要惨叫一声,一个人就死了。人了结时十分简单。《雨不停心不定》在峡谷咖啡馆里,使一个人死去,他为什么要杀死他?

有一个女人从音像商店门口走过，她的头微微仰起，她的手甩动得很大，她有点像自己的妻子。有人侧过脸去看着她，是一个风骚的女人。她走到了一个邮筒旁，站住了脚。她拉开了提包，从里面拿出一封信，放入邮筒后继续前行。

他想起来此刻右侧的口袋里有一封信安睡着。这封信和峡谷咖啡馆有关。他为什么要杀死他？自己的妻子是在那个拐角处消失的，她和一个急匆匆的男人撞了一下，然后她就消失了。邮筒就在街对面，有一个小孩站在邮筒旁，正在吃糖葫芦。小孩和它一般高。他从口袋里拿出了那封信，看了看信封上陌生的名字，然后他朝街对面的邮筒走去。

砚池公寓里的男人放下了窗帘，对她说：

"他走了。"

1987年9月11日

一群鸽子在对面的屋顶飞了起来，翅膀拍动的声音来到了江飘站立的窗口。是接近傍晚的时候了，对面的屋顶具有着老式的倾斜。落日的余晖在灰暗的瓦上飘拂，有瓦楞草迎风摇曳。鸽子就在那里起飞，点点白色飞向宁静之蓝。事实上，鸽子是在进行晚餐前的盘旋。它们从这个屋顶起飞，排成屋顶状的倾斜进行弧形的飞翔。然后又在另一个屋顶上降落，现在是晚餐前的散步。它们在屋顶的边缘行走，神态自若。

下面的胡同有一些衣服飘扬着，几根电线在上面通过。胡同曲折伸去，最后的情景被房屋掩饰，大街在那里开始。是接近傍晚的时候了。依稀听到油倒入锅中的响声，炒菜的声响来自另一个位置。几个人站在胡同的中部大声说话，晚餐前的无所事事。

她沿着胡同往里走来，在这接近傍晚的时刻。她没有必要如此小心翼翼。她应该神态自若。像那些鸽子，它们此刻又起飞了。她走在大街上的姿态令人难忘，她应该以那样的姿态走来。那几个人不再说话，他们看着她。她走过去以后他们仍然看着她。她显然意识到了这一点，所以她才如此紧张。放心往前走吧，没人会注意你。那几个人继续说话了，现在她该放松一点了。可她仍然胆战心惊。一开始她们都这样，时间长了她们就会神态自若，像那些鸽子，它们已经降落在另一个屋顶上了，在边缘行走，快乐孕育在危险之中。也有一开始就神态自若的，但很少能碰上。她已在胡同里消逝，她现在开始上楼了，但愿她别敲错屋门，否则她会更紧张。第一次干那种事该小心翼翼，不能有丝毫意外出现。

他离开窗口，向门走去。

她进屋以后神色紧张："有人看到我了。"

他将一把椅子搬到她身后，说："坐下吧。"

她坐了下去，继续说："有人看到我了。"

"他们不认识你。"他说。

她稍稍平静下来，开始打量起屋内的摆设，她突然低声叫道："窗帘。"

窗帘没有扯上，此刻窗外有鸽子在飞翔。他朝窗口走去。这是一个失误。对于这样的女人来说，一个小小的失误就会使前程艰难。他扯动了窗帘。

她低声说："轻一点。"

屋内的光线蓦然暗淡下去。趋向宁静。他向她走去，她坐在椅子里的身影显得模模糊糊。这样很好。他站在了她的身旁，伸出手去抚摸她的头发。女人的头发都是一样的。抚摸需要温柔地进行，这样可以使她彻底平静。

她抬起头来看着他，他的眼睛闪闪发亮，注意她的呼吸，呼吸开始迅速。现在可以开始了。用手去抚摸她的脸，另一只手也伸过去，手放在她的眼睛上，让眼睛闭上，要给予她一片黑暗。只有在黑暗中她才能体会一切。可以腾出一只手来了，手托住她的下巴，让她的嘴唇微微翘起，该他的嘴唇移过去了。要用动作来向她显示虔诚。嘴唇已经接触。她的身体动了一下。嘴唇与嘴唇先是轻轻地摩擦。她的手伸了过来，抓住了他的手臂。她现在已经脱离了平静，走向不安，不安是一切的开始。可以抱住她了，嘴唇此刻应该热情奔放。她的呼吸激动不已。她的丈夫是一个笨蛋，手伸入她的衣服，里面的皮肤很温暖。她的丈夫是那种不知道女人是什么的男人，把乳罩往上推去，乳房掉了下来，美妙的沉重。否则她就不会来到这里。

有敲门声突然响起。她猛地一把推开了他。他向门口走去，将门打开一条缝。

"你的信。"

他接过信，将门关上，转回身向她走去。他若无其事地说：

"是送信的。"

他将信扔在了写字台上。

她双手捂住脸，身体颤抖。

一切又得重新开始。他双手捧住她的脸，她的手从脸上滑了下去，放在了胸前。他吻她的嘴唇，她的嘴唇已经麻木，这是另一种不安。

她的脸扭向一旁，躲开他的嘴唇，她说：

"我不行了。"

他站起来，走到床旁坐下，他问她：

"想喝点什么吗？"

她摇摇头，说："我担心丈夫会找来。"

"不可能。"

"会的，他会找来的。"她说。然后她站起来，"我要走了。"

她走后，他重新拉开了窗帘，站在窗口看起了那些飞翔的鸽子，看了一会才走到写字台前，拿起了那封信，有时候一张纸就能破坏一切。

陈河致江飘的信

我就是那个九月五日和你一起坐在峡谷咖啡馆的人，如果我没有记错的话，我俩面对面坐在一起。你好像穿了一件真丝衬衫，你的皮鞋擦得很亮。我们的邻座杀死了那个好像穿得很漂亮的男人。警察来了以后就要去了我们的证件，还给我们时把你的还给我把我的还给你。我是今天才发现的所以今天才寄来。我请你也将我的证件给我寄回来，证件里有我的地址和姓名。地址需要改动一下，不是 106 号而是 107 号，虽然 106 号也能收到但还是改成 107 号才准确。

我不知道你对峡谷咖啡馆的凶杀有什么看法或者有什么想法。可能你什么看法想法也没有而且早就忘了杀人的事。我是第一次看到一个人杀了另一个人所以念念也忘不了。这几天我时时刻刻都在想着那桩事，那个被杀的倒在地上一条腿还挂在椅子上，那个杀人者走到屋外喊警察接着又走回来。我一闭上眼睛就能看到他们，和真的一模一样。究竟是什么原因促使一个男人下决心杀死另一个男人？我已经想了几天了，我想那两个男人必定与一个女人有关系。我不知道你是不是同意我的想法。

江飘致陈河的信

你的来信到时，破坏了我的一桩美事。尽管如此，我此刻给你写信时依然兴致勃勃。警察的疏忽，导致了我们之间的通信。事实上破坏我那桩美事的不是你，而是警察。警察在峡谷咖啡馆把我的证件给你时，已经注定了我今天下午的失败。你读到这段话时，也许会莫名其妙，也许会心领神会。

关于"峡谷"的凶杀，正如你信上所说，"早就忘了杀人的事"。我没有理由让自己的心情变得糟糕。但是你的来信破坏了我多年来培养起来的优雅心情。你将一具血淋淋的尸首放在信封里寄给我。当然这不是你的错，是警察的疏忽造成的。然而你"时时刻刻都在想着那桩事"，让我感到你是一个有些特殊的人。你的生活态度使我吃惊，你牢牢记住那些应该遗忘的事，干吗要这样？难道这样能使你快乐？迅速忘掉那些什么杀人之类的事，我一想到那些就不舒服。

证件随信寄上。

陈河致江飘的信

我的准确地址是107号不是106号，虽然也能收到但你下次来信时最好写成107号。我一遍一遍读了你的信，你的信写得真好。但是你为何只字不提你对那桩凶杀的看法或者想法呢？那桩凶杀就发生在你的眼皮底下你不会很快忘掉。我时时刻刻都在想着这桩事，这桩事就像穿在身上的衣服一样总和我在一起。一个男人杀死另一个男人必定和一个女人有关系，对于这一点我已经坚信不疑并且开始揣想其中的原因。我感到杀人是有杀人理由的，我现在就是在努力寻找那种理由。我希望你能够和我一起寻找。

1987年9月29日

  一个男孩来到窗前时突然消失，这期间一辆洒水车十分隆重地驰了过来，街两旁的行人的腿开始了某种惊慌失措的舞动。有树叶偶尔飘落下来。男孩的头从窗前伸出来，他似乎看着那辆洒水车远去，然后小心翼翼地穿越马路，自行车的铃声在他四周迅速飞翔。

  他转过脸来，对她说：

  "我已有半年没到这儿来了。"

  她的双手摊在桌面上，衣袖舒展着倒在附近。她望着他的眼睛，这是属于那种从容不迫的男人。微笑的眼角有皱纹向四处流去。

  近旁有四男三女围坐在一起。

  "喝点啤酒吗？"

  "我不要。"

"你呢?"

"来一杯。"

"我喝雪碧。"

一个系领结的白衣男人将几盘凉菜放在桌上,然后在餐厅里曲折离去。

她看着白衣男人离去,同时问:

"这半年你在干什么?"

"学会了看手相。"他答。

她将右手微微举起,欣赏起手指的扭动。他伸手捏住她的手指,将她的手拖到眼前。

"你是一个讲究实际的女人。"他说。

"你第一次恋爱是十一岁的时候。"

她微微一笑。

"你时刻都存在着离婚的危险……但是你不会离婚。"

另一个白衣男人来到桌前,递上一本菜谱。他接过来以后递给了她。在这空隙里,他再次将目光送到窗外。有几个女孩子从这窗外飘然而过,她们的身体还没有成熟。她们还需要男人哺育。一辆黑色轿车在马路上驶过。他看到街对面梧桐树下站着一个男人,那个男人正看着他或者她。他看了那人一会,那人始终没有将目光移开。

白衣男人离去以后,他转回脸来,继续抓住她的手。

"你的感情异常丰富……你的事业和感情紧密相连。"

"生命呢?"她问。

他仔细看了一会,抬起脸说:

"那就更加紧密了。"

近旁的四男三女在说些什么。

"他只会说话。"一个男人的声音。

几个女人咯咯地笑。

"那也不一定。"另一个妇人说,"他还会使用眼睛呢。"

男女混合的笑声在餐厅里轰然响起。

"他们都在看着我们呢。"一个女人轻轻说。

"没事。"男人的声音。

另一个男人压低嗓门:"喂,你们知道吗……"

震耳欲聋的笑声在厅里呼啸而起。他转过脸去,近旁的四男三女笑得前仰后合。什么事这么高兴。他想。然后转回脸去,此刻她正望着窗外。

"什么事?心不在焉的?"他说。

她转回了脸,说:"没什么。"

"菜怎么还没上来。"他嘟哝了一句,接着也将目光送到窗外,刚才那个男人仍然站在原处,仍然望着他或者她。

"那人是谁?"他指着窗外问她。

她眼睛移过去,看到陈河站在街对面的梧桐树下,他头顶上有几根电线通过,背后是一家商店。有一个人抱着一包物品从里面出来。站在门口犹豫着,是往左走去还是往右走去?陈河始终望着这里。

"是我丈夫。"她说。

陈河致江飘的信

我九月十三日给你去了一封信如果不出意外你应该收到了，我天天在等着你的来信刚才邮递员来过了没有你的来信，你上次的信我始终放在桌子上我一遍一遍看，你的信，真是写得太好了你的思想非常了不起。你信上说是警察的疏忽导致我们通信实在是太对了。如果没有警察的疏忽我就只能一人去想那起凶杀，我感到自己已经发现了一点什么了。我非常需要你的帮助你的思想太了不起了，我太想我们两人一起探讨那起凶杀这肯定比我一个人想要正确得多，我天天都在盼着你的信我坚信你会来信的。期待你的信。

1987年10月8日

位于城市西侧江飘的寓所窗帘紧闭。此刻是上午即将结束的时候，一个三十来岁的女子走入了公寓，沿着楼梯往上走去，不久之后她的手已经敲响了江飘的门。敲门声处于谨慎之中。屋内出现拖沓的脚步声，声音向门的方向而来。

江飘把她让进屋内后,给予她的是大梦初醒的神色。她的到来显然是江飘意料之外的,或者说江飘很久以前就不再期待她了。

"还在睡?"她说。

江飘把她让进屋内,继续躺在床上,侧身看着她在沙发里坐下来。她似乎开始知道穿什么衣服能让男人喜欢了。她的头发还是披在肩上,头发的颜色更加接近黄色了。

"你还没吃早饭吧?"她问。

江飘点点头。她穿着紧身裤,可她的腿并不长。她脚上的皮鞋一个月前在某家商店被抢购过。她挤在一堆相貌平常的女人里,汗水正在毁灭她的精心化妆。她的细手里拿着钱,从女人们的头发上伸过去。

——我买一双。

她从沙发里站起来,说:"我去替你买早点。"

他没有丝毫反应,看着她转身向门走去。她比过去肥硕多了,而且学会了摇摆。她的臀部、腿还没有长进,这是一个遗憾。她打开了屋门,随即重又关上,她消逝了。这样的女人并非没有一点长处。她现在正下楼去,去为他买早点。

江飘从床上下来,走入厨房洗漱。不久之后她重又来到。那时候江飘已经坐在桌前等待早点了。她继续坐在沙发里,看着他嘴的咀嚼。

"你没想到我会来吧。"

他加强了咀嚼的动作。

"事实上我早就想来了。"

他点点头,表示知道了。

"其实我是顺便走过这里。"她的语气有些沮丧,"所以就上来看看。"

江飘将食物咽下,然后说:"我知道。"

"你什么都知道。"她叹息一声。

江飘露出满意的一笑。

"你不会知道的。"她又说。

她在期待反驳。他想。继续咀嚼下去。

"实话告诉你吧,我不是顺路经过这里。"

她开场白总是没完没了。

她看了他一会,又说:"我确实是顺路经过这里。"

是否顺路经过这里并不重要。他站了起来,走向厨房。刚才已经洗过脸了,现在继续洗脸。待他走出厨房时,屋门再次被敲响。

一个二十四五岁的姑娘飘然而入,她发现屋内坐着一个女人时微微有些惊讶。随后若无其事地在对面沙发上落座。她有些傲慢地看着她。

表现出吃惊的倒是她。她无法掩饰内心的不满,她看着江飘。

江飘给她们做介绍。

"这位是我的女朋友。"

"这位是我的女朋友。"

两位女子互相看了看,没有任何表示,江飘坐到了床上,心想她们谁先离去。

后来的那位显得落落大方,嘴角始终挂着一丝微笑,她顺手从茶几上拿过一本杂志翻了几页。然后问:

"你后来去了没有？"

江飘回答："去了。"

后来者年轻漂亮，她显然不把先来者放在眼里。她的问话向先来的暗示某种秘密。先来者脸色阴沉。

"昨天你写信了吗？"她又问。

江飘拍拍脑袋："哎呀，忘了。"

她微微一笑，朝先来者望了一眼，又暗示了一个秘密。

"十一月份的计划不改变吧。"

"不会变。"江飘说。

出现一个未来的秘密。先来的她的脸色开始愤怒。江飘这时转过脸去：

"你后来去了青岛没有？"

先来者愤怒犹存："没去。"

江飘点点头，然后转向后来的她。

"我前几天遇上戴平了。"

"在什么地方？"她问。

"街上。"

此刻先来者站起来，她说："我走了。"

江飘站立起来，将她送到屋外。在走道上她怒气冲冲地问："她来干什么？"

江飘笑而不答。

"她来干什么？"她继续问。

这是明知故问。江飘依然没有回答。

她在前面愤怒地走着。江飘望着她的脖颈——那里没有丝毫光泽。他想起很久以前有一次她也是这样离去。

来到楼梯口时,她转过身来脸色铁青地说:

"我再也不来了。"

江飘笑着说:"你看着办吧。"

陈河致江飘的信

我越来越觉得你的信是让邮递员弄丢掉的,给我们这儿送信的邮递员已经换了两个,年龄越换越小。现在的邮递员是一个喜欢叫叫嚷嚷而不喜欢多走几步的年轻人。刚才他离去了他一来到整个胡同就要紧张起来他骑着自行车横冲直撞。我一直站在楼上看着他他离去时手里还拿着好几封信。我问他有没有我的信他头也不回根本不理睬我。你给我的信肯定是他丢掉的。所以我只能一个人冥思苦想怎么得不到你那了不起的思想的帮助。虽然我从一开始就感到那起凶杀与一个女人有关,但我并不很轻易地真正这样认为。我是经过反复思索以后才越来越觉得一个女人参与了那起凶杀。详细的情况我这里就不再罗列了那些东西太复杂写不清楚。我现在的工作是逐步发现其间的一些细微得很的纠缠。基本的线索我已经找到那就是那个被杀的男人勾引了杀人者的妻子,杀人者一再警告被杀者可是一点作用也没有于是只能杀人了。我曾经小心翼翼地去问过我的两个邻居如果他们的妻子被别人勾引他们怎么办他们对我的问话表示了很不耐烦但他们还是回答了我对他们的回答使我吃惊他们说如果那样的话他们就离婚,他们一定将我的问话告诉了他们的妻子所以他们的妻子遇上我时让我感到她们仇恨满腔。我一直感到他们的回答太轻松只是离婚而已。他们的妻子被别人勾引他们怎么会不愤怒这一点使人难以相信,也许他们还没有那时候所以他们回答这个问题时很轻松。我不知道你遇到这种情况会怎么样,实在抱歉我不该问这样倒霉的问题,可我实在太想知道你的态度了,你不会很随便对待我这个问题的,我知道你是一个很有思想的人你的回答对我肯定有很大帮助。

期待你的信。

江飘致陈河的信

你为我提供了一个掩饰自己的机会,即使我完全可以承认自己曾给你写过两封信,其中一封让邮递员弄丢了,但我并不想利用这样的机会,我倒不是为给邮递员平反昭雪,而是我重新读了你的所有来信,你的信使我感动。你是我遇上的最为认真的人。那起凶杀案我确实早已遗忘,但你的不断来信使我的记忆死灰复燃。对那起凶杀案我现在也开始记忆犹新了。

你在信尾向我提出一个颇有意思的问题，即我的妻子一旦被别人勾引我将怎么办。我的回答也许和你的邻居一样会令你失望。我没有妻子，我曾努力设想自己有一位妻子，而且被别人勾引了，从而将自己推到怎么办的处境里去。但是这样做使我感到是有意为之。你是一个严肃的人，所以我不能随便寻找一个答案对付你。我的回答只能是，我没有妻子。

你的邻居的回答使你感到一种不负责任的轻松，他们的态度仅仅只是离婚，你就觉得他们怎么会不愤怒，这一点我很难同意。因为我觉得离婚也是一种愤怒。我理解你的意思。你显然认为只有杀死人是一种愤怒，而且是最为极端的愤怒。但同时你也应该看到还有一种较为温和的愤怒，即离婚。

另外还有一点，你认为一个男人杀死另一个男人，必定和一个女人有关。这似乎有些武断。男人有时因为口角就会杀人，况且还存在着多种可能，比如谋财害命之类的。或者他们俩共同参与某桩事，后因意见不合也会杀人。总之峡谷咖啡馆的凶杀的背景是多种多样的，不能只用一种来下结论。

陈河致江飘的信

终于收到了你的来信你的信还是寄到106号没寄到107号

但我还是收到了。我非常高兴终于有一个来和我讨论那起凶杀的人了,你的见解非常有意思你和我的邻居完全不一样,我没法和他们讨论什么但能和你讨论。

你信上说离婚也是一种愤怒我想了很久以后还是不能同意。因为离婚是一种让人高兴的事总算能够扔掉什么了。这是一般说法上的离婚,特殊的情况也不是没有但那不是愤怒而是痛苦,离婚只有两种,即兴奋和痛苦两种而没有什么愤怒的离婚当然有时候会有一点气愤。

你信上罗列了一个男人杀死另一个男人时的多种背景的可能我是同意的,你那两个词用得太好了就是背景与可能。这两个词我一看就能明白你用词非常准确,一个男人确实会因为口角或者谋财和共同参与某桩事有了意见而去杀死另一个男人。峡谷咖啡馆的那起凶杀却要比你想的严重得多那起凶杀一定和一个女人有关,你应该记得杀人者杀死人以后并不是匆忙逃跑而是去叫警察,他肯定做好了同归于尽的准备。这种同归于尽的凶杀不可能只是因为口角或者谋财必定和一个女人有关。被杀者勾引了杀人者的妻子杀人者屡次警告都没有用杀人者绝望以后才决定同归于尽的。

你回答我最后一个问题时说你没有妻子,这个回答很好,我一点也没有失望。你的认真态度使我非常高兴。你没有妻子的回答让我知道了你为何不同意我的说法即一个男人杀死另一个男人必定和一个女人有关,没有妻子的男人与有妻子的男人在讨论一起凶杀时有点分歧很正常,不会影响我们继续讨论下去的,我这样想,我想你也会同意的。

期待你的信。

江飘致陈河的信

你用杀人者同归于尽的做法仍然难以说明，即说明那起凶杀与一个女人有关。首先我准备提醒你的是同归于尽的做法是很常见的，并非一定与女人有关。我不知道你为何总是把凶杀与女人扯在一起，反正我不喜欢这样。男人和女人交往是为了寻求共同的快乐，可不是为了凶杀。我不喜欢你的推断是因为你把男女之间的美妙交往搞得过于鲜血淋淋了。

我没有妻子的回答，与我不同意你将凶杀与女人扯在一起的推断毫无关系。你的话让我感到自己没有妻子就无法了解那起凶杀的真相似的，虽然我没有妻子，但我可以告诉你我有女人。你我都是拥有女人的男人，这一点我们是一样的。但是你我之间存在一个最大的分歧，你认为同归于尽的凶杀必定与女人有关，我则恰恰相反。一个男人因为自己的妻子被别人勾引，从而去与勾引者同归于尽。这种说法太简单了，像是小说。你应该认识这种勾引是需要一个过程的，不管这个过程是长是短，作为丈夫的有足够的时间来设计谋杀，从而将自己的杀人行为掩盖起来。他完全没有必要选择同归于尽的方法，这实在是愚蠢。事实上男人因为女人去杀人本身就愚蠢。

其实你我两人永远也无法了解那起凶杀的真相，我们只能猜测，如果想使我们猜测更加符合事实真相，最好的办法是设计出多种杀人的可能性，而不只是情杀一种。这倒是一件挺有意思的事，也是消磨时光的另一种好办法。我乐意与你分析讨论下去。

陈河致江飘的信

我非常高兴你的信总算寄到了107号而不是106号，我收到时非常高兴。你非常坦率你愿意和我分析与讨论下去的话使我激动不已虽然我们之间有分歧其实只有分歧才能讨论下去如果意见一致就没有必要讨论了。

你说你有女人但没有妻子使我吃了一惊我想你是有未婚妻吧，你什么时候结婚？结婚时别忘了告诉我。我要来祝贺，我现在非常想见到你。

你的信我反复阅读读得如饥似渴我承认你的话有道理有些地方很对，我反复想了很久还是觉得那起凶杀与女人有关我实在想不出更有说服力的凶杀了。请你原谅你信上的很多话都过于轻率了你认为那个男人有足够时间来设计谋杀"从而将自己的杀人行为掩盖起来"，这不是没有道理但是你疏忽了重要的一条，那就是同归于尽的凶杀的原因是因为杀人者彻底绝望。杀人者并非全都是歹徒都是杀人成性的也有被逼上绝路的杀人者。峡谷咖啡馆的杀人者何尝不想保护自己但是他彻底绝望了，他觉得活在世上已经没有什么意思了。在他妻子被别人勾引时他是非常痛苦的，他曾想利用一种和平的方法来解决问题，他肯定时常一人在城市里到处乱走，他的妻子不在家里，正与一个男人幽会，而他则在街上孤零零走着心里想着和妻子初恋时的情景。他肯定希望过去的美好生活重新开始只要他的妻子能够回心转意或者那个勾引者良心发现。但是他努力的结果却并不是这样，他的妻子已经不可能回心转意而那个勾引者则拒绝停止勾引，妻子已经不可能再回到家中与他团聚生活了，希望已经破灭，这样就将他推到了绝望的处境里去了。他的愤怒就这样产生，他不愿意离婚，因为离婚以后他也不可能幸福。

他今后的生活注定要悲惨所以他就决定与勾引者同归于尽反正他也不想活了。

江飘致陈河的信

你有关那起凶杀的分析初看起来无懈可击，事实上只是你一厢情愿的猜测，我发现你对别人的分析缺乏必要的客观，你似乎喜欢将你对自己的了解套到别人身上去。比如当你知道我有女人时你就断定这个女人是我的未婚妻。你关于未婚妻的说法只是猜测而已，就像你对那起凶杀的猜测一样，而事实则是我有女人，至于这个女人是否会成为我的妻子连我也不知道，你为什么不想想这个女人没准是别人的妻子呢?不要把自己的精力只花在一种可能性上,这样只能使你离事实的真相越来越远。

事实上你对那起凶杀的分析并非无懈可击,我可以十分轻松地做出另一种分析。即使我同意峡谷咖啡馆的凶杀是情杀,也仍然可以推倒你的结论。首先一点,那个杀人者的妻子真的与人私通的话,那么你是否可以断定她只和一个男人私通呢?与许多男人私通的女人我见得多了,在城市的大街上到处都有。这种女人的丈夫最多只能猜测到这一点,而无法得到与妻子私通的全部名单。如果这样的丈夫一旦如你所说"愤怒"起来的话,那么他第一个选择要杀的只有他的妻子,而不会是别人,退一步说,即使他的妻子只和一个男人私通,究竟是谁杀害谁是无法说清的,所以他要杀或者应该杀的还是他的妻子。我这样说并不是鼓励那些丈夫都去杀害他们有私通嫌疑的妻子,我不希望把那些可爱的女人搞得胆战心惊,从而使我们男人的生活变得枯燥乏味。

陈河致江飘的信

你每封信都写得那么漂亮那么深刻我渐渐能够了解到一点

你的为人了，我感到你确实是与我不一样的人太不一样了你是那种生活得非常好的人，你什么也不在乎。

你虽然做出了让步同意峡谷咖啡馆的凶杀是情杀这使我很高兴你最后的结论还是否定了是情杀，你的结论是杀人者的妻子与人私通，我不喜欢私通这个词。杀人者的妻子被人勾引杀人者应该杀他妻子，可是峡谷咖啡馆的凶杀却是一个男人死去不是女人死去。所以你也就否定了我的推断我觉得自己应该和你辩论下去。

你是否考虑到凶手非常爱自己的妻子，如果他不爱自己的妻子他就不会愤怒地去杀人他完全可以离婚。可是他太爱自己的妻子，这种爱使他最终绝望所以他选择的方式是同归于尽因为那种爱使他无法杀害自己的妻子他怎么也下不了手。但他的愤怒又无法让他平静因此他杀死了勾引者这是理所当然的，我上封信已经说过促使他杀人的就是因为绝望和愤怒而导致这种绝望和愤怒的就是他对自己妻子的爱。这种爱你不会知道的请你原谅我这么说。

1987年11月3日

那个头发微黄的男孩站在一根水泥电线杆下面，朝马路两端张望。她在远处看到了这个情景。他在电话里告诉她,他将在胡同口迎接她。此刻他站在那里显得迫不及待。现在他看到她了。

她走到了他的眼前,他的脸颊十分红润,在阳光里急躁不安地向她微笑。

近旁有一个身穿牛仔服的年轻人正无聊地盯着她,年轻人坐在一家私人旅店的门口,和一张医治痔疮的广告挨得很近。

他转过身去走进胡同,她在那里停留了一会,看了看一个门牌,然后也走入了胡同。她看着他往前走去时双腿微微有些颤抖,她内心的微笑便由此而生。

他的身影钻入了一幢五层的楼房,她来到楼房口时再度停留了一下,她的身体转了过去,目光迅速伸展,胡同口有人影和车影闪闪发亮。接着她也钻入楼房。

在四层的右侧有一扇房门虚掩着,她推门而入。她一进入屋内便被一双手紧紧抱住。手在她全身各个部位来回捏动。她想起那个眼睛通红的推拿科医生,和那家门前有雕塑的医院。她感到房间里十分明亮。因此她的眼睛去寻找窗户。

她一把推开他:

"怎么没有窗帘?"

他的房间里没有窗帘,他扭过头看看光亮汹涌而入的窗户,接着转过头来说:

"没人会看到。"

他继续去抱她。她将身体闪开。她说:

"不行。"

他没有理会,依然扑上去抱住了她。她身体往下使劲一沉,挣脱了他的双手。

"我说不行就是不行。"

她十分严肃地告诉他。

他急躁不安地说:"那怎么办?"

她在一把椅子里坐下来,说:"我们聊天吧。"

他继续说:"那怎么办?"他对聊天显然没兴趣。他看看窗户,又看看她,"没人会看到我们的。"

她摇摇头,依然说:"不行。"

"可是……"他看着窗户,"如果把它遮住呢?"他问她。

她微微一笑,还是说:"我们聊天吧。"

他摇摇头,"不,我要把它遮住。"他站在那里四处张望。他发现床单可以利用,于是他立刻将枕头和被子扔到了沙发里,将床单掀出。

她看着他拖着床单走向窗口,那样子滑稽可笑。他又拖着床单离开窗口。将一把椅子搬了过去。他从椅子爬到窗台上,打开上面的窗户,将床单放上去,紧接着又关上窗户,夹住了床单。

现在房间变得暗淡了,他从窗台上跳下来。"现在行了吧?"他说着要去搂抱她。她伸出双手抵挡。她说:"去洗手。"

他的激情再次受到挫折,但他迅速走入厨房。只是瞬间工夫。他重又出现在她眼前。这一次她让他抱住了。但她看着花里胡哨的被褥仍然有些犹豫不决。她说:

"我不习惯在被褥上。"

"去你的。"他说,他把她从椅子里抱了出来。

1987年11月5日

  江飘坐在公园的椅子上,他的前面是一块草地和几棵树木,阳光将他和草地树木连成一片。
  "这天要下雪了。"他说。
  和他坐在一起的是一位年轻女人,秋天的风将她的头发吹到了江飘的脸上。飞雪来临的时刻尚未成熟。江飘的虚张声势使她愉快地笑起来。
  "你是一个奇怪的人。"她说。
  江飘转过脸去说:"你的头发使我感到脸上长满青草。"
  她微微一笑,将身体稍稍挪开了一些地方。
  "别这样。"他说,"没有青草太荒凉了。"他的身体挪了过去。
  "有些事情真是出乎意料。"她说,"我怎么会和一个陌生的男人坐在一起?"她装出一副吃惊的模样。
  "事实上我早就认识你了。"江飘说。
  "我怎么不知道?"她依然故作惊奇。
  "而且我都觉得和你生活了很多年。"
  "你真会开玩笑。"她说。
  "我对你了如指掌。"
  她不再说什么,看着远处一条小道上的行人然后叹息了一声:"我怎么会和你坐在一起呢?"
  "你没有和我坐在一起,是我和你坐在一起。"

"这种时候别开玩笑。"

"我是在陈述一个事实。"

"我一般不太和你们男人说话。"她转过脸去看着他。

"看得出来。"他说,"你是那种文静内向的女子。"他心想,你们女人都喜欢争辩。

她显得很安静。她说:"这阳光真好。"

他看着她的手,手沉浸在阳光的明亮之中。

"阳光在你手上爬动。"他伸过手去,将食指从她手心里移动过去,"是这样爬动的。"

她没有任何反应,他的手指移出了她的手掌,掉落在她的大腿上。他将手掌铺在她腿上,摸过去,"在这里,阳光是一大片地爬过去。"

她依然没有反应,他缩回了手,将手放到她背脊上,继续抚摸,"阳光在这里是来回移动。"

他看到她神色有些迷惘,轻声问:"你在想什么?"

她扭过头来说:"我在感觉阳光的爬动。"

他控制住油然而生的微笑,伸出去另一只手,将手贴在了她的脸上,手开始轻微地捏起来,"阳光有时会很强烈。"

她纹丝未动。他将手摸到了她的嘴唇,开始轻轻掀动她的嘴唇。

"这是阳光吗?"她问。

"不是。"他将自己的嘴凑过去,"已经不是了。"她的头摆动几下后就接纳了他的嘴唇。

后来,他对她说:"去我家坐坐吧。"

她没有立刻回答。

他继续说:"我有一个很好的家,很安静,除了光亮从窗户里进来——"他捏住了她的手。"不会有别的什么来打扰……"他捏住了她另一只手,"如果拉上窗帘,那就什么也没有了。"

"有音乐吗?"她问。

"当然有。"

他们站了起来,她说:"我非常喜欢音乐。"他们走向公园的出口。

"你丈夫喜欢音乐吗?"

"我没有丈夫。"她说。

"离婚了?"

"不,我还没结婚。"

他点点头,继续往前走去。走到公园门口的大街上时,他站住了脚。他问:"你住在什么地方?"

"西区。"她答。

"那你应该坐57路电车,"他用手往右前方指过去,"到那个邮筒旁去坐车。"

"我知道。"她说,她有些迷惑地望着他。

"那就再见了。"他向她挥挥手,径自走去。

陈河致江飘的信

我一直在期待着你的来信。我怀疑你将信寄到106号去了。

106号住着一个孤僻的老头他一定收到你的信了。他这几天见到我时总鬼鬼祟祟的。今天我终于去问他他那儿有没有我的信，他一听这话就立刻转身进屋再也没有出来，他装着没有听到我的话我非常气愤，可一点办法也没有。今天我一天都守候在窗前看他是不是偷偷出来将信扔掉。那老头出来几次有两次还朝我的窗口看上一眼但我没看到他手里拿着信也许他早就扔掉了。

现在峡谷咖啡馆的凶杀对我来说已经非常明朗我曾经试图去想出另外几种杀人可能，然而都没有情杀来得有说服力。另外几种杀人有可能都不至于使杀人者甘愿同归于尽，只有情杀才会那样，别的都不太可能。

我前几次给你去的信好像已经提到杀人者早就知道被杀者勾引了他的妻子，是的，他早就知道了。所以他早就暗暗盯上了被杀者，在大街上在电车里在商店在剧院他始终盯着他，有好几次他亲眼看到妻子与他约会的场景。妻子站在大街上一棵树旁等着一辆电车来到，也就是等着被杀者来到，他亲眼看着被杀者走下电车走向他妻子。被杀者伸手搂住他的妻子两人一起往前走去。这情景和他与妻子初恋时的情景一模一样他非常痛苦，要命的是这种情景他常常会碰上因此他必定异常愤怒。愤怒使他产生了杀人的欲望他便准备了一把刀。所以当他后来再在暗中盯住勾引他妻子的人时怀里已经有了把刀。

勾引者常常去峡谷咖啡馆这一点他早就知道了。当这一天勾引者走入峡谷咖啡馆时他也尾随而入。他在勾引者对面坐下来，他是第一次和勾引者挨得这么近脸对着脸。他看到勾引者的头发梳理得很漂亮脸上搽着一种很香的东西，他从心里讨厌憎恶这样的男人。他和勾引者说的第一句话是他是谁的丈夫，勾引者听到这句话时显然吃了一惊，因为勾引者事先一点准备也没有。因此他肯定要吃惊一下。但是勾引者是那种非常老练的男人，他并没有惊慌失措他很可能回过头去看看以此来让人感到他以为杀人者是在和别人说话。当他转回头后已经不再吃惊而是很平静地看了杀人者一眼，继续喝自己的咖啡。杀人者又说了一遍他是谁的丈夫。勾引者抬起头来问他你是在和我说话吗勾引者装出一副吃惊的样子这次吃惊和第一次吃惊已经完全不一样了。杀人者此刻显然已经很愤怒了他的手很可能去摸了摸怀里藏着的刀但他还是压住愤怒问他是否认识他的妻子，他说出了妻子的名字。勾引者装着很迷惑的样子摇摇头说他从未听到过这样的名字他显然想抵赖下去。杀人者说出了勾引者的姓名住址和工作单位他告诉勾引者他早就盯上他了继续抵赖下去毫无必要勾引者不再说话他似乎是在考虑对策。这个时候杀人者就要勾引者别再和他妻子来往他告诉了勾引者以前他的生活是多么幸福可自从勾引者的出现这一切全完了他甚至哀求勾引者将妻子还给他。勾引者听完他的话以后告诉他他说的有关他妻子的话使他莫名其妙他再次说他从未听说过他妻子的名字更不用说认识了勾引者已经决定抵赖到底了。他听完勾引者的话绝望无比那时候他的愤怒已经无法压制所以他拿出了怀里的刀向勾引者刺去后来的情景我们都看到了。

江飘致陈河的信

来信收到，你的固执使任何人都无可奈何。我不明白你对情杀怎么会如此心醉神迷。尽管你也进行了另外可能性的思考，你的本质却使你从一开始就认定那是情杀，别的所有思考都不过是装腔作势，或者自欺欺人而已。

前面你的信已经分析了杀人者的动机，这封信你连杀人过程也罗列了出来，我读完了你的信，如同读完了一篇小说。应该说我津津有味。可我怎么也说服不了自己：我读的不是小说，是一起凶杀案件档案。因为你的分析里有一个十分大的漏洞，这个漏洞不仅使我，也许会使别人都感到你的分析实在难以真实可信。

你对峡谷咖啡馆凶杀的分析，虽然连一些细节都没有放过，却放过了一个最大的，那就是凶手选择的是同归于尽的方法。你仔细分析了凶手怎么会随身带刀——这一点很好。你把凶手和被杀者在峡谷咖啡馆见面安排成第一次，也就是说他们是首次见面并且交谈。这便是缺陷所在。在你的分析里凶手走进峡谷咖啡馆，在被杀者对面坐下来时显然并不想杀害对方，虽然他带着刀。那时候凶手显然想说服对方，他先是要求，后是哀求，希望对方别再和自己的妻子来往，而且还令人感动地说了一通自己和妻子的初恋。在你的分析里，凶手还期望过去的美好生活重新开始。然而由于被杀者缺乏必要的明智——顺便说一句,如果是我的话,会立刻同意凶手的全部要求,并且会说到做到,因为这实在是甩掉一个女人的大好时机。可是被杀者显然有些愚蠢,所以他便被杀了。

我倒并不是说凶手那时还不具备杀人的理由,凶手已经被激怒了,所以他杀人是必然的。问题在于你分析中的杀人是即兴爆发的,凶手在走入咖啡馆时还不想杀人——你在分析里已经证实了这一点,所以他的杀人是由于一时爆发出来的愤怒造成的。然而峡谷咖啡馆的凶杀者却是十分冷静,他杀人之后一点也不惊慌,而去叫警察。可以说那时候我们都还没有反应过来。因此咖啡馆的凶杀很可能是预先就设计好的,当凶手走入咖啡馆时就知道自己要杀人了。相反,假若是即兴地杀人,那么凶手就不会那么冷静,他应该是惊慌失措,起码也得目瞪口呆一阵子,他一下子反应不过来自己干了些什么。而事实却是凶手十分冷静,惊慌失措和目瞪口呆的是我们。

峡谷咖啡馆的事实证明了凶杀是事先准备好的,你的分析却否定了这一点。所以你的分析无法使人相信。

陈河致江飘的信

我仔仔细细读了好几遍你的信写得太好了你真是一个了不

起的人你的目光太敏锐了。我完全同意你信中的分析那确实是一个非常大的漏洞大得吓了我一跳。我越来越感到没有你的援助我也许永远也没办法真正分析出咖啡馆的那起凶杀的真相我怎么会把最关键的同归于尽疏忽了真是要命我要惩罚自己。

确实如此凶手在走进咖啡馆之前已经和被杀者见过面交谈过了而且不止一次。凶手盯住被杀者已经很长时间了他已经确认被杀者就是勾引他妻子破坏他幸福生活的人所以他不会不找他。他找了被杀者好几次该说的话都说了，可被杀者总是拼命抵赖什么也不承认即便抵赖他还可以容忍问题是被杀者在抵赖的同时继续勾引他的妻子这一切全让他暗暗看在眼里。他后来开始明白一切都无法挽回了妻子不可能再像过去那样爱他了一切都完了。他曾经设计了好几种杀勾引者的方法都可以使自己逃掉不让别人发现但他最后都否定了因为他觉得自己即使逃掉也没有什么意思妻子不可能回心转意他对生活已经彻底绝望所以还不如同归于尽活着没意思还不如死。他选择了峡谷咖啡馆因为他发现勾引者常去那里他就决定在那里动手。他搞到了一把刀放在怀里继续盯着勾引者走入咖啡馆时他也走了进去在对面坐下。被杀者看到他时显然吃了一惊，但被杀者并未想到自己死期临近了凶手显然脸色非常难看但他依然没有放进心里去因为前几次凶手去找他时脸色同样非常难看所以他以为凶手又来恳求了他一点防备也没有他被凶手一刀刺中时可能还不知道发生了什么可能他到死都还没有明白过来究竟发生了什么。

江飘致陈河的信

你这次的分析开始合情合理了，但你还是疏忽了一点，事实上这个疏忽在你上封信里就有了，我当初没有发现，刚才读完你的信时才意识到。我记得峡谷咖啡馆的凶杀是发生在九月初，我记得自己是穿着衬衫坐在那里的，不知道你是穿着什么衣服？那个时候人最多只能穿一件衬衣，所以你分析说凶手将刀放在怀里不太可信。将刀放在怀里，一般穿比较厚的衣服才可能，而汗衫和衬衣的话，刀不太好放，一旦放进去特别显眼。我想凶手是将刀放在手提包中的，如果凶手没有带手提包，那么他就是将刀放在裤袋里，有些裤袋是很大的，放一把刀绰绰有余。不知道你是否注意到当初凶手是穿什么裤子？或者是不是带了手提包？

陈河致江飘的信

我非常同意你的信你对那把刀的发现实在太重要了。确实刀应该放在裤袋里我记得凶手没有带手提包他被警察带走时我看了他一眼他两手空空。你两次来信纠正了我分析里的错误使我感到一切都完美起来了。凶手走入峡谷咖啡馆时将刀放在裤袋里而不是怀里这样一来那起凶杀就不会再有什么漏洞了。我现在非常兴奋经过这么多天来的仔细分析总算得出了一个使我满意的结局这是我盼望已久的。但不知为何我现在又有些泄气似乎该干的事都干完了接下去什么事也没有了我不知道以后是否还能遇上这样的凶杀我现在的心情开始有些压抑心情特别无聊觉得一切都在变得没意思起来。

江飘致陈河的信

来信收到，你的情绪突变我感到十分有意思。你对那起凶杀太乐观了，所以要乐极生悲，你开始感到无聊了。事实上那起凶杀的讨论永远无法结束。除非我们两人中有一人死去。

虽然你现在的分析已经趋向完美，但并不是没有一点漏洞。首先你将那起凶杀定为情杀还缺少必要依据，完全是由于你那种不讲道理的固执，你认为那一定是情杀。你只给了我一个结论，并没有给我证据。如果现在放弃情杀的结论，去寻找另一种杀人动机，那么你又将有事可干了，我现在还坚持以前的观点：男人和女人交往是为了寻求共同的快乐，不是为了找死。鉴于你对情杀有着古怪的如痴如醉，我尊重你所以也同意那是情杀。

就是将那起凶杀定为情杀，也不是已经无法讨论下去了。有一个前提你应该重视，那就是被杀者的妻子究竟只和一个男人私通呢，还是和很多男人同时私通。你认为只和一个男人私通，你的分析说明了这一点。但是你忘了重要的一点。一般女人只和一个男人私通的，都不愿与丈夫继续生活下去。她会从各方面感觉到私通者胜过自己丈夫，所以她必然要提出离婚。而与许多男人私通的女人，只是为了寻求刺激，她们一般不会离婚。你分析中的女人只和一个男人私通，我奇怪她为何不提出离婚。既然她不提出离婚，那么她很可能与别的很多男人也私通。如果和很多男人私通，那么她的丈夫就难找到私通者，他会隐隐约约感到私通者都是些什么人，但他很难确定。他的妻子肯定是变化多端，让他捉摸不透。在这种情况下，他要杀的只能是自己的妻子，而不会是别人。事实上，杀人是一种愚蠢的行为，他最好的报复行为是：他也去私通，并且尽量在数量上超过妻子。这样的话，对人对己都是十分有利的。

1987年11月23日

　　露天餐厅里有一支轻音乐在游来游去，夜色已经降临，陈河与一位披发女子坐在一起，他们喝着同样的啤酒。

"我有一位朋友。"陈河说,"总是有不少女人去找他。"

女子将手臂支在餐桌上,手掌托住下巴似听非听地望着他。

"是不是有很多男人去找过你?"

"是这样。"女子变换了一个动作。将身体靠到椅背上去。

"你不讨厌他们吗?"

"有些讨厌,有些并不讨厌。"女子回答。

陈河沉吟了片刻,说:"像我这样的人大概不讨厌吧。"

女子笑而不答。

陈河继续说:"我那位朋友有很多女人,我不理解他为什么要这样。"

女子点点头:"我也不理解。"

"男人和女人之间为何非要那样。"

"是的。"女子说,"我和你一样。"

"我希望有一种严肃的关系。"

"你想的和我一样。"女子表示赞同。

陈河不再往下说,他发现说的话与自己此刻的目标南辕北辙。

女子则继续说:"我讨厌男女之间的关系过于随便。"

陈河感到话题有些不妙,他试图纠正过来。他说:"不过男女之间的关系也不要太紧张。"

女子点头同意。

"我不反对男女之间的紧密交往,甚至发生一些什么。"陈河说完小心翼翼地望着她。

她拿起酒杯喝了一口,然后重又放下。她没有任何表示。

后来,他们站了起来,离开露天餐厅,沿着一条树木茂盛的小道走去,他们走到一块草地旁站住了脚。陈河说:"进去坐一会吧。"他们走向了草地。

他们在草地上坐下来,他们的身旁是树木,稀疏地环绕着他们。月光照射过来,十分宁静。有行人偶尔走过,脚步声清晰可辨。

"这夜色太好了。"陈河说。

女子无声地笑了笑,将双腿在草地上放平。

"草也不错。"陈河摸着草继续说。

他看到风将女子的头发吹拂起来,他伸手捏住她的一撮头发,小心翼翼地问:

"可以吗?"

女子微微一笑:"可以。"

他便将身体移过去一点,另一只手也去抚弄头发。他将头发放到自己的脸上,闻到一丝淡淡的香味。他抬起头看看她,她正沉思着望着别处。

"你在想什么?"他轻声问。

"我在感觉。"她说。

"说得太好了。"他说着继续将她的头发贴到脸上。他说:"真是太好了,这夜色太好了。"

她突然笑了起来,她说:"我还以为你在说头发太好了。"

他急忙说:"你的头发也非常好。"

"与夜色相比呢?"她问。

"比夜色还好。"他立刻回答。

现在他的手开始去抚摸她的全部头发了,偶尔还碰一下她的脸。他的手开始往下延伸去抚摸她的脖颈。

她又笑了起来,说:"现在下去了。"

他的手掌贴在了她的脖颈处,不停地抚摸。

她继续笑着,她说:"待会儿要来到脸上了。"

他的手摸到了她的脸上,从眼睛到了鼻子,又从鼻子到了嘴唇。他说:"真是太好了,这夜色实在是好。"

她再次突然笑了起来,她说:"我又错了,我以为你在夸奖我的脸。"

他急忙说:"你的脸色非常好。"

"算了吧。"她一把推开他。他的手掌继续伸过去,被她的手挡开,她问:"你刚才在餐厅里说了些什么?"

他有些不知所措地望着她。

"你说的话和你的行为不一样。"

他想辩解,却又无话可说。

他站了起来,看着她离开草地,站到路旁去拦截出租汽车。她的手在挥动。

陈河致江飘的信

收到你的信已经有好几天了一直没有回信的原因是我一直

在思考那起凶杀我开始重新思考了。你认为杀人者的妻子同时与几个男人私通现在我也用私通这个词了我觉得不是不可能。其实你在前几封信中已经提到这个问题了当初我心里也不是完全排斥我只是觉得与一个人私通的可能性更大一点。现在我已经同意你的分析同意杀人者的妻子同时与几个男人私通。你的分析非常可信杀人者的妻子与几个男人私通的话他确实很难确定那些私通者。这么看来杀人者长期盯住的不会是私通者而是他妻子由于他妻子和几个男人私通所以他有时会被搞糊涂因为他妻子一会去西区一会又去东区他妻子随时改变路线今天在这里过几天却在另一个地方。他长期以来迷惑不解很难确定私通者究竟是谁起初他还以为妻子是在迷惑他后来他才明白她同时与几个男人私通。你分析中说杀人者一旦发现这种事情以后应该杀死自己的妻子或者自己也去私通。但是峡谷咖啡馆的凶杀却是杀死一个男人这个事实很值得思考也就是说你的分析需要重新开始。根据我的想法是杀人者一旦发现妻子同时与几个男子私通以后他曾经想杀死自己的妻子但他实在下不了手不管怎么说他们之间也有过一段幸福生活那一段生活始终阻止了他向她下手。你提供的另一种办法即他也去私通他也不是没有去试过可是人与人不一样他那方面实在不行。最后他只有一条路可走就是去杀死私通者可私通者有好几个他应该把他们全部杀死然而问题是那些私通者他一个也确定不下来他怎么杀人呢？而且又会在峡谷咖啡馆找到一个私通者从而把他杀死这个问题我想了很久怎么也想不出来。

江飘致陈河的信

你的信提出了一个很关键的问题，也就是那起凶杀最后的问题。凶手怎么会在咖啡馆找到私通者，并且把他杀死。事实上要想解答这个问题也不是十分艰难，我们可以通过各种途径去设想，肯定能够找到答案。

我觉得被杀者很可能常去峡谷咖啡馆，至于杀人者是否常去那就不重要了。我们可以设计杀人者偶尔去了一次咖啡馆，在被杀者对面坐了下来。被杀者是属于那种被女人宠坏了的男人，他爱在任何人面前谈论他的艳事。这种男人我常遇上，这种男人往往只搞过一两个女人，但他会吹嘘自己搞过几十个了。他不管听者是否认识都会滔滔不绝地告诉对方，他的话中有真有假，他在谈起自己艳事时，会把某一两个女人的特性吐露出来。比如身体某部位有什么标记。当杀人者在被杀者对面坐下来以后，就开始倾听他的吹嘘了。当他说到某个女人时，说到这个女人的一些习性时，杀人者便开始警惕起来，显然那些习性与他妻子十分相像。最后被杀者不小心吐露了那个女人身体某部位某个标记时，杀人者便知道他说的就是自己的妻子，同时他也知道私通者是谁。被杀者显然无法知道即将大祸临头，他越吹越忘乎所以，把他和她床上的事也抖出来。然后他挨了一刀。

我这样分析可能太巧合了，你也许会这样认为。但事实上巧合的事到处都有。巧合的事一旦成为事实，那么谁也不会大惊小怪，都会觉得很正常。

陈河致江飘的信

你的分析非常有道理我同意你对巧合的解释实在是巧合到处都有那是很正常的事。我不知道你为什么在整个分析里把刀给忘掉了那把刀非常重要不能没有。既然杀人者是偶然遇上被杀者然后确定他和自己的妻子私通是偶然遇上并不是早就盯住杀人者不太可能随身带着一把刀。也可以这样解释那时候杀人者裤袋里刚好放了一把刀但这样实在是太巧合了。你的分析我完全同意就是这把刀怎么会突然出来了这一点我还一时想不通。你在分析杀人者偶尔走进咖啡馆时让人感到他并没有带着刀可后来说出来就出来了是否有点太突然。

江飘致陈河的信

来信收到，你的问题来得很及时，要解决刀的问题事实上也很简单，只需做一些补充就行了。

杀人者显然早就知道妻子与许多男人私通，正如你分析的那样，他曾经想杀死妻子，但他怎么也下不了手；他也试图去和别的女人私通，可他在那方面实在不行。而妻子与人私通的事实又使他不堪忍受。按你的话说是：他终于绝望和愤怒了。所以他就准备了一把刀，一旦遇上私通者就把他杀死。结果他在峡谷咖啡馆遇上了。

陈河致江飘的信

你对刀的补充让我信服也就是说他早就准备了一把刀随时都会杀人所以他走进咖啡馆时身上带着刀。我又发现了一个新的问题就是他虽然走进咖啡馆时身上带着刀但他当时并不知道自己要杀人他杀人是突然发生的所以他杀人之后不会非常冷静地去叫警察。同归于尽的杀人一般应该早就准备好了的也就是说他早就知道被杀者与自己妻子私通早就知道被杀者常去峡谷咖啡馆我记得你也曾向我提出过这样的问题。另一方面既然他知道自己的妻子同时与几个男人私通他不可能只和一个男人同归于尽他应该试图把所有的私通者都杀死然后和最后一个私通者同归于尽。如果峡谷咖啡馆的被杀者是最后一个私通者的话那么他应该早就有准备而不会是偶然遇上。其实这是不可能的他不可能知道所有的私通者他能确定一个就已经很不错了很可能他一个也确定不了他只能怀疑那么几个人但很难确定在这种情况下他想杀人的话会杀错人。你前信中的分析里令人信服的地方就是让他确定了一个私通者通过习性与标记来确定的但没说清楚他为何要同归于尽。

江飘致陈河的信

你提的问题很有意思，正如你信上所说，他不可能知道所有与自己妻子私通的人，这很对。但由于愤怒他想杀人，在这种情况下，他只要杀死一个私通者也能平息愤怒了。所以他早就准备同归于尽，只要能够找到一个私通者他就会毫不犹豫地杀死他。对他来说最重要的是平息愤怒，而不是把所有的私通者都杀死，你杀得完吗？首先他能知道所有的私通者吗？退一步说，由于他长久地寻找，仍然没法确定私通者，一个也没法确定，他就会变得十分急躁。当他在咖啡馆里遇到被杀者时，即便被杀者并未与他妻子私通，他也知道这一点。可是被杀者吹嘘自己如何去勾引别人的妻子时，被杀者的得意洋洋使他的愤怒针对他而来了，在这种情况下，杀人者也会用同归于尽的方法杀死那人，虽然那人并未勾引他的妻子。因为对他来说，最重要的是如何解决自己已经无法忍受的愤怒，这是最为关键的。杀人在这个时候其实只是一种手段而已，在那个时候杀谁都一样。

陈河致江飘的信

我反复读你的信你的信让我明白了很多东西你实在是一个了不起的人太了不起了。我现在非常想见你我们通了那么多的信却一直没有见面我太想见你了。你能否在十二月二日下午去峡谷咖啡馆在以前的位置上坐下来我也会去我们就在那地方见面。

江飘致陈河的信

我也十分乐意与你见面，你一定是一个很有趣的人，但十二月二日下午我没空，我有一个约会。我们十二月三日见面吧。就在峡谷咖啡馆。

1987年12月3日

窗外的天气苍白无力,有树叶飘飘而落。

"这天要下雪了。"

一个身穿灯芯绒夹克的男子坐在斜对面。他说。他的对座精神不振,眼神恍惚地看着一位女侍的腰,那腰在摆动。

"该下雪了。"

老板坐在柜台内侧,与香烟、咖啡、酒坐在一起,他望着窗外的景色,他的眼神无聊地瞟了出去。两位女侍站在他的右侧,目光同时来到这里,挑逗什么呢?这里什么也没有。一位女侍将目光移开,献给斜对面的邻座,她似乎得到了回报,她微微一笑,然后转回身去换了一盒磁带,《你为何不追求我》在"峡谷"里卖弄风骚。

"你好像不太习惯这里的气氛?"

"还好,这是什么曲子?"

邻座的两人在交谈。另一位女侍此刻向这里露出了媚笑,她总是这样也总是一无所获。别再去看她了,去看窗外吧,又有一片树叶飘落下来,有一个人走过去。

"你的信写得真好。"

"很荣幸。"

"你的信让我明白了很多东西。"

"你是不是病了,脸色很糟。"

老板侧过身去，他伸手按了一下录音机的按钮，女人的声音立刻终止。他换了一盒磁带。《吉米，来吧》。

"你干吗这么看着我。"

"峡谷"里出现了一声惨叫，女侍惊慌地捂住了嘴。穿灯芯绒夹克的男人倒在地上，胸口插着一把刀。

那个精神不振的男人从椅子上站起来，他走向老板。

"这儿有电话吗？"

老板呆若木鸡。

男人走出"峡谷"，他在门外站着，过了一会他喊道：

"警察，你过来。"

一九八九年十月三十日

一个地主的死

一

　　从前的时候，一位身穿黑色丝绸衣衫的地主，鹤发银须，他双手背在身后，走出砖瓦的宅院，慢悠悠地走在自己的田产上。在田里干活的农民见了，都恭敬地放好锄头，双手搁着木柄，叫上一声：
　　"老爷。"
　　当他走进城里，城里人都称他先生。这位有身份的男人，总是在夕阳西下时，神态庄重地从那幢有围墙的房屋里走出来，在晚风里让自己长长的白须飘飘而起。他朝村前一口粪缸走去时，隐约显露出仪式般的隆重。这位对自己心满意足的地主老爷，腰板挺直地走到粪缸旁，右手撩起衣衫一角，不慌不忙地转过身来，一脚踩在缸沿上，身体一腾就蹲在粪缸上了，然后解开裤带露出皱巴巴的屁股和两条青筋暴突的大腿,开始拉屎了。

其实他的床边就有一只便桶,但他更愿意像畜生一样在野外拉屎。太阳落山的情景和晚风吹拂或许有助于他良好的心情。这位年过花甲的地主,依然保持着年轻时的习惯,他不像那些农民坐在粪缸上,而是蹲在上面。只是人一老,粪便也老了。每当傍晚来临之时,村里人就将听到地主老爷哎哟哎哟的叫唤,他毕竟已不能像年轻时那样畅通无阻了。而且蹲在缸沿上的双腿也出现了不可抗拒的哆嗦。

地主三岁的孙女,穿着黑底红花的衣裤,扎着两根羊角辫子,使她的小脑袋显得怒气冲冲。她一摇一晃地走到地主身旁,好奇地看着他两条哆嗦的腿,随后问道:

"爷爷,你为什么动呀?"

地主微微一笑,说道:"是风吹的。"

那时候,地主眯缝的眼睛看到远处的小道上出现了一个白色人影,落日的余晖大片大片地照射过来,使他的眼睛里出现了许多跳跃的彩色斑点。地主眨了眨眼睛,问孙女:

"那边走来的是不是你爹?"

孙女朝那边认真地看了一会,她的眼睛也被许多光点迷惑,一个细微的人影时隐时现,人影闪闪发亮,仿佛唾沫横飞。这情形使孙女咯咯而笑,她对爷爷说:

"他跳来跳去的。"

那边走来的正是地主的儿子,这位身穿白色丝绸衣衫的少爷,离家已有多日。此刻,地主已经能够确定走来的是谁了,他心想：这孽子又来要钱了。

地主的儿媳端着便桶从远处的院子里走了出来，她将桶沿扣在腰间，一步一步挪动着走去。虽说走去的姿态有些臃肿，可她不紧不慢悠悠然的模样，让地主欣然而笑。他的孙女已离他而去，此刻站在稻田中间东张西望，她拿不定主意，是去迎接父亲呢，还是走到母亲那里。

这时候天上传来隆隆的声响，地主抬起眼睛，看到北边的云层下面飞来了一架飞机。地主眯起眼睛看着它越飞越近，依然看不出什么来。他就问近处一位提着镰刀同样张望的农妇：

"是青天白日吗？"

农妇听后打了一抖，说道：

"是太阳旗。"

是日本人的飞机。地主心想糟了，随即看到飞机下了两颗灰颜色的蛋，地主赶紧将身体往后一坐，整个人跌坐到了粪缸里。粪水哗啦溅起和炸弹的爆炸几乎是同时。在爆炸声里，地主的耳中出现了无数蜜蜂的鸣叫，一片扬起的尘土向他纷纷飘落。地主双眼紧闭，脑袋里嗡嗡直响。尽管如此，他仍然能够感受到粪水荡漾时的微波，脸上有一种痒滋滋的爬动，他睁开眼睛，将右手伸出粪水，看到手上有几条白色小虫，就挥了挥手将虫子甩去，此后才去捉脸上的小虫，一捏到小虫似乎就化了。粪缸里臭气十足，地主就让鼻子停止呼吸，把嘴巴张得很大。他觉得这样不错，就是脑袋还嗡嗡直响。好像有很多喊叫的人声，听上去很遥远，像是黑夜里远处的无数火把，闪来闪去的。地主微微仰起脑袋，天空呈现着黑暗前最后的蓝色，很

583

深的蓝色。

地主在粪缸里一直坐到天色昏暗,他脑袋里的嗡嗡声逐渐减弱下去。他听到一个脚步在走过来,他知道是儿子,只有儿子的脚步才会这么无精打采。那位少爷走到粪缸旁,先是四处望望,然后看到了端坐于粪水之中的父亲,少爷歪了歪脑袋,说道:

"爹,都等着你吃饭呢。"

地主看看天空,问儿子:

"日本人走啦?"

"早走啦!快出来吧。"少爷转过身去嘟哝道,"这又不是澡堂。"

地主向儿子伸过去右手,说:"拉我一把。"

少爷迟疑不决地看着父亲的手,虽然天色灰暗起来,他还是看到父亲满是粪水的手上爬着不少小白虫。少爷蹲下身去采了几张南瓜叶子给地主,说:

"你先擦一擦。"

地主接过新鲜的瓜叶,上面有一层粉状的白毛,擦在手中毛茸茸略略有些刺手,恍若羊毛在手上经过,瓜叶折断后滴出的青汁有一股在鼻孔里拉扯的气味。地主擦完后再次把手伸向儿子,少爷则是看一看,又去采了几张南瓜叶子,放在自己掌心,隔着瓜叶握住了父亲的手,使了使劲把他拉了出来。

粪水淋淋的地主抖了抖身体,在最初来到的月光里看着往前走去的儿子,心想:

这孽子。

二

城外安昌门外大财主王子清的公子王香火，此刻正坐在开顺酒楼上，酒楼里空空荡荡，只有一个花甲老头蜷缩在墙角昏昏欲睡，怀里抱着一把二胡。王香火的桌前放着三碟小菜，一把酒壶和一只酒盅。他双手插在棉衫袖管里，脑袋上扣一顶瓜皮帽，微闭着眼睛像是在打盹，其实他正看着窗外。

窗外阴雨绵绵，湿漉漉的街道上如同煮开的水一样一片跳跃，两旁屋檐上滴下的水珠又圆又亮。他的窗口对着西城门，城墙门洞里站着五个荷枪的日本兵，对每一个出城的人都搜身检查。这时有母女二人走了过去，她们撑着黄色的油布雨伞，在迷蒙的雨中很像开放的油菜花，亮闪闪的一片。母亲的手紧紧搂住小女孩的肩，然后那片油菜花，春天里的油菜花突然消失了，她们走入了城墙门洞，站在日本人的面前。一个日本兵友好地抚摸起小女孩的头发，另一个在女孩母亲身上又摸又捏，动作看上去像是给沸水烫过的鸡煺毛似的。雨在风中歪歪斜斜地抖动，使他难以看清那位被陌生之手侵扰的女人的不安。

王香火将眼睛稍稍抬高，这样的情景他已经看到很多次了。现在，他越过了城墙，看到了远处一片无际之水。雨似乎小起来，他感到间隙正在扩大，远处的景色犹如一块正在擦洗的玻璃，逐渐清晰。他都能够看到拦鱼的竹篱笆从水中一排排露出着,一条小船就从篱笆上压了过去,在水汽蒸腾的湖面上恍若一张残叶漂浮着。船上有三个细小的人影,船头一人似乎手握竹竿在探测湖底,接着他看到中间一人跃入水中,少顷那人露出水面,双手先是向船舱做了摔去的动作,而后才一翻身进入船舱。因为远,那人翻身的动作在王香火眼中简化成了滚动,这位冬天里的捕鱼人从水面滚入了船舱。

城门那里传来了喊叫之声,透过窗户来到了王香火的耳中,仿佛是某处宅院着火时的慌乱。两个日本兵架着一个商人模样的男子,冲到了街道中央,又立刻站定。男子脸对着王香火这边,他的两条胳膊被日本兵攥住,第三个日本兵端平了上刺刀的枪,朝着他的背脊哇哇大叫着冲上来。那男子毫无反应,也许他不知道背后的喊叫是死亡的召唤。王香火看到了他的身体像是被推了一把摇晃了两下,胸前突然生出了一把刺刀,他的眼睛在那一刻睁得滚圆,仿佛眼珠就要飞奔而出。那日本兵抬起一条腿,狠狠地向他踹去,趁他倒下时拔出了刺刀。他喷出的鲜血溅了那日本兵满满一脸,使得另两个日本兵又喊又笑,而那个日本兵则满不在乎地举臂高喊了几声,洋洋得意地回到城门下。

一双布鞋的声音走上楼来,五十开外的老板娘穿着粗布棉袄,脸上搽胭脂似的搽了一些灶灰。看着她走来的粗壮身体,王香火心想,难道日本人连她都不会放过?

老板娘说:"王家少爷,赶紧回家吧。"

她在王香火对面斜着身子坐下,从袖管里抽出一条粉色的手帕,举到眼前,她抽泣道:

"我吓死啦。"

王香火注意到她是先擦眼睛，此后才有些许眼泪掉落出来。她落魄的容貌是精心打扮的，可她手举手帕的动作有些过分妖艳。那个在角落里打盹的老头咳嗽起来，接着站起身朝窗旁的两人看了一会，他似乎想说些什么，可是那两人头都没回，准备说话的嘴就变成了哈欠。

王香火说："雨停了。"

老板娘停止了抽泣，她仔细地抹了抹眼睛，将手帕又放回到袖管里。她看看窗下的日本兵，说道：

"好端端的生意被糟蹋了。"

王香火走出了开顺酒楼，在雨水流淌的街道上慢慢走去。刚才死去的男人还躺在那里，他的礼帽离他有几步远，礼帽里盛满了雨水。王香火没有看到流动的血，或许是被刚才的雨给冲走了。死者背脊上有一团杂乱的淡红色，有一些棉花翻了出来，又被雨点打扁了。王香火从他身旁绕了过去，走近了城门。

此刻，城墙门洞里只站着两个日本兵，扶枪看着他走近。王香火走到他们面前，取下瓜皮帽握在胸前，向其中一个鞠了一躬，接着又向另一个也鞠躬行礼。他看到两个日本兵高兴地笑了起来，一个还向他跷起了大拇指。他就从他们中间走了过去，免去了搜身一事。

城外那条道路被雨水浸泡了几日，泥泞不堪，看上去坑坑洼洼。王香火选择了道旁的青草往前走去，从而使自己的双脚不被烂泥困扰。青草又松又软，歪歪曲曲地追随着道路向远处延伸。天空黑云翻滚，笼罩着荒凉的土地。王香火双手插在袖管里,在初冬的寒风里低头而行,他的模样很像田野里那几棵丧失树叶的榆树,干巴巴地置身于一片阴沉之中。

那时候,前面一座尼姑庵前聚集了一队日本兵,他们截住了十来个过路的行人,让行人排成一行,站到路旁的水渠里,冰凉的泥水淹没到他们的膝盖,这些哆嗦的人已经难以分辨恐惧与寒冷。庵里的两个尼姑也在劫难逃,她们跪在庵前的一块空地上,两个兴致勃勃的日本兵用烂泥为她们还俗,将烂泥糊到她们光滑的头顶上,流得她们一脸都是泥浆,又顺着脖子流入衣内胸口。其他观看的日本兵狂笑着像是畜生们的嗥叫,他们前仰后合的模样仿佛一堆醉鬼已经神志不清。当王香火走近时,两个日本兵正努力给尼姑的前额搞出一些刘海来,可是泥水却总是顷刻之间就流淌而下。其中一个日本兵就去拔了一些青草,在泥的帮助下终于在尼姑的前额粘住了。

这是一队准备去松篁的日本兵。他们的恶作剧结束以后,一个指挥官模样的日本人和一个翻译官模样的中国人,走到了站立在水渠里的人面前,日本人挨个地看了一遍,又与中国人说了些什么。显然,他们是在挑选一位向导,使他们可以准确地走到松篁。

王香火走到他们面前,阴沉的天空也许正尽情吸收他们的狂笑,在王香火眼中更为突出的是他们手舞足蹈的姿态,那些空洞张开的嘴令他想起家中院内堆放的瓦罐。他取下了瓜皮帽,向日本兵鞠躬行礼。他看到那个指挥官笑嘻嘻地走上几步,用鞭柄敲敲他的肩膀,转过身去对翻译官叽叽咕咕说了一遍。王香火听到了鸭子般的声音,日本人厚厚的嘴唇上下摆动的情形,加强了王香火的这一想法。

翻译官走上来说:"你,带我们去松篁。"

三

这一年冬天来得早,还是十一月份的季节,地主家就用上炭盆了。王子清坐在羊皮铺就的太师椅里,两只手伸向微燃的炭火,神情悠然。屋外滴滴答答的雨水声和木炭的爆裂声融为一体,火星时时在他眼前飞舞,这情景令他感受着昏暗屋中细微的活跃。

雇工孙喜劈柴的声响阵阵传来,寒流来得过于突然,连木炭都尚未准备好。只得让孙喜在灶间先烧些木炭出来。

地主家三代的三个女人也都围着炭盆而坐,她们都穿上了厚厚的棉袄棉裤,穿了棉鞋的脚还踩在脚锣上,盛满的灶灰从锣盖的小孔散发出热量。即便如此,她们的身体依然紧缩着,仿佛是坐在呼啸的寒风之中。

地主的孙女对寒冷有些三心二意,她更关心的是手中的拨浪鼓,她怎么旋转都无法使那两个蚕豆似的鼓槌击中鼓面。稍一使劲拨浪鼓就脱手掉落了,她坐在椅子上探出脑袋看着地上的拨浪鼓,晃晃两条腿,觉得自己离地面远了一些,就伸手去拍拍她的母亲，那使劲的样子像是在拍打蚊虫。

灶间有一盆水浇到还在燃烧的木柴上，一片很响亮的哧哧声涌了过来，王子清听了感到精神微微一振，他就挪动了一下屁股，身体有一股舒适之感扩散开去。

孙喜提了一畚箕还在冒烟的木炭走了进来，他破烂的棉袄敞开着，露出胸前结实的皮肉，他满头大汗地走到这几个衣服像盔甲一样厚的人中间，将畚箕放到炭盆旁，在地主随手可以用火钳夹得住的地方。

王子清说道："孙喜呵，歇一会吧。"

孙喜直起身子，擦擦额上的汗说：

"是，老爷。"

地主太太数着手中的佛珠，微微抬起左脚，右脚将脚锣往前轻轻一推，对孙喜说：

"有些凉了，替我去换些灶灰来。"

孙喜赶紧哈腰将脚锣端到胸前，说一声：

"是，太太。"

地主的儿媳也想换一些灶灰，她的脚移动了一下没有做声，觉得自己和婆婆同时换有些不妥。

坐久了身架子有些酸疼，王子清便站了起来，慢慢踱到窗前，听着屋顶滴滴答答的雨声，心情有些沉闷。屋外的树木没有一片树叶，雨水在粗糙的树干上歪歪曲曲地流淌，王子清顺着往下看，看到地上的一丛青草都垂下了，旁边的泥土微微撮起。王子清听到了一声鼓响，然后是他的孙女咯咯而笑，她终于击中了鼓面。孙女清脆的笑声使他微微一笑。

日本人到城里的消息昨天就传来了,王子清心想:那孽子也该回来了。

四

"太君说,"翻译官告诉王香火,"你带我们到了松篁,会重重有赏。"

翻译官回过头去和指挥官叽叽咕咕说了一通。王香火将脸扭了扭,看到那些日本兵都在枪口上插了一枝白色的野花,有一挺机枪上插了一束白花。那些白色花朵在如烟般飘拂的黑云下微微摇晃,旷漠的田野使王香火轻轻吐出了一口气。

"太君问你,"翻译官戴白手套的手将王香火的脸拍拍正,"你能保证把我们带到松篁吗?"

翻译官是个北方人,他的嘴张开的时候总是先往右侧扭一下。他的鼻子很大,几乎没有鼻尖,那地方让王香火看到了大蒜的形状。

"你他娘的是哑巴!"

王香火的嘴被重重地打了一下,他的脑袋甩了甩,帽子也歪了。然后他开口道:

"我会说话。"

"你他娘的!"

翻译官狠狠地给了王香火一耳光,转回身去怒气十足地对指挥官说了一通鸭子般的话。王香火戴上瓜皮帽,双手插入袖管里,看着他们。指挥官走上几步,对他吼了一段日本话。然后退下几步,朝两个日本兵挥挥手。翻译官叫嚷道:

"你他娘的把手抽出来!"

王香火没有理睬他,而是看着走上来的两个日本兵,思忖着他们会干什么。一个日本兵朝他举起了枪托,他看到那朵白花摇摇欲坠。王香火左侧的肩膀遭受了猛烈一击,双腿一软跪到了地上,那朵白花也掉落到泥泞之中,白色的花瓣依旧张开着。可是另一个日本兵的皮鞋踩住了它。

王香火抬起眼睛,看到日本兵手中拿了一根稻秧一样粗的铁丝,两端磨得很尖。另一个日本兵矮壮的个子,似乎有很大的力气,一下子就把他在袖管里的两只手抽了出来,然后站到了他的身后,把他两只手叠到了一起。拿铁丝的日本兵朝他嘿嘿一笑,就将铁丝往他的手掌里刺去。

一股揪心的疼痛使王香火低下了头,把头歪在右侧肩膀上。疼痛异常明确,铁丝受到了手骨的阻碍,似乎让他听到了嗒嗒这样的声响。铁丝往上斜了斜总算越过了骨头,从右侧手掌穿出,又刺入了左侧手掌。王香火听到自己的牙齿激烈地碰撞起来。

铁丝穿过两个手掌之后,日本兵一脸的高兴,他把铁丝拉来拉去拉了一阵,王香火忍不住低声呻吟起来。他微睁的眼睛看到铁丝上如同油漆似的涂了一层血,血的颜色逐渐黑下去,最后和下面的烂泥无法分辨了。日本兵停止了拉动，开始将铁丝在他手上缠绕起来。过了一会，这个日本兵走开了，他听到了哗啦哗啦的声响，仿佛是日本兵的庆贺。他感到全身颤抖不已，手掌那地方越来越烫，似乎在燃烧。眼前一片昏暗，他就将眼睛闭上。

可能是翻译官在对他吼叫，有一只脚在踢他，踢得不太重，他只是摇晃，没有倒下。他摇摇晃晃，犹如一条捕鱼的小船，在那水汽蒸腾的湖面上。

然后，他睁开眼睛，看清了翻译官的脸，他的头发被属于这张脸的手揪住了。翻译官对他吼道：

"你他娘的站起来！"

他身体斜了斜，站起来。现在他可以看清一切了，湿漉漉的田野在他们身后出现，日本兵的指挥官正对他叫嚷着什么，他就看看翻译官，翻译官说：

"快走。"

刚才滚烫的手被寒风一吹，升上了一股冰凉的疼痛。王香火低头看了看，手上有斑斑血迹，缠绕的铁丝看上去乱成一团。他用嘴咬住袖管往中间拉，直到袖管遮住了手掌。他感觉舒服多了，仿佛什么也没有发生，他的双手依旧插在袖管里。两个尼姑还跪在那里，她们泥浆横流的脸犹如两堵斑驳的墙，只有那四只眼睛是干净的，有依稀的光亮在闪耀，她们正看着他，他也怜悯地看着她们。水渠里站着的那排人还在哆嗦，后面有一个小土坡，坡上的草被雨水冲倒后露出了根须。

五

地主家的雇工孙喜，这天中午来到了李桥，他还是穿着那件破烂的棉袄，胸口敞开着，腰间系一根草绳，满脸尘土地走来。

他是在昨天离开的地方，听说押着王香火的日本兵到松篁去了。他抹了抹脸上沾满尘土的汗水，憨笑着问：

"到松篁怎么走？"

人家告诉他："你就先到李桥吧。"

阴雨几乎是和日本人同时过去的。孙喜走到李桥的时候，他右脚的草鞋带子断了，他就将两只草鞋都脱下来，插在腰间，光着脚丫噼噼啪啪走进了这个小集镇。

那时候镇子中央有一大群人围在一起哄笑和吆喝，这声音他很远就听到了，中间还夹杂着牲畜的叫唤。阳光使镇子上的土墙亮闪闪的，地上还是很潮湿，已经不再泥泞了，光脚踩在上面有些软，要不是碎石子硌脚，还真像是踩在稻草上面。

孙喜在那里站了一会，看看那团哄笑的人，又看看几个站在屋檐下穿花棉袄的女人，寻思着该向谁去打听少爷的下落。他慢吞吞地走到两堆人中间，发现那几个女人都斜眼看着他，他有些泄气，就往哄笑的男人堆里走去。

一个精瘦的男人正将一只公羊往一只母猪身上放，母猪趴在地上嗷嗷乱叫，公羊咩咩叫着爬上去时显得勉为其难。那男人一松手，公羊从母猪身上滑落在地，母猪就用头去拱它，公羊则用前蹄还击。那个精瘦的男人骂道：

"才入洞房就干架了，他娘的。"

另一个人说：

"把猪翻过来，让它四脚朝天，像女人一样侍候公羊。"

众人都纷纷附和，精瘦男人嘻嘻笑着说：

"行呵，只是弟兄们不能光看不动手呀。"

有四个穿着和孙喜一样破烂棉袄的男子，动手将母猪翻过来，母猪白茸茸的肚皮得到了阳光的照耀，明晃晃的一片。母猪也许过于严重地估计了自己的处境，四条粗壮的腿在一片嗷叫里胡蹬乱踢。那四个人只得跪在地上，使劲按住母猪的腿，像按住一个女人似的。精瘦的男人抱起了公羊，准备往母猪身上放，这会轮到公羊四蹄乱踢，一副誓死不往那白茸茸肚皮上压的模样。那男人吐了一口痰骂起来：

"给你一个胖乎乎的娘们，你他娘的还不想要。他奶奶的！"

又上去四个人像拉纤一样将公羊四条腿拉开，然后把公羊按到了母猪的肚皮上。两头牲畜发出了同样绝望的喊叫，嗷嗷乱叫和咩咩低吟。人群的笑声如同狂风般爆发了，经久不息。孙喜这时从后面挤到了前排，看到了两头牲畜脸贴脸的滑稽情景。

有一个人说道："别是头母羊。"

那精瘦的男子一听，立刻让人将公羊翻过来，一把捏住它的阳具，瞪着眼睛说：

"你小子看看，这是什么？这总不是奶子吧。"

孙喜这时开口了，他说：

"找不到地方。"

精瘦男子一下子没明白，他问：

"你说什么？"

"我说公羊找不到母猪那地方。"

粗瘦男子一拍脑门，茅塞顿开的样子，他说：

"你这话说到点子上去了。"

孙喜听到夸奖微微有些脸红，兴奋使他继续往下说：

"要是教教它就好了。"

"怎么教它？"

"牲畜那地方的气味差不多，先把羊鼻子牵到那里去嗅嗅，先让它认准了。"

精瘦男人高兴地一拍手掌，说道：

"你小子看上去憨头憨脑的，想不到还有一肚皮传宗接代的学问。你是哪里人？"

"安昌门外的。"孙喜说，"王子清老爷家的，你们见过我家少爷了吗？"

"你家少爷？"精瘦男人摇摇头。

"说是被日本兵带到松篁去了。"

有一人告诉孙喜：

"你去问那个老太婆吧。日本兵来时我们都跑光了，只有她在。没准她还会告诉你日本兵怎么怎么地把她那地方睡得又红又肿。"

在一片嬉笑里，孙喜顺着那人手指看到了一位六十左右的老太太，正独自一人靠着土墙，在不远处晒太阳。孙喜就慢慢地走过去,他看到老太太双手插在袖管里,有一眼没一眼地看着他。孙喜努力使自己脸上堆满笑容,可是老太太的神色并不因此出现变化,散乱的头发下面是一张皱巴巴木然的脸。孙喜越走到她跟前,心里越不是滋味。好在老太太冷眼看了他一会后,先开口问他了:

"他们是在干什么?"

老太太眼睛朝那群人指一指。

"嗯——"孙喜说,"他们让羊和猪交配。"

老太太嘴巴一歪,似乎是不屑地说:

"一帮子骚货。"

孙喜赶紧点点头,然后问她:

"他们说你见过日本兵?"

"日本兵?"老太太听后愤恨地说,"日本兵比他们更骚。"

六

雨水在灰蒙蒙的空中飘来飘去,贴着脖子往里滴入,棉衫越来越重,身体热得微微发抖,皮肤像是涂了层糜烂的辣椒,仿佛燃烧一样,身上的关节正在隐隐作痛。

雨似乎快要结束了,王香火看到西侧的天空出现了惨淡的白色,眉毛可以接住头发上掉落的水珠。日本兵的皮鞋在烂泥里发出一片叽咕叽咕类似青蛙的叫声,他看到白色的泡沫从泥泞里翻滚出来。

翻译官说:"喂,前面是什么地方?"

王香火眯起眼睛看看前面的集镇,他看到李桥在阴沉的天空下,像一座坟茔般耸立而起,在翻滚的黑云下面,缓慢地接近了他。

"喂。"

翻译官在他脑袋上重重地拍了一下,他晃了晃,然后才说:"到李桥了。"

接着他听到了一段日本话,犹如水泡翻腾一样。日本兵都站住了脚,指挥官从皮包里拿出了一张地图,有几个士兵立刻脱下自己的大衣,用手张开为地图挡雨水。他们全都湿淋淋的,睁大眼睛望着他们的指挥官,指挥官收起地图吆喝了一声,他们立刻整齐地排成了一行,尽管疲乏依然劲头十足地朝李桥进发。

细雨笼罩的李桥以寂寞的姿态迎候他们,在这潮湿的冬天里,连一只麻雀都看不到。道路上留着胡乱的脚印和一条细长的车辙,显示了一场逃难在不久前曾经昙花一现。

后来,他们来到了一处较大的住宅,王香火认出是城里开丝绸作坊的马家的私宅。逃难发生得过于匆忙,客厅里一盆炭火还在微微燃烧。日本兵指挥官朝四处看看,发出了满意的叫唤,脱下湿淋淋的大衣后,躺到了太师椅子里,穿皮鞋的双脚舒服地搁在炭盆上。这使王香火闻到了一股奇怪的气味,他看到那双湿透的皮鞋出现了歪曲而上的蒸汽。指挥官向几个日本兵叽叽咕咕说了些什么，王香火听到了鞋后跟的碰撞，那几个日本兵走了出去。另外的日本兵依然站着，指挥官挥挥手说了句话，他们开始嬉笑着脱去大衣，围着炭火坐了下来。坐在指挥官身后的翻译官对王香火说：

"你也坐下吧。"

王香火选择一个稍远一些的墙角，席地坐下。他闻到了一股腥臭的气息，与日本兵哗啦哗啦说话的声音一起盘旋在他身旁。手掌的疼痛由来已久，似乎和手掌同时诞生，王香火已经不是很在意了。他看到两处的袖口油腻腻的，这情景使他陷入艰难的回忆，他怎么也无法得到这为何会油腻的答案。

几个出去的日本兵押着一位年过六十的老太太走了进来，那指挥官立刻从太师椅里跳起，走到他们跟前，看了看那位老女人，接着勃然大怒，他嘹亮的嗓音似乎是在训斥手下的无能。一个日本兵站得笔直，哇哇说了一通。指挥官才稍稍息怒，又看看老太太，然后皱着眉转过头来向翻译官招招手，翻译官急匆匆地走了上去，对老太太说：

"太君问你，你有没有女儿或者孙女？"

老太太看了看墙角的王香火，摇了摇头说：

"我只有儿子。"

"镇上一个女人都没啦？"

"谁说没有。"老太太似乎是不满地看了翻译官一眼，"我又不是男的。"

"你他娘的算什么女人。"

翻译官骂了一声，转向指挥官说了一通。指挥官双眉紧皱，老太太皱巴巴的脸使他难以看上第二眼。他向两个日本兵挥挥手，两个日本兵立刻将老太太架到一张八仙桌上。被按在桌上后老太太哎哟哎哟叫了起来，她只是被弄疼了，她还不知道将要发生什么。

王香火看着一个日本兵用刺刀挑断了她的裤带，另一个将她的裤子剥了下来。露出了青筋暴突并且干瘦的腿，屁股和肚子出现了鼓出的皮肉。那身体的形状在王香火眼中像一只仰躺的昆虫。

现在，老太太知道自己面临了什么，当指挥官伸过去手指摸她的阴部时，她喉咙里滚出了一句骂人的话：

"不要脸啊！"

她看到了王香火，就对他诉苦道：

"我都六十三了，连我都要。"

老太太并没有表现得过于慌乱，当她感到自己早已丧失了抵抗，就放弃了愤怒和牢骚。她看着王香火，继续说：

"你是安昌门外王家的少爷吧？"

王香火看着她没有做声，她又说：

"我看着你有点像。"

日本兵指挥官对老太太的阴部显得大失所望，他哇哇吼了一通，然后举起鞭子朝老太太那过于松懈的地方抽去。

王香火看到她的身体猛地一抖，哎哟哎哟地喊叫起来。鞭子抽打上去时出现了呼呼的风声，噼噼啪啪的声响展示了她剧烈的疼痛。遭受突然打击的老太太竟然还使劲撑起脑袋，对指挥官喊：

"我都六十三岁啦。"

翻译官上去就是一巴掌,把她撑起的脑袋打落下去,骂道:"不识抬举的老东西,太君在让你返老还童。"

苍老的女人在此后只能以呜呜的呻吟来表示她多么不幸。指挥官将她那地方抽打成红肿一片后才放下鞭子,他用手指试探一下,血肿形成的弹性让他深感满意。他解下自己的皮带,将裤子褪到大腿上,走上两步。这时他又哇哇大叫起来,一个日本兵赶紧将一面太阳旗盖住老太太令他扫兴的脸。

七

气喘吁吁的孙喜跑来告知王香火的近况之后,一种实实在在的不祥之兆如同阳光一样,照耀到了王子清油光闪亮的脑门上。地主站在台阶上,将一吊铜钱扔给了孙喜,对他说:

"你再去看看。"

孙喜捡起铜钱,向他哈哈腰说:"是,老爷。"

看着孙喜又奔跑而去后,王子清低声骂了一句儿子:

"这孽子。"

地主的孽子作为一队日本兵的向导,将他们带到一个名叫竹林的地方后,改变了前往松篁的方向。王香火带着日本兵走向了孤山。孙喜带回的消息让王子清得知：当日本兵过去后，当地人开始拆桥了。孙喜告诉地主："是少爷吩咐干的。"

王子清听后全身一颤，他眼前晴朗的天空出现了花朵凋谢似的灰暗。他呆若木鸡地站立片刻，心想：这孽子要找死了。

孙喜离去后，地主依旧站立在石阶上，眺望远处起伏的山冈，也许是过于遥远，山冈看上去犹如浮云般虚无缥缈。连绵阴雨结束之后，冬天的晴朗依然散发着潮湿。

然后，地主走入屋中。他的太太和儿媳坐在那里以哭声迎候他，他在太师椅里坐下，看着两个抽泣的女人，她们都低着头，捏着手帕的一角擦眼泪，手帕的大部分都垂落到了胸前，她们泪流满腮，却拿着个小角去擦。这情形使地主微微摇头。她们呜呜的哭声长短不一，仿佛已在替他儿子守灵了。太太说：

"老爷，你可要想个办法呀。"

他的儿媳立刻以响亮的哭声表达对婆婆的声援。地主皱了皱眉，没有做声。太太继续说：

"他干吗要带他们去孤山呢？还要让人拆桥。让日本人知道了他怎么活呀。"

这位年老的女人显然缺乏对儿子真实处境的了解，她巨大的不安带有明显的盲目。她的儿媳对公公的镇静难以再视而不见了，她重复了婆婆的话：

"爹，你可要想个办法呀。"

地主听后叹息了一声，说道：

"不是我们救不救他，也不是日本人杀不杀他，是他自己不想活啦。"

地主停顿一下后又骂了一句：

"这孽子。"

两个女人立刻号啕大哭起来，凄厉的哭声使地主感到五脏六腑都受到了震动，他闭上眼睛，心想就让她们哭吧。这种时候和女人待在一起真是一件要命的事。地主努力使自己忘掉她们的哭声。

过了一会，地主感到有一只手慢慢摸到了他脸上，一只沾满烂泥的手。他睁开眼睛看到孙女正满身泥巴地望着他。显然两个女人的哭泣使她不知所措，只有爷爷安然的神态吸引了她。地主睁开眼睛后，孙女咯咯笑起来，她说：

"我当你是死了呢。"

孙女愉快的神色令地主微微一笑，孙女看看两个哭泣的女人，问地主："她们在干什么呀？"

地主说："她们在哭。"

一座四人抬的轿子进了王家大院，地主的老友、城里开丝绸作坊的马老爷从轿中走出来，对站在门口的王子清作揖，说道：

"听说你家少爷的事，我就赶来了。"

地主笑脸相迎，连声说：

"请进，请进。"

听到有客人来到，两个女人立刻停止了呜咽，抬起通红的眼睛向进来的马家老爷露出一笑。客人落座后，关切地问地主：

"少爷怎么样了？"

"嗨——"地主摇摇头，说道，"日本人要他带着去松篁，他却把他们往孤山引，还吩咐别人拆桥。"

603

马老爷大吃一惊,脱口道:

"糊涂,糊涂,难道他不想活了?"

他的话使两个女人立刻又痛哭不已,王家太太哭着问:

"这可怎么办呀?"

马家老爷一脸窘相,他措手不及地看着地主。地主摆摆手,对他说:

"没什么,没什么。"

随后地主叹息一声,说道:

"你若想一日不得安宁,你就请客;若想一年不得安宁,那就盖屋;若要是一辈子不想安宁……"地主指指两个悲痛欲绝的女人,继续说,"那就娶妻生子。"

八

竹林这地方有一大半被水围住,陆路中断后,靠东南两侧木板铺成的两座长桥向松篁和孤山延伸。天空晴朗后,王香火带着日本兵来到了竹林。

王香火一路上与一股腥臭结伴而行,阳光的照耀使袖口显得越加油腻,身上被雨水浸湿的棉衫出现了发霉的气息。他感到双腿仿佛灌满棉花似的松软,跨出去的每一步都迟疑不决。现在，他终于看到那一片宽广之水了。深蓝荡漾的水波在阳光普照下，变成了一片闪光的黑暗。他深深地吸了一口气，冬天的水面犹如寺庙一尘不染的地面，干净而且透亮，露出水面的竹篱笆恍若一排排的水鸟，在那里凝望着波动的湖水。

地主的儿子将手臂稍稍抬起，用牙齿咬住油腻的袖口往两侧拉了拉。他看到了自己凄楚的手掌。缠绕的铁丝似乎粗了很多，上面爬满了白色的脓水。肿胀的手掌犹如猪蹄在酱油里浸泡过久时的模样，这哪还像是手。王香火轻轻呻吟一声，抬起头尽量远离这股浓烈的腥臭。他看到自己已经走进竹林了。

翻译官在后面喊：

"你他娘的给我站住！"

王香火回过身去，才发现那队日本兵已经散开了，除了几个端着枪警戒的，别的都脱下了大衣，开始拧水。指挥官在翻译官的陪同下，向站在一堵土墙旁的几个男子走去。

或许是来不及逃走，竹林这地方让王香火感到依然人口稠密。他看到几个孩子的脑袋在一堵墙后挨个地探出了一下，有一个老人在不远处犹犹豫豫地出现了。他继续去看指挥官走向那几个人，那几个男子全都向日本兵低头哈腰，日本兵的指挥官就用鞭柄去敲打他们的肩膀，表示友好，然后通过翻译官说起话来。

刚才那个犹豫不决的老人慢慢走近了王香火，胆怯地喊了一声："少爷。"

王香火仔细看了看，认出了是他家从前的雇工张七，前年才将他辞退。王香火便笑了笑，问他：

"你身子骨还好吧。"

"好，好。"老人说，"就是牙齿全没了。"

王香火又问："你现在替谁家干活？"

老人羞怯地一笑，有些难为情地说：

"没有啊，谁还会雇我？"

王香火听后又笑了笑。

老人看到王香火被铁丝绑住的手，眼睛便混浊起来，颤声问道：

"少爷，你是遭了哪辈子的灾啊？"

王香火看看不远处的日本兵，对张七说：

"他们要我带路去松篁。"

老人伸手擦了擦眼睛，王香火又说：

"张七，我好些日子没拉屎了，你替我解去裤带吧。"

老人立刻走上两步，将王香火的棉衫撩起来，又解了裤带，把他的裤子脱到大腿下面，然后说声：

"好了。"

王香火便擦着土墙蹲了下去，老人欣喜地对他说：

"少爷，从前我一直这么侍候你，没想到我还能再侍候你一次。"

说着，老人呜呜地哭了起来。王香火双眼紧闭，哼哼哈哈喊了一阵，才睁开眼睛对老人说：

"好啦。"

接着他翘起了屁股，老人立刻从地上捡了块碎瓦片，将滞留在屁眼上的屎仔细刮去。又替他穿好了裤子。

王香火直起腰,看到有两个女人被拖到了日本兵指挥官面前,有好几个日本兵围了上去。王香火对老人说:

"我不带他们去松篁,我把他们引到孤山去。张七,你去告诉沿途的人,等我过去后,就把桥拆掉。"

老人点点头,说:

"知道了,少爷。"

翻译官在那里大声叫骂他,王香火看了看张七,就走了过去。张七在后面说:

"少爷,回家后可要替张七向老爷请安。"

王香火听后苦笑一下,心想我是见不着爹了。他回头向张七点点头,又说:

"别忘了拆桥的事。"

张七向他弯弯腰,回答道:

"记住了,少爷。"

九

日本兵过去后一天,孙喜来到了竹林。这一天阳光明媚,风力也明显减小了,一些人聚在一家杂货小店前,或站或坐地晒着太阳聊天。小店老板是个四十来岁的男子，站在柜台内。街道对面躺着一个死去的男人，衣衫褴褛，看上去上了年纪了。小店老板说：

"日本人来之前他就死了。"

另一个人同意他的说法，应声道：

"是啊，我亲眼看到一个日本兵走过去踢踢他，他动都没动。"

孙喜走到了他们中间，挨个地看了看，也在墙旁蹲了下去。小店老板向那广阔的湖水指了指说道：

"干这一行的，年轻时都很阔气。"

他又指了指对面死去的老人，继续说：

"他年轻时每天都到这里来买酒，那时我爹还活着，他从口袋里随便一摸，就抓出一大把铜钱，'啪'地拍在柜台上，那气派——"

孙喜看到湖面上有一叶小船，船上有三个人，船后一人摇船，船前一人用一根长长的竹竿探测湖底。冬天一到，鱼都躲到湖底深潭里去了。那握竹竿的显然探测到了一个深潭，便指示船后一人停稳了。中间那赤膊的男子就站起来，仰脸喝了几口白酒后，纵身跃入水中。有一人说道：

"眼下这季节，鱼价都快赶上人参了。"

"兄弟，"老板看看他说，"这可是损命的钱，不好挣。"

又有人附和："年轻有力气还行，年纪一大就不行啦。"

在一旁给小店老板娘剪头发的剃头师傅这时也开口了，他说：

"年轻也不一定行，常有潜水到了深潭里就出不来的事。潭越深，里面的蚌也越大。常常是还没摸着鱼，手先伸进了张开的蚌壳，蚌壳一合拢夹住手，人就出不来了。"

小店老板频频点头。众人都往湖面上看，看看那个冬天里的捕鱼人是否也会被蚌夹住。那条小船在水上微微摇晃，船头那人握着竹竿似乎在朝这里张望，竹竿的大部分都浸在水中。另一人不停地摆动双桨，将船固定在原处。那捕鱼人终于跃出了水面，他将手中的鱼摔进了船舱，白色的鱼肚在阳光里闪耀了几下，然后他撑着船舷爬了上去。

众人逐个地回过头来，继续看着对面死去的捕鱼人。老人躺在一堵墙下面，脸朝上，身体歪曲着，一条右腿撑得很开，看上去裤裆那地方很开阔。死者身上只有一套单衣，千疮百孔的样子。

"肯定是冻死的。"有人说。

剃头的男人给小店老板娘洗过头以后，将一盆水泼了出去。他说：

"干什么都要有手艺，种庄稼要手艺，剃头要手艺，手艺就是饭碗。有手艺，人老了也有饭碗。"

他从胸前口袋里取出一把梳子，麻利地给那位女顾客梳头，另一只手在头发末梢不停地挤捏着，将水珠甩到一旁。两只手配合得恰到好处。其间还用梳子迅速地指指死者。

"他吃的亏就是没有手艺。"

小店老板微微不悦，他抬了抬下巴，慢条斯理地说：

"这也不一定，没手艺的人更能挣钱，开工厂，当老板，做大官，都能挣钱。"

剃头的男人将木梳放回胸前的口袋，换出了一把掏耳朵的银制小长勺。他说：

"当老板，也要有手艺，比如先生你，什么时候进什么货，进多少，就是手艺，行情也是手艺。"

小店老板露出了笑容，他点点头说：

"这倒也是。"

孙喜定睛看着坐在椅子里的老板娘，她懒洋洋极其舒服地坐着，闭着双眼，阳光在她身上闪亮，她的胸脯高高突起。剃头男子正给她掏耳屎，他的另一只手不失时机地在她脸上完成了一些小动作。她仿佛睡着似的没有反应。一个人说：

"她也是没手艺的吧。"

孙喜看着斜对面屋里出来了一个浓妆艳抹的女人，扭着略胖的身体倚靠在一棵没有树叶的树上，看着这里。众人嘻嘻笑起来，有人说：

"谁说没有，她的手艺藏在裤子里。"

剃头男子回头看了一眼，嘿嘿笑了起来，说道：

"那是侍候男人的手艺，也不容易呵。那手艺全在躺下这上面，不能躺得太平，要躺得曲，躺得歪。"

湖面上那小船靠到了岸边，那位冬天里的捕鱼人纵身跳到岸上，敞着胸膛噔噔地走了过来，下身只穿一条湿漉漉的短裤衩，两条黑黝黝的腿上的肌肉一抖一抖的。他的脸和胸膛是古铜色的，径直走到小店里，手伸进衣袋抓出一把铜钱拍在柜台上，对老板说：

"要一瓶白酒。"

老板给他拿了一瓶白酒,然后在一堆铜钱里拿了四个,他又一把将铜钱抓回到口袋里,噔噔地走向湖边的小船。他一步就跨进了船里,小船出现了剧烈的摇晃,他两条腿踩了踩,船逐渐平稳下来。那根竹竿将船撑离了岸边,慢慢离去,那人依旧站着仰脖喝了几口酒。

小船远去后,众人都回过头来,继续议论那个死去了的捕鱼人。小店老板说:

"他年轻时在这一行里,是数一数二的。年纪一大就全完了,死了连个替他收尸的人都没有。"

有人说:"就是那身衣服也没人要。"

剃头的男子仍在给小店老板娘掏耳屎,孙喜看到他的手不时地在女人突起的胸前捏一把,佯睡的女人露出了微微笑意。这情景让孙喜看得血往上涌,对面那个妖艳的女人靠着树干的模样叫孙喜难以再坐着不动了。他的手在口袋里把老爷的赏钱摸来摸去。然后就站起来走到那女人面前。那个女人歪着身体打量着孙喜,对他说:

"你干什么呀?"

孙喜嘻嘻一笑,说道:"这西北风呼呼的,吹得我直哆嗦。大姐行行好,替我暖暖身子吧。"

女人斜了他一眼,问:

"你有钱吗?"

孙喜提着口袋边摇了摇,铜钱碰撞的声音使他颇为得意,他说:"听到了吗?"

女人不屑地说：

"尽是些铜货。"她拍拍自己的大腿，"要想叫我侍候你，拿一块银元来。"

"一块银元？"孙喜叫道，"我都可以娶个女人睡一辈子了。"

女人伸手往墙上指一指，说道：

"你看看这是什么？"

孙喜看后说："是洞嘛。"

"那是子弹打的。"女人神气十足地吊了吊眉毛，"我他娘的冒死侍候你们这些男人，你们还净想拿些铜货来搪塞我。"

孙喜将口袋翻出来，把所有铜钱捧在掌心，对她说：

"我只有这些钱。"

女人伸出食指隔得很远点了点，说：

"才只有一半的钱。"

孙喜开导她说：

"大姐，你闲着也是闲着，还不如把这钱挣了。"

"放屁。"女人说，"我宁愿它烂掉，也不能少一个子儿。"

孙喜顿顿足说道："行啦，我也不想捡你的便宜，我就进来半截吧。一半的钱进来半截，也算公道吧。"

女人想一想，也行。就转身走入屋内，脱掉裤子在床上躺下，叉开两条腿后看到孙喜在东张西望，就喊道：

"你他娘的快点。"

孙喜赶紧脱了裤子爬上去，生怕她又改变主意了。孙喜一进去，女人就拍着他的肩膀喊起来：

"喂、喂，你不是说进来半截吗？"

孙喜嘿嘿一笑，说道：

"我说的是后半截。"

十

持续晴朗的天气让王子清感到应该出去走走了，自从儿子被日本兵带走之后家中两个担惊受怕的女人整日哭哭啼啼，使他难以得到安宁。那天送城里马家老爷出门后，地主摇摇头说：

"我能不愁吗？"他指指屋中哭泣的女人，"可她们是让我愁上加愁。"

地主先前常去的地方，是城里的兴隆茶店。那茶店楼上有丝绣的屏风，红木的桌椅，窗台上一尘不染。可以眺望远处深蓝的湖水。这是有身份的人去的茶店，地主能在那儿找到趣味相投的人。眼下日本兵占领了城里，地主想了想，觉得还是换个地方为好。

王子清在冬天温和的阳光里，戴着呢料的礼帽，身穿丝绸的长衫，挂着拐杖向安昌门走去。一路上他不停地用拐杖敲打松软的路面，路旁被踩倒的青草，天晴之后沾满泥巴重新挺立起来。很久没有出门的王子清，呼吸着冬天里冰凉的空气，看着虽然荒凉却仍然广阔的田野,那皱纹交错的脸逐渐舒展开来。

前些日子安昌门驻扎过日本兵,这两天又撤走了。那里也有一家不错的茶店,是王子清能够找到的最近一家茶店。

王子清走进茶店,一眼就看到了他在兴隆茶店的几个老友,这都是城里最有钱的人。此刻,他们围坐在屋角的一张茶桌上,邻桌的什么人都有,也没有屏风给他们遮挡,他们依然眉开眼笑地端坐于一片嘈杂之中。

马家老爷最先看到王子清,连声说:

"齐了,齐了。"

王子清向各位作揖,也说:

"齐了,齐了。"

城里兴隆茶店的茶友意外地在安昌门的茶店里凑齐了。马老爷说:

"原本是想打发人来请你,只是你家少爷的事,就不好打扰了。"

王子清立刻说:

"多谢,多谢。"

有一人将身子探到桌子中央,问王子清:

"少爷怎么样了?"

王子清摆摆手,说道:

"别提了,别提了。那孽子是自食苦果。"

王子清坐下后,一伙计左手捏着紫砂壶和茶盅,右手提着铜水壶走过来,将紫砂壶一搁,掀开盖,铜水壶高过王子清头顶，沸水浇入紫砂壶中，热气向四周蒸腾开去。其间伙计将浇下的水中断了三次，以示对顾客有礼，竟然没有一滴洒出紫砂壶外。王子清十分满意，他连声说：

"利索，利索。"

马老爷接过去说：

"茶店稍稍寒酸了些，伙计还是身手不凡。"

坐在王子清右侧的是城里学校的校长，戴着金丝眼镜的校长说：

"兴隆茶店身手最快最稳的要数戚老三，听说他挨了日本人一枪，半个脑袋飞走了。"

另一人纠正道：

"没打在脑袋上，说是把心窝打穿了。"

"一样，一样。"马老爷说，"打什么地方都还能喘口气，打在脑袋和心窝上，别说是喘气了，眨眼都来不及。"

王子清两根手指执起茶盅喝了一口说：

"死得好，这样死最好。"

校长点头表示同意，他抹了抹嘴说：

"城南的张先生被日本人打断了两条腿……"

有人问：

"哪个张先生？"

"就是测字算命的那位。打断了腿，没法走路，他知道自己要死了，血从腿上往外流，哭得那个伤心啊。知道自己要死了是最倒霉的。"

马老爷笑了笑，说道：

"是这样。我家一个雇工还走过去问他：你怎么知道你要死了？他呜呜地说：我是算命的呀。"

有一人认真地点点头，说：

"他是算命的，他说自己要死了，肯定会死。"

校长继续往下说：

"他死的时候吓得直哆嗦，哭倒是不哭了，人缩得很小，睁圆眼睛看着别人，他身上臭烘烘的，屎都拉到裤子上了。"

王子清摇摇头，说：

"死得惨，这样死最惨。"

一个走江湖的男子走到他们跟前，向他们弯弯腰，从口袋里拿出一沓合拢的红纸，对他们说：

"诸位都是人上人，我这里全是祖传秘方，想发财，想戒酒，想干什么只要一看这秘方就能办到。两个铜钱就可换一份秘方。诸位，两个铜钱，你们拿着嫌碍手，放着嫌碍眼，不如丢给我换一份秘方。"

马老爷问："有些什么秘方？"

走江湖的男子低头翻弄那些秘方，嘴里说道：

"诸位都是有钱人，对发财怕是没兴趣。这有戒酒的，有壮阳的……"

"慢着。"马老爷丢过去两个铜板说，"我就要发财的秘方。"

走江湖的便给了他一份发财秘方，马老爷展开一看，露出神秘一笑后就将红纸收起，惹得旁人面面相对，不知他看到了什么。

走江湖的继续说：

"花无百日红,人无百年好。人生一世难免有伤心烦恼之事。伤心烦恼会让人日日消瘦,食无味睡不着,到头来恐怕性命难保。不要紧,我这里就有专治伤心烦恼的秘方,诸位为何不给自己留着一份?"

王子清把两个铜钱放在茶桌上,说:

"给我一份。"

接过秘方,王子清展开一看,上面只写着两个字——别想。王子清不禁微微一笑,继而又叹息一声。

这时,马家老爷取出了发财的秘方,向旁人展示,王子清同样也只看到两个字——勤劳。

十一

青草一直爬进了水里,从岸边出发时显得杂乱无章,可是一进入水中它就舒展开来,每一根都张开着,在这冬天碧清的湖水里摇晃,犹如微风吹拂中的情景。冬天的湖水里清澈透明,就像睡眠一样安静,没有蝌蚪与青蛙的喧哗,水只是荡漾着,波浪布满了湖面,恍若一排排鱼鳞在阳光下发出跳跃的闪光。于是,王香火看到了光芒在波动,阳光在湖面上转化成了浪的形状,它的掀动仿佛是呼吸正在进行。看不到一只船影,湖面

617

干净得像是没有云彩的天空,那些竹篱笆在水面上无所事事,它们钻出水面只是为了眺望远处的景色,看上去它们都伸长了脖子。

已经走过了最后的一座桥,那些木桥即将溃烂,过久的风吹雨淋使它们被踩着时发出某种水泡冒出的声响,这是衰落的声响,它们丧失了清脆的响声,将它们扔入水中,它们的命运会和石子一样沉没,即便能够浮起来,也只是昙花一现。

王香火疑惑地望着支撑它们的桥桩,这些在水里浸泡多年的木桩又能支持多久?这座漫长的木桥通向对岸,显示了鸡蛋般的弧形,那是为了抵挡缓和浪的冲击。

对岸在远处展开,逆光使王香火看不清那张开的堤岸,但他看到了房屋,房屋仿佛漂浮在水面上,它们在强烈的照耀中反而显得暗淡无光。似乎有些人影在那里隐约出现,犹如蚂蚁般汇聚到一起。日本兵一个一个从地上站起来,拍打身上的尘土,指挥官吆喝了一声,这些日本兵慌乱排成了两队,将枪端在了手上。翻译官问王香火:

"到松篁还有多远?"

到不了松篁了,王香火心想。现在,他已经实实在在地站在孤山的泥土上,这四面环水的孤山将是结束的开始,唯有这座长长的木桥,可以改变一切。但是不久之后,这座木桥也将消失。他说:

"快到了。"

翻译官和日本兵指挥官说了一阵,然后对王香火说:

"太君说很好,你带我们到松篁后重重有赏。"

王香火微低着头，从两队日本兵身旁走过去，那些因为年轻而显得精神抖擞的脸沾满了尘土，连日的奔波并没有使他们无精打采，他们无知的神态使王香火内心涌上一股怜悯。他走到了前面，走上了一条可以离开水的小路。

这里的路也许因为人迹稀少，显得十分平坦，完全没有雨后众多脚印留下的坎坷。他听到身后那种训练有素的脚步声，就像众多螃蟹爬上岸来一样"沙沙"作响，尘土扬起来了，黄色的尘土向两旁飘扬而起。那些冬天里枯萎了的树木，露出仿佛布满伤疤的枝丫，向他们伸出，似乎是求救，同时又是指责。

路的弯曲毫无道理，它并没有遭受阻碍，可它偏偏要从几棵树后绕过去。茂密的草都快摸到膝盖了，它们杂乱地纠缠到一起，互相在对方身上成长，冬天的萧条使它们微微泛黄，丧失了光泽的杂草看上去更让人感到是胡乱一片。

王香火此刻的走去已经没有目标，只要路还在延伸，他就继续往前走，四周是那样的寂静，听不到任何来到的声音，只有日本兵整齐的脚步和他们偶尔的低语。他抬头看了看天空，天空进入了下午，云层变得稀薄，阳光使周围的蓝色淡到了难以分辨，连一只鸟都看不到，什么都没有。

后来，他们站住了脚，路在一间茅屋前突然终止。低矮的茅屋像是趴在地上，屋檐处垂落的茅草都接近了泥土。两个端着枪的日本兵走上去，抬脚踹开了屋门。王香火看到了另一扇门，在里面的墙壁上。这一次日本兵是用手拉开了门，于是刚才中断的路在那一扇门外又开始了。

翻译官说:"这他娘的是什么地方?"

王香火没有搭理,他穿过茅屋走上了那条路。日本兵习惯地跟上了他,翻译官左右看看,满腹狐疑地说:

"怎么越走越不对劲?"

过了一会,他们又走到了湖边,王香火站立片刻,确定该往右侧走去,这样就可以重新走回到那座木桥边。

王香火又见到岸边的青草爬入湖水后的情景,湖面出现了一片阴沉,仿佛黑夜来临之时,而远处的湖水依然呈现阳光下的灿烂景色。是云层托住了阳光,云层的边缘犹如树叶一般,出现了耀目的闪光。

他听到身后一个日本兵吹起了口哨,起先是随随便便吹了几声,而后一支略为激昂的小调突然来到,向着阴沉的湖面扩散。王香火不禁回头张望了一下,看了看那个吹口哨的日本兵,那张满是尘土的脸表情凝重。年轻的日本兵边走边看着湖水,他并不知道自己吹出了家乡的小调。逐渐有别的日本兵应声哼唱起来,显然他们也不知道自己的哼唱。这支行走了多日的队伍,第一次让王香火没有听到那"沙沙"的脚步声,汇合而成的低沉激昂的歌声,恍若手掌一样从后面推着王香火。

现在,王香火远远看到了那座被拆毁的木桥,它置身于一片阴沉之中,断断续续,像是横在溪流中的一排乱石。有十多条小船在湖面上漂浮,王香火听到了橹声,极其细微地飘入他耳中,就像一根丝线穿过针眼。

身后的日本兵哇哇叫喊起来,他们开始向小船射击,小船摇摇晃晃爬向岸边，如同杂草一样乱成一片。枪击葬送了船橹的声音，看着宽阔湖面上断裂的木桥，王香火凄凉地笑了笑。

十二

孙喜来到孤山对岸的时候，那片遮住阳光的云彩刚好移过来，明亮的湖面顿时阴暗下来，对岸的孤山看上去像只脚盆浮在水上。

当地的人开始在拆桥了，十多条小船横在那些木桩前，他们举着斧子往桥墩和桥梁上砍去，那些年长日久的木头在他们砍去时，折断的声音都是沉闷的。孙喜看到一个用力过猛的人，脆弱的桥梁断掉后，人扑空似的掉落水中，溅起的水珠犹如爆炸一般四处飞射。那人从水里挣扎而出，大喊：

"冻死我啦！"

近处的一条船摇了过去，把他拉上来，他裹紧湿淋淋的棉袄仿佛哭泣似的抖动不已。另一条船上的人向他喊：

"脱掉，赶紧脱掉。"

他则东张西望了一阵，一副担惊受怕的模样。他身旁一人把他抱住的双手拉开，将他的棉袄脱了下来，用白酒洒到他身上。他就直挺挺地站立在摇晃的小船上，温顺地让别人摆布他。

他们用白酒擦他的身体。

这情景让孙喜觉得十分有趣,他看着这群乱糟糟的人,在湖上像砍柴一样砍着木桥。有两条船都快接近对岸了,他们在那边举斧砍桥。这里的人向他们拼命喊叫,让他们马上回来。那边船上的人则朝这里招手,要让他们也过去,喊道:

"你们过来!"

孙喜听到离他最近一条船上的人在说:

"要是他们把船丢给日本人,我们全得去见祖宗。"

有一个人喊起来了,嗓门又尖又细,像个女人,他喊:

"日本人来啦!"

那两条船上的人慌乱起来,掉转船头时撞到了一起,而后拼命地划了过来,船在水里剧烈地摇晃,似乎随时都会翻转过去。待他们来到跟前,这里的人哈哈大笑。他们回头张望了片刻,才知道上当,便骂道:

"他娘的,把我们当女人骗了。"

孙喜笑了笑,朝他们喊:

"喂,我家少爷过去了吗?"

没有人搭理他。桥已经断裂了,残木在水中漂开去,时沉时浮,仿佛是被洪水冲垮的。孙喜又喊了一声,这时有一人向他转过脸来问他:

"喂,你是在问谁?"

"问你也行。"孙喜说,"我家少爷过去了吗?"

"你家少爷是谁?"

"安昌门外的王家少爷。"

"噢——"那人挥挥手,"过去啦。"

孙喜心想我可以回去禀报了,就转身朝右边的大路走去。那人喊住他:

"喂,你往哪里走?"

"我回家呀。"孙喜回答,"去洪家桥,再去竹林。"

"拆掉啦。"那人笑了起来,"那边的桥拆掉啦。"

"拆掉了?"

"不就是你家少爷让我们拆的吗?"

孙喜怒气冲冲喊起来:

"那我他娘的怎么办?"

另一个笑着说:

"问你家少爷去吧。"

还是原先那人对他说:

"你去百元看看,兴许那边的桥还没拆。"

孙喜赶紧走上左侧的路,向百元跑去。这天下午,当地主家的雇工跑到百元时,那里的桥刚刚拆掉,几条小船正向西划去。孙喜急得拼命朝他们喊:

"喂,我怎么过去?"

那几条小船已经划远了,孙喜喊了几声没人搭理,就在岸边奔跑起来,追赶那几条船。因为顺水船划得很快,孙喜破口大骂:

"乌龟王八蛋,慢点!狗娘养的,慢点!老子跑不动啦。"

后来,孙喜追上了他们,在岸边喘着粗气向他们喊:

"大哥,几位大哥,行行好吧,给兄弟摆个渡。"

船上的人问他：

"你要去哪里？"

"我回家，回安昌门。"

"你走冤路啦，你该去洪家桥才对。"

孙喜费劲地吞了一口口水，说：

"那边的桥拆掉了，大哥，行行好吧。"

船上的人对他说："你还是往前跑吧，前面不远有一座桥，我们正要去拆。"

孙喜一听前面有一座桥，立刻又撒腿跑开了，心想这次一定要抢在这些王八羔子前面。跑了没多久，果然看到前面有一座桥，再看看那几条船，已被他甩在了后面。他就放慢脚步，向桥走了过去。

他走到桥中间时，站了一会，看着那几条船划近，然后才慢吞吞地走到对岸，这下他彻底放心了，便在草坡上坐下来休息。

那几条船划到桥下，几个人站起来用斧子砍桥桩。一个使橹的人看了一眼孙喜，叫道：

"你怎么还不走？"

孙喜心想现在我爱干什么就干什么，他正要这么说，那人告诉他：

"你快跑吧，这里去松篁的桥也快要拆掉了，还有松篁去竹林的桥，你还不跑？"

还要拆桥？孙喜吓得赶紧跳起来，撒开腿像一条疯狗似的跑远了。

十三

地主站在屋前的台阶上,手里捏着一串铜钱,他感到孙喜应该来了。

此刻,傍晚正在来临,落日的光芒通红一片,使冬天出现了暖意。王子清让目光越过院墙,望着一条微微歪曲的小路,路的尽头有一片晚霞在慢慢浮动,一个人影正从那里跑来,孙喜卖力的跑动,使地主满意地点点头。

他知道屋中两个悲伤的女人此刻正望着他,她们急切地盼着孙喜来到,好知道那孽子是活是死。她们总算知道哭泣是一件劳累的事了,她们的眼泪只是为自己而流。现在她们不再整日痛哭流涕,算是给了他些许安宁。

孙喜大汗淋漓地跑了进来,他原本是准备先向水缸跑去,可看到地主站在面前,不禁迟疑了一下,只得先向地主禀报了。他刚要开口,地主摆了摆手,说道:

"去喝几口水吧。"

孙喜赶紧到水缸前,咕噜咕噜灌了两瓢水,随后抹抹嘴喘着气说:

"老爷,没桥了。少爷把他们带到了孤山,桥都拆掉了,从竹林出去的桥都拆掉了。"

他向地主咧咧嘴,继续说:

"我差点就回不来了。"

地主微微抬起了头,脸上毫无表情,他重又看起了那条小路。身后爆发了女人喊叫般的哭声,哗啦哗啦犹如无数盆水那样从门里倒出来。

孙喜不知所措地站在那里,眼睛盯着地主手里的铜钱,心想怎么还不把赏钱扔过来,他就提醒地主:

"老爷,我再去打听打听吧。"

地主摇摇头,说:

"不用了。"

说着,地主将铜钱放回口袋,他对大失所望的雇工说:

"孙喜,你也该回家了,你就扛一袋米回去吧。"

孙喜立刻从地主身旁走入屋内,两个女人此刻同时出来,对地主叫道:

"你再让孙喜去打听打听吧。"

地主摆摆手,对她们说:

"不必了。"

孙喜扛了一袋米出来,将米绑在扁担的一端,往肩上试了试,又放下。他说:

"老爷,一头重啦。"

地主微微一笑,说:

"你再去拿一袋吧。"

孙喜哈哈腰说道:

"谢了,老爷。"

十四

"你们到不了松篁了。"王香火看着那些小船在湖面上消失,转过身来对翻译官说,"这地方是孤山,所有的桥都拆掉了,你们一个也出不去。"

翻译官惊慌失措地喊叫起来,王香火看到他挥拳准备朝自己打来,可他更急迫的是向日本兵指挥官叽里呱啦报告。

那些年轻的日本兵出现了惊愕的神色,他们的脸转向宽阔的湖水,对自己身陷绝境显得难以置信。后来一个算是醒悟了的日本兵端起刺刀,哇哇大叫着冲向王香火,他的愤怒点燃了别人的仇恨,立刻几乎所有的日本兵都端上刺刀大叫着冲向王香火。指挥官吆喝了一声后,日本兵迅速收起刺刀挺立在那里。指挥官走到王香火面前,举起拳头哇哇咆哮起来,他的拳头在王香火眼前挥舞了好一阵,才狠狠地打出一拳。

王香火没有后退就摔倒在地,翻译官走上去使劲地踢了他几脚,叫道:

"起来,带我们去松篁。"

王香火用胳膊肘撑起身体,站了起来。翻译官继续说:

"太君说,你想活命就带我们去松篁。"

王香火摇了摇头说:

"去不了松篁了,所有的桥都拆掉了。"

翻译官给了王香火一耳光,王香火的脑袋摇摆了几下,翻译官说：

"你他娘的不想活啦。"

王香火听后低下了头，喃喃地说：

"你们也活不了。"

翻译官脸色惨白起来，他向指挥官说话时有些结结巴巴。日本兵指挥官似乎仍然没有意识到自己的困境，他让翻译官告诉王香火，要立刻把他们带离这里。王香火对翻译官说：

"你们把我杀了吧。"

王香火看着微微波动的湖水，对翻译官说：

"就是会游泳也不会活着出去，游到中间就会冻死。你们把我杀了吧。"

翻译官向指挥官说了一通，那些日本兵的脸上出现了慌张的神色，他们都看着自己的指挥官，把自己的命运交给这个和他们一样不知所措的人。

站在一旁的王香火又对翻译官说：

"你告诉他们，就是能够到对岸也活不了，附近所有的桥都拆掉了。"

然后他笑了笑，似乎有些不好意思地说：

"是我让他们拆的。"

于是那队年轻的日本兵咆哮起来，他们一个个端上了刺刀，他们满身的泥土让王香火突然有些悲哀，他看到的仿佛只是一群孩子而已。指挥官向他们挥了挥手，又说了一些什么，两个日本兵走上去，将王香火拖到一棵枯树前，然后用枪托猛击王香火的肩膀，让他靠在树上，王香火疼得直咧嘴。他歪着脑袋看到两个日本兵在商量着什么,另外的日本兵都在望着宽阔的湖水,看上去忧心忡忡的,他们毫不关心这里正在进行的事。他看到两个日本兵排成一行,将刺刀端平走了上来。阳光突然来到了,一片令人目眩的光芒使眼前的一切灿烂明亮,一个日本兵端着枪在地上坐了下去,他脱下了大衣放到膝盖上,然后低下了头,另一个日本兵走上去拍拍他瘦弱的肩膀,他没有动,那人也就在他身旁站着不动了。

端着刺刀的两个日本兵走到五六米远处站住脚,其中一个回头看看指挥官,指挥官正和翻译官在说话。他就回头和身旁的日本兵说了句什么。王香火看到有几个日本兵脱下帽子擦起了脸上的尘土,湖面上那座破碎不堪的断桥也出现了闪光。

那两个日本兵哇哇叫着冲向王香火,这一刻有几个日本兵回头望着他了。他看到两把闪亮的刺刀仿佛从日本兵下巴里长出来一样,冲向了自己。随即刺入了胸口和腹部,他感到刺刀在体内转了一圈,然后又拔了出来。似乎是内脏被挖了出来,王香火沙哑地喊了一声:

"爹啊,疼死我了。"

他的身体贴着树木滑到地上,扭曲着死在血泊之中。

日本兵指挥官喊叫了一声,那些日本兵立刻集合到一起,排成两队。指挥官挥了一下手,他们"沙沙"地走了起来。中间一人用口哨吹起了那支小调,所有的人都低声唱了起来。这支即将要死去的队伍,在傍晚来到之时,唱着家乡的歌曲,走在异国的土地上。

十五

　　孙喜挑着两袋大米"吱呀吱呀"走后,王子清慢慢走出院子,双手背在身后,在霞光四射的傍晚时刻,缓步走向村前的粪缸。冬天的田野一片萧条,鹤发银须的王子清感到自己走得十分凄凉,那些枯萎的树木恍若一具具尸骨,在寒风里连颤抖都没有。一个农民向他弯下了腰,叫一声:

　　"老爷。"

　　"嗯。"

　　他鼻子哼了一下,走到粪缸前,撩起丝绵长衫,脱下裤子后一脚跨了上去。他看着那条伸展过去的小路,路上空空荡荡,只有夜色在逐渐来到。不远处一个上了年纪的农民正在刨地,锄头一下一下落进泥土里,听上去有气无力。这时,他感到自己哆嗦的腿开始抖动起来,他努力使自己蹲得稳一点,可是力不从心。他看看远处的天空,斑斓的天空让他头晕眼花,他赶紧闭上眼睛,这个细小的动作使他从粪缸上栽了下去。

　　地主看到那个农民走上前来问他:

　　"老爷,没事吧。"

　　他身体靠着粪缸想动一下,四肢松软得像是里面空了似的。他就费劲地向农民伸出两根手指,弯了弯。农民立刻俯下身去问道:

　　"老爷,有什么吩咐?"

他轻声问农民：

"你以前看到过我掉下来吗？"

农民摇摇头回答：

"没有，老爷。"

他伸出了一根手指，说：

"第一次？"

"是的，老爷，第一次。"

地主轻轻笑了起来，他向农民挥挥手指，让他走开。老年农民重新走过去刨地了。地主软绵绵地靠着粪缸坐在地上，夜色犹如黑烟般逐渐弥漫开来，那条小路还是苍白的。有女人吆喝的声音远远飘来，这声音使他全身一抖，那是他妻子年轻时的声音，正在召唤贪玩的儿子回家。他闭上了眼睛，看到无边无际的湖水从他胸口一波一波地涌了过去，云彩飘得太低了，像是风一样从水面上卷过来。他看到了自己的儿子，心不在焉地向他走来，他在心里骂了一声——这孽子。

地主家的两个女人在时深时浅的悲伤里，突然对地主一直没有回家感到慌乱了，那时天早已黑了，月光明亮地照耀而下。两个小脚女人向村前磕磕绊绊地跑去，嘴里喊叫着地主，没有得到回答的女人立刻用哭声呼唤地主。她们的声音像是啼叫的夜鸟一样，在月光里飞翔。当她们来到村口粪缸前时，地主歪着身体躺在地上已经死去了。

一九九二年七月二十日

战栗

一封过去的信

一位穷困潦倒中的诗人，在他四十三岁的某一天，站在自己的书柜前迟疑不决，面对二十来年陆续购买的近五千册书籍，他不知道此刻应该读什么样的书，什么样的书才能和自己的心情和谐一致。

他将叔本华的《作为意志与表象的世界》从中间的架子上取下来，读了这样一段："……他不认识什么太阳，什么地球，而永远只是眼睛，是眼睛看见太阳；永远只是手，是手感触着地球……"他觉得很好，可是他不打算往下读，就换了一册但丁的《神曲·地狱篇》，一打开就是第八页，他看到："……吃过之后，她比先前更饥饿／她与许多野兽交配过／而且还要与更多的野兽交配……"他这时感到自己也许是要读一些小说，于是他站到了凳子上，在书柜最顶层取出了福克纳的《我弥留之际》。他翻到最后一页，看看书中人物卡什是怎样评价自己父亲的："'这是卡什、朱厄尔、瓦达曼，还有杜威·德尔，'爹说，一副小人得志、趾高气扬的样子，假牙什么的一应俱全，虽说他还不敢正眼看我们。'来见过本德仓太太吧。'他说。"

这位诗人就这样不停地将书籍从架子上取下来，紧接着又放了回去，每一册书都只是看上几眼，他不知道已经在书柜前站了两个多小时了，只是感到还没有找到自己准备坐到沙发里或者躺到床上去认真读一读的书。他经常这样，经常乐此不疲，没有目标地在书柜前寻找着准备阅读的书。

这一天，当他将《英雄挽歌》放回原处，拿着《培尔·金特》从凳子上下来时，一封信从书里滑了出来，滑到膝盖时他伸手抓住了它。他看到了十分陌生的字迹，白色的信封开始发黄了，他走到窗前，坐了下来，取出里面的信，他看到信是一位名叫马兰的年轻女子写来的，信上这样写：

……你当时住的饭店附近有一支猎枪，当你在窗口出现，或者走出饭店时，猎枪就瞄准了你，有一次你都撞到枪口上了，可是猎枪一直没有开枪，所以你也就安然无恙地回去了……我很多情……我在这里有一间小小的"别墅"，各地的朋友来到时都在这里住过。这里的春天很美丽，你能在春天的时候（别的时候也行）来我的"别墅"吗？

信的最后只有"马兰"两个字的签名，没有写上日期，诗人将这张已经发黄了的信纸翻了过来。信纸的背面有很多霉点，像是墨水留下的痕迹，他用指甲刮了几下，出现了一些灰尘似的粉末。诗人将信纸放在桌上，拿起了信封。信封的左上角贴了四张白纸条，这封信是转了几个地方后才来到他手上的。他一张一张地翻看着这些白纸条，每一张都显示了曾经存在过的一个住址，他当时总是迅速地变换自己的住址。

诗人将信封翻过来，找到了邮戳，邮戳上的字迹已经模糊不清，差不多所有的笔画上都长出了邮戳那种颜色的纤维，它们连在了一起，很难看清楚上面的日期。诗人将信封举了起来，让窗外的光芒照亮它，接着，他看到或者说是分辨出了具体的笔画，他看到了日期。然后，他将这封十二年前寄出的信放在了桌子上，心里想，在十二年前，一位年轻的女子，很可能是一位漂亮的姑娘，曾经邀请他进入她的生活，而他却没有前往。诗人将信放入信封，从抽屉里拿出一个发硬了的面包，慢慢地咬了一口。

他努力去回想十二年前收到这封信时的情景，可他的记忆被一团乱麻给缠住了，像是在梦中奔跑那样吃力。于是他看着放在桌上的《培尔·金特》，他想到当时自己肯定是在阅读这部书，他不是坐在沙发里就是躺在床上。这封信他在手中拿了一会，后来他合上《培尔·金特》时，将马兰的信作为书签插入易卜生的著作之中，此后他十二年没再打开过这部著作。

当时他经常收到一些年轻女子的来信，几乎所有给他写过信的女子，无论漂亮与否，都会在适当的时候光临到他的床上。就是他和这一位姑娘同居之时，也会用一个长途电话或者一封挂号的信件，将另一位从未见过的姑娘召来，见缝插针地睡上一觉。

现在，已经没有什么人给他写信了，他也不知道该给谁写信。就是这样，他仍然每天两次下楼，在中午和傍晚的时候去打开自己的信箱，将手伸进去摸一摸里面的灰尘，然后慢慢地走上楼，回到自己屋中。虽然他差不多每次都在信箱里摸了一手的灰尘，可对他来说这两次下楼是一天里最值得激动的事，有时候一封突然来到的信会改变一切，最起码也会让他惊喜一下，当手指伸进去摸到的不再是些尘土，而是信封那种纸的感受，薄薄的一片贴在信箱底上，将它拿出来时他的手会抖动起来。

所以他从书架上取下《培尔·金特》时，一封信滑出后掉到地上，对他是一个意外。他打开的不是信箱，而是一册书，看到的却是一封信。

他弯下身去捡起那封信件时，感到血往上涌，心里咚咚直跳。他拿着这封信走到窗前坐下，仔细地察看了信封上陌生的笔迹。他无法判断这封信出自谁之手，于是这封信对他来说也就充满了诱惑。他的手指从信封口伸进去摁住信纸抽了出来，他听到了信纸出来时的轻微响声，那种纸擦着纸的响声。

后来，他望到了窗外。窗外已是深秋的景色，天空里没有阳光，显得有些苍白，几幢公寓楼房因为陈旧而变得灰暗，楼房那些窗户上所挂出的衣物，让人觉得十分杂乱。诗人看着它们，感受到生活的消极和内心的疲惫。楼房下的道路上布满了枯黄的落叶，落叶在风中滑动着到处乱飘，而那些树木则是光秃秃地伸向空中。

周　林

　　周林，是这位诗人的名字，他仍然坐在窗前，刚刚写完一封信，手中的钢笔在信纸的下端签上了自己的名字，然后在一张空白信封上填写了马兰的地址，是这位女子十二年前的地址，又将信纸两次对折后叠好放入信封。

　　他拿着信站起来，走到门后，取下挂在上面的外衣，穿上后他打开了门，手伸进右侧的裤子口袋摸了摸，他摸到了钥匙，接着放心地关上了门，在堆满杂物的楼梯上小心翼翼地往下走去。

　　十分钟以后，周林已经走在大街上了。那是下午的时候，街道上飘满了落叶，脚踩在上面让他听到了沙沙的断裂声，汽车驶过时使很多落叶旋转起来。他走到人行道上，在一个水果店前站立了一会，水果的价格让他紧紧皱起了眉头，可是，他这样问自己：有多长时间没尝过水果了？他的手伸进口袋，拿出了一枚一元钱的硬币，他看着硬币心想：上一次吃水果时，似乎还没有流通这种一元的硬币。有好几年了。穷困的诗人将一元钱的硬币递了过去，说：

"买一个橘子。"

"买什么?"

水果店的主人看着那枚硬币问。

"买橘子。"他说着将硬币放在了柜台上。

"买一个橘子?"

他点点头说:"是的。"

水果店的主人坐到了凳子上,对那枚硬币显得不屑一顾,他向周林挥了挥手,说道:

"你自己拿一个吧。"

周林的目光在几个最大的橘子上挨个停留了一会,他的手伸过去后拿起了一个不大也不小的橘子,他问道:"这个行吗?"

"拿走吧。"

他双手拿着橘子往前走去,橘子外包着一层塑料薄膜,他去掉薄膜,橘子金黄的颜色在没有阳光的时候仍然很明亮,他的两个手指插入明亮的橘子皮,将橘子分成两半,慢慢吃着往前走去,橘子里的水分远没有他想象的那么多,所以他没法一片一片地品尝,必须同时往嘴里放上三片才能吃出一点味道来。当他走到邮局时,刚好将橘子吃完,他的手在衣服上擦了擦,从口袋里取出给马兰的信,把信扔入了邮筒。他在十二年后的今天,给那位十二年前的姑娘写了回信,他在信中这样写道:

……你十二年前的来信,我今天正式收到了……这十二年里,我起码有七次变换了住址,每一次搬家都会遗失一些信件什么的,三年前我搬到现在这个住址,我发现自己已经将过去所有的信件都丢失了,唯有你这封信被保留了下来……十二年前我把你的信插入了一本书中,一本没有读完的书,你的信我也没有读完。今天,我准备将十二年前没有读完的书继续读下去时,我读完的却是你的信……在十二年前,我们之间的美好关系刚刚开始就被中断了,现在我就站在这中断的地方,等待着你的来到……我们应该坐在同一间房屋里,坐在同一个窗前,望着同样的景色,说着同样的话,将十二年前没有读完的书认真地读完……

两封马兰的来信

周林给马兰的信寄出后没过多久,有十来天,他收到了她的回信。马兰告诉周林,她不仅在过去的十二年里没有变换过住址,而且"从五岁开始,我就一直住在这里"。所以"你十二年后寄出的信,我五天就收到了"。她在信中说:"收到你的信时,我没有在读书,我正准备上楼,在楼梯里我读了你的信,由于光线不好,回到屋里我站到窗口又读了一遍,读完后我把你的信放到了桌子上,而不是夹到书里。"让周林感到由衷高兴的是,马兰十二年前在信中提到的"别墅"仍然存在。

这天中午,周林坐在窗前的桌旁,把马兰的两封来信放在一起，一封过去的信和一封刚刚收到的信，他看到了字迹的变化，十二年前马兰用工整稚嫩的字，写在一张浅蓝颜色的信纸上，字写得很小。信纸先是叠了一个三角，又将两个角弯下来，然后才叠出长方的形状，弯下的两个角插入到信纸之中。十二年前周林在拆开马兰来信时，对如此复杂的叠信方式感到很不耐烦，所以信纸被撕破了。

现在收到的这封信叠得十分马虎，而且字迹潦草，信的内容也很平淡，没有一句对周林发出邀请的话，只是对"别墅"仍然存在的强调，让周林感到十二年前中断的事可以重新开始。这封信写在一张纸的反面，周林将纸翻过来，看到是一张病历，上面写着：

  停经五十天 请妇科诊治

然后是日期和比马兰信上笔迹更为潦草的医生签名。

马兰的"别墅"

马兰的别墅是一间二十平米左右的房屋，室内只有一张床、一把椅子、一张写字台和一只三人沙发，显得空空荡荡。周林一走进去就闻到了灰尘浓重的气息，不是那种在大街上飘扬和席卷的风沙，是日积月累后的气息，压迫着周林的呼吸，使他心里发沉。

马兰将背在肩上的牛皮背包扔进了沙发，走到窗前扯开了像帆布一样厚的窗帘，光线一下子照到了周林的眼睛上，他眯缝起眼睛，感到灰尘掉落下来时不是纷纷扬扬，倒像是蒙蒙细雨。

扯开窗帘以后，马兰从桌子的抽屉里拿出一块抹布，她擦起了沙发。周林走到窗前，透过灰蒙蒙的玻璃，他看到了更为灰蒙蒙的景色，在杂乱的楼房中间，一条水泥铺成的小路随便弯曲了几下后来到了周林此刻站立的窗下。

刚才他就是从这条路上走过来的。他们在火车站上了一辆的士，那是一辆红色的桑塔纳。马兰让他先坐到车里，然后自己坐在了他的身边，她坐下来时顺手将牛皮背包放到了座位的中间。周林心想这应该是一个随意的动作，而不是有意要将他们之间的身体隔开。他们说着一些可有可无的话，看着的士慢慢驶去。司机打开的对讲机里同时有几个人在说话，互相通报着这座城市里街道拥挤的状况，车窗外人的身影就像森林里的树木那样层层叠叠，车轮不时溅起一片片白色的水花，水花和马兰鲜红的嘴唇，是周林在这阴沉的下午里唯一感受到的活力。

半个小时以后，的士停在了一个十分阔气和崭新的公共厕所旁。周林先从车里出来，他站在这气派的公共厕所旁，看着贴在墙上的白色马赛克和屋顶的红瓦，再看看四周的楼房，那些破旧的楼房看上去很灰暗,电线在楼房之间杂乱地来来去去,不远处的垃圾桶竟然倒在了地上,他看到一个人刚好将垃圾倒在桶上,然后一转身从容不迫地离去。

他站在这里,重新体会着刚才在车站广场寻找马兰时的情景。他的双腿在行李和人群中间艰难地跋涉着,冬天的寒风吹在他的脸上,让他感受到南方特有的潮湿。他呵出了热气,又吸进别人吐出的热气,走到了广场的铁栅栏旁,把胳膊架上去,伸长了脖子向四处眺望,寻找着一个戴红帽子的女人,这是马兰在信中给他的特征。他在那里站了十来分钟,就发现自己来到了一座人人喜欢鲜艳的城市,他爬到铁栅栏上,差不多同时看到了十多顶红帽子,在广场拥挤的人群里晃动着,犹如漂浮在水面上的胡萝卜。

后来,他注意到了一个女人,一个正在走过来的戴红帽子的女人,为了不让寒风丝丝地往脖子里去,她缩着脖子走来,一只手捏住自己的衣领。她时时把头抬起来看看四周,手里夹着香烟,吸烟时头会迅速低下去,在头抬起来之前她就把烟吐出来。他希望这个女人就是马兰,于是向她喊叫:

"马兰。"

马兰看到了他,立刻将香烟扔到了地上,用脚踩了上去,扬起右手向他走去。她的身体裹在臃肿的羽绒大衣里,他感受不到她走来时身体的扭动;她鲜红的帽子下面是同样鲜红的围巾,他看不到她的脖子;她的手在手套里,她的两条腿一前一后摆动着,来到一个水坑前,她跳跃了起来,她跳起来时,让他看到了她的身体所展现出来的轻盈。

交　谈

马兰像个工人一样叼着香烟,将周林身旁的椅子搬到电表下面,从她的牛皮背包里拿出一支电笔,站到椅子上,将电表上的两颗螺丝拧松后下来说:

"我们有暖气了。"

她从牛皮背包里拿出了一个很大的电炉,起码有一千五百瓦,放到沙发旁,插上电源后电炉立刻红起来了,向四周散发着热量。马兰这时脱下了羽绒大衣,坐到沙发里,周林看到牛仔裤把马兰的臀部绷得很紧,尽管如此她的腹部还是坚决地隆出来了一些。周林看到电炉通红一片,接着看到电表纹丝不动。

这个三十多岁的女人左手夹着香烟,右手玩着那支电笔,微笑地看着周林,皱纹爬到了她的脸上,在她的眼角放射出去,在她的额头舒展开来。周林也微笑了,他想不到这个女人会如此能干,她让电变成了熊熊燃烧的火,同时又不用去交电费。

周林感到自己的身体开始炽热起来,他脱下羽绒服,走到床边,将自己的衣服和马兰的放在一起,然后回到沙发里坐下,他看到马兰还在微笑,就说:

"现在暖和多了。"

马兰将香烟递过去,问他:

"你抽一支吗?"

周林摇摇头,马兰又问:

"你一直都不抽烟？"

"以前抽过。"周林说道，"后来……后来就戒了。"

马兰笑起来，她问：

"为什么戒了？怕死？"

周林摇摇头说："和死没关系，主要是……经济上的原因。"

"我明白了。"马兰笑了笑，又说，"十二年前我看到你的时候，你手里夹着一支牡丹牌的香烟。"

周林笑了，他说："你看得这么清楚？"

"这不奇怪。"马兰说，"奇怪的是我还记得这么清楚。"

马兰继续说着什么，她的嘴在进行着美妙的变化，周林仔细听着她的声音，那个声音正从这张吸烟过多的嘴中飘扬出来，柔和的后面是突出的清脆，那种令人感到快要断裂的清脆。她的声音已经陈旧，如同一台用了十多年的收录机，里面出现了沙沙的杂音。尤其当她发出大笑时，嘶哑的嗓音让周林的眼中出现一堵斑驳的旧墙，而且每次她都是用剧烈的咳嗽来结束自己的笑声。当她咳嗽时，周林不由得要为她的两叶肺担惊受怕。

她止住咳嗽以后，眼泪汪汪地又给自己点燃一支香烟，随后拿出化妆盒，重新安排自己的容貌。她细心擦去被眼泪弄湿了的睫毛膏，又用手巾纸擦起了脸和嘴唇，接下去是漫长的化妆。她并不在意自己的身体，可她热爱自己的脸蛋。那支只吸了一口的香烟搁在茶几上，自己燃烧着自己，她已经忘记了香烟的存在，完全投身到对脸蛋的布置之中。

沮　丧

　　两个人在沙发上进行完牡丹牌香烟的交谈之后，马兰突然有些激动，她看着周林的眼睛闪闪发亮，她说：
　　"要是十二年前，我这样和你坐在一起……我会很激动。"
　　周林认真地点点头，马兰继续说：
　　"我会喘不过气来的。"
　　周林微笑了，他说：
　　"当时我经常让人喘不过气来，现在轮到我自己喘不过气来了。"
　　他看了看马兰，补充说：
　　"是穷困，穷困的生活让我喘不过气来。"
　　马兰同情地看着他，说：
　　"你毛衣的袖管已经磨破了。"
　　周林看了看自己的袖管，然后笑着问：
　　"你收到我的信时吃惊了吗？"
　　"没有。"马兰回答，她说，"我拆开你的信，先去看署名，这是我的习惯，我看到周林两个字，当时我没有想起来是你，我心想这是谁的信，边上楼边看，走到屋门口时我差不多看完了，这时我突然想起来了。"
　　周林问："你回到屋中后又看了一遍？"
　　"是的。"马兰说。

"你吃惊了吗?"

"有点。"

周林又问:"没有激动?"

马兰摇摇头:"没有。"

马兰给自己点燃一支香烟,吸了一口后说道:

"我觉得很有趣,我写出了一封信,十二年后才收到回信,我觉得很有趣。"

"确实很有趣。"周林表示同意,他问,"所以你就给我来信?"

"是的。"马兰说,"这是一方面,另一方面我是单身一人。如果我已经嫁人,有了孩子,这事再有趣我也不会让你来。"

周林轻声说:"好在你没有嫁人。"

马兰笑了,她将香烟吐出来,然后用舌尖润了润嘴唇,换一种口气说:

"其实我还是有些激动。"

她看看周林,周林这时感激地望着她,她深深吸了口气后说:

"十二年前我为了见到你,那天很早就去了影剧院,可我还是去晚了,我站在走道上,和很多人挤在一起,有一只手偷偷地摸起了我的屁股,你就是那时候出现的,我忘记了自己的屁股正在被侮辱,因为我看到了你,你从主席台的右侧走了出来,穿着一件绛红的夹克,走到了中央,那里有一把椅子,你一个人来到中央,下面挤满了人,而台上只有你一个人,空空荡荡地站在那里,和椅子站在一起。"

"你笔直地站在台上,台下没有一丝声响,我们都不敢呼吸了,睁大眼睛看着你,而你显得很疲倦,嗓音沙哑地说想不到在这里会有那么多热爱文学、热爱诗歌的朋友。你说完这话微微仰起了脸,过了一会,前面出现了掌声,掌声一浪一浪地扑过来,立刻充满了整个大厅。我把手都拍疼了,当时我以为大家的掌声是因为听到了你的声音,后来我才知道你说完那句话以后就流泪了,我站得太远,没有看到你的眼泪。

"在掌声里你说要朗诵一首诗歌,掌声一下子就没有了,你把一只手放到了椅子上,另一只手使劲地向前一挥,我们听到你响亮地说道:'望着你的不再是我的眼睛/而是两道伤口/握着你的不再是我的手/而是……'

"我们憋住呼吸,等待着你往下朗诵,你却站在那里一动不动,主席台上强烈的光线照在你的脸上,把你的脸照得像一只通了电的灯泡一样亮,你那样站了足足有十来分钟,还没有朗诵'而是'之后的诗句,台下开始响起轻微的人声,这时你的手又一次使劲向前一挥,你大声说:'而是……'

"我们没有听到接下来的诗句,我们听到了扑通一声,你直挺挺地摔到了地上。台下的人全呆住了,直到有几个人往台上跑去时,大家才都明白过来,都往主席台拥去,大厅里是乱成一团,有一个人在主席台上拼命地向下面喊叫,谁也听不清他在喊什么,他大概是在喊叫着要人去拿一副担架来。他不知道你已经被抬起来了,你被七八个人抬了起来,他们端着你的脑袋,架着你的脚,中间的人扯住你的衣服,走下了主席台,起码有二十来个人在前面为你开道,他们蛮横地推着喊道:'让

开,让开……'

"你四肢伸开地从我面前被抬过去,我突然感到那七八个抬着你的人,不像是在抬你,倒像是扯着一面国旗,去游行时扯着的国旗。你被他们抬到了大街上,我们全都拥到了大街上,阳光照在你的眼睛上使你很难受,你紧皱眉头,皱得嘴巴都歪了。

"街道上从来没有过这么多人,听过你朗诵'而是……'的人簇拥着你,还有很多没有听过你朗诵的人,因为好奇也挤了进来,浩浩荡荡地向医院走去。来到医院大门口时,你闭着的眼睛睁开了,你的手挣扎了几下,让抬着你的人把你放下,你双脚站到了地上,右手摸着额头,低声说:'现在好了,我们回去吧。'

"有一个人爬到围墙上,向我们大喊:'现在他好啦,诗人好啦,我们可以回去啦。'

"喊完他低下头去,别人告诉他,你说自己刚才是太激动了,他就再次对我们喊叫:'他刚才太激动啦!'"

周林有些激动,他坐在沙发里微微打抖了,马兰不再往下说,她微笑地看着周林,周林说:

"那是我最为辉煌的时候。"

接着他嘿嘿笑了起来,说道:

"其实当时我是故意摔到地上的,我把下面的诗句忘了,忘得干干净净,一句都想不起来……我只好摔倒在地。"

马兰点点头,她说:"最先的时候我们都相信你是太激动了,半年以后就不这样想了,我们觉得你是想不出下面的诗句。"

马兰停顿了一下，然后换了一种语气说：

"你还记得吗？你住的那家饭店的对面有一棵很大的梧桐树。我在那里站了三次，每次都站了几个小时……"

"一棵梧桐树？"周林开始回想。

"是的，有两次我看到你从饭店里走出来，还有一次你是走进去……"

"我有点想起来了。"周林看着马兰说道。

过了一会，周林拍了一下自己的额头说：

"我完全想起来了，有一天傍晚，我向你走了过去……"

"是的。"马兰点着头。

随后她兴奋地说："你是走过来了，是在傍晚的时候。"

周林霍地站了起来，他差不多是喊叫了：

"你知道吗，那天我去了码头，我到的时候你已经走了。"

"我已经走了？"马兰有些不解。

"对，你走了。"周林又坚决地重复了一次。

他说："我们就在梧桐树下，就在傍晚的时候，那树叶又宽又大，和你这个牛皮背包差不多大……我们约好了晚上十点钟在码头相见，是你说的在码头见……"

"我没有……"

"你说了。"周林不让马兰往下说，"其实这无关紧要，重要的是我们约好了。"

马兰还想说什么，周林挥挥手不让她说，他让自己说：

"实话告诉你，当时我已经和另外一个姑娘约好了。要知道,我在你们这里只住三天,我不会花三天的时间去和一个姑娘谈恋爱,然后在剩下的十分钟里和她匆匆吻别。我一开始就看准了,从女人的眼睛里做出判断,判断她是不是可以在一个小时里,最多半天的时间,就能扫除所有障碍从而进入实质。

"可是当我看到了你,我立刻忘记了自己和别的女人的约会。你站在街道对面的梧桐树下看着我,两只手放在一起,你当时的模样突然使我感动起来,我心里觉察到纯洁对于女人的重要。虽然我忘了你当时穿什么衣服,可我记住了你纯洁动人的样子,在我后来的记忆里你变成了一张洁白的纸,一张贴在斑驳墙上的洁白的纸。

"我向你笑了笑,我看到你也向我笑了。我穿过街道走到你面前,你当时的脸蛋涨得通红,我看着你放在一起的两只漂亮的手,夕阳的光芒照在你的手指上,那时候我感到阳光索然无味。

"你的手松开以后,我看到了一册精致的笔记本,你轻声说着让我在笔记本上签名留字。我在上面这样写:我想在今夜十点钟的时候再次见到你。

"你的头低了下去,一直埋到胸口,我呼吸着来自你头发中的气息,里面有一种很淡的香皂味。过了一会你抬起脸来,眼睛一眨一眨地看着别处,问我:'在什么地方?'

"我说:'由你决定。'

"你犹豫了很久,又把头低了下去,然后说:'在码头。'"

周林看到马兰听得入神,他停顿了一下,继续说:

"那天傍晚我回到饭店时,起码有五六个男人在门口守候着我,他们脸上挂着谦卑的笑容,这是我最害怕的笑容,这笑容阻止了我内心的厌烦,还要让我笑脸相迎,将他们让进我的屋子,让他们坐在我的周围,听他们背诵我过去的诗歌……这些我都还能忍受,当他们拿出自己的诗歌,都是厚厚的一沓,放到我面前,要我马上阅读时,我就无法忍受了,我真想站起来把他们训斥一番,告诉他们我不是门诊医生,我没有义务要立刻阅读他们的诗稿。可我没法这样做,因为他们脸上挂着谦卑的笑容。

"有两三个姑娘在我的门口时隐时现。她们在门外推推搡搡,哧哧笑着,谁也不肯先进来。这样的事我经常碰上,我毫无兴趣的男人坐了一屋子,而那些姑娘却在门外犹豫不决。要是在另外的时候,我就会对她们说:'进来吧。'

"那天我没有这样说,我让她们在门外犹豫,同时心里盘算着怎样把屋里的这一堆男人哄出去。我躺到床上去打哈欠,一个接着一个地打,我努力使自己的哈欠打得和真的一样,我把脸都打疼了,疼痛使我眼泪汪汪,这时候他们都站了起来,谦卑地向我告辞,我透过眼泪喜悦地看着他们走了出去。然后我关上了门,看一下时间才刚到八点,再过半个小时是我和另外一个姑娘的约会,一想到十点钟的时候将和你在一起,我就只好让那个姑娘见鬼去了。

"我把他们赶走后,在床上躺了一会,要命的是我真的睡着了。当我醒来时已是凌晨三点了,我心想坏了,赶紧跳起来,跑出去。那时候的饭店一过晚上十二点就锁门了,我从大铁门上翻了出去,大街上空空荡荡一个人都没有,我拼命地往码头跑去，我跑了有半个小时，越跑越觉得不对，直到我遇上几个挑着菜进城来卖的农民，我才知道自己跑错了方向。

"我跑到码头时，你不在那里，有一艘轮船拉着长长的汽笛从江面上驶过去，轮船在月光里成了巨大的阴影，缓慢地移动着。我站在一个坡上，里面的衣服湿透了，嗓子里像是被划过似的疼痛。我在那里站了起码有一个多小时，湿透了的衣服贴在我的皮肤上，使我不停地打抖。我准备了一个晚上的激情，换来的却是孤零零一个人站在凌晨时空荡荡的码头上。"

周林看到马兰微笑着，他也笑了，他说：

"我在一块石头上坐了很久，听着江水拍岸的声响，眼睛却看不到江水，四周是一片浓雾，我把屁股坐得又冷又湿，浓重的雾气使我的头发往下滴水了，我战栗着……"

马兰这时说："这算不上战栗。"

周林看了马兰一会，问她：

"那算什么？"

"沮丧。"马兰回答。

发　抖

周林想了想，表示同意，他点点头说：

"是沮丧。"

马兰接着说:"你记错了,你刚才所说的那个姑娘不是我。"

周林看着马兰,有些疑惑地问:

"我刚才说的不是你?"

"不是我。"马兰笑着回答。

"那会是谁?"

"这我就不知道了。"马兰说,"这座城市里没有码头,只有汽车站和火车站,还有一个正在建造中的飞机场。"

马兰看到周林这时笑了起来,她也笑着说:

"有一点没有错,你看到我站在街道对面,你也确实向我走了过来,不过你没有走到我面前,你眼睛笑着看着我,从我身边走了过去,走到了另外一个女人那里。"

"另外一个女人?"周林努力去回想。

"一个皮肤黝黑的、很丰满的女人。"马兰提醒他。

"皮肤很黑?很丰满?"

"她穿着紧身的旗袍,衩开得很高,都露出了里面的三角裤……你还没有想起来?我再告诉你她的牙齿,她不笑的时候都露着牙齿,当她把嘴抿起来时,才看不到牙齿,可她的脸绷紧了。"

"我想起来了。"周林说,说着他微微有些脸红。

马兰大笑起来,没笑一会她就剧烈地咳嗽了,她把手里的香烟扔进了烟缸,双手捧住脸抖个不停。止住咳嗽以后,她眼泪汪汪地仍然笑着望着周林。

周林嘿嘿地笑了一会,为自己解释道:

"她身材还是很不错的。"

马兰收起笑容，很认真地说：

"她是一个浅薄的女人，一个庸俗的女人，她写出来的诗歌比她的人还要浅薄，还要庸俗。我们都把她当成笑料，我们在背后都叫她美国遗产……"

"美国遗产？"周林笑着问。

"她没有和你说过她要去继承遗产的事？"

"我想不起来了。"周林说。

"她对谁都说要去美国继承遗产了，说一个月以后就要走了，说护照办下来了，签证也下来了。过了一个月，她会说两个月以后要走了，说护照下来了，签证还没有拿到。她要去继承的遗产先是十万美元，几天以后涨到了一百万，没出一个月就变成一千多万了。

"我们都在背后笑她，碰上她都故意问她什么时候去美国，她不是说几天以后，就是说一两个月以后。到后来，我们都没有兴致了，连取笑她的兴致都没有了，可她还是兴致勃勃地向我们说她的美国遗产。

"美国遗产后来嫁人了，有一阵子她经常挽着一个很瘦的男人在大街上走着，遇到我们时就得意洋洋地告诉我们，她和她的瘦丈夫马上就要去美国继承遗产了。再后来她有了一个儿子，于是就成了三个人马上要去美国继承遗产。

"她马上了足足有八年，八年以后她没去美国，而是离婚了，离婚时她写了一首诗，送给那个实在不能忍受下去的男人。她在大街上遇到我时，给我背诵了其中的两句：'我是一朵带刺的玫瑰／谁也摘不走……'"

周林听到这里嘿嘿笑了，马兰也笑了笑，接着她换了一种语气继续说：

"你从街对面走过来时，我才二十岁，我看到你眼睛里挂着笑意，我心里咚咚直跳，不敢正眼看你，我微低着头，用眼角的虚光看着你走近，我以为你会走到我身旁，我胆战心惊，手开始发抖了，呼吸也停了下来。"

马兰说到这里停顿下来，她看了一会周林，才往下说：

"可是你一转身走到了另外一个女人身边，我吃了一惊，我看着你和那个女人一起走去。你要是和别的女人，我还能忍受；你和美国遗产一起走了，我突然觉得自己遭受了耻辱。那一瞬间你在我心中一下子变得很丑陋，我咬住嘴唇忍住眼泪往前走，走完了整整一条街道，我开始冷笑了，我对自己说不要再难受了，那个叫周林的男人不过是另一个美国遗产。

"后来，过了大约有两个月，我和美国遗产成了朋友，我们经常在一起，我的朋友都很惊讶，她们问我为什么和美国遗产交上了朋友。我只能说美国遗产人不错。其实在我心里有目的，我想知道你和美国遗产之间究竟发生了什么。

"你和那个女人一起走去，我看到你的手放到她的肩上，我觉得你和她一样愚蠢，一样浅薄和庸俗。可我怎么也忘不了你站在影剧院台上时激动的声音，你突然倒下时的神圣。

"你知道吗，美国遗产后来一到夏天就穿起西式短裤，整整三个夏季她没有穿过裙子，她要向别人炫耀自己那双黝黑有些粗壮的腿。她告诉我你当时是怎样撩起了她的裙子，然后捧住

她的双腿,往她腿上涂着你的口水,你嘴里轻声说着:'多么嘹亮的大腿。'

"她以为自己的腿真的不同凡响,她被你那句话给迷惑了,看不到自己的腿脂肪太多了,也看不到自己的腿缺少光泽……嘹亮的大腿,像军号一样嘹亮的大腿。"

马兰说到这里,嘲弄地看着周林,周林笑了起来,马兰继续说:

"你走后,美国遗产说要写小说了,要把你和她之间的那段事写出来,她写了一个多月,只写了一段,她给我看,一开始写你的身体怎样从她身上滑了下去,然后写你仰躺在床上,伸开双腿,美国遗产将她的下巴搁在你的腿上,她的手摸着你的两颗睾丸,对你说:'左边的是太阳,右边的是月亮。'

"这时候你的手伸到那颗'月亮'旁挠起了痒痒,美国遗产问:'你把月亮给我,还是把太阳给我?'

"你说:'都给你。'

"美国遗产叹息一声,说道:'太阳出来时,月亮走了;月亮出来后,太阳没了。我没办法都要。'

"你说:'你可以都要。'

"美国遗产问:'有什么办法?'

"你说:'别把它们当成太阳和月亮,不就行了?'

"美国遗产又问:'那把它们当成什么?'

"你说:'把它们当成睾丸。'

"美国遗产说:'不,这是太阳和月亮。'

"她就写到这里。"马兰给自己点燃了一支香烟,看着周林继续说：

"美国遗产嘴中的你是一个滑稽的人，在她那里听到的，全是你对她的赞美之词，从嘹亮的大腿开始，她身体的每个部分都让你诗意化了。美国遗产被你那些滑稽的诗句组装了起来，她为此得意洋洋，到处去炫耀。

"她告诉我，她是你第一个女人。那是在你走后的那年夏天，也就是十二年前的那个夏天，我们躺在一张草席上，说到了你，说到两个多月前你站在影剧院台上时的激动场面，美国遗产立刻坐了起来，眼睛闪闪发亮地看着我，当时我知道她什么都会告诉我了，只要我脸上挂着羡慕的神情。

"她把嘴凑到我的耳边，其实屋子里就我们两个人，她神秘地说道：'你知道吗，我是他第一个女人。'

"我当时吃惊地睁大了眼睛，我吃惊的是你第一个女人竟然是美国遗产，这使我对你突然产生了怜悯。美国遗产看到我的模样后得意了，她问我：'你被男人抱过吗？'

"我点点头，我点头是为了让她往下说。她又问：'那个男人第一次抱你时战栗了吗？'

"'战栗？'我当时不明白这话。

"她告诉我：'就是发抖。'

"我摇摇头：'没有发抖。'

"她纠正我的话：'是战栗。'

"我点头重复一遍：'没有战栗。'

"她挥挥手说：'那个男人不是第一次抱女人。'

"说着她又凑到我的耳边，悄声说：'周林是第一次抱女人，他抱住我时全身发抖,他的嘴在我脖子上擦来擦去,嘴唇都在发抖,我问他是不是冷,他说不冷,我说那为什么发抖,他说这不是发抖,这是战栗。'"

马兰说到这里问周林:

"你能解释一下什么是发抖,什么是战栗吗?"

欺　骗

马兰继续说:

"美国遗产把你带到她家里,让你在椅子里坐下,你没有坐,你从门口走到床前,又从床前走到窗口,你在美国遗产屋中走来走去,然后你回过身去对她说了一句话,一句让我听了毛骨悚然的话。"

周林看到马兰停下不说了,就问她:

"我说了什么?"

马兰嘲弄地看着周林,她说:

"说了什么?你走到她跟前,一只手放到她的肩上,然后对她说:'让我像抱妹妹一样抱抱你。'"

周林笑了,他对自己过去的作为表示了理解,他说:

"那时候我还幼稚。"

"幼稚？"马兰冷冷一笑，说，"如此拙劣的方式。"

周林还是笑，他说：

"我知道自己说了一句废话，而且这句话很可笑。在当时，美国遗产把我带到她家里，就在她的卧室，她关上门，她的哥哥在楼下开了门进来，找了一件东西后又走了出去。然后一切都安静下来，这时候我开始紧张了，我心里盘算着怎样把美国遗产抱住，她那时弯腰在抽屉里找着什么，屁股就冲着我，牛仔裤把她的屁股绷得很圆，她的屁股真不错。

"这是最糟糕的时候，是僵局。虽然我明白她把我带到她的卧室，已经说明一些什么，我跟着她到那里也说明了一些什么。一个男人和一个女人在一间门窗都关闭的屋子里，而且这间屋子最多只有九平方米，你说还能干些什么？

"问题是怎样打破僵局，我在这时候总是顾虑重重，当她的屁股冲着我时，我唯一的欲望就是从后面一把将她抱住，然后把她掀翻到床上，什么话都别说，该干什么就干什么。

"可是女人不会愿意，就是她心里并不反对自己和一个男人进行肉体的接触，她也需要借口，需要你给她各种理由，一句话她需要欺骗，需要你把后来出现的行动都给予合理的解释。对她来说，和一个男人一起躺到床上去不是一件容易的事，虽然她会很容易地和你躺在一起……"

周林看到马兰微笑地看着自己，赶紧说：

"当然，你是例外。"

马兰还是微笑着，她说：

"你继续说下去。"

周林站起来走到窗前,往楼下看了一会,转过身来继续说:

"所以我才会说那句话,那句让你毛骨悚然的话,可是我为她找到了借口,当她的身体贴到我身上时,她用不着再瞪圆眼睛或者表达其他的吃惊,更不会为了表示自己的自尊而抵抗我。

"当她从抽屉里拿出她写的诗歌,有十来张纸,向我转过身来时,我知道必须采取行动了,要是她的兴趣完全来到诗歌上,那么我只有下一次再和她重新开始。最要命的是在接下去的几个小时里,我将和一个对诗歌一窍不通的人谈论诗歌,还要对她那些滑稽的诗作进行赞扬,赞扬的同时还得做一些适当的修改。

"她拿着诗作的手向我伸过来时,我立刻接过来,将那些有绿色的方格的纸放到桌子上,然后很认真地对她说了那句话,欺骗开始了,那句话不管怎样拙劣,却准确地表达了我想抱她的愿望。

"她听到我的话时怔了一下,方向一下子改变了;这对她多少有点突然,尽管她心里还是有所准备的。接着她的头低了下去,我抱住了她……"

马兰打断了他的话,问他:

"你发抖了?"

周林笑了起来,他说:

"其实在她怔住的时候,我就发抖了。"

马兰笑着说:"应该说你战栗了。"

周林笑着摇摇头,他说:

"不是战栗,是紧张。"

马兰说:"你还会紧张?"

周林说:"为什么我不会紧张?"

马兰说:"我觉得你会从容不迫。"

周林说:"那种时候不会有绅士。"

两个人这时愉快地笑了起来,周林继续说:

"我抱住她,她一直低着头,闭上眼睛,她的脸色没有红起来,也没有苍白下去,我就知道她对这类搂抱已经司空见惯。我把自己的脸贴到她的脸上,手开始的时候在她肩上抚摸,然后慢慢下移,来到她的腰上时,她仰起脸来看着我说:'你要答应我。'

"我问她:'答应什么?'

"她说:'你要把我当成妹妹。'

"她需要新的借口了,因为我这样抱着她显然不是一个哥哥在抱着妹妹,我必须做出新的解释,我说:'你的头发太美了。'

"她听了这话微微一笑,我又立刻赞美她的脖子,她的眼睛,她的嘴和耳朵,然后告诉她:'我不能再把你当成妹妹了。'

"她说:'不……'

"我不让她往下说,打断她,说了句酸溜溜的话:'你现在是一首诗。'

"我看到她的眼睛发亮了,她接受了这新的借口。我抱着她往床边移过去,同时对她说:'我要读你、朗诵你、背诵你。'

"我把她放到了她的床上,撩起她的裙子时,她的身体立刻撑了起来,说:'别这样,这样不好。'

"我说:'多么嘹亮的大腿。'

"我抱住她的腿,她的腿当时给我最突出的感受就是肉很多,我接连说了几遍嘹亮的大腿,仿佛自己被美给陶醉了,于是她的身体慢慢地重新躺到了床上。

"我每深入一步都要寻找一个借口,严格地按照逻辑进行,我把自己装扮成一个艺术鉴赏家,让她觉得我是在欣赏美丽的事物,就像是坐在海边看着远处的波涛那样,于是她很自然地将自己身上的衣服一件一件地交给我的手,我把她身上所有的部位都诗化了。其实她心里完全明白我在干什么,她可能还盼着我这样做,我对自己的行为,也对她的行为做出了合理的解释以后,她就一丝不挂了。

"当我开始脱自己衣服时,她觉得接下去的事太明确了,她必须表示一下什么,她就说:'我们别干那种事。'

"我知道她在说什么,这时她已经一丝不挂,所以我可以明知故问:'什么事?'

"她看着我,有些为难地说:'就是那种事。'

"我继续装着不知道,问她:'哪种事?'

"她不知道该怎么说了,我没有像刚才那样总是及时地给她借口,她那时已经开始渴望了,可是没有借口。我把自己的衣服脱光,光临到她的身上时,她只能违心地抵抗了,她的手推着我,显得很坚决,可她嘴里却一遍一遍地说:'你为什么要这样?'

"她急切地要我给她一个解释,从而使她接下去所有配合我的行为都合情合理。我什么都没有说,她的腿就抬起来,想把我掀下去,同时低声叫道:'你要干什么?'

"我酸溜溜地说,这时候酸溜溜的话是最有用的,我说:'我要朗诵你。'

"她安静了一下,接着又抵抗我了,她对我的解释显然不满,她又是低声叫道:'你要干什么?'

"我贴着她的脸,低声对她说:'我要在你身上留一个纪念。'

"她问:'为什么?'

"我说:'因为你的身体很美好。'

"她不再挣扎,她觉得我这个解释可以接受了,她舒展开四肢,闭上了眼睛。

"她后来激动无比,她的身体充满激情,她在激动的时候与众不同,我遇到过呻吟喘息的,也有沉默的,却没碰上过像她那样不停地喊叫:'妈妈,妈妈,妈妈,妈妈,妈妈,妈妈,妈妈,妈妈,妈妈,妈……'"

胆　怯

马兰说:"那么你呢?"

周林问:"你说什么?"

马兰将身体靠到沙发上,说道:

"我是说你呢?"

周林问:"我怎么了?"

马兰仔细看着周林,问他:

"你有过多少女人?"

周林想了想以后回答:

"不少。"

马兰点点头,说道:

"所以你想不起我来了。"

"不对。"周林说,"我刚才不是说了,十二年前你站在街道对面微笑地望着我。"

"以后呢?"马兰问他。

"以后?"周林抱歉地笑了笑,然后说,"我犯了一个错误,没和你在一起……我跟着美国遗产走了。"

马兰摇着头说道:

"你没有跟着美国遗产走,那天晚上你和我在一起。"

周林有些吃惊地望着马兰,马兰说:

"你不要吃惊。"

周林脸上的表情发生了变化,他开始怀疑地看着马兰,马兰认真地对他说:

"我说的是真的……你仔细想想,有一幢还没有竣工的楼房,正盖在第六层,我们两个人就坐在最上面的脚手架上,下面是一条街道,我们刚坐上去时,下面人声很响地飘上来,还有自行车的铃声和汽车的喇叭声,当我们离开时,下面一点声响都没有了……你想起来了吗?"

周林似是而非地点了点头，马兰问他：

"你和多少女人在没有竣工的楼房里待过，而且是在第六层？"

周林看着马兰，很认真地想了一会后，又很认真地点了点头，他说：

"我想起来了，我是和一个姑娘在一幢没有竣工的楼房里待过，没想到就是你。"

马兰微微地笑了，她对周林说：

"那时候你才二十七八岁，我只有二十岁，你是一个很有名的诗人，我是一个崇敬你的女孩，我们坐在一起，坐在很高的脚手架上。整整一个晚上我都在听你说话，我使劲地听着你说的每一句话，生怕漏掉一句，我对你的崇敬都压倒了对你的爱慕。那天晚上你滔滔不绝，说了很多有趣的事，你的话题跳来跳去，这个说了一半就说到另一件事上去了，过了一会你又想起来刚才的话还没说完，又跳了回去，你不停地问我：'你为什么不说话？'

"可是你问完后，马上又滔滔不绝了。当时你留着很长的头发，你说话时挥舞着手，你的头发在你额前甩来甩去……"

马兰看到周林在点头，就停下来看着他，周林这时插进来说：

"我完全想起来了，当时你的眼睛闪闪发亮，我从来没有见过这么明亮的眼睛。"

马兰笑了起来，她说：

"你的眼睛也非常亮，一闪一闪。"

马兰停顿了一下,继续说:

"我们在一起坐了一个晚上,你只是碰了我一下,你说得最激动的时候把手放到了我的肩上,我自己都不知道,后来你突然发现手在我肩上,你就立刻缩了回去。

"你当时很腼腆,我们沿着脚手架往上走时,你都不好意思伸手拉我,你只是不住地说:'小心,小心。'

"我们走到了第六层,你说:'我们就坐在这里。'

"我点了点头,你就蹲了下去,用手将上面的泥灰碎石子抹掉,让我先坐下后,你自己才坐下。

"后来你看着我反复说:'要是你是一个男人该多好,我们就不用分手了,你跟着我到饭店,要不我去你家,我们可以躺在一张床上,我们可以不停地说话……'

"你把这话说了三遍,接着你站了起来,说再过两个小时天就要亮了,说应该送我回家了。

"我就站起来跟着你往下走,你记得吗?那幢房子下面三层已经有了楼梯,下面的脚手架被拆掉了,走到第三层,我们得从里面的楼梯下去,那里面一片漆黑,你在前面,我跟在后面,我们互相看不见。在漆黑里,我突然听到你急促的呼吸声,我从来没有听到过这样的呼吸,又急又重。我先是一惊,接着我马上意识到是怎么回事了,我一旦明白以后,自己的呼吸也急促起来。我觉得自己随时都会被你抱住,我心里很害怕,同时又很激动,激动得都有点喘不过气来了。我的呼吸一急促,你那边的呼吸声就更紧张了,变得又粗又响,我听到后自己的呼吸也更急更粗……

"我们就这样走出了那幢房子，什么都没有发生，我们走到街上，路灯照着我们，你在前面走着，我跟在后面，你低头走了一会，才回过身来看我，我走到你身边，这时候我们的呼吸都平静了，你又开始滔滔不绝地说话了。"

马兰说到这里停了下来，她看了一会周林，问他：

"你想起来了吗？"

周林点了点头，他说：

"当时我很胆怯。"

"只是胆怯？"马兰问。

周林点着头说：

"是的，胆怯。"

马兰说：

"应该是战栗吧？"

周林看着马兰，觉得她不是在开玩笑，就认真地想了想，然后说道：

"说是战栗也可以，不过我觉得用紧张这词更合适。"

说完他又想了想，接着又说：

"其实还是胆怯，当时我稍稍勇敢一点就会抱住你，可我全身发抖，我几次都站住了，听着你走近，有一次我向你伸出了手，都碰到了你的衣服，我的手一碰到你的衣服就把自己吓了一跳，我立刻缩回了手。当时我完全糊涂了，我忘记了是在下楼，忘记了我们马上就会走出那幢楼房，我以为我们还要在漆黑里走很久，所以我一次又一次地胆怯了，我觉得还有机会，谁知道一道亮光突然照在了我的眼睛上，我发现自己已经来到街上了……"

勾　引

"有一点我不明白……"周林犹豫了一会后说,"就是美国遗产,我是说……她是怎么回事?"

马兰说:"她和你没关系。"

"没关系?"周林看了一会马兰,接着大声笑起来,他说,"这是你虚构的一个人?"

"不。"马兰说,"有这样一个人,我说到她的事都是真的,她也和一个诗人有过那种交往,只是那个诗人不是你。"

然后马兰笑着问他:

"你刚才说的那个喊叫'妈妈'的人是谁?"

周林也笑了起来,他伸手摸了摸额头,说:

"我以为她是美国遗产。"

马兰又问:

"你还能想起来她是谁吗?"

周林点点头,马兰则是摇着头说:

"我看你是想不起来了,就是想起来也是张冠李戴……你究竟和多少女人有过关系?"

"能想起来。"周林说,"就是要费点劲。"

周林说着身体向马兰靠近了一些,他笑着说:

"我还是不明白,我说的那句话你是怎么知道的?"

马兰问他:"哪句话?"

周林说:"就是那句很拙劣的话。"

"嘹亮的大腿?"马兰问。

周林点头说:"这句也是。"

马兰说:"那是你自己的诗句。"

周林说:"我明白了,还有一句……"

"让我像抱妹妹一样抱抱你。"马兰替他说了出来。

周林嘿嘿笑了起来,他继续问马兰:

"你说美国遗产和我没关系,可这句话……我还真说过。"

马兰说:"你是对别的女人说的。"

周林问:"你怎么会知道?"

马兰说:"我不知道,我只是猜想。因为也有人对我说过那句话,男人都是一路货色,看上去形形色色,骨子里面都一样。有的是没完没了地说话,满嘴恭维和爱慕的话,说着手伸了过来,先在我手上碰一下,过一会在我头上拍一下,然后就是摸我的脸了。还有的巧妙一些,说些话来声东击西,听上去什么意思都没有,可每句都在试探着我的反应。我还遇到过一上来就把我抱住的人,在一秒钟以前我还不认识他,他倒像是抱住一个和他一起生活了几年的女人……"

周林笑了起来,他问马兰:

"所以你就觉得我也会说那句话?"

马兰看了一会周林，说：

"你还说过更为拙劣的话。"

周林说："你别诈我了。"

马兰微笑了一下，然后问他：

"你能背诵多少流行歌曲的歌词？"

周林有些不安了，他不知所措地笑了笑，马兰继续说：

"应该是五六年前，那段时间你经常用流行歌曲的歌词去勾引女孩，这确实也是手段，对那些十八岁、二十来岁的女孩是不是很有成效？"

周林双手捏在一起，不解地问她：

"你怎么连这些都知道？"

马兰说："六年前的夏天你在威海住过？"

周林想了想后说：

"是，是在威海。"

马兰说："我也在威海，我在一家饭店里见到了你，你和十来个人坐在一起，你们大声说话，我就坐在你们右边的桌子旁，你们在一起吵吵闹闹，我看到了你。刚开始我只是觉得以前见过你，就是想不起来在什么地方见过，我不停地去看你，你也开始看我，就这样我们互相看着对方，我使劲地想你是谁。你呢，开始勾引我了，每次我扭过头来看你时，你都对我微微一笑。

"直到你同桌的一个人拿着酒杯走到你面前，大声叫着你的名字，我才知道你是谁，当时我的心都要跳出来了，我怎么也想不到六年后会在这样的地方见到你，你的头发剪短了，胡须反而留得很长，比头发还长。我当时肯定是发怔地看了你很久，你也一直微笑地看着我，你的微笑比刚才更加意味深长。

"我知道你没有认出来我是谁，要不你不会这样看着我，你会立刻站起来，喊叫着走过来，你会对我说：'你还认识我吗？'

"而不是微笑地看着我，我知道这种微笑是什么意思，我心里有些吃惊，想不到几年以后你的脸上出现了这样的神态。后来我站起来走了出去，走到饭店对面的海堤上，那时候天还没有黑，我站在堤岸上看着那些在海水中游泳的人，夕阳的光芒照在海面上，出现了一道一道的红光，随着波浪起伏着。

"有一个人走到了我身边，我知道是你，我感觉到你的头向我低下来一些，我心里咚咚直跳，我不敢看你，倒不是我太紧张了，我是害怕看到你脸上的微笑，那种勾引女人的微笑。你在我身边站了一会，你的头离我的脸很近，我都能够感受到你呼出的气息，你那么站了一会，然后我听到你说：'我是不是该安静地走开？'

"你的声音让我毛骨悚然，我没有看你是不愿看到你那种微笑，可是你让我听到了比那种微笑更叫人难受的声音。过了一会，你又故作温柔地说：'我是不是该安静地走开，还是该勇敢留下来？'

"我全身都绷紧了，你接着说：'难道你现在还不知道，请看我脸上无奈的苦笑。'

"我站在那里手发抖了，你却还在说：'虽然我都不说，虽然我都不做，你却不能不懂。'

"你酸溜溜的声音让我牙根都发酸,我转过身去向前走了,我不想再和你站在一起,可是你跟在了我身后,你说:'就请你给我多一点点时间再多一点点问候,不要一切都带走。'

"我实在无法忍受了,我转过身来对你说:'滚开。'

"然后我大步向前走去,我脸上挂着冷笑,我为自己刚才让你滚开而感到自豪。"

马兰说到这里停下来看着周林,周林的手在自己脸上摸着,他知道马兰正看着自己,就若无其事地笑了笑,马兰继续说:

"仅仅六年时间,你就变成了另外一个人。六年前我们坐在第六层脚手架上,你情绪激昂,时时放声大笑,说的每一句话都像是喊出来的。六年以后,你酸溜溜地微笑,酸溜溜地说话了,满嘴的港台歌词。

"其实我们一起坐在脚手架上时,你已经在勾引我了,你当时反复对我说,如果我是一个男人该多好,这样我们就可以躺到一张床上去。当时我很单纯,我不知道你说这话时的真正意思,到后来,也就是几年以后,我才明白过来,不过丝毫不影响我对你的崇敬和爱慕。直到今天,我还在喜欢当时的你,我总想起你说话时挥舞着双手,还有长长的头发在你额前一甩一甩。"

马兰停顿了一下,说道:

"这是美好的记忆。"

周林转过脸来看着马兰,说:

"确实很美好。"

马兰接着说:"后来就不美好了。"

周林不再看着马兰，他看起了自己的皮鞋，马兰说：

"我们后来还见过一次，是威海那次见面后两年……"

"我们还见过一次？"周林有些吃惊。

"是的。"马兰说，"也就是四年前，在一个诗歌创作班上，你来给我们讲课，那时你已经不留胡须了，你站在讲台上，两只眼睛瞟来瞟去，显得心不在焉。这是我第二次听你讲诗歌，第一次在影剧院你面对几百近千人，这一次只有三十个人听着你的声音，你讲得有气无力，中间打了三次哈欠，而且说着时常忘了该说什么，就问我们：'我说到哪儿啦？'

"讲完以后你没有回家，而是在我们创作班学员的几个宿舍里消磨了半夜时光，当然是在女学员的宿舍。有两次我在走廊上经过，听到你在里面和几个女声一起笑。到了晚上十一点，我准备上床睡觉时，你来敲门了。

"你微微笑着走了进来，自己动手关上了门，看到我站在床边，就摆摆手说：'坐下，坐下。'

"我坐下后，你坐在了我对面的床上，问我：'叫什么名字？'

"我说：'我叫马兰。'

"你又问：'是哪里人？'

"我说：'江苏人。'

"你点点头后站了起来，伸手在我脸上扭了一把，同时说：'小脸蛋很漂亮。'

"然后你走了出去。"

战　栗

"后来……"周林问,"后来我们还见过吗?"
"见过。"马兰回答。
"什么时候?"周林立刻问道。
马兰笑着说:"现在。"
周林没有笑,他看着窗口,拉开的窗帘沉重地垂在两边,屋外的亮光依然很阴沉地挂在玻璃上,透过玻璃,他看到外面天空的颜色更为灰暗了。
马兰两条手臂往上伸去,她脱下了一件毛衣,接着用手整理了一下头发,她看到周林额上出现了一些汗珠,就说:
"你脱掉一件毛衣。"
周林用手擦了擦额上的汗,摇着头说:
"不用,没关系。"
马兰说:"要不关掉电炉?"
说着马兰站了起来,准备去拔掉电源插头,周林伸手挡了一下,他说:
"我不热。"
马兰站在原处看了一会周林,然后坐回到沙发里,两个人看着电炉上通红的火,看了一阵,周林扭过头来说:
"我是不是该离开了?"
马兰看着他没有说话,周林对她笑了笑,他说:

"其实我不应该来这里。"

周林说完看看马兰，马兰还是不说话，周林又说：

"我不知道自己勾引过你三次……其实我骨子里没有变，还是十二年前坐在脚手架上的那个长头发的人……背诵几句流行歌词，伸手在你脸上扭一把都是逢场作戏……你为什么不说话？"

马兰说："我在听你说话。"

周林看了一会通红的电炉，问马兰：

"既然这样，你为什么还让我来？"

他看到马兰笑而不答，就自己回答：

"想看看我第四次是怎么勾引你的？"

马兰这时接过他的话说：

"看看你第四次是怎样逢场作戏。"

周林听后高声笑起来，笑完后他站起身，说：

"我该走了。"

他向床走去，走了两步回过头来问马兰：

"对了，有一件事我想问一下，十二年前你给我写信时，为什么不说我们曾经坐在脚手架上？"

马兰回答："我以为你看到我的名字，就会想起来。"

周林点着头说："我明白了。"

然后他再次说："我该走了。"

他看到马兰坐在沙发里没有动，就问她：

"你不送我了？"

马兰微笑地望着他，他也微笑地望着马兰，随后他转身走

到床边,他往床上看了一会,回过身来对马兰说:

"马兰,你过来。"

马兰在沙发里望着他,他又说:

"你过来。"

马兰这才站起身,走到床边,周林伸手指了指放在床上的两件羽绒服,马兰看到自己的羽绒服仰躺在那里,两只袖管伸开着,显得很舒展,而周林的羽绒服则是卧在一旁,周林羽绒服的一只袖管放在马兰羽绒服的胸前。

周林问:"看到了吗?"

马兰笑了起来,周林伸手将马兰抱了过来,对她说:

"这就是第四次勾引你。"

马兰笑着说:"你的衣服在勾引我的衣服。"

那天下午,周林和马兰躺在床上时,周林看到窗台上有一粒布满灰尘的蓝色的纽扣,纽扣没有蜷缩在窗框角上,而是在窗台的中央。它在这样显眼的位置上布满灰尘,周林心想这扇窗户很久没有打开过了,是半年,还是一年?

曾经有一具身体长时间地靠在窗台上,身体离开时纽扣留下了。纽扣总是和身体紧密相连,周林看到一段女性的身体被蓝色的纽扣所封锁,纽扣脱落时,衣服扬了起来出现了一段身体,就像风吹起树叶后露出树干那样。

马兰对周林说:

"我想看看你的脸。"

周林仰起了脸,马兰告诉他不是现在,是在他最为激动的时候,她想看到他的脸。她说她从未看到过男人在最激动时脸上的神态，以前那些男人在高潮来到时，她指指自己脖子的左侧和右侧说：

"不是把头埋在这边，就是埋在这一边。"

周林那时双手撑着自己的身体，他问马兰：

"为什么要我这样做？"

马兰笑着说："因为你会答应我。"

接下去他们什么话都不说了，他们在充满着灰尘气息的床上和被窝里用身体交流起来，那张床起码有三个月没有睡过人了，而且是一张老式的木床，发出嘎吱嘎吱的响声。过了一段时间，把头埋在马兰脖子左侧的周林一下子撑起了身体，仰起头喊叫一声：

"快看我的脸！"

马兰看到周林紧闭双眼，脸都有些歪了，他半张着嘴呼哧呼哧地喘气，喘气声里有着丝丝的杂音。没一会，周林突然大笑起来，他的头往下一垂，又埋在了马兰脖子的左侧，他笑得浑身发抖，马兰抱住他也咯咯笑起来，两个人在一起大笑了足足五分钟，才慢慢安静下来。止住笑以后，周林问马兰：

"在我脸上看到了什么？"

马兰说："你的样子看上去很痛苦，其实你很快乐。"

周林说："我用痛苦的方式来表达欢乐。"

"这才是战栗。"马兰说，"我在你脸上看到了战栗。"

"战栗？"周林说，"我明白了。"

一九九一年五月